초록빛 모자

문 학 동 네
한국문학전집

0 2 9

김채원
대표중단편선

초록빛 모자

문학동네

자전거를 타고

초여름 긴자의 오후는 사람들로 들끓었다. 토요일이어서 보행
자의 천국에는 차량도 지나다니지 않고 노상에 벌인 조그만 간이
가게에서 아이스크림이나 솜사탕 등을 사먹는 젊은이들, 그대로
길바닥에 주저앉아 사람 구경을 하며 햇빛을 쬐는 젊은이들, 사진
을 찍는 외국 관광객들로 꼭 무슨 일이 일어날 것만 같이 붐볐다.
오전 중에 잠깐 내린 비로 거리는 붐비는 중에도 자다가 깬 듯한
신선함이 있었다.

하자와 나는 그곳을 빠져나와서 한큐백화점 뒤쪽으로 밀려갔다.

"어른들은 너무 오랜만에 만나서 반가우면 울어버리지 않니?
바로 우리도 그렇게 한 사십이 되어 울면서 다시 만나게 되는 게
아닐까 그런 생각이 든다."

"우리 파리에서 만나자. 파리에서 만날 수 있잖아. 내가 나중에

파리로 갈게."

나는 또 몇 번 되풀이한 말을 다짐했다. 오래 기다리던 내 여권이 나왔다는 통지를 받고 하자와 같이 대사관에 가서 찾아가지고 오는 길에 무턱대고 긴자 쪽으로 나와보았다. 하자는 아무 말 않고 긴 생머리를 늘어뜨린 채 걷는다. 흰 깃이 달린 청람색 물방울무늬 블라우스가 옛 기숙 학생 같은 느낌을 준다.

하자는 걸핏하면 내 팔소매를 잡아채며 골을 내는데 골을 내는 내용은 언제나 하찮은 것이었다. 꼭 국민학교 때의 친구처럼 골을 잘 내고, 어른이 되어 골내기 귀찮아서 웃고 마는 감정 같은 것을 용납하려 들지 않는 하자는, 지금도 골이 난 듯이 입을 꼭 다물고 내게 옆모습만 보이며 걸어가지만 지금은 골이 난 게 아니라는 것을 나는 알 수 있다. 조금 아까 점심을 먹으며 하자가 자리를 뜬 사이, 하자가 늘 가지고 다니는 스케치장을 몰래 보았는데 거기에는 이렇게 쓰여 있었다.

—성혜의 여권이 드디어 나왔다. 여자 친구와의 이별에서 이런 마음이 되는 것은 처음이다. 성혜가 우산을 가지러 대사관에 들어간 사이 혼자 있으려니 마음속에 큰 구멍이 뚫린 듯 울고 싶었다.

하자와 같이 여권을 받아가지고 나오다가 우산을 두고 온 것이 생각나 나는 다시 대사관으로 들어가고 하자는 버스 정류장에서 버스를 기다리기로 하였다. 우산을 찾아 들고 나오며 보니 하자가 버스 정류장 나무 밑에 쭈그리고 앉아 있었는데 아마 그때 쓴 것인가보다.

"하자야, 너도 이남으로 적을 옮기려무나. 나랑 같이 미국 가자. 가서 방 하나 얻어가지고 같이 쓰면 절약도 되고 서로 자극도 되어 좋지 않니."

다른 때 같으면,

"솔직히 말해서 무섭다 무서워, 교육이라는 게 뭔지."

하며 웃었을 텐데 오늘은 그냥 아까부터 계속 옆모습만 보이며 걷고 있다. 내가 이북을 음흉스럽고 뭔지 으스스하게 생각하듯 하자는 이남을 그렇게 생각하고 있었다. 나와 사귀는 사이에 점점 그런 인식이 어느 정도 지워지고 있지만 그래도 선뜻 부모 형제를 다 두고 혼자서 이남으로 적을 옮기기에는 용기가 나지 않는 것 같다.

하자도 나와 함께 뉴욕으로 가고 싶어하지만 이북에 적을 두고 있으므로 갈 수가 없다. 그래서 이북 사람도 받아줄 수 있는 파리 쪽을 택했다고는 해도 그것은 오로지 하자만의 생각일 수도 있다. 재일 북한인은 외국엘 갈 수 없고 혹 간다고 하더라도 고향인 일본에 다시 돌아올 수 없는 것으로 되어 있다. 나가는 건 얼마든지 자유롭되 다시 돌아올 수 없게 되어 있는 것이다. 그러나 나가는 게 자유라고 해도 다른 나라에서 국가로 인정을 받고 있지 못한 북한인들을 받아주는가는 또다른 문제이다.

북한 사람이 원하면 남한으로 적을 고칠 수 있다는 것을 요전번 나와 같이 대사관에 갔을 때 우연히 알 수 있었다. 내 여권 문제가 복잡해져서 좀처럼 수속이 잘 되지 않아 대사관 높은 자리에 있는 사람에게 소개장을 가지고 하자와 함께 찾아간 일이 있다. 하자가 자신이 북한인인 것을 알면 나에게 불리할 테니까 밖에서 기다리겠다고 하는 것을 나는 같이 끌고 들어갔다. 하자에게 우리 대사관 분위기를 보여주고 싶기도 했지만 그보다는 친구와 함께여야지 부탁 얘기가 잘 나오기 때문이었다.

찾아간 높은 사람은 의외로 호인이어서 분위기가 부드러워 얘기 끝에 같이 온 친구가 북한인이라는 것을 밝혔다. 그분은 아주 반가워하며 고향에 다녀오고 싶지 않은가 하고(하자의 고향은 경상도였다), 자신이 보증을 설 테니 부모님 모시고 고향에 다녀오라고, 가서 우리나라가 그동안 발전한 것도 보고, 친척들도 만나보라고 극력 권하였다.

"하자의 어머니는 남한 사람 모두가 가난한데 어떻게 미국 유학을 가느냐며 제가 여기서 다시 유학 간다는 하자의 말을 곧이 듣지 않으시더래요."

하자에게 들은 말을 내가 그분에게 하자,

"그래, 옛날에 고향 떠나온 분들이 다 그런단 말이에요. 어서 모시고 다녀와봐요."

친절히 권하였다. 나중에 여권 문제로 그분과 전화로 통화하게 되었을 때 하자가 참 참하고 인상이 좋은데 단지 얼굴에 혈색이 별로 없더라고, 북한 진영에 시달려서 그러니 어서 자유를 맛보게 친구인 내가 힘써주라고 말하였다. 그 얘기를 하자에게 하면서 우리 둘은 정말 실컷 웃었다. 현재 하자가 실제로 공산 진영에 시달리고 있는 일은 없었다. 하자는 단지 스물여덟 살 된 북한의 적을 가진 교포 이세로서 자신의 운명을 살고 있을 뿐이었다. 그러나 다시 잘 생각해보면 역시 우리나라가 처해 있는 상황에서 오는 시달림이기도 하다. 하자가 사랑하는 아베 상과 헤어진 것도 그가 일본 청년이라는 데 원인이 있었으니까. 그분의 이야기가 틀린 말은 아니지만 바로 그렇게 가져다붙이는 것은 국민학생다운 애교 같은 것이라고 할까.

여하튼 우리는 길을 걸으며 웃느라고 허리를 펴지 못했다. 그 후부터 나는 남한으로 적을 고치라고 권유하였고 하자는 언제나 장난기 있게 남한은 무섭다고 대꾸해왔던 것이다.

사람들이 어깨를 부딪치며 지나갔다. 우리는 일본어의 숲속에서 따로이 둥우리 짓는 고요를 느끼며 걸었다.

유월이다. 바로 앞에 서 있는 신록의 나무가 유월의 하늘 아래 푸르다. 아이스크림을 먹으며 지나가는 젊은이들을 우리는 바라보는 것 같지 않게 바라보았다. 흰 양복 윗도리를 입고 머리를 곱슬하게 파마하고 팔찌를 낀 청년이 웃고 있다. 굽 높은 구두에 검은 판탈롱 바지를 땅에 끌리도록 입고 와이셔츠 가슴 단추를 거의 다 풀어놓은 청년이 연인인 듯싶은, 머리 빛깔이 바랜 여자와 눈썹을 마주대고 걸어간다. 블루진을 입은 자유로운 여자들, 남자들의 무리가 수없이 우리 앞을 오갔다. 근처 레코드 상점에서 보컬 그룹의 노래가 요란스레 들려온다.

먼 세계로 길 떠날까,
아니면 붉은 풍선 타고
구름 위 걸어나볼까.

나는 그 노래를 속으로 따라 불렀다. 어느새 일본의 거리와 생활과 노래 들에 익숙해져 있는 자신을 발견한다.

누군가가 하자 앞에 멈추어 섰다. 하자의 재일 동경북한고등학교 동창이거나 조직에서 일하던 때의 친구이거나 할 것이다. 길을 가다가 만난 하자의 친구들은 대개 지금 하자 앞에 서 있는 여자처럼 화장기 없이 깨끗한 얼굴에 어떤 신념의 미소를 띠고 있는 사람이 많다. 길에서나 전차에서 한복을 교복으로 입은 북한 학생들 중에는 한복에 어울리지 않게 단정치 못한 태도와 매니큐어의 손톱, 교칙을 위반해가면서 파마한 머리 등등의 보기 좋지 않은 학생이 많이 눈에 띄는데 하자의 친구들은 모두 그렇지 않았다. 처음 하자를 만났을 때 하자에게서도 그런 인상을 받았다.

판화 전시회에서 같이 갔던 일본 친구한테 우연히 소개받았다. 하자는 이상한 코르덴 윗도리를 입고 생머리를 길게 늘이고 윤곽이 뚜렷한 얼굴에 입을 새치름히 다물고 있었는데 얼굴에 비해 몸이 근육질이고 뼈대가 굵어 보였다.

"그 옷 참 근사해요. 소매 디자인이 묘해요."

내 말에

"내가 만든 거예요"라고 하자가 대답했다.

"어마, 그거 직접 만들었어요?"

가까이 가려 하자 하자는 몸을 뒤로 빼며

"이건 가까이서 보면 안 돼요. 멀리서만 봐야지요."

하더니 오히려 자기 쪽에서 가까이 다가오며

"여기 좀 볼래요? 가만히 잘 보면 엉망인 곳이 많아요."

속으로 아무렇게나 구겨 넣어 꿰맨 곳을 보여주며 웃었다.

나는 그날 하자와 헤어지는 길로 집에 달려와서 내 옷 중의 하나를 골라내어 소매를 잘랐다. 다음날 하자와 만나기로 약속한 국립미술관이 있는 공원에 나는 소매를 잘못 잘라 사방이 뒤틀린 옷을 입고 나갔다. 이른 시간이어서 비둘기들에게 모이 주는 사람 두어서넛과 공원을 지나 출근하는 사람들이 분수대 앞을 바삐 오가고 있었다. 아침 공기가 상쾌하여 하자를 기다리는 동안 나는 심호흡을 몇 번 하였다. 하자가 저쪽에서 걸어오고 있는 것이 분수 물줄기 사이로 보였다. 나는 하자가 맘놓고 걸어오도록 비둘기 쪽으로 고개를 돌렸다.

"나오면서 생각하니까 너무 이른 아침에 약속을 했어요. 뭐 특별히 시간에 제약을 받는 일도 없는데."

아침에 눈을 뜨자 시계를 보고는 시험 치러 가는 학생처럼 급하게 서둘러 달려나온 것이 재미있게도 생각되어 내가 말했다. 하자가 내일 아침 그 공원 분수 앞에서요, 라고 한 말을 나는 그냥 무심히 따랐던 것이다.

"그래요? 이 시간이 일러요?"

하자도 조금 웃었다.

나란히 길게 늘어서 있는 벤치 하나에 우리는 가 앉았다. 비둘기 몇 마리가 우리 뒤를 따라왔다. 차가운 바람이 약간씩 불었다.

"성혜씨 아버지는 뭘 하세요?"

하자가 갑자기 심문하듯 물었다.

"조그만 장사."

"형제는 많으세요?"

"언니가 뉴욕에 있어요. 그래서 저도 이번에 뉴욕으로 가려고 해요. 언니가 보고 싶기도 하고, 아무래도 그쪽에서 공부하는 게 낫겠지요. 근데 여권이 아직 안 나와서 자꾸 미루고 있는데, 참 하자씨는 판화 공부 하신다지요?"

하자는 내 말에 대답을 않고 그 특유의 입을 새치름히 다물고 있다가

"내가 듣기에는 성혜씨 아버지는 이북에 계신다고 들었는데 왜 거짓말을 하지요. 내가 성혜씨를 만나고 싶어한 것도 성혜씨 아버지는 이북에, 어머니는 이남에, 딸은 동경 유학을 한다는 그 사실

에 왠지 우리나라 현실 그대로를 한눈에 보는 것 같고 해서 그래서 일본 친구에게서 성혜씨 얘길 들었을 때 일부러 소개 좀 해달라고 부탁도 했었는데…… 나를 경계하나요?"

교포들을 만나도 전혀 이남인가 이북인가에 관심을 두고 있지 않았던 나는 좀 당황했다. 하자는 북한 사람, 그럼 나를 포섭하려는 건가, 전혀 우연인 줄 알고 있었지만 실은 미리 계획된 만남인가, 이렇게 이른아침 공원에서 약속을 했다는 것도 이제 생각하니 좀 이상하다. 하자의 백 속에는 작은 카메라가 숨겨져 있어 지금 나를 찍고 있는지도 모른다, 나는 그것이 증거물이 되어 꼼짝없이 그들 손에 넘어가게 되는지도 모른다. 어려서부터 받은 반공 교육과 유학생들한테서 들었던 무슨무슨 사건들이 고개를 쳐들었다.

"내가 그렇게 말한 것은…… 나는 아주 친해져서 저절로 자연스레 알게 되기 전까지는 누구에게든 그렇게 말하고 있어요. 왜냐하면 그냥 아버지가 계신다고 하면 간단히 끝나는 얘기가 안 계신다면 어머니가 무얼 하셔서 자녀들을 교육시켰는가, 새아버지가 계신가 등등을……"

"아니 실은 그렇게 경계했다고 해도 성혜씨 잘못은 아니지요. 이곳 사정이 그러니까."

하며 조금 웃었는데 그 웃음에 티가 없어 나는 좀 안심하였다. 우리는 그후로 가끔 만났어도 나는 늘 경계했다. 경계하면서 만나야 하는 일이 신경쓰이고 귀찮아져서 친구 되는 일을 그만두어버릴까 하는 생각이 때로 들기도 했고, 또 북쪽 사람들은 남한 사람들을 꺼리지 않는데 유독 남한 사람만이 그 사람들을 꺼려서 피해야 하는 이유가 무얼까 하는 생각도 들었다. 동경으로 떠나올 때 받은 소양 교육에서는 북한 사람이 접근해오면 즉시 가까운 영사관이나 대사관에 알리라고 했다.

그러던 것이 어느덧 우리는 진심으로 친해져갔다. 나는 하자가 해주는 하자의 쓸쓸했던 연애 얘기를 듣느라고 요요기역에서 전차표를 쥔 채 근 한 시간 서 있다가 뛰어가 막차를 탄 일도 있다. 밤안개 불빛 속에 수십 대의 전차를 그냥 떠나보내고 있는 하자의 얼굴이 전차와 함께 흐르다가는 다시 돌아오고 또 흐르곤 하였다. 나는 그때 미지를 향해서 함께 흐르는 같은 또래의 같은 여자라는 강한 동류의식을 느꼈다.

어느 날 하자는 내 방에 놀러오고 싶다는 엽서를 속달로 보내왔다. 나는 〈쌍둥 롯데〉라는 영화를 보았니? 하고 어렸을 때 본 〈쌍둥 롯데〉 영화 스토리를 엽서 두 장에 써서 역시 속달로 보냈다. 그 영화의 쌍둥이 롯데가 하자와 나처럼 여겨졌기 때문이다.

부부 사이의 불화로 갓난아기 쌍둥이 형제가 갈라지게 된다. 그들은 어느덧 자라서 국민학교에 들어가고, 서로 각기 다른 학교에 다니지만 여름방학 때 산속 임간학교에서 만나게 된다. 그들은 만나자마자 왠지 서로 끌려서 점심을 먹으며 이름과 생일을 주고받다가 자신들이 바로 쌍둥이였다는 것을 알아낸다. 여름 학교가 끝날 때 그들은 옷을 바꾸어 입고 머리 모양도 바꾸어 빗고 아빠와 살던 롯데는 엄마 집으로, 엄마와 살던 롯데는 아빠 집으로 간다. 아빠 집에서 살던 롯데는 하녀들 속에서 귀하게 자라 순하고 귀족적이고, 엄마랑 살던 롯데는 깍쟁이고 총명하고 일도 잘한다. 엄마 집으로 온 롯데는 일을 해본 적이 없어 밥을 태우고 그릇을 깨고 하는데, 아빠 집으로 간 롯데는 아빠랑 말도 잘 안 하고 깍쟁이처럼 심술을 부려 아빠를 곤란하게 한다. 또 아빠에게 새 애인이 생겼다는 것을 알고는 그 애인의 집을 몰래 찾아가 아빠와 헤어지게 한다. 결국 두 쌍둥이 롯데의 힘으로 엄마 아빠가 화해하게 되는 그런 내용이었다.

엽서를 받고 내 방에 놀러온 하자는

"그런데 너랑 나랑 둘 중에서 누가 아빠 집에서 자란 아이니?"

하고 물었다. 하자의 말에 나는 웃었다. 그것은 하자답지 않은 질문이었다. 나는 하자가 엄마와 아빠를 남과 북으로 보며 정치적인 해석을 내릴 줄 알았다.

"이북은 어때요? 이북의 영화나 문학작품의 수준은 어느 정도예요?"

단지 영화나 소설의 수준 하나로 이북을 판가름하겠다는 성급한 내 질문에

"작품 수준이 문제가 아니지요. 우리나라는 이제까지 쭉 남의 나라 침략만 받아왔고, 해방되면서 또 육이오동란이 터졌으니까

언제 발전할 여지가 있었겠어요."

남한까지를 포함하여 우리나라라고 말하는 데에 북한 여자 특유의 기상이 있어 보여서 스스로 자신이 경솔해 보였던 초 무렵의 기억이 있다. 그랬었는데 하자는 어느덧 많이 동화된 걸까, 누가 아빠 집에서 자란 귀족적인 아이인가를 묻는다.

"네가 마음대로 정해라."

나는 웃었지만 누가 아빠 집에서 자란 아이인지 혹은 엄마 집에서 자란 아이인지보다는 둘의 힘으로 엄마 아빠를 화해시켰다는 사실이 그 순간 문득 반짝하고 빛을 발했다가 스러졌다. 하자는 나를 닮아가고 있었고 나는 하자를 닮아가고 있는 모양이다. 하자는 조국이니 민족이니 하는 것에 전혀 눈을 뜨지 못하고 있는 내게 통일은 필연이라느니 자기의 친구 중에는 마르크스를 이상형으로 삼는 천사와 같은 여성이 많다느니 누누이 설명해왔던 것이다.

하자는 동경북한고등학교 삼학년 때 미술대학에 가기를 원했다. 그러나 학교에서는 일꾼이 모자란다는 이유로 졸업생 전원에게 조직에서 일해줄 것을 요청했다. 조직에서 일을 안 하겠다는 것이 아니고 대학을 졸업한 뒤에 좀더 큰 그릇이 되어 조직에서 힘껏 일하겠다고 하여도 그것이 통하지 않았다. 하자에 대한 비판이 매일 방과후에 열렸다. 그 비판회 삼 일째 되는 날 하자는 자신의 생각을 꺾고 말았다.

"나는 열성분자로 나서는 동무들에 대해선 얼마든지 맞설 수가

18

있어. 근데 천사처럼 되어 있는 여학생들이 일어나서 설득하는 덴 못 당해내고 조직에서 일하겠다고 승낙하고 말았어. 완전히 희생정신으로 차 있는 그런 여성 동무들한테는—나는 무슨 말을 하려면 감정부터 격해지고 눈물이 나서 내 생각을 말할 수 없어진다. 그래서 그 전날 밤에 정신병원에 전화를 걸어서 물어보았어. 그건 정신력으로 자기 자신이 고칠 수밖에 없다고 해. 그래도 나는 사정했어. 그랬더니 진정제 약 이름 하나를 가르쳐주었어. 회의가 있기 삼십 분 전에 약을 사서 마셨는데도 그렇게 되고 말았어."

그렇게 해서 하자는 자신이 원하는 그림 공부를 계속하지 못하고 졸업 후 친구들과 함께 조직에서 배치한 대로 국민학교 교사가 되었다. 그러나 결국 견디지 못하고 자기비판을 수없이 받은 후 탈퇴했다고 했다.

언뜻 보기에 그쪽 교육에 젖어 뭔가 좀 딱딱하고 근엄해 보이는 하자이지만, 자유를 갈구하는 마음이 그 속에는 전부터 있던 것이라고, 나는 얘기하고 있는 하자와 하자의 친구를 두어서너 걸음 떨어져서 바라보며 생각했다.

먼 세계로 길 떠날까,
아니면 붉은 풍선 타고
구름 월 걸어나볼까.
태양빛으로 그물을 짜서,

하늘 위 바람을 몰아와,
어두운 현실의 그림자 불어버리고 싶네.

노래는 열띠게 반복되고 있다. 거리는 그 노래를 축으로 하여 돌아가는 유성기판 같았다. 저렇게 자유로워 보이는 젊은이들에게도 현실의 어두운 그림자는 있는 거라고 나는 바로 내 옆을 지나가는 눈부시게 잘생긴 청년을 바라보며 생각했다.

한참 동안 얘기하다가 친구와 헤어져서 내게로 온 하자는

"지금 저 친구가 뭐라고 말했는지 아니? 동무는 그림으로 통일에 이바지하면 되지요, 라고 위로해준다."

조금 부끄러운 듯한 얼굴로 말했다.

"근데 우리로서는, 적어도 나로서는 그림으로 통일에 이바지한다는 것은 염두에도 없는 생각이 아니겠니? 그냥 그리고 싶어서 그리는 것밖에."

"그래, 그것이 저 사람들하고 다른 거다. 저 사람들은 개인의 행복을 따로이 생각지 않는다. 그냥 조국, 민족이라고 하는 것이 자신과 직결돼 있어. 그게 즉 자신의 행복이라고 생각해. 그러니까 자신의 행복을 추구하면 할수록 더욱 전체적인 것을 생각하게 되어버려."

하자는 어느새 그녀와 한 무리였던 동무들을 저 사람들이라고 표현하고 있었다.

"저 친구는 내일 남편을 따라서 탄광 마을로 간대. 거기 제일 북한인들이 많이 살고 있거든. 그곳에 일손이 많이 부족하대."

순간 뉴욕으로 떠나는 나와 일손이 모자라는 탄광 마을로 떠나는 그 친구와 하자, 그 외에도 또 많은 각자의 생활을 살고 있는 같은 또래 같은 동족의 여자들 모습이 내 머리에 가득히 떠올랐다가 사라졌다.

"네가 처음 나한테 내 상황이 우리나라 현실 그대로를 보는 것 같다고 했잖어. 우리 아버지는 이북에, 어머니는 이남에, 그리고 그 딸이 어느새 커서 동경으로 유학을 갔다는. 나는 네 얘기를 듣고서야 비로소 처음 내 처지가 객관화되어 보여졌었다."

"네가 진작 마음만 먹었으면 네 아버지 소식 정도는 이곳서 알아볼 수도 있었을 거야."

그 생각을 이제껏 왜 전혀 못했을까. 육이오 때 납북된 아버지에 대해 그리움은 가졌을지라도 왜? 하는 반발 같은 것을 아직 느껴보지 못했다. 맥아더 장군이 유엔 대사와 통화중에 그냥 즉흥적으로 삼십팔도선에서 끊겠다고 말한 것이 오늘의 역사적 삼팔선이 되었다는 얘기를 유학생한테서 들었을 때도 별로 따로이 저항의식을 갖지 않은 것과 마찬가지 심정이다. 모든 것이 그냥 숙명이라고만 받아들였을 뿐이다.

"그래, 여기 있는 동안 살아 계신가 소식이라도 알려고 했었으면 좋았을 텐데……"

나는 동경서 지낸 지나간 삼 년이 허송세월처럼 여겨져 말할 수 없이 미안하고 죄지은 사람의 심정이 되어 긴자의 거리를 바라보았다. 사람들이 오가는 사이로 그 노래는 끈질기게 돌아가고 있다. 이절인가 삼절인가 생소한 가사로 '마음속은 언제나 슬퍼' 그런 구절이 귀에 사로잡혀왔다.

해가 지고 네온이 켜지고 밤의 새로운 물결이 일기 시작할 때까지 우리는 긴자와 유라쿠초 근방에서 서성였다. 우리는 저녁을 사먹고 찻집에 들어가서 시간을 보냈다. 공원으로 가지 않고 찻집으로 간 것은 전화를 빌려 쓸 수 있을까 하는 생각에서였는데 찻집 주인은 국제전화는 거절했다. 나는 여권이 나온 것을 집에 알려야만 했다. 찻집에 따라 국제전화를 하도록 전화를 빌려주는 곳도 있지만 워낙 바쁜 토요일 밤이라 힘들었다. 이미 너무 늦었으므로 침구를 깐 하숙집 주인 방에 비집고 들어가 전화를 빌릴 수도 없고 우리는 근처 파출소에 가서 빌려보기로 하고 파출소로 갔다. 순경에게 사정을 말하자, 어디 외국인등록증 좀 봅시다, 했다.

아, 외국인등록증.

일본에 체류하고 있는 외국인이 등록증을 안 가지고 있는 경우 그것이 어떻게든 증명이 될 때까지 구류를 당하게 되어 있다. 구류를 당했다는 유학생들 얘기를 나는 몇 번이나 들었다. 어떤 유학생은 목욕하러 가다가 구류를 당했다고 했다. 바로 집 앞에 있는 목욕탕에 러닝셔츠 차림으로 목욕을 하러 가는데 어느 누가 증명서를 가지고 다니겠느냐고 따져도 막무가내로 잡아가더라고 감정을 가지고 그 유학생은 얘기했었다.

"그것을 가지고 다녀야 하는지요. 저는 몰랐어요."

나는 거짓말을 했다. 하자는 자기가 빨리 내 하숙에 가서 가져 오겠으니 어디에 두었는가를 말하라고 했다. 나는 하자에게 한국 말로 실은 지금 내 가방 속에 있다고 했다. 나는 삼 년 동안 한 번 도 외국인등록증을 가지고 다녀본 적이 없었지만 대사관이나 관 리소나 구청 같은 곳을 갈 때면 언제나 무언가 빠진 게 있어 다시 돌아오게 된 경험을 몇 번 한 후로, 서류 넣는 누런 대봉투를 하나 마련해두고 그런 곳에 가게 되는 때면 으레 그 누런 봉투를 들고 갔다. 그러므로 오늘도 그 봉투를 들고 나왔던 것이다.

"그런데 왜 안 내놓니?"

하자가 물었다. 나는 어물거렸다.

"그런데 성혜씨는 몇 살이에요?"

사귀던 초 무렵 하자가 물었을 때 나는 그냥 웃으며 어물거렸다.

"나는 스물여덟인데 몇 살이에요?"

기껏 스물둘 정도밖에 안 보이는 앳된 모습인데 의외로 나와 동 갑인 것에 좀 놀라며 나는 스물일곱, 하고 그녀보다 하나 적게 말 해버렸다. 그때부터 나는 나대로 속인 데 대해 불편함이 따르고 하 자는 하자대로 나보다 한 살 위라는 열등감을 가지고 있다. 그러므 로 누군가가 우리 나이를 물으면(그런데 참 놀랍게도 사람들은 나

이를 물으며 살아간다는 것을 근래에 와서 알게 되었다. 몇 살인
가를 대답해야 하는 곤란하고도 싫은 순간이 종종 있기 때문이다)
나는 동갑이라고 말해준다. 아마 하자는 마음속으로 애가 왜 이리
선선한가 하고 생각하고 있을 것이 분명했다.

"너 아까 저 순경이 우리보고 여고생이냐고 묻던 것 들었지? 그
런데 어떻게 서른이 가까운 나이의 증명서를 내놓을 수가 있니?"

하자는 어이없는 듯 웃으며 어서 내놓으라고 했지만 의외로 내
가 전혀 그럴 생각을 않자 골을 내었다. 나는 순경에게 내놓기 싫
은, 아니 싫다기보다 실망을 줄 일도 안 되었지만 그보다 하자에
게 한 살 속인 나이 때문에 더욱 내놓을 수가 없었다. 순경이 본서
에까지 가자고 했다. 자기들이 적발한 것이 아니고 우리가 제 발로
걸어들어와 전화를 쓰고 싶어한 것이므로 그 점을 참작하여 너그
러이 봐주겠으나 일단 본서까지 가서 조사를 받아야 한다고 했다.
순식간에 백차가 파출소 앞에 와서 섰다. 우리는 떠밀리듯 백차를
탔다.

"너무 걱정하지 않아도 좋아요. 국제전화도 그곳에 가야지 쓸
수 있고 하니까. 근데 참 삼 년 동안이나 한 번도 등록증을 안 가지
고 다녔어도 안 걸린 게 이상한데."

순경들이 말했다. 하자는 친구가 일본말에 능숙지 못하여 실은
가지고 있으면서도 얼떨결에 무서워서 잘못 얘기했노라고 자기가
순경에게 말하겠다고 했다. 일본 경찰이 얼마나 무서운지 모른다,

자기는 어렸을 때부터 겪어보아서 잘 안다, 잘못하다가 큰코다친다고 하자는 계속 내게 설득이었다. 나는 하자가 곧 일본말로 얘기해버릴 것 같은 급한 마음에 하자의 옆구리를 심하게 찔렀다. 차에서 내려 이끄는 대로 본서로 들어갔다. 그들이 내 거주지의 구청에 나를 알아보고 있는 동안 하자와 나는 줄곧 싸웠다. 내 일에 상관 말라고 나는 소리쳤다.

"그래 네 마음대로 해, 나는 모른다. 네가 삼십만원 벌금은 물론 감금되든 나는 모른다."

하자는 소리치며 경찰서를 나가버렸다.

"가, 내 일에 상관 말고 가."

나가는 하자 뒤에 나도 지지 않고 소리쳤다. 넓은 경찰서의 천장이 우렁우렁 울렸다. 일순 고요가 왔다. 밤 당번 순경이 저쪽에서 내 주소와 이름을 전화로 대주고 있었다. 구청에서 그런 사람이 있다고 대답이 온 모양이다. 그들은 내 생년월일, 이름, 외국인등록증 번호 들을 그들이 부르는 대로 입으로 옮기며 받아쎴다. 그러고는 한구석에 앉아 있는 나를 불러 시말서를 쓰게 했다. 오늘은 특별히 시말서로만 용서해줄 터이니 일본을 떠날 때까지 꼭 소지하고 다니라고 말했다.

"왜 친구와는 그렇게 싸우나요."

순경은 자기네 나라를 이제 떠난다는 사람에게 되도록 좋은 인상을 남기게 하고 싶어서인지 친절했다. 나는 그들이 부르는 대로 시말서를 쓰고 국제전화를 걸고 경찰서를 나왔다. 그들이 내 생년 월일을 입으로 옮겨 장부에 쓸 때의 일이 생각나 나는 뒤늦게 얼 굴을 붉혔다. 한편으로 크게 소리친 뒤끝이어서인지 울고 난 뒤처 럼 속이 후련했다. 집을 떠난 뒤, 그보다 어른이 된 뒤 언제 한번 그렇게 큰 소리 내어 남과 싸워본 일이 있던가. 큰 소리를 낼 수 있 는 것은 노래뿐이지만 어쩐지 노래도 점점 작게 자기에게만 들리 도록 하숙방에서 부른다. 달려가는 차량들이 불빛의 파장을 길게 길게 한없이 길게 그으며 달려간다. 하자가 경찰서 모퉁이에 서 있 다가 내가 무사히 나오는 것을 보고 다가왔다. 우리는 한동안 전차 타는 곳의 방향을 몰라 우왕좌왕했다. 마침 경찰서를 나서고 있는 순경에게 하자가 큰 소리로 물었다.

"그리로 쭉 가면 지하철이 나와요."

순경 역시 큰 소리로 대답해준다. 우리는 뛰었다.

내 하숙으로 가는 전차는 이미 끊겨 있었다. 하자네 집 방향으 로 가는 막차를 겨우 탈 수 있었다.

전차에서 내려 마쓰도야역 층계를 빠져나오며 하자는 부스럭부 스럭 백에서 열쇠를 꺼내더니, 여기서부터 자전걸 타고 간다, 하고 말했다.

"뭐, 자전거?"

나는 반문했다.

"그래."

"어마, 너 자전거 탈 줄 아니?"

"그래."

"너 그럼 매일 자전거 타고 다녔니?"

"그래."

하자는 한 번도 내게 자전거를 타고 다닌다고 얘기한 적이 없다. 기타를 칠 줄 모르면서도, 단지 이제부터 기타를 배워야겠다고 기타를 사놓기만 하고서 이미 기타를 칠 줄 안다고 남자친구에게 말했던 나에 비해 하자의 그런 면은 내게 어필해왔다. 하자는 한 번도 자기집으로 가자는 소리를 하지 않았었고, 오늘 이렇게 자기네 집으로 가게 된 것도 불가피하게 이루어진 일이므로 언젠가 보여질 것이라는 지능적 계산하에 하자가 그 얘기를 하지 않은 것은 아니었다. 역의 기다란 층계 뒤쪽으로 돌아가자 어둡고 후미진 곳에 수십 대의 자전거가 겹겹이 세워져 있었다. 마쓰도야는 중심지에서 많이 떨어져 있는 변두리 지역으로 우리 교포들이 많이 살고 있는 곳이다. 역에서 내려서도 삼십 분쯤 걸어야 주택가가 있으므로 자전거를 이렇게 역 앞에 세워놓고 출퇴근하는 사람이 많은가 보았다.

"내 자전거는 좋지 않은 거다. 우리 아부지 거야. 낡고 큰 거야. 여자용 예쁜 것이 아니야."

나는 하자의 뒤를 따라 자전거들을 살폈다.

"이건가?"

하자는 어느 자전거 앞에 머물렀다.

"아, 아니다. 가만있어, 가만있어. 잘 모르겠다. 어디다 두었는지. 내 것도 뒤에 이런 비닐이 동여매어져 있어."

눈이 나쁜 하자는 자전거 하나하나를 들여다보며 걸었다. 나는 몇 걸음 더 걸어가 그곳에 있는 한 낡은 자전거(뒤에 비닐이 동여매어져 있었다)를 가리키며 저거니? 하고 물었다. 하자가 가까이서 보더니 그렇다고 했다. 하자는 익숙하게 자전거 자물쇠를 끄르고 자전거를 끌어 자전거들이 겹겹이 세워진 곳에서 빠져나왔다.

"나는 네 뒤에 타니?"

"타라. 가만있어, 이 우산 네가 들어."

"네 가방도 줘."

"아니, 이건 괜찮어."

나는 우산을 들고 한쪽 어깨에 내 가방을 메고 뒤에 앉았다. 하자는 나를 태우고 자전거와 함께 몇 걸음 빨리 걸었다. 그러다가 갑자기 올라탔는데 나는 그녀의 긴 플레어스커트라든가 조금 굽이 있는 샌들이라든가가 어떻게 처리되는지를 자세히 살폈다. 동경에 와서 장을 보러 가는 주부들이나 가겟집, 쌀집 아주머니들도 흔히 자전거로 물건 배달하는 것을 아무렇지 않게 보아왔으면서도 하자가 자전거를 타는 것은 어딘지 경이로웠다.

늦은 밤이어서 길에는 우리밖에 없었다. 나무들이 서 있는 폐허라든가 작은 공장들이 세워진 위로 흰 구름이 낮게 떠가고 있었

다. 유월의 밤하늘은 포근했다. 하자의 긴 생머리가 내 뺨을 스쳤
다. 하자가 간지러워할까봐 허리라기보다 허리 부분의 블라우스
를 한 움큼 잡고 있지만 하자의 등뒤에서 그녀의 머리카락이 신선
한 공기 속을 헤엄쳐가는 지느러미처럼 느껴지는 희한한 감정에
사로잡힌 나를 하자는 알 리가 없으리라.

달이 떠 있다. 스물여덟 살 동갑인 우리를 태운 자전거는 달을
이고 거침없이 잘도 달렸다. 나는 하자에게 내가 스물일곱이 아니
고 스물여덟 살이노라고 고백하고 싶어졌다.

조그만 다리 하나를 건넜다.

"여기서 한 번 덜컥할 테니 알아라."

하자가 주의를 주자마자 자전거가 한 번 출렁 내려가 심장마저
출렁하더니 곧 다시 평상대로 안정감 있게 달렸다. 자전거를 타면
이렇게 안정감 있고 경쾌한 것인지 나는 몰랐다.

"오늘 바람 참 좋지. 비가 갠 뒤라 아주 맑다. 잠깐 저기 앉았다
갈까."

사람은 살지 않는 듯한 폐허 옆에 텃밭이 있었다. 거기 서 있는
나무 한 그루를 가리키며 하자가 말했다. 우리는 자전거에서 내렸
다. 자전거를 길 한옆에 세우고 어두운 텃밭 길을 걸어서 나무 있
는 곳으로 갔다. 멀리 보이는 곳은 환해도 발밑은 어두워서 샌들에
흙이 들어가기도 하고 아프게 돌을 밟기도 했다. 우리는 손수건을
펴고 나무 밑에 앉았다. 시계를 들여다보니 밤 한시였다. 사위가

지나치게 고요했다.

"아까 말이지, 대사관에서 나올 때는 아주 마음이 이상했다. 간다 간다 하면서도 벌써 몇 달이 걸리지 않았니? 그런데 드디어 이제 정말 떠난다 하니까 조그만 구멍 같은 게 뚫린 것 같고……"

"조그만 구멍이다. 아주 조그만."

하자는 손수건 위에 앉아 조그만을 강조하며 장난기 있게 웃어 보였다.

"알았다, 알았어."

나도 따라 웃었다. 하자는 다리를 쭉 펴고 몸의 자세를 바꾸었는데, 바꾸다가 그녀의 발에 시선이 멈춰지자 얼른 치마 밑으로 발을 감추고서

"성혜야, 나는 뼈가 너무 굵어. 이것 봐, 그래서 손도 밉고 발도 그래. 구두 살 때마다 고역이다."

하자도 지금 나처럼 무엇인가 고백하고 싶은 심정인 모양이다. 나는 하자의 예쁜 살결, 새치름히 다문 입 모습을 참 좋아한다.

처음에는 경계했으면서도 부득이 만났던 것도 하자의 모습에 어떤 향수를 느껴서였던 탓도 많으리라. 따로이 애인을 힘들여 찾아 가질 필요도 없이 그냥 둘이 친구하며 살아가도 좋으리라는 생각이 드는 때도 있다. 하자도 아베 상과 헤어진 후론 연애가 그렇게 쓰린 것이라면 이제 두 번 다시 하고 싶지 않다고 말하고 있으므로, 하자의 그런 마음속에는 나와 같은 마음이, 그냥 여자 친구

와 동무하며 살고 싶은 생각이 들지도 모른다. 그러므로 하자는 내 우정을 믿어보려고 걸핏하면 내게 그렇게 골을 내는 걸까.

갑자기 하자가 내 팔을 확 나꾸어채더니

"너도 말해, 한 가지만. 네 열등감도 말해봐, 뭐니? 내 것만 듣곤."

골을 내었다. 열등감에 휩싸인 내게 열등감이 무엇인지 전혀 짐작도 못한다는 듯 어느 하나만을 알리라고 한다.

"하자야, 너 정말 꼭 파리로 와. 나도 파리로 갈게. 근데 북한에는 여권이라는 게 없으니 불가능하지 않니?"

"아니, 내가 한번 예외를 만들어보겠어. 떠나고야 말겠어. 재일 북한인들의 유일한 탈출구는 북한으로 가는 배다. 어디론가 떠나 버리고 싶어도 떠날 수가 없고, 좁은 일본 땅에 목매여 있으니 차라리 자기 나라 땅에 가서 거기서 힘을 써보고 싶어하는 청년이 많아. 또 나이 먹은 사람들은 나이 먹은 사람대로…… 우리 어머니도 요즈음 아부지와 싸우기만 하면 이북으로 혼자 가시겠다고 한다. 가서 뼈만이라도 조국 땅에 묻으시겠다고 한다."

"왜 그 사람들이 남한으로 가지 않을까. 교포들이 가면 대학도 원하는 대학에 일단은 들어갈 수가 있어. 모두 몇 년씩 재수해야 들어가는 일류 국립대학에도 그냥 들어갈 수 있어. 들어가서 따라가지 못해서 낙제하는 건 자기 문제이지만. 그러면 공부하고 나서 자기 능력껏 길이 열릴 수도 있어, 꿈을 펼 수가 있어!"

"모두들 이북으로 가지만 그것이 그렇게 바람직하지 못한가봐. 내 친구도 몇이 고등학교 졸업하던 해에 갔는데 소문을 들으면 후회하고들 있다고 해. 나는 파리로 갈 거야. 그곳에서 판화 공부를 하며 살아갈 수 있다면 얼마나 좋겠니."

얼마나 좋을까, 하자와 파리에서 다시 만날 수 있다면. 가까운 개천에서 물 흐르는 소리가 들려왔다.

"성혜야, 지금 당장은 아니고 천천히 이남에 가보고 싶은 생각도 들어. 너와 사귀면서 쭉 그런 생각이 들었어. 이남은 어떤 곳인가 하는……"

"그래, 한번 꼭 가봐. 부모님 모시고 가기 힘들면 우선 너 혼자서만이라도. 나는 지금 그런 생각이 든다. 너는 미술대학에 가기를 원했었는데 그런 자유를 막은 주의라는 것이 무엇인가 하는. 주의니 사상이니 하는 것보다 그냥 꿈이 무엇이냐고 모든 사람에게 물으면 될 텐데."

우리는 다시 자전거를 타고 밤길을 달렸다. 개천을 지나고 나무들을 뒤로하고 주택가가 보이기 시작한다. 나는 우산을 펴 들었다. 우산을 펴니 달빛이 밝게 우산 속으로 쏟아진다. 어딘가에 바다가 있을 것 같다. 이 길은 그대로 바다로 이어질 것만 같다. 아무런 변명 없이 그냥 이렇게 달려서 스물여덟의 흐름 속으로 영원히 흘렀으면 싶었다.

갑자기 싼 비행기표를 구해 나는 예정보다 빨리 떠나게 되었다. 비행장에서 하자에게 내 열등감 하나 가르쳐줄게, 라고 말했다.

"나도 실은 너와 동갑이다."

"그건 벌써부터 알고 있었다. 너랑 여권 내러 그렇게 같이 다녔는데 생년월일 하나 못 보았겠니?"

좀 일찍 공항에 나갔으므로 수속을 끝낸 후에도 시간이 꽤 남아 있었다. 그래서 전송 나온 다른 친구들과 함께 공항 식당에서 초밥을 사먹고 별 얘기 없이 앉아 있다가, 그렇게 의식적으로 노력을 하다가 갑자기 내가 탈 비행기의 손님들을 급히 부르고 있는 확성기 소리를 듣자 그때부터 갑자기 마음이 이상해지기 시작했다.

나는 대열에 가서 섰다. 하자는 둘만이 오붓이 헤어지지 않고 다른 친구들을 나오게 했다고 아침에는 골을 냈지만 정작 비행장에서의 까다로운 수속이 다 그 친구들 손에 의해서 진행되자 오히려 다행으로 여겼다. 대열이 거의 안으로 들어가게 되었을 때 나는 뒤를 돌아다보았는데, 하자 혼자 친구들 맨 뒤에 숨듯이 서 있었다. 누가 아빠 집에서 자란 아이니? 하고 그 얼굴은 묻는 듯했다. 하자는 총명하고 일도 잘하는 엄마 집에서 자란 아이보다 아빠 집에서 자란 아이 쪽이 좋아 보였던 모양이다. 먼 세계로 마음대로 떠나볼 수 있는 내가 부러웠던 것이리라. 나는 하자와 함께 아직도 자전거를 타고 달리는 것 같은 느낌을 받았다. 달을 이고 거침없이 달리는 스물여덟의 두 처녀는 이제 우리와 상관없이, 그냥 언제까지고 계속 달리고 있을 것 같았다.

뜻하지 않게 눈물이 흘렀으므로 나는 급히 고개를 돌렸다.

조그만 사무실을 통과하며 나는 그곳 창구에다 외국인등록증을 내어놓고 일본을 떠나는 신고를 하였다.

(1977)

얼음집

아내는 우물 앞에 앉아 익숙한 손놀림으로 우물 안을 씻고 우물의 물을 퍼내었다. 졸졸졸 맑은 물이 쉼없이 흐르고 있어도 열심히 퍼내노라면 우물 안은 비어서 바가지가 바위에 닿는 소리를 낸다. 아내는 조금 앉아서 물이 괴기를 기다렸다가 괸 물로 우물 안을 한 번 더 말끔히 가시고 또 퍼내었다. 박바가지가 지난밤의 물을 하나도 남기지 않고 퍼내는 소리는 아침 공기 속에 상쾌히 울린다. 깨끗이 퍼내어진 우물에 다시 맑은 물이 괴기 시작하는 것을 아내는 재미있는 듯이 들여다보다가 훌쩍 일어선다. 이번에는 마당 한구석에 놓아두었던 곡괭이로 얼음을 찍어낸다. 경사진 마당에는 얼음이 새하얗게 깔려 있다. 우물에서부터 봉당까지 또 봉당에서부터 시작하여 대문 앞까지 곡괭이로 얼음을 찍고 난 후, 부엌에서 연탄재를 내어다가 그 위에 터뜨려 부수어 발로 대충 밟았다. 그러고는 머리에 썼던 수건을 벗어서 잔 얼음덩이가 튀어 있는 발등이라든가 치맛자락을 턴 뒤에 방안으로 들어갔다.

방문은 청소하고 난 그대로 환히 열려 있고 어느덧 산 위에 아까시 숲 높이로 떠오른 해에서 내리비친 깨끗한 햇빛이 방안에 흘러들고 있다.

아내는 햇빛이 어디에 반사되어서인지 조화를 부리고 있는, 무슨 맑은 샘물이 끓고 있는 듯도 한 방문 쪽으로 작은 경대를 내어놓고 앉아 화장을 하기 시작했다.

봄은 얼른 오지 않고 있다.

멀리 산 위를 바라보면 봄기운이 느껴지기도 하건만 아내의 집 축대 위에 둘려 있는 아까시를 비롯한 벚나무, 살구나무, 도토리나무 들은 언제나 눈을 맞아 젖은 그대로 산그늘이 서 있다. 마당에 깔린 두꺼운 얼음층이 녹으려면 아직도 한 달은 더 있어야 될 것 같다. 그 얼음층은 아내의 집에서 자랑으로 여기는 우물물이(사람들은 약수라고 불렀다) 겨울이면 마당으로 흐르기 때문이다. 전쟁의 폭탄으로 인하여 기울어진 이 조선집과 같이 우물도 바위가 터지고 시멘트에 금이 가서 그 틈새로 물은 사시사철 흘러내렸고 겨울이 되면 그대로 얼어버렸다.

아내는 일꾼을 데려다가 터진 곳에 시멘트를 발랐지만 물은 곧 다른 어디로든 흘러내렸다. 그래서 바위투성이인 이 집 마당은 겨울이 오면 서서히 얼음으로 뒤덮이고 겨울이 깊어갈수록 얼음층도 두꺼워진다. 경사진 마당 전체가 얼음의 투명한 흰 빛깔 천지로 변하는 것이다. 집에 오는 손님들은 봄이 오면 홍수가 나지 않을까 집이 떠내려가지 않을까 염려해주면서도, 그러나 참 아름답다고 감탄했다. 얼음 속에는 가을에 깔렸던 낙엽들이 투명한 갈색 그대로 젖은 빛을 띠고 있기도 하고 어린 풀들이 파랗게 움트고 있기도 하다. 얼음층 저 속에 아주 따뜻하게 맑은 물이 흐르고 있는 듯도 했다. 아내가 그렇게 앉아서 화장을 시작하려 할 때 오전반인 국민학교 저학년 막내가 수업을 마치고 집으로 돌아왔다. 엄마아— 하고 부르며 신나게 들어와서는 가방도 벗지 않은 채 엄마가 화장하는 것을 하나하나 자세히 본다. 아이는 그것이 언제 보아도 재미있다. 먼저 콜드크림 단지를 열어 흰 크림을 손가락에 가득 떠서 얼굴에 펴 반질거리게 문지른다. 그다음은 가제 수건에 로션을 묻혀 그 반질거리던 것을 깨끗이 닦아낸 후 또다른 크림 단지를 열어 손바닥에 펴서 얼굴을 살짝살짝 두드린다. 그러고는 그 위에다 분을 탁탁 처바르는데 그러면 아내의 얼굴은 금방 뽀오얘지고 눈만이 발갛게 꼭 운 토끼 눈처럼 된다. 그러나 아이는 걱정을 하지 않아도 된다. 곧 로션을 손바닥에 묻혀 얼굴 전체를 가볍게 두드리면 빨갛던 눈은 어느새 없어지고 본래의 아내 눈이 되어 아이를 보며 웃는다.

"나가서 뭐 사먹어라."

아내는 핸드백을 열어 열심히 보는 아이에게 잔돈을 꺼내어 주기도 한다. 다음은 눈썹을 그릴 차례이다. 아내는 눈썹을 그리는 짙은 갈색의 가늘고 작은 연필로 동그마니 눈썹을 그렸다. 눈썹은 한 번 그려서 안 될 때에는 꼭 세 번 그려야 된다고 아이에게 말하기도 했다. 이번에도 세 번 만에야 눈썹을 그린 후 빨간 루주를 칠하고 입술을 문질렀던 새끼손가락의 붉은 기를 뺨에 발랐다. 그러고는 긴 파마머리를 빗어서 틀어올린 후 옷을 갈아입는다. 옷을 갈아입으며 아내는 아이에게 말했다.

"엄마가 말이야, 쌀이랑 다 씻어서 놨어요. 이따가 저녁때 밥을 안쳐서 언니랑 둘이 그렇게 먹어라. 냄비에 찌개도 그냥 불에 들여놓기만 하면 돼. 상이랑 다 차려놨으니까 그렇게 이따가 저녁에 먹어요."

아이는 고개를 끄덕이며 아내를 따라 나가 대문 밖까지 전송했다. 그늘진 마당이지만 그래도 다가오는 봄을 어찌지 못하여 두껍게 얼었던 흰 얼음층에 물기가 스며 아내도 아이도 조심스레 걸었다.

아내는 매일 시인들이 모이는 찻집에 나갔다. 그곳에는 남편의 친구들이자 또한 이제는 자신의 친구가 된 시인이나 작가들이 언제나 가득 모여 있었다. 그곳은 또한 아내의 연락 장소이기도 했다. 써가지고 나간 원고를 잡지사 기자들에게 주기도 하고 또 새로운 원고 청탁을 얻기도 한다. 아내는 어느덧 작가가 되어 있는 것이다. 시인인 남편이 전장에서 전사하자 어느 잡지사에서 시인에 대한 짤막한 글을 써달라고 한 것이 계기가 되었다. 그 글을 읽은 시인의 친구들은 아내에게 글쓰기를 권유했고, 아내도 피난지에서 돌아와 집에 있는 책이라든가 쓸 만한 것들을 하나씩 팔아 생활했지만 이제는 더 팔 것도 없고 시장에 나가서 장사라도 해야 할 지경에 놓여 있으므로 글쓰는 일이 구원이기도 했다. 아내는 소설이 무엇인지도 모르면서 시인이 보던 옛 책들에서 그럴듯하게 여기저기 베껴내기도 하는 사이에 자신이 쓰고 싶은 얘기도 생기게 되었고 어느새 그런대로 작가가 되어 있었다.

아내가 담배 연기 가득찬 찻집에 들어서면 어, 송여사 하고 이곳저곳서 부르는 친구들의 소리가 들린다. 아내는 그들과 얘기하고 저녁도 먹고 어울려 술집에 가는 일들이 즐겁다.

밤이 늦어 아내가 집으로 발길을 옮길 때면 산밑 절간 같은 집에 무서워하며 기다리고 있는 아이들이 떠올라 무엇이든 사려고 가게를 기웃한다. 그러면 외진 곳에 살고 있는 아내를 데려다주겠다고 나섰던 친구가 아내가 집는 것의 돈을 치러주었다. 그것은 점점 습관처럼 되었다. 처음에는 감사해하며 과일이나 과자를 받았으나 나중엔 으레 그러려니 하는 생각으로 변했다.

"아저씨가 사주었지."

기뻐하며 과자나 과일 봉지를 받아드는 아이들에게 아내는 말한다.

"엄마가 샀지."

하면 아이들은 "에이이" 하며 공연히 그 과자가 맛이 없어진다. 엄마 돈은 아까운 돈이라는 걸 아이들은 알고 있다. 그뿐 아니라 어쩐지 쓸쓸하다든가 불안한 기분 같은 것도 어린 나이임에도 이미 알고 있었다. 실은 그들에게는 벌써부터 하루도 불안하지 않은 날이 없었다. 엄마의 눈치를 지독히 살폈다. 폭격으로 기운 집에 차양이 떨어진다든가 지붕 위에 흙이 들어차서 풀포기가 무성하게 자란다든가 담이 점점 기울어 곧 무너지게 되어 있다든가 하는 것과 함께 엄마가 화내는 도수도 잦아져갔기 때문이다. 아내는 찻집에 눈물이 가득 괴어 앉아 있기도 했다. 울고 계신가요, 무슨 일이 있으셨어요? 하고 묻는 잡지사 여기자에게 내가 오늘 아이들을 두드려패고 나왔어요, 말하며 괴었던 눈물을 떨어뜨리기도 했다.

  아이들은 종종 생각했다. 왜 우리집은 다른 집 같지 않고 엄마는 다른 집 엄마들 같지 않을까, 엄마는 가끔씩 친어머니가 아닌가 하는 생각이 들 정도로 심하게 구는가, 왜 자신의 아이들을 심한 불안 속에 빠뜨리는가.

  엄마의 생일 선물을 잘못 샀을 때의 일이다. 아이들은 틈틈이 엄마 몰래 모은 돈으로 엄마의 내의를 한 벌 샀다. 겨울 내의였는데 잘못 사서 남자 것이었다. 엄마의 생일 하루 전, 생일까지 참기 어려워 그들은 리본을 풀어 던지며 엄마에게 보여주자 엄마도 몹시 기뻐했다. 그런데 곧 내의가 남자 것이라는 게 알려졌다. 아이

들은 상자에 든 것을 펴보지 않고 그냥 샀기 때문에 그때까지 몰랐
다. 엄마는 내복을 집어던지며 바꾸어 오라고 했다. 아이들은 방금
산 시장으로 갔지만 어디서 샀는지 거기가 거기 같고 그 집이 그
집 같아 온 시장을 헤매었다. 날은 어두워지고 어찌할 수 없이 한
구석에 서서 울자 장사들이 왜 우느냐고 물었다. 엄마의 생일 선물
로 내복을 샀는데 잘못 사서 바꾸려 왔더니 그 장사가 없어서라고
대답했다. 장사들은 별 관심은 없으면서도 어딘지 알 수가 있나 하
고 찾아보려는 시늉을 하기도 했다. 어떤 장사는,

"남자 거면 어때, 어린 딸들이 선물했으니 그냥 입지."

말했는데 그 말이 아이들 가슴에 와 꼭 박혔다. 아이들이 아까부터
하는 생각이 바로 그것이었다. 세상에서 제일 가깝다고 할 수 있
는 엄마가 왜 시장에서 장사하는 알지도 못하는 사람보다 먼가 하
는 것이었다. 그러면서 아이들은 한편으로 엄마를 이해하려고 노
력했다. 엄마가 상냥할 때는 이 세상 누구보다 더욱 예쁘고 부드럽
고, 진짜 천사 같지 않은가. 실지 엄마가 정기야 연기야 하고 고운
목소리로 그들의 이름을 부르고 들어올 때의 환함이란, 이제까지
무서웠던 밤의 어둠이 일시에 가셔버리지 않는가.

아이들은 어느새 아내가 가져온 과일을 먹다가 놓고 곤히 잠들
어 있다. 아내는 잠든 아이들의 궁둥이를 자꾸 철썩철썩 두드려주
었다. 더러운 문풍지가 해어지게 불어치는 바람소리가 밖에서 들
렸다. 아내는 잠시 이불 속에서 손을 녹인 후 마루문이랑 덧창들이

다 잘 닫혔는가, 잘 잠겨 있는가, 돌아보고 들어와서 머리맡에 스탠드를 가져다놓고 천장의 불을 끄고 아이들 옆에 누웠다. 이제 한숨 간단히 자고 일어나서 새벽녘에 그곳에 엎드려 오늘 청탁 맡아가지고 들어온 원고를 쓸 작정이었다. 아내는 언제나 새벽녘에 글 쓰는 버릇이 있었다. 밖에는 바람이 한없이 불고 낙엽이 집 주위를 쓸려다니는 소리, 장독 위에 덮어놓았던 바가지가 굴러다니는 소리들이 들려왔다. 집은 바람 속에서 홀로 노 젓고 있는 보트와 같다고 아내는 오랫동안 잠 못 이루며 생각했다.

아내는 매일 아침 우물물을 퍼내고, 집안 청소를 끝내고, 화장을 하고는 학교에서 오전 수업을 마치고 돌아오는 막내를 기다렸다가 부지런히 찻집으로 나갔다. 그런 일은 언제까지고 계속될 것 같았다. 아무 일도 일어나지 않고, 겨울이 오면 얼음이 얼고 봄이 오면 녹고, 아내는 아이를 기다려 찻집으로 나가고 하는 일들이 언제까지고.

"엄마가 말이야. 찌개만 해놨어. 쌀의 돌을 잘 골라 씻어서 언니랑 그렇게 맛있게 해 먹어라. 조리를 꼭 두 번씩 일어라, 응?"

이렇게 이르다가 어느 때부턴가는,

"장독에서 된장을 떠다가 두부 한 모 썰어 넣고 파 넣고 김치독에서 김치를 꺼내서 썰어 먹어라. 김치를 함부로 뒤지지 말고 잘 꼭꼭 눌러놔요."

이렇게 말하기에 이르렀다.

아이들이 전적으로 저녁을 맡아가지고 하게 되었을 즈음, 아내는 걸핏하면 울음보따리를 터뜨렸다. 아내가 해놓은 대로 그렇게 잘되어 있지 않기 때문이었다.

"무엇이든 엄마가 좀 해놓은 대로 해봐라. 부지깽이는 왜 늘 놓던 자리에 안 놓니, 연필은 여기두 굴러다니구 저기두 굴러다니구, 공책은 왜 맨 쓰다 만 것투성이냐. 돈이 하늘에서 떨어진대두 못 견디겠다."

대개 이런 식으로 시작하여 아내는 꼭 울음보를 터뜨리고 말았다. 아내는 언제나 눈을 가리고 입을 실룩이기 때문에 아이들은 엄마가 골을 내다가 그만 웃는 줄 알고 다가가다가 멈칫 물러날 때도 많았다. 울던 아내는 방으로 달려들어가서 경대 서랍에 있는 면도칼을 꺼냈다.

"엄마가 여기를 끊는 날엔 죽는 거야."

무서워하며 떠는 아이들에게 손목의 동맥을 가리키며 위협했다.

엄마, 엄마아— 아이들은 엄마에게 달려들어 울면서 면도칼을 빼앗으려 한다. 큰아이는 꽤 힘이 세기 때문에 연약한 엄마의 손에서 면도칼을 잡아 뺀다. 그럴 때는 엄마의 힘도 무척 세서 여간해서 뺏어낼 수 없지만 아이는 있는 힘을 다해서 기어이 면도칼을 잡아 빼는 것이다. 자루가 달린 접혔다 폈다 하는 면도칼이어서 잡아 빼는 데 비교적 위험은 없었다. 그리고 나서 언제나 세 모녀가 한바탕 울고 다시는 그러지 않겠다는 다짐하에 그치곤 했다. 그러나 아내는 언제나 그렇게 모질지만은 않았다. 모진 만큼 꿈도 많았다. 가끔씩 일요일이면 아이들에게 도넛을 만들어준다고 온 아침 내내 부엌에서 지냈다. 아이들을 부엌 옆 찬방에 불러놓고 도넛이 기름에 튀겨지는 대로 하나씩 집어주기도 했다. 다 만들어가지고 접시에 담아서 방에 들어가 먹게 하기보다는 아이들이 선물을 엄마의 생일까지 참지 못하듯 엄마도 그렇게 참지 못했다. 맛이 있니? 하고, 아이들이 먹는 모양을 재미있어하며 지켜보았다. 또 아이들을 데리고 가끔씩 영화 구경을 가기도 했다. 일찍 돌아오는 막내만 데리고 나가는 날도 많았다. 문을 다 안으로 잠그고 부엌문으로 나서서 밖에서 쇠를 채운다. 그러다가 순간적으로 이맛살을 찌푸리는데 비딱하게 기울어져 있는 담 때문이었다. 한껏 자란, 지붕 위의 무성한 풀이라든가, 내려앉은 차양, 기운 담을 보면 언제나 무언지 흘깃 불안이 스쳐감을 어쩔 수 없었다.

큰아이 때문에 산 위 천막집 여자에게 열쇠를 맡긴 후 가끔씩 좀 내려다봐달라는 부탁을 하고 아이와 함께 나섰다. 버스를 타고 가서 내리면 곧바로 보이는 그 영화관에 아이는 몇 번이나 엄마와 가본 일이 전에도 있다. 아이는 간판 그림에 가슴을 설레며 엄마를 따라 신문사로 들어간다. 그 영화관은 신문사에 곁달린, 즉 그 신문사에서 하고 있는 영화관이었다. 아내는 그곳 편집장과 아는 사이다. 아내는 편집장과 신문에 관계되는 얘기, 작가들의 얘기, 잡

44

지의 얘기들을 한다. 얘기가 끝날 즈음 편집장은 영화나 보고 가시지 하고 말한다. 그럼 아내는 기다렸다는 듯이 볼 수 있어요? 하며 웃는다. 편집장은 영화관에 곧 전화를 걸어 좌석을 안내하는 안내양을 부른다.

영화를 보면서 엄마가 설명해주지 않아도 그 나름으로 파악하여 알고 있는 아이에게, 지금 저 남자가 왜 오토바이를 타고 가는지 알겠니, 아까 그 여자가 저 남자 애인인데 다른 남자랑 도망갔기 때문에 그 뒤를 쫓는 거야, 라든가 저 할머니는 그 여자의 어머니다, 라든가 귓가에 대고 얘기해주었다.

이상하게도 아내는 아이들에게 영화 보는 것을 잘 허락했다. 집 근처에 있는 극장에서 좋은 영화를 할 때면 돈을 주며 아이들에게 보고 오라고 하기까지 했다. 그즈음 아이들은 세상에서 제일 재미있는 것은 바로 영화라고 생각하고 있었고, 그런 아이들을 기쁘게 해주고 싶은 듯 아내는 아이들에게 영화를 잘 보게 했다. 학교에서나 사회에서 연소자 입장 불가라고 하는 것에는 전혀 아랑곳도 없다는 듯이.

어느 날인가 영화를 보면서 아이는 무척 울었는데 그 영화가 슬픈 스토리이기도 했지만 그보다는 엄마가 측은해서였다. 녹음이 짙은 곳으로 남녀가 걸어가는 장면을 보며 아이는, 내게는 이제 저런 시기가 오겠지만 엄마에겐 더이상 저런 시기가 오지 않으리라, 그런데도 엄마는 화면을 어찌도 열심히 보고 있는지 측은하여 한없이 울었다.

날은 가고 봄이 오고 여름이 왔다. 나무가 많은 이 집에 이른봄부터 늦여름까지 꽃이 계속 피었다. 축대 위에서 개나리가 무성히 내려드리워 노란 꽃을 피울 즈음이면 이 집에 들어서는 사람들은 누구나 어지럼증을 느꼈다. 개나리꽃이 절간과 같은 구조의 이 조선집 유리창에 그대로 반사되어 노란 폭포수가 양쪽에서 내려 쏟아지고 있는 착각을 받는다. 꽃의 폭포뿐 아니라 라일락, 노란 장미나무, 벚나무, 앵두나무, 아까시나무들이 그치지 않고 꽃을 피워대며 향기를 진동시켰다. 이곳 산밑 마을은 어느 집이고 꽃나무가 많았지만 특히 아내의 집에 더 많았다. 전쟁 전 시인이 처음 이 집을 발견하였을 때는 이렇게 꽃나무가 많고 약수가 있는 집이 단지 너무 외져서 적적하다는 이유로(그것이 시인에게는 오히려 더 좋았음에도) 별로 비싸지 않은 것에 뛸듯이 기뻐했다고 한다. 우물가 노란 장미나무에 꽃이 송이송이 달리면 사람들은 한 가지만 달라고 청해오기도 하고, 산에 오르는 사람들이 몰래 담 너머로 손을 넣어 꺾어가기도 했다. 아내는 시인이 나가고 나면 대문을 활짝 열어놓았다. 그때를 기다려 동네 사람들은 주전자를 들고 와서 약숫물을 퍼갔다. 아내는 되도록 많은 사람에게 물을 먹이고 싶지만 시인의 일을 방해하지 않으려고 시인이 나간 시간에만 대문을 열어놓았다.

소나기가 걷히고 무지개가 하늘에 걸린 초여름의 어느 날, 아내
는 목수를 데려다가 기울어진 담에 막대기를 받쳐놓았다. 목수는
담이 폭격으로 기울기만 했지 아직 튼튼하니 그대로 담 전체를 들
어서 바로 놔주면 새로 하지 않아도 될 거라고 아내에게 말했다.
아내는 일손이 노는 날 하루 와서 좀 그렇게 들어서 옮겨놓아달라
고 목수에게 몇 번씩 당부했다. 며칠이 안 가서 목수는 일꾼 한 사
람을 데리고 담을 들어 옮기러 왔다. 담 밑에 시멘트를 쪼아내고
있는 목수와 일꾼에게 아내는 조용조용 말했다.

"내가 아무것도 모르니 양심적으로 좀 잘해주시오. 내가 소설
쓰는 여자라오."

이것은 그즈음 아내의 입버릇이었다. 동회에서 인구조사를 나
온 사람에게도, 굴비를 팔러 온 광주리 장수에게도 아내는 꼭 그렇
게 말하고 있었다.

내가 소설 쓰는 여자라오.

소설 쓰는 여자이니 세상 물정을 잘 모르므로 제발 속이지 말아
달라고 애원하는 뜻인가.

담은 옮기기 전에 무너져버리고 말았다. 시멘트를 쪼아낸 곳에
다 막대기를 꽂고 목수와 일꾼이 웃통을 벗고 갈비뼈를 드러내며
바로 세우기에 힘썼으나 결국 무너졌다. 그것은 정말 누가 보아도
무너질 게 뻔한 노릇이었다. 단지 그 목수와 일꾼과 아내만이 몰랐

다. 항상 비스듬히 기울어 위험해 보이던 담이 무너지고 나니 오히
려 시원스럽기도 했다. 어쨌든 위험은 없어진 것이었다.

밤이면 담 밑으로 내려와 앉던 별이 마당으로 내려와 앉았다.
아내는 가끔 축축하고 무거운 이불을 쓰고 혼자 울었다.

가을이 가고 겨울이 와 얼음은 또 두꺼운 층을 만들기 시작했
다. 바람은 알 수 없는 곳에서 몰려와 집을 포위했다. 담이 막아주
던 바람을 그대로 맞바로 맞는 수밖에 없었다.

아, 이 바람이 무서워.

아이들은 저녁을 먹고 난 후 설거지를 끝내고는 혹시 엄마가 저
녁을 안 먹고 돌아오는 때를 위하여 엄마 상을 봐두었다. 그러고는
일단 부엌에서 나왔다가 새로운 눈으로, 즉 엄마의 눈이 되어 다시
부엌에 들어가보았다. 부지깽이랑은 다 제자리에 잘 놓여 있는가,
행주가 깨끗이 빨아져 있는가를 엄마의 눈이 되어 살폈다. 그래도
어쩐 일로인지 대개 엄마의 화를 돋우었다. 무엇인가 꼭 잘못해둔
것이 있고야 말았다.

바람이 부는 겨울 저녁녘 아내는 기어이 자신의 동맥을 면도칼
로 잘랐다. 다른 때보다 일찍 들어온 아내는 갑자기 부뚜막에 주저
앉더니 울기 시작했다. 아이들이 깜빡 잊고 찌개를 연탄불에 올려
놓은 채 두었기 때문에 물이 다 졸아서 냄비가 새카맣게 타 있었다.

어떻게 살아, 어떻게 살아. 이래가지고 어떻게 살아.

아내는 기가 딱딱 막힌다는 듯 부뚜막에 앉아서 눈을 가리고 울

더니 어두운 방안으로 달려들어갔다. 물론 경대 서랍에 있는 면도 칼을 찾으러 간다는 것을 알았지만 아이들은 그냥 가만히 서 있었다. 무언지 몹시 귀찮고 달려가서 엄마를 말리기 전에 자신들 쪽에서 먼저 발작이라도 일으킬 듯한 심정이었다.

아아, 또 시작되었는가.

그러나 그런 생각은 단 한순간뿐이었다. 엄마가 흘린 피를 생각하면 아이들의 심장은 지금도 뛰어 곤두박질하였다. 동생의 울음소리에 큰아이가 방안으로 달려가서 전등을 켜자, 엄마는 베개에 피를 흘린 채 쓰러져 있었다. 큰아이는 동생의 울음소리를 뒤로 들으며 언덕 끝에 있는 병원으로 달려내려갔다. 초저녁 별 하나가 아이와 함께 달렸다. 낮 동안에 흐르던 풍경은 어둠 속에 정지한 채 얼어붙어 있었다. 언 땅은 신발도 신지 않은 아이의 조그만 발을 공을 튕기듯 튕겨내었다.

지혈을 시킨 후 의사는 무엇 때문에 엄마가 자살을 하려 했는가를 아이들에게 물었다.

"저희가 저희가 잘못해서요. 냄비를 새까맣게 태우고……"

흐느끼노라 더듬거리는 아이들의 말을 의사는 믿지 않는 듯했다. 비교적 빨리 조처할 수 있어 위험은 없지만 앞으로 몸을 잘 보신해야 하겠다고 의사는 말했다. 너희들 둘밖에 아무도 없는가, 친척이나 누구 돌보아줄 사람? 말하곤 의사는 가버렸다.

아내는 붕대 감은 손을 이불 위에 조심스러이 놓은 채 곤히 잠들어 있다. 끝의 아이도 어느새 쓰러져 엄마의 발치에서 자고 있다. 큰아이는 벽장문을 살그머니 열고 이불을 꺼내어 동생에게 덮어주었다. 그러고는 무릎걸음으로 다가가 엄마의 얼굴을 가만히 살폈다. 웃풍이 세어서 엄마의 코도 동생의 코도 빨갛게 되어 있었다. 아이는 엄마의 손을 이불 속에 넣어주고 싶지만 아픈 손이 조금만 다쳐도 더 아플 것 같고 또 혹시 잠이 깨일까봐 그냥 두었다.

엄마 눈가에 눈물이 한줄기 흘러 있고 몹시 괴로운 듯 가끔 푸푸하는 소리를 내기도 했다. 아이는 후회로 온몸이 타는 듯했다. 엄마가 어두운 방안으로 달려들어갔을 때 왜 말리지 않았을까, 그래서 엄마보다 더 힘센 이 힘으로 왜 면도칼을 잡아 빼지 않았을까.

엄마가 갑자기 눈을 뜨더니 아이를 보고 애기처럼 미소 지었다. 그러나 곧 다시 스르르 눈을 감고 잠 속에 빠졌다.

그후 한 달쯤 지나서 아내는 두 아이를 남긴 채 떠났다. 손목은 곧 나았지만 워낙 연약하던 몸에 더 약해진 아내는 곧잘 현기증을 일으켰고 물을 긷다가 발을 잘못 디뎌서 얼음판에 넘어졌다. 물통의 물을 온몸에 쓰며 머리를 어딘가에 몹시 심하게 부딪쳤다. 며칠이 지나 의식이 완전히 회복되었을 때 골속이 쏟아지듯 아팠다. 사람들이 가르쳐준 대로 머리 아픈 데에 묘약이라는 소의 골을 푸줏간에 부탁하여 사왔다. 그냥은 먹기가 힘들어서 프라이팬에 약간 구워서 먹으라고 했다.

아내는 늦은 밤 쏟아지는 골치를 허리띠로 꽉 동여매고 부엌에 내려가서 소의 골을 프라이팬에 지졌다. 촉수가 얇은 전등불이 희끄무레 아내의 느릿한 동작을 비추었다. 갈아 넣은 지 얼마 되지 않아 아직 덜 피워진 연탄불에서 나오는 독한 가스 냄새가 부엌 속에 자욱했다. 아내는 몇 번이나 구부렸던 허리를 펴고 바깥쪽을 향하여 숨을 몰아쉬었다. 그럴 때마다 양손으로 머리를 짚으며 우우 소리를 내었다. 한참 만에야 불에 달구어진 프라이팬에서 지글지글하는 소리가 났다. 약간만 구우라던 말이 생각나 아내는 얼른 프라이팬을 치마에 싸서 들어내었다. 연탄 뚜껑을 덮어놓고 치마에 싸쥔 프라이팬을 들고 방으로 들어갔다. 이불이 방안 하나 가득 펴져 있고 두 아이가 곤히 자고 있다. 아내는 이불 한 귀퉁이를 들치고 앉아 프라이팬의 것을 먹기 시작했다. 소의 골이라고 하는 니글거리는 허연 물체는 보기도 역겨웠다. 아이가 자다가 눈을 뜨니 엄마가 머리를 사자처럼 풀어헤치고 허리띠를 동여맨 채 어두운 불빛 밑에서 소의 골을 먹고 있는 게 보였다. 아이는 꿈인 듯 다시 눈을 감고 잠이 들었다.

그러나 어찌된 일인지, 그렇게 먹기 싫은 소의 골을 계속 밤마다 먹었건만 아내의 병은 좀처럼 낫지 않았다. 아내는 휘몰아치는 바람소리를 들으며 두 아이의 손을 한 손에 하나씩 잡았다.

저 소리는 내 아이들의 울음소리인가 바람소리인가.

아내는 불안한 눈을 뜨고 귀기울였다. 전깃불을 켜지 않은 방안은 어두운데, 높이 달린 들창으로 때마침 따뜻한 곳으로 미처 길을 떠나지 못했던 기러기떼가 줄지어 날아가는 게 보였다. 녹슨 차양의 한 귀퉁이가 바람에 떨어져나가는 소리, 장독대의 그릇이 깨지는 소리가 들려왔다. 아내는 바람의 세계 속에 두 아이를 태우고 열심히 보트의 노를 젓노라 생각했다. 열심히 열심히 저어서 어딘가로 한없이 가노라 생각했다.

아내의 장례가 끝난 후 먼 친척 할머니가 두 아이를 돌봐주러 이 집으로 왔다. 할머니는 귀가 어두워 심한 바람소리도 잘 못 들었다. 잠그지 않은 대문이 요란한 소리로 바람에 열렸다 닫혔다 하고 문풍지가 찢어질 듯 바람이 들이쳐도 할머니는 그저 멀거니 앉아서 벽을 바라보았다. 어떤 때는 벽에다 바싹 이마를 대고 앉아 있다가 아이 중에 누가 방에 들어가면 어떻게 죽으랴 하고 혼잣소리 비슷이 했다.

담도 없는 이 집은 할머니와 함께 더욱 허물어져갔다. 사방에 거미줄이 슬고 곰팡이가 피고 어쩐 일인지 나무도 죽은 가지들이 많아져갔다. 봄이 되면 또 여전히 새순이 돋아나고 꽃들이 아귀아귀 피어대지만 죽은 나뭇가지들 때문에 어딘가 몹시 음울해 보이는 뜰 안 풍경이었다.

그러나 무언가 비밀을 간직한 듯한 사람의 마음을 끄는 힘이 있어, 산 위로 올라가던 사람들은 왠지 저절로 발걸음을 멈추고 이 집을 내려다보는 것이었다. 그늘이 많고 거미줄과 잡초로 뒤덮인 저 집에는 누가 살고 있는 것일까. 황혼이 찾아들었다가 물러나면 괴기한 정적 속에서 집은 산책자들의 엿보임이 두려운 듯 더욱 몸을 움츠렸다.

어느 날인가 한 산책자가 이곳을 지나가다 가시철망에 고개를 내민 노란 장미 송이를 자신도 모르게 손을 넣어 꺾었다.

딱.

가지 꺾어지는 소리가 너무도 큰 데에 놀라서 흠칫 물러서다가 머리털이 성성한 웬 노파가 우물 앞에 앉아서 정신없이 이를 닦고 있는 것을 보았다.

그즈음 할머니는 귀신이 다 된 듯한 모습으로 황혼을 온몸에 받으며 그렇게 오래오래 앉아 소금으로 이를 닦았다. 저쪽 집 뒤 어디선가 아이들의 노랫소리가 들려왔다. 산책자는 알 수 없는 사념에 사로잡혀 꽃가지를 든 채 한동안 그곳에서 머뭇거리다가 어둠 속으로 사라졌다.

어느 잊히지 않는 풍경, 어느 잊히지 않는 순간을 그 사람은 그 순간 경험한 것일까. 그렇다면 이 집은 점점 자신의 사명을 띠기 시작하는 것일까. 모든 상처를 감수해가며 견뎌내어 더욱 자기답게 신비를 간직하는가. 그렇게 되기 위해 이 집은 얼마나 더 인내하고 희생해야 될까.

할머니는 황혼을 온몸에 받고 앉아서 그렇게 소금으로 이를 정신없이 닦다가 갑자기 피가 멈춘 듯 온몸이 말을 듣지 않게 되었다. 친척 한 사람이 할머니를 양로원으로 모셔갔고 아이들은 자기들 집에 데려갔다. 아내가 죽고 두 해가 흐른 뒤였으므로 초라하게 크던 아이들은 어느덧 여학교에 입학을 하고 국민학교 상급반에 올라갔다.

그때의 아이들은 이미 어른이 되어 있을 것이다. 어린 시절이 소리 없이 스러졌듯 청춘도 어느새 스러지고 차가운 세상을 이제껏보다 더욱 통째로 피 흘리듯이 맞고 있을까. 그러나 너희들 또한 차가운 세상을 만드는 한 일원이리니. 아이들이여 지금 너희는 어디에 있는가. 어떤 일이 너희에게 일어났고 어떤 미래가 너희에게 찾아드는 것일까. 이 세상이 한 개의 거대한 얼음집이더라도 어린 시절의 그 얼음집을 간직해다오. 얼음 속을 잘 들여다보면 맑은 물이 흐르고 있는 듯하며 그 안에 파란 풀잎이 자라던 것을……

(1977)

초록빛 모자

인정人情이 몹시 그리워지는 어느 날 나는 남장男裝을 하고 거리에 나섰다. 짧게 커트한 머리 위에 모자를 푹 눌러쓰고, 코밑에 수염을 붙이고, 바바리 속에 머플러 두 개를 접어서 어깨에 넣어 입으니 나는 조그만 남자가 되었다. 내 키가 조금만 더 컸더라면 나는 남장에 만족했을 것이다. 하나 조그만 남자인들 어떠랴. 어차피 내가 아니고 남인 바에야 내가 조그만 남자의 마음이 되어서까지 번민할 이유가 없지 않은가.

나는 한길을 따라 걸었다. 마침 군악대가 지나가고 있으므로 군악 소리에 맞추어 발걸음을 옮겼다. 내가 좋아하는 곡 〈뚜나〉였다.

오 내 나이 어릴 때 내 입은 가볍고,
바다 위에 떠돌기 나 참 원했네.

나 지금 남쪽 나라 바라볼 제에
내게 들리는 소리,
그 작은 뚜나 강물 흐른다.

행진곡풍으로 편곡된 리듬에 맞추어 발을 크게 떼어놓느라고
이마에는 땀이 솟았다. 이 노래는 육 년 전에 죽은 단 하나의 혈육
이었던 언니가 여고 음악 시간에 배워 집에 와서 부르는 걸 듣고
나도 저절로 알게 된 노래다. 언니네 학교에는 유명한 바리톤 가수
가 음악 선생이었는데 그 음악 선생은 노래를 부를 때 전혀 무슨
노래인지 모르게 부른다는 것이다. 〈뚜나〉 이 노래도 한참 듣고 있
어야 〈뚜나〉를 부르는 거로구나 하도록 떨리는 음이 매우 불안정
하다는 것이다.

모퉁이를 돌아서자 군악대들은 나와는 반대 방향으로 멀어져
갔다. 애석했지만 할 수 없는 일이었다. 이럴 때 애석함을 전혀 얼
굴에 나타내지 않는 방법은 없을까. 내 마음과 전혀 딴 방향의 얼
굴을 짓고, 딴 방향의 말을 할 수는 없는 걸까. 마음속 문에 빗장
을 질러놓아 아무도 그것을 엿볼 수 없게 할 수는 없을까. 내 친구
들은 그 문을 마음대로 열어 내 모든 것을 다 봐버렸다. 나는 내 모
든 것을 들켜버렸다. 도망갈 곳이 없어졌다. 막다른 골목에 이르렀
다. 하여 나는 나에게서 벗어나오지 않으면 안 될 필연에 이른 것
이다.

내 성격이 부서지기 시작하는 걸까. 나는 친구들의 말도 함부로 가로채고, 남이 얘기하고 있는 도중에 벌떡 일어나기도 하며, 혹은 다방에서 들려오는 노랫소리에 발로 장단을 맞추며, 이 노래 참 좋지? 좋지? 들어봐, 강요하기도 한다. 나오는 노래마다 좋다고 하기 때문에 상대방은 내 강요에 못 이겨 귀를 기울이다가도 곧 싫증을 내버리곤, 하루종일 집에서 라디오만 듣니?라고 나를 나무란다.

그러나 어쩌면 좋은가. 나는 전축도 라디오도 갖고 있지 않다. 작은 카세트 녹음기가 한 대 있었지만 그것은 언니가 퍽 아끼던 물건이어서 언니의 무덤 속에 함께 넣어주었다.

자주 외출도 하지 않으니 다방에서 유행가도 들을 기회가 별로 없다. 나는 정말 음과는 먼 곳에 살고 있다. 아마 음과는 먼 곳에서 살고 있기 때문에 조그만 음에도 민감하여 세상의 모든 노래를 많이 알고 있는지 모른다. 또한 나는 친구 애인들 사이에 끼어 앉아 있기도 한다. 눈치가 없어서가 아니다. 지금 내가 이 자리에 필요한가 아닌가 하는 데에 잔신경 쓰기 귀찮아서다. 아니, 사실 나는 아주 소심한 사람이다. 조그만 일에도 잔신경을 몹시 쓴다. 그럴수록 그렇게 자신을 아끼느라 바들거리는 것이 피곤해져, 함부로 나를 굴리기 시작하고, 그러한 자신에 대해 스스로 가슴이 아파 쩔쩔매게끔 되어버렸다.

처음, 나는 나의 그러한 행동이—남의 말을 가로챈다든가, 남의 얘기 도중 일어난다든가, 자신이 환영받지 못하는 자리에 앉아 있다든가를 충분히 의식意識하면서 하는 행동들이므로 마음만 먹으면 그러지 않을 수 있으려니 생각했다. 그러나 그것은 오산이었다. 나는 이제 아무리 의식儀式이 갖는 미덕의 세계로 들어가려 해도 들어가지지 않는다. 자신을 한 겹씩 여미는 일, 부수어 그 파편들을 드러내놓지 않고 감싸는 일, 소중히 잘 가꾸어보는 일, 이런 것들이 얼마나 어려운가를 차츰 깨닫게 되었다.

가령 〈전원田園〉을 틀어놓고 상 위에는 꽃을 한 송이 꽂아놓고 식사를 한다든가—지금의 내 밥상은 어떠한가. 언젠가 친구가 자기는 이 세상에서 가장 황량하고 고적한 곳으로 가고 싶다고 말했을 때, 나는 내 밥상을 떠올렸다. 행주질을 했음에도 고춧가루가 덜 지워진 상 위에다 먹다 남은 반찬들을 찬장에서 도로 꺼내 늘어놓으면, 그것은 어제의 아침인지 오늘의 점심인지 내일의 저녁인지 모르는 것이다—밤에 잘 때는 꼭 잠옷으로 갈아입고 밤 화장을 다시 한 후 깨끗이 정리된 이불 속으로 들어간다든가, 손님이 왔을 경우 문간에서 누구냐고 함부로 소리치지 않고 정중히 물을 수 있으며, 타인의 얘기에 조심스러이 귀를 기울이고, 마음속에 아무리 우울과 통증이 쌓이더라도 남에게 털어놓지 않는, 그런 세계를 나는 이제 간절히 동경하는 것이다.

나는 혹 내가 친구들에게 그들이 잠을 자고 있는 시간에 함부로 전화를 걸어 긴 시간 쓸데없는 말을 주절거리지 않을까, 그들이 일하고 있는 직장으로 찾아가 우정을 내세워 돈을 빌리지 않을까 아찔해지기도 한다. 그러나 아직 그러지는 않았다. 겉으로는 무사했다. 그럴 수도 있다는 착각 속에만 빠져 있다.

정말 그런가.

솔직히 고백하자면 어제저녁 친구들을 내 방에 불렀으나 단 한 사람도 오지 않았다. 그동안 내가 판 전각篆刻을 보여주기 위해서였다. 그들에게 미리 말하지는 않았지만 나는 친구들 이름을 하나씩 내가 깎은 나무뿌리에 새겨놓았다. 그것들을 각자에게 선물로 줄 생각이었다. 그리고 또 책상이고 의자고 밥상이고 연필통이고 간에 어디라 할 것 없이 칼이 들어갈 만한 곳에 새긴 여러 가지 형태의 전각들을 보여주고 싶었다. 그러나 단 한 사람도 오지 않았다. 나는 그로 인해 완전히 의기소침해져버렸다. 친구들이 다 떠나갔음을 시인하지 않을 수 없었다. 그들은 왜 약속이나 한 듯이 한 사람도 그림자조차 얼씬거리지 않았을까. 그들은 서로 나를 떼어놓고 자기들끼리 통했던가. 이 친구에게 저 친구 말을 하고 저 친구에게 또다른 친구 말을 한 것이 들통이 난 것일까. 아니, 그럴 리는 없다. 나는 마음속에서만 말을 옮기고 다녔지 실지 입 밖에 내어 말한 일은 없다. 아무리 생각해도 없다. 나는 아무 말도 않는 나의 이 굳은 입, 계산된 입이 싫다.

모퉁이를 돌아서자 개천이 하나 나왔는데 다리 위 난간에 기대어 담배를 피워 물었다. 담배를 피우며 친구들이 내게 해주었던 충고들을 떠올렸다. 치과에 가서 뻐드렁니를 집어넣으라고 한 친구는 간곡히 말했다. 나는 사는 데 별 불편이 없으므로 그대로 살아보겠다고 대답했다. 또다른 한 친구는 내게 있어서 아주 재미있는 면이 바로 그런 면이라고 추켜세워주며 그러나 머리를 그렇게 짧게 깎아붙이는 것은 별로 어울리지 않으니 이제는 좀 머리를 길러보라고 했다. 그래, 그럼 길러볼까? 이렇게 말하면서도 나는 아직 한 번도 머리를 길러보지 않고 있다. 또 어떤 친구는 안경을 벗고 콘택트렌즈를 써보라고 했다. 콘택트렌즈는 지금도 내 방 서랍에 들어 있으나 끼지 않는다. 렌즈가 내 눈에 맞지 않는 모양인지 끼기만 하면 눈알이 빨개지고 눈물이 줄줄 나기 때문에 어쩔 수 없다. 돌아다보면 눈은 내 얼굴 중에서 가장 자랑할 만하였다. 초롱 별 두 개가 떠 있는 것 같다고 사람들은 안경을 쓰기 전 말하였다. 또 이를 갈기 전에는 예쁜 치아가 가지런히 나 있었고, 야구공을 맞지 않았던 때의 내 코는 얼굴 한가운데 귀엽게 올라붙어 있었다. 그런데 어느 날 운이 나쁘게도 길을 지나다가 학교 운동장에서 튀어나온 빗나간 야구공을 잘못 맞아서 그만 코뼈가 부러졌다. 코가 주저앉았고 보기에 따라서 약간 삐뚤기도 하다. 어린 시절의 나는 예쁜 아이로 통했었다. 얘, 얘, 이리 와봐, 쟤가 웃는다, 웃는 거 봐라. 동네에 나가면 이런 소리가 여기저기서 들렸다. 담배 연기를 훅 내뿜는데 웬지 눈물이 흘렀으므로 나는 안경을 벗고 눈물을 훔쳤다. 나는 친구들이 그리웠다. 이 길로 치과에 달려가서 앞니 두 개를 뽑고 플라스틱 이를 해넣을까 생각해봤다. 눈이 아프더라도 콘택트렌즈를 끼는 게 어떨까. 진심으로 충고해주는 친구들에게 그만한 성의는 보여야 하지 않았을까.

그런데 친구들은 과연 진심이었을까. 진심으로 남을 생각하여 충고한 것일까. 만약 그들의 말이 진심이라면, 그렇다면 나는 다른 사람과 아주 다른 구조로 생긴 걸까. 남을 진심으로 생각한다는 것이 내게는 있을 수 없기 때문이다. 나는 친구들이 나를 걱정해줄 때마다 그 저의를 캐기에 골몰한다.

내 옆에 누군가가 서 있는 것 같아 흘깃 옆으로 눈을 돌렸다. 초록색 모자를 쓴 낯이 익은 듯한 남자가 서 있었다.

"담뱃불 좀 빌려주시겠습니까?"

남자는 목을 빼고 내 담뱃불에 거의 담배를 들이대고 있었으므로 나는 손가락에 끼운 담배를 그냥 그 자리에 정지시키면 되었다.

그는 담뱃불을 붙여 물더니 훅 연기를 내뿜었는데 그 모양이 서툴러서 혹시 이 사람도 나처럼 분장을 한 것이 아닌가 자세히 살폈다. 그러나 턱에 가뭇가뭇 내비친 수염은 살갗 속에서부터 밖으로 삐져나와 있는 것이 분명했다.

"고맙습니다."

남자는 머리에 쓴 초록색 모자를 약간 들었다가 놓으며 다리 저쪽으로 사라졌다. 나는 남자가 안 보일 때까지 뒷모습을 바라보았다. 남자는 내게 무엇인가 떨구고 간 것 같았다. 흘깃 한 자락 바람 같은 불안이 스쳤다. 무엇일까. 나는 한참 동안 다리 위에 머물러,

더러운 개천물이 흘러가는 것을 내려다보았다. 그러다가 갑자기 갈 곳이 생각났으므로 버스 정류장을 향해 발걸음을 떼어놓았다.

버스에서 내려서, 리어카 위에 놓고 파는 바나나 두 개를 샀다. 아직 설익어 푸른 기가 많은 것과 너무 오래되어 검은색이 도는 것 중에서 그런대로 생생한 것 두 개를 골라내어 신문지에 싸 받았다. 그러곤 가게에서 요구르트도 한 병 샀다.

몇 걸음 가지 않아 사층 건물이 나왔다. 나는 익숙하게 그곳 수위에게 눈인사를 보내며 층계를 오르기 시작했다. 그런데 수위가 층계 밑까지 달려와 내 바바리를 잡아당길 듯이 어디로 가느냐고 물었다. 나는 망설이다가 내가 시인이노라고 대답했다. 그는 잘못 알아듣고 시인 누구를 찾느냐고 물었다. 김호金號라는 내 예명을 대주자 그제야 돌아섰다. 얼굴 쪽으로 피가 몰려 내 얼굴이 아주 붉어진 것을 느낄 수 있었다.

나는 내가 시를 쓰노라고 누구에게 말해본 일이 없다. 친구들 아무도 모른다. 시를 쓴다고 말하는 일이 어쩐지 가장 부끄럽다. 아니, 실은 그렇지는 않다. 그것만이 지금의 나를 살리고 있는 유일한 일임을 잘 안다. 그럼에도 누구에게든 시를 쓰노라고 떳떳이 말할 수 없는 것은 내 눈으로가 아니라 세상 사람들의 눈으로 시인을 보기 때문이다. 그러고 보니 언젠가 여행길에서 만난 어떤 청년에게 앞으로 시를 써보고 싶다고 고백 비슷이 말한 일이 꼭 한 번 있다. 그러자 청년은, 아하! 참, 시를 써보고 싶다고요? 시도 좋지요, 네. 내 친구 중에도 시를 쓰는 놈이 한 놈 있지요. 그 친구는 보통 말도 다 시적으로 하지요. 집에 가자는 말도 갈까나, 집에, 이러지요. 바로 그런 사람들의 눈으로 시인을 보기 때문이다.

삼층 잡지사 앞에서 잠깐 호흡을 다듬고 노크를 세 번 했다. 대개 노크는 두 번 하게 되는데 어느 책엔가 노크는 세 번을 해야 예의바르다고 쓰여 있던 걸 생각하고 그렇게 해보았다. 안에서 네, 소리가 들렸다. 나는 문을 열고 들어갔다. 마침 점심시간이어서인지 사무실은 텅 비고 여사무원이 혼자 앉아 책을 읽고 있었다. 나를 보자 까딱하고 알은체를 했다. 안녕하십니까, 말하며 어쩐지 그 여자가 나를 지겨워하는 듯 느껴져 얼른 싸들고 간 바나나를 여자의 책상 위에 내놓았다. 그러곤 호주머니에서 요구르트도 한 병 꺼내어놓았다. 여자는 그런 것은 거들떠보지도 않고, 아직 심사위원 선생님들에게서 연락이 없는데요, 연락이 있는 대로 곧 우편으로 알려드리겠어요, 했다. 그 말투에는 이제 더 찾아오지 말라는 기색이 역력했다.

내가 처음 나의 시 「비조飛鳥의 노래」와 「은하수를 건너」를 들고 이 잡지사를 찾아왔을 때 바로 이 여사무원이 그 시를 대충 읽어보았다. 모 기관에 걸릴, 민중을 선동하는 듯한 구절이 없는가, 또 특정 지역에 걸릴 말이 없는가를 우선 검토한 뒤, 그렇지 않다고 판단했음인지 두고 가면 나중에 우편으로 결과를 알리겠다고 말했다. 그도 그럴 것이 내 시정신이란 오로지 내 목소리를 뽑아내는 일이었으니까. 나는 전쟁이라든가 혁명, 사회 등에 남다른 특별한 분노나 사명감을 느끼지는 못하니까.

그후 나는 두 번 더 찾아갔다. 물론 언제나 남장이었으며 이름도 김호라는 예명을 쓰고 있었다. 나는 시인이 되는 등용문 중의 하나인 잡지사를 통한 시 추천을 받으려 한 것이다.

여기서 한 가지 말해둘 것은 몇 년 전 급성기관지염과 열병을 겹쳐 앓고 난 후, 성대를 잃어서 내 목소리는 여자의 것도 남자의 것도 아닌 특이하게 가늘고 쉰 소리가 난다. 그러므로 내가 남장을 했어도 여자의 목소리로 의심받을 염려는 없다는 점이다.

이것을 잡수십시오, 나는 말했다. 말하며 실지 내 속까지 조그만 어떤 남자가 되어 있음을 느꼈다. 어떤 남자란 남들이 싫어하는, 즉 돈이 없고 그렇다고 달리 내세울 것도 없는, 그래서 비루한 웃음을 자주 입가에 내비치는 그런 사람을 뜻한다. 나에게 바나나를 한 뭉치 살 돈이 지금 없다는 것은 확실하다. 그렇다고 이렇게 가닥가닥 떨어진, 조그맣게 시든 바나나 두 개를 사야만 했을까. 작은 것으로라도 좀더 괜찮은, 일테면 껌 같은 것을 살 수도 있었고, 초콜릿 한 개를 쏙 주머니에서 꺼내줄 수도 있지 않은가. 그 편이 얼마나 더 신선하고 깨끗해 보일까. 나는 누구에게선가 들었던 어떤 인간형, 혹은 내가 실지 눈으로 보았던 어떤 인간형을 연기하고 있지 않은가 하는 의문이 다시 들었다.

"저 시 때문에 들른 것은 아닙니다. 그저 이곳을 지나다가 들렀을 뿐입니다."

여자는 알았으니 이제 가보라는 식으로 고개를 숙이고 다시 책을 읽기 시작했다. 나는 다가가서 바나나와 요구르트를 조금 더 여자 가까이 들이밀어놓았다. 여자는 여전히 책 위에 시선을 둔 채 글자가 보이지 않을 정도로 눈을 깜박거렸다. 그때 문이 열리고 나도 구면인 남자 편집 사원 둘이 기세 좋게 들어왔다. 나는 왠지 찔려서 그들에게 인사를 한 후 조용히 뒷걸음질쳐 나왔다. 문을 닫는데 등뒤에서

"아유, 혼자 있는데 무서워서 혼났어요."

"저 사람 정신이 약간 이상한 것 같다고 했지? 설혹 시가 좋다고 해도 저런 사람을 문단에 등단시킬 수야 없지. 다른 시인들이 공연히 피해를 보게 되는 경우가 있으니까."

이런 소리가 들려왔다. 나는 조용히 눈을 감고 아래층으로 내려딛기 시작했다. 그러나 실지 몸은 다시 도어를 열고 그들 앞에 나타났다. 그들은 모두 굳은 자세로 선 채 여섯 개의 눈동자를 내 뺨에 쏘아박았다. 사무실 창으로 흰 구름 한 덩어리가 흘러들고 있었다. 내 자취방으로도 구름은 곧잘 흘러든다. 나는 여사무원에게 주춤주춤 다가가서

"저 부탁이 있습니다. 저의 마지막 소원이지요. 꼭 들어주십시오. 제가 죽거든 화장을 시켜서 그 뼈를 당신께서 몸소 한강 상류,

비교적 물이 깨끗한 곳에다 뿌려주십시오."

이렇게 말한 후 문을 박차고 나와 층계를 두셋씩 막 내려디뎠다. 거리에 나오자 비로소 정신을 차린 듯 몸을 한번 가다듬고는 아무 일도 없었던 사람처럼 걸어가기 시작했다. 그러나 속으로는 가슴이 뛰고 속이 메스꺼워 구역질이 나려고 했다.

나는 어쩌다가 이렇게까지 자기를 몰고 와버렸을까. 나는 치유가 될 수 없는 병에 걸려버린 걸까. 모든 것을 의식한다고 해서 거기서 벗어나올 수 있다는 것은 정말 잘못된 생각인 게다. 나는 도대체 누구를 연기하고 있는 걸까. 그 마지막 내가 한 말은 어디선가 그대로 들었던 말 같다. 누군가가 내게 그렇게 말했었다.

"기정씨, 저는 기정씨 언니를 만나러 지금 온 것이 아닙니다. 저는 기정씨를 만나려고 새벽부터 담 모퉁이에서 기다리고 있었지요. 마지막 부탁을 하려고지요. 제가 죽으면 화장을 시켜서 한강 상류에다 뿌려주십시오. 꼭 기정씨께서 손수……"

언니를 사모하던 남자였다. 언니도 처음에는 열렬한 그에게 약간 동요했다. 그 남자는 우리 형제가 자취하는 집 앞 쓰레기통 위에서 밤을 새운 적도 있다. 그런데 차츰 그가 누구에게도 지긋지긋하다는 생각이 들게끔 행동하는 사람임을 알아차렸다. 그는 주인집 아주머니에게 거의 매일 찾아와서 언니가 자기의 편지를 보던가, 자기가 보낸 소포를 끌러보던가를 물었다. 아주머니는, 예, 별로 시큰둥한 표정이더군요. 이렇게 처음에는 대답하다가 나중에는, 아니요, 그냥 불에다가 태웁디다. 끌러보지도 않고요, 라고 대답했다. 그러면 그 남자는 눈알이 노래져서 이런 것 이런 것도 그냥 불에 넣었습니까? 네모진 것, 이만큼 두꺼운 것 말입니까? 아아, 하고 신음소리를 냈다. 점점 그 남자가 나타나면 주인집 아주머니도 언니도 나도 무서워 숨게 되었다. 그는 언니를 사랑하는 것이 아니라 그가 필요한 어떤 대상이 우연히 언니가 되었고, 그 대상을 향하여 열심히 자신의 정열을 붓고만 있는 것이었다.

기정씨, 아시겠지요? 꼭 기정씨께서 저의 뼛가루를…… 그렇게 말하고는 다시 나타나지 않았는데 그후 얼마 되지 않아 어떤 여자와 팔짱을 끼고 종로 거리를 활보하는 그의 모습을 볼 수 있었다.

그렇다, 바로 그 남자의 소리를 그대로 본떠서 나는 눈알까지 노래지는 표정을 쓰며 말을 하였다. 가장 난처한 순간에 가장 지긋지긋했던 어떤 목소리를 대신하다니.

내 성격을 형성하는 데에 많은 영향을 끼친 언니에 대해 잠시 얘기할 필요를 느낀다.

언니는 아주 빼어난 아름다운 용모를 가진 여자로 죽을 때까지 순결했다. 어렸을 때는 쌍둥이라고 불릴 만큼 한 살 차이인 언니와 내가 비슷하게 생겼다. 앞에서도 말했지만 어렸을 때의 나는 동네에서도 이쁜 애로 통했다. 그런데 언제부터인가 나뉘기 시작했다. 언니는 이를 갈 때 치아도 가지런히 났고 야구공을 맞지도 않았고 눈이 나빠지지도 않았다. 더구나 키도 훨씬 크게 발레리나처럼 목이 가슴속에서 빠져나왔고, 열병 같은 것을 앓아서 목소리가 변하지도 않았다. 성장한다는 것은 바로 그래야 하지 않을까 싶게 언니는 날이 갈수록 아름답게 자랐다. 언니의 그 들여다볼수록 흰 그림자가 그늘져 있는 듯한 피부를 보면 나는 아름다움에의 신비에 소름 같은 것이 돋곤 했다.

그런데 언니는 단 한 가지, 손가락 한 개가 없었다. 우리집은 제재소를 했었는데 나무를 써는 기계에 언니의 어린 가운뎃손가락이 나무와 함께 잘못 썰렸던 것이다. 여학교에 들어가면서부터 언니는 손가락을 가리기 위해 예쁜 손수건들을 가졌다. 손수건을 적당히 손가락에다 말아서 쥐면 아무도 그것을 알아채지 못했다. 언니와 가장 가까웠다고 하는 친구마저 언니의 죽음 뒤에 그것을 알았다면 그 노력이 어느 정도였는지 짐작할 수 있을 만하다. 언니는 누구와도 가까이 사귀질 않았고 조금 먼 곳에서 아리송한 안개 속에 싸여 있기를 즐겼다. 식사할 때는 상 위에 꽃을 꽂아놓았다. 테이프에 녹음된 〈전원〉을 틀어놓고 밥을 먹기 시작했다. 잠자리에 들기 전에는 머리를 다시 빗고 밤 화장을 했다. 나는 언니가 자기의 고민을 말하는 걸 들어본 적이 없다.

"애들이 다 삼각팬티를 입었는데 나 혼자 고무줄 끼운 커다란 팬티가 타이즈 밑에 비치잖아. 변소에 가서 삼각팬티처럼 접어 넣어서 입어도 움직이다가 보면 접친 것이 나와 있고, 그러면 또 변소에 가서 넣어 입어도 금방 도로 나오고, 선생님이 내 머리를 탁

때리면서 왜 무용은 안 하고 아까부터 자꾸만 우물거리고 있어, 그 러던 것이 생각나."

언니가 무용실에 다니던 어린 시절의 얘기를 큰 후에 들려준 것 인데, 언니의 심중을 말하는 일이란 대체로 그 정도였다. 그 대신 언니에겐 유머가 많아서, 〈뚜나〉를 부르는 음악 선생의 얘기도 나 는 참 재미있게 들었다. 무슨 소리인지 한참 귀를 기울여야 알아들 을 수 있다는 사람이 음악 선생인데다가 더구나 우리나라에서 유 명한 바리톤 가수라지 않는가. 그런 면이 언니를 무척 정다이 여 기게 해준다. 그렇지 않아도 우리는 고아였기 때문에 정다울 수밖 에 없었다. 여학교에 들어가던 무렵 부모님이 차례로 돌아가셨다. 남겨놓은 제재소는 삼촌들이 하다가 망해버렸다. 언니와 나는 생 전의 아버지에게서 신세를 입었던 아버지 친구분이 대주는 돈으 로 간신히 고등학교까지 마쳤다. 언니가 첫번째 약을 먹었을 때 나 는 언니를 들쳐업고 병원으로 달리며 언니 대신 내가 죽기를 진심 으로 바랐다. 언니는 위를 세척해낸 뒤에 의식을 회복했다. 두번째 약을 먹은 것은 이 년 뒤다. 그러고 다시 또 한번, 세번째는 깨어나 지 못했다. 언니가 세번째 약 먹은 것을 알았을 때 노여움이 치솟 는 자신을 걷잡을 수 없었다. 언니는 내게 죄스럽지도 않은가. 그 런 용모를 타고나서 자신이 조금만 타협을 하면 사랑도 얻을 수가 있을 텐데 그까짓 손가락 하나 때문에 생을 버리다니. 아니 그것을 내가 이해 못하는 바는 아니다.

모두 다 삼각팬티를 입었는데 나 혼자만 고무줄을 넣은 큰 팬티를 입고……

그 말을 언니가 죽고 난 뒤에 가끔씩 떠올리고 혼자 미소한다. 아마 모두 다 삼각팬티를 입지는 않았으리라고 나는 추측한다. 그 시절의 아이들은 대부분 운동복 같은, 다리에 고무줄을 끼운 커다란 팬티를 입었다. 그중에 한두 아이만이, 어머니가 유달리 젊고 신식인 그런 한두 아이만이 삼각팬티를 입었으리라. 그런데 언니에게는 모두 다와 한둘은 마찬가지였다. 즉 언니에게는 제일이냐 꼴찌냐였지 중간이 허용되지 않았던 것이다. 그녀의 꿈조차 성취냐 포기냐 둘 중의 하나였던 것이리라. 그리고 손가락 한 개가 없는 손은 그녀의 꿈을 포기 쪽으로 이끌고 갔던 것이리라. 거기에는 아마 내가 모를 아름다운 여자들만이 갖는 성벽이 크게 작용했으리라. 때문에 나는 아름다운 여자들을 싫어한다. 향수하면서도 싫어한다. 내가 굳이 나의 이를 고치지 않으려는 것도, 콘택트렌즈를 끼지 않으려는 것도 따지고 보면 그러한 데서 나온 어떤 의지의 작용이리라.

그렇다고는 해도, 즉 모든 안개를 거두어버리고 있는 그대로의 적나라함을 내가 언니에 대한 반발로 지향해왔다고는 해도 어떻게 이렇게까지 나 자신을 수습할 수 없는 상태에까지 이끌고 와버린 것일까.

나는 이런 생각들을 골똘히 하며 시장 입구 쪽으로 걸어갔다.

한 조그만 남자가 길바닥 위에 모포를 깔아놓고 인형극을 벌이고 있었다. 그 남자는 혼자서 열 손가락을 놀려 원시적으로 극을 꾸몄다. 막 뒤의 장치 같은 것이 전혀 없이 두 남녀를 모포 위에 세워놓고 사람들이 보는 앞에서 손으로 움직이며 말했다.

"여보, 된장맛이 어때?"

"좋지."

"간장맛은?"

"좋아."

"좋아 좋아 조오치."

리듬 있게 목소리를 남녀로 바꾸어가며 뽑아내고선 무대 밖, 즉 모포 밖으로 두 남녀를 집어내어놓았다. 그런데 그 낡은 인형들의 표정이나 옷이 재미있어서 어디에선가 노랫소리가 들려오는 듯한 시원함을 주었다. 이번에는 군인이 등장할 차례인가보다. 시장 거리 저쪽은 복작거리는데 그 약장수 앞에는 조무래기들과 어른 두서넛이 서 있을 뿐이다.

어떤 줄이 있는지도 몰라…… 나는 발길을 돌리며 중얼거렸다.

누군가가 나를 뒤에서 조종하고 있는지 몰라. 조종되는 저 인형들처럼, 내 의지와는 관계없이……

앞에 와서 멈춘 버스에 나는 올랐다. 버스에는 대낮인데도 사람이 많았다. 사람들 어깨 사이로 가로수의 마른 나뭇잎들이 보였다. 잎사귀는 나뭇가지들 사이로 가끔씩 떨어져내렸다. 가을이구나, 나는 흐느꼈다. 어디로 가서 영화라도 볼까. 참, 일 초에 지구를 일곱 바퀴 반 도는 무슨 슈퍼맨이 있다지. 그는 밤에만 슈퍼 인간으로 변해 하늘을 날아다니며 지구 위의 온갖 불의를 쳐부순다지. 주인집 아주머니가 어제 아이들한테 끌려 극장에 갔다가 와서 얘기했었다. 슈퍼맨이 마음속으로만 사랑하던 여자가 지진으로 깔려 죽자, 이이익, 하는 큰 분노로 시간을 다시 되돌린다는 대목은 정말 통쾌하다. 슈퍼맨인들 이미 죽은 사람이야 어떻게 하겠는가. 그는 지진이 일어나기 전으로 시간을 되돌려 그 여자를 살려낸다.

"꼭 한번 가보라구. 슈퍼맨이 아름다운 음악이 흐르는 밤하늘을 유유히 나는 걸 생각해봐. 나두 애들 때문에 오랜만에 아주 별나라에라도 가서 앉아 있다가 온 기분이라니까."

주인집 아주머니는 극력 가서 보라고 권했다. 남이 그렇게 성의 있게 권하는 것은 보아야 하지 않을까. 더구나 슈퍼맨이, 이이익, 하고 시간을 다시 되돌린다는 대목은 통쾌한 것을 넘어서 내 분노와 일치시킬 수도 있을 것 같다. 이이익, 하고 나도 한번 분노를 터뜨려보아야 한다.

언니는 성취냐 포기냐이지만 나는 그렇지는 않다. 어떤 최악의 경우라도 죽는 것보다는 살아가는 것이 낫다. 낫다기보다는 그래야만 할 거다. 죽음 쪽에서 바라본다면 하다못해 유행가에 귀기울여보는 작은 기쁨 하나라도 목숨과 되바꿀 만하지 않을까.

차는 시장 바닥을 가로질러 혼잡한 거리를 달렸다. 가을 햇빛이 차창에 어른거렸다.

"쓰리야, 쓰리야, 쓰리 맞았어. 어이 운전수 양반, 이 버스를 그대로 파출소까지 가서 대주시오. 빨리!"

샐러리맨형의 삼십대 남자가 얼굴이 하얘지며 운전석으로 밀치고 갔다. 그는 회사의 공금 삼십만원을 쓰리당했다고 이성을 잃고 소리지르고 있었다. 눈 깜짝할 사이 버스는 정류소를 지나 그대로 인근 파출소에 대어졌다. 운전수가 손님들에게 양해를 구한 뒤 한 사람씩 내리게 했다. 나는 몹시 불안했다. 수염을 뗄까 생각했지만 이미 내 옆의 사람들은 나를 보았을 것이고, 그냥 무심히 지나쳐 보았으므로 수염을 떼어도 아무도 눈치채지는 못한다고 해도 이제 와서 그 좁은 버스에서 수염을 뗀다는 것이 어쩐지 손이 수염까지 올라가지지 않았다.

내가 내릴 차례가 되었다. 순경은 양손을 올리게 하고 주머니를 뒤졌다. 그런데 내 바지 주머니에서 미처 깨닫지 못했던 도장이 나왔다. 보통 도장보다 훨씬 큰 크기의 것으로 거기에는 우리나라 고위층의 어떤 이름이 새겨져 있었다. 순경은 아무것도 묻지 않고 나를 파출소로 끌고 갔다. 내 가슴은 주체할 수 없이 뛰었고, 손과 발은 바들바들 떨렸다.

그들은 주민등록증을 조사했다.

삼십 세. 여. 김기정.

"이 사람, 여자야 남자야?"

그들이 만약 성별을 판별하기 위해 내 옷을 벗으라고 하면, 원래 옷 속에는 누구나 다 발가벗고 있습니다, 말하려 나는 별렀다. 그것은 참말 스스로 생각해도 위트 있는 답변이었다. 갑자기 순경이 내 따귀를 한 대 올려붙였다. 기다리고 있던 듯 코피가 터지며 수염이 떨어져나갔고 안경은 벗겨져 땅에 굴렀다. 나는 완전히 해괴한 의문의 대상이 되어버렸다. 그들은 내게 발길질을 했다. 마치 나를 남자로 취급하고 있었다. 내가 여자였으면 발길질까지는 하지 않았을 것이다.

"당신, 뭣 하는 사람이야? 이게 어디 정신병원에서 도망한 사람 아니야?"

이렇게 말하면서도 내 뒤를 캐면 무슨 사건의 실마리가 풀리려니 기대하는 표정들이었다.

도장 파는 일은 나의 유일한 취미이자 부업이라고 나는 설명했다. 그리고 이 도장은 내 친구의 남편이 부탁한 것이라고 말했다. 그 사람은 고위층의 한 인물에게 선사하기 위해 중국에 갔을 때 사온 희귀한 대리석 재료에다 이름을 파달라고 부탁했던 것이다. 그런데 며칠 전 밤을 새워 판 후 친구에게 가져다줄 생각으로 외출복 바지에 넣어두었던 것인데 마음이 변하여 그날 외출을 하지 않았다. 그리고 오늘 외출은 순전히 즉흥적이었으므로 도장 일은 까맣게 잊고 있었다. 부탁해오는 여러 사람의 도장을 파주고 있긴 하지만 실지 내가 하고자 하는 전각의 세계가 얼마나 깊고 넓은, 시와 통하는 세계인지를 그들이 알 리 없다.

"거짓말로 꾸며대는 거 아니야? 친구 남편이란 자가 누구요?"

"그건…… 말할 수 없습니다."

그들은 두 명이나 달려들어 나를 함부로 때렸다. 내가 그 사람의 이름을 댈 때까지 무서운 기세로 때렸다. 잠시 멎었던 코피가 다시 흘렀다. 파출소 창으로 흰 구름이 흘러들었다. 구름은 시원하게 내 눈 속으로 스며들어왔다. 내가 매에 못 이겨 대준 전화번호로 전화를 걸고 난 뒤에야 그들은 누그러졌다. 왜 진작 대지 않고 매를 얻어맞았는지 이상히 여기는 눈치였다. 앞에서도 얘기한 바와 같이 남의 말을 옮기는 것을 나는 꺼리다못해 두려워한다. 쉽게 이야기하고 싶을수록 더더욱 안 하는 굳은 입, 계산된 입을 나는 가졌다. 친구의 남편은 아마도 비밀리에 도장을 파서 높은 사람에게 아부하고 싶었던 것이리라. 아부라는 말이 좀 지나칠지 모르지만 순수한 인간관계에서 우러나온 행동은 아니리라. 그러므로 그러한 일을 가벼이 입 밖에 낸다는 것이 나로선 무척 주저스럽게 여겨졌던 것이다. 그들은 도장에 대해 해명이 된 뒤에도 내 남장을 조소하며 그것까지 캐묻지는 않겠다고 이상한 웃음을 짓기도 했다.

파출소에서 풀려난 것은 저녁이 훨씬 지난 뒤였다. 어둠이 먼지 낀 거리에 내리덮이고 있었다. 아스팔트 위로 낙엽들이 흐트러졌다. 다리에 힘을 잃어 중심이 자꾸 뒤바뀌려 했다.

그대로 주저앉고 싶었다. 그러나 한 걸음이라도 빨리 파출소로

부터 멀어져야 했다. 배가 고프고 코피를 많이 흘린 탓인지 심한 현기증이 일었다. 어디로 갈까. 어느 쪽으로 걸어야 집과 가까운 방향일까. 사람들이, 차들이 나를 스치고 끝없이 지나간다.

어디로 어떻게 헤맨 것인지 한참 만에 아침의 그 다리 위에 나는 서 있었다. 어쩌면 그 다리가 아닌 전혀 딴 곳인지 모른다. 난간에 서서 다리 아래를 내려다보았다. 짧게 깎아붙인 맨머리에 안경도 안 낀 부은 얼굴이 가로등 불과 함께 흐르는 개천물에 비치고 있다. 안경과 모자와 수염을 파출소에 떨어뜨리고 온 모양이지만 다시 찾으러 갈 생각은 추호도 없다. 걷기를 멈추니, 맞은 데들이 참을 수 없이 아파왔다. 좀 쉬려고 난간 옆에 쭈그리고 앉아 등을 기대었다. 조개구름이 살짝 걷히며 마침 그곳을 날고 있던 슈퍼맨이 보이지 않을까. 나는 감상에 젖었다. 콧구멍을 틀어막은 솜뭉치가 저절로 빠져나가자 콧속에 싸늘한 가을바람이 후비쳐들었다. 나는 콧구멍을 한껏 벌려 정신이 떵하도록 바람을 들이마셨다. 어떤 기억이 굽이쳐 돌았다. 그 기억이 꽤 강하게 자리함을 느낄 수 있었다.

언니의 손가락이 잘려져나가던 국민학교 삼학년 때다. 손의 상처가 덧나서 오랫동안 병원에 다녔다. 처음에는 어머니가 데리고 다녔지만 오래 다니는 사이 병원에 익숙해지고 의사랑 간호사들도 잘 알게 되어 차차 언니와 나만 다녔다. 그 병원은 국립 종합병

원으로 여러 채의 커다란 건물이 띄엄띄엄 서 있으며 정원은 큰 공
원만하였다. 아픈 사람들이 잠옷 바람으로 들것에 실려, 혹은 간호
사의 부축을 받아 정원을 가로질러 이 건물에서 저 건물로 가는 것
이 보인다. 휠체어를 타고 정원에 나와 앉아 햇빛을 쏘이는 환자들
도 있다. 나무가 많고, 장미 넝쿨 등 넝쿨이 아치형으로 올라간 곳
이 있다. 또 토끼나 개들이 네모진 철조망으로 된 상자 안에서 컹
컹 짖어대는 무서운 곳도 있다. 그곳에 있는 토끼나 개들은 예쁘다
기보다 무서움을 주었다. 또한 먼 데서도 눈을 주기조차 싫은 시체
실이 건물들 맨 뒤쪽에 따로 떨어져 있다.

　그 당시의 어느 겨울날 언니와 나는 병원으로 갔다. 몹시 추웠
기 때문에 어머니는 우리에게 모자를 단단히 매어주었다. 모자의
모양은 『백설 공주』에 나오는 일곱 난쟁이가 쓰는 커프가 달려 끈
으로 매는 그런 것이었다. 언니는 초록색이고 내 것은 자주색이었
다. 그 당시 언니의 옷은 대부분 초록색이고 내 옷은 자주색이었
다. 아마 은연중에 우리의 옷 색깔은 그렇게 정해져버린 것 같다.
붉은 벽돌로 지어진 외과 병동 건물은 마른 담쟁이넝쿨이 엉켜붙
어 있다. 우리는 낯익은 그 건물 안으로 들어갔다. 언니는 높다란
의자에 앉아 강한 태양등을 상처 난 손가락 부분에 장시간 동안 쏘
였다. 그러고는 여느 날처럼 병원의 공원 같은 정원—겨울이라
서 앙상한 나뭇가지만 뻗쳐 있는, 사철나무들도 추위로 한껏 웅크
린—그런 정원을 지나 집으로 돌아왔다. 어머니가 대문에 들어서

는 우리를 보자 언니에게 모자를 어떻게 했느냐고 물었다. 나는 그때까지 언니의 모자가 없어진 것을 모르고 있었는지 지금은 잘 기억나지 않는다. 언니는 바람에 불려갔다고 말했다. 어머니는 바람에 불려가는 것을 쫓아가서 잡지 못했느냐고 했다. 아마 언니는 치료가 끝난 후 의사와 간호사가 어려워서 모자를 매지 않고 그냥 밖으로 나와서는 그대로 잊어버리고 걸었는데 겨울바람이 세서 모자를 후딱 벗겨가버린 모양이라고 나대로 추측했다. 그런데 어찌된 것이, 언니는 치료를 받을 때 높다란 의자에 앉아서 자기의 초록색 모자가 나지막한 사철나무 가지에 걸려 있는 것을 창으로 보았다고 며칠 후 내게 번복하여 말했다. 초록색 모자는 바람에 불려 땅에 떨어지고 조금 쓸려갔는데 지나가던 어떤 남자가 그걸 줍더라고 했다. 그것이 내 모자라고 왜 말을 못했니, 창문으로 보았을 때 나한테 말했으면 내가 뛰어가서 찾아올 텐데.

나는 지금 그 모자의 색감, 그리고 헝겊의 질—탄력성이 있으며 비단처럼 약간의 광택이 있고 헝겊 자체에 같은 색깔의 무늬가 보일 듯 말 듯 찍혀 있다—같은 것을 생생하게 떠올릴 수 있다. 기억이란 그것뿐이다.

모자는 바람에 불려서 날아갔고, 날려간 모자는 어느 사철나무 가지에 앉았다가 다시 바람에 쓸려 땅에 떨어졌으며, 땅에 떨어진 모자를 어떤 남자가 주워갔다. 그런데 지금 나는 그 기억에서 언니와 내 인생의 어떤 암시를 보는 듯 여겨진다. 그것은 우리의 손이 가닿지 않는 어떤 불가사의한 일로 생각되었다. 모자는 왜 바람에 불려 낯선 남자가 주워가게 되었을까. 아니, 그보다 언니가 얘기하는, 어쩐지 해득할 수 없는 겨울날의 그 환상적인 분위기는 무엇일까. 언니의 죽음은 언니의 손가락에서 온 것이 아니라 벌써 그 이전 우리의 손이 닿지 못할 그 어떤 것에서부터 온 것이 아닐까. 그리고 지금의 나에게서 헤어나올 수 없는 이 나 또한. 우리는 다만 운명이 조종하는 줄대로 살아주고 있음이 분명한 게 아닐까. 모든 것은 자신의 의지와 상관없는 한갓 환영일 뿐인 게다.

문을 굳게 닫은 거리의 상점들은 가로등 불에 긴 그물 같은 그림자를 던지고 있다. 바람이 빈 거리를 훑으며 지나갔다. 통금이 되기 전에 이제 집으로 돌아가야 했다. 나는 겨우 몸을 일으켰다. 덥지도 않은데 이마에 땀이 흘렀다. 다시 개천을 내려다보았다. 나는 무의식적으로 바바리 속 양어깨에 분장하기 위해 달아 입었던 두 개의 머플러를 꺼냈다. 대강 접어서 핀으로 달았던 것이다. 우연히도 그것의 색깔은 하나는 초록이 주조를 이루고 하나는 자주 계통의 무늬가 진 것이었다. 잠깐 망설이다가 그것들을 개천에 떨어뜨렸다. 두 개의 머플러는 살포시 무게도 없이 떨어져 더러운 물에 얹혀서 흘러내려갔다.

나는 미련 없이 다리 난간에서 물러섰다. 걷기 시작하자 군악대의 소리가 내 속에서부터 울렸다. 오 내 나이 어릴 때 내 입은 가볍고…… 전력이 약해진 녹음테이프처럼 음은 불안정하게 내 마음벽 사방에 부딪혔다. 나는 걸레처럼 후줄근해진 몸을 이끌고 그래도 있는 힘껏 발을 크게 떼어놓으려고 애썼다. 그때 문득 다리 끝에 초록색 모자를 쓴 아까 낮에 만난 남자가 보였다. 남자는 한 가닥 연기처럼 어둠 속에서 출렁이고 있었다. 바로 저것이다. 나는 솟구쳐오르는 주체할 수 없는 힘으로, 이이익, 혼신을 다 짜내어 외쳤다.

끊어라, 저 줄을 끊어라.

(1979)

아이네 크라이네

어떻게 된 것일까.

우리는 감금당한 모양이다. 다리는 완전히 마비 상태가 되어 자동차의 행렬이 앞으로도 뒤로도 끝이 없다. 사람들은 차창을 열고 고개를 빼어 서로에게 의문의 얼굴을 짓는다. 도대체 차 행렬 맨 선두에 서 있는 차는 무엇에 부딪힌 것일까. 맨 앞 차에서 그다음 차로 또 그다음 차로 뒤로 뒤로 퍼져 들려오는 소리가 있을 만도 하지 않은가. 순경들은 모두 어디로 숨어버린 것일까. 대부분의 차들이 이곳저곳에서 우왕좌왕하다가 이 다리로 온 듯 불안한 표정들이다. 명여도 남쪽에 있는 시로 가는 여러 길을 다 뚫어본 뒤끝이다. 어디나 영문 모를 차의 행렬만이 길게 늘어서 있었다. 다리 아래로 흐르는 둔탁한 강물에는 양쪽으로 늘어선 가로등 불이며 멈추어 선 차량의 불빛, 사람들의 말소리들이 흘러내려 자칫 무슨 축제와 같은 분위기를 자아내고 있다. 명여는 불현듯 오늘 파리로 떠난 친구가 정말로 때를 맞추어 떠난 것이 아닌가 하는 생각을 약간 주저하는 기분으로 했다.

이스라엘의 유학생들은 전쟁이 나면 싸우기 위해 속속 고국으로 귀국한다던 얘기가 생각났기 때문이다. 정말로 때를 맞추어 잘 떠나갔다는 생각이 든 자신에 대해 명여는 저항을 느꼈다. 바로 지금 친구를 공항에서 바래다주고 돌아오는 길이다. 친구는 한 일 년만이라도 유럽의 농촌 깊숙이 파묻혀 아무것도 듣지 않고 보지도 않고 전원에서 햇볕이나 쏘이며 지내고 싶다고 말해왔었다.

또 경고장이 날아왔어, 모교 신문에 쓴 글은 삼 분의 일이 삭제되었고, 목이 졸려드는 기분이야.

한국의 지성을 걸머진 듯 항상 두 어깨가 무거워 보이던 친구가 얼마 전 하루아침에 나라가 뒤바뀌는 놀라운 일을 전화로 알려주더니 오늘은 파리로 떠나갔다. 정말 픽션 같은 논픽션이지, 이것을 누가 그대로 글을 써봐, 오히려 황당무계하다고 공감을 못 받을 거야, 전화선을 타고 들려오는 친구의 말을 들으며 창밖으로 거리를 보니 상점가 곳곳마다 한 나라 원수의 죽음을 알리는 조기가 내려져 있고 거리는 조용하였다.

만일의 경우 친구는 여장도 채 풀지 못한 채 서둘러 귀국하려고 할까, 흔히 보는 다른 많은 사람처럼 자신이 안전지대로 적시에 도피해온 것에 안도하며 서울에 남은 가족을 빼어가려고 안간힘을 쓸까, 아마 그러지는 않으리라 확신하며 명여는 그러한 친구를 가진 것에 대해 마음속으로 잠시 자랑을 느꼈다.

죽 늘어선 차의 대열 중에서 도로 돌아서 빠져나가려는 차들 때문에 다리는 갑자기 혼란스러워지고 있다. 명여는 되도록 다리 난간 가까이에 차체를 붙여 빠져나가려는 차들에 길을 열어주었다. 차창에는 밤 강가 특유의 이끼 같은 입김이 가득 서려 있다.

이 도시 밖으로 나가는 모든 길이 다 봉쇄되어 있어요. 왜 그렇대요? 그걸 알 게 뭐예요, 통금이 가까워오는데 어떻게 한다?

이런 소리들이 차창으로 스쳤다. 혹시 육이오 같은 동란이 또…… 아니면 이 혼란기를 틈타서 어떤 내란 같은 것이라도…… 사람들의 얼굴 뒤로 의구심이 역력히 내비치고 있지만 아무도 입 밖에 내지는 않고 있다. 우리는 너무 오랫동안 입조심에 단련되어온 모양이다.

저 밑으로 내려다보이는 잠수교에 차의 불빛들이 흐르고 있다. 그쪽은 통행이 되는 모양이다. 불빛들이 정지해 있지 않고 움직이는 것이 공연히 신기해 보인다. 그런데 언제부터 이 근처의 풍경이 이렇게 정리되었을까. 밤에 가려서인지 사방으로 강을 가로지르는 길디긴 콘크리트 다리도 강물과 밤 불빛에 어울려 서정적인 분위기를 자아내고 있다.

저 다리는, 하고 명여는 속으로 중얼거렸다. 전쟁이 나면 서울 시민들을 도주시키고 다리를 끊는 대신 둑을 터서 물에 잠기게 하기 위해 만든 거라고?

차 행렬 맨 앞에 집채만큼 큰 탱크가 가로놓여져 있는 상상을 해보았다. 그러자 어디선가 긴 공습경보가 울려오기 시작하고 다리의 외등이 전부 꺼져버린 후 도시 전체가 암울한 회색으로 침몰해가는 무서운 느낌이 들었다.

실지 우리는 이따금씩 공습경보를 훈련 삼아 겪고 있는 터이다. 사이렌이 울리면 그날의 방범 연습 단지 전체의 전등이 다 꺼진다. 그런데 어떻게 된 것인지 아파트 단지 한두 집의 불이 채 꺼지질 않아(관리실에서 일제히 다 끄는데도 불구하고) 방범대원들과 아파트 경비원들은 밑에서 소리소리 지른다. 불 꺼요 불, ×동 ××호, ×동 ××호, 어이 불 꺼 불, 불 안 끄는 집은 공산당이다. 고함 소리는 사이렌 소리와 합쳐 전율하게 만든다.

명여의 고막 속에 공습경보는 계속 울린다. 그 소리는 몹시도 막막한 어둠 속의 침묵을 찢어놓고 있었다. 마음속에 이상한 분노가 조금씩 내려 갈렸다. 그것은 어제오늘의 감정이 아닌 듯했다. 그러나 그 분노의 초점이 잘 잡혀오지 않는다.

자네의 꿈은 무언가, 젊은 사람들에게는 꿈이 있어요. 그래서 좋은 거예요, 무얼 생각하며 살아가나, 어떻게 살고 싶은가, 자네들이 이룩하고 싶은 사회란 어떤 건가.

갑자기 윤무 선생의 말소리가 생생하게 들려왔다. 꿈? 놀라듯 명여는 스스로에게 반문했다. 새삼스레 꿈을 그려보았으나 오류

년 전 운무 선생이 묻던 그 당시처럼 역시 대답이 떠오르질 않는다. 명여가 아무 말이 없자 운무 선생은 다시 물었다.

"자네는 나 하나를 희생하고라도 전체가 잘살기를 바라나 전체야 어떻게 되든 나 하나가 잘되기를 바라나."

명여가 또 아무 말이 없자

"한국에서 온 사람들 대개 말 들어보면 말이야, 나라야 어떻게됐든 자기 한 몸 잘살면 그만이라는 생각들을 가졌더군. 좀 높은자리에 있는 사람들도 대개 다 그런 생각들을 가졌어요. 우리 생각은 자기를 희생시켜서라도 나라가 잘되길 바라네."

"그렇지만 역시 자기가 없으면 그 외에 나라도 아무것도 없는것이지요."

"그러니 나도 살고 남도 살고 하는 길을 모색해야지. 그것이 가장 바람직하지. 자네는 약자와 강자가 있으면 누굴 편들겠나. 한사람이 한 사람에게 돌을 맞고 울고 서 있으면 돌을 맞아 울고 서있는 사람 쪽으로 달려가지 않겠나. 그것이 사람의 인정 아닌가.강한 사람 편에 붙어 서 있는 걸 지성인이라고 할 수 있나."

운무 선생은 얼마 전 파리에 들러 간 이른바 명사들의 이름을 들추었다.

"그분들도 무얼 몰라서 그러지요. 자신들이 비양심이라고 생각하기보다 아마 자신들의 행동이 옳다고 스스로 믿고 있을 거예요."

"그것이 무슨 지성인가. 몰라서 모르고 알아도 모른 체해서 모르고."

널따란 화실 한쪽에 석유난로가 타고 있었다. 화실 천장 한가운데로 뚫린 채광창에서 내리비치는 흰빛이 운무 선생의 홍안을 환하게 반사했다. 라디오에서 머리를 후려치는 듯한 바이올린이 흘러나오기 시작했다. 파다가 둔 대리석 판화가 커다란 나무 책상 한쪽에 놓여 있다. 판화를 실험해보고 있던 중인 듯 잉크며 물감, 물솔, 먹, 벼루, 붓, 헝겊 뭉친 것 등이 그 주위에 어지러이 놓여 있다. 널찍한 흰 회벽면에 태피스트리들이 여기저기 걸려 있고 캔버스들이 벽을 향하여 겹겹이 돌려세워져 있다. 발코니식으로 된 이층에는 거의 빼곡히 캔버스들이 채워져 있다. 저쪽 한구석에 몇백년은 되었음직한 큰 나뭇등걸들이 쌓여져 있는가 하면 잔다란 돌멩이들, 시멘트, 석회 가루, 텔레비전 부서진 것, 냉장고 속 빼어낸 것 그 외에도 잡동사니가 많았다.

"할 게 너무 많아, 풀을 쒀서 배접도 해야겠고, 판화도 찍어내야겠고, 여러 가지 좀 실험을 해봐야겠는데, 대리석도 마저 쪼아내야겠고, 저기 저 나뭇등걸도 우선 껍질부터 떼어내야겠는데, 그리고 태피스트리도 하다 만 것 마저 손을 봐야겠고, 시간은 없는데 하루가 이렇게 금방금방 가버리니…… 그래도 오늘은 자네와 처음 만났으니 자네 얘기부터 들어보세."

석유난로에서 이상하게 깊디깊은 산속의 장작 타는 냄새가 났다.

넓은 화실 안에는 소쿠리며 함지박, 장독, 호미, 바느질 그릇 등이

들어차 있는 느낌을 주었다. 명여는 그 냄새들을 들이마시며 이곳이 파리가 아니라 우리나라의 어느 외진 시골 같다는 생각을 했다.

"선생님이 라디오 틀어놓으셨어요? 소리가 굉장히 맑고 깨끗해요."

"그거 벌써 한 이십 년 된 거네. 고장이 나서 그 방송 한 군데밖에 나오지 않네. 자네 음악 좋아하나? 자네도 음악을 좋아하는 걸 보니 마음이 고운 사람일세 그래."

음악을 듣기 좋아하지 않는 사람이 어디 있으랴마는 그것으로 사람의 마음 고운 것을 가리려 하는 노인 특유의 어리숙함이 우스워 명여는 웃었다.

"내가 이곳에 왔을 때 처음에는 철저한 민족주의자였어요. 그런데 차차 지내며 보니까 인류주의로 변해. 강대국이 진심으로 약소국가를 도와주지 않는 한 피가 그칠 날이 없다 이거예요. 그래서 나는 요즈음 춤으로 그것을 표현하고 있어요. 이리 와보게."

화실 바닥 한구석에 화선지의 그림들이 늘어놓여져 있었다. 그 그림들은 여러 개의 댓잎이 엉클어져 춤을 추고 있는 듯한 형상을 자아냈다.

"이것들은 오늘 아침 눈을 뜨면서 밤새 생각해두었던 것을 그린 것이에요."

운무 선생은 갑자기 말을 끊고선

"근데 나는 자네 생각을 잘 모르겠네. 자네는 무슨 생각을 가지고 파리에 왔나. 앞으로 뭘 할 생각인가."

명여는 그후로도 운무 선생에게서 이 소리를 몇 번이고 들었다.

"나는 아직도 자네가 누군지 잘 모르겠네."

반복해 들을수록 그것이 명여를 의심하는 소리임을 알아차릴 수 있었으나 명여는 굳이 자신을 설명하려 들지 않았다. 운무 선생도 가끔씩 그렇게 의심의 말을 던져보는 것으로 실은 명여를 신뢰해가고 있는 것이라고 믿었다.

운무 선생이 그의 집에 오는 한국인 유학생들에 대해 일단 그렇게 의심을 가져보는 것은 저 유명한 동백림 사건 이후 피해망상증에 걸려 있는 탓이라는 것을 나중에 알았다. 선생은 사건에 관련되어 한국에 가서 감옥을 살고 왔던 것이다. 그리고 운무 선생의 가까운 친척으로 그 당시 운무 선생 집에 기거했던 김현철은 그 사건의 충격으로 정신병원에 입원했다가 나온 후 사상이 저쪽으로 변해버렸다.

명여도 김현철을 만나본 일이 있다. 파리에서 조금 떨어진 곳에 살고 있는 프랑스 남자랑 결혼한 친구 집에 놀러갔다가 그곳에서 처음 만났다. 김현철 역시 프랑스 여자와 결혼해 있었는데 그때는 부인을 동반하지 않고서였다. 그가 『통일시보』라는 공산주의 색이 짙은 책자를 펴내고 있음에도 대사관에서 손을 못 쓰는 것은 프랑스 여자와 결혼하여 프랑스로 귀화했기 때문이라고 했다.

"이쪽은 손명여라고 전공은 다르지만 운무 선생님 화실에 다니고 있는 유학생이고요, 또 김현철 선생님이라고 화가셔."

친구가 서로에게 소개를 하자 그는 알고 있은 듯 아, 하고 겸손하게 고개를 숙였다.

"박진세를 혹시 아시는지요?"

그가 얼마 후 조심스럽게 명여에게 물었다.

"네, 아 어머, 그럼 김현철 선생님?"

"내가 지금 바로 김현철 선생이라고 소개했는데 무슨 소리예요."

친구가 말해서 김현철도 명여도 웃었다.

짜아식, 그놈 아주 재미있는 놈이지. 김현철 선생이 파리로 떠나던 날 비행기가 뜨자 개새끼, 하고 침을 퉤 뱉는데 보니까 눈에는 눈물이 글썽하데. 박진세에게서 이런 말을 몇 번인가 들은 기억이 떠올랐던 것이다. 박진세가 그런 말을 자주 입에 올린 것은 눈에 눈물이 글썽했던 친구보다 박진세 자신이 더욱 울고 싶었던 것을 말하고 있는 것이라고 명여는 지금 어림되었다.

박진세는 명여가 대학생 때 친하던 그룹 중 한 사람이다. 그 그룹에는 명여의 애인인 수희도 있었다.

명여가 수희를 알게 되어 그 그룹에 끼게 되기 전에 김현철과 그들은 가까이 지냈던 것으로, 종종 파리로 간 화가 김현철의 이름이 그들 대화 속에 끼곤 하는 것을 들을 수 있었다. 더 정확히 말해서 김현철은 박진세 누이의 애인이었다. 박진세의 누이는 C대학 도서관에 근무하고 있었고 김현철은 C대학 미술 강사였다. 명여도 수희를 따라 C대학 도서관에 몇 번 놀러가본 일이 있다. 창백하고 가느다란 박진세의 누이는 늘 그들을 반갑게 맞아주었다. 그들은 누이의 일이 끝날 때까지 도서관 건물 앞 층계에 앉아서 기다리다가 누이와 함께 근처 곱창집으로 가기도 했다. 누이는 좋은 시를 많이 알고 있어서 명여도 누이에게서 소개받아 읽어본 시 하나를 그때는 멋모르고 책상 앞에 붙여놓았었다.

어찌할까 문간에는 적병이 파수 보고 있으니,
어찌할까 우리는 감금되어 있으니,
어찌할까 거리는 교통이 차단되어 있으니,
어찌할까 이 도시는 몰림을 당하고 있으니,
어찌할까 이 도시는 굶주려 있으니,
어찌할까 우리는 무장이 해제되어 있으니,
어찌할까 밤은 닥쳐오고야 말았으니,
어찌할까 우리는 서로 사랑하고 있었으니,

폴 엘뤼아르의 「공습경보」라는 시였다.
"저는 선생님 얘기를 참 많이 들었어요. 박진세씨에게 편지하겠어요. 선생님을 만나뵈었다고 하면 굉장히 반가워할 거예요."
"아니, 아니요……"
그는 조금 망설이더니

"그냥 C대학에서 강사를 하던 김의 안부라고만 전해주십시오."

박진세의 누이가 아직도 결혼을 안 하고 있다는 얘기를 명여는 하지 않았다. 김현철이 파리로 간 후 누이는 그가 부르리라고 믿고 기다렸던 것이다.

"저 우수희씨를 아시는지요."

이번에는 명여가 물었다.

"네."

"그가 납북된 것도요?"

"신문에서 보았지요."

친구가 저녁을 차리고 있는 동안 그들의 얘기는 대충 거기서 끝났다. 그날 김현철의 인상은 무언가 몹시 주저하며 한없이 물러서는 그런 모습이었다. 그러한 그가 어떻게 혁명적인 정신의 소유자인지 명여는 의심이 갔다.

"김현철 선생님은 요새 그림 안 그리세요?"

그가 바쁜 일이 있어 저녁식사만 끝내고 먼저 돌아간 뒤에 명여가 친구에게 물었다.

"안 그리시나봐요."

"처음에 이곳 와서 연 개인전의 평도 좋았다고 들었는데, 저분은 정말 공산주의자인가요?"

"공산주의자라기보다 투철한 사회주의자라고 하는 편이 옳을 거예요. 이곳서 생각하는 공산주의는 우리가 우리나라에서 생각하던 그런 주의와는 달라요. 대부분의 인텔리들이 사회주의를 지향하지요. 그러면서도 그들의 실제 생활은 부르주아 중심주의거든요. 어떤 사람들은 방이 없어 잘 곳도 없는데 어떤 사람들은 궁전 같은 별장을 가지고 있고요. 여름 한때만의 휴가를 위해 일 년 내내 텅텅 비워놓는 그런 별장을 가지고 있고. 사실 이곳 사회주의도 여러 가지 모순이 많아요. 젊은이들이 특히 크게 반발하는 이유가 거기 있지요. 김현철 선생님 주장은 글쎄요, 저는 잘 모르겠어요. 선생님과 깊이 얘기해보면 어느 지점에서부턴가 서로 엇갈리는 것을 느낄 수 있어요. 화가라고 그림만 그리고 있어서 되는가라고 그분은 생각하지요. 그것보다 더 시급한 실제의 행동을 주장하시지요. 그림은 그다음의 일이라고 생각하세요."

"그것이 바로 공산주의의 생각이 아니에요? 실제로 이북이란 어떤 곳일까요?"

"프랑스 신문기자가 보고 와서 쓴 기사를 읽은 적이 있거든요. 그 기자는 파라다이스라는 표현을 썼더군요. 근데 파라다이스를 즐기는 사람이 하나도 없었다고요. 그것이 매우 이상했다고 말했어요."

"이북 신문을 보면 아무 내용이 없이 처음부터 끝까지 일률적으로 김일성 찬양론만 실려 있어요. '수령님의 품안'이라는 어떤 당원의 수기를 읽은 적이 있는데, 그 많은 말 중에서 김일성을 긍정하거나 공감할 말이 단 한 구절도 없었어요. 그 수기들은 완전히 실패지요. 차라리 그들이 좀더 인간적으로 솔직히 썼다면 혹시 김일성의 좋은 면모도, 이북 공산주의에 대한 긍정할 점도 엿볼 수 있었을지 모르겠어요."

"그래요, 역시 우리하고는 맞지 않아요."

"그런데 김현철 선생님 같은 분이 그쪽에 동조하고 있다는 것이, 그렇다면 내가 모르는 또다른 어떤 것이 있는 건가 하는 회의를 가져와요. 그분은 알고 보니 서울서 친구들에게 많이 얘기 듣던 분인데 얘기 듣기로도 그렇고 오늘 실제 뵈니까 참 인간적인 분 같은데요."

"김현철 선생님은 처음에 이곳에 와서 굉장히 고생하셨지요. 언어도 통하지 않고, 나중에는 막노동판에서 땅 파는 일을 하셨어요. 그때 느끼신 게 많은가봐요. 그분 운무 선생님과 친척이 되시지요. 그것 아세요?"

"네, 들었어요."

"처음 운무 선생님 댁에 계시다가 견디지 못하고 뛰쳐나와 막노동판에서 일하셨지요. 운무 선생님 사모님과 사이가 안 좋으셨나봐요. 가게에 나가서 뭐 사오는 잔심부름까지 김현철 선생님이 하셨다니까요. 내가 옆에서 뵙기도 머슴같이 지내셨어요. 프랑스 여자와 결혼하신 것도 그때였지요. 나중에 사모님 쪽에서 화해를 청하러 오셨다고요. 사모님은 지나치게 총명하신 반면 사람이 아주 냉정하지요."

"알 수 있어요. 운무 선생님 댁 분위기."

그즈음 명여는 일주일에 두 번씩 선생님의 화실에서 일을 도와
주고 있었다. 대학원 코스이므로 늘 학교에 나가지 않아도 되었
고, 예전부터 동경하던 그림의 세계를 가까이할 수 있는 일이 좋았
다. 그런데 화실 일뿐 아니라 차차 선생의 집안일도 하기 시작하면
서 괴로움이 따랐다. 자신이 하녀처럼 내휘둘려지고 있다고 느꼈
다. 운무 선생 부인은 선생의 작품 뒷바라지, 일테면 전람회 교섭
이라든가 그림 파는 일 등 그 외에 여러 가지 일로 항상 바빴다. 운
무 선생이 밥하고 소제하는 집안일까지 전부 하고 있어서 선생을
돕지 않을 수 없었다.

어떤 때 부인은 명여에게 웃으며 다가와서, "아유, 우리집 살림
은 명여가 다 하고 있네. 살림도 잘하면 참 재미가 있는 건데, 나도
제발 바깥일 안 하고 집에서 살림만 좀 했으면 싶어"라고 말했다.
부인의 표정은 단 두 가지, 근엄하여 말도 못 붙일 듯한, 일에 열중
한 모습과 갑자기 기분을 바꾸어 웃으며 다가오는 모습이다. 그러
나 그 웃음이 한 번도 진심인 것을 본 적이 없다. 뿐만 아니라 어
떤 감정의 노출도 엿보았던 적이 없다. 명여는 부인에게서 앉으라
는 말, 먹으라는 말을 한 번도 들어보지 못했다. 단 한 번 이런 얘
기를 한 적이 있다. 육이오 때 대구로 피난을 갔는데 시장을 보러
가는 길에 어느 조그만 국민학교에서 확성기를 통해 귀에 익은 멜
로디가 흘러나왔다. 잡음이 많이 섞인 깨끗하지 못한 음이 함부로

커졌다 작아졌다 했다. 부인은 이상한 감동에 복받쳐 그 자리에 서
서 시장바구니를 든 채 헉헉 흐느껴 울었다. 명여는 그 얘기를 듣
고 이제까지 부인에게서 느끼던 싸늘함을 많이 자신의 과민 탓으
로 돌리려 했고 또 그렇게 되지 않을 수밖에 없는 환경이 그녀에게
주어졌는지 모른다고 이해하려 들었다.

사모님은 아주 총명하신 분이지요? 운무 선생에게 명여가 말하
면, 사모님은 아주 지성적이에요. 누가 뭐래도 사모님은 내가 잘
알아요. 뭐라고 말해서 들으면 꼭 맞거든. 나는 처음에는 듣지 않
고 내 주장만 옳다고 하다가 돌아서서 며칠 생각해보면 사모님 생
각이 훨씬 진보적이라는 걸 알 수 있어요. 그래서 그대로 행동하면
꼭 결과가 좋거든. 우리는 일을 위해서는 서로 대가리 터지게 싸우
다가도 돌아서면 뒤가 없어요. 서로의 발전을 위해서 싸우는 거니
까. 혹은, 자기 집사람의 흠이 설혹 있더라도 남에게 얘기해선 못
써요. 절대로 험을 해선 안 돼요. 그런데 우리나라는 서로 험만 하
고 있으니…… 하고 선생은 한탄했다.

신문을 보다가 한국 전력 북괴 능가, 라는 타이틀을 소리내어 읽
곤, 이것이 얼마나 옹졸한가, 중공이나 일본을 능가하면 모르되 제
나라 사람끼리 경쟁해선 뭘 하나, 남 앞에서 얼마나 부끄러운가.

또 신문을 읽다가,

이것 봐 최치원이라는 사람, 그의 시가 악귀신에게까지 통하는
시였다고 하잖나. 이렇게 수천 년이 지난 후에도 민족의 꽃이요 그

방향을 제시해주는 자가 아닌가.

또 신문을 읽다가,

이게 서울에서 온 입양 고아들 사진이네. 얼마나 모두 잘생기고 똑똑해 보이나. 우리나라는 고아도 나와서 뒹굴고 장도 나와서 뒹굴고 죄 나와 뒹굴기만 하니…… 그런 것 생각하면 나는 아주 너무도 가슴이 아파. 이 장 말일세. 이게 프랑스에서 산 거네. 프랑스 시장에서 보고 너무도 반가워서 사왔네. 집에다 갖다놓으니 우리나라 옛날 할머니들 손때 묻은 게 그대로 전해져오고 막 가슴이 훈훈해지고 울고 싶질 않겠나. 다음부터 눈에 뜨이는 대로 사려고 우리나라 것이 오면 죄다 우리가 사려고 마음먹었는데, 그래서 박물관 같은 데 기증해서 그대로 보존하게 하려고. 그런데 그뒤로 정신없이 쏟아져들어오고 우리가 사던 때보다 값도 몇 갑절 싸지고 했어.

이런 것들은 명여가 가장 마음에 공감을 가지며 듣는 얘기들이다. 그러나 때로 새벽에 눈을 뜨면 이상하게 혹 스쳐가는 불안이 어디에서 연유되는 것인지 명여는 길을 가다가도 곰곰이 생각해보게 된다. 그것은 왜일까. 왜 그 집에는 누구든 타인은 한 발자국도 발 들여놓지 못할 엄한 분위기가 늘 감도는 것일까. 왜 운무 선생은 명여를 받아들일 듯하다가는 멀리 금 밖으로 밀어내는 것일까. 적어도 진정한 화가라면 왜 빈 마음으로 다가가려 하는 동족의 유학생이 받아들여지지 않는 것일까.

명여는 어떤 때 이상하게 반발한다. 한번은 명여가 입고 간 옷에 대해 동양 사람에게는 요란한 옷이 안 맞는다고 운무 선생이 말했다. 이런 옷도 입고 저런 옷도 입지요, 라고 명여가 버릇없이 대꾸했다. 자네한텐 무슨 말을 하지도 못하겠네. 선생의 말에 명여는 피가 거꾸로 흐르는 것을 느꼈다. 선생은 명여가 무안해하는 것을 보고 곧 잊은 듯 너그러이 대하여 그 순간의 어색함이 모면되었지만 어떤 때 명여는 눈물까지 글썽이며 자신은 자존심이 아주 강한 사람이라고 역설하기도 했다.

솔제니친 때문에 언성을 높였던 적도 있다. 선생은 솔제니친이 나쁜 사람이라고 말했다. 가만히 보면 선생은 무얼 좀 잘 모르는데가 있다, 좀 틀리게 안다, 나라를 떠난 지 오래되어서인지 확실히 우리나라 사정 같은 것도 잘 모른다, 고 명여는 말했다. 선생은 얼굴이 벌겋게 달아오르며, 자네 그런 소리 하다간 남 웃기네, 자넨 너무 뒤떨어져 있네, 이곳 젊은이들하고 얘기도 좀 해보고 그러게, 라고 소리쳤다.

그러나 다음번 명여가 갔을 때,

제자라는 것은 스승을 옳다고만 하는 사람이 아니에요. 스승의 그릇된 점을 지적해줄 수 있는 사람이 내겐 필요하네.

여러 가지를 잘 알아서 얘기해줄 수 있는 그런 총명한 제자가 있었으면 하는 아쉬움을 표현하기도 했다. 왜냐하면 불어를 모르는 선생의 유일한 대화자는 파리 땅에서 오로지 부인밖에 없었기 때문이다.

버스에서 내려 명여는 안개 속을 걸었다. 조금 걸으면 철망 안에 커다란 개들이 매어져 있는 곳이 나온다. 그곳을 지날 때면 언제나 짐승만큼 큰 개들이 컹컹 짖는다. 안개가 많이 낀 아침은 개들이 안개 속에서 보이기도 하고 보이지 않기도 하는데 개들이 안개를 먹고 있는 것 같기도 토하고 있는 것 같기도 하다. 그것은 참 특이한 분위기다. 그곳에서 신호등을 건너면 비둘기 집이 있는 시민 아파트가 나온다. 시민 아파트를 돌아서면 미용원이 나온다. 미용원 옆에는 레이스 커튼이 쳐진 방이 길로 면해 있다. 그 방을 들여다보고 지나는 것이 명여에게 습관화되었다. 벽지 무늬가 이쁜, 그리고 이쁜 유리 구두, 사기 구두, 꽃병, 접시 들이 장식으로 놓여 있는 시골스러운 방이다. 처음 그 방을 무심히 들여다보다가 거기에 놓여 있는 유리 구두를 보고 명여는 숨이 멎는 듯했다. 유리 구두를 신고 센 강변을 걷는 것은 대학생 때 명여의 꿈이었다. 그러나 정작 파리에 당도했을 때 그 꿈은 잊히고 있었다. 미래를 약속했던 수희가 정보선을 타고 있다가 인천 앞바다에서 납북된 이래 명여의 꿈은 닻을 내려버린 셈이다. 수희가 있던 자리는 항상 비어서 싸늘한 바람 같은 것이 휘젓고 다녔다. 명여는 수희가 정보선을 타는 줄 몰랐었고 더구나 정보선이라는 게 있어서 수희 같은 청년들이 군인이 되어 나가면 정보선을 타는 기밀 기관에 배치되기도 한다는 것을 전혀 몰랐다. 그는 아무 말도 없이 휴가 때마다 나와서 명여를 만나고 돌아갔던 것이다. 명여는 수희의 이름을 되도록 입에 올리지 않으려 애쓴다. 이다음 늙은 뒤 한 육십쯤 되었을 때에 수희의 사진을 꺼내볼 수 있으리라는 생각이 든다. 김현철을 그렇게 호의적으로 좋게만 보려 하는 것도 수희가 따르던 사람이라는 점이 크게 작용한 탓이리라.

명여는 유리 구두를 바라보고 발길을 돌린다. 창문이 열린 그 방은 항상 비어서 마음놓고 들여다볼 수 있다. 몇 발자국 더 가면 주유소가 나오고, 주유소를 지나면 때때로 운무 선생과 카운터에 서서 커피를 마시는 카페가 나온다. 카페 앞에는 조그만 광장이 있다. 주에 두 번씩 그곳에 시장이 선다. 주민들은 슈퍼마켓보다 싼 그 시장을 많이 이용한다. 야채나 과일이 산더미처럼 쌓이고, 고기류나 싱싱한 생선, 각종 치즈가 길에 친 천막 밑에 늘어놓여져 있다. 헌옷이나 구두, 싸구려 제품들을 파는 가게도 더러 눈에 띄고, 아코디언을 켜며 시장 거리를 왔다갔다하는 악사도 보인다. 시장 거리를 지나 조그만 길 하나를 건너면 운무 선생의 화실이 있는 길목이 나온다. 골목에는 항상 고양이가 많이 있다. 담은 짙은 회색이고 그 위에 희거나 검정 혹은 얼룩무늬의 고양이들이 앉아서 때로 음울한 울음소리를 내기도 하고 이 담에서 저 담으로 건너뛰기도 한다. 그 풍경은 언제 봐도 전혀 현실감이 없다. 운무 선생의 화실 벽은 흰 석회에다 기왓장 깨진 것을 붙여놓았기 때문에 금방 눈에 띈다. 그 집은 너무 운무 선생의 분위기와 비슷하여 선생 자신이 집들 사이에 서 있는 듯 느껴질 정도다. 신기료장수가 일하던 일터를 사서 많이 손을 보아 화실로 만들었다고 했다.

명여는 문을 두드리며 운무 선생을 불렀다. 어이, 하는 선생의 목소리가 들리고 발걸음 소리, 이어 문이 열렸다. 운무 선생은 문 사이로 고개를 내밀곤 언제나처럼 그 특유의 천진난만한 웃음을 지었다. 그 모양은 일곱 살 먹은 어린이가 문을 열곤 문밖에 대한 호기심으로 고개를 내밀어보는 것과 흡사하게 여리디여리다. 혹은 누군가가 문밖에 있을 것이 두려워 겁을 먹는 듯한 피해의식의 표정이 깃든 것 같기도 하다.

백발이 성성한 운무 선생은 문을 잠그고 청년 같은 걸음걸이로 명여를 앞세워 화실 안으로 들어갔다. 언제나처럼 석유난로가 타고 있고 책상 위에는 먹으로 그려진 화선지 그림들이 겹겹이 흐트러져 있다.

"개를 데리고 산책하고 와서 지금 한숨 쉬는 참일세. 그래 아침은 먹고 왔나. 오늘은 우선 먹을 좀 갈아주게. 할 게 잔뜩 쌓였어. 여기서 오전 중만 일하곤 오후에는 집에 가서 좀 또 일을 해야겠네. 자, 추운데 우선 뜨거운 차부터 한잔 마시고."

선생은 난로에서 끓고 있는 물을 찻주전자에 붓고 박하 냄새 나는 잎사귀 차 두 스푼을 그 안에 넣었다. 차 만드는 모습을 물끄러미 바라보고 있으려니 명여는 처음으로 운무 선생도 퍽 외로우리라는 것에 신경이 쓰여서,

"선생님도 외롭다고 느끼시는 때가 있어요?"

운무 선생은 흠, 하고 조금 웃더니 그러니까 오늘 자네를 부르지 않았나. 사실 난 너무 바빠서 그런 걸 느낄 새도 없네. 자기 전에도 그림 생각이 꽉 차 있고, 깨서도 금방 그림 생각이 꽉 차지. 작년에 그렸던 것도 벌써 낡아 보여 전람회에 내놓을 수가 없네. 항상 새로운 걸 찾는 거예요, 했다.

그들은 차가 우러나기를 기다렸다가 찻종지에 따라서 마셨다. 깨끗한 공기가 박하 향기와 함께 위 속으로 흘러내리는 기분이었다. 차를 마신 후 명여는 책상 한 귀퉁이에서 먹을 갈았다. 운무 선생은 명여가 갈아주는 먹으로 그리던 그림을 계속 그렸다. 먹물 냄새를 맡으며 선생의 몰두하여 그리는 모습을 보는 이런 시간을 명여는 가장 아름답게 느낀다. 어느 고요한 산속에 장작불이 타고 있고 주위에 평화가 깃드는 그런 생활의 정수를 느낀다.

"자네는 연애를 하지 않나?"

운무 선생은 그림 한 장을 끝내어 바닥에 내려놓으며 물었다.

"나이가 찼으니 결혼도 해야 할 텐데. 벌써 스물일곱이 아닌가. 지금 그렇게 어물어물하고 있을 때가 아니에요. 이곳에 박사 공부한다며 아직 시집도 못 가고 사십 가까운 여자들이 잔뜩 있어요. 나는 그 사람들을 볼 때마다 뉘 집 딸들인지 너무도 가슴이 아파. 그까짓 박사 따면 뭘 하나. 내 얘기가 너무 낡은 구식 소리일진 모르지만."

운무 선생은 수희의 일을 아는 걸까. 김현철이 알고 있으니 알지도 모른다는 생각이 들었으나 선생도 명여도 더이상 말을 꺼내지 않았다.

며칠 전 운무 선생과 같이 헨리 무어전을 보러 갔다가 그곳에 온 김현철을 만났다. 김현철은 헨리 무어의 소품 스케치 등을 아주 가까이에서 들여다보고 있었다. 명여가 있어서인지 그들은 서로 어색하게 알은체를 했다. 한 시간여에 걸쳐 미술관 정원에 놓여 있는 조각품들까지 다 돌아보고 잠시 벤치에 앉아서 쉬고 있으려니 김현철도 그곳에 와서 앉았다. 명여를 보고는 고개를 조금 숙여 인사를 했다. 요즈음 어떻게 지내느냐는 선생의 물음에 잡화상을 하나 차렸는데 아침부터 저녁까지 여간한 노동이 아니라고 했다. 온 식구가 거기에만 매달려 시간을 다 빼앗기고 있다고.

"그림 그리는 사람이 그림을 그려야지 뭣 하러 그런 것 하나."

"아저씬 돈이 있으니까 그런 소리 하시죠."

"내가 무슨 돈이 있나."

"앞으로 화랑도 하시겠다면서 돈 없이 어떻게 운영하시려고 그래요."

"난 돈 없이도 해낼 자신이 있네."

김현철의 얘기 속엔 약간의 원망이 섞여 있는 듯 명여에게 들렸다. 박진세에게 편지를 썼는데 아직 회답이 오지 않았다고 명여가 말했다. 얘기 끝에 박진세씨는 외로움을 잘 타지요, 했더니 아니

노여움을 잘 타지요, 라고 김현철이 받았다. 다소 감상적인 박진세에게 어울리는 표현 같아서 명여는 웃었다. 웃음 뒤에 수희와 어울려 다니던 시절이 떠올랐다. 비가 몹시 쏟아지는 밤 불쑥 하숙방으로 찾아왔던 수희의 모습이 떠올랐다. 수희는 푸른 군복 우비를 입고 있었다. 특별 휴가를 받았다며 오늘밤 이곳에서 지내겠다고 했다. 명여는 마음속으로만 승낙했다. 그들은 불을 끄고 기다란 의자에 함께 누웠다. 그들이 사귄 지는 이 년이 지나고 있었는데 수희는 항상 끌어안기에 수줍다. 평소 혼자 눕기에도 좁은 의자가 둘이 누웠는데도 편안하고 아늑했다. 얼마큼 시간이 지났는지 비는 멎고 가끔씩 빗줄기 뜯기는 소리가 들렸다. 그 사이로, 명여 어머니의 목소리가 들려왔다. 하숙을 정할 때 한번 따라와봤던 어머니는 어떤 집인지 정확히 몰라 골목에 들어서면서부터 명여의 이름을 조심스럽게 부르고 있었다. 명여는 급히 옷을 입는다는 것이 조끼부터 입었다. 그러고 나서 블라우스를 입고 스커트를 입었다. 명여가 밖에 나가서 어머니를 맞아들이는 사이 수희는 군화에 우비까지 입고 단정하게 앉아 있었다. 갑자기 휴가를 나왔다가 조금 전에 들렀는데 지금 막 돌아가려고 하는 길이었다고 명여는 어머니에게 거짓말을 했다. 어머니는 딸을 진심으로 믿는 얼굴이었다. 수희가 그 밤 그대로 귀대하였다는 것을 나중에 엽서로 알았다. 그는 처음으로 사랑한다는 말을 쓰고 있었다. 명여는 아직 왠지 그 말이 받아들여지지 않았다. 사랑한다는 감정으로 다져지기에 그들에게는 아무 일도 일어나지 않고 있었다. 그들은 그냥 서로 만나서 즐거운, 혹은 어쩐지 서글픈 연인에 그쳐 있었다.

참 아까운 놈이야, 너무. 박진세가 신문을 보고 달려와서 울분을 토했을 때 명여는 그 아깝다는 말을 너무 적절하게 느꼈다. 자신의 주위에 그가 없다는, 비워진 공간 때문에가 아니라, 또 자신에게서 소중한 것이 빠져 달아났다는 아쉬움 때문에가 아니라 진실로 수희만을 위하여 명여는 울었다. 그때 눈물 속에서 터득한 안타까움은 얼마 전까지 세상에 대해 막연히만 느꼈던 그런 것이 아니었다. 이렇게 하여 사랑하는 사람을 가지게 되는 것이로구나 명여는 뒤늦게 깨달았다.

선생은 헨리 무어전을 보고 나니 어서 바삐 화실로 달려가 일을 할 생각밖에 없다며 벤치에서 몸을 일으켰다. 그들은 미술관 옆에서 서로 갈라섰다.

"선생님 저분은 어떤 분이세요?"

지하철 쪽으로 발길을 옮기며 명여가 물었다.

"그림 그리는 사람이 그림을 그려야지 딴짓만 하고 있으니…… 저 사람 그림도 좋아요. 한국 대사관에서들랑 저 사람 가지고 나보고 이러쿵저러쿵하지만 제 자식도 어디 제 마음대로 되는가 말이야."

"동백림 사건 이후에 좌익 쪽으로 돌았다고 들었는데요."

"내가 없는데 문을 부수다시피 밀치고 들어와선 집을 온통 쑥밭

104

이 되게 뒤졌다네. 저 사람 혼자 있는데 말이야. 아주 무섭게 군 모양이라 그 충격이 너무 컸던 모양이야."

명여도 그 사건에 관계되었던 한 유학생의 얘기를 들은 적이 있다. 그 유학생은 사건에 본의 아니게 말려들어가 불려다니느라고 약혼녀도 떨어져나가버리고, 하루는 두 청년의 꾐을 받아 대사관에까지 갔다. 어떻게 지하실까지 그들을 따라가게 되었는데 지하실에 들어가자 갑자기 이제까지의 태도가 돌변하면서 문을 잠가버리고 배에 권총을 들이댔다. 거기까지만 기억에 남고 눈을 떠보니 속옷 바람으로 손이 등뒤로 묶여 거기 지하 바닥에 버려져 있더라고 했다.

"선생님, 동백림 사건 때 평양에 갔다가 오셨어요?"

명여가 무심코 올려다보니 선생의 얼굴은 긴 터널을 빠져나오는 듯 몇 번인가 표정이 바뀌더니 한참 만에 제 모습으로 돌아와 아니, 하고 단호하게 말했다.

"동독까지만 갔다가 왔지."

"동독은 가셨어요?"

"자네 그 사건 때 서울에 있었나?"

"대학생 때였지만 그다지 관심을 갖지 못했어요. 죄송해요."

그 당시 명여는 수희와 어울러 다니며 오로지 파리의 센만을 꿈꾸던 철없는 시절이었다.

"자식을 잃은 부모가 자식을 만나게 해준다는데 물불을 가릴 자가 어디 있겠나. 짐승도 자식을 보호하기 위해선 서슴지 않고 목숨도 내어놓는데, 하물며 인간이……"

선생의 큰아들은 육이오 때 납북되었던 것이다.

누군가가 수희를 만나게 해준다고 가자고 하면?

명여는 잠시 멈칫거리며 생각했다. 그곳이 어디든 따라갈 것이다. 아니 그럴까? 그곳이 숨막히는 '수령님의 품안'이라도? 우선 숨이라도 자유롭게 쉴 수 있어야 생존이 가능하지 않을까.

"그래서 아드님은 만나셨어요?"

"못 만났지. 어떻게 겨우 연락이 돼서 내가 가면 아들이 안 와 있고 아들이 동독까지 왔을 땐 또 내게 연락이 미처 못 돼서 못 갔고."

"그렇지만 이곳엔 사랑하는 다른 가족들이 있잖아요."

선생은 명여의 말을 듣고 있는지 아닌지 황혼을 받고서 무엇인가 골똘히 생각하며 걸어가고 있었다.

밖에서 바람소리가 들렸다. 창문이 덜컹거리고 석유난로 타는 소리가 들리고 선생의 힘있게 내리긋는 붓자국 소리가 들렸다. 천장으로 뚫린 채광창으로 보이는 하늘은 물에 젖은 담요처럼 무겁게 내려앉아 있었다. 곧 눈이 올 것 같지만 그러나 파리엔 여간해서 눈이 오지 않는다. 두꺼운 털 코트를 껴입는 한겨울에도 실제 기온은 영상이어서 꼭 비가 오고 만다. 그러나 추위는 우리나라의 추위보다 더 뼛속 깊이 젖어드는 것 같다. 어떤 화가는 파리로 오는데 이불 보따리만 가지고 왔다고 한다. 파리에 오기 전 예비 지식으로 화가들의 자서전을 읽었더니 맨 춥고 배고프다는 얘기뿐이어서 실제로 굉장히 추운 줄 알았다고. 그렇다. 파리는 이상하게 명여에게도 춥고 배고프기만 했다. 무릎을 굽혀 바닥을 닦고 있으면 부인은 어떤 때, 아유, 명여 부모님이 이걸 보시면 얼마나 가슴이 아플까, 라고 말한다. 아무렇지도 않게 느끼려 스스로 애쓰다가도 부인 역시 그런 눈으로 보고 있구나 하는 생각에 명여는 마음이 약해져버린다. 자신이 왜 이 집에서 못 벗어나는지 이상한 생각이 든다. 자신도 김현철처럼 뛰쳐나갈 수가 있을 것이다. 그러나 사람과 사람 사이에 눈에 보이는 금이란 없다. 자신을 양보하기 시작하면 어디까지 양보해야 할지 모르게 된다. 또한 사람을 판단하는 기준도 그렇다. 명여는 그들의 전부를 걸어 일하는 모습에 늘 감명을 받곤 하였기 때문에 실제 다른 감정들은 그보다 작게 받아들여졌던 것이다. 그리고 무엇보다 운무 선생은 바로 한국 할아버지가 아닌가. 선생은 손때 묻은 장을 보고 우리나라의 할머니들을 느꼈다고 하지만 명여는 애인을 잃은 후의 삭막한 파리 생활에서 운무 선생을 보고 고향을 느꼈던 것이리라.

"선생님, 비가 올 것 같아요."

"자네 우산 가져왔나. 자, 팔 아프지. 먹 그만 갈고 좀 쉬게. 나도 좀 쉬어야겠네. 어이구 벌써 한시가 넘었군. 이제 집에 가봐야겠는데 벌써 반나절이 휘딱 가지 않았나. 우선 차나 또 한잔 마시세. 자네 배고프지. 어서 집에 가서 밥 먹고 나서 일하세. 재작년까지만 해도 아무리 큰 돌덩이가 있어도 마음이 급해서 끌하고 망치 하나 가지고 덤벼들었는데, 우린 성질이 급해서. 근데 이제는 확실히 힘에 부치네. 조각을 다루기에는."

선생은 난로 위에서 끓고 있는 뜨거운 물을 찻주전자에 부었다. 또다시 박하 냄새 나는 잎사귀 차 두 스푼을 그 안에 넣었다. 그러고는 차가 우러나도록 잠시 그대로 서서 기다렸다. 휘몰아치는 바람소리, 창문이 덜컹거리는 소리, 이렇게 흐린 날은 그들을 끌어내어 어딘가로 데려갈 것만 같다.

"젊은이들에게는 꿈이 있으니까 나는 젊은이들을 좋아하네. 우리가 바라는 사회란 어떤 것이라는 게 있을 테고, 나는 그걸 듣고 싶어요. 책에 써 있는 것이 아닌, 어떤 사람들은 그냥 책에 써 있는 얘기를 그대로 하거든."

주전자 뚜껑에 손을 얹은 채 서 있는 선생의 모습은 열기에 차 있었다. 처음 운무 선생 화실에 찾아왔던 날과 같은 물음이다. 명여가 아무 대답이 없자 선생은 답답한 듯,

"모든 것이 한 장의 그림과 같아요. 그것이 모든 걸로 통해요. 내가 정치를 아나. 그냥 그림을 그리는 마음이나 정치를 하는 마음이나 다 똑같은 거지. 백성의 소리에 진정한 귀를 기울여 아, 내가 잘못했는가 하고 다시 고칠 수 있는 대통령이나 왕이 되어야 해

요. 자네 앞으로 내가 죽은 뒤라도 내가 한 말들이 맞다고 생각할 때가 올 걸세. 나는 공산주의자가 아니야. 세상만사는 다 자연이야. 모든 것이 결국 자연의 흐름대로 될 거야."

선생은 또, 예부터 나라 이름을 빛낸 사람들에게는 그 죄를 묻지 말라고 했어요, 라고 말을 흐렸다.

그들은 뜨거운 차를 마신 후 바람 속을 걸어서 화실에서 두 정거장쯤 떨어진 선생의 집으로 갔다. 점심을 먹고 소제를 한 후, 명여는 잠시 드러누워 눈을 감고 있는 선생 곁에 앉아서 책을 보았다. 명여는 다시 선생이 픽 외로우리라는 생각이 들었다. 그동안한 번도 그런 생각이 든 적은 없는데 그날은 두 번씩이나…… 이상한 일이었다. 선생이 갑자기 눈을 뜨더니, "자네 이번 봄방학 때어디 안 가나, 우리와 같이 남프랑스로 가서 지내세, 좋을 걸세. 바다도 보고, 꼭 같이 가세"라고 말했다.

그날이 운무 선생과 마지막이다. 며칠 후 명여는 운무 선생 부부가 북쪽 공작원이었다는 것을 신문에서 보았다. 그리고 남프랑스에는 김현철이 별장으로 쓰는 작은 오두막이 있다는 것도.

다리 위 차의 행렬은 이제 모두 방향을 돌리고 있었다. 통금이 임박해왔기 때문이다. 명여도 돌아서는 차 행렬에 끼어들었다. 어딘가 서둘러 여관을 찾아야겠다고 생각했다.

전쟁은 아닌가보다. 사람들의 얼굴 뒤로 이런 안도의 표정이 깔리고 있었다. 통금이 가까운 시각에 서울을 빠져나가는 모든 길을 봉쇄하고도 한마디의 말조차 없는 정부에 대한 불신도 스며 있었다. 내일 아침 신문을 보면 알 수 있겠지, 누군가가 중얼거렸다. 명여는 밤 비행기를 타고 떠나고 있을 친구를 떠올렸다. 뜻대로 유럽의 농촌 깊숙이서 햇볕이나 쏘이며 지내다 오길 바라며.

차창에 밤안개 같은 것이 잔뜩 끼어 있다. 명여는 손등으로 차창을 닦았다. 긴 잠에서 막 부스스 깨어난 사람처럼 정신이 몽롱했다. 다시 공습경보가 먼 데서부터 다가와 명여의 고막 속을 울렸다. 몰림, 차단, 밤, 이런 단어들을 명여는 안개 위에 두서없이 썼다.

운무 선생 부부가 공작원이어서 명여는 그렇게 힘들었던 것일까. 선생은 명여도 하나의 밥으로 보았던 것일까. 수희가 순수하게 따르던 김현철은 그 관계를 결국은 이용한 결과밖에 되지 않는 것일까.

그러나 더욱 큰 목소리로 아니라고 부정하는 외침이 명여의 귀에 들려왔다. 선생은 자신의 행복을 위해서는 결코 아니지 않은가. 이제는 편히 쉬고만 싶을 노구를 이끌고 한시도 쉴 틈 없이 오로지 일을 위해 고달프게 지내지 않던가. 정말로 가슴이 아파 그처럼 절절매지 않던가. 젊은이들에게는 꿈이 있어요, 그래서 나는 젊은이들을 좋아해요, 자네들이 이룩하고 싶은 사회란……

명여는 제발, 하는 심정으로 운무 선생의 말을 잘랐다. 그러곤 조용히 이제야 그 질문에 응답하듯 시의 끝 구절을 외워보았다. 어찌할까 우리는 서로 사랑하고 있었으니……

(1981)

가득찬 조용함

1

정오

조그만 아이가 커다란 목욕통에 들어앉아 오색 공을 가지고 놀고 있다. 비닐로 된, 아이의 머리통보다 조금 더 큰 공이다. 빨강, 파랑, 노랑, 주황, 초록으로 칠해진 공의 색채가 이 한낮을 바로 그런 색채의 무수한 조각으로 갈라놓고 있다. 햇빛에 반짝이는 나뭇잎들과 가끔씩 불어오는 미풍이 그런 색채 속에 휘말려 소용돌이치고 있다.

아이는 내리쬐는 햇빛이 따가운 듯 가끔씩 물에 젖은 조그만 손을 머리에 올려 무심히 긁어놓는다. 그럴 때마다 몇 개의 물방울이 머리카락에 맺혔다가 스러진다.

물속에 잠겨 있는 오동통한 조 발과 오동통한 조 고추 두덩을 좀 보아라.

햇빛은 물위에 맑디맑은 그림자로 노닐며 아이의 발과 고추 두덩을 간질인다.

목욕통 뒤로는 푸른 그늘이고 그 그늘 안에 초록색 문이 있다. 문은 반쯤 열려 있다. 그 문안의 일을 추적하는 것은 지금 않기로 하자. 문이 조금 더 밀쳐지며 젊은 여인이 주전자를 치마에 싸들고 나와 아이의 목욕통 속에 뜨거운 물을 조심스레 붓는다. 아이에게 뜨거운 물이 닿을까봐 한쪽 팔로 아이의 앞을 막고 있다. 아이는 본능적으로 몸을 움츠리는 시늉을 하며 움직이지 않는다. 여인은 조심조심 한참 만에 주전자의 물을 다 붓고는 손을 휘저어 더운물이 고루 섞이게 한다. 그러고는 몸을 일으키다가 다시 주저앉아 아이의 통통한 궁둥이를 뚜드려준다.

우리 아기 궁둥이 속에는 사과 두 알 살구씨 한 개 고추 한 개
우리 아기 궁둥이 속에는 사과 두 알 살구씨 한 개 고추 한 개

여인은 노래 부르듯 말한다.

아이가 궁둥이를 거꾸로 든 것을 뒤쪽에서 보면 두 개의 궁둥이는 꼭 사과와 같고, 그다음 사과 사이에서 튀어나온 작은 언덕 같

은 살구씨가 보이고, 그리고 그 언덕 너머 고추가 보이는 것이다. 혹은 아이에게 유리컵을 들이대며 오줌을 누일 때, 셔츠를 들어올리고 고추밭에서 고춧잎을 들쳐 거기에 매달려 있는 탐스러운 열매를 찾은 듯 여인은 항시 반가운 마음이다.

쭈그리고 앉아 있는 여인이 아이와 일체가 되는 감을 느끼는가 하더니 이어 자신의 어린 시절로 돌아가 있었다.

여인의 엄마가 된 손은 바로 다섯 살 때에도, 그보다 더 어린 지금의 아기만한 두 살 때에도 여인의 몸에 달려 있던 것이라는 사실이 얼마나 희한한가. 또 지금 공을 가지고 놀고 있는 아이의 손은 이다음의 어른이 된 후에도 조금 변모된 모습으로 그 아이에게 달려 있을 생각은 얼마나 가슴 뭉클한가.

햇빛 속에 단발머리를 한 조그만 계집아이가 앉아 있다. 이제 막 툇마루에서 낮잠을 자고 났기 때문에 아직 사물이 어슴푸레하다. 아이는 졸음에서 확 깨어나지 않는 눈을 뜨고 마당 저쪽 펌프가 있는 곳을 바라보고 있다. 햇빛 때문인지 가닥가닥이 노란색으로 탈색된 아이의 단발머리는 가위 자국이 흉하게 두루 나 있고 그 밑에 두 개의 짙은 눈썹이 꼭 지렁이처럼 기어간다. 햇빛으로 인해 양미간의 꼴을 질러서 더욱 그 모양이 지렁이 같아 보인다. 아스라한 눈을 뜨고 저쪽을 무심히 보고 있던 아이는 갑자기 졸음에서 확 깨듯 어떤 움직이는 물체를 잡았다. 햇빛에 앉은 방아깨비가 꺼덕

꺼덕 방아를 찧는 모습 같기도 했다. 아이는 눈을 비비고 자세히 보다가 정말 이상한 모습이라고 생각했다. 자세히 보느라고 더욱 양미간을 찌푸렸다.

빵꾸났니? 털 났니.

빵꾸났니? 털 났니.

그즈음 계집아이에게는 그것만이 유일한 관심사였다. 길거리에 지나다니는 사람들을 바라보면서 혼자 속으로 묻거나 또 실지 소리를 내어 속삭였다. 모든 사람들이 다 오줌을 누기 위해 빵꾸가 나 있는 줄 알았는데 털이 난 사람들이 있다는 것을 새로이 알았기 때문이다. 너는 아마 털이 났을 거야. 너도, 너도, 하고 지나다니는 사람들을 점쳐보기도 했다.

그런데 지금 아이의 눈에 저쪽 햇빛 아래 펌프장 옆에서 누군가가 분명히 털을, 바로 그 털을 씻고 있었다. 방아깨비 같은 몸을 일으켰다 앉혔다 일으켰다 앉혔다 꺼덕꺼덕하면서……

양다리 사이에 털이 어떻게 저렇게 무성하고 길까.

아이는 자신도 모르는 사이에 숨을 죽이고 한 발짝 두 발짝 펌프장으로 갔다. 잘 익은 토마토 속에 있는 미립 분자와 같은 알알이 공중에 가득 흩어져 있어 아주 가까이 가서야 형체를 정확히 파악할 수 있었다. 할머니는 머리를 헹구기 위해 대야 속에 머리를 처박았다 들었다 처박았다 들었다 했고, 그때마다 대야 양옆을 쥐고 있는 벌거숭이 팔을 구부렸다 폈다 했던 것이다. 그러니까 계집

아이가 눈을 떼지 않은 채 발만 움직여 한 발짝 두 발짝 가까이 다가가서 본, 그 폈다 굽혔다 하던 다리로 보이던 것은 실은 벗은 팔이었고 양다리 사이의 털은 머리였던 것이다.

초록색 문 앞에 앉아서 아이와 일체감을 느끼고 있는 여인은 그 모습을 지금도 선연히 그려볼 수 있다. 머리를 감던 모습으로가 아니라 여전히 양다리를 굽혔다 폈다 하여 대야 속에 털을 담갔다 뺐다 하던 주인집 할머니의 모습으로……

여인이 목욕통 안의 아이가 없어진 것을 발견한 것은 다음 순간이다. 딸꾹, 아이는 현관으로 오르는 돌층계를 한 계단씩 내려딛고 어디로 간 것일까. 일순 정적 속에서 햇빛만이 빛났다. 햇빛은 물위에 떠 있는 오색 공을 중심으로 퍼져나갔다. 한낮은 우물처럼 깊어 보이고 여인은 메울 수 없는 빈자리에 홀로 서 있었다. 그 더딘 걸음으로 여인이 보는 눈앞에서 어디로 없어지다니. 어디로 사라졌을까. 아이가 이렇게 없어질 순간을 여인은 아찔한 정신 속에서 이미 몇 번인가 체험해보았다. 바람 끝이 여인의 가슴을 밀쳤다. 위로할 수 없는 애수가 밀려들었다.

여인은 목욕통을 넘어 맨발인 채로 돌층계를 내려갔다. 아이의 이름을 부르지는 않았다. 한낮의 고요가 그렇게 시켰다. 층계 끝에 내려오자 집 뒤 광 앞에 쪼그리고 앉아 있는 아이의 모습이 보였다. 여인은 본능적으로 몸을 숨기고 고개만 조금 내밀어 아이를 엿보았다. 가슴이 뛰어 손바닥으로 가슴을 눌렀다. 아이가 머리를 땅에 닿도록 하고 뭔가를 들여다보고 있었다. 응가를 한 모양이었다. 언제나 하는 아이의 버릇이다.

내 몸속에서 뭐가 이렇게 신기하고 이상한 게 나왔지? 하고.

그런데 어떻게 그 자리에서 누지 않고 혼자 층계를 내려가 한적한 광 앞에 주저앉아 누었을까. 여인이 살금살금 다가가자 아이는 굵은 바나나 같은 응가 위에 이정표처럼 돌멩이 하나를 딱 올려놓는다. 현이야, 하고 아이의 이름을 부르자 여인 쪽을 돌아다보며 웃는다. 오색 공에서부터 퍼져나간 색채의 무수한 조각이 깊은 우물 같은 한낮 속으로 쉼없이 떨어져내린다.

어린이 정경

어느 저녁 아이가 밖에 나가자고 현관문 쪽을 손가락으로 가리키며 칭얼대고 하여 나는 오랜만에 산책하려는 마음으로 문을 나섰다. 아이는 해방된 듯 조그만 발을 재게 놀려 소리지르며 앞서 뛰어갔다. 나는 뒤에서 무엇이라고 소리치며 따라갔다. 넘어진다거나 천천히 천천히라거나, 그 비슷한 엄마들이 항용 쓰는 그런 말이었을 게다.

저녁의 어스름이 아직 내리지 않은, 해가 남겨놓은 빛이 언제까지고 그 상태를 유지할 듯 평온한 그런 저녁이었다. 나무들 가지

사이로 푸른빛 하늘이 들이밀리고 낮 동안에 들리지 않던 새의 울음소리가 들리기 시작했다. 길 쪽으로 팔을 벌린 어린 나뭇가지에 너무 많이 앉은 새로 인해 가지가 크게 휘어지고 있었다.

아이들은 두 편으로 나뉘어 있었다. 한편에는 세도가 당당해 뵈는 굵직한 애들이 여럿이고 조무래기도 많은 반면, 한편에는 힘이 없어 보이는 조그만 아이 네 명이 고작이었다. 약한 쪽 아이 하나가 반대편 대장처럼 보이는 아이에게 무어라고 말하며 따라오고 있었다. 자기가 형의 편이 될 테니 때리지 말 것을 사정하는 것 같았다. 그래두 본부는 가르쳐줄 수 없어, 하고 반대편 대장 아이는 막대기를 휘두르며 말했다.

"그래, 본부는 안 가르쳐주구 말이야."

그 아이는 더이상 대장을 따라오지는 않았지만 미련이 남은 듯한 표정으로 그 자리에 섰다. 그 아이 뒤로 조무래기 세 명이 와서 섰다.

"우리 편은 오늘 다 서울에 갔으니까 그렇지. 덕양이, 지양이, 범규가 오면 우리도 문제없어."

이런 소리가 조무래기들 사이에서 들려왔다. 그런데 어찌된 일인지 조금 후 정신을 차리고 보니까 조무래기 중 한 아이가 울고 있었다. 울면서 반대편 대장의 막대기가 덕양의 것이라고 우기고 있었다. 그것이 자기편인 덕양의 것인데 왜 반대편 대장이 가지고 무섭게 휘두르느냐고 했다.

"이게 어디 덕양이 거야. 말해봐. 한번 또 말해봐. 아주 이걸루 후려패버릴까보다."

안경을 낀 반대편 대장은 오학년은 족히 돼 보이는데 이제 유치원에나 다닐까 말까 한 조그만 아이에게 진실로 화를 내며 달려들었다.

"그건 덕양이 형 거야. 나는 다 알아. 아주 막 그짓말시키구……"

"이게 덕양이 거야? 요게, 쪼그만 게 가만 놔두니까 막 까불구 있어. 이건 내가 주운 거야. 길에 떨어져 있었어. 주운 사람이 임자지."

그러자 아이들은 모두 웃었다. 꼬마 편 아이들도 어이없는 듯 함께 웃었다. 그중의 한 아이, 아까 형의 편이 되겠다던 아이는 어떻게든 반대편 대장한테 잘 보여서 힘이 있고 본부도 있고 재미있는 일이 수두룩해 보이는 반대편에 붙고 싶어 더욱 소리내어 웃었다. 안경을 낀 반대편 대장은 마치 무용극에서 악마 역을 맡은 사람처럼 검은 망토를 펄럭이며 무대 좌우로 껑충껑충 뛰어다녔다.

그러다가 조그만 아이의 손등을 한 대 갈기고는 그 아이가 울음을 터뜨리자 물러섰다.

"어마, 얘한테서 피가 나, 피 나."

조무래기 하나가 흥분해서 소리쳤다. 대장 아이는 겁이 나는지 가까이 다가갔다. 어디? 하고 보더니 픽 웃으며, 에이, 이까짓 거는 대일밴드 붙이면 되겠다라고 말했다. 그러자 모여 서 있던 아이들은 아까보다 더 크게 와왁 하고 웃음을 터뜨렸다. 대장 편 아이

들은 웃음 끝을 이어서 돌격, 돌격 소리지르며 어딘가 숨겨놓았다
는 본부를 향해 달려갔다. 바람개비처럼 달렸다. 달려가던 한 아이
가 갑자기 멈추어 섰다.

"어마, 고양이 봐라. 이상한 고양이다. 어이, 이상한 고양이다."

나무가 많이 서 있는 비탈길을 가리켰다. 달려가던 아이들은 모
두들 어디, 어디? 하고 모여들었다. 이쪽 편 저쪽 편 없이 모여들
어 비탈 위에 섰다.

비탈에는 낙엽송이 많이 서 있고 가시덤불로 뒤엉켜져 있다. 낙
엽 진 나무들 사이로 추수로 거두어들인 빈 논이 보였다. 논에 군
데군데 괸 물은 거울처럼 맑았다. 한 아이가 몸을 구부리고 비탈
밑으로 내려가는 게 보였다. 낙엽 밟는 소리가 서걱서걱 들렸다.
갑자기 추운 듯한 싸늘한 바람이 불어오고 하늘에는 보이지 않던
구름이 두껍게 끼어들고 있었다. 찬바람이 아이들의 얼굴에서 땀
을 씻어가버렸고 옷 속으로도 스며들었다. 동시에 아이들의 열기
도 한풀 꺾였다.

"고양이 봐라. 이상한 고양이다. 눈이 하나 없다. 어디 어디, 정
말?"

혼자 서서 울고 있던 조그만 아이도 비탈 위에 와서 섰다. 그 아
이는 고양이는 볼 생각도 않고 흐느끼며 소리쳤다.

"우리 사촌형 집에 무서운 개 있어. 그걸 데려다 물게 할 테야.
내가 안 그러나 봐라. 우리 아부지가 오면 전부 이를 거야."

그러나 그 아이 소리를 하나도 귀담아듣는 아이는 없고 모두 고양이에게만 정신이 팔려 있었다.

나는 거기까지만 보고 일어섰다. 아이들의 흥취가 한풀 꺾이듯 나도 한풀 꺾여서라기보다 먼발치에서 놀던 내 아이가 보이지 않았기 때문이다.

그런데 그 정경은 며칠 뒤까지 이상하게 잊히지 않았다. 무슨 좋은 일을 만난 듯 가슴이 부풀기도 했다. 아이들 얘기 중에서 어딘가 숨겨놓았다는 본부라고 하는 단어가 내게 산뜻한 여운을 남겼다. 그리고 대일밴드를 붙이면 낫겠다고 하던 것, 대장 아이가 안심한 듯 웃으며 돌아설 때 와와 하고 웃음을 터뜨리던 조무래기들처럼 나도 웃음이 났다. 또 고양이 눈이 하나 없는 것, 그 얘기를 들을 때 불에 달군 부젓가락 같은 것이 생각나며 내 눈 하나가 아픈 듯했다. 이런 것들이 잊혔던 어떤 것에의 감흥을 불러일으켰다.

혹은 대장 아이의 펄럭이는 망토 자락에서 내 마음속 깊이 숨겨진 악마적인 소망이 고개를 쳐든 것인지 모른다. 악마와 결탁하여 이 세상에서 누려볼 수 있는 갖은 재미를 다 누려보고 싶은 비밀스러운 감정이 솟았다고 할지.

그러나 그 저녁 아이들의 놀이를 보고 내 속에 잠자는 줄 알았던 삶에 대한 격정이 강하게 치민 것이 딱히 왜인지 나도 잘 알 수 없다.

시간의 춤

몹시 맑다는 느낌.

저것은 창이 아니라 샘 속에 있는 창, 아니면 거울 속으로 보이는 창일 거라는 느낌이 든다. 방안은 어항 속처럼 고요하고 잠잠하다. 어느 순간 시간이 물처럼 풀려 그 안에 괴면 방안은 갑자기 깊은 늪같이 되어버린다. 부드럽고 투명한 빛이 들이밀려오고 있지만 그 빛들은 전부 방구석에 놓여 있는 직사각형의 거울 속으로 달려간다. 어디선가 아이들의 노랫소리가 들려온다. 줄넘기를 넘는 소리도 들려온다.

늪의 물처럼 괴었던 시간은 노랫소리로 하여 다시 흐르기 시작한다. 노랫소리는 음률이라기보다 시간으로 지금 이 방안을 조명해준다. 노랫소리가 한 음절 한 음절 사라지기 때문에 시간이 지나고 있는 것이 깨달아진다. 한 음절 과거로 떨어져갈 때마다 새로운 순간이 솟아나고 있는 것이 깨달아진다.

거울 속으로 달려간 빛이 만들어놓은 환영인가. 거울 속에 조그만 노파가 보인다. 이제 팔순이 되는 노파는 윗옷을 벗은 채 상 앞에 앉아 무엇을 먹고 있다. 흰머리와 조그만 어깨가 자칫 잘못 상 주위에 널린 주전자, 냄비, 항아리 들로 보이지만 그러나 고물고물 피어오르는 숨결이 그런 물건들과 여실히 구분 지어주고 있다. 노파는 입을 재게 놀려 무엇인가 씹어먹는다. 삶에 있어선 한 치의 양보도 있을 수 없는 듯한 결의가 엿보인다. 노파는 널려 있는 물건들 중에서 대두 한 병들이 식초병을 들어 나물 무친 것에 붓는다. 큰 병이지만 밑바닥에 식초가 조금밖에 남아 있지 않아 쉽게 들 수 있다. 노파는 손으로 버무려 맛을 본 후 또다시 식초병을 들어 조금 붓는다. 손가락에 간이 묻어 있는 탓으로 이번에는 양팔로 든다. 겨드랑 밑에 살점들이 흐늘흐늘 늘어지고 푸른 혈관들이 해초처럼 드러난다. 초를 많이 먹으면 어린애같이 뼈가 부드러워지지 않을까 하는 것이 노파의 생각이다. 노파는 몸을 반쯤 일으켜 야트막한 대 위에 놓인 마늘을 꺼낸다. 커다란 양재기 속에 찌든 마늘 두 쪽이 담겨 있다. 그것을 도마에 놓고 칼자루 끝으로 짓이기듯 찧는다.

노파는 모든 것을 상 주위에 늘어놓고 앉아서 한다. 마늘 찧은 것을 나물 무친 데 넣는다. 항아리에 손을 넣어 오이지 하나를 꺼낸다. 항아리를 싸맸던 헝겊으로 다시 뚜껑을 덮고 매듭지어진 검은 고무줄을 늘여 봉한다. 뚜껑으로 덮는 헝겊은 소금물에 절어 여기저기 얼룩져 있다. 꺼낸 오이지를 사기 종지에 찢어서 담고 주전자의 찬물을 붓는다. 노파가 아침마다 가서 떠오는 약수다.

노파는 새벽녘 아직 동이 터오기 전 주전자를 들고 집을 나선다. 쉬어 쉬어 한참 만에 산중턱에 이르면 거기 커다란 두 개의 바위틈에서 퐁퐁퐁퐁 소리를 내며 샘물이 솟아난다. 샘물은 어딘가로부터 터져나오지 않을 수 없는 생명력으로 바위를 뚫어 흘러넘

친다. 새벽이슬이 샘물 위로 천장을 이룬 나뭇잎마다에 매달리고 어떤 때 물은 검은 똬리를 틀며 샘 안에서 용솟음친다. 노파는 샘가에 앉아 양 손바닥을 오므려 물을 떠 마신다. 가지고 온 주전자를 샘물로 깨끗이 헹구어서 가득 물을 담는다. 그럴 때 나뭇잎에 맺힌 이슬이 노파의 때가 낀 저고리 동정에 후드득 떨어지기도 한다.

지난해에 지지난해에 그보다 더 지난해에 떨어진 나뭇잎들은 샘가에 상당한 두께로 축축이 깔려 있다. 지천으로 깔린 그 낙엽들을 들추어 과거를 불러일으킬 수 있다면……

옛날, 노파가 소녀 적에 이상한 방이 하나 있었다.

그 방은 여자대학의 커다란 건물 안에 있었다. 이리저리로 뚫린 미로 속 같은 긴 복도를 지나 어느 한 교실에 들어가면, 깊숙한 구석 쪽에 또하나의 작은 문이 있었다. 그 문을 열면 깜짝 놀랄 정도로 작은 세모진 방에 깜짝 놀랄 정도로 커다란 네모진 거울이 있었다. 벽 한쪽은 거의 유리로 되어 있었다. 유리창 밖은 푸른 수목들이 바람에 물결치고.

늘 지나다니며 보아 눈에 익은 밖의 나무들이 꾸불꾸불 긴 복도를 지나 몇 개의 문을 열고 또 연 다음 보이는 것이 소녀는 몹시 이상했다.

소녀는 항상 가슴 설레며 그 문을 열었다. 복도에서 보면 똑같아 보이는 연달은 교실 문 속 어느 한 곳에 그런 이상한 방이 감추어져 있는 것이 경이로웠다. 마치 예쁜 조그만 상자를 열면 비단 헝겊이 나오고, 비단 헝겊을 한 장씩 들추노라면 갖가지 아름다운 무늬 속 저 안 어디에서 이슬처럼 영롱한 유리 반지 하나가 나오던 어린 시절의 추억과 흡사했다.

교실이 비어 있을 때 소녀는 그 안으로 사르르 빠져들어가 하루 종일 거울 앞에서 놀았다. 신비에 싸인 세상이 거울 속으로 보이고 투명하고 맑은 것, 맑디맑은 것, 순간의 저 속까지 침투하는 무엇이 거기에 있어 소녀를 황홀케 했다. 어느새 황혼녘이면 소녀는 어스름 자체인 거울에 가만히 얼굴을 가져다대었다. 그러면 거울이 열려 그 속으로 들어가는 환상 같은 것이 소녀의 머릿속에 무의식적으로 스쳤다.

순간.

순간.

그리고 또 순간……

샘물 앞에 앉아 있는 노파는 옛적의 소녀와 다를 바 없다. 그러나 투명하고 확실하게 거울에 비치던 소녀의 모습에 비해 어딘지 지워지기도 하고 선이 끊어지기도 한 안개 같은 부분이 샘물 속에 비친 노파의 형상이리라.

방안으로 들이밀리는 부드러운 빛은 전부 거울 속으로 달려간다.

빛이 만들어놓은 조화인가. 거울 속에 이제 아기티를 막 벗은 조그만 아이가 등을 돌리고 앉아 무엇인가 장난을 하고 있다. 노파가 치우기를 잊고 둔 쌀함지에서 쌀을 퍼내고 있는 것이다. 노파의 숨결과 다른 또하나의 숨결이 방안에서 피어오른다.

아이는 샘물 속에서 막 튀어나온 듯 맑고 싱싱하다. 쌀함지 옆에 말리기 위해 신문지에 펴놓은 무말랭이와 호박오가리가 있고, 또 좁쌀, 콩, 보리, 수수, 팥 봉지들이 제각기 주둥이를 벌린 채 함지 안에 놓여 있다. 노파는 이 볕이 좋은 날 밖에 내어놓는 것을 그만 깜박 잊은 것이다.

아이는 이번에는 콩 봉지 속으로 조그만 손을 뻗친다. 까만 콩 한 알을 집어내어 입에 넣어본다. 한줌 쥐어내어 방안에 뿌린다. 콩 뿌려지는 소리가 요란하다. 아이는 제 마음대로 콩 봉지 속에 보리쌀을 한 움큼 쥐어 넣고, 보리쌀 봉지 속에서 보리쌀을 한 움큼 꺼내 좁쌀 봉지 속에 넣는가 하면, 또 팥 봉지 속에다 좁쌀, 수수를 넣기도 한다. 그러다가 여기저기 마구 손을 넣어 한 움큼씩 집어내어 방바닥에 뿌린다.

아이가 방바닥에 곡식 뿌려대는 소리가 요란하건만 마루에 앉아 있는 노파는 열심히 입을 놀려 밥을 먹고 있다. 밥 한술 떠넣고 오이지 한쪽을, 또 한술 떠넣고 나물 한 젓가락을…… 한 숟갈 한 숟갈씩 밥그릇을 비워나간다.

노파는 한동안 앉아서 물에 만 밥을 다 먹고 밥그릇에 조금 남은 물에 구부러진 양 손가락을 헹구었다. 그러다가 상 밑에 떨어진 밥풀, 흰 머리카락을 줍느라고 고개를 숙인다. 저만큼에도 밥풀이 떨어져 있는 게 눈에 띄어 노파는 엉금엉금 기어가서 줍는다. 실밥 같은 게 떨어져 있는 것도 보인다. 이번에는 그리로 기어가서 실밥을 줍는다. 상 주위가 몹시 어질러져 있건만 그런 것과는 달리 티끌 하나도 못 참는 게 노파의 성미다. 하루종일 집안의 티끌을 줍는 것이 노파의 일과이기도 하다. 노파는 기어서 제자리로 오더니 이번에는 아주 가볍게 몸을 홀짝 일으킨다. 상 위에 포개놓은 밥그릇 한 개와 반찬 그릇 세 개, 수저를 들고 부엌 설거지대로 걸어간다. 그러곤 다시 와서 마늘을 찧은 도마와 칼을 들고 간다. 노파의 점심식사 후 설거짓거리란 고작 그것이다. 동그랗게 부푼 치마 밑에서 자그만 두 개의 발을 한 발짝씩 내디딘다. 축 늘어진 두 개의 젖은, 거반 배까지 내려와 웃고 있는 것 같다.

설거지대에 물이 내려가지 않아 노파는 그릇 씻은 물을 애써 화장실 하수구로 가지고 가서 버린다. 그러느라고 몇 번씩 왔다갔다 한다. 설거지를 끝내고 화장실에 가서 오줌을 눈다. 물을 튼 뒤 세면대에서 손을 씻는다. 손 씻은 물은 변기에다 쏟아버린다.

노파는 편리한 아파트에서 살고 있건만 모든 것을 자기 방식대로 불편하게 만들었다. 아니 망가져가는 노파처럼 모든 것이 저절로 망가져버렸다. 전기가 들어오지 않는 곳, 전구가 끊어진 곳, 스위치가 말을 듣지 않는 곳, 물이 흘러내려가지 않는 곳, 옷장 문이

망가져 이불은 방 한쪽에 쌓아올려져 있고, 보따리 보따리마다 무엇인지 잔뜩 싸여 옷가지를 하나 찾으려면 노파는 하루종일 앉아서 보자기를 풀어야 한다. 방문도 꼭 닫히지 않는다. 방안에 비닐끈으로 줄을 쳐서 빨래들을 널어놓고 있다.

지금 줄에 널린 노파의 속옷은 흐늘흐늘 늘어져 탄력이라곤 조금도 찾아볼 수 없고 빨아도 깨끗해 보이지 않는 거무스레한 색으로 변해 있다. 거울이 달린 방에서 하루종일 보내다가 황혼을 맞던 소녀 적 노파의 속옷을 상상해보라.

화장실에서 나온 노파는 잠시 젖은 손으로 가만히 서서 숨을 돌린다. 이상한 예감에 두 눈을 동그랗게 뜬다. 깜박 잊고 그대로 둔 함지박의 것들이 생각난다. 급히 방안으로 들어서던 노파는 어질러진 방 가운데 등을 돌린 채 앉아 있는 아이를 본다. 그 아이는 콩봉지를 머리에서부터 막 내려붓고 있다. 노파가 미처 소리칠 사이도 없다.

노파는 신음소리를 낸다. 엉금엉금 기어 방 한쪽에 펴놓은 요위에 가서 눕는다. 거기에도 콩, 보리, 좁쌀, 수수가 가득 뿌려져 있으나 노파는 느끼지 못한다. 곡식 낟알들을 한 알 한 알 며칠이고 몇 달이고 걸려서 줍는 환영에 사로잡혀 손을 허공에 젓는다.

노파는 열심히 콩을 줍는다. 줍고 또 줍는다. 끝이 안 보인다. 허공을 젓던 손이 힘없이 떨어진다.

노파의 눈에 열린 방문을 통해 저쪽 구석진 곳에 세워진 거울이 대각선으로 들어온다. 거울 속에서 흔들리고 있는 수목이 실제 창밖보다 더욱 환하다.

이곳은 거울 속일까, 거울이 열린 것일까……

무의식적으로 이런 생각이 뇌리를 스친다. 노파는 눈을 뜨고 보이는 거울 속 수목들을 바라볼 뿐이다. 아니 노파의 망막에 비쳐올 뿐 볼 기력조차 잃었는지 모른다.

순간.

순간.

그리고 또 순간……

아이들의 탄력 있는 노랫소리가 들려온다. 줄넘기를 넘는 소리도 들려온다. 늪 속에 괴었던 물은 다시 흐르기 시작하고 노파는 자신의 힘이 솔솔 어딘가 영원을 향해 풀려나가는 것을 느낀다.

우물로 가는 길

바싹 마른 여자가 아이를 안고 산길을 걸어가고 있다. 여자 옆에 사내처럼 생긴 계집애가 반코트에 손을 찌른 채 따라간다. 초겨울 날씨로는 더운 날씨여서 여자는 웃옷을 벗어 허리에 둘렀다. 숨을 쉴 때마다 침이 마른 단내가 여자의 입속에서 풍긴다. 여자는 간혹 허공을 좇거나 마른 풀잎 나뭇가지들을 걸음을 멈추고 바라본다.

"왜? 왜? 얘, 쉬이 안 해? 저게 뭐야? 이건? 얘, 신발 신어. 신발 집에 또 있어? 인환이 신발 어딨어? 응, 어딨어? 나두 안아줘. 응, 나두 안아줘. 저게 뭐야? 무서워. 어딨어? 응? 이제 다 왔어? 어디 야, 어딨어? 다 왔어?"

여자 옆을 따라가는 계집애는 끊임없이 말을 하고 있다. 공을 들여 땋은 긴 머리는 며칠을 빗지 않았는지 뒤통수에 까치집이 지어져 있다.

"인환이는 집에서 쉬를 했어. 금방 했기 때문에 안 해. 저거? 마른 나뭇가지. 신발 벗기지 마. 도루 신겨. 집에 신발 또 있지. 너는 커서 못 안아. 아줌마 힘이 없어. 저거 다람쥐야. 안 무서워. 조금 더 가야 해. 근데 너 엄마가 찾으면 어떡하니? 소연인 이제 집에 돌아갈래?"

계집애의 쉴새없이 묻는 말에 휘둘리듯 일일이 대답하던 여자 는 어느 순간부터 대답을 안 해버렸다. 아이가 무엇을 물어도 입을 다물고 가만히 있자 마음이 편해졌다.

"얘, 내리라구 해. 응? 내리라구 해. 얘, 쉬이 안 해? 응? 쉬해."

여자가 갑자기 걸음을 멈췄다.

"소연아, 너 또 인환이 쉬시킬 테야? 바지 벗길 테야? 또 한 번 만 그러면 이제 아줌마가 막 때려줄 거다. 아주 단단히 혼내줄 테 다. 알았지?"

130

계집애가 얼굴에 웃음기를 거두며 딴청을 하려 들자 여자는 아이의 얼굴을 따라가며 다시 다짐한다.

"또 그럴 거야? 너 또 그럴 거야?"

조금 구부린 허리로 인해 스웨터의 목이 늘어지며 여자의 앙상한 가슴뼈가 보기 흉하게 드러났다. 여자는 순간적으로 자신이 지은 표정을 거두어들이고 조금 웃으려 했다. 그러나 얼굴의 근육이 웃음과는 반대 방향으로 굳어 있는 것을 느낄 수 있었다. 여자는 아이를 안고 다시 걷기 시작했다. 통통한 아이 궁둥이의 무게가 힘겨운 듯 몇 번을 추슬러올렸다. 떨어진 누런 솔잎들이 밟기가 아깝도록 깨끗하다. 지난밤 서리로 씻겼기 때문이다. 잎이 커다란 낙엽송과 꽃잎처럼 예쁘게 마른 잔다란 나무 잎새들이 가지마다 매달려 있다. 그 마른 잎새 새로 뚫고 나오는 햇빛이 산 공기와 뒤섞여 센 물살과 비슷한 흐름을 만들고 있다. 갈대들이 흰 솜 같은 것을 몸체로부터 공중에 조금씩 흩뿌리며 바람에 너울거리고 마른 풀잎들 마른 나뭇가지들이 이 초겨울의 미를 한껏 표출해내고 있다. 그들은 얼마 가지 않아 야산 언덕에 올랐다. 언덕 위에 높은 안테나가 세워져 있다. 계집애는 안테나, 안테나 하며 뜀뛰기를 하고 여자 품에서 내려온 사내아이는 저어오기! 저어오기! 심각한 표정으로 허리를 굽혀 안테나 끝을 보려 한다. 높이 보려면 오히려 이쪽 몸을 대상물과 더 멀리 떨어지도록 젖혀야 한다는 것을 벌써 자연스레 몸에 익히고 있다. 아이가 가리키는 대로 높은 안테나를 향해 고개를 돌린 여자는 자신이 저 밑으로 떨어져내리는 착각을 느꼈다. 또 한번 바라보자 이번에는 안테나가 그녀의 얼굴 위로 부서져내렸다. 여자는 털썩 자리에 주저앉았다. 탁 트인 앞의 전망을 보며 자신도 모르게 심호흡을 했다. 이어 다리를 결가부좌하고 앉아 완전 호흡을 하기 시작했다. 낙엽처럼 바싹 마른 부피 없는 여자의 몸속에 시원한 공기가 소리치며 흘러들었다. 여자는 공기를 한껏 끌어들여 배에 가득 넣고 그것을 끄집어올려 가슴을 팽창시킨 뒤 다시 목까지 끄집어올리고는, 한숨 멈춘 뒤 이어 관념으로 등뒤로 끌어내려 저 아래 자궁 밑까지 간 후 자궁을 수축시켰다. 여자는 수차례에 걸쳐 이런 호흡을 반복했다.

여자는 오늘 단식, 사흘째다. 사십이 넘어서부터 여자는 단식을 밥 먹듯 하고 있다. 오늘 아침 여자가 뼈만 남은 몸을 칼처럼 마룻바닥에 누이고 있으려니 갑자기 심한 갈증이 왔다. 매일 아침 수도꼭지에서 흐르는 물을 받아 마시는 것으로는 풀 수 없는 그런 유의 것이었다. 언젠가 보았던 우물을 떠올렸다. 우물 근처에서 누군가가 배추를 씻고 있었다. 우물 옆 감나무에 붉게 익은 감이 달려 있다가 제풀에 뚝 하고 우물 속으로 떨어졌다. 그러나 우물 속으로 떨어지기 직전에 여자가 손을 뻗쳐 감을 받아내었다. 잘 익은 땅땅한 붉은 감이 손에 쥐어졌다. 여자의 신발에 묻은 흙이 깨끗한 우물가에 자국을 냈다. 그러나 배추를 씻은 물이 그 자국을 깨끗이 씻어주었다.

웬일인지 여자는 그 우물물을 퍼서 마시지 못했다. 그냥 감만 하나 들고 돌아왔다. 그것이 늘 아쉬움으로 여자의 잠재의식 속에 남았다. 깨끗한 우물 속에 두레박을 드리워 풍덩 담그는 음향이 떠올랐다. 두레박이 우물물 깊이까지 내려갔다가 가득 넘치는 물을 흘리며 물속에서 올라온다. 올라와 이윽고 물위로 솟아오를 때의 그 감촉을 여자는 땅 위에서 두레박 끈 하나로 다 느낄 수 있다.

까악 까악 까악.

아이들은 땅을 구르듯 뛰어다녀 까치를 쫓기도, 마른풀을 뜯기도, 혹은 비탈진 곳에서 미끄럼 타듯 내려오기도 한다. 키가 큰 마른 풀잎들 사이로 여자는 아이들의 모습을 바라본다. 갈대를 흔드는 바람이 여자의 솔잎으로 저며놓은 듯 주름진 얼굴과 깜부기처럼 윤기 없이 매달린 머리카락을 스치고 지났다.

호흡은 여자에게 힘을 가져다주었다. 숨을 내뱉을 때마다 힘의 일부가 대기 속으로 빠져나갔지만 더러는 몸속에 남았다. 여자는 점점 태양과 맞서는 기분으로 대기 속 힘을 몸속 깊이까지 끌어들이고 토해냈다. 순간 모든 것이 멀리 지나가고 있었다.

여자는 검은 우단 바지에 묻은 왕모래를 털었다. 윗옷을 허리에 다시 한번 고쳐 매고 아이들을 불러모아 걷기 시작했다. 사내아이가 두 걸음도 가지 않아 다시 안아달라고 했다. 여자는 아이를 들어올려 안고 멀리 저 아래로 보이는 마을을 향해 걷기 시작했다.

마을 입구에서 개가 짖고 있었다. 여자는 개한테 끈이 매여 있는가 살폈다. 개의 목은 어딘가에 붙잡아 매여 있었다. 여자는 두 아이를 등뒤에 감추고 그곳을 지났다. 여러 개의 우물이 눈에 띄었다. 울타리가 없는 집집에는 대개 우물이 있었다. 여자는 자꾸 기웃거리기만 했다. 여러 개의 우물을 그냥 지나쳤다. 우물 곁에 돼지우리든가 똥이 말라붙은 소가 앉아 있었다. 배추를 씻고 있는 맑은 우물은 어디에도 없었다.

"이제 다 왔어? 다 왔어? 우물이 어딨어? 아줌마, 우물이 어딨어?"

계집아이도 자기가 찾고 있는 우물이 따로 있는 듯 바로 우물을 지나치며 물었다. 까치집을 얹은 뒤통수에 햇빛이 가득 매달려 있다. 이제 아홉 살이지만 지능이 조금 모자라 국민학교에 들어가지 못하고 있는 아이였다. 계집애는 여자의 아이만 보면 쉬를 시키려고 했다. 동네에 어린 남자아이는 여자의 아이뿐인 탓도 있을 것이다.

어제저녁, 딩동 하고 누가 여자네 집 벨을 눌렀다. 여자가 나가보니 쌀쌀한 저녁 바람을 가르고 동네 아이가 서 있었다.

"소연이가 인환이를 옷 벗겨놓고 때리고 그래요."

수도꼭지에서 흐르는 물을 받아 마시고 있던 여자는 급히 달려나갔다. 아이가 풀밭 웅덩이진 곳에 아래옷을 전부 벗겨진 채 서 있었다. 아이는 여자를 보자 기운 없이 울었다. 여자가 아이를 안아 올리자 그대로 여자의 어깨에 꼬꾸라지듯 얼굴을 박았다. 아이의 신발과 옷들은 여기저기 흩어져 있었다. 집에 와서 아이를 침대에 내려놓았을 때는 벌써 깊은 잠 속에 빠져 있었다. 잠을 자다가 소스라쳐 놀라서 울고, 다시 잠재워주면 또 자다가 소스라쳐 놀랐다. 아이의 얼굴과 궁둥이는 상처투성이였다. 동네 아이가 우연히 발견하기까지 그 어둑한 어둠 추위 속에서 아이는 얼마나 저항했을까. 아이는 옷이 억지로 벗겨지다 웅덩이에 떨어진 것일 터였다. 여자는 아이가 하던 저항을 생각하면 할수록 호흡이 가빠지고 숨이 답답해왔다. 자신의 저항을 생각해보게 됐다. 여자는 불붙는 정열을 마음속에 간직하려고 했었다. 그러나 어느덧 사십을 지나 있었고, 오려니 하던 순간은 그냥 여자의 인생에서 놓쳐지고 만 것을 깨닫기 시작했다. 사십이라고 하는 나이는 아무리 발버둥쳐야 새로울 수 없는 나이였다. 자신을 다 쏟아보지 못한 슬픔이 공허로 남아 여자의 몸을 말렸다. 이제 무엇이 새롭게 태어날 수 있는가. 아무리 저항해본대야 무엇이 어떻게 올 수 있는가. 여자는 단식하는 외에 어떤 저항도 이미 둔하게 몸속에서 사그라든 것을 느꼈다. 집집에서 개들이 또다시 짖고 있었다. 여자는 지나가는 동네 아주머니에게 물었다.

"아주머니, 개가 물지 않나요? 매어놨겠지요? 개들을 다 매어놓나요? 한 마리라도 매어놓지 않은 개가 있을까봐 그래요. 저는 저 너머 동네에서 왔어요. 근데 어디서 우물을 본 것 같은데 없네요. 찬 우물물을 좀 마시려고 그러는데."

"우물이야 많지요. 여기두 있고 저 집에두, 저 집에두 맨 우물이래요. 오세요. 내 물 한 그릇 떠드리지요. 개 때문에 무서워서 그래요?"

"아니, 봐둔 우물이 있어서 그래요. 감나무가 있고, 저리로 올라가면 또 집이 있어요? 우물이 있어요?"

"많다니까요. 저리로 올라가면 그리루두 집이 두서너 채 있어요."

여자는 마을을 빠져나와 다시 좁은 오솔길을 걸었다. 한쪽으로는 안테나가 멀리 보이는 그들이 머물렀던 야산이고 한쪽은 논이었다. 나무꾼이 도끼로 나무를 찍어내고 있는 곳을 힘들여 지났다. 나무들이 여기저기 지친 듯 쓰러져 있기 때문이다.

우물은 어디에도 없었다. 여자는 갈수록 심한 갈증을 느꼈다. 걸음이 점점 빨라졌다. 계집애도 이제는 아무것도 묻지 않고 반코트에 손을 찌른 채 열심히 따라 걸었다. 여자는 생각난 듯 조금 웃어보았으나 역시 자신의 근육이 웃음과 반대 방향으로 굳어져 있는 것을 느꼈다. 갑자기 계집애가 여자의 스웨터를 뒤에서 세게 잡아당겼다. 조금 전까지 허리에 감고 있던 여자의 윗옷은 보이지 않았다.

"아줌마, 얘 쉬 안 해? 우물 어딨어? 아직 다 안 왔어? 여기서 멀어?"

여자는 반사적으로 몸을 돌려 아이의 어깨를 잡아 흔들었다. 앙상한 손가락이 갈고리같이 계집애의 조그만 어깨에 가서 걸렸다.

때문에 팔에 안겼던 아이는 여자에게서 미끄러져 떨어졌다.

"너 또 인환이한테 쉬하라고 할래? 옷 벗길래? 응 응 응 응?"

여자의 눈은 허공을 좇았다. 바삭 바스러질 것 같은 여자의 머리카락이 바람에 스산하게 날렸다. 그러고는 모든 것이 멀리 지나가버렸다.

2

성탄의 밤

프린트한 악보를 묶은 한 권의 책을 들고(겉장은 사무실에서 흔히 쓰는 딱딱하고 두꺼운 검은 마분지로 되어 있다) 흰 가운을 입은 성가대원들은 일제히 일어섰다. 요란한 풍금 소리가 좁은 교회 안에 너무 급작스러이 울려퍼지기 시작하자 교회 마룻바닥에 방석을 깔고 앉아 있는 교인들의 시선은 목사와 전도사가 앉아 있는 강대상 옆자리의 성가대원들에게로 쏠렸다. 크리스마스트리의 꼬마전등들이 빨간빛 파란빛 노란빛으로 어느 작은 요술 나라의 빛을 순간순간 깜박여 뿜어내고, 눈 대신 얹힌 솜 장식은 그 불빛에 따라 오색 빛으로 물들여졌다. 금, 은, 초록, 빨강 색종이로 만들어진 종, 장화, 촛불, 산타클로스의 형상들은 트리에 매달려 요란한 종소리가 일 때마다 미세하게 흔들렸다. 한 신도가 허리를 구부리고 엉금엉금 기듯이 걸어가 예배 순서를 맡고 있는 전도사에게 쪽지를 건네고 돌아왔다. 전도사는 그 쪽지를 본 후 목사에게 가서 무엇이라고 귓속말을 했다. 귓속말이라기보다 예배 진행에 방해되지 않게 소리를 한껏 낮추었을 뿐이다. 이런 일은 예배가 시작되고부터 벌써 여러 번 있었다. 이 성탄 특별 예배에서뿐 아니라 예배 때마다 구부리고 걸어가서 전해지는 말이 꼭 있었다. 예식이란 이렇듯 신성불가침인가, 특히 예배에 있어서랴, 이집사님 이집사님, 전전도사님 전전도사님, 예배가 행해지고 있는 뒤에서 이렇게 끊임없이 속삭이듯 전해지는 말들이란 무엇일까.

강대상 아래 앉아 있는 신도들은 잠시 성경 말씀보다 그 얘기에 목을 빼어 기웃거려본다. 예배 순서 외에 재미있는 일이, 혹은 무슨 소식이라도, 그 소식이 별 신통한 것이 아니더라도(세상에 무슨 신통한 소식이 그렇게 있을 것인가) 잠시 예배 순서가 늦춰지며 전해지는 귓속말이 흥미롭다. 이집사님, 전전도사님, 하고 구부리고 걸어가서 건네지는 말이 많을수록 공연히 좋다. 그것은 마치 학교 수업 시간에 잠시 교실 문이 열리고 교생이나 시간이 빈 선생이 딱딱하기 그지없는 회람을 돌릴 때일지라도, 그 시간이 더없이 달게 느껴지는 것과 같다.

풍금 반주에 맞춰 성가대 지도원은 지휘봉을 흔들었다. 프린트된 책이 한 장씩 넘겨지고 있었다. 노래 한 곡에 악보는 자꾸 넘겨졌다. 한두 소절 부르면 한 페이지가 넘어갔다. 신도들의 상식으로는 노래 한 곡이 전부 한 페이지에 있는데 이 성가는 그렇지 않았다. 그러나 그렇게 자꾸만 페이지를 넘길수록 그 곡이 더 어렵고 성스러워 보였다.

갑자기 모든 소리들, 풍금 소리마저 죽고 맨 뒷줄에 선 테너들만 목청을 다듬어 고음의 소리를 냈다.

영광 영광들이 당신 앞에 엎데에에어……

이번에는 알토의 부분, 성가대 중간에 자리잡고 선 알토들이 쫙, 두울러섰도다, 라고 소리내었다. 그동안 베이스와 소프라노는 입을 다문 채 있었다. 또다시 한번 반복되는 같은 멜로디.

영광 영광들이 당신 앞에 엎에데데어…… 테너.

쫙, 두울러섰도다. 알토.

성가대 앞 좌석 트리 밑에는 유년 주일학교의 어린양 성가대원인 두 소녀가 특별 찬송을 위해 역시 흰 가운에 초록 리본을 매고 앉아서 차례를 기다리고 있다. 소녀는 알토를 하는 성가대원 중에, 어린 눈으로 보기에 추녀로 비치는 한 여자를 발견하였다. 그녀의 얼굴은 넓고 살이 많았으며 뺨에 여드름 자국이 남아 있었다. 코는 짧고 낮았고 입은 메기처럼 크고 양끝이 밑으로 처져 있었다. 어마나 수집어라, 고개도 못 들어야 할 듯한데 그녀는 떳떳이 명랑하게 기분좋게 그리고 심각하고 진지하게 노래 부르고 있었다. 쫙, 하고는 입을 양옆으로 길죽하게 한번 다물었다가 두 박자의 숨을 쉬고는 두울러섰도다, 하고 다시 입을 다물었다. 다시 풍금 소리가 울리고 소프라노, 알토, 코너 베이스의 혼성 합창이 시작되었다. 그러다가 솔로가 나오고, 다시 각 파트별로 노래가 나오다가 합창으로 이어졌다. 두꺼운 프린트 책 한 권이 자꾸 넘겨졌다. 세운 지 얼마 되지 않은, 블록 벽의 조그만 개척 교회에서 이런 어렵고 성스러운 곡을 부른다는 것에 교인들이나 성가대원, 목사, 전도사, 장로, 집사, 권사 모두가 흐뭇이 감동하고 있었다. 좁은 교회 안은 점점 어떤 충만감으로 가득 차올랐다. 사람들의 얼굴은 상기되었다. 교회 앞쪽과 뒤쪽에서 석탄 난로가 타고 있으나 그 난로의 기운으로가 아니라 몸에서 입김에서 내뿜는 열기가 교회 안을 휘돌아 아주 따뜻하고 아늑하게 만들었다.

단상 위에 앉아 있는 목사는 합창 소리를 들으며 자신이 설교해야 할 내용을 다시 머릿속에 정리하였다. 그는 신을 좀더 구체적인 숨결로서 교인들에게 전해주고 싶다. 그는 십자군이 히말라야 산맥을 넘어 전쟁을 하러 가는 길에 멀리 교회에서 들려오던 풍금 소리를 듣던 기분으로 앉아서 성가를 듣고 있다. 그것이 오늘 설교할 줄거리이기 때문이다. 목사의 생각으로 신은 머뭇거림에 대한 용서가 없이 끝까지, 그가 항복할 때까지 쳐들어온다. 그러나 신은 또한 사랑의 존재다. 가없는 사랑으로 모든 것을 용서하고 덮어준다. 자신의 이 체험을 교인들에게 직접 전달하고 싶다. 어느새 합창이 끝나고 전도사가 목사의 설교 순서를 교인들에게 전하고 있다. 목사는 잠시 홀로, 자신의 설교로 조금이라도 더 교인들이 신의 은총을 깨달을 수 있도록 신에게 간구한다.

창조주 하나님, 주님은 태초의 혼돈에서 질서를 창조하셨습니다. 흑암의 깊음을 향하여 빛이 있으라 명하시고 죽음의 세상을 생명의 세계로 바꾸셨습니다. 이제 저희의 세계와 나라와 민족이, 그리고 우리의 삶이 어둠 속에서 헤매오니 질서와 빛을 허락하여주옵소서, 화해의 주 하나님, 주님은 미움과 악을 용서와 선으로 승리하셨습니다. 절망과 거짓을 믿음과 진실로 이기셨습니다. 저희도 희망과 믿음과 사랑으로 승리하게 하소서, 주 하나님, 주님은 피조물과 역사를 포기하지 않으십니다. 하나님은 몸소 악의 힘과 사멸의 힘과 싸우시며 생명을 지어가십니다. 저희도 각자의 자리에서 하나님의 손과 발이 되게 하옵소서, 받을 줄 믿고 구하게 하시고, 얻을 줄 믿고 찾게 하시고 꼭 열릴 줄 믿고 두드리는 믿음을 주옵소서, 목사는 기도를 끝낸 후 사명감을 띠고 단상 앞으로 나아갔다.

소녀는 목사의 설교가 하나도 들려오지 않는다. 목사는 가끔씩 책상을 치며 느응력이 있는 것임, 하고 말한다. 실제는 능력이 있는 것입니다, 라고 말하는 것이겠으나, 끝말이 너무 짧아 것임, 하고 끝내버리는 것으로 들린다. 소녀는 그것이 몹시 이상스럽다. 우습다. 트리 위의 꼬마전등, 교회 천장 위에 사방으로 늘어진 종이 고리들과 거기 중간중간에 매달린 종, 촛불, 장화 등의 장식, 그리고 강대상 위로 진짜로 켜져 있는 촛불, 촛불이 만들어내는 그림자, 교인들의 숨결, 주여, 주여, 신음하듯 부르는 조그만 소리들이 이상하기만 하다. 어디 이상한 나라에 온 것 같다. 몹시 아름답다는 느낌 속에 어쩐지 혐오스럽다는 감정이 숨어든다. 소녀는 그 생각을 외면하고 싶다. 모든 것이 아름답고 조용하고 성스럽다고 생각하고 싶다.

이윽고 소녀들의 이중창 순서가 되었다. 오늘은 특별히 어린이 성가를 집어넣었다고 전도사가 웃으며 말하고 있다. 두 소녀는 가운을 입은 몸을 살포시 일으켜세운다. 풀을 빳빳이 먹여 다린 흰 가운의 사르락거리는 소리가 들린다. 교회 안은 일순 물을 끼얹듯 조용해져 있다. 빨리 나가 나가, 성가대원석의 성가대원들이 속삭여준다. 오래 앉아 있다가 일어서니 갑자기 현기증 같은 것이 인다. 소녀는 그것이 자신인지 아닌지 가늠하지 못하며 그냥 다만 발을 놀려 앞에 나가 선다. 풍금 소리가 들린다. 곱고 가느다란 목소리의 화음이 울려퍼진다.

천사의 노랫소리, 은은하게 울린다.

산천초목 지나서, 은은하게 울린다.

여어어어엉 과아아아앙 여어어어엉 광 영광

높으신 주께 영광.

여어어어엉 과아아아앙 여어어어엉 광 영광

높으신 주께 영광.

여어어어엉 과아아아앙 하는 부분에서 알토 소프라노의 화음이 지나치게 울려 공기 속에서 공명하는 소리가 지지직 울린다. 소녀는 자신의 몸이 붕 뜨는 것 같다. 교회도 떠오르는 것 같다. 모든 교인, 목사, 전도사, 성가대원 전체를 신고 교회가 떠오르는 것 같다. 지붕 꼭대기에 네온으로 켜진 십자가는 얼어붙은 하늘 위에 붙박여 있다.

북극 같은 차가운 하늘, 몇천 년 전 동방박사가 보았을 별들이 빛나고 있다. 그중에서 광채 찬란한 큰 별 하나, 황금과 유황과 몰약을 든 세 박사는 그 빛을 보고 어리신 예수의 말구유를 찾았을 것이다. 온 만민의 구세주이신 어린 아기 예수.

천사의 날갯짓 소리가 들리는가, 이 작고 성스러운 귀한 밤,

여어어어엉 과아아아앙 여어어어엉 광 영광

여어어어엉 과아아아앙 여어어어엉 광 영광.

공기 속에서 알토 소프라노가 공명하여 내는 소리가 다시 들릴 때 소녀는 어쩐지 너무 잘 이루어지는 화음에 혐오를 느낀다. 그러나 그런 감정은 아주 미세한 것으로 그 감정을 덮어버리듯 소녀는 목소리를 뽑아낸다.

여어어어엉 과아아아앙 여어어어엉 광 영광.

좁은 교회 안은 이제 바야흐로 공중으로 떠오르기 직전의 상태가 되어버린다.

꽃의 의미

산밑에 자리잡은 합숙소 마당은 모래땅인데도 높직하게 일구어 놓은 꽃밭에 꽃들이 잘 자랐다. 봉숭아와 채송화, 맨드라미, 접시꽃, 그리고 글라디올러스가 연한 주홍의 꽃잎을 잎 사이에서 수줍게 내밀고 있다. 봉숭아, 채송화, 맨드라미 따위는 동네 집집마다 꽃밭에 심어져 있지만 글라디올러스는 합숙소 꽃밭에서만 볼 수 있다. 꽃밭 맨 뒤쪽은 코스모스가 가득 자라나 바람에 줄기와 잎새를 엉키듯 하고서 가을에 피울 꽃을 준비하고 있다. 봄날의 아지랑이 같은 분꽃의 인상, 눈물처럼 함초롬한 봉숭아꽃 떨기, 그리고 가장 시골스러운 접시꽃, 채송화꽃의 웃고 있는 몸짓, 연두저고리에 다홍치마를 입은 시골 처녀 같은 백일홍, 꽃밭의 풍경은 언제 보아도 화기애애하다.

이 꽃밭은 합숙소 삼층에 살고 있는 용숙이와 권투선수인 그 오빠가 가꾸고 있다. 그 집은 권투선수 오빠와 용숙이, 용내, 삼 형제뿐, 어른들의 모습은 볼 수 없다. 용숙의 아버지는 전쟁에서 전사했고, 용숙의 어머니는 새벽에 시장에 나가 어두워진 다음에 돌아오기 때문이다. 권투선수는 도장道場에서 지내는 시간이 많아서 아주 간혹 집에 들르곤 한다. 그는 키가 매우 작았으며 몸의 근육이란 근육은 위가 아니라 옆으로 자라난 듯 벌어져 있다. 그의 몸은 완전히 V자의 균형을 이루고 있다. 키가 작아서인지 보통 구두

보다 굽이 높고 구두코마저 봉긋 올라온 것을 신었다. 구두는 항상 윤이 나게 잘 닦여 있으며 숱이 많은 머리 또한 포마드를 발라 정성스럽게 올백으로 가르마 없이 넘겨 빗었다. 권투선수답지 않게 예쁜 살결, 큰 눈, 그리고 그 균형을 깨뜨리듯 너무 큰 입으로 가끔씩 순진하게 웃었다. 그가 돌아오면 동네 꼬마들은 형, 형 하고 그의 뒤를 졸졸 따라다녔다.

이제 여중에 들어갈 나이에 학교에 가지 못하고 살림을 도맡은 용숙은 늘 집안을 깨끗이 청소하고 살림을 윤기나게 했다. 그리고 합숙소 전체의 꽃밭마저 가꾸었다. 용숙이네 방에는 주둥이가 작고 투명한 흰 유리병에 언제나 꽃이 꽂혀 있다. 매일 아침 꽃병을 씻고 물을 갈아주는 듯, 유리병은 맑고, 그 안에 담긴 물은 깨끗했다. 용숙은 동네 아이들에게 틈틈이 무용을 가르치기도 했다. 오늘 오후에 무용 연습이 있다는 연락을 해오면 동네 계집아이들은 마음을 설레며 합숙소 빈방으로 모여들었다.

합숙소에는 또 길원이라는 국민학교 오학년 남자아이가 살았다. 원래 은행원 가족이 사는 은행 합숙소였으나 전쟁 이후 은행원 가족만이 아닌 외지에서 흘러들어온 피난민들이 들쑥날쑥 살고 있다. 길원이도 그런 피난민의 하나로 여든이 넘은 노망이 든 할머니와 단둘이 살았다. 길원이가 학교에 다녀와서 동네에 나와 놀고 있으면 노망이 든 길원이 할머니가 길원이를 불러대는 소리를 들을 수 있었다.

길원아하하하하하아.

길원아하하하하아.

길원이 할머니 소리는 팔십이 넘은 쇠약한 노인의 소리답지 않
게 크고 쩽쩽했다. 더구나 길원아 할 때, 아 소리가 길게 몇 번인가
의 굴절을 거쳐 하하하하아 하는 소리로 들릴 때는 이상한 짐승의
소리 같기도 했다. 동네 어느 구석까지 안 들리는 곳이 없었다. 배
가 고프거나 대변을 본 후에 길원이를 부르는 것이다. 놀고 있던 길
원이는 어른스럽게 언제 어디서나 네에, 하고 대답을 하며 달려갔
다. 한 번도 싫은 기색이 없이 순한 얼굴로였다. 국민학교 오학년짜
리에게 그것은 너무 큰 짐으로 보였다. 아니 국민학교 오학년이기
에 그렇게 싫지 않은 기색으로 할머니에게 순종할 수 있었을지 모
른다. 더구나 사내아이가 밥을 해 먹고 학교 다니며 노망이 든 할머
니를 건사하는 일이 예삿일은 아닐 것이다. 길원은 전쟁통에 고아
가 되었다고 했다. 그렇다면 길원이네는 어디서 돈이 나서 쌀을 사
서 먹고 사는 걸까, 길원이 학교에 집어넣는 일은 누가 했으며, 월
사금은 어떻게 마련하여 다니고 있을까. 그런 것을 아이들은 아무
도 생각지 않았다. 단지 그렇게 할머니에게 불려 달려갈 때마다 아
이들은 놀이가 한창일 때 흥을 잃게 되는 것을 아쉬워했다. 그러면
서도 마음 한편으로 그런 길원이를 믿음직스럽게 느꼈다.

길원이는 노래를 잘 불렀다. 울려고 내가 왔던가 웃으려고 왔던
가, 특히 이 노래를 구성지게 잘 불렀다.

어느 날 동네 아이들은 합숙소의 빈방에서 담요를 쳐놓고 무대를 만들어 막을 올렸다. 그동안 틈틈이 용숙이가 가르친 무용과 길원이의 노래, 또 손짓 발짓과 얼굴 표정만으로 이어지는 용숙 오빠의 무언극이 있었다. 동네 어른들은 잠시 고단한 일손을 놓고 아이들에게 이끌려 무대가 서는 합숙소 빈방으로 몰려들었다. 길원이의 노래가 끝나고 아이들의 무용이 시작되었다. 아이들은 용숙이 부르는 노래에 맞춰 무대 양쪽에서 나왔다. 용숙이 어디선가 구해온 루주를 입술에 바르고 눈썹을 그리고서였다.

백두산 포도나려 반도 삼천리

무궁화 이동산에 역사 반면년

객석 어른들은 잘한다고 박수를 쳐주었다. 그런데 여기서 추억하는 것은 그 아이들의 일원으로 끼어 춤을 추던 내가 이제 어른이 되어 무심히 그 노래를 떠올리다가 노래의 정확한 가사를 저절로 알아낸 것이다.

백두산 포도나려, 라고 노래 부르며 언제나 포도송이를 떠올렸었다. 그 노래의 의미를 한 번도 생각하지 않았었다. 그러나 이제 느긋이 그것은 백두산 뻗어나려 반도 삼천리라고 알게 된 것이다.

그리고 또 이제 내가 진정으로 추억하는 것은 그때 찍었던 사진 한 장이다. 때묻은 앨범을 뒤지면 아마 어디선가 튀어나오리라. 요즘 사진의 절반 정도 크기밖에 안 되는 작은 사진, 그 속에 인물 역시 너무 작아 겨우 누구라는 것만 분별할 수 있을 정도의 것.

우리는 그날 무대가 끝난 후 사진을 한 장 찍었다. 용숙이, 용내, 용숙 오빠, 길원이, 나, 같이 출연했던 동네 아이들이 몇 있었다. 누군가가 우리에게 사진을 한 장 찍어주겠다고 하여 우리는 한참 동안 자리를 찾았다. 그러다가 꽃밭으로 정하고 그리로 갔다. 사진 찍는 사람이(동네 사람이었을 것이나 누구인지 생각나지 않는다) 한참 동안 거리와 광선을 맞추었다. 그 시간이 지리하게, 그러나 긴장되게 흘렀다. 이윽고 다 맞추어 여기 보라는 신호를 보내었다. 그런데 그때 권투선수 용숙 오빠가 잠깐, 하고 제지시켰다. 파인더를 들여다보던 사진 찍는 사람은 고개를 들었고, 아이들은 무슨 영문인가 일제히 뒤돌아보았다. 용숙 오빠는 삼층에 있는 그들의 방으로 달려올라갔다. 꿍꽝꿍꽝 나무 층계를 두 칸 세 칸 뛰어오르는 소리가 밖에까지 들렸다.

조금 후 유리병에 꽂힌 꽃을 들고 그가 나타났을 때 아이들은 모두 웃으며 박수를 쳤다. 휘파람을 불고 발을 구르기도 했다. 그러고는 다시 긴장된 한순간이 흐른 뒤, 찰칵 하고 사진을 찍었다. 앞에 아이들이 한 줄 앉고, 뒤에 비교적 큰 사람들이 한 줄 섰다. 그 한옆에 용숙의 오빠가 화병에서 고스란히 빼어 온 글라디올러스를 들고 서 있었다.

그 기념 촬영은 사람 머릿수대로 뽑아 동네 조무래기들에게까지 한 장 한 장 나눠준 것이어서 나도 간직하고 있는 것이리라.

사진은 너무 먼 거리여서 사람의 얼굴은 잘 나타나지 않았으며 꽃은 더욱 알아볼 수 없을 지경이었다. 그러므로 그 당시 사진을 받아들었을 때, 그렇게 수고스럽게 사진 찍는 것을 제지시키고 삼층까지 뛰어올라가서 꽃을 들고 올 필요가 있었을까, 모두 생각했다. 용숙의 오빠가 삼층으로 달려올라갔을 때 아이들은 영문을 몰라 하면서도 사진 찍으려 하던 순간의 긴장을 일단 늦추고 재미있게 호기심을 가지고 기다려보았던 것이다. 그리고 용숙의 오빠가 꽃을 들고 모습을 나타냈을 때 모두 다 그 꽃을 함께 반기는 마음이었다. 그러면서 한편으로 살짝, 유치하다는 생각도 아이들 제 나름대로 했던 것 같다.

그러나 이제 어른이 되어 그 사진을 추억할 때, 그것은 말할 수 없이 소중한 가치를 지니고 있음을 깨닫는 것이다. 그 유치야말로 그 사진을 아름답게 빛내는 요소, 가장 아름다운 성실성과 순진이었음을 느끼는 것이다. 그런 순간을 이제 어디 가서 찾을 수 있으랴.

또한 사진 속에 나와 있는 사람들과 꽃밭, 지금도 눈에 선한 화병에 꽂혔던 글라디올러스, 그리고 숲을 흔드는 바람소리처럼 가끔씩 동네를 흔들던 노망이 든 할머니의 손자 부르는 소리(동네에 온 손님들은 놀라며 이것이 무슨 소리인가 묻곤 했다), 이런 것들은 내 마음속에 자리한 신비로운 시간과 장소로 떠오르는 것이다.

소광장

시장으로 들어가는 입구에 아이들의 눈으로 보면 분명 광장이라고 할 만한 비탈진 공간이 있다. 그곳에는 늘 자전거가 달려내려가기 직전의 상태로 위태롭게 서 있든가 오토바이나 혹은 손수레가 비스듬히 서 있다. 무슨 검은 고무 밧줄 뭉텅이나 배추 찌꺼기 같은 것도 쉽게 눈에 띈다. 조그만 광장이 길로 자연스러이 연결되는 곳에 버스 정류소가 있고, 버스 정류소 옆에 조그만 손수레에서 연탄을 피워놓고 감자튀김과 야채튀김을 해서 파는 곳이 있다. 그곳을 지날 때 풍기는 연탄가스 냄새와 더러운 튀김 기름 냄새, 그리고 시장 쪽에서 번져오는 시장 냄새, 그보다 시장 입구 구석자리 어디에 자리잡은 듯 문은 보이지 않고 냄새만 풍기는 변소 냄새들은 이 조그만 광장 특유의 분위기를 조성하고 있다. 또한 사람이 다니는 길 한가운데 헝겊을 펴놓고, 여러 가지 모양의 발닦개와 베갯잇, 방석 커버를 팔고 있는 아주머니도 간혹 눈에 띈다. 보도블록이 깔려 있으나 밤길에 잘못 걸으면 넘어지기 십상인 울퉁불퉁한 길 한쪽에서 조그만 아이가 자석에 들러붙는 쇠붙이들을 열심히 긁어모으고 있다. 동네 주부들은 미장원에서 갓 파마한 머리를 부끄러운 듯 만지며 총총히 시장 쪽으로 걸어간다. 주부들이 지나가자 파마약 냄새가 풍겨온다. 파마를 한 주부 옆에 함께 걸어가는 주부는 파마를 하기까지 미장원에 같이 있어준 이웃집 주부이다.

그녀는 갑자기 흘린 시간에 당황하며 곧 저녁이 다가온다는 사실을 그제야 깨달은 듯 총총히 시장 쪽으로 걸어간다.

그런데 광장에서 일어나고 있는 이 모든 모습들을 가장 잘 볼 수 있는 아늑한 안식처가 그 어디 한구석에 숨어 있으니, 그곳은 구두 수선집이다. 그 조그만 광장 한쪽에 얕은 축대가 있고 축대 위에 시멘트 담이 있다. 그 시멘트 담과 축대 사이에 작은 공간이 생겨, 그곳에 네 기둥을 박다 떨어진 송판들을 모아 지붕을 연결한 작은 처소다. 겉으로 보기에 어떻게 이렇게 작고 기묘한 곳이 있을까 싶으나, 자세히 들여다보면 웃음이 나올 정도로 아늑한 공간을 형성하고 있다.

초록빛 낡은 비닐 장의자가 하나 놓이고(그렇게 좁은 곳에 어떻게 장의자가 놓일 수 있을까) 그 옆으로 구두 수선에 쓰는 물건들이 느런히 놓여 있다. 구두를 넣고 망치로 때려 못을 박는 발보다 작은 크기의 소모형―가느다란 쇠기둥이 발 모양을 떠받치고 있는 그 형상은 무슨 조각품 같기도 하다―그리고 깡통에 물이 담겨 있고, 숫돌이 있으며 여러 종류의 송곳과 실 등을 담아두는 나무상자, 고무창이라든가 또 그 밖에 무엇인지가 가득 들어찬 찌그러진 조그만 서랍장이 그 좁은 공간에 놓여 있다. 그리고 거울이 하나, 광장으로 향해 비스듬히 세워져 있는데, 그 거울은 놓인 각도에 따라 항상 텅 빈 하늘, 시장 입구, 또 길 건너편의 지붕들이 비치고 있다. 거울은 왜 거기에 놓인 것일까, 누구를(손님이나 수선하는 사람) 보게 하려 함도 아닌 것 같은데—왜냐하면 그 공간 안에서 몸을 움직여 비스듬히 세워진 거울에 얼굴을 비춰보는 일은 거의 불가능해 보이므로—더욱이 손님은 축대 밑에 서서 가슴 위만 내놓고 구두 수선을 부탁하도록 되어 있으니 거울이 놓인 각도로 보아 손님을 위한 것은 정녕 아니었다.

장의자에는 세 사람의 노인이 날이면 날마다 나와 앉아서 이 소광장 쪽을 바라보고 있다. 그들이 담소하는 일을 본 일이 없다. 구두 수선하는 모습을 본 일도 없다. 그중 한 노인이 수선하는 사람일 것이고, 다른 노인들은 근처에 사는 친구일 것이다. 그들 중에 누가 안경을 끼었던가, 아니면 무색의 풍경 속의 하늘을 담은 반사경 때문에 그렇게 느꼈던가, 누군가가 안경을 끼고 있고, 안경알 한쪽이 빠진 것 같은 착각을 준다.

이웃 주부가 파마할 동안 같이 미용원에 앉아서 친구해준 주부는 시장에서 저녁 찬거리를 사가지고 나오는 길에 구두 수선집을 무심히 바라보았다. 그녀는 매일매일 시장을 오고가며, 버스 정류소에서 버스를 기다리며, 이 소광장의 모습을 어제가 오늘 같게, 오늘이 내일 같게 익히 보아오던 터다. 그런데 그 구두 수선집을 볼 때마다 무엇이라 이름 붙일 수 없는, 몸속에 잠재된 어떤 것을 느끼게 되었다. 찾고 찾던 것이 드디어 모습을 드러내려 하는 때의 설렘 같다고 할까, 아니 그보다 그것은 그녀의 어린 시절, 마당에 이불을 깔고 싶던 그런 욕구에 대한 해답과도 같다고 할까.

어린 시절 그녀는 깨끗하고 반반한 마당을 볼 때마다 다락 속에서 이불을 꺼내어 거기에다 깔고 싶었다. 그러면 넓고 깨끗한 또하나의 방이 생기는 것이다.

어머니가 안 계실 때 아이는 마당에 이불을 깔았다. 그러고는 방문을 열고 신발을 벗고 들어가고, 다시 방문을 열고 신발을 신고 나오는 시늉을 하며 들락거렸다. 방에 앉아서 숙제도 하고 또한 상을 차려가지고 가서 밥을 먹기도 했다. 그러나 어린 그때에도 들키면 혼이 나는 일이라는 자각하에 불안 속에서 한두 번 하다가 그만두었다. 또한 이불을 길에 가지고 나가서, 담 한쪽을 의지하여 담을 두르듯 ㄷ자로 두르고 앉아 있고 싶었다. 그러면 작고 아늑한 또하나의 작은 집이 되는 것이다. 그러나 차마 담 밖으로까지 이불을 가지고 나갈 수 없었다. 그것은 그녀가 하고 싶지만 못 해본 일이었다. 그런데 어른인 그들이 바로 저렇게 아늑한 구석을 차지하고 너무도 떳떳이 사람들을 굽어보고 앉아 있는 것이다.

노인들의 시선은 소광장을 지나 어느 먼 곳을 향한 듯이도 보인다. 그녀는 잠시 찬거리를 든 채 잃어버린 것을 찾으려는 듯 멈칫거리며 그들이 던지는 곳으로 자신의 시선을 던져보려 했다. 그러자 하나의 추억이 먼 하늘 빈 공간에서 가만히 모습을 드러내기 시작했다.

골목길에는 이상하게 축대가 많았다. 그리고 층계도 많았다. 높이 축대를 쌓아올려 지은 집들의 대문은 으레 수많은 계단 저 맨 꼭대기 위에 있었다. 골목에는 드문드문 전봇대가 서 있어 전깃줄이 하늘 위에 오선 음표처럼 쳐져 있었다. 간혹 하늘을 날아다니는 새가 그 줄에 음표나 쉼표를 만들었다. 그래서인가 텅 빈 골목은 이상한 악기가 되어 음을 흘려보내고 있었다. 정적, 고요의 음을.

아이는 그 골목을 이리저리 돌아 어쩐지 허전해 보이는 긴 계단을 올랐다. 돌로 된 계단에는 풀포기가 여기저기 자라 있었으나 계단의 높이가 얕아서 오르기에 편했다. 계단 맨 끝에 칠이 벗겨진 나무 대문이 있었다. 그 문을 조금 밀자 삐이걱 소리를 내며 열렸다. 순간 아이의 눈에는 정원의 무성한 수목들과 그 수목을 담고 있는 유리창들이 비쳤다. 깨어져 검은 구멍처럼 보이는 유리창도 많았다. 아이는 빨리듯 대문 안으로 미끄러져들어갔다.

정원은 널찍하였다. 무성한 수목들은 미풍에 조금씩 흔들리고, 담 옆에 노랭이꽃과 노란 월계가 송이송이 탐스럽게 피어 있었다. 잡초가 무성히 자란 위에 여기저기 거미줄이 쳐져 있기도 했다. 그런가 하면 나뭇둥걸 밑에 깨끗한 쑥더미가 제 세상인 듯 마음껏 자라나는 곳도 있었다.

이제 막 아침이슬이 걷힌 정오의 정원은 한창 햇빛에 무르녹아들기 시작했다. 아이는 한 발짝 두 발짝 정원 안으로 발걸음을 옮겼다.

정원 저쪽에 또하나의 나무 담이 쳐져 있고, 그곳에 담쟁이가 가득 뒤엉켜 있었다. 나무 담 아래 조그만 쪽문이 하나 나 있는 것이 담쟁이덩굴 사이로 조금 보였다. 아이는 그리로 가서 그 문을 힘들여 밀었다. 담쟁이가 뜯겨 떨어지며 겨우 문이 조금 열렸다. 후원이 나타났다. 그곳에는 더욱 꽃이 많이 피어 있었다. 작은 연못도 있었다. 연못에는 물이 조금 괴어 있고, 연못 밑은 늪 같은 진흙 속에 이끼가 가득 끼어 있었다. 그 푸른 잎 속에 보랏빛 난초 꽃봉오리가 여기저기 맺혀 있었다. 옥잠화의 여린 잎과 순결한 봉오리, 딸기가 줄기를 뻗어 땅에 뿌리를 박으며 퍼져나가고 잎사귀 밑에 하얗고 파르스름한 작은 열매가 커가고 있었다. 벌과 나비는 꽃과 꽃 사이를 부지런히 날아다녔다. 꽃송이마다에서 꿀이 흐르고 나비가 날아오를 때면 꽃 속에서 꽃가루가 떨어져내렸다.

아이는 연못 옆에서 한참 어른거렸다. 물위에 비치는 그림자를 느꼈다. 집과 수목 잡초들 위에 어리는 그림자를 느꼈다. 오랫동안 비어 있던 집은 아이의 숨결로 생기를 찾고 있었다. 아이는 꿈결처럼 정원의 이곳저곳을 옮겨다녔다. 햇빛은 평온하게 빛나고 햇빛에 닿은 온갖 것들은 반짝였다. 아이의 마음은 그득 찼다. 이곳은 아이가 이불로 만들어보던 또하나의 방 또하나의 집이 아닌 더 좋은 어떤 것이었다.

아이는 돌을 하나 주워서 연못가의 땅을 파기 시작했다. 풀포기를 뜯어내자 축축한 땅은 쉽게 파졌다. 아이는 물을 담을 그릇을 찾기 위해 정원을 돌다가 깡통을 하나 발견했다. 그 통에 연못의 물을 퍼 담았다. 그러고는 월계꽃과 노랭이꽃, 이름 모를 꽃들, 난초 잎사귀 같은 것을 뜯어서 물위에 띄웠다. 깡통을 파놓은 흙속에 묻고, 이번에는 깨어진 유릿조각을 주워서 깡통 위에 덮었다. 그러고는 유리 위를 전부 흙으로 덮어버렸다.

조금 후 아이는 숨을 가다듬고, 무슨 소중한 보석을 캐듯 흙을 조금씩 손가락으로 밀쳐냈다. 둥그렇게 원을 그리며 흙은 옆으로 밀려났다. 흙속에서 너무도 아름다운 젖은 꽃잎의 색깔들이 나타나기 시작했다. 아이는 오랫동안 꿈꾸듯 그 속을 들여다보았다.

마침내 몸을 일으켰을 때 정원은 시름에 잠겨 햇빛을 거두고 있었다. 아이는 조용히 그 빈집의 정원을 빠져나온 후 층계를 한 칸 한 칸 오랫동안 내려디뎠다.

반찬거리를 손에 들고 잠시 멈칫거리고 있던 그녀는 울퉁불퉁한 보도블록 위를 다시 걷기 시작했다. 젖과 꿀, 여인의 입에서 자신도 모르게 이런 말이 새어나왔다. 젖과 꿀이 흐르던 곳…… 낙원…… 유년 속에 묻어둔 보석……

일상에 사로잡힌 우둔한 시선이 어느 순간 열린 허공 사이로 비치는 거울 속을 들여다보았던 것일까.

그녀는 새삼스럽게 소광장을 둘러보았다.

소광장은 저녁 찬거리를 사러 시장으로 가는 주부들의 바쁜 발길 때문에 갑자기 붐벼대고 있다. 누군가가 달려내려가기 직전의 자전거의 제동을 풀며 올라타고 있다. 아이는 아직도 자석을 가지고 쇠못을 긁어모은다. 끓는 기름 속에서 야채튀김을 부지런히 건져내고 있는 손수레의 튀김 장수, 무, 배추를 실은 손수레들이 이 시간을 노리고 모여들기 시작한다. 갈치, 고등어자반 같은 것을 양동이에 담아 머리에 인 아낙들도 모여든다. 구두 수선집의 노인들은 그 아늑한 자리에 나란히 앉아 알이 하나 빠진 안경을 쓰고 거기에 빈 하늘을 비추어 담아 소광장 너머의 멀리로 시선을 보내고 있다.

(1983)

애천愛泉

소자는 愛泉 자를 읽지 못해 애, 애 하며 거리의 인파 속에 서서 길 건너의 간판을 바라보았다. 하루종일 밖으로 쏘다니는 아이들에게서 볼 수 있는 바람에 튼 가무스름한 얼굴에는 애어른 같은 설익은 표정이 서려 있다. 아이의 조그만 몸은 밑으로 내리누르는 듯한 커다란 웃옷 탓으로 더욱 작아 보이는 반면, 이제까지 눈이 가 닿은 곳, 스치는 생각, 경험한 놀이 등에서 얻어진 어떤 것이 자연스러이 그 존재를 형성해주고 있다. 아이는 한동안 간판 그림에 몰두해 있다가 참 재미있는 영화겠구나 하는 결론을 얻고는 차가 밀리는 거리를 건너갔다. 아직 오전의 이른 시간이어서 극장 앞은 한산했고 매표소 주위에 뿌려놓은 물이 엷게 얼어 있었다. 소자는 주머니 속에서 돈을 꺼내어 매표구 속으로 밀어넣었다. 어른이 사오라고 시켜서요. 표 파는 점원이 이상한 눈초리를 던지면 곧 이런 말을 할 것처럼 보였다. 마침 뒤이어 표를 사러 온 중년 부인의 옷자락에 묻어들 듯이 극장 안으로 따라 들어갔다. 재미로 내 표는 내가 내요, 그런 얼굴을 하며 표 받는 사람이 앉아 있는 곳을 통과했다. 이제 국민학교를 졸업한 아이는 극장에서 한 번도 걸린 일이 없다. 극장에 들어가는 데 온갖 꾀를 동원했다. 때로 바쁜 듯 뛰어들어가 표를 내밀며, 조금 전 머리를 올리고 검은 코트를 입은 부인이 들어가지 않았는가 물었다. 그 여인이 자신의 보호자이며 어찌하다 잠깐 혼자 뒤처졌다는 듯이, 그러면 표 받는 사람은 무표정하게 으레 그렇다고 고개를 끄덕였다.

검은 휘장을 들치고 장내에 들어서자 이태리 특유의 눈부신 햇빛이 화면 가득히 쏟아지고 귀에 익은 멜로디가 햇빛 속에서 흘러넘치고 있었다. 터지려는 가슴을 억제하지 못해 아이는 두 손을 마주잡아 눌렀다. 동시에 애, 애 하고 애愛 자밖에 읽지 못하던 간판의 다음 글자가 저절로 알아졌다. 바로 〈애천〉의 주제음악이 흐르고 있었다. 소자는 그 주제음악을 여러 해 전부터 들어서 알고 있으며 영화가 얼마나 좋으리라는 것을 충분히 상상하고 있었다.

스리 코인스 인 더 파운틴 댓츠 와이…… 승일은 노래를 불렀다. 승일의 노래뿐 아니라 라디오에서도 그 곡은 자주 나왔다. 영화가 들어오기 몇 년 전부터 노래는 유행하고 있었다. 아나운서는 샘 속의 세 동전이라고 말했다. 로마의 어느 거리에 가면 소원을 말하며 동전을 던져 넣는 분수가 있어 많은 관광객이 그곳을 찾는다고 했다. 그리고 그 소원은 이루어진다고 했다. 소자는 비망록 속에 '애천'이라고 적었다. 그러곤 언젠가 그 샘에 가서 동전을 던져 넣어보리라고 생각했다.

소자의 비망록 속에는 아름다운 여배우 사진, 남배우 사진, 영화 속 어느 장면의 아늑한 실내, 아름다운 식탁과 찻잔, 황혼을 받으며 유모차를 밀고 가는 젊은 부인의 사진이 붙어 있는가 하면 이다음에 커서 입을 옷, 예를 들어 〈애심〉의 치키타가 정원에서 아이와 공놀이할 때 입던 옷, 〈백조〉에서 그레이스 켈리가 칼싸움을 연습할 때 입던 옷, 〈애수〉의 비비안 리가 입던 바바리 등이 서투른 그림과 함께 메모되어 있다. 또 〈사랑의 기쁨〉 〈쇼팽의 이별곡〉 〈트로이메라이〉 〈은파〉 같은 노래 제목들이 적혀 있다. 〈슈베르트의 세레나데〉 〈미뇽의 노래〉는 학생 잡지 부록으로 나온 세계 명곡 선집 중에서 찢어내 붙인 것이다. 거기에 삽화도 곁들여 있는데 특히 〈미뇽의 노래〉 삽화를 소자는 사랑하였다.

들판에 마차가 한 대 서 있고 멀리로 길이 보이며 어느 아름다운 처녀가 정면을 향해 우수 어린 모습으로 앉아 있는 그림이다. 처녀는 남쪽 나라로 가다가 잠시 들판에서 쉬고 있는 모양이다. 그대는 아는가 저 남쪽 나라를—노래의 첫 한 구절만으로 소자는 세상을 전부 이해하고자 했다. 처녀와 자신을 동일시하여 처녀가 가고 있는 곳을 상상해보았다. 그곳에는 아름다운 온갖 것이 있는가, 모든 것이 향긋하게 봄바람처럼 날리고 사랑을 만나겠지, 상상력을 굴려가다보면 처음의 싱그러움이 없어지고 어쩐지 힘없이 수그러져버렸다. 그것은 소자가 더 어린 시절 어린이들만이 사는 나라로 가려 하던 때 상상력의 한계와도 같았다. 떠나는 출발의 마당에서만 항상 용솟음치는 가슴을 가졌을 뿐 정작 어린이들이 사는 나라에서의 기쁨을 상상 속에서도 누려보지 못했다. 어쩐지 물이 먹고 싶어지고, 어두워지면서 온몸이 추워져서 창으로 불빛이 내비치고 있는 집으로 돌아가고 싶은 마음을 갖게 되었다. 마찬가지로 그 노래에서도 역시, 저 남쪽 나라에 대한 구체적인 기쁨을 얻지 못했다. 왠지 그곳에서도 영화의 결말에서 언제나 보여주고 마는 슬픔이 있으리라는 예감이었다.

비망록 속에는 소자가 보았던 영화 제목들이 몇 페이지를 넘기도록까지 끝이 없을 듯 적혀 있기도 했다. 제일 첫번 칸에 적힌 것은 〈녹원의 천사〉였다. 다음이 〈7인의 신부〉. 〈7인의 신부〉는 승일, 형자와 함께 보았다. 어머니는 승일에게 돈을 주며 동생들을 데리고 가서 영화를 보라고 했다. 동네 극장에서 상영하는 〈녹원의 천사〉를 보고 아이들이 너무 재미있어했기 때문이다. 너희들 돌아올 때 비프스테이크 먹어라, 애들한테 꼭 양식을 한번 먹여줘라, 라고 어머니는 승일에게 당부했다. 그 기억은 소자에게 잊을 수 없는 것이었다. 양식집의 아늑하고 깨끗한 분위기, 육중한 식탁 위의 호사스러움, 반짝거리는 스푼과 나이프 불빛, 나비넥타이를 맨 웨이터, 이 세상 내가 모르는 곳에 좋은 것은 얼마든지 있는 것이로구나 하는 감당하기 힘들던 느낌이 영화 〈7인의 신부〉를 떠올릴 때마다 저절로 달라붙는 인상으로 소자에게 남아 있다. 그후 〈춤추는 대뉴욕〉을 보러 승일과 함께 갔다. 그러고는 거의 소자 혼자 다닌 영화들이다. 간혹 집에 오는 손님에게 아이는, 무슨 영화를 보았느냐 여배우는 누가 좋고 남배우는 누가 좋으냐, 어머니와 얘기하고 있는 틈새에 끼어들어 기회 있을 때마다 질문을 던졌다. 손님은 〈누구를 위하여 종은 울리나〉에서의 잉그리드 버그만이 좋다고 말했다. 그 깨끗한 순진성이 마음에 든다고 했다. 아이는 갑갑함을 느꼈다. 그냥 좋아하는 사람이 누구로 정해지는 것이 아니라 어디에서의 누구로 말하는 것에 신빙성이 없어 보였다. 그러면 또다른 영화에서는 다른 배우가 좋을 수도 있는 것이 아닌가. 손님은 뒤이어, 아따 너는 화제를 다른 곳으로 가게 못하는구나라고 핀잔을 주었다. 여중 입시에 낙방을 한 탓으로 아이는 재수하고 있었다. 식구 중 아무도 소자에게 공부하라고 야단하지 않았다. 어머니는 승일에게만 공부할 것을 강요했다. 세월이 퍼뜩퍼뜩 가는데 맨날 허얼썩허얼썩 다니기만 하면 어떻게 한다는 거냐, 일찍 들어와서 공부를 좀 해라. 아코디언인가 하는 것은 그게 얼마냐, 그렇게 비싼 걸 철딱서니 없이 엄마에게 사달라고 하면 어떻게 하니. 어머니의 입이 움직이는 것을 어둠 속에서 느끼며 소자는 기타나 북鼓 혹은 다른 악기면 좀 싸지 않을까, 승일은 왜 하필 제일 비싼 것으로 산다고 할까, 생각했다. 어머니가 며칠째 화를 내고 짜증을 부림에도 승일은 아코디언을 꼭 사야 하는 것으로 알고 있었다. 그는 우쿨렐레라고 하는 장난감처럼 작은 악기를 가지고 있다. 기타와 같이 생긴 나무통에 줄 네 개가 달려 있는 것으로 소리는 부드럽고 여성적이다. 푸른 색깔이 칠해진 그 작은 악기를 어루만지듯, 승일은 노래를 불렀다. 〈잠볼라〉〈세븐 론리 데이〉〈아이 웬 투 유어 웨딩〉〈잇츠 올모스트 투모로〉〈돌아오지 않는 강〉〈투 영〉〈물랭 루주의 노래〉〈앤서 미 오 마이 러브〉〈하이눈〉 주제가 등의 영어 노래, 또 〈벼슬도 싫다마는〉〈봄비를 맞으면서 충무로 걸어갈 때〉〈울고 넘는 박달재〉〈미사의 종〉을 즐겨 불렀다. 소자가 영화 보는 일이 힘 안 들고 자연스럽듯 승일도 노래 부르는 일이 그랬다. 만성 기관지염으로 승일은 늘 가래를 뱉어냈고 그로 인해 성대 역시 변해 있었다. 그럼에도 노래를 진정 사랑했고 눈을 감고 부르고 또 불렀다. 공부를 해야 하지 않겠니, 사람이 속에 든 것이 없으면 남한테 업신여김 받는다. 수없이 되풀이되는 어머니의 말은 잔소리를 지나쳐 히스테리성을 띠었다.

소자의 기억으로 승일이 가죽점퍼를 살 때도 그와 같은 일이 있었다. 어머니는 며칠이고 계속해서 화를 냈고 거의 죄악시하는 감정으로까지 끌고 가더니 하루는 승일과 남대문시장 입구에서 만나기로 약속했다. 그리고 그날 저녁 승일은 허리를 죄는 듯한 가죽점퍼를 입고 돌아왔다. 중고품이라고 했으나 가죽에 새로 칠을 하여 새것이나 다름없어 보였고 안에는 양털까지 달려 있었다. 허리 밑으로 내려오는 스타일이 아니어서 조금 추워 보이고 조금 깍쟁이 같아 보였다. 그러나 승일의 기름을 발라 쓸어넘긴 숱 많은 머리와 미남형의 갸름한 얼굴과 잘 어울렸다. 너는 배우가 돼라, 영화감독이 되는 게 어때? 어머니가 승일에게 상의하듯 물었다. 너네 오빠 뭐하는 사람이니, 동네 아이들이 물으면, 음 영화배우가 될 거야라고 소자는 말했다. 그러면 아이들은 어마 그래, 너네 오빠 어쩐지 그런 사람 같았어, 하고 말했다. 승일은 아직 소자가 본 적이 없는 제임스 딘이라는 배우에 대해 자주 얘기했고, 몽고메리 클리프트에 대해서도 얘기했다. 그놈은 연기를 순전히 자기 스타일로 하지, 이제까지 없는 새로운 스타일로 말이야, 어머니한테 돈 달라고 하면서 어머니가 돈을 꺼내는 동안에도 참지 못해서 몇 번이나 손을 움찔움찔하고 몸을 가만두질 못해. 승일은 제임스 딘의 연기를 흉내내어 식구들에게 보여줬다. 승일 자신은 몽고메리 클리프트형이라고 어머니에게 말하기도 했다. 어머니는 긍정적인 표정으로 들었다. 그놈은 겁이 많아가지고 눈에 늘 겁이 있어, 눈으로 연기를 다 해. 이러엏게ㅡ 그래 흉내 하나는 잘 내는구나, 어머니는 때로 시름을 잊은 듯 마음놓고 웃기도 했다.

화면의 움직임은 계속되고 음악은 여전히 흘렀다. 제목도 모르는 채 우연히 들어온 극장에서 보고 싶어하던 영화를 보게 되는 기쁨으로 아이는 화면이 잘 들어오지 않았다. 화면은 가다가 맥이 풀린 듯 툭 끊어져버리기도 하고 비가 오는 장면이 아님에도 비가 오듯 낡아 있었다. 이른 시간이어서 군데군데 자리가 비어 있는데, 소자는 잠시 장내를 둘러보며 무감각하게 앉은 관중들의 모습을 둔하게 느꼈다. 그들에게 무엇인가 영향을 끼치고 싶다는, 혹은 자신이 나타나고 싶다는 감정으로 가슴이 두근거렸다. 그것은 마치 버스가 극장 앞을 지날 때 차창 밖으로 비치는 극장 간판을 승객들이 기웃거리지 않고 그대로 무심히 등을 돌린 채 실려가고 있는 모습에서 느끼는 감정과 비슷했다. 소자는 일부러 몸동작을 크게 하여 차창 밖으로 극장 간판을 내다보며, 아 지금 저 극장에서 무슨 영화를 하고 있구나, 그리고 다음 프로는 뭐구나, 며칠까지지? 가봐야지, 하는 말을 얼굴에 나타내려 애썼다. 옆 사람이나 앞에 앉은 사람이 신문을 보는 경우에도 그랬다. 신문 광고란의 영화 광고를 보려고 고개를 빼며, 영화 광고는 보지 않고 재미없는 글자만 읽고 있는 사람들에게 무취미하다고, 거의 분노까지 느꼈다. 수많은 무덤덤한 사람을 이끌고 나아가야 할 자신의 인생을 힘겹게 여겼다.

영화관에서 나왔을 때 가로수 나뭇가지 사이로 어둠이 번지고 있었다. 첫 회 도중에 들어가 삼 회째에 나온 셈이다. 재미없는 영화일지라도 대개 이 회까지는 보았다. 〈애천〉은 소자의 생각만큼 좋지 않았다. 주제가를 들으며 미리 상상하던 것과는 달리 스토리는 의외로 단순했다. 배우들도 별로 호감이 가지 않았다. 프랑수아즈 아르눌, 마리나 블라디, 실바나 망가노 같은 여자의 매력을 소자는 알고 있었다. 어깨 위에 탄력 있게 걸려 있는 검은 속치마 끈과 스타킹의 마력을 벌써 느끼고 있었다. 참으로 멋진 세계가 거기에 있구나 하는 그 이상한 느낌은 그러나 자칫 어떤 혐오감을 동반하기도 했다. 무엇이든 조금씩 징그럽게 생각되기도 하는 시기였다. 어머니와는 절대로 목욕탕에 가지 않는 것도 그런 이유 중 하나였다. 주제가의 음률을 따르듯 걸으며 소자는 이다음 로마에 가서 던져 넣을 동전에 대해 생각했다. 한 개 두 개 세 개, 무슨 소원을 말할 것인가, 그 순간 어떤 광휘가 분수 속에서 피어오르며 찬란하게 삶을 채색했다. 그러나 다음 순간 뿜어오르던 물줄기가 푸슬푸슬 약해지며 어쩐 일인지 다리에 힘이 빠졌다. 시장 입구의 큰 한길가로 어머니가 오고 있었다. 황혼을 받은 그 얼굴은 전혀 다른 사람으로 보였다. 황혼은 어머니라는 대명사를 거치지 않고 맞바로 뚫고 들어가, 그들 남매의 어머니라기보다 예부터 내려오는 어떤 혈통을 이어받은 한 여인으로 보이게 했다. 그것은 소자에게 태어나기 전 시간의 심연을 느끼게 했다. 어머니의 어머니, 까마득한 옛 조상들은 어떤 사람들이었을까, 그런 생각이 스치듯 지나갔다. 어머니는 무슨 생각을 골똘히 하는 것일까, 다가가서 부른다고 해도 얼른 알아차릴 것 같지 않았다. 금은방이 몇 집이고 계속해서 늘어섰고, 쇼윈도의 기다란 형광등이 요란스레 껌벅이며 켜지고 있었다. 소자는 쇼윈도에 다가가 안을 들여다보았다. 솜 속에 파묻혀 있는 옥반지와 금, 은, 비녀, 각종 이름 모를 보석이 박힌 반지와 목걸이 들을 한참 들여다보았다. 다음 집에 가서도 들여다보았다. 어느 한 가지 똑같지 않고 색깔, 모양이 모두 다른 것이 흥미로웠다. 운동기구점은 그냥 지나쳤다. 그 안에 있는 물건들은 모두 텁텁하고 빛이 없고 심지어 아파 보이기도 했다. 소자에게는 고무다리와 고무손을 파는 집과 같은 인상을 주었다. 다음은 수예품점, 그리고 이발소, 이발소 뒷골목으로 들어서면 달러 장수들이 서 있는 좁은 골목이 나온다. 소자는 되도록 그곳에 가지 않지만 간혹 어머니를 찾으러 가게 되면, 여러 얼굴 틈에서 하나의 얼굴, 낯이 익으면서도 언제나 너무 뜻밖인 얼굴을 대하게 되었다. 어마어마 누구지? 하고 있는 사이 음 엄마로구나, 알아차리곤 했다.

　음식점, 자전거점을 지나 악기점 앞에서 소자는 멈추었다. 쇼윈도에는 북, 클라리넷, 기타 그리고 아코디언도 있었다. 아코디언은 소자가 생각했던 대로가 아닌 어쩐지 상이군인 같은 모습을 하고 있었다. 거기 놓인 것보다 작고 서정적인 모양이라고 생각했었다. 그러나 상앗빛 건반은 불빛을 받아 유난히 빛을 발하고 있었다. 승일이 그것을 둘러멘 모습을 상상했다. 안 되는 것일까. 소자는 저도 모르게 고개를 저었다. 어머니가 승일의 장래를 걱정하는 음습한 밤들처럼 그의 앞에는 엄격한 생존의 현실이 가로놓여 있는 것일까. 앙상한 가로수 밑 손수레에서 소자는 상한 오렌지 하나를 샀다. 수레에는 보기 좋은 싱싱한 오렌지가 가득 실렸고 한쪽에 상해가는 물건도 있었다. 그것을 하나 집고 값은 절반만 내었다. 가

끔 이렇게 뜻 아니한 물건, 맛은 같지만 훨씬 싸게 파는 물건을 만
나면 아깝지 않게 얼마든 맛을 즐길 수 있다. 소자는 오렌지를 먹
으며 지나다니는 사람들을 유심히 살폈다. 화려하게 차린 젊은 여
인 뒤를 싫증이 날 때까지 따라갔다. 흰 칼라를 빳빳이 풀 먹여 입
은 단정한 여학생들을 따라 걸었다. 그들의 운동화가 깨끗하고 걸
음걸이가 얌전한 것, 가방을 쥔 손에 손수건까지 들려 있는 모습
을 자세히 살폈다. 여학생들은 간혹 서로 마주보며 손으로 입을 가
리고, 단발머리를 흔들며 왠지 얼굴을 붉혔다. 낙방만 하지 않았으
면 자신도 같은 여학생이라는 생각은 못한 채 소자는 스스로를 어
린이로 착각했다. 어머니의 헌 반코트를 땅에 닿을 듯 입고 상해가
는 오렌지를 들고 서 있는 자신의 모습을 내려다보았다. 그러나 또
한 자신은 여학생 시절을 거치지 않고 그 자리에서 곧바로 어른으
로 건너뛰리라는 생각을 했다. 어떤 거대한 흐름, 자신의 생각이
미칠 듯하면서도 확실히는 잡히지 않는 어떤 것에 대한 거부감에
서였을까. 종종 사람들이 징그럽게 여겨지고 때로 가족이 몹시 싫
어지는 심정과 통하는 것일까. 때문에 소자는 어머니에게 심하게
꾸중을 듣기도 한다. 왜 또 꾀죽해 있니, 쟤가 저러는 통에 죽겠어.
왜 그러니 대답해봐, 라고 아이가 대답할 때까지 다그쳤다. 절대로
여학교에 들어가지 않겠다고 결심을 굳혔다. 그러나 그 생각도 금
방 지나쳤다. 거리 한가운데 서서 교통순경은 열심히 팔을 들어올
리고 호루라기를 불었다. 차들은 붕붕 시동을 걸고 클랙슨을 울리

고, 버스들은 뒷구멍으로 검은 연기를 토해내고 때로 멈추어 섰다가 일제히 구르기 시작했다. 한 사람의 상이군인이 바짓가랑이를 주머니처럼 들고 목발을 짚고 지나갔다. 구두닦이 소년, 껌 파는 소년, 신문 파는 소년 들이 아무 골목에서나 총알처럼 튀어나오고, 누군가 피가 흐르는 손을 감싸쥐고 물렸다아 물렸다아라고 외치며 뛰어갔다. 전봇대에서 전선이 합선되어 불덩이가 한순간 쏟아졌다. 멀지 않은 도로에서 새로 포장한 콜타르 냄새가 번져왔다.

어머니는 어두운 부엌에서 밥을 하고 있었다. 희뿌연한 전등은 움푹 팬 검은 소쿠리 같은 부엌 바닥에 스산한 빛을 뿌렸다. 어머니는 시장 입구의 그 한길로 해서 집으로 곧장 돌아온 것일까. 갑자기 어머니를 모른 척한 데 대한 자책감이 몰려들었다. 그러나 항시 좀 성을 내려는 듯한 느낌을 아이에게 주므로 마음놓고 말을 걸수가 없었다. 어머니는 소자에게 파, 마늘을 다듬게 했다. 천장에서부터 고무줄에 매달아놓은 바구니에서 큰 멸치 몇 마리를 꺼내어 찌개 속에 넣었다. 소자가 까놓은 마늘 두 쪽을 칼등으로 찧어함께 넣었다. 냄비 뚜껑을 열자 이제 막 끓기 시작한 김치찌개 냄새가 코에 스며들었다. 어머니는 저녁상을 들고 찬실을 지나 ㄱ자로 구부러진 마루를 거쳐 건넌방으로 들어갔다. ㄱ자로 구부러진 마루를 지나지 않고 안방을 거쳐 건넌방으로 갈 때도 있다. 반찬은 김치찌개와 무말랭이, 버터였다. 버터를 하루에 어느 분량 정도 먹으면 영양에 대해서 걱정하지 않아도 된다고 했다. 버터가 제일 칼로리가 많다는구나, 어머니는 어디선가 듣고 온 얘기를 아이들에게 전했다. 이제 영양가에 대한 문제는 해결되었다는 듯이. 뜨거운 밥을 퍼먹으며 그들은 가족이라는 것의 결속을 쇠사슬 고리처럼 느꼈다.

저녁 후 잠들기까지 여느 날과 별로 다르지 않았다. 형자는 윗목에 엎드려 숙제를 하고 어머니는 아랫목에 이불을 깔고 드러누워 가끔씩 기침을 심하게 했다. 기침 소리는 독이 깨어져나가는 소리 같았다. 어머니는 밤이면 기침을 많이 했고 온몸에 식은땀을 흘렸다. 승일은 아직 돌아오지 않고 있지만 이제 밤이 깊어 돌아와서 어머니에게 욕을 먹기 위해 어두운 방문 앞에 서 있을 것이다. 바로 앞산에서 부엉이 우는 소리가 들렸다. 부엉이 울음소리가 나는 곳에 어둠은 집중적으로 몰린다. 어둠은 예측할 수 없이 짙게 쏟아져내리고 모든 것을 잡아먹어버리고 단지 어디선가 등불이 하나 둘 셋 넷 더욱 맑게 깜박거린다. 집 앞을 지나가는 발소리가 크게 울려 자칫 발 하나가 들창을 뚫고 들어올 것 같기도 했다. 멀리서 목을 내두르며 지나가는 기차의 기적 소리가 들렸다. 소자는 갑자기 배가 아파서 형자에게 변소에 갈 것을 청했다. 참을 수 없니라고 형자는 물었다. 한참 뜸을 들이고 나서 할 수 없이 남포에 불을 켰다. 그들은 방문을 열고 마루문을 연 다음 찬바람 속에 나섰다. 갑자기 입은 옷들이 뻣뻣하게 몸에서부터 뜨고 머리카락도 일어섰다. 신문지와 가슴으로 바람을 막고 있지만 중도에서 남폿불은 꺼져버렸다. 그을음이 섞인 석유 냄새가 덩어리지며 코끝에 몰려들다가 한참 만에 사방으로 흩어졌다. 그들은 다시 방으로 되돌아와 남포에 불을 붙였다. 마당으로 무너지듯 드리운 나뭇가지에서 후드득후드득 무엇인가가 떨어져내리고 산 위에서부터 내려오는 바람이 겁을 집어먹고 있는 아이들의 등을 세차게 밀었다. 그들이 들고 있는 등불이 어둠과 바람 속에서 얼마나 아름답게 흐르는지 모르는 채 아이들은 오직 무서움에 질려 있다. 승일의 방이 있는 아래채 뒤편에 변소가 따로 돌아앉아 있어 후미진 골목으로 담벼락을 따라 들어가야 했다. 아이들은 봄이 되면 그곳 담 밑에 코스모스를 심어놓기도 하지만 모래땅이어서인지 잘 자라지 않았다. 변소 마룻장은 조금씩 흔들리기 때문에 용변을 볼 때마다 불안했다. 하나 누가 소제하는 것을 본 일도 없는데 항시 청결했다. 아이들은 때로 그곳을 예배당으로 정하고 앉아서 찬송가를 불렀다. 변기가 있는 칸의 유리문을 닫아버리면 변소 입구 남자 변기가 놓인 쪽의 조그만 공간은 엷은 나프탈렌 냄새를 풍길 뿐 충분히 작고 아늑한 방이 되어주었다. 소자가 용변을 보는 동안 형자는 남포를 든 채 밖에서 서성였다. 유성이 검은 거적을 쓴 지붕 위로 흘렀다. 남폿불은 어둠 속에서 흔들렸고, 소자는 주저앉은 채 남폿불이 만들고 있는 그림자를 따뜻한 시선으로 바라보았다. 아직 멀었느냐고 형자는 묻기도 했다. 그 반대일 경우도 있었다. 소자가 남폿불을 들고 형자를 재촉하고 형자가 바라보고 있기도 했다. 돌아오는 길은 이제까지의 긴장으로 온몸의 신경줄이 끊어질 것 같았다. 참고 마루문 앞까지 와서 후다닥 뛰어들면 신발은 저쪽으로 벗겨져 나가고 아이들은 이미 꺼진 남폿불을 아무렇게나 팽개친 채 아랫목에 폭 꼬꾸라졌다. 잠들어 있던 어머니가 놀라서 눈을 떠보고 기침을 한 후 다시 잠 속에 빠져들었다. 형자는 숙제를 계속하고 소자는 어머니 곁에 드러누워 잠들기까지 생각할 영화 한 편을 마음속으로 정했다. 그것은 밤마다의 습관이었다. 새로이 음미해가노라면 어느새 여주인공 자리에 자신이 서 있었다. 그리고 점점 그 영화 스토리에 말려 무방비 상태로 자신을 슬픔 속에 내맡겼다. 밤이 깊어질수록 들창으로 뿜어나가는 불빛의 강도는 더해가고 집으로 돌아오던 승일은 문득 고개를 들어 그 불빛을 바라보았다.

승일이 아코디언을 산 것은 그로부터 두어 달쯤 지난 봄날이다. 어머니는 승일과 남대문시장 입구에서 만나기로 약속을 했고 그날 승일은 크고 무거워 보이는 검은 악기 상자를 들고 돌아왔다. 어머니의 마음이 돌아선 것은 승일이 악기 사는 것을 단념했기 때문이다. 갑자기 승일이 아코디언을 사지 않겠다고 말했던 것이다. 안 사겠다고 하니까 오빠가 불쌍한 생각이 들잖아. 어머니는 의논의 상대라도 되는 듯 소자에게 말했다. 그로부터 돈을 모으는 데 두 달여나 걸렸다. 악기 상자는 모서리 부분이 닳아 그 안의 나무가 조금씩 내보이고 있었다. 그러나 몇 개의 쇠고리를 끌러 뚜껑을 열자 상앗빛 아코디언이 빛을 내고 있었다. 건반뿐 아니라 악기 전체가 상앗빛이었다. 소자가 쇼윈도로 들여다보던 바로 그 악기일까. 승일은 조심스레 꺼내어 어깨에 걸었다. 새것이나 조금도 다름없이 훌륭했다. 브으악브아악, 부챗살 같은 부분에 바람이 넣어졌다 꺼졌다 하면 건반에서는 풍금 소리 비슷한 물바람 소리가 났다. 스웨덴 영화나 서부영화에서 듣던 그런 애상이 깃든 소리는 아니었다. 수십 개의 작은 단추가 달려 있는 부분을 눌러서 내는 반주는 라디오 노래 자랑 시간에 듣던 음을 연상케 했다. 조금 현대적이고 속됐다. 승일은 아코디언을 산 그날부터 누구에게도 배우지 않고 노래 반주를 서투르게 맞추기 시작했다. 승일의 노랫소리는 바람결을 타고 동네 구석까지 퍼졌다. 조금만 귀를 기울이면 앞마당에 서서 신명나는 몸짓으로 아코디언을 꺼안고 자신의 전체가 휩쓸려들 듯 노래 부르는 소리를 들을 수 있었다. 그 자태는 동네를 잡아먹고도 남음이 있었다. 아— 베사메 무초, 리라꽃 향기를 나에게 전해다오! 이 세상은 리라꽃 향기로 충만했다. 실지 동네에는 집집마다 라일락이 피어 있어 천지에 꽃향기가 포화 상태였다. 담 밖으로 고개를 내려뜨리고 있는, 혹은 담 안 울타리 저쪽 길을 가는 사람이 볼 수 없게 피어 있는 꽃들은 봄의 하루하루를 여름으로 이어가기 위해 간직된 힘을 모두 쏟아놓고 있었다. 뿌리로부터 수분과 자양분을 빨아올리고 햇빛을 받아 잎을 피우며 벌과 나비를 불러모아 꽃을 피우기까지 줄기차게 생명력을 동원시킨다. 그러고는 스스로의 힘에 겨운 듯, 지친 듯 조금씩 풀어져 함몰해간다. 바람이 불면 작은 꽃잎들은 한 겹 한 겹 혹은 뭉떵뭉떵 떨어져 날렸고 뽀오얗게 구름처럼 떠다니는 그 풍정은 정신을 혼미하게 만들었다. 그것들은 어느 승평 세월에서 떨어져나와 꽃잎으로 거기서 뒤채이던 것일까.

소자는 서랍장에서 때 이른 얇은 치마를 꺼내 입고 밖으로 나왔다. 겨울 동안 입던 바지를 허물처럼 벗고 내복도 벗어던졌다. 한꺼번에 바지와 내의를 벗은 탓으로 맨다리에 와닿은 대기의 감촉이 맵고 생소해서 다리를 오그리고 치마를 자주 끌어내렸다. 몸을 움직일 때마다 치마에서 좀약 냄새가 풍기고 몇 군데 좀 슨 곳이 햇빛 밑에서 드러났다. 산그늘에 잠긴 집안은 일거리가 쌓여 있었다. 먼지가 뿌옇게 앉은 마루로 사람이 지나가면 발자국이 만들어졌다. 햇빛 속에서 몰아치는 독기 있는 봄바람은 겨울의 찬바람보다 배가 되는 먼지를 실어왔다. 봄에는 아침저녁으로 마루에 걸레질을 해야 한다고 어머니는 말했다. 빨래 광주리에 쌓인 빨래와 설거짓거리들을 떠올리고 아이는 우울해졌다. 점점 떠맡겨진 일의 양이 많아진 것이다. 어머니는 갈수록 잘 웃지 않았고 몸져눕는 때가 잦았다. 입시에 낙방한 아이를 그대로 버려두는 것도 어머니의 병약한 몸 탓이 아닌가. 어머니는 자신감을 잃은 것일까. 몇 년 전까지만 해도 저녁이면 아이들과 함께 둘러앉아 라디오 노래 자랑 시간을 듣곤 했다. 또 양훈과 양석천이 나오는 코미디 프로를 들으며 많이 웃기도 했다. 승일이 일찍 돌아와 함께 라디오를 듣는 날이면 축일처럼 즐거웠다. 이상하게도 승일이 함께여야 라디오 프로가 더 재미있었다. 승일은 라디오를 사오던 날부터 벌써 라디오 프로에 대한 것을 많이 알고 있어서 동생들에게 하나하나 설명해주었다. 식구들은 밝은 불빛 속에 둘러앉아 라디오에서 흘러나오는 소리를 어느 것 하나 놓치지 않고 귀기울였다. 그 많은 라디오 상점의 물건 중에서 가장 라디오 같지 않은 것으로 골랐다고 승일이 말했다. 麻 기지와 같은 질감으로 가방 모양을 하고 있었다. 새것이나 조금도 다름없이 깨끗한 물건이었다. 잘 골랐구나 하고 어머니가 말했다. 전등불도 그즈음 새로 들어오고 있어서 잠에서 깨는 느낌을 불러일으켰다. 하나씩 둘씩 살기 좋게 되어간다는 생각이 아이들에게 뚜렷이 들고 있었다. 비가 새어 구멍이 뚫린 천장을 다시 발랐고 깨진 기왓장을 고쳤으며 떨어져나간 문짝에 고리를 달고 내려앉은 방구들과 밑으로 빠지는 마룻장을 고치는 등 폭탄에 울려 폐허처럼 된 집을 조금씩 정돈해나갔다. 어머니는 피난지에서 돌아온 후 양어깨에 무거운 짐을 질러 메고 우지끈 힘을 쓰며 일어섰던 것이다. 달러 장사를 시작했는데 가끔씩 순경에게 쫓겨 한낮의 거리를 개처럼 달리는 때도 있다고 했다. 저녁은 학교에서 돌아온 형자와 함께 지냈다. 형자는 매일 새로운 얘기를 가져왔다. 형자네 반에 한국에서 제일 부자인 아이가 있다고 했다. 걔네 아버지가 우리나라에서 세금을 제일 많이 낸대. 골동품이 우리나라에서 제일 많은 집 아이도 있어. 아무리 니네 반에 그런 애들이 있을까. 소자의 반발에 형자는 주춤했다. 고집할 근거가 없는 모양이었다. 그러나 승일에게 가서 그 아이 아버지의 이름을 대자 그렇다고 인정해주었다. 그래도 소자는 부정하고 싶었다. 그런 사람이란 다른 어디에 있겠지 바로 형자네 반에 있을 것 같지 않았다. 또 형자네 반에는 참 고상하고 어여쁜 아이도 있었다. 그 아이의 아버지는 외국에서 대사를 지냈다고 했다. 대학을 갓 졸업한 청년인 수려한 용모의 영어 선생은 자주 그 아이에게 책을 읽히고 발음의 본보기를 보이게 했다. 영어 발음은 선생 자신보다 더 정확하다고 말했다. 그런데 하루는 그 아이가 책을 읽지 않고 울어버렸다. 왜 나만 자꾸 시키느냐고 흐느끼면서 교복 주머니에서 깨끗하게 다려진 레이스 손수건을 꺼내어 눈물을 닦았다. 눈물을 빨아들이고 있는 손수건에 이어 다른 쪽 주머니에서 역시 레이스 달린 손수건을 꺼내어 눈물을 닦았다. 그렇게 예쁜 손수건이 양쪽 주머니에 들어 있었어. 하나도 아니고 두 개가, 라고 형자는 말했다. 똥닭개라는 별명을 가진 체육 선생 얘기도 있다. 고전무용을 가르친다고 북 치는 소리를 입으로 떵따깨 떵따깨, 해서 그런 별명이 붙었다. 형자는 학교에서 단체로 구경하고 온 영화 얘기를 해줄 때도 있다. 레트가 떠나는 거야, 갑자기 그 여자를 이제 사랑하지 않는다는 생각이 들었어, 그런데 그 순간 스칼렛은 레트를 사랑한다고 깨달아,

그렇게 깨닫는 데 참 오랜 세월이 걸린 것이지. 형자의 얘기는 나중에 소자가 〈바람과 함께 사라지다〉를 실지 보았을 때보다 더 감명 있게 들렸다. 형자는 무엇이나 자기 나름대로 소화하여 남에게 전달하는 능력을 가지고 있었다. 어린 나이임에도 우아한 분위기를 지니는 것은 책을 많이 읽은 탓이라고 소자는 생각했다.

대지를 움트게 하는 바람이 계속 끊이지 않고 산 위에서 불어 내려와 때로 꽃잎을 거두어 다시 산으로 불어 올려갔다. 대지는 매 순간마다 물이 차올라 생동하고 있었다. 땅속에는 지난가을 떨어진 낙엽들이 썩어가고 있고, 조금만 땅을 파면 습겨서 불어터질 듯한 벌레들이 튀어나왔다. 브으악브으악, 아라비아 공주는 마법사 공주 오늘밤도 외로이…… 승일의 노래는 계속되고 있었다. 소자는 형자가 하던 말을 상기했다.

오빠 아코디언 있지, 내가 사지 말라고 편지 썼었어. 학교 가면서 오빠 방 문틈으로 밀어넣고 갔어.

뭐라구.

엄마가 고생하는데 오빠가 악기를 안 사면 안 되느냐구.

소자는 돌멩이 하나를 주워가지고 방으로 들어가 양다리 사이에 넣고 몸을 꼬았다. 앙상하게 여윈 두 다리가 나뭇가지처럼 엉켰다. 밝은 햇빛이 어두운 방 속까지 들어와 소자의 두 눈에는 황금색 불덩이가 여러 개 매달렸다. 온몸에 힘을 주었다. 무서운 전율이 몸속으로 퍼져나갔다. 어떤 거센 물살과 같은 그 느낌은 아이의 몸을 나른한 심연으로 끌어넣었다. 모든 것이 쏟아지고 흐르고 팽창되어, 터지며 흘러넘치고 있었다. 온몸의 맥이 저절로 놓아지고 무엇인가 붙잡지 않고는 더이상 서 있을 힘을 잃는 순간 눈을 떴다. 벽에 걸린 거울에 비친 자신의 모습을 아이는 도둑고양이 같은 눈으로 바라보았다. 방 한가운데에 서 돌멩이가 떨어지지 않도록 아직도 다리를 꼬고 서 있는 모습, 혐오감을 느낄 사이도 없이 돌멩이를 꺼내들고 방 밖으로 뛰쳐나왔다. 밖은 눈부신 햇빛으로 한낮의 절정을 이루어가고 있었다. 삶의 광휘가 찬연하게 빛을 내는 순간이었다. 그 속으로 돌을 던지면 쩽 하고 깨져버릴 것 같았다. 아이는 돌을 그대로 쥐고 선 채 산 위에서부터 불어오는 시원한 바람소리를 들었다. 만개한 꽃잎들이 바람에 다시 날리고 있었다. 소자는 힘없이 손에 들고 있던 돌을 떨구어버렸다.

이상한 흥분으로 한 떼의 아이가 몰려오고 있었다. 서너 살쯤 되는 아이부터 소자보다 큰 아이도 있었다. 소자처럼 얇은 여름 치마를 입고 서 있는 아이도 눈에 띄었다. 다리 밑이 휘영해서 추워 보일 뿐 조금도 예뻐 보이지 않았다. 저기서 연애를 건다, 연애를 거는 것을 보러 간다, 이런 소리들이 들렸다. 아이들은 축대 밑을 지나고 작은 우물을 거쳐 낙엽이 질척하게 거품을 내며 썩고 있는 웅덩이를 넘어 산동네로 올라갔다. 누군가가 봄볕에 졸고 있다면 아이들의 웅성이는 소리가 더욱 자장가처럼 졸음을 재촉할 것이다.

산동네는 피난민들이 들어와 지은 판잣집들로 이루어져 있다.

처음 엉성하던 집들이 차차 온돌을 놓고 마루를 늘리고 기와를 올리며 다부지게 집을 만들어나갔다. 이제는 판잣집 같지 않은 여러 칸의 방과 뜰에 화초를 심은 집들도 보였다. 대신 산은 점점 허물어져나갔다. 소자에게 늘 생소한 그 아이들은 무슨 신나는 일을 만난 듯 몰려다녔다. 저기 무당집이 있다. 아랫동네 큰 우물 앞집에 무당이 산대, 혹은 산 위 저쪽 동네에 두부 만드는 공장이 있댄다. 가보자 가보자. 정말로 무당과 두부 공장이 있기는 했지만 신나는 기세로 몰려가본 기대와 달리 흥을 돋울 아무것도 찾을 수 없었다. 보통 아주머니처럼 앉아서 콩나물을 다듬고 있는 무당이나 두부 상자 몇 개가 놓인 부엌을 보았을 뿐이다. 아이들은 웅성거리며 산 위의 어느 판잣집으로 몰려들어갔다. 찢어진 창호지 문틈으로 한 아이가 안을 들여다보았다. 나머지 아이들은 판잣집 마당에 속절없이 서 있었다. 꽃밭에는 채송화, 맨드라미, 봉숭아, 백일홍, 분꽃, 접시꽃, 노랭이꽃 들이 아득한 세월 속에서의 어떤 필연처럼 고개를 내밀며 자라고 있었다. 붉은 꽃이 된 봉숭아의 대는 벌써 붉게, 흰 꽃이 필 대는 희게, 땅속에서부터 그 줄기를 확고히 하고 있었다. 갑자기 창호지 문이 열리고, 나이 어린 처녀가 방 밖으로 요강을 들고 나왔다. 문이 열리는 기세에 아이들은 몇 발짝씩 물러났다. 처녀는 아이들이 몰려 서 있는 것은 아랑곳없이 수채에 가서 요강을 비웠다. 방안에는 아무도 없었다. 아이들은 저마다 한 번씩 기웃거린 후 곧 흥미를 잃고 하나둘 흩어져갔다. 소자 혼자 그 집 마당에 서서 처녀가 하는 양을 바라보았다. 처녀의 회색 스웨터 위로 나비 한 마리가 내려앉았다 올랐다 하고 있었다. 푸른 하늘을 배경으로 한 그 모습은 감미로웠다. 여학생이 되지 않고 곧바로 저런 처녀가 되는 것이라고 소자는 다시 생각했다. 그리 어려운 일이 아닐 것 같았다. 내일 아니면 모레쯤, 아니 한 몇 달만 지나면. 요강을 닦고 있던 처녀가 갑자기 고개를 돌려 침을 뱉었다. 너 몇 살이니? 하고 물었다. 소자가 나이를 대자, 근데 나이를 꽤 먹어 보이는구나, 나이배기구나 하고 말했다. 곧 처녀가 되리라던 심정과 달리 소자는 무안해지며 그 집을 나왔다. 처녀의 말 속에 짓궂은 심사가 있다고 느꼈다. 산동네를 거쳐 산 위로 올라갔다. 치마 주머니 속에 있는 멸치를 먹으며 걸었다. 조그만 계집아이 하나가 소자를 따라오고 있었다. 소자가 나무 밑 바위에 앉자 계집아이는 얼마간 떨어져 서 있었다. 얘 이리 와봐, 멸치 줄게라고 소자가 말했다. 계집아이는 그제야 소자 가까이 왔다. 너 이렇게 해볼래, 다리 한짝을 들어봐. 소자의 말에 계집아이는 가만히 소자만 바라보았다. 멸치 줄게 다리를 이렇게 들어봐. 소자가 또 말했다. 계집아이는 멸치 하나 받아먹고 앙상한 다리를 들었다. 아이는 속옷을 입지 않고 있었기 때문에 치마 밑 맨몸이 그대로 드러났다. 봄볕에 튼 다리에는 왕모래나 바위에 긁힌 곳들이 생채기를 내고, 흙먼지가 뿌옇게 한 겹 씌어 있었다. 소자는 계집아이의 치마 밑을 자세히 들여다보았다. 아이가 다리를 내리면 또 멸치 하나를 줘서 올리게 했다. 아이의 그곳이 봉숭아씨가 막 터지려는 모양을 하고 있었다. 몇 가닥으로 갈라지며 부풀어 터지는 속에서 검은 씨가 쏟아질 것 같았다. 소자는 손을 내밀어 쏟아지는 씨를 받아내고 싶어졌다. 그러나 어쩐지 더러운 생각이 들어 그만두었다. 먼 데서 들려오는 승일의 아코디언 소리는 소자를 혼미한 격정 속으로 휘말리게 했다. 자신의 몸을 함부로 내던지고 싶다고 생각했다. 조금씩 몽글하게 올라오고 있는 가슴을 누군가가 한없이 만져주었으면 좋겠다는 느낌에 휩싸였다. 그러나 어머니의 조선옷 치맛말기로 결코 아무도 알 수 없도록 가슴을 꽉 동여매고 있었다. 그것은 하나의 비밀이었다. 그리고 도처에 비밀은 속삭대고 있었다. 형자가 생리를 시작한 것도 그중 하나였다. 어머니는 집에 온 친척 아주머니에게 우리 형자가 월경을 해요, 라고 자랑스럽게 말했다. 형자는 어머니에게 달려들어 그런 말을 못하게 하려고 애썼다. 그런 말을 하는 어머니나 얼굴을 붉히며 말리는 형자가 모두 징그럽다고 생각되었다. 그렇게 싫은 일이 있다니, 소자는 담벼락에 연필로 ○○의 피, 라고 자기만 알아볼 수 있는 글자를 적으며 돌아다녔다. 문은 도처에 있다가 조금 눈을 주면 삐끗하는 소리를 내며 열렸다. 이 세상에 있는 모든 것이 비밀이었다. 밝은 햇빛 아래 끌어낼수록 비밀은 더욱 깊어졌다. 세상이 다른 프리즘으로 바뀌어버렸다. 추웠다. 감정의 깊숙이까지 추위가 밀려들었다. 승일의 비밀을 알게 된 것은 그 무렵이다.

너 오빠가 우리 친오빠 아닌 것 아니? 형자는 이미 모든 것을 이
해하고 난 너그러운 어조로 말했다. 오빠는 우리 어렸을 때도 우리
집에서 함께 살지 않았잖아, 우리하고 나이 차이도 많지 않니? 오
빠가 중학생 때 엄마한테 보낸 편지를 봤어, 엄마가 장롱 속 깊이
노끈으로 묶어서 넣어두었어, 엄마가 써놓고 부치지 않은 편지들도
있었어, 엄마는 아빠하고 결혼하기 전에 사생아를 가진 거야, 어린
오빠를 친척집에 떼어두고 시집왔어, 그렇다고 우리하구 오빠하구
멀어진 것은 결코 아니야, 알지? 같은 엄마의 아이들이니까.

소자의 기억 속에 전시의 어느 비 오는 날이 떠올랐다. 그것은
불현듯 떠올라서 고조되다가 어떤 부분을 확실히 이해시킨 뒤 꺼
졌다. 그들이 어릴 때 몇 번인가 승일이 찾아왔던 적이 있다고 하
나(형자는 오빠를 오삐아라고 부르던 것을 기억했다) 소자에게는
그날이 승일을 본 최초의 기억이다.

어머니는 방안에 앉아 열린 창호지 문으로 바깥 비를 하염없이
내다보고 있었다. 먼 데서 간간이 폿소리가 들려오고, 폿소리가 날
때마다 비는 잠깐씩 내리기를 멈추고 공중에서 부르르 떨었다. 어
머니는 군인이 되어 나간 남편을 염려한 것일까. 아들을 생각했던
것일까. 우리 승일이는 어떻게 됐을까. 이런 혼잣소리가 조그맣게
입에서 새어나온 것도 같았다. 어머니는 손등으로 눈물을 닦고 이
어 치마를 끌어올려 눈물을 닦았다. 그때 홀연히 한 군인이 국방
색 우비를 입고 마당으로 들어섰다. 어머니는 버선발로 달려나가

빗속에서 군인을 부둥켜안고 울었다. 군화에 군모를 쓰고 있었으나 우비 속에서 솟아나온 가느다란 목이 아직 여물지 못해 앳된 소년의 얼굴이었다. 군인은 비옷도 벗지 않은 채 잠시 마루끝에 빗물을 흘리며 앉아 있다가 그대로 떠났다. 일선으로 가는 길이라고 했다. 어머니가 문밖까지 따라 나가 무엇이라고 소리쳤지만 빗줄기에 흡수되어 잘 들리지 않았다.

생각나니? 오빠는 겨우 열일곱 살인데 학도병으로 끌려나간 거였어. 오빠가 가 있던 친척집에서—어릴 때 갖다 맡겼는데 그렇게 큰 거야. 친척집은 아주 가난했대, 밥도 굶는 때가 많았대, 엄마가 이따금 찾아가보면 오빠는 영양실조로 배가 남산만큼 불러가지고 자꾸 밥만 더 먹으려고 했대, 바보같이, 바보가 되어버린 거래, 밥에만 눈 밝히는 아이를 보고, 엄마가 허겁지겁 떠먹고 있는 아이의 가슴팍을 팍 밀쳐버린 일도 있댄다, 엄마는 자기도 모르는 새에 그런 행동이 나온 거야, 엄마는 오빠한테 심하게 했나봐, 우리 어려서처럼 그렇게 아이를 귀여워할 줄 몰랐나봐, 우리는 엄마 아빠의 귀염을 많이 받고 자랐잖아, 근데 오빠는 그게 아니었어, 창호지 문을 뚫는다고 엄마가 창호지 문 밖에서 기다리고 있다가 아이의 손가락이 나오니까 바늘로 쏙 찔러놓았대, 그다음부터 다시 창호지를 뚫지 않더래, 그게 오빠가 두 살 때란다, 너 오빠 어렸을 때 사진 본 적 있지, 국민학교 아이들이 모두 높이 쌓아올려진 정글짐 위에 올라가서 찍은 거 말야, 오빠는 겨우 국민학교 일학년짜리가 맨 꼭대기 육학년짜리들이 올라가 있는 곳에서 아래를 내려다보고 있잖아, 그것만 봐도 알 수 있지, 밖에 데리고 나가면 금방 보이다가도 보이지 않고, 겁이 나서 승일아, 부르면 저 앞에서 돌을 차면서 오고 있고, 그러다가 또 없어지고, 알 수 있지 오빠가 어떤 아이였나, 그러던 아이가 엄마와 떨어지면서 이상해진 거야, 머리가 영리한 아이일수록 환경 변화에 따라 그렇게 되기 쉽대, 오빠가 중학생이 된 다음부터 방학 때면 서울에 왔나봐, 엄마는 오빠한테 창경원도 보여주고, 그때 창경원서 우리하고 찍은 사진도 한 장 있잖아, 아빠도 함께였어, 우리는 머리에 리본을 달고, 오빠는 우리 옆에 쭈그려앉고, 근데 아빠가 오빠를 싫어해서, 아니 그건 잘 몰라 왜였는지, 엄마는 오빠를 여관에 데리고 가서 자고, 기차로 떠나보내곤 했어, 오빠가 학교 뒷산에서 쓴 편지에 그런 게 쓰여 있어, 달리는 기차에서 내다보던 엄마의 동그란 얼굴을 하루종일 그리고 있다고, 그리고 엄마가 사준 만년필로 편지를 쓴다고, 이런 일도 있댄다, 엄마 친구가 지방에 갔는데 웬 아이가 자꾸만 쫓아오더니 가라고 해도 가지 않고, 뒤돌아보면 주춤하고 섰다가 걸어가면 다시 쫓아오고, 이상하다 했더니 알고 보니 오빠였댄다, 오빠는 뾰족구두 신은 여자만 보면 엄마 생각이 나서 무작정 따라간 거야.

그 말을 친구에게서 전해 듣고 어머니는 그 아무리 사랑하는 남자라도 자식과는 비교할 수 없다는 것을 뒤늦게 깨달은 걸까. 전쟁이 끝났을 때 아버지는 돌아오지 않았다. 승일만 돌아왔다. 어머니 무척 고생했구먼요, 승일이 부대에서 보았던 연극 대사를 흉내내면 식구들은 둘러앉아 웃었다. 농사만 짓던 순진한 청년이 전쟁에 나갔다가 다리를 하나 잃은 부상병으로 돌아와 어머니에게 바보스럽게 말하는 장면이었다. 시골 청년은 전쟁으로 비로소 세상 구경을 한 셈이었다. 그 대사가 나오는 장면만을 보던 때와 달리 정작 전체 스토리를 들었을 때, 어머니와 동생들은 눈물을 흘렸다. 몹시 슬픈 얘기였다. 어머니는 승일이 살아 돌아온 것만 오직 감사하고 있었다. 승일이 휴가로 집에 올 때면(전쟁이 끝난 후에도 한동안 더 군에 머물렀다가 제대가 되었다) 전등 없는 방에 드러누워 전쟁 얘기를 들었다. 얘기는 한없이 계속되었다. 머리 위로 무수히 날아가는 총알을 보며 생각했었지, 저 총알과 내가 같다고 말이지, 저 총알도 어떤 목적을 가지고 어디로 날아가는지 모르고 쏘아지는 방향대로 그냥 날아가는 것이니까, 물론 쏜 사람은 적을 향해 쏜 총알이라는 걸 알겠지만 말이야, 바로 그것처럼 나 역시 내가 왜 여기서 무엇 때문에 목숨을 내걸고 싸우고 있는지 모르는 거야, 방금 전까지 같이 있던 전우들이 순식간에 시체로 뒹굴고 하는데, 그러나 신은 내가 어째서 태어나서 지금 여기에 있다는 것을 알 것 같았지, 단지 총알이 모르듯이 그걸 내가 모르고 있는 것뿐이라는 생각을 했었어.

어느 순간 어머니는 어둠 속에서 아이들의 손을 잡고, 얘들아 오빠가 살아 돌아온 건 기적이다, 그렇게 죽을 고비를 수없이 넘겼구나라고 부르짖었다. 승일은 포병으로 뽑혀 최전방으로 나갔다. 그러다가 포로가 되었다. 포로들이 트럭에 실려가던 도중 비행기 폭격을 만났다. 동승했던 전투원이 모두 죽고 승일과 또 한 사람만이 바퀴 밑에서 살아남았다. 그 비슷한 일을 여러 번 겪었다. 어머니가 몸을 떨며 기적이라고 외치는 것은 아들이 살아 온 데 대한 감사와 또 그녀의 남편 역시 기적이 일어나 살아 돌아와주기를 바라는 마음에서였을까. 제대 후 승일은 육 개월간 수험 공부를 하며 대학 시험을 쳤다. 낙방이었다. 후기 시험을 쳐서 마음에 들지 않는 대학에 입학했다. 어머니는 곧잘 불안한 몸짓으로 아들을 잡고 늘어졌다. 앞길을 생각해야 하지 않겠니, 세월이 퍼뜩퍼뜩 가는데. 어머니는 애정을 받고 자라지 못한 자식이 가난한 친척집에 맡겨졌다가 이제 돌아와 자신이 바라는 아들이 아닌 다른 사람으로 되어 있는 것을 한탄했던가.

알았니 소자야, 결국 우리는 삼 형제야, 아빠는 전쟁터에서 돌아오시지 않았어. 아빠 대신 오빠가 우리에게 돌아온 거야, 같은 엄마가 낳았으니까, 이런 사실을 알기 전과 똑같은 거야.

처음 여유롭게 서두를 떼던 것과 달리 형자는 갑자기 슬픈 어조를 띠기 시작했다. 엄마랑 오빠가 불쌍해, 그리구 아빠두, 아빠는 영영 돌아오시지 않나봐, 라고 말하며 눈알이 빨개지도록 울었다.

아침이면 형자는 윗목에 엉거주춤 돌아앉아 풀 먹인 교복 칼라를 다렸다. 연탄불에 달군 다리미는 철거덕 소리만 요란할 뿐 잘

다려지지 않았다. 형자는 몇 번이고 다리미 밑을 손가락으로 만져보며 팔에 힘을 주어 얼굴이 빨개지도록 눌렀다. 그러나 오래 지체할 시간이 없어 대강 다려서는 감색 교복에 핀 세 개로 고정시켜 입었다. 이른아침 햇빛이 방안 깊숙이 들이밀리고, 햇빛의 부분에는 먼지와 같은 공기가 막처럼 드리웠다. 그 막을 가르듯 방문을 열고 뛰어나가 담 밑으로 발자국 소리를 내며 사라졌다. 소자가길에서 보는 흰 칼라를 달고 걸어가는 여학생이 되는 것이다. 때로 빈방에 들어가서 브래지어를 하다가 뜻밖에 일찍 일어난 승일에게 들키기도 했다. 쟤 젖은 이만해, 라고 승일이 두 손을 둥그렇게 만들면 형자는 바쁜 중에도 부끄러워 어쩔 줄을 몰랐다. 어머니도 형자 뒤를 따라 나가고, 소자는 아침상을 대강 치워 설거지통에담가놓았다. 문득 영화 속 어떤 멜로디가 떠오르면 승일에게 가서묻기도 했다. 오빠 이 노래 〈잊지 못할 사랑〉에서 나오는데? 인마,그건 참 힘든 곡이야, 아주 힘든 곡이야, 승일은 동생이 내는 음에귀를 기울여주었다.

일찍 돌아오고 있는 어머니를 소자는 동네 길에서 만났다. 손에무엇인가 들고 군것질을 하고 있었다. 찹쌀로 꽈배기처럼 꼬아서튀긴 찹쌀 도넛이었다. 언젠가 어머니도 하나 먹어보고 가게에 있는 것을 전부 사오라고 소자에게 소쿠리를 들려 보낸 적도 있다.사탕이 아닌, 영양가가 있어 보이는 군것질거리를 발견했다고 생각하는 것 같았다. 소자는 길에서 먹던 것이 무안하여 배가 고파서 사먹고 있다고 말했다. 왜 집에 밥이 있을 텐데, 라는 어머니의 말에, 없었어, 오빠가 다 먹었어, 라고 대답했다. 어머니는 집에 들어가는 길로 어린 동생이 먹을 밥까지 전부 먹어치우느냐고 승일에게 잔소리를 했다. 아코디언 상자를 끌러서 막 어깨에 메려 했던 승일은 좀 먹으면 어때요, 라고 불손하게 대꾸했다. 그것이 화근이었다. 어머니는 빗자루를 들고 와서 승일을 때리기 시작했다. 광기에 가깝게 사자처럼 달려들었다. 어머니는 어린 승일의 가슴팍을 밀치는 기분으로 그렇게 성이 났던 것일까. 승일은 몇 번 매를 피하는 몸짓을 하다가 어머니가 기침이 터져 제풀에 주저앉을 때까지 그대로 서서 맞았다.

승일이 아코디언을 악기 상자에 집어넣는 모습을 소자는 마당 한구석에 서서 바라보았다. 뚜껑을 닫기 전 흐트러진 머리를 쓸어 넘기고 군복에 물들여 입은 바지에서 빠져나온 와이셔츠를 집어넣었다. 그러고는 양팔을 축 늘어뜨린 채 조심스럽게 아주 천천히 악기 상자 뚜껑을 닫았는데 그 모습은 언젠가 승일이 보여주던 연기의 한 부분 같았다. 승일은 윗도리를 걸치고 집을 나섰다. 마당에서 소자와 마주치자, 그냥 사먹는다고 하지 않고 왜 배가 고파서 사먹는다고 했니, 라고 말했다. 어머니에게 투정을 부리고 싶어하던 어린아이의 그러나 받아들여지지 못하고 무참히 꺾였을 때의 쓸쓸함이 깃들어 있었다.

어머니는 방안에서 이마를 짚고 누워 눈물을 흘렸다. 가끔씩 독이 깨져나가는 기침 소리를 낼 때마다 상체를 심하게 흔들었다. 짓누르는 듯한 신음소리를 내기도 했다. 여름으로 이어가는 나무들의 깊은 그늘이 숨막히도록 무겁게 방안으로 들이밀리고 어디선가 물이 끓는 소리가 들렸다. 어머니는 몸이 아파서 일찍 들어온 것일까, 아니면 순경에게 쫓기던 끝에 그냥 집으로 향한 것일까. 그때였다. 밖에 서 있는 웬 사내와 어머니는 눈이 마주쳤다. 열린 방문으로 왜소한 몸체가 고개를 기웃하며 들여다보고 있었다. 적선 한푼 줍쇼, 라고 사내는 말했다. 그 말을 못 들은 듯 어머니는 그대로 누워 있었다. 걸인은 그림자처럼 대문 밖으로 사라졌다. 걸인이 사라지자 어머니는 갑자기 불에 덴 듯 튕겨 일어났다. 그러곤 부엌으로 달려나갔다. 왜 그놈이 부엌문 쪽에서 나오느냐고 속으로 웅얼거리며, 대문 쪽으로 들어와야 할 텐데 눈이 마주친 그 순간의 느낌은 한 사내가 부엌 쪽에서부터 나온 것으로 느껴졌다. 수저통에 은수저가 비어 있었다. 아 은수저가 없어졌구나, 수저가 없어졌다, 라고 어머니는 소리쳤다. 소리는 힘없이 떨렸다. 아직 마당 한구석에 그대로 서 있던 소자는 대문 밖으로 달려나가 산 위로 올라가고 있는 걸인을 불러 세웠다. 여보세요, 우리 은수저가 없어졌어요. 소리가 적막하게 울렸다. 은수저가 없어진 걸 내가 어떻게 알아요? 거지는 매우 퉁명스럽게 몸을 돌려 말했다. 내 어쩐지 이상하더라니, 왜 대문 쪽에서 들어오지 않고 부엌 쪽에서 나타나느

난 말이다, 어디 썩 이리 내려와, 순경을 부르기 전에. 어머니는 어
느 틈에 대문 밖으로 뛰쳐나와 있었다. 이것 보시오 나는 불구요.
더러운 군복 윗도리 주머니에서 팔을 꺼내 몽땅 잘린 손을 걸인은
내밀었다. 손이 잘려버린 팔목 끝은 헌데가 나서 살갗이 까져 있었
다. 눈을 돌리고 싶은 몰골이었다. 어머니는 잠시 주춤했다. 그러
다가 걸인에게로 뛰어올라가서 주머니를 뒤지기 시작했다. 치마
를 여미지 않은 탓으로 풍뎅이 날개처럼 양쪽으로 갈라졌다. 불구
의 손을 어머니는 만졌을까. 주머니 속에는 아무것도 없었다. 걸인
은 눈썹도 없고 코도 비뚤어져 있었다. 눈에는 눈곱이 끼었고 옷
에는 오물 냄새가 풍겼다. 문둥이였다. 저물어가는 빛 속에서 그
모습은 몹시 괴이하게 일그러져 보였다. 동네 사람들은 전부 피난
을 떠난 것일까, 마을 전체가 텅 비어 있었다. 아무도 그들을 도와
주러 오지 않았다. 이상한 일이었다. 어머니는 비실비실 뒷걸음질
쳐 내려왔다. 조심스러운, 그리고 겁을 집어먹은 표정이었다. 그러
다가 다시 몸을 홱 돌려 거지를 올려다보았다. 여보시오 거기 팔
에 끼고 있는 게 뭐요, 겨드랑이에 무엇인가 끼고 있는 것이 뭐냐
구요. 소자의 소리와 함께 어머니는 다시 달려올라갔다. 걸인의 팔
에 끼어 있는 것을 뽑아냈다. 더러운 부대를 접은 것이었다. 부대
는 때에 절어 반질반질 쇠가죽처럼 닳아 있었다. 그 속에서 은수저
가 나왔다. 낯익은 것이었다. 거지는 화살에 맞아 둔하게 방향을
돌리는 짐승처럼 산 아래로 내려와 소자 옆을 지나쳤다. 처음보다

더 작아진 몸에 다리를 조금씩 절고 있었다. 쇠가죽처럼 된 부대를 반으로 접어 겨드랑이에 낀 채, 조금씩 내딛는 걸음이 그러나 의외로 빠르고 소리도 나지 않았다. 소자는 저도 모르게 한 발짝 한 발짝 걸인을 따라 걸었다. 걸인은 한 번도 뒤돌아보지 않았다. 동냥을 하는 것도 잊은 채 문이 열린 집집을 그냥 지나치고 있었다. 골목 끝에는 녹슨 빛깔의 황혼이 몰려 있었다. 황혼을 배경으로 한 조그만 몸체는 그가 문둥이라는 것을 잊게 해주었다. 그 모습은 영원 속으로 굳어져가서 이다음까지 시간을 초월한 장면으로 소자에게 떠오를 것 같았다.

어느 낯선 동네 구멍가게 앞에서 소자는 걸음을 멈췄다. 찹쌀 도넛에 체한 것인지 먹은 것을 토해내기 위해 가로수에 기대고 머리를 숙였다. 바로 길 건너편 잎이 무성한 가로수 사이로 영화관이 보였다. 한 떼의 아이가 신발주머니를 흔들며 지나갔다. 반 환경 정리라도 하고 늦게 돌아가는 모양이다. 하수도를 파헤쳐놓은 흙더미에다 아이들은 발길질하며 걸었다. 불 켜진 구멍가게 안의 물건들을 소자는 상반신을 수그린 채 흥미 없이 바라보았다. 어머니는 부엌에 들어가서 물을 끓여 은수저를 소독할 것이다. 끓이고 또 끓인다고 해도 깨끗한 기분으로 다시 그 수저를 사용할 수 있을까.

창문마다 하나둘씩 불빛이 보였다. 어느 순간 갑자기 톡, 소리를 내며 거리의 등불이 일제히 꺼졌다. 정전은 익숙한 것이었다. 극장의 네온만 어두운 하늘 아래 선명했다. 현실은 짓밟고 지나가

야 할 무엇으로 소자에게 비쳤다. 지금 눈앞에 보이는 알 수 없는
어두운 거리와 같았다. 그 거리는 끝없는 미로로 통하고 있었다.
소자는 이상한 힘에 이끌리듯 이다음 유명한 사람이 되리라는 결
심을 했다. 구멍가게 주인은 유명한 누군가가 어린 시절 잠깐 자기
집 가게문 앞에 와서 서 있었다는 것을 알까, 결코 알 리가 없으리
라는 것이 아이에게 쾌감을 주었다. 그리고 자신의 어린 시절이란
이다음 유명한 누구가 되기 위해 할 수 없이 거치는 어떤 시기라는
생각이 들었다. 이상한 복수심이 솟구쳤다. 여간해서 울지 않는 아
이의 눈에 눈물이 맺혔다. 나는 나의 모든 비밀을 사랑한다, 소자
는 울면서 그렇게 생각했다. 그리고 또 일생 동안 많은 비밀을 만
들어나가겠다. 이런 생각도 했다. 비밀을 극복하기에는 상처가 따
른다는 것을 아이는 이미 깨달았을까, 그러나 어른스레 곧 눈물을
닦고 길 건너편 영화관 쪽으로 빨려들듯 달려갔다.

  소자는 어떤 소리에 놀라 잠을 깼다. 어디서부턴가 이슥히 닿아
온 그 소리는 그러나 소자가 눈을 뜨는 순간 사라져버렸다. 그녀
의 몸은 헤매듯 떨어져내렸다. 겨우 현재의 의식 속으로 되돌아왔
을 때 '스리 코인스 인 더 파운틴 댓츠 와이……' 멜로디가 눅눅
한 새벽공기를 뚫고 솟아오르고 있었다. 망망한 어둠, 그 겹을 알
수 없는 무한의 어둠 속에서 음은 한 조각의 밝은 환영처럼 저절로

솟구쳐나온 것 같았다. 그러나 순간적으로 지나가버렸다. 창을 밀고 들어오는 새벽빛은 천장의 깊이를 알 수 없을 만큼 어두웠다. 그녀의 주름진 얼굴과 창턱에 놓인 빈 화분도 어둠의 일부일 뿐이었다. 어둠 속에서 그녀의 의식은 이제껏 헤매어온 긴 미로 속을 급하게 소급하고 있었다. 차츰 시간의 안개가 걷히고 근원을 떠올릴 때면 일어나는 느낌, 향기 같은 것이 주위에 감돌았다. 유년 시절 걸인을 따라나섰던 때로부터 오랜 세월이 흘렀다. 그녀는 아직도 문둥이를 쫓는 환상을 보곤 했다. 그리고 그 환상 속에는 아코디언, 꽃잎, 등불 같은 것이 찾아들곤 했다. 꽃잎들은 아직 떨어지고 있을 것이다. 꽃잎은 과거로 떨어져갔고 또 미래에까지 떨어져올 것이다. 아코디언 소리 또한 그럴 것이다. 이런 느낌은 거의 본능적인 것이었다. 유년으로 손을 집어넣어 어둠 속에서 흐르던 등불을 찾아 쥐는 환영을 보기도 했다. 그럴 때면 샘 줄기를 찾고 싶은 갈증으로 시달렸다. 소자는 방금 그녀의 잠을 깨운 음을 찾으려 애썼다. 그것은 방치해두었던, 때로 피상적으로 떠올라 조금씩 가슴을 아프게 하던 한 조각에 불과했다. 그 음은 이미 노래가 아니었다. 가슴을 흔들고 지나는 추억, 잃어버린 유년 시절 속의 승일로 대치되었다. 그러나 그 아이를 마음놓고 떠올리기에 죄스러운 구석이 있었다. 무엇보다 같은 형제이면서 잘 알지 못하는 것이 그랬다. 그와는 성이 다르고 나이 차이가 너무 많았던 것이다. 때문에 자연히 얘기할 기회가 없었다. 그에 관한 한 어린 시절 형자에게서 들었던 에피소드의 선에 아직 머물고 있다. 어머니에게 물어서라도 조금 더 알 수 있었을 것을, 태만했다고 뉘우쳐도 이제는 소용이 없다. 그러나 어머니가 된 소자는 그 기억만으로 충분하다고 생각했다. 그 아이의 외로움과 그리움을 생각하면 앗 하고 비명이라도 지를 것처럼 정신이 아뜩해져오는 때가 있다. 어떤 아이가 늘 어머니가 그리웠다, 그리고 늘 배가 고팠다는 것만으로도 얼마나 가엾은가. 어머니는 소자가 큰 뒤에 말했었다. 글쎄 어디서 생긴 건지 내 사진하고 내가 너희 아버지와 결혼하기 전에 다니던 방송국 건물 사진하고 목걸이를 만들어서 목에 걸고 있더구나, 목에다 거는 건 어디서 배웠는지 그렇게 숨겨가지고 있더구나. 그리고 살아생전 어머니에게서 몇 가지 얘기를 더 들었던 것 같다. 그러나 그 얘기는 형자가 해준 얘기들과 구분되지 않는다. 혹은 소자 스스로의 기억 속에 남아 있는 것인지 모른다. 다음의 일도 그렇다.

어느 날 어머니는 승일의 직장으로 찾아갔다. 그때 승일은 대학을 졸업하고 조그만 회사에 입사했다. 어머니의 낯빛은 햇빛에 그을었음에도 몹시 창백하고 입술은 말라 터졌고, 오직 눈만 이글거리고 있었다. 어머니는 승일을 회사 뒷마당으로 끌고 가서 빰따귀를 때리고 가슴팍을 사정없이 쥐어뜯었다. 어머니는 이성을 잃었다. 승일에게 돈 심부름을 시켰더니 전하지 않고 써버린 것이다. 달러 거래를 하고 있는 손님이 찾아와서, 아니오, 댁의 아드님이 가져오지 않았습니다, 했을 때부터 어머니는 온몸의 혈관이 굳어지는 것을 느꼈다. 그길로 한달음에 달려가서 생각해볼 여지도 없이 승일을 불러냈던 것이다. 니가 어떻게 그럴 수가, 라는 말만 정신없이 되뇌면서. 사무실 유리창으로 동료 사원들이 흘끔흘끔 내다보고 있었다. 어머니는 회사 문을 나서며 벌써 후회하고 있었지만 이미 엎질러진 물이었다. 가족이란 그 안이야 어찌되었든 세상 쪽을 향해서는 똘똘 뭉친 집합체라는 것을 어머니는 잠시 잊었던가. 아니 가족이란 이 세상의 마지막 믿음이라고 해두는 것이 좋지 않을까. 승일이 사社대항 운동 경기 도중 졸도하여 생명을 잃은 후 동료들은 승일에게 고독병이 있었다고 말했다. 참으로 어인 일인가. 그 말을 듣고서야 세 모녀는 처음으로 그 사실에 눈을 돌렸다. 같은 형제이면서, 바로 자신의 아들이면서 왜 그것을 몰랐던 것일까. 얘들아 오빠한테 고독병이 있었다는구나, 라고 어머니는 눈에 가득히 눈물 괴어 말했다. 그것은 가혹한 일이었다.

〈7인의 신부〉를 보고 돌아오던 때 함께 양식집에 들어간 일도 떠올린다. 승일 역시 양식집의 분위기에 서툴렀을 것이다. 그는 배가 고팠던 어린 시절에서 군인으로 건너뛰어 그제 막 제대하여 돌아온 제대 군인이었다. 그가 양식집에 가본 경험이 있을 리 없다. 그럼에도 양식집에 어울리지 않는 초라한 동생들을 이끌고 앉아 있던 모습, 메뉴를 들여다보던 눈길을 기억해낼 수 있다. 승일도 영화에서만 보던 것을 그 자리에서 처음 실행해보았던 것인지 모른다. 그는 그때 의젓해지려고 숨은 노력을 기울였을 것이다.

비구름이 모인 암회색의 날씨. 기어이 비가 내리기 시작하고 바람도 불어 수목들은 옆으로 몸을 뉘고, 그 길로 달리는 끝도 없는 트럭의 행렬, 전장으로 나가던 젊은 군인들, 트럭이 잠시 머물렀을 때 어머니를 만나러 빗속에 달려왔던 목이 가느다란 소년, 그가 직접 총을 메었던 것, 그리고 죽음의 선에서 몇 번이고 곡예를 넘어 돌아왔다는 것을 소자는 진심으로 생각해본 적이 없었다. 막연히 오빠는 전장에서 돌아왔다라고만 생각하고 있었다. 교과서에서 배우듯이 하나의 사실로서만. 바로 피를 나눈 형제의 일이었는데.

소자는 손을 내밀어 아직도 어둠 속에서 떠돌고 있을 듯한 그 아이의 손을 잡으려고 했다. 승일이라고 자신의 아들처럼 조그맣게 부르며, 그의 손을 잡아 가슴속으로 끌어들이고 싶어 피가 끓어오르는 것을 느꼈다. 그러다가 어느 순간 투둑, 하고 끓어오르던 피가 터져버리는 느낌을 체득했다. 그때였다. 다시 그 음률이 소자의 귓가를 스쳤다. '스리 코인스 인 더 파운틴 댓츠 와이……' 이태리 어느 거리에 있는, 동전을 던져 넣으며 소원을 말한다는 샘, 그 음률은 그대로 샘물이 되어 흐르고 있었다. 소자의 가슴속으로 샘이 흐르고 있었다. 맥이 뛰는 소리도 일정한 간격으로 들렸다. 피상적인 느낌으로서가 아니라 바로 자신의 심장 속에서 사무치듯 애잔하게. 그리고 한 아이, 배가 남산만큼 불러 있는 아이, 어머니가 그리워 학교 동산에서 하루종일 어머니를 그리는 아이, 전쟁에 나갔던 소년, 그리고 누구도 따를 수 없는 넘치는 정열로 아코디언을 켜던 그 아이가 그 속으로 동전을 집어던지는 소리를 들었다. 그 아이는 샘물에다 자꾸만 동전을 집어던지고 있었다.

(1984)

오후의 세계

그들은 창에 붙어 서서 피안을 내다보듯 창밖을 본다. 삼층 높이여서 창은 하늘을 향해 열린 듯 보인다. 창이 시원하게 열려 있다고 생각되는 것은 창밖으로 가없는 하늘의 공간이 보이기 때문이다. 그러나 그들은 창가에 서 있기 때문에 멀리 야산과 야트막한 아파트들, 나무, 길도 볼 수 있다. 그리고 자전거를 타고 지나다니는 아이들과 유모차를 끄는 여인들, 저쪽으로 뚫린 아스팔트로 달려가는 자동차들과 아파트 앞 파킹 장소에 세워져 있는 자동차들을 볼 수 있다.

검은 형체의 사람들, 캄푸치아(캄보디아) 사람들도 간혹 지나다닌다. 그들이 사는 아파트에 캄푸치아인이 많이 살고 있기 때문이다. 유리창은 레일을 따라 왼쪽 오른쪽으로 열었다가 닫았다 하게 되어 있지 않고 안으로 열었다가 창턱에 고정시켜 닫도록 되어 있다. 유리창 밖으로 연회색 비닐의 햇빛 차단 문이 또 한 겹 있어서 활짝 창문이 열려 있을 때일지라도 창은 깊어 보인다. 창은 같은 벽면에 두 개가 널찍이 뚫려 있다. 창의 높이는 그들이 일어서서 내다보기에 꼭 알맞은 높이다. 그들은 같은 창으로 내다보지 않고 각자 창 하나씩을 맡아서 다른 창으로 밖을 내다본다.

그들은 별로 할 얘기가 없어 각자 창을 내다보는 수밖에 달리 도리가 없는 듯도 보인다. 간혹 아이가 새로 산 하얀 자전거를 타고 그들의 아파트 창변에 모습을 드러내면 남자는 밖을 향해 아이의 이름을 부르기도 한다. 남자가 가만히 있을 때면 여자 쪽에서 성준아 이제 안 들어올래?라고 큰 소리로 묻는다. 아이는 벌써 하얀 바퀴를 세게 굴리며 저쪽으로 가버리고 난 후다. 바퀴의 튜브마저 흰색이어서 자전거는 귀족적으로 보인다.

두 개의 하얀 바퀴가 그들의 눈앞에 아직도 어른거린다. 그림자는 환상처럼 그들의 눈앞을 휘익 지나갔다. 그래서 그들은 지난밤에 꾼 꿈을 생각하듯 지나가버린 바퀴에 대한 영상을 더듬는다. 그들이 눈으로 열심히 좇았음에도 두 개의 하얀 바퀴가 그들의 눈앞에서 사라진 것을 기이하게 여긴다. 바퀴에 달린 수많은 살 때문인지 두 개의 바퀴가 나란히 정렬하여 가지 않고 이상한 선으로 서로 엇갈려 교차하며 사라진 것 같다.

바퀴의 빗살은 햇빛 속에서 연속적으로 햇빛을 수십 조각으로 가르며 사라져갔다. 둥글게, 계속 둥글게 수없이 햇빛을 쪼개며 과

거의 음향과 빛을 매달고 굴러가는 듯했다. 그들은 그 바퀴의 영상에서 지나간 인생의 한 조각 혹은 마음의 어떤 울림을 핏득핏득 감지하며 서 있다. 그들은 열심히 아이가 사라진 쪽을 바라본다. 아이가 또다시 나타날 때를 기다린다. 창밖 멀리로 산과 야산의 숲이 보이고 야트막한 아파트들과 시멘트 길이 보인다. 그리고 그들이 살고 있는 아파트 뒤뜰이 길과 연결된 계단식의 담과 높고 낮은 면적으로 된 돌바닥을 깐 노천의 낭하가 보인다. 아파트 바로 밑으로 조그만 잔디밭이 보인다. 단순하지 않은 공간 배치이다. 그래서 그들이 혹 낮잠을 자든가 책을 보든가 또 여자가 점심을 만들기 위해 부엌에서 일하고 있을 때, 아이가 창밖에서 엄마, 하고 부르면 허둥지둥 창으로 달려가 창밖 어느 곳인지 잠시 서둘러 살펴야 한다.

엄마! 아이는 시멘트로 된 담 밑에서 부를 때도 있고 조그만 사철나무 옆에 서서 부를 때도 있고 아파트 아래층 낭하가 길과 자연스럽게 연결되는 타일 바닥에 서서 부를 때도 있다. 혹은 그들의 창변 바로 아래 잔디밭—그 부분은 그들이 내다보는 곳 중에서 가장 낮은 지대이므로 창변 가까이 바싹 다가가 고개를 아래로 떨어뜨려야 된다—에서 부를 때도 있다. 그들이 허겁지겁 내려다보면 아이는 웬일인지 자전거를 타지 않고 몸을 모로 돌리고 서 있다.

이희정 팬티에 똥이 묻어, 아 따띠브 아 따띠브.

이희정 팬티는 더러운 팬티.

정영근 팬티에 똥이 묻었대요.

정영근 팬티는 더러운 팬티!

이렇게 한바탕 노래 부르듯 외우곤 어디론가 사라져버린다. 아이가 사라져버린 곳은 이렇게 복잡한 공간 구성의 어디인지 찾을 길이 없다. 아이는 잠시 햇빛 속에 나타났다가 없어진 것뿐이다. 분명 두 발을 놀려 걸어서 없어졌을 터인데도 그냥 나타났다가 그냥 없어진 듯하다. 아이는 왜 그들을 향해 정면으로 서지 않는지 모르겠다. 꼭 모로 서서, 그래도 얼굴이 망원경으로 보듯 표정 하나까지도 살아나며 왜인지 아이가 이 세상에 있어야 할 바로 그 장소, 그리고 바로 그 순간까지도 맞아떨어진 그런 정확성을 가지고 서 있는 것 같다.

아이가 햇빛을 가르며 서 있던 공간과 공간 속에 놓여 그대로 움직이는 선을 유지하며 사라져간 둥그런 머리통을 여자는 더듬는다.

이희정 팬티에 똥이 묻어, 아 따띠브 아 따띠브. 이 음률의 여운이 길게 여자를 사로잡는다. 그 음률의 어떤 골자가 그대로 여자의 가슴에 남는 것 같다. 이 음률은 서울에서 동네 아이들이 많이 하던 것이어서 여자의 귀에 익었다. '아 따띠브'는 '아 더티'라는 영어를 아이들끼리 잘못 발음한 것인가보다고 여자는 혼자 생각한다. 그래서 그 말을 우습고 재미있어했다. 그때는 이희정, 정영근이라는 여자와 남자의 이름을 가져다붙이지는 않았다. 아주 간혹 가져다붙이기는 했어도 주로 아이들끼리 서로의 이름을 붙이곤 했다. 그런데 웬일로인지 이곳에 온 뒤 아이는 그 음률을 늘 읊고 있다. 갑자기 바뀐 생활환경의 갑갑함이 아이에게 그런 식으로 노출되는 것인가.

여자 역시 무어라고 꼬집어 말하기 힘든 거북스러움, 갑갑함을 느끼곤 한다. 마치 싫은 섹스를 할 때처럼 모든 것이 겉돌며 거북스럽다고 여자는 생각한다. 그러고는 바로 생활의 그 거북스러움을 싫은 섹스에 비기는 자신이 인식되며 아이에게도 그런 심리 작용의 일면이 나타나는 것인가 생각한다. 여자는 생활이나 삶이 거북스럽기만 할 뿐 아무것도 밀착되지 않는 것을 느낀다.

무언지 몸속에 이물질이 들어차 어느 순간이든 그 이물질을 의식하지 않을 수 없는 갑갑함을 느낀다. 그 이물질이 마침내 곪아 시원한 고름으로 쏟아져나오면 좋을 텐데 곪지도 않은 어정쩡한 상태로 끝까지 몸에 들러붙어 떨어져나갈 것 같지 않다. 내가 사는 것인가, 이것이 생활이고 이것이 인생인가, 이런 터무니없는 의문에 젖기도 한다. 바라지 않는 정액이 몸속으로 솟구쳐들어올 때와 같은 거북함, 아무것도 제자리에 있지 않고 혼돈이며, 이제까지 그녀 속에 자리잡고 있던 질서 관념이 부서져나가는 것을 느낀다. 일테면 그녀에게 가장 밀착되어 있던 아이까지도 그녀에게 아무런 의미를 주지 못한다고 느껴지는 순간이 있다. 내가 너를 사랑하는가, 내가 너의 엄마인가, 이런 모호함 속에서 어머니라는 이미지를 새삼스럽게 찾아보려 애쓰는 순간마저 있다. 더구나 여자 자신은 스스로에게 아무런 의미가 없다. 그녀는 있어도 되고 없어도 되는 한갓 무의미한 존재로서 그저 거기 서 있을 뿐이다. 저멀리 솟아 있는 산이나 산의 나무, 길, 그리고 거리, 자동차, 거리로 다니는 사람, 아파트 창문마다 살고 있는 사람 들은 그녀와 어떤 관계인지 알 길이 없다. 여자는 그 속에 묻혀버리는 건지 모른다. 그것들과 함께라고 생각되기보다 그것들에 덮쳐 없어져버리는 자신을 느끼곤 한다. 그녀는 항상 있으려고 애쓰고 이윽고 커다란 파도가 와서 묻혀버리는 그런 환영에 사로잡힌다.

비행기를 타고 이리로 올 때 알래스카공항에서 한 시간쯤 머물렀어. 승객들이 비행기 문과 연결된 통로를 거쳐 나선 곳은 대합실처럼 되어 있는 공항 내 면세점이었어. 그곳에는 갖가지 물건이 가득 진열되어 있었지. 알래스카의 온도가 십이 도라고 기내에서 방송으로 들려준 것과 관계없이 우리는 북구의 어떤 바람이나 기온도 직접 닿을 수는 없었어. 그저 온실 속과 같은 공항 대합실 안이었지. 나는 무심히 실내를 돌아다녔어. 물건들도 구경하고, 그러나 너무 비싸서 물건들에 아무런 흥미가 없었어. 사람들이 몰려들어서 물건들을 살 때 기이하기까지 했어. 저 사람들은 왜 물건을 저렇게 사는가, 면세점이라고 붙여놓았음에도 이렇게 비싼가, 갖가지 생각이 조금씩 고개를 들다가 말았어.

나는 무턱대고 텅 빈 듯한 대합실 저쪽 끝으로 가보았어.

그런데 거기서 무엇을 보았는지 아니? 커다란 유리 상자 안에 갇혀 있는 박제된 북극의 큰 흰곰이었어. 곰이 일어서 있는 모습, 곰의 인상이 어떤지는 익히 알고 있겠지? 순한 얼굴, 하얀 털을 온몸 가득히 덮고 일어선 자세로 영원히 거기 붙박여 있는 모습. 고개는 약간 외로 돌려져 있었어. 한 손을 약간 들어올리고, 그러나 눈은 아직 살아 숨쉬는 듯 맑았어. 그것을 본 순간 어떤 충격이 왔어. 아니 충격이라기보다 감명이었을 거야. 곰의 아버지와 어머니, 할머니, 할아버지. 곰의 조상, 곰이 살고 있는 북구의 어느 숲 그리고 시간을 거슬러올라가 태고까지를 그 형상은 끄집어내고 있었어.

나는 그 자리에 얼어붙은 듯 멈추어 섰어. 그러고는 다음 순간 몸속으로 스며드는 그 감명이 무엇인지 알아내었어. 그것은 그리워하는 마음이었어. 무엇을? 하고 나는 빠르게 묻고 스스로 대답했지. 그것은 어머니. 나는 내 대답이 맞다고 생각했어. 그러고서 왠지 푹 안도했어. 이 세상의 모든 것은, 인간은 물론이고 짐승, 벌레, 그리고 산의 나무와 정원의 꽃, 길가의 마른풀까지 그리고 하늘의 별들 달과 해, 땅덩이와 바다, 집, 개천, 다리, 모든 것이 어머니를 그리워하고 있다는 그 사실을 나는 새로이 확인하듯 인식했어. 바꾸어 말하면 그것은 낙원에 대한 꿈이기도 할 거야. 유년의 집 들창과 대문, 마당, 꽃밭, 부엌, 책상 이런 것이 내게 한꺼번에 어떤 이미지로 밀려들었어. 곰의 몸 전체, 표정에는 그만큼 간절

204

한 그리움이 있었어. 그것은 가장 근원적인 어떤 것을 꿰뚫고 있었어. 나는 관통상을 당한 듯 아, 이렇게 근원이라는 게 역시 있는 것이로구나 생각했어.

밥 냄비의 물이 끓어오르는 소리에 여자는 급히 부엌 레인지 앞으로 간다. 뚜껑 대신으로 덮은 접시를 벗기다가 뜨거운 김에 손을 덴다. 접시를 동댕이치듯 함부로 놓았음에도 깨지지 않는다. 여자는 전기 레인지 불을 줄이고, 수돗물을 틀어 덴 손의 화기를 뺀다. 그녀는 한동안 수돗물 흐르는 속에 손을 대고 서 있다. 벌써 여러 번, 거의 번번이 손을 데곤 한다. 여자는 손의 물기를 닦고 손가락을 살핀 후 다시 물 흐르는 곳에 손을 넣는다.

점심은 가지나물을 맵게 무치고, 훈제된 돼지고기를 프라이팬에 데워 내겠다고 머릿속으로 생각한다. 냉장고를 열어본 후, 그녀는 생각을 바꾸어 양상추를 씻고 오이를 썰어 겨자에 무치고자 한다. 가지를 삶고 마늘을 까는 쪽이 갑자기 힘들게 여겨졌기 때문이다. 아마 손의 쓰라림 때문일 것이다. 그보다는 상추를 씻는 쪽이 손쉬울 것 같다. 그녀는 상추를 꺼내어 씻는다. 상추를 씻어 놓을 그릇이 마땅치 않아 한동안 상추를 든 채 여기저기 훑어보다가 마른안주가 담긴 접시를 비우고 그곳에 우선 놓는다. 씻은 상추를 그늘 쪽으로 옮겨놓고 이번에는 오이를 씻어서 썬다. 올리브기름에 식초를 배합하고 소금을 친 후 다시 겨자를 넣어 잘 섞어놓는다.

그동안 밥의 물이 거의 잦아들었으므로 밥 냄비 위에 다시 접시를 뚜껑으로 덮는다.

여자는 부엌 창으로 가서 밖을 내다본다. 아이가 자전거를 타고 나타났던 자리, 모로 서 있던 자리는 지금 비어 있다. 언제나처럼 변함없는, 그러나 그녀가 보이지 않는 사이 잊혔던 산과 산의 나무, 아파트 길, 자동차 들이 보일 뿐이다. 길 저편으로 자동차가 달려가고 아파트 창변 가까이 난 길로 사람들이 지나간다. 밀차를 끌고 가는 사람, 자전거를 타고 가는 사람, 간혹 오토바이 소리도 요란하게 지나간다. 사람들은 어제와 그제도 똑같았다. 내일도 똑같으리라.

안 보고 있을 때는 잊혔다가 보는 순간 바깥 풍경으로 나타난다. 여자는 부엌 창턱에 널어놓은 빨래들을 한 번씩 뒤집어놓고 남자가 자고 있는 방 쪽으로 시선을 던진다.

남자는 벽 한쪽으로 붙여진 책상 밑에 몸을 반쯤 집어넣고 낮잠을 자고 있다. 방안은 밝고 햇빛으로 가득하다. 책상 속은 그늘지고 서늘해 보인다. 남자는 지금 한창 잠 속에 빠져들고 있는 것 같다. 그러므로 점심 준비를 더이상 진전시키지 않아도 될 것 같다. 밥을 안친 레인지의 전기도 꺼야 할 것 같다. 마지막 뜸은 남자가 일어나고 아이도 들어온 후, 훈제 고기를 프라이팬에 데워 낼 때 들이는 편이 좋을 것 같다. 그래서 여자는 레인지의 불을 꺼버린다. 부엌에도 햇빛은 가득하고 어느새 상추를 씻어 놓은 접시가 다시 햇빛 속으로 들어오려 하고 있다. 여자는 상추 씻은 것을 다시 그늘 쪽으로 밀어놓는다.

그들이 살고 있는 프랑스의 이 지방도시는 어떤 야망이 있는 곳은 결코 아니다. 사람들에게는 하루하루의 그저 평화로운 꿈만 있는 것 같다. 집집마다 정원이 잘 가꾸어져 있고 창변에는 꽃을 가꾼다. 창변에 놓인 화분의 종류는 대개 같다. 붉은 제라늄이나 베고니아 혹은 그 비슷한 종류이다.

창턱에 가득 나란히 놓아두기도 하고 창턱 바로 밑 벽에 화분을 걸어놓기도 한다. 어떤 때 화분의 무게가 그것을 보는 사람에게 느껴질 때가 있다. 그럴 때 화분은 꽃이라기보다 짐으로 보인다. 여자는 자신이 벽에 박힌 못이며 화분의 무게를 감당하려 애쓰는 듯 착각하기도 한다. 그 무게 때문에 못의 각도가 밑으로 처지며 벽에 박힌 틈이 헐거워져 화분을 떨어뜨리지 않으려고 안간힘 쓰는 순간을 느껴보기도 한다. 그러나 그런 순간은 극히 드물고 대체로 무심히 창변에 꽃을 기르고 있는 집집의 창들을 훑으며 지난다. 담장 틈으로 손을 뻗어 덜 익은 꽈리를 한 개 딴 적도 있다. 그들에게는 이상을 향한 어떤 발돋움도 없는 것 같다. 깨끗이 닦고 정리하고 부지런히 일하며 하루하루 평화롭게 살아가는 것이 전부인 것 같다.

정말 그럴까, 여자는 한낮의 거리를 걸으며 평화로운 베일을 잡아 벗겨 그 내부를 들여다보고 싶은 충동을 느끼기도 한다.

그들이 이곳으로 오기 전 며칠 머물렀던 파리는 결코 그렇지 않았다. 그곳에는 쾌락과 선망 그리고 야망이 불타고 있었다.

미술관이나 박물관, 사원, 센강의 유람선, 에펠탑 구경보다 여자는 하루종일 거리에 앉아 지나다니는 사람을 구경하는 쪽이 좋았다. 사람들은 거리마다 넘쳐나고 있었다. 젊음이 있고 돈이 있고 아름다움이 있고 재능이 있다면, 그런 사람에게 이 도시는 보석처럼 빛날 것이다. 그런 사람에게 무엇이 두려운 게 있을까, 망연히 그런 생각을 하며 사람들을 눈으로 좇기 일쑤였다.

뚜껑을 벗긴, 번쩍이는 이상한 디자인의 차를 타고 지나는 젊은이의 옆모습에서 여자는 죽음에 가까운 매력을 느꼈다. 저 젊은이의 자유는 무한정이고, 그 자유 속에서 그는 그가 원하는 무엇이든 얻을 수 있을 것이다. 인생의 폭풍 따위는 그 젊은이를 비껴가며, 아니 인생의 폭풍이 그에게 불어닥친다 해도 그 속으로 달려가는 그는 아름다울 것이다.

자기 연출에 뛰어난 매혹적인 젊은 아가씨들, 황금빛 피부와 황금빛 머리털, 그녀들의 몸짓에서 여자는 성을 느끼곤 했다.

여자들은 하나같이 성적 매력이 있었다. 만약 그중의 어떤 아가씨가 돈이 없어 일 년 열두 달 삼백육십오 일 최소한의 빵만 먹으며 같은 복장만 하고 있다고 해도 그 점은 오히려 그녀 매력에 가미되는 것이리라. 여인들의 옷자락, 남자들의 뒷모습에서 여자는 이 도시의 향락을 가슴 저미게 느꼈다. 가슴속에 욕망을 품고 파리라는 도시로 몰려와 이리저리 걷고 있는 수많은 사람, 또한 배낭을 지고 무조건 길을 떠나본 수많은 세계의 젊은이.

여자는 떠오르는 생각을 자연스럽게 떠올리고 놓치고 하며 거리를 내다보았다. 그녀 자신은 어찌되어도 좋았다. 자신이 꿈꾸는 것은 무엇이며 나이는 몇이고 이름과 국적은? 이런 것은 상관할 바 아니었다. 그런 일을 떠올린다면 떠올리는 그 자체마저 수치스러울 것이었다. 이 거리를 내가 보고 있다, 라고 말하기조차 거부감을 갖게 하는 무엇이 있었다. 간혹 그녀는 멈추어서 엽서를 사기도 하지만 내가 적어야 할 그 나란 존재를 시인하기 힘이 들었다. 여자는 아름다운 사람들을 지치도록 눈으로 좇았다.

며칠이 지나서 드디어 아름다운 사람들 뒤에 숨어 있는 사람들을 살피기 시작했다. 이렇게 아름다운 사람들이 있기 위해서는 상대적으로 지치고 암울하고 슬픈 사람들이 있기 마련이라고 생각됐기 때문이었다. 이제까지 살아본 세상 이치로 그녀는 그것을 터득할 수 있었다. 누군가가 편안하다면 누군가가 수고하는 덕분이다. 누군가가 부유하고 행복하다면 누군가는 가난하며 슬프기 마련이었다.

그래서 여자는 아름다운 사람들이 가리고 있는 그늘 쪽을 살펴보기 시작했다. 그랬더니 그곳에 어김없이 그런 군상이 있었다. 사람들은 여기에서 저기에로 밀려가고 밀려오고 있었다. 땀을 흘리며 입을 오므리고 다리를 절룩이며 주름진 팔뚝을 내려뜨리고 걸어가고 걸어오고 있었다. 유럽인들 아랍인들 흑인들 동양인들. 손에 지도를 든 동양인들은 어깨에 카메라를 메고 네거리에 멈추어 서서 지도를 들여다보곤 했다. 늙은 여자들의 다리는 나무토막처럼 살아 있는 물체 같지 않게 치마 밑으로 빠져나와 있었다. 석회분이 많은 물 때문에 이곳 사람들에게 그런 병이 많다고 했다. 그들은 무거운 다리 한 짝을 겨우 옮겨놓곤 했다. 사람들의 몸에서는 이상한 냄새가 났다. 땀과 함께 분비물이 온몸의 살갗으로 배설되고 있었다.

걷기에 숨이 차 보이는 사람들, 다리가 아픈 사람들, 온몸에서 기운이 솔솔 빠져나간 사람들, 늙은 사람들, 아직 늙지는 않았으나 얼굴에서 비타민의 기운을 찾아볼 수 없는 중년의 사람들, 그들은 왜 이 거리를 걷고 있을까. 그들은 어째서 여기에 자리잡고 있는 것일까, 아니면 그들은 잠시 이 거리를 지날 뿐인가. 그들의 화장실 문제는 잘 처리되고 있을까. 이 거리에서 저기 다리 아픈 할머니에게 갑자기 화장실이 필요해진다면. 그럴 때 여자는 순간적으로 자신이 그 할머니가 된 두려움과 당황감을 느꼈다. 화장실은 하루종일 거리에 나와서 사는 여자에게 가장 절실한 문제였다. 더구나 아이는 거리에만 나서면 급하게 화장실에 가고 싶다고 했다.

길에 상자처럼 세워진 공중변소에(그것은 변소라고 알아보기도 힘이 들었다) 돈을 집어넣고서야 문이 열렸을 때 여자는 육체의 슬픔을 느꼈다. 물 한 잔까지 돈으로 사야 했으며 그리고 배설까지 전부 돈으로 처리되는 것에서 새삼 사람의 생리 구조를 보게 되었다. 또한 양변기 위에 몸을 대지 않게 하려는 어색한 몸짓에서 그녀는 스스로 고개를 젓지 않을 수 없었다. 정말 싫구나, 이렇게 하고서 어느 순간 밝게 웃고 아무렇지도 않은 듯 거리를 걸어가겠지.

어느 남자가 다가와 여자에게 무엇을 내밀었다. 내려다보니 종이 팸플릿과 십자가였다. 당신은 가톨릭입니까? 하고 남자가 물었다. 여자는 얼떨결에 그렇다고 대답했다. 남자는 여자의 손바닥에 십자가를 놓았다. 십 프랑이라고 조그맣게 말했다. 여자는 처음 무슨 영문인지 못 알아차리고 주춤했다. 고개를 가로저으며 다시 십자가를 그 남자에게 주었다. 그 남자는 갑자기 여자에게서 십자가를 채갔다. 그때 남자의 매몰찬 표정을 여자는 보았다. 분을 못 참는 듯 돌아서서 저만큼 걸어가 다른 사람에게 십자가를 내미는 그 모습에는 고독이 응어리져 있었다.

퐁피두미술관에 도착했을 때 내리던 비는 잦아지고 있었다.

해가 나기 시작했다. 해가 나자 거리는 갑자기 밝게 빛났다. 사람들의 마음도 일시에 밝아지는 듯했다. 비가 잦기를 기다렸던 듯 미술관 앞 광장 여기저기서 공연이 막 시작되려 하고 있었다. 사람들이 하나둘 모여들어 어느새 커다란 둥근 원형의 선을 몇 개 만들었다.

둥근 원형의 둘레 한쪽에 가서 여자는 섰다. 아이와 남자도 뒤

따라와서 섰다. 몹시 단단하게 운집된 힘을 가진 듯한 흑인 청년이 음악을 틀어놓고 음률에 맞추어 율동을 시작했다. 음악은 멜로디가 없이 단조로웠다. 같은 음률이 끝없이 반복되었다. 선禪 음악과도 비슷했다. 그 음률에 맞추어 흑인 남자는 몸을 조금씩 움직여 나갔다. 모로 서서 손을 조금씩 들어올리고 발을 들어올렸다. 그 동작을 한없이 반복했다. 흑인 남자는 키가 크고 근육은 단단했으며 잿빛 옷을 입고 있었다.

피부 빛으로 하여 눈의 흰자위가 뚜렷했다. 흑인 남자가 움직이는 것을 보고 있는 사이 여자는 자신도 모르게 몸이 붕 뜨는 것을 느꼈다. 무엇이 잘못되었나 싶어 눈을 비비고 정신을 차리는 자세로 다시 보아도 역시 조금만 있으면 춤에 빨려들듯 몸이 붕 뜨는 것을 느꼈다. 그것은 공간과 시간이 다른 세계로 인도되는 듯한 느낌을 주었다. 이 지구와 다른 어떤 현상의 세계, 일테면 다른 별 혹은 달나라 같은.

그리고 보니 그 춤은 달나라로 간 사람들이 달에서 발을 내디딜 때의 행동과 비슷한 것 같다. 무중력 상태 속에서 무게 없이 느리게 발을 내딛던 지구인들의 영상을 뉴스로 보았었다. 푸른 색조의 무한한 공간 속에서 돌멩이가 뒹구는 메마른 땅에 지구인들은 내렸었다. 그들은 해저 탐험대와 같은 이상한 옷을 입고 붕 뜨는 것을 억누르는 걸음걸이로 발길을 옮겨놓았었다.

우주 공간 속에서 본 지구는 다른 별과 달리 푸른 비로드로 휩싸인 듯 광채가 났다고 했다. 우리가 지구에서 태어난 그 일 하나만으로도 축복인 것을 알아야 한다고 그들은 돌아와서 말했다. 그런데 그렇다면 바로 우리의 이런 관념 속에 들어와 있는 시간이란 지구에만 있는 것일까. 달에서의 시간은 다르고 다른 별에서의 시간은 또 다른 것일까. 달에서 하루를 보내고 돌아오니 그동안 수십 년의 세월이 흘러 주위 사람들의 머리가 모두 희어졌다는 동화 같은 얘기가 성립되는 것일까. 그리고 지금 저 청년은 이 지구와 다른 시간대에 있는 모습을 춤으로 표현하고 있는 것일까. 흑인 청년을 보며 춤에 빠져들고 있는 한 다른 시간대에 있을 수 있는 것일까.

한 청년만 보고 있는 어느 사이에 또 한 청년이 둥그렇게 둘러 선 군중 속 저쪽에서 나타나 춤을 추고 있고 또다른 청년이 반대편에서 나타나서 그들은 삼각의 구도로 그런 동작을 끊임없이 반복하고 있었다. 단조로운 음률, 그러나 반복됨에 따라 그들의 율동과 함께 사람의 마음 깊은 곳으로 침투해들어오는 무엇이 있었다. 그들의 몸속 기氣가 모여 선 군중 속으로 뻗쳐나가 전달되고 있는 듯 했다. 분명 그럴 것이었다.

그들이 단순히 몸동작만으로 무중력 상태 속임을 흉내낸다면 이렇게 보는 사람이 어지러울 까닭이 없을 것이다. 이곳은 바로 퐁피두미술관 광장이 아닌가. 세계적인 무대일 것이다. 그들은 그들의 전부를 건 하나의 힘으로 시간과 공간의 한 점에 서 있을 것이다. 여자는 머릿속이 혼미해오는 것을 느꼈다. 무엇인가 아주 다른 어떤 것. 다른 질서 현상을 체험할 수 있을 듯했다.

흑인 하나가 모자를 가지고 돌고 있었으므로 여자는 백에서 동전을 두 닢 꺼냈다. 여자의 앞까지 모자가 왔을 때 동전을 집어넣고 아이와 남자를 따라 옆 장소로 옮겼다. 거기에는 또하나의 군중이 둥그렇게 모여 있었는데 불을 먹는 사나이의 묘기가 막 시작되려 하고 있었다.

여자는 아이가 사라진 공간 속을 더듬으며 엄마라고 부르는 듯한 환청이 아직도 들리는 것 같은 가운데 밖을 내다본다.

이제 아이는 사라진 지 오래고 투명한 공기 속에 햇빛이 남아 빛나고 있다. 남자는 깊이 잠 속으로 빠져드는 것 같다. 숨소리가 크고 고르게 들려온다. 남자의 여름휴가는 오늘로 끝나고 내일부터 다시 직장으로 나가야 한다. 남자는 처음 일 년 계약으로 서울의 본사에서 파견되었으나 일 년이 이 년으로 연장되자 가족을 이곳으로 불렀다.

여자는 상추 씻은 것을 냉장고 속에 집어넣고 잠시 더 창가에 서 있는다. 자동차만 가끔 지나다닐 뿐 사람들은 거의 보이지 않는다. 캄푸치아 어린이들이 앉은뱅이 자동차를 북북 끌며 아파트 밑 타일 바닥 위를 지나간다. 그들의 얼굴빛은 검은색 더하기 보라색이다. 아이가 그렇게 말했다. 얼굴과 몸의 빛깔이 아주 까만 사람이 있고, 검은색에다 보라색을 더한 것 같은 사람이 있다고, 그들이 자기와 친구가 되었다고. 검은색에 보라색을 더한 것 같다고?
여자는 아이의 표현이 우스워 웃는다. 이 아파트에는 캄푸치아인
이 꽤 많이 살고 있다.

월남인과 비슷한 용모의 그들은 하나같이 학식과 돈이 없어 보
인다. 지금은 우리나라 도회에서 이미 보기 힘들지만 옛날 여자가
자라던 시절 함부로 내 키우는 동네 아이들과 같은 그런 아이들이
종종 눈에 띈다. 지금 타일 바닥에서 북북거리는 소리를 함부로 내
며 자동차를 끌고 있는 두 아이도 바로 그런 느낌이 멀리서도 전해
져온다. 아마 형제인 것 같다. 겨우 걸어다니는 어린아이를 그보다
조금 큰 아이가 보아주고 있는 듯하다. 캄푸치아 아이들은 프랑스
아이들처럼 어렵지 않다. 아이도 그래서 쉽게 친구가 될 수 있었나
보다.

여자는 종이 한 장을 찾아 몇 가지 메모를 한다. 슈퍼마켓에서
장을 볼 물건이다.

갑자기 요란한 밴드 소리가 한낮의 정적을 깨뜨린다. 전자기타
와 여러 개의 북이 한꺼번에 연주되는 종합 음. 밴드는 계속 크게
울려댄다. 여자는 그 음에 쫓기듯 재빨리 메모를 마치고 미니 원피
스처럼 입고 있던 남자 와이셔츠를 벗는다. 그녀는 벗은 몸으로 현
관에 붙어 있는 장으로 가서 소매 없는 원피스를 머리 위로부터 덮
어쓴다.

화장실에 붙은 거울에서 머리를 한번 살펴보고 흐린 색 루주를

문지른다. 지갑을 원피스 주머니에 넣고 현관문을 열고 나선다. 그런 시간이 일 분도 안 걸린다. 복도에 나서서 현관문을 닫자 밴드음은 조금 멀리 들린다. 그러나 복도에 붙은 문을 열고 층계를 내려갈 때 바로 음악의 통로에 선 듯 음이 크게 크게 울린다.

계단의 어둠 때문에 여자는 벽을 짚고 무릎을 약간 구부린 자세로 내려디딘다. 벽에 붙은 스위치를 누르지 않은 것은 여자의 버릇이다. 불을 켜고 편리함을 찾는 데 익숙하지 않다. 지금은 슈퍼마켓 가는 길을 안 것만도 다행으로 여긴다. 처음엔 아이가 길을 안내했다. 아이가 자전거를 타고 다니다가 뒷길을 발견한 것이다.

환한 바깥으로 나서자 밴드 음은 다시 조금 멀게 들린다. 여자가 발걸음을 놀림에 따라 점점 멀리, 그러다가 이윽고 귀에 들려오지 않는다. 여자는 하얗게 바랜 모래땅을 걷는다. 모퉁이의 카페와 공터가 나온다. 카페는 비어 있고, 카페 한쪽에 놓인 당구대에서 한두 사람이 공을 굴린다. 공터에는 아직 크지 않은 나무와 벤치가 놓여 있다. 나무의 그늘이 작아서 벤치는 그대로 햇빛 속에 놓여 있다. 공터 한쪽 시멘트로 구획을 지어놓은 곳에 펌프가 있다. 누가 금방 펌프질을 한 듯 물이 한 방울 두 방울 아직 떨어지고 있다. 양쪽에 여자의 아파트에서도 잘 내다보이는 야트막한 아파트들이 서 있다.

공터를 지나 다시 모퉁이를 돌면 회랑식의 건물이 나온다. 그러니까 사람이 걸어다니는 곳의 지붕이 아파트 한 면적을 차지하고 있는 모양이다. 그 면적을 둥글고 흰 기둥이 떠받쳐주고 있기 때문에 길은 어느 건물의 회랑식 복도로 보이기도 한다. 그곳은 항상 그늘져 있다. 그곳에는 구두점과 세탁소, 오락실 그리고 잡화상과 빵가게가 있다. 흑인 한 사람이 바게트를 사들고 오는 모습이 보인다. 여자는 이곳이 어쩐지 늘 외계 같다고 느낀다. 오락실에서 들려오는 이상한 소음들은 더욱 그 생각을 부추겨준다. 오락실을 지나며 여자는 그 안을 살핀다. 아이의 이름을 몇 번 연거푸 부른다. 아이는 오락실에서 넋을 잃고 보고 있는 모습을 들킨 것에 무안한 표정을 지으며 여자에게로 온다. 아이는 이 프랑만 달라고 조르기 시작한다. 너 엄마랑 슈퍼마켓 안 갈래? 고개를 흔드는 아이에게 여자는 이 프랑을 내어준다.

"너 자전거 어쨌어?"

"저기다 매어뒀어."

"어디?"

"아빠가 가르쳐준 곳에."

아이는 돈을 받아들고 오락실 안으로 들어간다. 여자는 혼자 슈퍼마켓으로 향한다. 오락실에서 조금만 더 가면 작은 광장 같은 넓은 면적의 보도블록이 나오고, 벤치가 있고, 슈퍼마켓을 향해 빙 둘러선 상점들이 있다. 메모지를 두고 온 것이 생각나서 여자는 머릿속으로 살 것들을 다시 정리하며 걷는다. 메모지에는 '넴'을 할 재료들이 적혀 있다. 이곳에 와서 새로 배운 요리다. 만드는 절차가 다소 복잡하기 때문에 남자와 아이가 좋아하는데도 잘 하게 되지 않는다. 오늘이 휴가의 마지막 날이니까 특별히 냄을 하기로 정한다. 남자는 아마 저녁녘까지 낮잠을 계속 잘 것 같다. 그러므로 점심은 거른 채 저녁을 잘 먹으면 될 것 같다. 슈퍼마켓으로 들어가기 전 복도에 있는 중국인 상점에서 여자는 숙주를 산다. 중국인 가게 특유의 냄새가 나고, 물건들이 우중충하며 공연히 비싸기만 할 것 같아 여자는 두려움증을 느낀다. 이곳으로 올 때 마늘 한 쪽, 고추장 한 종지 가져오지 않은 것을 후회한다. 동네 슈퍼마켓에서 김 한 톳만이라도 사왔으면, 하다못해 라면 몇 개라도, 집에 있는 멸치 한 움큼이라도 집어왔었으면.

그러나 여자는 처음의 짙은 후회에서 요즈음 점점 벗어나고 있다. 떠나려고 할 때 그런 것을 준비한다는 것이 얼마나 피곤한 일인가. 만반의 준비라는 것보다 더 피곤한 일이 어디 있겠는가. 만약 그런 것들, 최소한의 김 열 장, 라면 두서너 개, 멸치 한 움큼, 마늘 한 통을 가져왔다면 그보다 더한 준비에 대한 아쉬움을 느낄 것이다. 그러므로 아예 그런 것에서 놓여나는 것이 좋다고 여자는 생각한다.

여자는 숙주나물을 사가지고 중국인 가게에서 나와 슈퍼마켓으로 들어간다. 입구에 놓인 빨간색 바구니 하나를 챙겨들고 진열대를 훑으며 지난다. 간 고기와 상추, 과일 그리고 프라이팬을 하나 사야겠다고 마음먹는다. 이제까지는 프라이팬 대신 두꺼운 냄비로 대용했으나 그때마다 냄비에 담겨 있는 것들을 이리저리 옮기기가 힘들고 냄비 수도 모자라므로 프라이팬을 하나 사기로 마음의 결정을 본다. 그녀는 프라이팬과 냄비들이 걸려 있는 곳으로 가서 이것저것 눈으로 훑어본 다음 빨간색이 칠해진 작은 팬을 하나 집어 비닐 바구니에 담는다.

야채 진열대 앞을 지나며 바나나를 조금 사고 상추와 호박을 산다. 바나나를 비닐 주머니에 담아 저울에 단 다음 단추를 눌러 자동으로 나오는 가격표를 붙인다. 이런 일들이 이제 조금 익숙해진 것에 스스로 즐기는 기분이 되기도 한다. 생활용품 파는 곳을 지나다가 생리 냅킨 두 뭉치를 산다. 그러곤 계산대에 가서 차례를 기다린다. 길게 늘어선 줄 맨 끝에 여자는 무덤덤하게 선다. 좀체로 줄이 줄어들지 않지만 얼마든지 기다릴 자세이다.

여자는 기다리는 것 하나는 자신이 있다.

비행기가 김포공항에서 뜬 후 스무 시간 견뎌야 다시 땅 위에 내려온다는 것을 알았을 때 여자는 그처럼 쉬운 일은 이 세상에 없는 것으로 여겨졌다. 그것은 그냥 있으면 되는 것이므로.

차례가 되자 여자는 부지런히 산 물건들을 계산대 위에 올려놓는다. 고무판이 미끄러지며 여자의 물건이 계산대 앞쪽으로 밀려간다. 여자도 물건을 따라 움직여 계산대 바로 앞에 가서 선다. 푸른색 유니폼을 입은 점원이 타이프라이터 같은 계산기를 누른다. 물건을 하나하나 집어들어 가격을 본 후 단추를 찍어 누르는 그 손놀림이 여자는 언제 봐도 재미있다. 대개 손톱을 기르고 매니큐어를 칠했다. 매니큐어를 한 긴 손톱의 손이 물건을 잡는 표정은 같다. 어느 계산대의 점원도 그 표정이 같다.

점원은 비닐에 싸인 호박을 집더니 가격표를 찾는다. 가격표는 붙어 있지 않다. 호박도 상추와 마찬가지로 낱개로 가격이 정해져 있다고 여자는 생각했다. 그러나 아닌가보다. 그것은 다른 과일들처럼 무게를 달아야 하는 것인가보다. 여자는 호박을 들고 야채 진열장이 있는 곳으로 달려간다.

각종 깡통류가 진열되어 있는 곳, 포도주가 진열되어 있는 곳, 유리 케이스 안에 치즈 뭉치가 진열된 곳을 지난다. 되도록 지름길로 가기 위해 머릿속에 슈퍼마켓의 청사진을 그린다. 여자는 호박을 자동 저울로 달고 가격표를 뽑아서 붙인다. 호박이라는 단어를 몰라서 다른 사람의 도움을 받는다. 그러고 나서 계산대가 있는 곳으로 다시 달려온다. 이번에는 아이스크림 파는 곳, 각종 인스턴트 식품 파는 곳, 초콜릿류 그리고 생활용품 파는 곳을 돌아 숨가쁘게 계산대에 와닿는다.

여자가 섰던 계산대는 줄이 더 길게 불어나 있다. 여자가 달려갔다가 오는 동안 일처리가 중지되었기 때문이다. 여자는 진땀을 흘린다. 자신이 서른여덟 중년의 여자라는 것을 잊는다. 마치 여덟 살 정도로 어른에게 꾸중 듣고 있는 아이로 착각한다. 여자는 미안하다고 말하며 몸을 모로 세워 줄지어 선 사람들의 좁은 틈으로 뚫고 들어가 다시 계산대 앞에 선다. 그러곤 다음 순간 자신에게서 어떤 혐오스러움을 발견한다. 그러나 그 혐오의 감정을 미처 느낄 사이도 없이 돈을 지불하고 점원이 내어주는 슈퍼마켓 마크가 찍힌 비닐봉지에 산 것들을 주워 담는다. 그러고선 정신없이 슈퍼마켓을 빠져나온다.

오락실 앞을 지나며 여자는 아이의 이름을 부른다. 아이는 정신을 잃고 오락 기구를 들여다보고 있다. 캄푸치아 청소년들과 흑인 그리고 프랑스 아이들도 몇 있다. 그들은 다소 불량해 보인다. 등허리와 팔에 문신을 새긴 청년은 그것을 자랑하기 위해서인지 웃통을 벗고 있다. 아이는 그 틈바구니에 끼어 간혹 고개를 뒤로 젖힌다. 너무 들여다보고 있어서 목이 빳빳하게 느껴지는 모양이다. 청소년들 발에 짓밟히지 않을까 염려될 정도로 아이는 작다. 몇 번 만에 여자의 소리를 듣고 아이는 고개를 돌린다. 아이는 집에 안 가겠다고 손짓한다. 여자는 빨리 오라고 재촉한다. 아이는 고개도 안 돌린 채 모른 척해버린다. 아이는 거의 오락에 넋을 빼앗기고 있는 것 같다.

"너 하루종일 오락만 볼 거니, 눈 다 나빠지겠다."

여자는 몸을 돌려버린다. 여자는 빠르게 걸어 공터에 벤치가 놓여 있는 곳까지 와서 주저앉는다. 벤치 옆에 서 있는 나무는 아직 크지 않아 벤치를 가릴 만큼 그늘을 만들어주지 못한다. 그러므로 여자는 햇빛 밑에 그대로 앉아 있다.

펌프 쪽에서 물냄새가 풍겨온다. 펌프의 물이 한바탕 쏟아지고 난 듯한 기미를 어쩐지 느낄 수 있다. 희게 부서져내리는 원통형의 물줄기를 여자는 방금 본 듯이 착각한다.

공터에는 아무도 없다. 양쪽 아파트에서 무슨 소리가 들리는 것도 같지만 커다란 정적 안에 그대로 휩싸여버린다. 공터 건너 카페에 아직 당구를 치는 사람이 있는지 그 기미를 알 수 없다. 조금 떨어진 곳에 여자가 사는 아파트 건물이 보인다. 여자는 자신이 살고 있는 창이 어디에 붙어 있는지 모른다. 현관에서부터 세면 삼층일 터이지만 이곳에서 보니 아파트는 오층 높이로 되어 있다. 또다른 방향에서 보면 칠층으로 보일 때도 있다. 아파트 창에서 내려다보이는 뜰의 공간 구조가 복잡해 보이는 것도 그 탓이리라. 평편한 대지에 지은 것이 아니라 높낮이가 다른 곳에 지었기 때문일 것이다. 어쩌면 여자의 아파트 창에서 내다보이는 곳이 막연히 이곳이려니 생각하고 있었지만 실지 이곳 벤치와 펌프가 보이진 않았던 것 같다. 그러나 여자는 언제나 창밖을 내다보며 풍경 속에 이곳 펌프와 벤치가 보이는 것으로 착각했던 것 같다.

여자는 벤치에 하염없이 앉아 있는다. 뜨거운 햇빛을 피하기 위해 장 본 물건을 발로 벤치 밑에 밀어넣는다.

여자에게 여고 일년 때의 첫 불어 시간이 떠오른다.

독어를 배우는 학생들이 빠져나가며 갑자기 띄엄띄엄 앉은 널찍한 교실 깨끗한 책상 위 불어 교과서, 그리고 표지를 열어 하나 하나 새로운 세계와 만나던 때가 떠오른다.

그때를 생각하니 여자는 오랜만에 가슴이 조금 뛰려고 한다. 새로운 시작, 여자는 이제 얼마든지 새로운 세계 속으로 헤엄쳐 들어갈 수 있을 듯하다. 그때의 그 책상과 불어 교과서만 있다면. 그녀에게는 이제야말로 그것처럼 쉬운 일이 없을 듯하다. 아 베 세 데 으 에프 제, 쥬시 뚜에 누자봉 부자베, 수많은 동사 변화를 외우면 되는 것이다. 그냥 외우기만 하면 되는 것인데 왜 못했을까. 그렇게 쉬운 일이 어디 있는가.

그러나 지금은 모든 것이 소통이 안 되고 의사전달이 되지 않는 상태에서 스스로에게 모멸의 감정을 맛보며 여자는 앉아 있다. 슈퍼마켓 사람들에게서 풀려난 것을 다행으로 여기며 잠시 정신을 휴식하는 기분으로 참을성 있게 앉아 있다.

여자는 어쩐지 노엽다. 구역질이 날 것 같다. 어른에게 꾸중 듣던 여덟 살짜리를 덮은 중년의 껍데기를 여자는 타인이듯 바라본다. 마치 홑이불의 속 알맹이와 겉감이 겉돌듯 생활에 겉돌고 있는 면이 그대로 노출되어버렸다고 생각한다.

호박을 들고 슈퍼마켓 안을 달릴 때, 진땀을 흘리며 슈퍼마켓 점원 앞에 서 있을 때, 미안합니다라고 몇 번씩 말할 때 그냥 그대로 서른여덟의 나이로 서 있어야 했다고 여자는 생각한다. 그렇다면 이다지 혐오의 감정을 느끼지 않았을 것이다. 그러나 그녀는 인생에 아양이라도 떨듯 자신에게서 멀찍이 도망가 있었다. 토해내고 싶다. 입안에 손가락을 넣어서라도 토해내고 펌프로 가서 말끔히 씻어내고 싶다고 여자는 생각한다.

그녀는 계속 정적 속에 앉아 있다.

어느 때부터인가 건너편 벤치에 할머니가 앉아 있는 모습이 보인다. 그 벤치는 나무 그늘이 반쯤 드리웠다. 할머니는 무거운 두 다리를 힘겹게 내려뜨리고 앉아 초점 없는 시선을 공중으로 보낸다.

정맥이 불끈불끈 솟은 다리에 얇은 가죽구두가 감각 없이 신겨져 있다. 그 다리에 벌이 와서 쏜다고 하더라도 노인은 지금 아무 감각도 느낄 수 없을 듯하다. 소매 없는 원피스에서 겨우 삐져나온 두꺼운 팔을 들어 간혹 얼굴의 어느 부분을 만져놓기도 한다. 창살 무늬의 다소 칙칙해 보이는 원피스 천은 동양적인 느낌을 주고 있다. 여자는 노인을 한동안 건너다본다. 지금 순간 노인은 여자의 세계 전부를 꽉 메우는 것 같다. 여자는 노인이 앉아 있는 벤치로 건너가기 위해 잠시 이 벤치에 앉아 있는 것으로 느낀다. 마치 한 장의 슬라이드에서 다음 장으로 넘어가듯이……

그녀는 물건을 챙겨들고 일어선다. 그러고 보니 그녀의 벤치에도 그늘은 반쯤 드리워져 있다. 그녀는 어느새 그늘 속에 앉아 있었다. 여자는 한번 몸을 추스르고 되도록 가뿐한 걸음으로 걸어보려 애쓰며 걷는다. 여자는 노인 아주 가까이로 지난다.

봉주르 마담, 여자는 이렇게 한번 소리내어본다.

노인의 회색 눈알은 인형 속에 박힌 유리알 비슷하다. 노인이 봉주르라고 말했는지 아닌지 모르겠다. 여자가 지나친 후에, 아니 지나치는 순간과 노인이 대답했을 시간이 겹쳤기 때문에 들을 수 없었는지 모르겠다.

여자는 잠시 걸음을 멈추고 귀를 기울인 후, 다시 걷는다. 몇 가지 되지 않는 물건이 무거워 한쪽 팔이 처진다. 몇 가지 되지 않는 물건이라도 이렇게 무겁게 짐 지워지는 일이 곧 생활이라고 생각하며 여자는 걷는다.

조금 떨어진 곳에 유모차를 끌고 가는 여인이 보인다. 자전거를 끌고 가는 아이. 누군가 와서 펌프를 쓰는지 펌프질하는 소리, 물 쏟아지는 소리가 여자의 등뒤로 들린다.

여름날 오후의 끝없는 맑은 공기가 여자에게 잠시 평온을 주는 것 같다. 여자는 공기 속에 녹아들듯이 천천히 발걸음을 떼어놓는다.

아이가 자전거를 잃어버린 것은 며칠 후다. 엄마를 부르는 소리에 여자는 창가로 달려간다. 아이는 어쩐 일인지 모로 서 있지 않고, 이희정 팬티는 더러운 팬티라는 예의 그 멜로디를 읊지도 않는다.

"왜 그래 성준아, 들어올래? 들어와. 왜 점심 먹으러 안 들어왔어?"

여자는 말한다. 아이는 사철나무 옆에 가만히 서 있다. 마치 풀잎에 앉은 메뚜기를 잡으려는 순간처럼 그냥 가만히 있는 것이 아닌 어떤 긴장이 숨어 있다. 자전거가 없어졌어라고 아이는 말한다.

"그러면 빨리 말해야지. 왜? 어디다 두었는데? 가만있어 엄마
가 나갈게."

여자는 미니 원피스처럼 입고 있던 와이셔츠를 벗어던지고 소
매 없는 원피스를 위에서부터 덮어쓴다. 복도가 어두워서 계단을
헛짚지 않으려고 다리를 한껏 굽히고 얼굴을 바닥에 대듯이 내디
딘다.

아파트 건물을 끼고 삥 돌자 아이가 서 있는 장소가 나온다. 아
이는 시무룩한 표정으로 서 있다가 여자에게 다가온다. 아이는 자
전거를 늘 놓아두던 장소에 열쇠를 채워서 두었다고 말한다. 그런
데 잠깐 집에 들어간 사이 없어졌다고 말한다. 그러고 보니 조금
전 아이는 오락을 하기 위한 이 프랑을 달라고 집에 들어왔던 적이
있다. 점심시간이어서 남자가 회사에서 집에 막 돌아왔을 때이다.
그때 없어졌다고 했다. 그래서 그동안 자전거를 찾으러 다녔다고
말한다.

"왜 그때 빨리 말하지 않았니? 좀더 빨리 말했으면 아빠가 있을
때니까 관리실 사람에게 말할 수도 있었을 텐데. 그런데 정말 자물
쇠를 채워뒀었어?"

아이는 자물쇠를 채워두었다고 현관 앞에 있는 벤치를 가리킨
다. 남자가 정해준 자전거를 채워두는 곳이 그 장소라는 것을 여자
는 처음 안다.

"정말 이상하다. 어떻게 그렇게 잠깐 동안, 현관 카운터에 사람도 앉아 있고 한데."

여자는 현관 유리문 밖에서 카운터 안을 살핀다. 카운터에는 언제나처럼 마담이 앉아 있다. 마담은 무엇인가 열심히 쓰고 있다.

깨끗이 빗어 넘긴 블론드의 머리를 머리 꼭대기에 핀으로 고정시키고, 귀에 달린 귀고리가 달랑거린다. 여자는 그곳에 가서 새로 산 자전거를 아이가 잃어버렸다고 말하려 한다. 혹시 이곳에 앉아 흰 자전거를 보지 못했는가 하고 물으려 한다. 그러나 잃어버리다, 자전거, 흰색, 하얀색, 그 어느 단어 하나도 여자에게 떠오르지 않는다.

여자는 아이와 같이 자전거를 찾아보기로 마음을 돌린다. 아이와 서로 다른 방향으로 갈라선다. 아이는 펌프가 있는 쪽으로 흰 모래땅을 밟으며 뛰어간다. 여자는 우체국이 있는 쪽으로 간다. 이 골목 저 골목을 기웃거린다. 프랑스 아이 두 명이 자전거를 타고 지나간다. 아이들이 탄 자전거가 흰빛이 아닌데도 유심히 살핀다. 여자는 낯선 길 구석구석까지 가본다.

구석구석마다 빈 정적뿐이다. 무슨 오피스인지 유리문 너머 젊은 아가씨가 혼자 책상 앞에 무료하게 앉아 있다가 여자를 보며 미소를 보낸다. 풀어헤친 금발머리에 흰 블라우스가 잘 어울린다고 생각하며 여자는 급한 마음에도 미소에 대답하듯 조금 웃는다. 그 웃음이 어쩐지 자신과 동떨어진 것 같다. 이리저리 아무 길이나 기웃거리며 여자는 돌아다닌다. 간혹 골목 저쪽에 서 있는 아이를 바라보며 각기 다른 방향으로 또 갈라선다.

우체국 앞을 지나며 여자는 유리문 속을 들여다본다. 우체국이 이곳에 있는 것을 알았어도 우체국 문 앞을 지나는 것은 처음이다. 우체국 안은 널찍하고, 깨끗한 실내에 둥그런 테이블이 하나, 의자가 둘 놓여 있다. 테이블은 남빛이고 테이블 다리와 의자는 흰빛이다. 그곳 테이블에 앉아 엽서를 쓸 수 있으면 행복할 것이라고 생각하며 여자는 우체국 앞에서 다시 돌아선다.

길 위로 긴 층계가 나 있으며 큰길 쪽으로 연결되는 높다란 난간이 있다. 어린아이들이 난간 위로 뛰어다니는 것이 보인다. 난간 밑은 버스가 지나다닌다. 여자가 시내에 나갈 때면 바로 그 난간 밑에서 버스를 탔다. 갑자기 길 저쪽에 노인이 우뚝 서 있는 모습이 보인다.

걸어오는 모습도 없이 빈 골목 속에 우뚝 서 있으므로 여자는 주춤하고 놀란다. 노인의 가슴은 숨이 차도록 크고 다리는 굵은 아름드리 나무토막 같다. 스커트 밑에서 겨우 감싸여 있다가 스커트 자락이 끝나는 곳에서 갑자기 스커트 폭보다 두 배나 더 크게 삐져나온 것 같다. 다리는 사람의 살갗 같지 않게 울퉁불퉁 정맥이 튀어나와 곧 터져버릴 것 같다. 노인은 몸을 움직이지 않고 계속 서 있는다. 여자는 그곳을 지나친다. 오랫동안 먼길을 걸은 듯한 피로감이 인다.

자전거는 어딘가 구석진 곳에 함부로 버려져 있을 것도 같다. 여기 있었구나 안도하며 뛰어가서 자전거를 일으킬 자신의 모습이 보이기도 한다. 또한 어딘가에 있을 흰빛 그 자전거를 영영 이제 볼 수 없으리라는 생각이 들기도 한다.

그것은 생각할수록 안타까운 일이었다.

햇빛을 수십 조각으로 쪼개며 굴러가던 흰 바퀴는 시간의 조각들을 매달고 순간순간을 불러일으키며 굴러갔었다.

어느 섬세한 순간, 여름날 오후에 불어오는 바람결과도 같은, 붙들지 않으면 영원히 놓쳐져 결코 다시 떠오르지 않을 영상들을 매달고 굴러갔었다. 혹은 그녀가 경험하지 못했던 어떤 좋은 것들을 매달고 굴러갔었다. 이제 그 영상들은 다시 되돌아오지 않으며 자전거와 함께 가버렸다는 생각이 든다. 여자는 어쩐지 자신의 생의 한 부분이 무산되어버림을 느낀다. 그녀는 길모퉁이를 돌아선다. 모든 문들은 닫혀 있으며 반대로 창문들은 열려 있다. 간혹 덧문까지 닫힌 창도 있다. 아파트 발코니 이쪽과 저쪽에서 골목길을 사이에 두고 말을 주고받는 여인들의 모습이 보인다. 소리는 똑똑히 들려옴에도 무엇에 대해서 얘기하는 것인지 여자는 알 수 없다. 여인들의 목소리까지 합쳐 골목 안은 하나의 커다란 정적 안에 있을 뿐이다. 골목 끝에서 여자는 아이와 합세한다. 그들은 골목 구석구석마다 기웃거린다. 오락실에도 가고 슈퍼마켓에도 가본다. 자전거 타는 아이를 유심히 살피고 오락실에서 오락하는 아이들의 눈과 하나하나 마주쳐보려고 여자는 애를 쓴다.

특히 캄푸치아 청소년들에게 여자는 의심의 눈길을 보낸다.

"할 수 없다. 아빠가 오면 아파트 관리실 사람에게 말해보는 수밖에."

힘없이 옆에서 걷고 있는 아이의 손을 잡으며 여자가 말한다.

"그것 봐, 오락한다고 맨날 오락실에서 넋을 빼놓고 있으니까 벌받은 거야. 니가 자전거를 정말 잘 간수했으면 잃어버릴 리가 없어."

여자는 갑자기 아이의 손을 동댕이치듯 놓고 화를 낸다. 아이는 여자가 화를 냄으로 해서 이제까지 졸이던 마음을 풀어버리고 갑자기 저돌적으로 나온다. 이씨, 하며 엄마를 향해 주먹을 불끈 쥔다. 아이는 도망가듯이 어디론가 내빼버린다.

〈봄비〉라는 노래가 있지?

신중현인가 하는 작곡가가 지은 노래. 작사는 누가 했는지 몰라. 옛날에 김추자가 불렀었는데 이즈음 다시 어느 남자 가수가 불러. 독특한 음색의 가수야. 라디오에서 몇 번 들은 적이 있어. 그 노래를 이리로 오는 비행기에서 들었어. 기내 음악 방송을 통해 이어폰으로 들어서인가, 마음을 집중하고 한 음 한 음 들을 수 있었어. 그런데 지금 갑자기 그 노래가 생각난다. 여기 와서 간혹 그 노래 생각나, '봄비이 나를 울려주는 보옴비이' 하는 그 독특한 음색,

그리고 멜로디. 뒤를 따르는 밴드 음. 그것은 정말 특이한 색채로 봄비를 노래하고 있어 아주 절박하게. 그 어떤 다른 것은 끼어들 수 없도록 오직 봄비를 노래하지. 그 음악은 간혹 무의식 속에 나를 불러내. 보옴비이— 하고 말이야.

뭐라 할까, 그 노래는 마치 오직 봄비로 인생을 풀어낸 것 같아.

나는 스스로에게 묻지. 너는 무엇으로 인생을 풀려는가 하고.

종교도 아니고 쾌락도 아니지. 쾌락의 시기는 이미 지난 것일까, 라고 나는 스스로 반문해. 바로 어제까지 때때옷을 입었던 것 같은데 오늘 나는 중년의 여자로 너무도 육중하게 생활 속에 서 있는 것 같아. 파리에서 젊은 남녀를 그렇게 선망의 눈으로 보았던 것도 잃어버린 낙원에 대한 간절한 아쉬움 때문이었을 거야. 이렇게 말하고 보니 쾌락을 가장 중요하게 생각하는 것 같은데 대부분의 모든 사람들이 결국 쾌락을 좇으며 살고 있는 게 아닌가 싶어. 좋아하는 것, 하고 싶어하는 것, 그리워하는 것들이 다 쾌락인 것일 거야.

도시에 나가면 현저히 그것이 보여. 나는 파리라는 도시에서 현저히 그것을 보았어. 사람들이 추구하고 있는 것이 무어인가 하는. 한마디로 도시 전체가 욕망의 덩어리였지. 사람의 심장부를 열어 그 속을 그대로 들여다보는 단면도 같았어. 사랑, 명성, 돈과 지위. 그곳은 경쟁적인 문화의 장이었어. 사람들은 행복해지려고 발버둥치는 것 같았어. 태어나면서, 오직 행복이라는 이정표를 정해놓고 그곳을 향해 가기 위한 도로를 걷는 거야. 어떤 이즘이나 이데올로기, 전쟁, 혁명 따위도 다른 어떤 것이 아니라 결국 개인의 행복 추구일 거라는 생각이 새삼 들었어.

그런데 참 이상한 것이 길거리에 서 있는 가게들을 한번 유심히 살펴봐. 그 가게들이 즉 사람들의 생업이 다른 무엇이 아니라 우리가 다 알 수 있는 바로 그런 것들, 옷가게, 신발가게, 꽃가게, 빵가게, 과일가게, 오락실, 음식점, 슈퍼마켓, 철물점, 가구 파는 곳, 백화점, 극장 대개 그 정도라는 것을 새로 알았어. 그리고 좀더 넓혀나가면 관공서나 각종 사무실이라는 게 있겠지. 또 무슨 과학 연구실 따위가 있고, 공장이 있고, 학교와 병원이 있지. 그리고 비행장과 기차역, 항구, 세상이 이렇게 보여지는 것이 어마 그래 그거였구나 싶어. 다른 무엇이 있는 게 아니고 말야. 내가 다 아는 것, 정말 내가 다 알고 있는 것뿐이었어. 바로 그와 같이 그 거리의 내면이라는 것도 보이는 거야. 사람이 살아가는 일. 사람들은 괴로움을 싫어하고 행복해지려고 하지만 사람들 개인의 인격과 마음이라는 것이 있고, 사람들이 살아가야 하는 사회가 있으며, 여러 사람끼리의 관계, 사회와의 관계 같은 것들로 인해 보편적 행복의 측정도가 생기는 것이 보이는 거야. 그렇다고 거리에 무엇이 있는가를 모르던 때와 달라지는 것은 아무것도 없지만, 쾌락의 반대쪽으로 가면 종교가 있긴 해. 아니 쾌락의 끝으로 갈수록 그 끝에 종교가 있으며 그래서 종교가 영원한 건지 모른다고 사람들은 말하지.

나는 널찍하고 깨끗한 책상과 거기에 놓인 불어 책을 떠올려. 왜인지 그 책상을 생각하면 어린 시절 무엇 하나를 하더라도 정말로 하고 싶어서 온 정열을 다 바쳐 하던 것들이 생각나. 처음 뜨개질을 배웠을 때 대바늘과 실이 규칙적으로 얼기설기 엮이던 것, 짜고 또 짜면 기다란 허리띠가 되던 것, 아침부터 밤늦게까지 그것을 짜고 있던 일들이 가슴 뭉클하게 떠올라. 어딘가 골방에서 수공지하나를 접더라도 온 정성을 다 바쳐서 혼자 해보던 것 그런 순간들이 날이 갈수록 말할 수 없이 그립게 떠올라.

저녁식사 후, 남자와 아이가 자전거를 찾아보기 위해 밖으로 나간 다음 여자는 설거지를 하다가 말고 달력을 꺼내어 잠시 부엌 식탁에 앉는다.

창밖은 사람들로 웅성거리고 저녁녘부터 밴드의 음악이 다시 크게 울리고 있다. 캄푸치아인들이 위안의 밤 비슷한 것을 하는 모양이라고 남자가 말했다. 여자와 아이가 오기 전에도 아파트 지하강당에서 두 달에 한 번 정도 밤 세네시까지 울리는 밴드 음 때문에 남자는 잠을 못 잤노라고 했다.

이 밤을 위해 그동안 연습을 한 것이구나 여자는 깨닫는다. 그들이 저녁을 먹는 동안 내내 밴드 음은 울렸다. 울려퍼지는 재즈의 종합 음 사이사이로 여자는 아이가 낮에 자전거 잃어버린 일을 남자에게 얘기했고, 식사가 끝나자 그는 아이를 데리고 자전거를 찾아보러 밖으로 나갔다.

　여자는 달력을 보며 손을 꼽아 생리일을 짚어본다. 벌써 한 주일이 그냥 지나고 있다. 날짜가 정확한 편이기 때문에 그녀는 불안하다. 생리일이 가까워올 때부터 여자는 어쩐지 불안했다. 때문에 여자는 다른 어느 때보다 몸의 변화에 주의를 기울였다. 가슴이 조금씩 뿌듯해지기 시작할 때 여자는 불안하면서도 생리가 가까워올 때의 현상이려니 생각했다. 예정일에서 하루가 지나고 이틀이 지나고 사흘이 지날 때쯤부터 그녀는 몸의 변화가 단순히 생리 때문에 일어나는 것이 아니라고 깨달았다.

　여자는 다시 몇 번씩 손가락으로 짚어가며 지난달 생리일을 더듬는다. 밴드 음 때문에 헷갈려서 애를 쓴다. 어물어물하는 사이 임신 삼 개월이 되는 것을 여자는 알고 있다. 열흘 정도만 늦게 병원에 가도 그런 판정이 내려지는 것이다. 전달 생리일부터 날짜를 잡기 때문에 그렇게 계산되는 것이다. 만약 아이라면, 그 어떤 생명이 들어앉은 것이라면…… 여자는 문득 그동안 메스꺼움의 원인이 임신에 있었던가 하고 생각한다. 그러나 결코 아닌 것을 자신이 잘 안다. 몸속에 들어찬 이물질에 대한 느낌, 그것이 아이일 리 없다. 아이는 그 느낌의 결과로 얻어진 것뿐이지 원인이 아닌 것이다.

　남자와 아이가 바깥의 신선한 공기를 묻혀가지고 들어오는 소리가 들린다. 여자는 부엌 식탁에서 일어서며 방안으로 들어온 남자와 아이에게 말한다.

"성준아, 똑바로 말해봐. 너 거기다 자물쇠를 채워놓지 않았지? 엄마가 이제 환히 다 알겠어. 아까는 그냥 잘 모르고 찾으러 다녔지만 그랬을 리가 없어. 쟤가 그냥 오락에 미쳐서 아마 오락실 바깥에 그냥 놔두고 들어갔던 것 같아요. 한참 정신없이 있다가 나오니까 없어졌지 뭐야, 그렇지? 그런데도 그냥 집에 왔었지. 이 프랑 가지고 달려가서 오락하고 난 후 그제야 자전거가 없어진 걸 걱정하기 시작했어. 그렇지?"

아이는 무안쩍어하며 힘없이 부정한다. 이번에는 남자가 말한다.

"엄마 아빠한테는 거짓말을 절대로 할 필요가 없어. 언제나 니 편이라는 걸 알아야 해."

"너 이제 자전거는 다시 안 사준다. 제 물건을 그렇게 함부로 하는 애는 그런 것을 가질 자격이 없어. 아니 그런 물건은 그냥 물건이니까 체념해도 되지만, 쟤가 너무 아무렇지도 않게 생각하고 속으로는 정말 걱정도 하지 않는 것 같아. 나는 그게 속상해요. 어떻게 그렇게 좋은 거, 새로 산 자전거를 잃어버렸는데도 돈 달라고 뛰어올 수 있었는지, 엄마 같으면 하늘이 무너지는 것 같고 겁이 나고 안타깝고……"

여자는 감정이 고조되는 것을 느끼며 말한다.

갑자기 밴드 음악이 크게 울려퍼진다. 바깥의 술렁거림이 실내에 까지 전해져온다.

여자는 고조되던 감정을 멈추고 창가로 가서 바깥을 내다본다.

남자와 아이도 창가로 다가간다. 창변 아래 풀밭에 불이 환히 켜졌고 그 불 켜진 곳으로 정장을 한 사람들이 둘씩 셋씩 짝지어 끊임없이 들어가고, 잠시 바람을 쏘이려는 듯 잔디밭에 나와 선 채 얘기하는 사람들도 있다. 모두가 한껏 멋을 내고 있다. 화려한 웃음꽃이 핀다. 대부분이 캄푸치아인이고 간혹 프랑스 사람들도 눈에 띈다.

여자는 시무룩하던 기분을 풀어버리고, 아이에게 파티 장소에 가보지 않겠느냐고 묻는다. 아니 자신의 기분이 어떤지 커다란 밴드 음에 휩쓸려 살필 여지가 없다. 자신이 골을 내고 있는 것인지 아닌지, 아이 때문에 속상한 것인지 아닌지 알 수 없다. 아이는 여자의 제의를 받아들인다.

여자는 설거지를 끝내고 아이와 함께 나선다. 아이는 복도의 불을 켜고 제법 여자를 인도한다. 여자가 아는 길이 아닌, 아파트 건물 안쪽으로 지하의 파티 장소를 찾아낸다. 그러나 지하로 통하는 문이 잠겨져 있으므로 다시 아파트 건물 밖으로 나와 풀밭 쪽으로 해서 간다.

환한 불빛이 풀밭 멀리까지 퍼지고 싱그러운 밤 잔디 냄새가 풍기고 있다. 아이는 창문을 향해 아빠를 소리쳐 부른다. 창 하나에서 남자의 상반신이 나타난다. 우리집 창이 바로 저기구나 하고 여자도 소리내어 웃는다.

사람들은 한껏 차리고 불 켜진 문을 향해 들어간다. 바람이 잔뜩 든 듯한 청소년도 여러 명 무리 지어 들어간다. 여자는 아이의 손을 잡고 사람들 뒤를 따라 들어간다. 커다란 지하 강당 앞쪽에서 밴드 음악이 연주되고, 사람들은 원을 그리며 춤을 추고 있다. 캄푸치아 민속춤인 듯 손놀림의 방식이 특이하다. 춤을 추지 않는 사람들은 벽 쪽으로 겹겹이 의자에 앉아서 춤추는 사람들을 보고 있다. 구슬과 꽃과 동전이 달린 울긋불긋한 민속 옷을 입고 있는 사람들도 눈에 띈다. 그들은 즐거운 듯 모두 웃고 있다. 춤을 추면서, 앉아 있는 사람들을 손짓으로 부르기도 한다. 그러면 손짓당한 사람은 사양의 손짓을 다시 보낸다.

청소년 하나가 소녀에게 춤추기를 권유한다. 그녀는 의자에 앉은 채 사양한다. 몇 번씩 사양하다가 끌려나간다. 조그만 아이들도 어른들 사이사이에 끼어들어간다. 그중 한 아이를 가리키며 오락실에서 만난 친구라고 아이는 여자에게 말한다. 캄푸치아인 하나가 음식이 담긴 접시를 그들 앞에 내민다. 여자는 금방 저녁을 먹어서 먹고 싶지 않았지만 아이와 하나씩 집는다. 캄푸치아 특유의 과자인 듯 달착지근한 맛이 혀에 감긴다.

여자는 캄푸치아에 대해 아는 것이 별로 없다. 〈킬링필드〉라는 영화를 통해서 전시의 상황을 조금 아는 정도이다. 전쟁이 무언지도 모를 어린 눈망울의 소년들이 붉은 띠를 머리에 두르고 총을 메고 탱크를 타고 가는 장면에서 가장 무서운 것은 바로 물불을 가리지 못하는 저 어린 소년들이구나 오싹 소름 끼쳤던 기억이 있다.

그런데 지금 그때의 그 전황 속에서 자유를 찾아 멀리 이국으로 피난을 온 사람들의 춤을 직접 대하고 있는 것이다. 그들은 음률 속에 몸을 맡긴다. 서양 춤처럼 마음껏 몸을 흔드는 것이 아니고 원을 그려 돌아가면서 팔과 다리의 동작만 음률에 맞추어 조금씩 바꾼다. 그들은 춤을 추며 입을 벌리고 웃는다. 밴드 음은 크고 단조롭게 반복되면서 강당 안을 울린다. 사람들은 땀을 흘리며 원을 돌고 있다. 앉아 있는 사람들은 춤추는 사람들을 보거나 옆 사람들과 얘기를 나누고 있다.

여자는 문득 파리의 거리를 떠올린다. 파리의 가로등, 거리의 사람들, 카페들을 떠올리고 네모난 상자와 같은 공중변소와 노인들의 거대한 다리를 떠올린다. 그리고 아이가 잃어버린 흰 자전거와 알래스카공항에서 보았던 박제된 흰곰을 떠올린다. 박제된 흰곰을 떠올릴 때 곰의 초상이 자신의 마음속에 깊이 새겨져 있음을 느낀다.

그것들과 지금 이 장소에서의 춤이 묘한 대비를 이루며 이 세계가 점점 부풀어오르기만 하는 괴물처럼 여겨진다. 무슨 장난 같기도 하다. 이 모든 것이, 나날의 삶이, 전쟁도 무엇도 다 장난이었다고, 돌연 음악이 끊기고 누군가가 말해올 것 같기도 하다. 그러면 그렇지 장난이 아니고 무엇이야라고 춤을 추던 사람들은 고개를 끄덕여 긍정할 것 같다. 내일 아침이면 이 사람들은 소풍 가는 국민학교 어린이들처럼 짐을 싸서 등에 지고 다시 고국으로 가는 배를 탈 것 같다.

자신 또한, 여자는 잠시 멈추고 생각한다. 깨끗한 책상과 불어 교과서, 첫 불어 시간, 그저 외우기만 하면 되는…… 그리로 돌아가 있을 것 같기도 하다.

점심을 치우고 난 후의 빈 정적, 형태가 없는 그러나 모든 사물이나 풍경을 씨실과 날실로 새로이 직조해놓는 특이한 시간의 흐름, 신경을 잠재우는 듯한 미풍이 간혹 불어오고 여자는 그때마다 눕고 싶은 기분을 느끼며 나른히 걷는다.

프랑스의 공휴일로 사람이 많이 나와 슈퍼마켓 앞 조그만 광장에 앉아 있다. 어느 벤치 앞에서 여자는 쓰러져 있는 흰 자전거를 발견한다. 자세히 살필 틈도 없이 오락실로 달려간다. 여자는 오락실에서 아이를 불러낸다. 노랗고 빨갛고 파란 오락 기구의 화면 속에서 아이는 어지러운 듯 헤어나온다. 여자는 아이와 함께 자전거가 쓰러져 있는 곳으로 돌아온다.

"어디, 어디?"

아이는 공연히 서두른다.

여자와 아이는 자전거 앞에 가서 선다.

"저기, 저거."

여자는 속삭이듯 말한다. 흰 자전거가 잠시 쉬는 듯 쓰러져 있고 그 앞에 프랑스인 부부와 이제 겨우 젖을 뗀 듯한 아이가 벤치에 앉아 있다. 그 가족 말고도 근처에 사람들이 북적대고 있다. 자전거는 흰색이나 바퀴가 검은색이다. 아이의 것은 바퀴마저도 흰색이다.

"저거 말이야."

여자는 자신 없이 아이에게 중얼거린다.

"아니야, 저것은 아니야."

아이가 말한다.

그들이 수군거리는 것을 보고 벤치에 앉아 있던 프랑스 여자가 자전거는 자기의 아이 것이라고 말한다. 자전거를 타다가 잠시 어디에 갔는데 곧 올 거라고. 여자는 불어를 알아듣지 못하면서 그 내용을 알아듣는다. 벤치의 여자는 젊다. 여자보다 다섯 살은 젊은 것 같다. 그런데도 프랑스 여자는 그녀에게 누구이 일러주는 듯 혹은 야단이라도 치려는 듯 말한다.

여자는 갑자기 자신과 아이의 서 있는 모습이 객관화되어 보인다. 그래서 그 자리를 떠난다.

"내 것은 바퀴가 흰색이잖아. 저건 아니야."

아이가 옆을 따라오며 말한다. 처음 여자가 자전거를 보았을 때 그것이 아이의 것과 다르다는 것을 인상으로 파악했었다. 그런데도 여자는 아이를 데리러 뛰어갔고, 오락에 열중해 있는 아이를 불러내어 자전거 앞으로 달려갔다. 여자는 자신의 행동이 잘 이해되지 않는다. 아이의 잃어버린 자전거가 아니라는 것을 알면서 왜 그런 행동을 했을까. 납득이 가지 않은 채 아이와 함께 걷는다. 또 오락실에 가려고 하는 아이를 여자는 붙잡는다. 여자는 위협적으로 말한다. 오늘은 오락실에 가지 말고 여자와 함께 슈퍼마켓에서 장을 본 후 저녁을 먹고 산책을 가자고 말한다. 아이는 몇 번 싫다고 하다가 여자가 생각을 굽힐 것 같지 않자 따라온다.

여자는 아이에게 무엇인가 좋은 것 하나를 사주겠다고 말한다. 아이가 재미없이 따라오는 것이 안되어서 금방 미안한 마음이 된다. 아이가 기쁘게 따라왔으면 싶다.

"엄마, 아빠는 아직도 자?"

"자고 일어나서 회사에 갔어."

"회사에 또?"

"아빠가 그동안 우리가 와서 일이 많이 밀렸나봐. 그래서 기일 안에 해놓아야 할 것들을 해야 한대."

여자는 남자가 그들을 가족이라고 이곳에 부른 일이 어쩐지 이상하다. 그녀와 아이가 그의 가장 친근한 사람이어서 불러야 할 사람이 바로 그들이라는 것에 여자는 처음에 조금 놀라기까지 했다. 그에게는 달리 더 친근한 어떤 세계가 있어야 할 것 같다. 그가 매일 점심을 먹으러 들어오는 일, 회사에 나가 일을 해서 돈을 벌어오는 일이 무척 이상스럽다. 이 가족이라는 울타리 안에서 가정을 바라보는 일이 여자는 이상할 뿐이다.

"나는 저녁 안 먹을래. 먹기 싫어."

"그럼 산책부터 갔다가 와서 먹을까."

"엄마, 내 자전거 누가 훔쳐갔을까. 그애는 부모가 없을까. 부모가 알면 혼내줄 텐데."

"물론 부모가 알면 혼내주지. 그렇지만 그 자전거 가지고 간 사람은 큰 아이일 거야. 부모도 모르게 행동하겠지. 벌써 팔아버렸는지 몰라. 들키면 안 되니까. 이 동네에서 어른거리지도 않을 거야. 찾아보려는 노력은 헛수고일 거야."

말하며 여자는 자전거는 물건이니까 체념할 수 있지만 아이의 태도가 가슴 아프다고 한 말은 잘못인 것 같다고 생각한다. 아이의 태도는 이제부터라도 성의를 다해 고쳐나가면 되겠지만 자전거는 영영 잃어버린 것이라고 생각하니 손에서 빠져 달아나 놓친 허전함이 의외로 크다.

희고 둥근 바퀴가 햇살을 수십 조각으로 가르며 굴러가던 영상이 잡혀온다. 아이는 바퀴 위에 올라앉아 바퀴를 굴리며 그들의 눈앞에서 사라져갔었다. 그들이 눈으로 열심히 좇았음에도 종내에는 그들의 시야 앞에서 사라지는 것을 기이하게 여겼다. 그 바퀴는 지금 어디로 굴러가는 것일까.

여자는 바퀴의 영상이 자신에게 고통을 가져오는 것을 느낀다. 자신은 아직 삶의 줄을 단단히 붙잡고 있는 것일까 생각한다. 이미 체념한 듯 외부를 보고 있지만 실은 그것이 아니었는가라고 생각한다. 자신을 함께 포함시켜 외부를 바라보기에 너무 힘겨워 잠시 쉬기 위해 접어둔 것인가.

여자는 슈퍼마켓 입구에 있는 선물가게에서 포스트카드 두 장을 산다. 그러고는 슈퍼마켓에서 장을 본 후 빵가게에 들러 바게트를 산다. 바게트는 다른 물가에 비해 싸다. 우리나라의 밥과 같은 일용 양식이기 때문일 것이다. 겉은 딱딱하나 분지르면 속살은 말랑말랑한 그곳에 버터와 잼을 발라 먹으면 맛이 있다. 잼 대신 연어 알을 발라 먹기도 하는데 찝찔한 그 맛이 빵과 버터와 어울려 특이한 맛을 자아낸다.

빵가게에는 방금 구워낸 여러 가지 빵과 쿠키의 냄새로 가득하다. 여자 앞에 아마도 일본인인 듯싶은 젊은 여자가 생크림케이크를 사고 있다. 일본 여자는 불어를 매우 천천히 말한다. 빵가게 점원이 빠르게 말해도 일본인 여자는 천천히 되묻는다. 얼마인지 잘못 알아듣겠다고 몇 번씩 가격을 되묻는다. 그러고는 지갑을 열어 동전까지 자세히 세어 탁자에 놓는다. 짧게 단발을 한 생머리에 앳된 얼굴을 하고, 가만히 보니 임부복을 입은 배는 불러 있다. 프랑스에 와서 신혼을 즐기는 젊은 부인인가보다고 여자는 생각한다. 같은 동양인이어도 그 여자의 태도는 다르다고 여자는 생각한다. 그들은 저녁을 먹고 난 후 차와 함께 생크림케이크를 맛있게 먹을 것이다. 그들은 무슨 얘기를 할까.

여자는 점원이 내민 바게트를 받아든다. 돈을 만지던 손 그대로 바게트를 들고 밖으로 나온다. 문화민족인 프랑스에서 빵을 아무 것에도 싸지 않은 채 그대로 들고 다니는 습관을 여자는 의아하게 생각한다.

장 본 것을 집에 가져다두고 그길로 그들은 집을 나선다.

버스를 타고 공원에서 내리니 아직도 해는 길게 남아 있다. 아름드리나무들이 높이 치솟고 가끔씩 벤치가 놓여 있으며 연꽃잎이 가득 떠 있는 연못 한가운데서 분수가 물줄기를 뿜어올리고 있다. 해는 멀리서 빛나고, 공원 안은 아름드리나무들에 가려 전체가 그늘이다. 그 속에 앉아 여자는 올해 들어 처음으로 가을을 느낀다. 나뭇잎들이 떨어져 바닥에 깔려 있다. 나무들은 숨을 내쉬며 거기에 서 있다.

분수의 물줄기는 그늘 속이어서인지 어쩐지 쓸쓸하다. 대기의 냄새, 나뭇잎과 공기의 냄새, 큰 아름드리나무 꼭대기에서 수만 개의 나뭇잎이 저마다 다른 박자로 팔랑이고 있다. 나무 꼭대기에 밝은 저녁 빛이 가득하다. 그러나 그 밑은 그늘 빛으로 흐르는 짙은 그늘의 공원 풍경. 나뭇잎 하나가 꼭대기에서부터 떨어져내린다. 나뭇잎은 나뭇가지와 잎들에 걸려 몇 번씩 멈추는 듯하다가 잔디 위에 살포시 내려앉는다. 나뭇잎이 잔디 위에 떨어질 때까지 여자는 숨을 멈춘다. 자신이 높은 곳에서 떨어져내린다는 생각을 한다.

아이는 분수 건너편에서 놀이기구인 말타기를 한다. 분수 물줄기 사이로 아이의 모습이 퍼지다 오므려지다 하고 있다. 장난감 말은 그 자리에서 움직일 뿐 자전거의 바퀴처럼 그녀 시야에서 사라질 줄 모른다.

이희정 팬티에 똥이 묻어 아 따띠브 아 따띠브. 아이는 자전거를 잃어버린 후 더욱 자주 창밖에 나타나 그 말을 외우곤 한다. 꼭 몸을 모로 돌리고 서서, 어떤 때는 평이한 음률로 어떤 때는 목소리를 고조시켜 음 하나하나에 악센트를 주며 한바탕 외우고 사라진다.

아이가 그 소리를 외울 때마다 여자는 역으로 깨끗함을 느낀다. 거기에 이름 불린 이희정이라는 자신이 깨끗해진다고 느끼는 것인지, 깨끗하지 않다고 관념되어진 일반적인 어떤 것들이 깨끗해진다고 느끼는 것인지, 아니면 그 말 자체가 다른 어떤 언어보다 깨끗하다고 느끼는 것인지 모호한 채 후련스러움마저 느낀다. 그녀 몸속에서 크고 있는 이물질이 그 말에 의해 조금씩 떨어져나가는 것 같기도 하다. 아이가 모로 서서 그 말을 외칠 때 그 순간과 공간이 맞아떨어져 보인 것은 바로 그런 데서 연유한 것이 아닐까. 산책 나온 노인 부부가 단장을 짚고 천천히 걸어서 지나고 아이들이 달려 지나간다. 멀리 있는 벤치에 여자처럼 혼자 앉아 있거나 함께 앉아서 담소하고 있는 이의 모습도 보인다. 짙은 그늘의 공원 속임에도 어디선가 들어온 빛이 그들의 윤곽을 밝은 빛으로 그려놓고 있다.

공원 저편 멀리 하늘은 끝없는 대기층으로 푸르게 빛나고 약간의 새털구름이 떠간다. 곧 날아 없어질 듯한 새털구름 속에서 공허하면서도 좋은 어떤 것이 떨어져내릴 것 같다. 그러나 여자는 좋은 어떤 것이 구체적으로 무엇인지 떠올려보기를 회피한다. 모든 것이 정답고 부드럽고 안온하고 깨끗하였으면, 여자는 저절로 떠오르는 생각을 눌러버리고 다시 가만히 앉아 있는다.

아이가 여자에게 달려온다. 똥이 마렵다고 말한다. 여자는 아이를 데리고 사람의 눈에 안 띄는 곳으로 가려고 한다. 그러나 공원 어디에도 허술한 곳이 없다. 어디에도 사람의 눈길이 닿고 있으며 구석진 곳으로 갈수록 바깥 차도와 그대로 연결되어버렸다. 그들은 공원에서 찾으려는 생각을 단념하고 멀리 보이는 산 쪽으로 걷기 시작한다. 아이는 얼마든지 참을 수 있다고 여자를 안심시킨다. 공원이 끝나는 곳이 산속으로 난 아스팔트길과 연결되어 있다. 나무들 사이사이로 커다란 늪이 보이고 다른 한쪽은 가파른 바위산이다. 가끔씩 차가 지나가고 트레이닝복 차림으로 달리기를 하는 사람들도 있다. 자전거를 탄 소년들이 지나가기도 한다. 그래서 그들은 좀체로 기회를 잡지 못한다. 사람들이 지나가도 안 보이는 곳으로 들어가야겠다고 생각한다. 그들은 한참 만에 수풀이 우거진 곳을 발견한다.

그 속으로 들어가서 아이에게 누어보라고 여자는 말한다. 모기가 있기 쉬우니까 손으로 모기를 계속 쫓으라고 말한다. 늪 건너편에서 낚시하는 사람들이 보인다. 그들은 늪 속에 낚싯대를 드리우고 그림처럼 가만히 앉아 있다. 아이가 똥을 누고 난 후 여자는 커다란 잎을 따서 씻어준다. 그들은 아스팔트길을 조금 더 걸어간다.

갑자기 물소리가 크게 들린다. 아스팔트를 벗어나 물소리가 들리는 쪽으로 가본다. 그곳에 개천이 나타나고 늪과 개천이 만나는 곳에서 물줄기가 힘차게 흘러간다. 그들은 한동안 흐름을 바라본다.

저 아래 어디에 사람들이 사는 마을이 있을 것이다. 창변마다 화분을 가꾸고 부엌에서 주부들은 맛이 있는 음식을 만들 것이다. 그러나 이곳에는 나무와 숲, 산으로 오르는 길, 개천과 늪이 만나 흘러내려가는 센 물살이 있을 뿐이다라고 여자는 생각한다.

이 세상에는 하늘과 땅, 바다 그리고 사람과 동물, 식물, 광물이 있다. 거리에 전부 그녀가 아는 것들이 있듯이 이 세상에도 전부 그녀가 아는 것들이 있다. 그런데 그중에서 사람만이 생각하고 말을 하고 옷을 입으며 음식을 만들어 먹고 문화라는 것을 형성시켰다. 사람만이 음악을 지어 들으며 꽃을 가꾸고 개도 기른다. 이런 일들이 여자는 새삼스럽다. 인간은 만물의 영장이라고 그냥 배워서 알았을 뿐 지금처럼 느끼지는 않았다.

그러니까 바로 신이 인간을 만드셨다는 논리가 입증되고 거기서부터 종교가 잉태될 수 있는 것이로구나 여자는 생각한다. 정말 사람이란 이 세상의 그 어떤 것하고도 다른 것이로구나, 하늘도 땅도 들의 열매도 신이 인간에게 준 선물이로구나, 신이 천지를 창조한 후 아담과 하와를 만들고 보기에 매우 좋았다고 한 얘기가 바로 그것이로구나 여자는 생각한다. 그렇다면 이 세상은 신과 인간의 관계로 좁혀지는 것인가 하고 여자는 생각들을 이어나간다. 인간이 만물의 영장이라는 것을 깨닫기 이전과 무엇이 다를 것인가. 이 세상이 인간 중심으로 되어 있다는 그 구조를 새로이 깨달았다고 해서 변화된 것은 아무것도 없다. 아니, 이 세상이 인간 중심이라는 그 사실이 여자에게는 차라리 생소하다.

나무도 집도 차도 숲도 개천도 거리도 도시도 그냥 있으면 되는 것이지만 그녀 자신만은 있으려고 안간힘 써야만 있어지는 듯하다. 무엇인가 몸속에서 자라고 있는 이물질은 마침내 그녀를 노인으로 만들어 발을 뻗디디고 힘겹게 이 세상에 들러붙어 있게 만들어놓을 것이다.

여자와 아이는 버스 길을 향해 걷는다. 산 아래 마을이 나오고 버스 길이 나온다. 유리로 칸막이를 한 버스 정류소에는 아무도 없고 버스의 그림자도 보이지 않는다. 휴일에는 버스의 배차가 배로 줄고, 노선에 따라 다니지 않는 곳도 있다. 여자는 무조건 기다려보기로 한다. 얼마 후 젊은 처녀가 정류소에 와서 선다. 처녀는 유리 칸막이에 붙은 버스 노선과 시간표를 들여다보고 버스 기다리는 사람을 위해 만들어놓은 의자에 앉는다. 버스가 오랫동안 오지 않자 처녀는 다시 칸막이에 붙은 시간표를 들여다본다. 처녀가 시간표를 들여다볼 때마다 여자는 버스가 오기는 오는가보다 하고 안심한다.

이윽고 버스가 왔고 여자와 아이는 처녀의 뒤를 따라 버스를 탄다. 버스는 그들이 원하는 노선이 아니었다. 집과는 다른 방향으로 달려갔다. 손님을 태우고 내리는 일을 반복하며 무심히 달려갔다. 종점은 산을 끼고 있는 높은 언덕이다. 여자 운전수는 언덕 위에서 저 아래 시가지를 굽어보며 행선지의 표지판을 바꾸어놓는다. 프랑스에서는 버스표 한 장으로 한 시간 동안 버스를 몇 번이든 바꾸어 타도 되는 편리함이 있다. 때문에 운전수는 종점인데도 그대로 앉아 있는 그들에게 상관하지 않는다.

날은 어둑해져 시가지의 불빛이 반짝반짝 빛을 발한다. 서늘한 바람이 불고 한여름 차림을 한 아이도 여자도 한기를 느낀다. 그들은 어쩐지 외계에 온 듯한 <u>으스스함</u>을 아울러 느낀다. 공상과학영화 속에서 이런 장면을 보았던 듯하다. 어두운 언덕 위에서 낯선 금발 미녀가 주도하는 시간 속에 앉아서 저 아래 불빛 비치는 시가지를 내려다보던 모습을 보았었다.

버스가 다시 움직이기 시작하자 여자는 조금 안도한다. 다음 정거장에서부터 손님이 한두 사람씩 타기 시작하자 여자는 긴장에서 풀려나 다시 마음놓고 창밖을 보기 시작한다. 벌써 반코트를 입은 사람도 있는데 보기에 포근하다. 여자는 어디든 가장 중심가에서 내리리라 마음먹는다. 어느 방향의 버스도 중심가를 지날 것이기 때문이다. 전에 보았던 카페가 저기에 있다고 아이가 반가워한다. 환한 불빛, 정말 낯익은 카페가 거기에 있다. 그래서 여자와 아이는 내린다.

카페 앞에는 동상이 서 있고 분수도 있다. 나무들은 동상 위로 가지를 드리우고 잎이 간혹 동상 위로 떨어져내린다. 카페 앞 노천에 내놓은 테이블에 가로등의 불빛이 떨어지고 있다. 많은 남녀가 그곳에 앉아 맥주와 차를 마시고 있다. 웃고 담소하는 모습에서 밤이 환히 빛난다. 여자는 아이를 데리고 카페 안으로 들어간다. 전부터 들어와보고 싶던 곳이다. 창가 테이블에 앉아서 아이스크림과 커피를 시키고 밖을 본다. 밖으로 바라다보이는 풍경이 어쩐지 그녀의 공상 속에 등장했던 그런 곳 같다고 느낀다. 그녀는 이런 곳을 공상 속에서 보았다. 그러나 어느 때부터인가 그런 공상마저 차단되어버렸다.

여자는 날라온 뜨거운 커피를 마신다. 작은 잔에 뜨겁고 진한 커피가 담겨 있다. 커피 위에 뜬 거품과 향이 마음을 자극한다. 저쪽 한구석 창가에 낡은 목재 피아노가 놓여 있다. 그 앞 테이블에 장 콕토처럼 생긴 청년이 친구와 앉아서 얘기하다가 피아노 뚜껑을 열고 건반을 한두 개 눌러본다. 그 청년은 피아노 건반을 한두 개 눌러보고 꼭 다시 뚜껑을 닫는다. 그러다가 다시 뚜껑을 열고 또 한 음 두 음 누른다. 무심히 그냥 누르는 것이 아닌, 절제된 사념이 그 음 속에 들어 있는 것 같다. 인생은 아주 다를 수 있지 않을까라고 여자는 순간적으로 생각한다.

어떤 생래적인 향수가 여자에게 밀려온다. 그때 누군가가 그녀 앞에 와 앉는다. 금발머리를 짧게 한 청년이다. 팔뚝에 문신이 그려져 있고 금목걸이를 하고 있다. 그는 아이에게 와서 귀엽다고 말한다. 머리를 쓰다듬으며 아이스크림이 맛이 있느냐고 묻는다. 이름이 뭐고 어느 나라에서 왔느냐고 묻는다. 그러고는 여자에게 강한 시선을 던진다. 여자는 의외의 남자의 출현에 당황한다. 이런 상황은 이미 낯설다.

오랜만에 가지는 좋은 시간을 빼앗기는 것이 불만스럽다. 그 남자가 여자에게 나타난 것이 아니라는 것을 알기 때문이다. 그 역시 그녀 몸속에서 자라고 있는 이물질, 혹은 홑청과 속 알맹이가 겉도는 듯한 삶의 단면에 지나지 않음을 여자는 알고 있다. 그래서 그가 빨리 가주었으면 싶다. 그래도 여자는 속마음과 달리 최선으로 앉아 있으려고 노력한다. 그 남자는 여자를 향해 당신은 몇 살이냐고 묻는다. 여자는 무슨 말인지 모르겠다고 고개를 흔든다. 그는 답답한 듯 또 묻는다. 나는 스물셋이다(그는 손가락을 둘과 셋으로 펴 보인다). 당신은 몇 살인가, 여자는 또 고개를 흔든다. 그는 영어로 다시 하우 올드 아 유라고 묻는다. 여자는 참을성 있게 앉아서 고개를 흔든다. 남자는 집요하게 또 묻는다. 여자 속에서 분노가 일려고 한다. 왜 그다지 나이를 묻는가, 네가 젊으면 좀더 여기 앉아 있겠고, 혹은 더 좋은 일이 일어날 수도 있겠으나 가까이서 본 너는 그다지 젊은 것 같지가 않기 때문이다라고 말하고 싶은가. 여자가 계속 고개를 흔들자 그는 알았다는 듯 일어선다. 아이가 귀엽다고 억지로 제스처를 해 보이고 카페 밖으로 사라진다. 그녀는 메스꺼움을 느낀다. 왜 그에게 자신의 나이를 말하지 못했는

가. 스물셋이라는 청년보다 어린 듯 고개만 흔들었다. 그 남자에게 실망을 줄 필요가 없으니까라고 변명하고 싶지만 그러나 자신이 아직도 어떤 삶의 줄을 단단히 거머잡고 미련을 떨치지 못하는 것을 자인한다.

카페 밖으로 나오자 아까와는 달리 부드러운 바람이 분다. 뜨거운 커피를 마신 탓도 있으리라. 여자는 버스를 기다리며 자신이 방금 앉았던 카페 안의 테이블을 바라본다. 그곳에는 벌써 다른 한 쌍이 앉아서 웃으며 얘기하고 있다. 카페는 무슨 일이 일어날 것만 같은 예감을 불러일으키며 거기 밤 속에 있다. 금방 목욕을 하고 옷을 갈아입고 나온 듯 머리끝부터 발끝까지 청결하고 향기로워 보이는 젊은 여자가 예쁜 강아지를 끌고 산책하고 있는 모습이 보인다. 거리는 차츰 활기를 돋우며 밤은 자꾸만 앞으로 나아간다.

여자는 달려온 버스 번호를 확인한 후 아이와 함께 버스에 오른다.

무중력 상태에서 추는 흑인 청년들의 춤 바로 옆에서 불을 먹는 사나이의 묘기가 진행되고 있었어. 국민학교 어린이들이 호기심에 찬 눈으로 맨 앞줄에 앉아 그 사나이의 일거수일투족을 살피고 있었어. 사나이는 신고 있던 구두를 벗고 금빛을 칠한 금구두로 바꾸어 신었어. 구두는 낡아 주름 잡힌 곳은 금빛이 벗겨져 구두 본래의 가죽색이 드러나 있었어. 사나이는 낡은 블루진에 낡은 가죽

조끼를 걸치고 머리는 여자 단발머리만큼 길고 콧수염을 조금 기르고 있었어. 그는 모여 선 군중의 앞뒤로 돌아다니며 무어라 소리치기도 했어. 그러면 사람들은 웃었어. 부대 조각이 깔린 곳에 나무 궤짝이 하나 놓여 있고 비스듬히 얼마 떨어진 곳에 나무 푯말 같은 것이 하나 세워져 있었는데 그 위에 무엇인가가 걸쳐져 있었어. 그는 금구두를 신고 앞뒤로 부지런히 돌아다니다가 갑자기 빠른 동작으로 가죽조끼를 벗어던지더니 푯말 위에 얹혀져 있던 금벨트를 벗겨 허리에 찼지. 그가 벗겨 찼을 때야 사람들은 거기 걸렸던 것이 금벨트임을 알았어. 그의 몸은 문신투성이었어. 사람의 몸에 도저히 두를 수 없을 듯이 크고 널찍한 금색 벨트를 그가 허리에 둘렀을 때 등에 많은 주름이 생겼어. 그는 모여 선 군중을 향해 또 무엇이라고 소리를 지르고는 모자를 가지고 돌기 시작했어.

말없이 고개를 젓는 사람, 웃고 지나치는 사람, 주머니에서 동전을 꺼내어 모자 속에 넣는 사람. 그는 동전을 받을 때마다 고맙다고 말했어. 이윽고 둘러선 사람들을 한 바퀴 돌고 나자 나무상자 속에서 두꺼운 쇠줄을 꺼냈어. 그러고는 빈병을 꺼내어 가죽 부대 위에 놓고 장도리로 깨부수기 시작했어. 철사줄과 깨진 병 조각을 보며 나는 이제부터 보아야 할 묘기의 시간을 지겹게 느꼈지. 시간은 지나가리라 그 시간만 지나면 저 사람이 안전 위에 서 있는 것을 보게 되리라. 아니 못 보아야 할 무엇이 이 세상에 있단 말인가. 지금 저 사람이 실패한다고 하더라도 그 끝이 죽음이기밖에 더할 것인가. 이런 생각을 하고 있는 사이 벌써 쇠줄의 묘기가 싱겁게 끝나버렸어. 세번째, 모든 어린이가 호기심을 내는 불을 먹는 묘기를 할 차례에 그는 다시 한번 모자를 가지고 돌았어. 그는 휘발유를 꺼내고 그것을 깡통에 담아 솜방망이에 묻혀 불을 달았어. 그러고 나서 휘발유를 입에 하나 가득 물었어. 휘발유를 문 입에다 불을 달아 공중에 불을 뿜어냈어. 불이 공중으로 뿜어나가는 소리와 더운 불기운이 확확 주위에 느껴졌어. 어린이들이 박수를 쳤어. 나는 사나이 뒤쪽 측면에 서 있어서인지 그가 불을 먹는 것 같지 않고 계속 뿜어내는 듯이 보였어. 그래서 그 묘기가 하나도 신기해 보이지 않았어. 그가 몇 번씩 망설이고 별러서 그 순간을 포착하여 불을 붙임에도 불구하고 이건 정작 TV 〈묘기 대행진〉에서 보다, 우리나라 서커스에서보다 못한 것 같다고 나는 속으로 생각했지. 돌아오는 길에 남편에게 그 남자의 나이가 많은 것 같다고 말했어. 그 사내는 지난 삼십육 년 동안 이 묘기를 가지고 세상 곳곳을 다녔으며 퐁피두가 세워진 이래 쭉 광장에서 일해왔으나 이제 이번 여름으로 끝을 내려 한다고 하더라고 사나이의 불어를 알아들은 남편이 말했어. 다른 직업은 퇴직금이 있고 보너스도 있으나 자신은 한평생 이 일을 했는데도 아무것도 없으니 여름 바캉스를 갈 수 있도록 모자 속에 동전을 두둑히 넣어달라고 하더라고. 어쩐지라고 생각하며, 나는 마음속에 허전함을 느꼈어. 나이를 먹어서도 새로울 수는 없는 걸까. 시간이 지나간 후에도 새로울 수 있는 그런 어떤 묘기는 없을까. 그거야말로 인생의 진짜 묘기일 텐데. 아니 한술 더 떠서 우리가 영원으로 갈 수 있는 묘기, 낙원을 찾을 수 있는 묘기는 없는 것일까. 그 허전함 속에는 그 사람이 이제 수고를 하지 않아도 된다는 안도감과 함께 이런 느낌이 지배적이었을 거야.

남자가 업무로 남프랑스로 가는 길에 여자와 아이도 따라나섰다. 남자가 일을 보는 동안 그들은 바다에서 시간을 보낼 계획이다. 영화에서 보던 니스로 가서 바다를 본다는 것이 여자는 어쩐지 현실감이 없다. 그곳은 파리의 거리보다 더욱 모든 것이 적나라하게 노출될 것 같다. 바다를 감당해낼지 여자는 스스로 의문스럽다. 그러나 또한 그것은 바다에서 그저 가만히 있으면 되는 것이므로 그처럼 쉬운 일은 없으리라는 생각이다. 그저 가만히 있으면 시간은 지나가고 이윽고 돌아오는 길 위에 서 있을 것이다.

고속도로 위에 있는 자동 주유기에서 휘발유를 넣고 난 얼마 후 차는 갑자기 힘없이 멈춘다. 남자는 운전대에 앉아 핸들에서 손을 놓고 여자와 아이에게 말한다.

"차가 너무 과열됐나봐. 잠깐 쉬어야겠어. 조금 전 휘발유를 넣을 때 넘쳤었거든. 부속들이 너무 젖었나봐."

차는 고속도로 한옆으로 세워졌고, 그들의 차 옆으로 다른 차들이 쉼없이 지나간다. 한쪽은 얕은 언덕이고, 반대편으로 해바라기밭이 끝없이 펼쳐져 있다. 해바라기꽃 그림이 그려져 있는 면실유와 버터를 여자는 떠올린다. 해바라기 그림의 버터와 면실유를 슈퍼마켓에서 샀었다. 사람이 먹는 일을 이렇게 중요히 여기는구나, 끝없이 펼쳐진 해바라기밭을 보며 여자에게 확인하는 듯한 마음이 자리하다 사라진다.

그것은 끝없이 넓은 포도밭을 보았을 때도 저절로 떠올랐던 생각이다. 심어져 있는 것이 다른 무엇이 아닌 사람이 마시는 포도주를 만들기 위한 것이로구나. 사람들은 이 지구 덩어리 위에 주인으로 땅을 일구기도 하고 전쟁을 일으키기도 하며 세상을 만들어가는구나 생각했었다. 해바라기밭 저쪽으로 커다란 붉은 덩이의 해가 져가고 있다.

씽씽 소리를 내며 매우 빠른 속도로 지나가는 차량들의 유리창은 어느 순간 해의 반사경이 되어 눈부시다. 남자는 발동을 걸어본다. 차는 전혀 움직일 생각을 않는다. 발동조차 금방 꺼져버린다. 그들은 조금 더 앉아서 기다려본다. 여자는 집에서 싸가지고 온 봉지를 부스럭거리며 풀어 바게트에 버터를 발라서 앞좌석에 앉은 아이와 남자에게 권한다. 남자와 아이는 빵 속에 소시지를 넣어달라고 부탁한다. 그래서 여자는 소시지를 꺼내기 위해 비닐 포장을 입으로 물어뜯는다. 그들은 콜라를 따서 빵과 함께 먹는다. 빵을 먹은 후 다시 발동을 걸어본다. 역시 차는 움직여지지 않는다.

"왜 그럴까요?"라고 여자는 조심스럽게 묻는다.

"휘발유가 넘쳐서 부속이 젖은 모양이야."

남자는 차문을 열고 밖으로 나간다. 아이도 따라 내린다. 아이가 열어놓은 차문 사이로 들풀이 들이밀린다. 남자는 앞뒤로 다니며 차를 살피고 차 뚜껑을 열어본다. 여자는 여행백에서 순면으로 된 티셔츠를 찾아낸다. 그것을 남자에게 내민다.

"젖었다는 데를 이것으로 닦아보면 어떨까? 휘발유가 너무 넘쳤으니까 휘발유를 좀 퍼내야 되지 않아요?"

빨대 같은 게 없느냐고 남자가 묻는다. 여자는 없다고 대답한다.

"빨대는 왜요?"

"빨대가 있으면 휘발유를 좀 빨아내어보게."

여자는 면티를 넣어서 휘발유를 빨아내어보라고 말한다. 걸레처럼 꼭 짜서 다시 넣어 빨아내고 하는 일을 되풀이하면 꽤 많이 빨아낼 수 있을 거라고 말한다. 남자는 차 뒤쪽 휘발유 넣는 구멍으로 간다.

여자는 차 창문을 내리고 내다본다. 휘발유를 넣는 구멍은 불순물이 들어가지 않게 하기 위해 너무 좁았으므로 헝겊이 들어가지 않는다. 남자는 차에 올라 다시 발동을 걸어보나 전혀 시동조차 걸리지 않는다. 여자는 아이와 함께 뒤에서 밀어보겠다고 말한다. 남자는 이곳이 비탈이 아니고 오히려 경사진 오르막길이기 때문에 소용이 없다고 말한다. 그래도 여자는 차에서 내린다. 아이와 함께 힘껏 민다. 차는 바퀴를 달았으므로 조금씩 굴러간다. 그래도 여전히 시동은 걸리지 않는다.

남자는 안 되겠다고 말한다. 어둡기 전에 어디 가서 전화라도 하고 와야겠다고 말한다. 아이와 여자는 차 안에서 고속도로 저편으로 사라지는 남자를 바라본다. 차들이 너무 세게 달려 지나가므로 차도만 있고 인도가 없는 길 위에서 남자는 퍽 위태로워 보인다. 그리고 외로워 보인다. 아빠하고 엄마는 언제나 네 편이라는 것을 알아야 해. 아이가 자전거를 잃어버렸을 때 하던 남자의 말이 목소리까지 생생하게 갑자기 여자에게 떠오른다. 남자는 이 세상에서 아무도 편이 되어주는 사람이 없다고 느끼는가.

해는 이미 지고, 해가 남겨놓았던 마지막 빛조차 자취를 감추고 대기 위는 어스름 속에 휩싸인다. 해가 지면서 바람이 일기 시작한다. 해바라기밭은 검은 그림자처럼 시야 끝까지 누워 있다.

남자가 마라톤식으로 뛰어오는 것이 보인다. 남자는 검은 점처럼 보이다가 조금씩 커져서 자동차 가까이 왔을 때에야 그 형체를 알아볼 수 있다.

남자는 자동차 정비소에 전화를 걸었다고 말한다. 곧 오겠다는 대답이었는데 이곳이 어딘지 그 위치를 자세히 묻지 않고 그냥 알았다고만 하며 끊으니 이곳을 잘 찾아올지 염려스러운 표정이다. 그래도 일단 믿고 기다려보기로 한다.

밖은 깜깜한 어둠, 자동차의 불빛만 고속도로 위에 반원을 그으며 달려 지나간다. 여자는 비닐봉지에서 바나나를 꺼내어, 아이에게 까서 주고 자신도 먹는다. 여자와 아이가 오기 얼마 전 프랑스에서 열차 사고가 있었다고 남자는 말한다. 사십여 명이 죽거나 중경상을 당한 큰 사고였다고, 국회에서까지 그 책임을 물을 정도였다고 말한다.

여자는 그 말을 알아듣는다. 그런 큰 사고에 비하면 이 정도 잠깐의 실수로 차가 고장이 나버린 것은 아무것도 아니라고 남자는 얘기하고 싶은 것이다. 남자는 또 말한다. 정비차가 정 안 오면 차를 그대로 세워두고 조금 전 우리가 커피를 마시던 곳까지 걸어가 하룻밤 묵는 수밖에 없다고. 방법이야 여러 가지가 있을 것이라고 여자는 속으로 생각한다. 차에서 이대로 내일 아침까지 지내도, 또는 춥지만 않다면 해바라기 밭 속으로 들어가서 자도 좋겠다고 생각한다.

불을 켜고 어둠 속에서부터 달려오는 커다란 트럭이 보인다. 남자는 온다라고 안도하듯 말한다. 고속도로의 이 지점을 알고 찾아온 것을 신기해한다. 트럭은 그들의 차를 지나쳐서 곧 멈춘다. 뚱뚱한 몸집의 머리가 벗어진 중년 남자가 강한 촉수의 손전등을 들고 그들의 차 있는 곳으로 오는 것이 보인다. 푸른 가운을 입은 모습이 레지스탕스 같은 인상을 풍긴다. 남자는 차에서 내린다. 그들은 짧게 인사하고 몇 마디 차에 대한 얘기를 나눈다. 푸른 가운의 남자가 차의 앞뒤를 살펴본다.

"차를 살펴본 후에 자기가 여기서 고칠 수 있으면 고치고 아니면 정비소까지 끌고 가야 한다고 말하는데."

남자가 여자에게 와서 일러준다. 푸른 가운의 정비소 남자는 한
참을 살핀다. 그러더니 곧 판결을 내리듯 말한다. 정비소까지 가야
한다고, 증류수를 휘발유로 잘못 알고 넣은 것이어서 정비소에 가
서 전부 빼버리고 다시 새로운 휘발유를 넣어야 한다고. 정비소 남
자는 저만큼 세워진 트럭까지 달려가서 큰 트럭을 끌고 온다. 트럭
속에서 커다란 나무판이 땅으로 내려지고 그들의 차는 그 판에 실
려 트럭 위로 삽시간에 미끄러져 올라간다.

"밤시간에 이렇게, 이 나라 사람들 아마 꽤 많이 달라고 할걸."

남자가 중얼거리듯 말한다.

여자는 그 값이 얼마인지 어림치고 짐작할 수도 없다. 그래서
막연히 육천 프랑을 주고 샀다는 그 중고차의 값보다 더 비싸지는
않겠지라고 속으로 생각한다. 그들은 커다란 트럭 앞좌석에 나란
히 앉는다. 그들 세 식구가 앉고 정비소 남자가 앉아도 자리는 넉
넉하다. 보통 차보다 운전대의 높이가 훨씬 높다. 아마 커다란 바
퀴 탓이리라. 그들은 차를 뒤에 싣고 밤 속을 달려서 간다.

차는 얼마쯤 가다가 멈추고 정비소 사람은 잠깐 기다리라고 말
한 후 차 밖으로 뛰어내린다. 그 사람은 고속도로 옆에 있는 야트
막한 철문을 열쇠로 끄르고 열어놓는다. 그곳에는 샛길이 있다. 자
동차의 불빛으로 샛길이 보인다.

정비소 사람은 뛰어와서 차를 운전하여 그 문을 통과한다. 철문

을 통과한 후 다시 뛰어내려 철문을 닫고 자물쇠를 채운다. 그러곤 다시 차에 올라 샛길을 빠져나간다. 샛길 옆은 풀더미이기 때문에 들판 한가운데를 달리는 것 같은 기분이 된다. 얼마간 가다가 다시 뛰어내려 또하나의 철문을 열쇠로 끄르고 열어놓는다. 그의 그런 모습이 환한 헤드라이트 불빛 밑에서 낱낱이 드러나 보인다.

하루살이 같은 작은 날벌레들이 불빛 속으로 날아든다. 그의 첫 인상을 레지스탕스처럼 느꼈던 것을 떠올리고 여자는 조금 웃는다. 지금 그러한 모습을 보니 더구나 그 느낌이 정확한 것 같다.

정비소 사람은 다시 뛰어와서 차에 올라 그 문을 통과한 후, 또 내려서 철문을 잠근다. 거기에는 또하나의 고속도로가 길게 뻗어 있다. 그들은 아까와는 반대 방향으로 달리기 시작한다. 반대쪽으로 가는 고속도로로 나오기 위해 그런 이상한 문들을 통과한 것이라고 여자는 깨닫는다. 이렇게 그들처럼 고속도로에서 사고를 당한 사람들을 위해 그런 샛길이 고속도로 중간중간에 나 있으려니 생각한다.

밤 고속도로 속으로 쌔―앵 달리는 차 소리가 효과 음향처럼 들린다. 여자는 고속도로 연변에 서 있던 자동판매기를 떠올린다. 남자가 돈을 집어넣고 고무호스로 휘발유를 집어넣던 일을 떠올린다. 그곳에는 몇 개인가의 직사각형 통이 나란히 서 있었다. 흰색과 남빛으로 칠해진 통 윗부분에 미터기가 설치되어 휘발유를 넣음에 따라 숫자가 올라가게 되어 있었다. 남자는 고무호스로 차 속

휘발유 통에 휘발유를 넣었다. 그러나 조금 들어가다가 휘발유가 더이상 들어가지 않는 것을 이상히 여기며 황급히 고무호스를 빼내었다. 남자가 어어?라고 말하며 고무호스를 당기는 몸짓을 하던 것을 여자는 의미 없이 떠올린다.

나란히 서 있던 똑같은 모양의 통 속에는 각각 다른 휘발유와 증류수도 있었던 모양이다. 살아가는 일에서 잠깐의 실수가 크게 확대되기 일쑤임을 여자는 마음으로 수긍한다.

얼마 후 차는 고속도로에서 프랑스의 시골 마을 속으로 들어간다. 정비소 사람은 셔터가 내려진 어느 철문 앞에서 뛰어내려 다시 열쇠 꾸러미로 문을 열고 셔터를 올린다. 널따란 정비소 마당이 나온다.

안에는 차의 부속품들로 가득차 있다. 그들의 차는 정비대에 얹혀서 곧 잘못 넣은 증류수를 토해내기 시작한다.

정비소 옆 카페는 퍽 즐거운 밤이 펼쳐지고 있는 것 같다. 죽은 듯 어두운 마을 속에서 오직 카페만이 환하게 불을 밝혔다. 사람들의 웃음소리와 얘기 소리가 들린다. 여자는 그곳에 들어가서 뜨거운 차를 마시고 싶다고 생각한다. 카페라는 곳이 왜 그렇게 좋아 보이는가 생각한다. 유일하게 한가로운 기분이 도는 만남의 장소이기 때문일까. 잠시 생활을 접어두고, 차를 마시며 정신의 휴식을 취할 수 있기 때문일까.

차를 한잔 마시는 일, 차를 마시기 위해 물을 끓이고, 잔을 챙기고, 스푼의 달그락 소리. 이런 일들의 정취를 즐기기 위해서도 사람들은 차를 마신다. 사람들은 그런 것을 필요로 하게 되어 있는가 보다. 거리마다 카페가 넘쳐나는 것만 봐도 알 수 있다. 사람들은 서로 얘기하고 싶어한다. 자신의 얘기가 상대방에게 전달되기를 원한다. 무슨 얘기를 하고 싶은 것일까.

불 밝힌 카페 창으로 카운터에 둘러서서 차를 마시는 사람들의 뒷모습이 보인다. 카페테라스에 나와 앉아 담소하는 모습도 모인다. 이런 밤에 카페에서 차를 마실 수 있으면 행복할 것이라고 여자는 생각한다. 그러자 갑자기 유리창 저쪽의 풍경이 외계와 같이 보인다. 아무 얘기도 감정도 통하지 않는 사람들이 사는 외계.

여자는 눈의 부조화를 이상히 여기며 다시 아까의 불 밝힌 웃음이 넘치는 곳으로 돌아오려 안간힘 쓴다.

남자와 아이는 차가 고쳐지는 과정을 흥미롭게 지켜본다. 이윽고 차가 다시 굴러가게 되어 그들 앞에 놓여졌을 때, 남자는 고맙다고 정비소 사람에게 말한다. 그들은 함께 정비소 한옆에 붙은 사무실에 들어가 서류를 작성하고 돈을 치른다. 사무실에서 나온 남자는 수리비가 예상외로 많지 않다고 안도하는 빛이다. 그들은 차를 타고 다시 달린다. 정비소 옆 카페에서 급커브를 돌 때 여자는 목을 돌려 그 안의 사람들을 바라본다. 조금 전 외계처럼 보이던 조화는 간곳없고 다시 불 밝힌 아늑한 장소로 보인다. 날은 갑자기 싸늘한 가을 날씨로 변해 있다. 프랑스의 날씨를 알면서도 햇빛 내려쬐는 니스의 바다만을 염두에 두고 옷을 준비하지 않았다.

아이를 뒷자리로 불러 눕힌 후 남자의 여름 잠바와 자신의 치마로 덮어준다. 아이는 곧 잠에 빠져든다. 여자도 자보려고 머리를 의자 위에 기댄다.

어느덧 차는 다시 고속도로 위에 들어섰고, 줄기차게 앞으로만 전진하는 차의 행렬 속에 끼어들어 달리고 있다. 여자는 남자에게 춥지 않으냐고 묻는다. 추우면 와이셔츠를 하나 덧입으라고 말한다. 남자는 춥지 않다고 말한다. 이대로 밤을 달려가면 내일 아침 느지막이 니스에 닿는다고 말한다. 가다가 피로하면 삼십 분쯤 차를 고속도로 연변에 세워놓고 눈을 붙일 거라고 말한다. 여자는 추워서 잠이 올 것 같지 않다. 백 속에서 스타킹 한 장을 더 꺼내어 덧신는다. 그리고 짧은 소매의 셔츠를 또하나 껴입는다. 여자는 준비성 없는 자신을 바라보며 아이 옆에 비비고 드러눕는다. 아이의 몸은 손난로처럼 따뜻하다. 여자는 아이를 가슴속에 꼭 묻어 안고 잠을 청해본다. 그러나 점점 추워오는 것을 막을 길이 없다. 꼭 아프고 말 것 같다. 서울에서 떠나는 수속을 할 때부터 고됨이 이제까지 계속되어 한번 단단히 몸살을 앓을 것만 같다. 잠이 든 모양이다. 여자가 눈을 떴을 때 고속도로 선상의 밤 카페 앞에 차는 세워져 있다. 넓은 주차장이 있고 카페테리아, 그리고 간단한 일상용품을 파는 잡화점이 함께 붙어 있다.

앞좌석의 남자는 보이지 않는다. 아마 뜨거운 커피를 마시러 카페로 간 것 같다. 카페테리아에서 간단한 요기를 하고 있는지도 모른다. 건물은 길 쪽을 향하여 있고, 그들의 차가 세워진 곳은 건물 옆이므로 환한 창이 정면으로 보이진 않는다. 주차장은 넓고 차가 많이 멈추어 서 있다. 여자는 누운 채 고개만 조금 들어 바깥을 살핀다. 카페 쪽만 내어놓고 괴괴한 어둠이다. 고속도로를 달려 지나가는 차량들은 뜸해져 있다. 아이가 부스스 몸을 일으킨다. 오줌이 마렵다고 말한다. 아이는 잠에서 덜 깬 얼굴로 차 밖으로 나선다.

"저기 불이 밝혀진 곳으로 막 뛰어서 들어가봐. 거기 아빠가 있을 거야."

반바지를 입은 아이의 다리가 앙상하게 불빛 속에서 나타났다가 어딘가로 사라진다. 겨울바람 같은 차가운 바람이 지나간다. 아이는 의외로 혼자 밖으로 나섰다. 아마 자다가 깬 정신에 오줌이 마려웠기 때문일 것이다. 그래서 엄마와 함께가 아니라는 것도 잊은 채 급한 마음에 아빠가 있는 곳을 향해 달려간 것이리라.

여자는 아이가 사라진 쪽을 향해 몸을 조금 일으켜본다. 세찬 바람이 차의 지붕을 훑고 지나가는 소리가 들린다. 먼지가 일고, 때마침 카페에서 나오던 남녀가 바람 때문에 괴성을 지르고 뒤이어 웃음소리를 내며 총총히 어둠 속으로 사라져버린다. 여기저기서 차문 여닫는 소리가 들린다.

여자는 아이가 덮던 것들을 자신의 무릎과 어깨에 덮어놓으며 추위 속으로 밀어낸 아이가 마음에 쓰인다. 또한 자신의 뱃속에 있을 또하나의 아이에 대해 마음이 쓰이는 것을 처음으로 느낀다. 손을 가져다대자 왼쪽 아랫배에 딱딱한 것이 만져진다. 아직 남자에게 말을 하지 않고 있다. 왜 말이 나오지 않는지 여자는 알 수 없다. 실지 말을 해보려고 머뭇거린 적도 몇 번인가 있으나 말이 되어 나오지 않았다. 여자는 버릇처럼 손을 꼽아 날짜를 헤아려본다. 조금 전 커다란 차에 실려 밤 속을 사정없이 달리던 일을 생각하며 아무리 손을 꼽아보아도 해득할 수 없는 살아가는 일들을 막연히 떠올린다.

몸을 한껏 웅크리고 아이가 오는가 다시 고개를 조금 들자 어둠 속에서 바람에 몹시 부대끼고 있는 나무가 시야를 메운다. 여자는 자신의 몸이 어둠 속에 서서 정신없이 바람에 부대낀다고 느끼며 나뭇가지를 감싸는 기분으로 자신의 몸에 치마를 다시 잘 덮어놓는다.

바다는 유록색 빛을 띠고 태양 밑에 거대하게 누워 있다. 빠르게 질주해 가는 요트, 수상스키, 그리고 잠자리비행기에서부터 낙하산처럼 펴져 떨어져내리는 사람들, 돛폭 하나에 의지해서 파도와 싸우는 사람들 그리고 또 수많은 해수욕객으로 풍성하고 풍요로워 보인다. 니스의 바다는 바다 전체가 시야가 닿는 한 공중까지 동적으로 움직인다. 이쪽 끝에서 나타나서 저쪽 끝으로 붕……경쾌한 모터 소리를 내며 호흡의 끊김도 없이 사라져가는 요트를 여자와 아이는 아스팔트길 위 난간에 서서 바라본다. 파도타기 하는 흰 돛폭들이 바다 멀리까지 가물가물 사라져가고 바닷가 자갈밭에는 선 오일을 바르고 일광욕을 즐기는 황금빛 피부의 사람들로 가득하다. 바다를 향해 서 있는 수많은 별장과 호텔, 건물은 대개 흰빛이며 창마다 발코니를 달고 있다. 남국의 식물인 야자수가 있고 멀리 언덕에는 영화에서 보던 별장들이 깎아지른 바위 위에 세워져 있다. 하늘의 빛깔, 바다의 빛깔, 자갈밭 그리고 나무와 나뭇잎, 꽃들, 사람들, 자연 속의 아름다운 색깔들이 서로 어우러져 풍부하게 짜놓아진 팔레트를 들여다보는 기분이다. 그렇지 이렇게 색깔이 워낙 있는 것이로구나. 그림물감 속에만 색이 있는 것이 아니라 자연 속에 원래의 색깔이 다 있는 것이로구나. 여자는 새삼 깨닫는다.

아스팔트길 위 바다를 향한 난간에 의자들이 겹겹이 나란히 놓여 있다. 차도를 뺀 인도는 이곳 바닷가의 난간으로 이용되고 있다. 저녁녘이면 의자를 죽 가져다놓고 바다를 향해 앉아, 지는 해의 해바라기를 할 것이다. 그리고 간혹 바닷가에서 군악대나 오케스트라가 연주되기도 할 것이다. 이곳에 앉아서 바다 전면에 붉은 빛을 던지며 져가는 해를 보는 일은 정말 꿈속 같겠구나 여자는 생각한다.

여자는 바다를 바라보며 길가 상점에서 엽서를 산다. 메고 있던 백에서 수영복을 꺼내어 아이에게 갈아입으라고 말한다. 아이는 바다에서 갈아입겠다고 한다. 어서 빨리 물에 들어가자고 말한다.

"그런데 엄마는 흰 모래사장이 깔려 있는 바다를 생각했었는데."

"그런데 여기는 모래가 없지? 그치? 그래서 나쁘지?"

아이는 엄마를 놀리듯 말한다.

"아니. 여기도 좋지만, 봐 물이 굉장히 깨끗하지? 굉장히 이쁜 색이다. 지중해야. 이러면 어떻겠니? 오전에는 여기서 보내고 오후에 다른 바다를 찾아가면 말이야. 흰 모래사장이 있는, 아마 있을 거야."

아이는 덮어놓고 좋다고 손뼉을 친다.

"그래, 엄마. 오후에는 다른 바다를 찾아가자. 그런데 아빠가 우리를 찾아서 이리로 오면 어떡하지?"

"오늘은 오지 않는다고 했어."

그들이 바다로 내려가기 위해 층계를 내려디디려 할 때 바로 그들 앞으로 흰 바퀴를 단 하얀 자전거가 휙 지나간다. 여자와 아이는 자전거의 뒷모습을 좇는다. 아이는 몇 발자국 달리기까지 한다.

"엄마 저것은 내 것하고 똑같아."

"그래, 여기 와서 니 것하고 똑같은 걸 보게 된다. 그렇게 찾을래도 없더니."

바다로 내려가는 계단을 디디며 아이는 또 말한다.

"엄마 그 자전거 내 것이었을까?"

"아니지. 몰라, 또 혹은 그런지도. 그래도 네 것일 리가 없지. 그게 어떻게 여기까지 와서 바로 네 눈앞으로 지나가겠니?"

자갈밭 위에 커다란 타월을 깔고, 얼굴만 모자를 덮고 일광욕을 하는 사람들 사이를 그들은 이리저리 빠져나간다. 여자는 걷기가 힘들어 굽 낮은 샌들을 벗고 아이에게도 신발을 벗으라고 말한다.

자갈은 태양열을 받아 뜨겁다. 바다에서 밀려오는 깨끗한 해기 속으로 시원한 바람이 불어온다. 오존, 이라고 여자는 속으로 뇌이며 자리를 잡고 앉는다. 아이에게 수영복을 갈아입힌다. 여자는 원피스 속에 수영복을 입고 있지만 수영을 할 생각이 아니다.

바로 여자 옆에 젊은 부인이 선 오일을 바르고 있다. 태운 살결이 황금빛으로 곱게 빛나는 것은 바로 저 선 오일 때문인가보다고 여자는 생각한다. 서양 사람의 피부는 태울수록 이쁜 걸까. 모두 다 해를 향해 선 오일을 바르고 누워 있다.

바로 옆 부인의 남편인 듯싶은 검은 수영 팬티의 사내가 아이를 목에 태우고 물가에서 장난을 하고 있다. 큰 물결이 밀려와 사내가 자빠질 때면 아이와 사내는 함께 웃는다. 그가 남자이고 어른인 것이 여자는 어쩐지 계면쩍다. 사내도 어쩐지 계면쩍은 모습으로 어찌하여 자신이 건장한 어른이 되어 바닷가에 나와 아이를 목에 태우고 놀고 있는지 잘 모른다는 얼굴을 짓는다. 퐁피두미술관 앞에서 본 불을 먹는 묘기의 사나이도 지금쯤 이곳에 와서 바캉스를 즐기고 있을지 모른다고 여자는 생각한다. 누군가가 여자의 등을 노크하듯 두드린다.

마담, 조금만 비켜나주세요, 라고 나비넥타이를 맨 호텔 보이가 여자에게 말한다. 왜요?라는 의문을 담은 여자의 얼굴을 향해 호텔 보이는 그의 뒤편으로 멀찍이 서 있는 호텔을 가리킨다. 이곳은 호텔의 손님이 사용할 수 있는 해변인 모양이다. 그러고 보니 호텔 건물에서부터 바다를 향해 야트막한 흰 나무 담을 둘러놓았고 여자는 그 담이 끝나는 곳에 앉아 있다. 그러므로 은연중 호텔의 영역을 침범했는가보다. 그곳에 사람이 뜸한 것을 여자는 비로소 깨닫는다.

여자는 앉은걸음으로 몇 걸음 후퇴한다. 그러자 호텔 보이는 웃으며 됐다고 말하고 사라진다. 그렇다면 이 야트막한 흰 나무 담을 경계로 이쪽과 저쪽으로 나뉘는 이 해수욕장은 실은 사람의 마음속에 그다지 유쾌한 곳은 아니지 않을까. 바닷가 고급 호텔에 묵을 수 있는 사람과 그렇지 못한 사람은 이렇게 나뉘는 것이구나. 더구나 저기 저 언덕 깎아지른 바다 위에 세워진 별장들을 이곳에 있는 모든 사람이 의식하지 않을 리 없다.

저 별장 주인은 아마 일 년에 한두 번 자가용 헬리콥터를 타고 와서 묵고 가겠지. 헬리콥터가 저 언덕 위 어디에 앉겠지. 주인은 헬리콥터의 프로펠러가 잦기를 기다려 기에서 내려 언덕 위 저 별장 속으로 사라지겠지. 그 안의 생활은? 여자는 잘 가늠할 수 없는 그 안의 생활을 생각해보려 하다가 그만둔다.

270

여자에게 물가에 앉아 있는 노인 한 사람이 눈에 들어온다. 노인
역시 선 오일을 발랐는지 특유의 갈색을 띠고 있다. 하나 윤기가 없
어 얼핏 갈색의 나무껍질을 연상시킨다. 노인의 몸은 거대하다. 팔
하나 다리 하나가 기둥만하다. 가슴은 퉁퉁 불어 있고 배는 만삭의
임부처럼 둥그렇다. 노인은 수영복을 입지 않고, 브래지어와 속 팬
티를 입었다. 노인의 몸에 맞는 사이즈가 없어서인지 모른다.

앉아 있던 노인이 자갈 위에 몸을 엎드린다. 파도가 물굽이치며
다가가 노인의 허리 부분까지 적시고 물러간다. 다시 다른 파도가
다가오고, 또다른 파도가 와서 머리 위까지 적시고 밀려간다. 노인
은 허푸허푸 하면서 엎드린 채 고개를 들어 웃는다. 노인의 몸은
곧 해체될 듯 생명력이라곤 없다. 그러나 이 바닷속의 오존이 노인
에게 좋은 약이 될 것 같아 보인다. 이 대기의 오존이 그녀의 몸에
생명력을 넣어주고, 금방 해체되려는 몸을 조금 단단하게 모아줄
것 같다. 노인은 어찌하여 자신이 이렇게 늙었으며 어찌하여 이렇
게 바다에 나와 파도 속에 엎드려 있는지 전혀 영문을 모른다는 무
구한 얼굴이다.

더 큰 파도가 밀려와 노인의 전신을 무서운 기세로 훑어내리고
끌어서 저만큼 데리고 갔을 때도 노인은 허푸허푸 웃으며 다른 파
도가 오기 전에 기어나온다. 여자는 노인을 물개 같다고 느낀다.
혹은 그 비슷한 물짐승 같다고 느낀다. 물에 사는 짐승이 이제 나
이를 먹어 물로 환원되기 직전인 듯 느낀다. 파도는 물굽이쳐 달려

오다가 다시 밀려가고, 또다른 파도가 밀려왔다가 간다.

멀리 수평선 쪽으로 가물가물 사라져가는 파도타기의 흰 돛폭들, 잔물결이 이는 데 따라 반사되는 수많은 금빛 은빛의 물결, 때마침 요트가 수상스키 하는 사람을 뒤에 달고 바다를 가로질러 달려간다. 하늘에서 헬리콥터가 선회하다가 이윽고 낙하산이 펼쳐지며 사람들이 떨어져내린다. 그것은 무슨 종류의 스포츠인지 모르는 채 여자는 해를 가리고 하늘을 쳐다본다.

하늘 밑 아득한 곳에서 뚫린 거대한 바다. 끝이 없는 듯하면서 그러나 그녀의 전 시야에 들어오는 농염한 색채감으로 하여 여자는 머리가 어지럽다.

파도의 리듬감이 자신의 전신으로 전파되어옴을 느낀다. 마치 흑인이 추던 춤의 리듬과 같이 다른 어떤 리듬의 세계로 인도되어가는 듯함을 느낀다. 이대로 이끌려 가면 다른 시간대의 다른 인생 혹은 어딘가에 있을 영원, 어린 시절 시간의 문을 열고 나가서 만난, 집 앞 공터에 펼쳐졌던 푸르른 무와 배추밭을 만날 것 같다.

이곳에서 즐기고 있는 것은 물개가 아니고 사람이다. 보아라, 전부 사람이다라고 여자는 밀려드는 파도 때문에 몇 걸음 물러나 앉으며 생각한다. 사람들이 모여서 해수욕을 즐기는 곳이다. 사람들은 바다에서 모든 것을 잊고 풀어버리려 한다. 파도와 태양빛이 사람들에게 아무것도 생각하게 해주지 않는다. 모두가 이 아름다운 바다에서 그저 즐기는 것이다. 신이 준 선물을 즐기는 것이다.

여자는 파도가 남기고 간 조개 하나를 자갈 틈에서 줍는다. 아이가 달려와서 벌겋게 자국이 난 발등과 종아리를 보여준다. 파도가 밀려올 때마다 자갈이 물결과 함께 떠서 때렸기 때문이다. 여자는 아이에게 신발을 신으라고 일러준다. 발바닥이 뾰족한 돌에 잘못 찔리면 피가 날 거라고 말한다.

엄마 물속에 있으니까 땅이 움직이는 것 같아서 어지러워, 아이는 좋아서 공연히 헛웃음을 지으며 운동화를 신고 달려간다.

엄마아…… 어느새 저쪽에서 아이가 파도타기를 하면서 손을 흔든다. 여자는 아이에게 손을 흔들어준다.

물이 점점 깊이 들어와 여자의 발끝까지 차오른다. 물은 조금씩 그러나 일정한 리듬감으로 서서히 차오르고 있다. 자갈밭의 많은 부분이 어느새 물에 잠겨 있다.

여자는 현기증을 느끼며 경사진 자갈밭 위에서 일어선다.

원피스를 벗지 않은 채 물결을 따라 물속으로 걸어들어간다.

바다의 율동이 우주가 움직이듯 어지럽다. 몸을 가누기 위해 얼른 수평선 쪽으로 시선을 준다.

물이 배 있는 데까지 왔을 때 여자는 바닷속으로 헤엄쳐 들어가기 시작한다. 부드럽게 물이 그녀를 받아 안는다. 이 세상에서 가장 부드럽고 다정한 애무, 감미롭게, 기분좋은 압박감이 전신을 녹아내리게 한다. 태양빛이 눈부시고 바다의 깨끗한 해기가 그녀의 전신을 채운다. 여자는 물위에 누워 파도가 치는 대로 몸을 맡긴다.

그녀는 편안함을 느낀다. 있으려고 애를 쓸 필요가 없는 있는 그대로의 편안함이다. 물결은 그녀의 몸을 계속적인 반복의 리듬으로 애무한다. 영원한 움직임, 바다 내면의 움직임이 여자에게 고동쳐온다.

그녀의 가슴이 뿌듯해지고 온몸을 간질이는 물결로 인해 숨이 가빠지는 것을 느낀다. 점점 몸이 가볍게 붕 뜨는 듯하다. 그녀는 좀더 좀더라고 속으로 외치며 어딘가에 있을 피안을 향해 가려고 전 노력을 기울인다. 마침내 여자의 몸이 바다를 향해, 시간을 향해 전부 열렸다고 생각한 순간 그녀는 힘이 쭈욱 빠져버린다.

멀리서 엄마를 부르는 아이의 소리가 어느 순간 그녀에게 들린다.

아이는 벌써 여러 번 부른 듯하다. 여자는 그 소리를 듣기 위해 전신의 힘을 모은다. 여자는 그 목소리를 바닷가에서 파도타기를 하는 아이와 또 뱃속의 아이, 이중으로 듣는다. 아니 알래스카공항에서 본 박제된 흰곰 혹은 어딘가로 가버린 흰 자전거까지 포함하여 이중 삼중 사중으로 듣는다.

엄마아아…… 또다시 들리는 간절하고 다급해진 그 소리는 그러나 자신을 부르는 소리는 결코 아니라고 여자는 생각한다. 그들은 자신의 전 존재를 다해서 그 무엇인가를 엄마라는 소리로 대신하여 부르고 있는 것이다. 요트의 모터 소리, 공중 잠자리비행기 소리, 그리고 해변가 사람들의 소리, 파도 소리들이 모두 멀어진다. 커다란 파도가 밀려와 여자를 때리고 해안 쪽으로 밀려간다.

큰 파도가 밀려올 때마다 여자의 몸은 파도와 함께 떴다가 떨어진다. 푸른 물결 위에 흰 거품이 일고 다시 새로운 파도가 밀려와 거품들을 씻어낸다. 물의 부드러움은 어느새 변해 있다. 맹수의 발톱처럼.

파도에 떠밀리고 떨어져내리고 뒤집혀지며 여자는 이제까지 경험했던 어떤 영상들이 자막도 없이 흐리게 지나가는 것을 본다. 혹은 그녀가 살아보지 못했던 부분들인지도 모른다.

더 큰 파도, 산더미만하다고 느껴지는 파도가 위엄 있게 다가올 때 여자는 자신의 삶이 전부 무산되어지는 것을 느낀다.

(1989)

겨울의 환幻
―밥상을 차리는 여인

1

언젠가 당신은 제게 나이들어가는 여자의 떨림을 한번 써보라고 말하셨습니다. 저는 그 얘기를 지나쳐 들었습니다, 라기보다 글이라고는 편지와 일기 정도밖에 써보지 못한 제가 어떻게 그런 것을 쓸 수 있을까 두려운 마음이 앞섰습니다. 저는 감정의 훈련도, 또한 그 감정을 끌어내어 표현하는 능력도 갖고 있지 못하기 때문입니다.

그러나 마음 한편으로는 그때부터 죽 나이들어가는 여자의 떨림에 대하여 분명 생각하고 있습니다. 아니, 그보다 그 말 자체가 가지는 의미에 대해서 어떤 매혹을 느꼈다고 해도 과언이 아니겠습니다. 그 말에서 스스로를 여자로 느꼈기 때문입니다.

이렇게 얘기한다면 조금 어폐가 있겠습니까?

그러나 정말입니다. 저는 이제껏 마흔세 살이라는 나이가 되도록 단 한 번도 스스로를 여자로 느끼지 못했습니다. 저는 단지 여자의 흉내만을 내고 있다고 생각합니다. 어느 때, 목욕을 하고 나서 새 속치마를 꺼내어 입을 때, 혹은 화장을 할 때, 혹은 생리 냅킨을 꺼낼 때 자신이 여자의 흉내를 낸다는 느낌에 젖게 됩니다만 그 외에는 언제나 나의 용모나 성 따위를 전혀 잊고 있는 것입니다. 즉, 외부에서 보는 '나'가 아니라 내 안에 있는 '나' 그것일 뿐입니다(다른 여자들도 그런지 어쩐지 그것은 모르겠습니다). 그런 연고로 당신이 그 말을 하셨을 때 저는 젊었을 때도 느끼지 못했던 여자라는 성과, 그 성이 가지는 떨림에 대해서 생각해보게 된 것입니다. 그 말 자체에는 무언가 설레게 하는, 인생의 어떤 신묘한 가능성까지를 내포하고 있기 때문입니다.

늙어가는 것이 단지 멸해가기만 하는 것이 아니라 여자로서의 떨림이 있을 수 있는 것이로구나 하는 확연한 느낌을 가질 수 있었습니다.

저는 그 말에서 비로소 여자가 된 듯한 기분을 맛보았습니다.

늙어가는 사람의 떨림이란 좀 어색하지 않습니까. 늙어가는 사람의 떨림이라기보다 늙어가는 여자의 떨림이란 말이 훨씬 자연스러운 것이고 보면 제가 스스로를 언제나 사람이라고 느끼던 것에서 저의 성을 찾아 여자가 된 것이, 그 자각이 이제라도 기쁨으로 다가오기도 합니다.

그러므로 저는 비로소 여자에 눈떴다고 할 수도 있겠습니다. 그리고 그 자각이 나 하나에서 머무는 것이 아니라, 내 어머니와 할머니, 이분들은 내가 실제 보았던 인물들이고, 말로만 들었던 증조할머니 그리고 더 거슬러올라가 선조의 여자들까지도 생각해보게 되고, 인맥을 통해 면면히 흐르는 여자로서의 숙명 같은 것도 감지하게 되었습니다.

자궁을 가진 여자로서의 숙명, 아버지가 아닌 어머니로서의 모성이라는 의미, 결연히 인생과 마주한 여자로서 서야 하는, 또한 그중에서도 동양의 여자, 소나무가 크고 있는 지역의 여자, 이런 의미들이 밀려들어오는 것입니다. 그것은 복 받을 만한 서구의 자연, 그리고 그들의 깨어 있는 문화가 만들어놓은 개인주의, 저는 한때 그 개인주의에 공감하고 그를 따르려 했습니다만 서구의 개인주의와 동양의 미덕과는 어쩔 수 없이 다를 수밖에 없다는 그런 깨달음이 망연히, 그러나 어떤 확신감을 가지고 다가오는 것입니다.

우리가 서양에서만 보던 서양의 잣나무와 솔바람을 품어 안는 소나무와는 다를 수밖에 없다는 자각, 우리가 이 시간 그리고 동양권인 이 공간 속에 태어났다는 것은 하나의 운명이기도 하지 않겠습니까.

그리하여 당신과 만났다는 것도 운명이라고 생각합니다.

어디서부터 얘기를 끌어내야 할지 잘 갈피를 잡을 수 없습니다.

저는 지금 몹시 흥분된 상태이고, 되도록 내일 새벽까지 이 글을 마쳐보겠다는 각오하에 펜을 들었으므로 나오는 대로 두서없이 쓸 수밖에 없겠습니다.

조금 전 마지막 뉴스로 산불이 아직도 계속되고 있어 예비군이 동원되고 헬리콥터까지 소화제를 뿌리고 있는 현장을 보았습니다.

그 산불은 오늘 할머니 묘소에서 집안 아저씨와 제가 낸 것입니다.

산불의 모습은 상상을 불허하는 장관입니다.

지진이나 홍수 그리고 산불 같은 자연의 모습 앞에 인간은 그저 무릎 꿇을 수밖에 없습니다. 두렵도록 아름다운, 죄악과 천사가 함께 있는 듯한 그 모습을 그래도 인간이 감당해내야 한다는 일이 이상할 지경입니다.

그것은 이미 인간의 몫은 아니라고 보아야 옳겠습니다.

또한 그런 대자연 앞에서마저 내가 있어서 내가 그것을 보아야 한다는 일이, 내가 없으면 산불도 무엇도 다 없는 것이라는 그 사실이 꿈에서 깬 듯 이상하기만 합니다.

뉴스를 본 아저씨가 내일 아침 경찰서에 자진 출두하겠다고 전화를 하셨습니다. 저도 같이 가겠다고 했더니, 노모를 돌봐야 하는 문제도 있고 하니 그냥 집에 있으라고 했습니다.

"불을 끄고 나서 그렇게 오랫동안 앉아 있다가 왔는데 불씨가 남아 있었나……"

아저씨는 말끝을 흐리며 허둥거리셨습니다.

저는 전화를 끊고 나서 한동안 화면에 눈길을 주며, 그러나 아무것도 눈에 들어오지 않는 상태로 앉아 있었습니다. 무슨 전화인가 묻는 어머니의 소리도 묵살해버렸습니다. 제 눈앞에 지금 이 순간에도 산야의 송림을 잿더미로 만들며 무서운 속도로 번져나가는 불길의 환영이 투시력을 가진 듯 환히 보였습니다. 할머니의 묘가 다 타버린 것, 뿐만 아니라 다른 망자들의 묘까지 전부 태운 것. 조상의 무덤을 잘 가꾸어야 하는 우리네 풍습에 못자리가 다 타버렸다는 사실이 자손들에게 어떤 영향을 끼치는지 심히 두려우면서도 왠지 무덤 속에서 망자들이 훨훨 타오르는 불길에 가슴에 맺힌 응어리들을 다 녹여내린 후련함을 맛볼 것 같은 그런 기분 또한 가지게 됩니다.

사람들 마음속에는 왜 응어리가 있는 것일까요.

이제 와서 세상 이치를 어느 정도 깨닫고 보면 세상사가 모두 손바닥 안에 있다는 그 말에 수긍하고 공감하면서도 왜 마음은 이렇게 늘 괴로운 것일까요? 사람의 마음속은 기쁨, 슬픔, 평온, 희열, 고뇌, 비애, 공포, 고요 등으로 다양하게 변모하며 그러한 마음이 세상 속의 자연으로 표출되는 것이 아닌가 하는 생각도 합니다.

베토벤의 9번 심포니를 듣고 사람의 감정 폭이 어쩌면 저렇게도 무한한 것일까, 깊은 공감으로 엎드려 운 적이 있습니다만 천둥과 번개, 바다와 시냇물, 들판, 꽃밭, 비, 눈 등은 우리의 감정이 형상화된 것이 아닐까요? 아니면 그 자연을 닮아 우리의 감정이 형성된 것일까요?

그러니까 산 하나를 다 태우고야 꺼질 이 무서운 불길은 저의 마음이 아니겠습니까. 그리고 꺼져버린 잿더미, 간혹 바람에 피식 피식 흰 연기만 날릴 그 소화 후의 빈 산 또한 저의 마음이지 않겠습니까.

어쩔 수 없는 일입니다.

이미 불은 나버렸고 그 무섭게 타들어가고 있는 불기운에 힘입어 글에 대한 아무 지식이나 훈련이 없는 저로서도 이 밤은 무엇인가 써낼 듯한 기氣를 감히 느끼는 것입니다.

그러므로 무엇을 향해 어떻게 써야 한다는 일에 염려하지 않겠습니다.

2

어머니와 저의 손은 똑같이 생겼습니다.

실지 두 손을 맞대어본 적은 없지만, 마주하면 오른손과 왼손이 만난 듯 아마 꼭 맞을 것입니다. 갸름한 손톱 모양과 매듭, 어느 순간 꼭 닭다리로 착각되는 손가락, 단지 다른 것이 있다면 손금일 것입니다. 어머니와 저의 운명이 똑같을 수는 없으니까요. 이 세상에 똑같은 손금이 있을 리 없으니까요. 그러나 그것 역시 확실하게 말할 수 없는 것이 어머니와 딸의 운명은 한줄기이기 때문입니다.

딸은 대개 어머니와 운명을 닮는다고 말하던가요. 제가 가장 어머니와 운명적임을 느끼는 것은 밥상에서라고 생각됩니다.

어머니는 따뜻한 밥상을 차리지 못하는 여인입니다. 이렇게 말한다면 어머니는 펄쩍 뛰실 것입니다. 어머니는 종종 자신의 손이 달아서 반찬이 맛이 있다고 자랑을 합니다.

"하여튼 우리집 김장을 가져다 먹어본 사람은 이 서울 장안에서 이처럼 맛있는 김치는 먹어본 일이 없다고 했지. 저기 어느 집 아주 격식 차려서 음식 하기로 소문났다는 김장김치보다 우리 것이 더 맛이 있다고 했어. 그때는 내가 왜 그랬을까. 식구도 없는데 김장을 백 포기나 했으니까. 그걸 나 혼자 조용히 앉아서 했지. 누구 도움 받는 것도 싫고 해서 말이야. 그렇게 해놓고는 겨울 내내 먹고 아마 초여름까지 먹었을 거야. 남한테 한 바케쓰씩 퍼주기도 했어."

어머니는 이런 얘기를 자랑삼아 기쁨 삼아 추억거리로 하십니다. 혹은, "우리집 된장찌개를 먹어본 사람은 모두들 정말 맛있다고 했으니까. 서민 음식을 만드는 데는 최고라고들 했어."

이런 얘기를 들을 때면 은근히 반감이 솟아오릅니다. 왜냐하면 그 된장찌개는 어린 시절 바로 제가 먹던 것으로, 제가 기억하고 있는 것이니까요.

김장김치 얘기 때는 무언지 아물아물 떠오르는 것으로 하여 그런가, 정말 그런 것 같다 하고, 긴긴 겨울 동안 광에 파묻은 독에서 김장김치를 꺼내 먹던 정경을 떠올려 긍정하며 듣고 있지만, 된장찌개 부분에서만은 저는 아니라는 생각이 드는 것입니다.

잠깐 김장김치 얘기를 할까요.

아파트에서 겨울 동안 먹을 것을 열 포기 정도 담그는 요즘, 그 시절을 떠올리니 그 일은 정말 신선한 감회가 있습니다.

먼저 배추를 트럭으로 싣고 오지요. 혹은 손수레로 오기도 했지요. 그것을 마당에 부릴 때면 뭔가 큰일이 이제 시작되는 스산스러움과 함께 풍성함이 가득 차오릅니다. 우리집은 층계가 있는 높다란 언덕 위의 집이어서 트럭이 힘들게 올라와 집 앞길에 부려놓은 후 그것을 다시 큰 대야나 물통에 담아 날랐습니다. 검게 된 목면 장갑을 낀 배추 장수가 한 걸음에 네다섯 포기씩 나르기도 하고 어머니와 나와 동생도 끼어서 나르면 그 많은 배추가 어느새 다 날라집니다.

배추가 너무 크지도 작지도 않고, 잎의 두께가 너무 두껍지도 얇지도 않았지요. 잎 자체에 달고 구수한 맛을 풍기고 있는 배추를 어머니는 곧잘 골라내셨습니다.

배추 끝에는 커다란 꼬랑지들이 그대로 달려 있어, 가마니에 묻어두었다가 겨우내 그것을 깎아 먹는 일도 즐거움이었습니다.

커다란 무쇠 식칼로 배추를 쪼개는 일, 큰 포기는 네 쪽으로, 작은 것은 두 쪽으로 마당에서 쪼갰습니다. 머리에는 타월을 덮어쓰고 돌아앉아 어머니는 배추를 쪼갰지요. 배추를 쪼개면 그 속에 고실고실한 연한 노랑과 연두색의 작은 잎들이 나타나지요. 그 부분은 따로 소금에 절여 양념을 속에 싸서 먹지요.

다 쪼갠 배추를 소금에 절여놓았다가, 다음날 아침에 김장을 시작합니다. 우물가에서 배추를 씻어 커다란 소쿠리에 절여진 배추를 척척 걸쳐놓으면 전날 그렇게 많아 보이던 배추도 양이 많이 줄어듭니다. 무를 채칼로 채를 쳐서 고춧가루, 마늘, 파, 젓갈 등의 양념으로 버무리고 생굴도 넣었습니다. 소금으로 간을 맞추며 특히 동태를 조금 잘게 썰어 함께 집어넣으셨습니다. 그리고 청각도 많이 집어넣으셨습니다.

앞부분이 파르스름한, 너무 크지 않고 맛있어 보이는 무들은 동치미감으로 따로 골라내놓았지요.

할머니가 시골서 올라와 계실 때면 할머니도 함께하셨습니다.

마당과 마루에는 김장거리로 즐비합니다. 그런 날은 창호지 문을 닫아도 방문이 열린 듯 휑하니 스산스럽고 날이 어두워질 때까지 그 스산스러움이 끝나지 않던 것입니다.

이윽고 어머니가 발을 구르며 들어와 아랫목에 버선발을 파묻고, 시뻘겋게 얼고 불어터진 손을 녹이며 가려워하던 것, 손이 매워 뜨거운 물에 담그던 것을 떠올릴 수 있습니다.

어둠이 찾아왔는데 다시 밖으로 나가 주섬주섬 그릇들을 챙기고 뒷마무리를 하던 것, 곡괭이라는 말이 오가고 김치독을 파묻을 일이 남아 있던 것, 그리고 김칫소를 해서 밥을 먹고 나면 깜깜한 한밤중이었어요.

며칠 후 어머니는 쇠고기를 몇 근 사다가 푹 고아서 그 국물을 식힌 다음 김칫독에 부어 넣습니다. 바로 이 부분인 것 같습니다. 우리집 김치가 장안의 어느 김치보다 맛이 있다고 하던 것은.

쇠고깃국물이 김칫국물이 되고, 청각과 동태, 굴이 시원한 바다의 맛을 더해주었던 것 같습니다. 참, 여름에 담가놓았던 오이지도 함께 김치 속에 통으로 집어넣습니다. 김치 포기를 꺼낼 때 가끔씩 오이도 딸려 나오고, 그 오이의 아삭아삭한 맛을 잊을 수 없습니다.

김치와 동치미는 어린 우리 입에도 이상하게 시원하면서 맛이 있었습니다. 그러나 된장찌개 부분만은—된장찌개도 그렇게 맛있어서 서민적인 음식을 만드는 데는 내가 제일이라고들 했지—바로 이 부분은 어쩐지 은근히 반감이 솟는 것입니다. 그 부분에서만은 전혀 아니라고 고개를 흔들고 싶어집니다. 오히려 바로 그 부분이 내 어린 시절 자라면서 늘 느끼던 갈증의 부분이라고 말하고 싶은 마음이 듦을 어쩔 수 없습니다.

어머니는 교원생활을 오래하셨으나 웬일인지 잠시 방황하던 시절, 화투로 날을 지새셨습니다. 어린 시절의 기억 중 아버지가 우리집에 얼굴을 보인 적은 없는데, 아버지는 작은어머니를 얻어 생활하셨고, 동생이 태어나던 해 객지에서 병사하셨다고 듣고 있습니다.

집에는 화투 손님이 끊이지 않았습니다. 인원은 대개 두 사람이나 세 사람, 섰다가 아닌 민화투로 작은 푼돈이 왔다갔다하는 것으로 미루어보아 판이 큰 것은 아니었습니다. 어머니는 화투를 짝짝 짝 다듬어 치다가 늦은 저녁때가 되면 다락문을 열고, 부엌에서 떨고 있는 동생과 내게 소리치셨습니다. 다락문을 열어야만 부엌에 그 소리가 잘 들리기 때문입니다.

"애 가혜야, 왜 아침에 먹던 된장찌개 있잖니? 거기다 된장을 한 숟가락 떠다가 더 풀고 두부 한 모 썰어 넣고 마늘 다져 넣고 보글보글 끓여라. 그리고 며루치도 좀 집어넣어라. 그래서 밥하구 상을 차려서 좀 가지구 들어와라, 응. 김치는 새것을 썰어라."

부뚜막에서 졸듯이 쪼그리고 앉아 연탄 냄새를 맡고 있던 동생과 나는 비로소 부스스 몸을 일으켜 어머니가 지시한 대로 막숟가락과 양재기 하나 가지고 된장을 푸러 어두워진 장독대로 더듬어 갑니다.

그때 우리가 느낀 것은 손님 앞에서 큰 소리로 부엌에다 대고 소리치는, 교사까지 지낸 어머니의 교양에 대한 반감이었을까요. 더구나 신비감도 없이 아침에 먹던 된장찌개에다가, 라고 서슴없이 말하는 것은 정말 싫은 기분이었습니다. 그리고 무엇보다 불을 땔 방이라고는 화투 치는 방뿐인데, 아이들이 있을 곳이 없는 데 대한 배려는 어떻게 되는 것인가, 그런 감정들이 뒤엉켜 있었을 것입니다.

그런데 어머니는 바로 그 된장찌개를 이제 와서 자랑하는 것입니다. 돌이켜 생각해보면 정말 그 된장찌개가 맛이 있었다면, 첫째는 우리집의 장맛이 좋았을 것이고(그것은 어머니의 손이 단 데 연유했을 것입니다만, 아니 그보다 할머니가 시골에서 쑤어오신 메주에 달렸을 것입니다), 그리고 아침에 먹던, 의 바로 그 먹던에 원인이 있지 않을까 생각해봅니다. 한번 끓였던 것에다 다시 끓이면 그만큼 재료가 여러 가지 많이 들어간 결과가 되고, 아울러 푹 달구어진 맛이 우러나올 수 있기 때문입니다.

어머니는 늘 음식의 영양가를 우선으로 생각했고, 또 아무리 조금 남은 것이더라도 절대로 버리는 일이 없으므로, 그런 것들이 늘 찌개에 들어가게 마련이어서 두루뭉수리 독특한 찌개맛을 자아냈는지 모릅니다.

이렇게 정의 내리듯 생각해보지만 돌이켜보면 어린 시절 항상 음식에 대한 아쉬움을 품고 지냈던 것 같습니다. 즉, 된장찌개의 가장 생명이라고도 할 수 있는, 마지막에 파를 썰어넣는 일이 대개 빠져 있었습니다. 다시 말하면 어머니의 음식에서 항상 그 파와 같은 부분이 빠지는 것입니다.

음식점에서 장국밥을 처음 먹어보던 날, 음식점 특유의 그 깔끔한 맛이 후춧가루와 깨소금, 파와 같은 양념들에서 오는 것임을 알고, 후춧가루라는 처음 맛보는 양념에 거의 경의마저 품었을 지경이었으니까요.

어머니는 왜 후춧가루와 파와 같은 부분을 생략했는가. 가난했던 탓일까. 그 당시는 전후로서 모두들 대강 그냥 끓여 먹고 살던 시절이었다고 생각해보려 해도, 그후 이웃집이나 친구들 집이 그런 것들을 점점 갖춘 생활로 변해감에 비해 우리집은 항상 그대로였습니다.

오히려 점점 더 빛을 잃은 뭉뚱그려진 음식이었습니다.

어머니의 자랑을 제가 시큰둥하게 넘기게 되는 것은 바로 그런 까닭입니다. 뿐더러 어머니의 음식이 설혹 맛이 있었다 하더라도 그것이 늘 우리에게 먹게끔 해주었던 그런 따뜻한 밥상은 아니었다는 인상 때문입니다. 누구나 늘 따뜻한 손길 같은 것을 그리워하고 있듯이 누구나 다 바로 그 따뜻한 밥상을 그리워하고 있을 것입니다.

하루종일 그림자처럼 조용히 일만 하고 있는 여인, 조용히 묵묵히 끝도 없이 일을 하고 있는 여인, 아플 때 와서 손을 얹어주고 물을 떠다주고, 그리고 매일매일 밀물처럼 닥쳐오는 세끼의 밥을 따뜻이 먹게끔 차려주는 여인이 비쳐옵니다. 대부분의 옛 여인의 모습이 그랬을 것입니다.

어린 시절 기억에 떠오르는 할머니가 그랬으므로 실지 제가 본 생생한 여인의 모습으로 다가듭니다.

어머니와 저는 그런 여인은 아닙니다. 그런 여인이 아닐뿐더러 오히려 밥상을 깨부수는 힘을 가지고 있지 않은가 하는 솔직한 두려움을 느낍니다. 아니, 깨부순다는 표현이 너무 과격하다면 언제까지나 부엌과 밥상에 친해지지 않는다고 할까요. 부엌에서 찬바람 같은 것이 돈다고 할까요.

이것을 가히 손금, 어머니와 저의 운명에서 비롯된다고 얘기할 수 있을까요.

잠시 밥상에 대한 것을 접어두고, 긴 겨울밤 광으로 동치미 뜨러 다니던 일을 추억하고 싶습니다.

동생과 나는 촛불이나 남폿불을 밝히고 커다란 양은 냄비를 하나 들고 어둠을 휘저으며 광으로 갑니다. 어둠은 회오리바람처럼 불빛 밑으로 소용돌이치며 흐르고 우리의 그림자는 크고 괴상하게 떠오르다가 없어집니다. 광문을 열면 광 속에서 나는 냄새, 습하고 새끼줄에서 나는 듯한 냄새가 김치 냄새와 어우러져 독특한 냄새를 풍깁니다.

독 위에 덮인 가마니(그러고 보니 새끼줄 냄새란 바로 이 가마니에서 풍겼을 것입니다)를 치우고 독 뚜껑을 열고 싸아한 동치미 내를 맡으며 무겁게 지질러진 돌을 옆으로 밀치면, 흰 동치미가 둥실 떠오르거나, 파뿌리, 청각, 무청, 파란 고추 같은 것들이 먼저 올라올 때도 있습니다.

반들반들하고 너무 크지 않은 동치미를 몇 덩이 꺼내 올리노라면 손가락이 떨어져나갈 듯 시립니다.

남폿불의 등갓이 비치는 영역 안에서 이런 일을 할 때면 비밀스러운 일을 하는 기분이 들어 스스로 재미있어지기도 합니다.

『알리바바와 도적들』에 나오는 '열려라 참깨'는 아니더라도, 땅속에 묻은 것을 한밤중에 꺼내는 은밀한 재미가 있습니다.

김칫독에서 김치를 한 포기 꺼낼 때도 있습니다.

두껍게 덮은 우거지를 들치고 알맞게 절여진 익은 배추김치 한 포기를 꺼내 올립니다. 그것들을 가지고 와서 긴 겨울밤에 먹으며 지냅니다. 남폿불을 켜 들고 방문 밖으로 나설 때는 언제나 약간 싫은 기분이지만 적진을 돌파하는 기분으로 무찌르고 났을 때는 참으로 통쾌하고 후련합니다. 때아니게 흰 눈이 사르락사르락 내리고 있을 때가 있는가 하면, 아무도 모르게 저 혼자 눈이 내려버려 마당이고 장독대고 지붕이고 나뭇가지 위에 흰 눈이 쌓여 있는 때가 있습니다.

양말을 신지 않은 따듯하고 부드러운 발이 찬 고무신 속에서 이 질감을 느끼면서도 뽀드득뽀드득 흰 눈을 밟아 발자국을 내던 그 음향과 감촉이 지금 전해져옵니다. 그때 느끼던 눈의 세계가 지금 갑자기 확 되살아나 가슴이 뜨거워지려 합니다.

방문을 열었을 때 눈을 가득 메우는 눈의 세계가 보이면 갑자기 눈앞이 환해지며, 무언가 형용키 어려운 반가움이 마음속에서 불러일으켜집니다. 그 정경은 이 세상에 있는 기쁨이나 행복감을 미리 예견해주는 것 같습니다. 달도 별도 없는 밤이어도 눈은 제 스스로 인광과도 같은 빛을 발해 세상을 하얀 고요로 감쌉니다. 어디선가 어깨 위로 머리 위로 앉은 눈을 털어내는 소리가 들리고, 신발에 묻은 눈을 발을 굴러 털어내는 소리도 들립니다.

밤이 깊도록 눈의 고요가 적막 위에 쌓입니다. 그 적막을 더욱 적막 속으로 떨어뜨리는 먼 데서 개 짖는 소리가 들리고, 밤은 결코 뛰어넘을 수 없이 깊어집니다.

밤의 깊은 곳에서는 가만히 무엇인가가 울려퍼집니다.

저는 동생과 동치미를 먹으며 촉수가 희미한 전등불 밑에서 방학 숙제 그림일기 속에 눈이 내리고 있는 풍경을 그려넣습니다.

벌판 위에 기와집이 한 채 서 있고 바둑이가 대문 앞에서 꼬리를 흔들고 눈사람이 모자를 쓰고 지팡이를 들고 서 있으며 설빔을 입은 아이들이 하늘에 연을 띄우고 있습니다. 눈 위에는 어디로인가 사라져버린 사람의 발자국이 찍혀 있습니다. 이것은 제가 본 눈의 풍경이 아니라 달력이나 어린이 책에서 본 풍경입니다. 눈송이를 확대해보면 정육면체 혹은 팔면체의 예쁜 눈꽃 송이라는 눈의 세계, 멍멍이와 눈 위의 하얀 발자국과 벌판 위에 서 있는 집 들창 속의 느낌, 이런 것들을 나는 그림 속에나 있는 먼 세계로 느끼며 그려넣었습니다. 그 나이의 내게 그것은 있는 그대로 쉬운 동요였건만, 그 정서를 왠지 벅차하며, 먼 곳에 있는 것으로 느껴 그리워하였습니다.

그것은 어른이 된 지금에도 역시 마찬가지입니다.

가령, 아리랑 아리랑 아라리요 아리랑 고개를 넘어간다, 싸리문 여잡고 기다리는가, 기러기 달밤을 울고 간다, 이 노래를 생각할 때의 정서 또한 저는 아직 감당키 어렵습니다.

어려서 이 노래를 들을 때는 어른이 되면 자연스레 몸속에 익을 수 있는 감정이려니 했습니다. 그 세계를 감당 못하여 멀리 느끼기보다는 몸안에서 우러나오는 그런 느낌의 세계이려니 했습니다. 기러기가 우는 달밤에 싸리문을 여잡고 누군가를 기다릴 수 있다고 생각했던 것입니다.

그렇게 성숙한 여자의 세계를 가슴속에 품고 그리워하며 자랐던 것입니다. 이제 알겠습니다. 당신이 말한 나이들어가는 여자로서의 떨림, 그러고 보니 그 여자의 성을 저도 느끼지 않은 것은 아님을 알겠습니다. 오히려 어린 시절 바로 방학 숙제 속에 눈의 세계를 그려넣던 그 시절부터 저는 성숙한 여인의 세계를 그리워하며 가슴에 품고 커왔다고 할 수 있겠습니다. 그럼에도 당신이 그런 얘기를 했을 때 매혹까지 느끼며 처음으로 여자라는 성을 감지하는 느낌을 맛보았던 것은, 어린 시절 눈의 세계를 어디 먼 곳에 있는 것으로 그리워했듯 여자라는 성을 그저 그리워만 했던 것인 듯합니다. 누군가가 내게 여자의 성을 띄워놓아주지 않았기 때문인지도 모릅니다. 제 속에 있는 무한한 여자, 심포니 9번을 들으며 사람의 감정의 폭이 어쩌면 저렇게 무한대일 수 있을까 한, 바로 그 감정의 폭을 제게 띄워준 사람이 없었기 때문인지 모릅니다. 그리하여 저는 이제 뒤늦게 마흔셋이라는 나이에 처음으로 나이들어가는 여자의 떨림을 감지하고 무언가 스스로 복받쳐오르는 어떤 격류에 휘말리는 것 같습니다.

그것은 운명과 같은 것인지 모릅니다. 아마 그것이 바로 이름하여 운명이라고 부르는 것일까요. 어머니와 저의 운명이 한줄기라고 하는 바로 그 운명 말이지요. 그 운명을 얘기하기 위해서 좀더 저의 지난 시절들을 들추어나가지 않으면 안 되겠습니다.

3

내 나이 그때 서른둘, 여자로서 절정일 때일까요?

화장을 하기 위해 거울 앞에 다가앉으면 가장 젊은 젊음이 은은히 울려퍼지는 때, 그런 나이에 저는 결혼생활 육 년 만에 구겨진 버선처럼 되어 친정으로 돌아왔습니다. 아이가 없는 것도 큰 이유가 되겠지요. 그러나 가장 직접적인 원인은 결혼 예물 때문이려니 막연히 생각했습니다. 저는 아무것도 해가지고 가지 않았으며, 장롱은커녕 이불조차 변변히 해오지 않은 제게 친척들은 따가운 눈총을 주었습니다. 무엇인지 쑤군쑤군대다가 제가 방에 들어가면 방안 가득 모여 앉았던 친척들은 말을 뚝 끊었습니다.

자기 그것만 믿고 아무것도 없으면서 시집가려는 여자들, 이라는 구절을 요즈음 와서 어느 소설에서 읽었을 때 저는 저절로 얼굴을 붉혔습니다. 바로 제가 그런 꼴이었으니까요. 한 여자로서 성숙되지 못하게 그저 어리광 부리듯 결혼이라는 대사를 치렀는가 하는 생각이 들었습니다. 그러니까 저의 태도는 남편에 대한 예의를 저버린 것이었다고 할 수 있겠습니다.

하긴 떳떳하고 정당하게 성의껏 자신의 예물을 준비하는 정성스러운 태도가 요즈음 와서 좋게 보이기도 합니다. 옛부터 사람들이 왜 예물을 그리도 중요하게 챙겼으며 그런 일을 소홀히 하며 오로지 사랑을 우선적으로 내세울 것 같은 서구에서도 지참금 운운하는 얘기를 들을 때마다 뒤늦게 새삼 깨닫기는 합니다. 인도의 어느 곳에서는 며느리가 지참금을 가져오지 않아서 굶겨 죽였다는 일화도 있다던가요. 그리하여 저의 태도가 잘못이었는가 하는 생각이 조심스럽게 들기도 하지만 그러다가도 저는 아니, 라고 단호하게 부정하기도 합니다.

우리는 젊은이가 아닌가. 무엇인가를 장만해 간다는 것은 젊은이로서는 할 수 없는 일이다. 준비가 되어 있을 리 없다. 이제까지 길러준 부모에게 그것마저 어떻게 해 받아 가는가, 둘이 힘을 합하여 앞날을 살아가면 되는 것이다. 대신 나 역시 남편에게서 아무것도 받지 않지 않는가. 오로지 내 뜻은 자신들의 힘으로 함께 살아가자는 것뿐이다. 이런 말들이 치밀어오르는 것입니다.

대신 저는 버선과 속치마만은 넉넉히 마련해 갔습니다.

얘, 버선은 좀 몇 켤레 충족하게 가져가라. 집에서도 양말이나 스타킹보다 버선을 신고 있어. 그래야 발이 퍼지지 않고 이뻐지기도 해. 그리고 버선은 벗었을 때 엄지발가락하고 둘째 발가락 사이에서 갈라진 금이 정말 얼마나 예쁘니? 그것처럼 섹시한 게 없어. 여자들 가슴 가운데 갈라진 선보다 더 그런 것 같애. 그리구 잠옷 대신 한복 속치마를 입어, 그게 훨씬훨씬 이쁘다.

시집을 안 간 사촌언니가 꼭 늙은이처럼 이렇게 말하며 제게 버선과 속치마를 마련해주었던 것입니다.

그러고 보면 마음씀씀이를 전혀 쓰지 않아 남편에 대한 예의를 아주 저버렸다고 말할 수 없을지도 모르겠습니다. 저로서 노력을 기울이지 않은 것은 아니라고 봅니다. 저도 첫출발하는 다른 모든 여자들처럼 그 출발에 꿈과 기대를 걸고 저대로의 마음가짐이나 태도를 등한했던 것은 아닌 것 같습니다. 오히려 결혼 예물을 의례적으로 해 가는 사람들보다 버선이나 속치마에 색다른 꿈을 걸었던 것은 아니었을까요?

신혼여행중 바닷가의 횟집에 앉아 어떻게 살고 싶은가 남편이 제게 물었습니다. 수평선이 퍼렇게 일어서던 이른아침이었습니다.

물새 우는 소리가 들렸던가, 바닷소금내가 커다란 그물막처럼 한 겹씩 갯벌 쪽으로 올라오고 있었습니다.

인격적으로 서로 존중하며 살고 싶다고 저는 말했지요. 제가 어떻게 그런 말을 했는가 지금 생각하면 의아스럽습니다. 그 당시의 저란 서로 사랑하며 살고 싶다던가 그런 유의 말을 했을 법한데, 결혼 육 년의 생활을 청산한 뒤 결혼이라는 것을 뒤돌아 생각해볼 때 떠오르는 말을 그 당시의 제가 했다는 것이 이상스럽습니다.

신혼여행에서 돌아와 아침식사 때 그가 토스트를 먹길 바랐습니다(아마 제게는 빵이라고 말하면서 속으로는 토스트를 머릿속에 떠올렸나봅니다). 계란과 우유, 설탕을 넣고 휘저은 속에 빵을 담갔다가 버터로 프라이팬에 지지는 프렌치토스트를 접시에 담아 내놓자 그는 벌컥 성을 내었습니다.

그후, 저는 음식이 잘못되면 아까우면서도 지체 없이 버렸습니다. 그것이 자신의 살림이어서 간장 한 종지, 기름 한 방울 아껴야 한다는 생각보다 우선 그에게 떳떳한 음식을 내놓아야 한다는 과제가 앞섰습니다.

저는 생각했지요. 내가 요새 여자들처럼 호강을 하다가 온 여자도 아니고, 어린 시절부터 막숟가락을 가지고 된장을 뜨러 어둠 속 장독대를 다니던 여자이다. 그때부터 죽, 밥 짓고 반찬 하는 일들이 훈련되어 있다. 어머니의 말대로 격식 있는 음식은 못한다 해도 밥 지을 줄도 김치 담글 줄도 모르는 여자는 결코 아니다. 그런데도 왜 이렇게 힘이 드는가, 왜 이렇게 숨쉬기마저 곤란한가. 저는 그만 가져온 버선도 속치마도 입지 않고 오로지 살림과 싸우기에만 분투했지요. 이 괴물 같은 살림아, 어디 니가 이기나 내가 이기나 한번 해

보자라고 들러붙으며 저는 애꿎은 살림 쪽을 원망했습니다.

생일이나 환갑잔치 등으로 하여 친척집으로 가는 버스에서 그는 항상 눈을 샐쭉하게 뜨고 있었습니다. 친척들의 얼굴을 떠올리면 스스로 창피해지고 자존심이 상하여 잊고 있던 결혼 당시의 감정들이 되살아나는가봅니다.

샐쭉하게 내려앉은 그의 눈꼬리를 보며 저의 마음은 말할 수 없이 썰렁해져서 버스 손잡이를 잡은 채 울음을 삼키는 시선을 창밖으로 돌리곤 하였습니다.

제게 돌아올 용기를 직접적으로 부어준 것은 눈입니다.

홀시아버님이 돌아가시던 때의 눈, 그 눈의 아우성을 잊을 수 없습니다. 저는 현관 가득히 벗겨져 있는 문상객들의 구두를 차례로 정돈해놓고 있었습니다. 그러다가 눈을 들었을 때, 현관문 하나 가득히 새까맣게 떨어져내리고 있는 눈을 보았습니다.

추운 엄동의 바람이 휘몰아치고, 그 사이로 눈은 내려오기에 고심하면서 비집을 틈이 없는 공간 속으로 새까맣게 떨어져내렸습니다. 저는 검은 치마저고리의 상복을 입고 구두 정리를 하던 그대로 허리를 굽힌 채 잠시 눈을 바라보았습니다. 어마, 눈이, 라고 뜻도 없이 중얼거리며 주저앉을 때, 고무신이 벗겨져나간 제 버선발이 내려다보였습니다. 며칠 동안 갈아 신지 못한 버선은 부엌 바닥의 찐득한 때가 새까맣게 달라붙어 있었습니다.

급한 마음에 시댁으로 올 때 갈아 신을 버선을 가져오지 않은 탓이지요. 이상한 불행감이 저를 휩쌌습니다. 제 인생이 바로 이 버선 바닥처럼 더럽게 구겨져 있는 것이라고 생각했습니다.

장례차에 실려 장지로 가던 날도 눈이 쏟아졌습니다. 눈 때문에 세상은 환하고, 장례용 버스 밑에 관을 싣고 우리는 잠시 망자의 일은 잊은 채 며칠간의 고된 밤샘으로 인해 반수면 상태에서 눈의 벌판 속으로 그저 달리기만 하였지요. 눈이 떨어져 차창에 수북이 앉았습니다. 성에가 가득한 유리창을 손바닥으로 닦아내고 밖을 보았습니다. 눈은 먼 곳에서 반가운 손님처럼 찾아와 제가 앉은 차창으로 다가왔다 멀어지고 다시 다가왔다가 멀어졌습니다. 그러다가 유리창에 찰싹 달라붙기도 하였습니다. 유리창에 달라붙은 눈에서 육면체, 팔면체, 십육면체의 눈꽃송이를 자세히 들여다볼 수 있었습니다. 어린 시절 품었던 눈의 세계가 갑자기 되살아났습니다. 반가운 손님처럼 찾아와 기쁨과 행복의 감정을 미리 맛보여준다고 느꼈던 눈 오는 날의 정감 말입니다.

가까이 왔던 눈이 멀어지고 또 새로운 눈이 다가왔다가 멀어지고 하는 일이 반복되는 동안 공중에 수많은 선이 서로 얽히다가 하나의 뿌우연 면으로 변해버리기도 했습니다.

눈벌판이 지나고, 나무들이 군데군데 서 있고 흙더미가 검게 뒤집혀져 있는 빈 들판이 계속되었습니다. 누군가가 열심히 돌아다니며 부삽으로 흙을 뒤집어놓은 것 같았습니다. 저는 왠지 모르게 상을 찌푸렸습니다. 그 더러운 곳에서 제 더러운 버선발을 떠올렸기 때문입니다.

눈 속에 저런 더러운 자국이 있다니, 그냥 무한한 흰 눈의 세계일 수 없을까. 이 세상을 하얀 고요로 감쌀 수 없을까. 저는 장지로 가는 동안 점점 세찬 어떤 감정 속으로 빠져드는 것을 느낄 수 있었습니다.

장례가 끝난 후 드디어 저는 그를 원망하면서 짐을 쌌습니다.

"우리 어머니가 다른 집 어머니처럼 내게 그렇게 잘해 보내지 못한 것을 오히려 다행스럽게 여겨요. 그렇지 않았다면 일평생 모르고 살 뻔하지 않았어요. 일평생 남편을 제일인 줄만 알고, 제일 위에다 올려놓고, 그런 밑바닥에 깔린 감정을 볼 수 없었을 게 아니에요. 그런 것을 속속들이 볼 수 있었다는 게 무사한 결혼생활보다 훨씬 다행스러워요."

이 말을 하고 난 직후의 그 자유스러움, 비로소 숨을 쉴 수 있을 듯하던 순간을 기억할 수 있습니다.

저는 결국 돌아오고 말았으며 그는 회사에서 파견되어 사우디아라비아로 떠났습니다. 그리하여 겉으로는 남편의 파견이 구실이 되어주었으나 실은 저는 돌아온 것입니다.

아까도 말했지만 제가 돌아온 것은 거슬러올라가 그 원인이 결혼 예물 때문이려니 했습니다. 어려운 인생의 관문인 결혼이 출발부터 잘못이었다고 생각했습니다.

그러나 요즈음 차츰, 그것이 아니지 않은가 하는 생각이 들기 시작하는 것입니다. 그것은 무엇이었을까, 그런 지엽적인 것이 아니고 더 근원적인 것, 딸이 어머니 운명을 닮는다고 하는 것과 같은 어떤 것, 다시 말해 그것은 운명의 손길이지 않은가 하는 생각이 드는 것입니다.

아버지가 우리를 버려두었듯, 즉 어머니가 남편을 섬기며 사는 여자이지 못했듯 저 역시 그런 것입니다. 그럴 때면 남편이 꼭두각시처럼 느껴져 멀리 떠나 있는 그에게 미안감과 아울러 차라리 측은한 마음까지 드는 것입니다.

그는 사우디에서 몇 통인가의 엽서—햇빛이 너무 살인적이어서 옆 건물에 잠시 갈 때 신문지를 머리에 펼치고 뛰노라면 우박 쏟아지듯 햇빛 쏟아지는 소리가 들린다—를 보내기도 했으며, 그곳에서의 임기를 마친 후 미국으로 건너가 재혼을 했고, 아이를 낳아 잘살고 있다는 소식을 인편을 통해 들었습니다. 그는 그냥 제 운명의 역할을 충실히 해준 저의 엑스트라에 지나지 않는지도 모릅니다. 그는 음식이 마음에 맞지 않아 화를 내고, 친척집으로 가는 버스에서 눈을 샐쭉하게 내리떠야 하는 역할을 맡은 것뿐인지 모르겠습니다.

이렇게 말한다면 밥상을 깨부순다는 표현처럼 너무 과격한 것일까요.

저는 왜 저 자신을 밥상을 깨뜨린다고 생각하려 드는 것일까요.

어머니와 살면서 저녁밥을 짓는 시간을 가장 아늑하고 보람되

게 느끼면서…… 종종걸음으로 달려가 가까운 거리에 있는 시장
에서 파를 한 단 사올 때, 이런 아늑함이 언제까지 계속될 것인가,
조바심 섞인 의구심마저 품으면서 말입니다. 집의 불빛이 창으로
보이면 저는 숨을 멈추듯 걸음을 멈추고 아, 하는 감회와 함께 다
른 인생을 찾아 남의 인생을 살아주기 위해 어디 멀리까지 헤매다
가 이제 제 운명 속으로 돌아온 안도감을 느끼곤 했습니다.

시집가기 전에 쓰던 장롱과 거울, 조그만 책상 같은 것들이 그
대로 있는 내 방에 누워 있으면 제 본래의 자리로 돌아왔다는 이상
한 안도감을 느낍니다. 제 어린 시절에 뿌리를 내린다고 할까요.
인생에 뿌리를 박는 것은 옛 시절이 배어 있는 내 집을 떠나서는
헷갈린다고 할까요.

그렇다면 운명이란 무엇일까요. 우리에게는 정말 운명이라고
하는 것이 있을까요. 우주의 질서 그 안에 인간 개개인이 타고난
시간과 공간이 만난 어떤 한 점, 이것이 운명의 사슬이 되는 것일
까요. 정녕 나보다 멀리 갈 수 없으며 나보다 창조적일 수는 없는
것일까요.

제가 돌아온 후로도 세월은 많이 흘렀습니다. 갓 삼십을 넘기고
돌아온 저는 어느덧 노모와 단둘이 사는 아늑함에 젖어 있는 중년
의 여인이 되었습니다. 헐벗지 않아도 될 집이 있고, 절약해가며
생활을 해나갈 만한 돈이 있어, 집과 시장만을 왔다갔다하며 그 누
구의 간섭을 받거나 하지 않고도 이 세상에 살 수 있다는 기쁨이

큽니다.

알찌개를 한다거나 생선을 구워 남기지 않고 알뜰히 상 위의 것들을 비워나가며 텔레비전을 즐기는 저녁 시간의 안락함은 실로 이제까지 어머니와 제 인생의 어느 부분보다 빼어나게 즐거운 것이기도 합니다.

이런 운명의 줄기에서 제 동생만은 제외되어 있는데 멀리서 행복한 가정을 꾸며 잘살고 있는 동생 영혜를 생각할 때면 저는 항상 대견스럽고 가슴이 뿌듯해옵니다. 동생이 간호사로 서독에 파견되어 거기서 독일인과 결혼했다는 소식을 듣던 날은 저는 터지는 웃음을 참을 길 없었지요.

그러나 그런 안락함 속에서도 왠지 모를 갈증을 솔직히 숨길 수 없었습니다. 저는 이따금 어머니에게 울면서 달려들기도, 또 무언지 모를 불만을 한숨 섞어 털어놓기도 했습니다. 어머니, 검버섯이 피어나는 칠순 노인인 당신과 내가 같을 순 없지 않겠어요, 그 한숨의 뒤끝에는 이런 속말이 저절로 중얼거려지는 것이었어요.

4

당신을 만난 것은 그 무렵이었습니다. 물극필반物極必返의 이치라는 것을 그런 데서도 엿볼 수 있는 것일까요. 사물이 극에 달하

302

면 반드시 되돌아온다는 이치, 무엇인지 극에 달해 더 나아갈 수 없을 듯할 때 새로운 어떤 일, 어떤 현상이 벌어지는 것일까요.

저는 그날 가까스로 감자 두 알을 벗기며 제 몸이 움직여주지 않는 것을 느꼈습니다.

일이 진정 하기 싫고 몸이 움직여주지 않아 짜증스러웠습니다. 다른 아무런 생활도 없이 오로지 이 실내의 아늑함에만 젖어 방석 커버를 만든다, 스웨터를 떠본다, 그리고 텔레비전이나 보며 지내는 이 생활에 말할 수 없는 답답증을 느꼈습니다. 누구의 간섭도 받지 않고 된장찌개를 끓이거나 굴비를 구워 어머니와 단둘이 알뜰히 상 위의 것들을 남기지 않고 다 비워내는 일에도 저는 심한 갑갑함을 느끼고 있었습니다.

그 무렵부터 어머니는 관절염으로 바깥출입을 전혀 못하고 있었으므로 어머니와 제가 때로 외식을 하고 영화라도 구경하고 들어오는 작은 기쁨마저 생활에서 차단되어 있었습니다.

감자를 벗긴 후 볶음을 하려고 보니 면실유가 떨어져 있기에 손지갑을 챙겨들고 동네 슈퍼마켓으로 향했지요. 현관문을 닫는데 어머니가 무어라 하는 소리가 들려왔지만 저는 왠지 심사가 사나워져서 못 들은 체 문을 쾅 닫아버리고 말았습니다. 쾅하고 닫히는 문소리에 제 마음속 무엇인가가 쾅하고 닫히는 듯 어떤 어둠이 일시에 몰려드는 느낌을 맛보았습니다. 그러나 한편, 쾅하고 닫히는 그것은 이제까지의 제 생활이 쾅 닫혀버리는, 어떤 새로움의 장을 기대해보는 소망의 마음이 깃든 소리로도 느꼈습니다.

처음 어둠 속에 서 있는 당신을 발견했을 때 저는 당신이 저의 상상의 산물인가 하는 생각마저 들었습니다. 그만큼 당신의 출현은 의외였으면서도 또한 필연이라는 생각이 들었습니다.

당신은 제게 길을 물었지요.

당신의 부름에 잠시 멈추는 순간, 길에는 아무도 없고 당신과 저 둘만 있었습니다. 길에 있는 그 많은 사람이 갑자기 전부 멀어져간 것입니다. 당신은 물론 저를 알아보지 못했습니다. 저는 당신이 묻고 있는 집, 당신의 옛집을 충분히 잘 가르쳐드릴 수 있었습니다.

당신은 담 밖에 서서 그 집을 넘겨다보았습니다. 등나무 덩굴이 드리워진 창으로 불빛이 흐를 뿐 집안은 조용하였습니다. 그 집에서인지 다른 어느 집에서인지 간간 텔레비전 소리가 들려오는 듯했습니다. 저는 조금 떨어진 곳에 서서 당신의 모습을 지켜보았습니다. 그러고 나서 끝내 미련을 남긴 채 몸을 돌렸습니다. 이상한 끌림, 이대로 돌아서고 싶지 않은, 한마디 얘기라도 건네고 싶은 마음을 그대로 이끌고 슈퍼마켓을 향했습니다. 슈퍼마켓에서 면실유와 몇 가지 물건을 사가지고 나오다가 그 골목에서 나서고 있는 당신을 발견할 수 있었습니다. 우리는 자연스레 조금 전 당신이 길을 묻던 그 지점에서 다시 만날 수 있었던 거지요.

당신은 미처 하지 못했던 인사를 제게 하였지요. 그러곤 덧붙여 물었습니다. 그곳이 자신이 찾는 집인 줄 어떻게 그렇게 잘 알았는가 하고요.

지금 돌이켜보면, 그것은 수학의 공식과도 같다는 생각이 듭니다. 당신과 제가 만났던 일, 그리고 그후에도 공중으로 떠도는 전자파와 같은 것이 우리의 마음속에 어떤 수치를 끊임없이 제공하여 계속해서 이끌어왔던 걸로 생각됩니다.

당신과 처음 만난 삼 일 후 다시 그 장소에서 당신을 만날 수 있었던 것은 바로 그 전자파와도 같은 수치의 공식이 아니고 무엇이겠어요. 저는 매일 저녁녘 어스름이 내릴 무렵 손지갑을 챙겨들고 동네 시장이나 슈퍼마켓에서 저녁 찬거리를 사오는 길에 왠지 발걸음이 그쪽으로 향해지곤 했습니다. 골목 앞에서 골목 저쪽 당신의 옛집이 있는 부근을 바라보았습니다. 그곳은 늘 어둠이 몰려 있었고, 그러면 저는 당신은 제 상상의 산물인가 다시 생각하곤 하였습니다. 외로운 나머지 제가 어떤 일을 스스로 꾸며낸 것이라고요. 밤에 꾸는 꿈처럼 낮에 눈을 뜨고 꾼 꿈일 뿐이라고요.

그 당시의 저는 어머니의 검버섯과 같은 그 칙칙함, 무미건조함에 젖어 있었으니까요. 밥상 위의 것들을 말끔히 남기지 않고 비운 후 텔레비전 앞에 앉아 즐기는 그 즐거움이란 사실 내게 있어 허위가 아니었을까요.

아니, 이렇게 말한다면 정확한 표현이 아닙니다. 거기에도 일상의 아늑함은 확실히 있었습니다. 저는 그 일을 무엇보다 고마워했

습니다. 이런 조용하고 아늑한 생활이 언제까지 가려나 스스로 조
바심마저 쳐졌으니까요. 그러면서 한편 텔레비전을 보고 있는 등
줄기로 진땀이 주르륵 흘러내리며 나보다 더 멀리, 나보다 더 창조
적으로를 구호처럼 속으로 부르짖었습니다. 인생이란 것이 이런
식으로 이렇게 스치고 지나가버리는 것인가 하고 허망한 심정이
자주 되어버렸습니다.

이제 생각하면 그 당시의 저는 희망이 없는 노년과도 같았다고
할까요. 칠순을 넘긴 저의 어머니와 같은 형편에 저를 몰아넣고는
이대로 먹고살 최소한의 돈만 있으면 밖에 나가서 돈을 벌어오지
않아도 되고, 현관문을 닫은 후의 그 안의 생활에서만 진정한 아늑
함을 찾으려 했던 것에는 확실히 무언가 무리가 있었습니다.

삼 일째 되던 날 우리는 다시 만났습니다.

당신의 얼굴에서 역력한 반가움의 빛을 저는 어둠 속에서도 잘
분간해낼 수 있었습니다. 새로 생긴 동네 지하 다방에서 우리는 차
를 마시고, 위스키를 한 잔씩 마셨습니다.

저는 당신이 좋았으므로 몹시 부끄러워했으며 당신이 제게 전
화하겠다고 했을 때 떨듯이 기뻤습니다. 당신은 또 제게 물으셨지
요, 그날 당신이 찾는 집을 어떻게 그렇게 잘 알 수 있었느냐구요.

저는 대답하지 않았습니다. 그것을 말하는 것보다 하지 않는 쪽
이 좋으리라는 생각이 들었습니다. 별다른 무슨 비밀이 있어서가
아니라 그냥 묻는 말에 대답하지 않음으로써 그 자체의 비밀을 간

직하고 싶어서였을 거예요.

어린 시절 살던 집이 그때 골목에서 제일 막다른 집이었는데 그 위로 길이 트이고 새로 집이 많이 들어섰기 때문에 찾을 수 없었노라고 당신은 말했습니다. 정말로 동네가 많이 변했군, 중학생 때 이 집을 떠났는데, 산 위로도 또 마을이 하나 생겼으니 못 찾을밖에, 혼잣말처럼 하였지요.

그후 당신은 보름간이나 제게 전화를 주지 않으셨어요.

저녁마다 찬거리를 사가지고 오는 길에 그곳을 지났지만, 저는 잠깐 머물러 살필 뿐 시간을 지체하지 않았습니다. 집을 비운 그 사이라도 당신이 전화를 걸면 안 되겠기에 말입니다.

저는 하루종일 전화 옆에 붙어서 책을 읽거나 뜨개질을 했습니다. 목욕을 할 때면 물소리가 크지 않게 숨을 죽였습니다. 청소를 할 때나 빨래를 널기 위해 베란다에 나가 섰을 때일지라도 전화벨 소리가 잘 들리도록 신경을 썼습니다. 간혹 전화가 불통인가 수화기를 들어 확인해보기도 했지요. 전화는 불통이기나 한 것처럼 계속 울릴 줄을 몰랐으니까요.

당신의 목소리가 아닌 다른 전화를 받을 때의 실망감, 드디어 저는 발광이 났습니다.

저는 옷소매를 걷어붙이고, 장이 서고 있는 시장 거리로 가서 동동주를 마셨습니다. 일 년에 한 번씩 여름에서 가을로 넘어가는 시기에 시장 한쪽에 장터가 서고 있었지요. 강원도 호박엿, 춘천

막국수, 평양냉면, 전주비빔밥 등 팔도의 음식이 소개되고, 싸구려 옷가지를 벌여놓고 여러 가지 놀이도 벌어집니다. 혼자 마시는 것이 안되었던지 제가 늘 가는 야채 가게 아줌마가 상대를 해주어 함께 마셨습니다. 제가 술을 잘 마실 소지의 여자임을 처음 알았지요. 술은 얼마든지 제 허한 속으로 들어갔습니다. 별로 취기가 오르지도 않았어요.

동동주를 마시고 나오는 길에 기분 삼아 동그라미 던지기를 하였습니다. 천원을 내고 링 다섯 개를 받아가지고 겨냥도 별로 않고 되는대로 던졌습니다. 콜라 한 병, 소주 한 병, 담배 두 갑, 해태 봉봉, 과자, 캐러멜 등이 여기저기 놓여 있었습니다. 그런데 제가 던진 링 하나가 제일 뒤에 있는 대두 한 되들이 소주병에 가서 걸렸습니다. 둘러섰던 사람들은 모두 놀라며 박수를 쳤습니다.

나중에 알고 보니 동네 사진관, 페인트 가게, 과일 가게, 슈퍼마켓의 젊은이들이 다 한 번씩 던졌지만 모두 실패였다고 해요. 물론 모두 다 그 대두 한 되들이 술병을 겨냥하고 던진 것이지요.

링은 무게가 전혀 없이 가볍게 만들어져 정확한 겨냥으로 되는 것이 아니었어요. 그러므로 아무렇게나 겨냥도 없이 막 집어던진 제 것이 덜컥 맞아떨어진 것이지만, 그러나 거기에는 어떤 숨은 힘이 작용했던 것은 아닐까요. 거기에는 바로 당신을 그리워하는 강한 힘이 작용했던 것이에요. 저는 그렇게 믿어요.

큰 술병을 들고 그곳을 빠져나와 집에 와서 거울을 들여다보니,

술이 올라 붉은 반점이 얼룩진 제 얼굴이 꼭 도깨비 같던 것을 기억합니다. 어마, 어쩌면 이렇게 도깨비 같을까, 도깨비가 꼭 이렇게 생겼겠지라고 혼자 속으로 중얼거렸습니다. 저는 동생과 제가 결혼 전에 읽던 책이 있는 서가에서 최면술이나 무슨 마술, 염력, 심령술 등의 책을 더듬어보았습니다. 저의 간절한 마음을 전할 강한 주파수의 방법을 알고 싶어서지요.

아아 무슨 마술이 없을까, 그 어떤 묘법이 없는 것일까, 악마와 결탁할 수는 없을까, 어떤 흥정이 가능한 것일까. 제게 있어 어떤 중요한 것을 내어놓고 그러고는 당신과의 연戀을 가능하게…… 내게 있어 중요한 것이란 무엇일까, 저는 숨가쁘게 스스로에게 묻기도 했지요.

그러기를 며칠여 만에 드디어 당신에게서 전화가 왔습니다. 당신의 목소리를 듣고 저는 추운 바람이 불어오는 듯 몸을 흐읍 하고 떨었습니다. 정말 추운 바람이 제 몸을 강타하고 지나가는 것을 느꼈습니다. 그러고는 전화를 끊고, 목욕실로 달려가 거울을 보며 한바탕 웃었습니다. 예기치 못했던 웃음이 계속해서 터져나왔어요. 그 순간의 행복, 그 찰나적인 행복, 어떤 불안의 요소도 있을 수 없는 첫 시작의 느낌.

분출되는 분수의 이제 막 솟아오르는 물줄기, 아직 절정으로 올라가기에 느긋한 여유가 있는, 아니 그런 것을 따져볼 필요도 없이 저는 물줄기가 되어 뿜어져나왔던 것입니다.

탕에 물을 받아 목욕을 한 후 머리를 세트로 만 채 저녁을 지었습니다. 당신의 전화를 받고 집을 빠져나오기까지 저는 일 초의 여유도 없이 발을 동동동 구르며 바삐 움직여야만 했습니다.

그러고는 집을 빠져나갔을 때의 그 통쾌함이란. 외출다운 외출을 한 지 까마득한 지경이어서 신고 있는 구두나 옷차림에 몹시 신경이 쓰였습니다. 왜 무리를 해서라도 옷을 장만하지 못했는가 후회했지만 때는 늦었습니다. 당신의 전화에만 신경을 집중하느라고 다른 일을 염두에 둘 여지가 없었던 것입니다. 당신이 지명한 어느 호텔 커피숍으로 가기 위해, 택시 운전사는 차에서 두 번이나 내려 사람들에게 장소를 물었습니다. 그 호텔은 이즈음 새로 지은 아직 별로 잘 알려지지 않은 곳인가봅니다. 고층 빌딩과 널찍한 길이 뚫린 도시 강남은 제게 무척 낯설고 조금 두렵기도 한 곳이었습니다.

그곳의 거리를 마음대로 활보하고 있는 사람들을 차창 밖으로 내어다보며, 이곳을 걷기 위해서는 어떤 자격증을 가져야 하는 것일까 하는 생각을 문득 하였습니다.

국민학교 사학년 때던가요, 같은 반의 부유한 친구가, 이것 우리 아빠가 미도파에서 사온 거다라고 말하며 얼음사탕을 조금 떼어주었을 때, 미도파라는 처음 들어보는 그 리드미컬한 어음과, 그곳에 들어갈 수 있는 사람은 친구의 아버지쯤 되는 부자, 권위 있는 사람이어야 한다는 생각을 했던 것 같습니다. 보통 사탕이 아니고, 꼭 얼음처럼 생긴 사탕의 모양도 무척 특이한 것이었지요. 그런데 큰 후 어느 날 중심가에 어머니를 따라서 나갔다가 미도파라고 쓰여진 건물을 보았고, 그것이 백화점이며, 아무나 들어갈 수 있는 곳이라는 것을 알았을 때의 허전함이 기억났습니다. 바로 그렇게 강남의 거리는 아무나 걸을 수 있는 곳이겠지요. 그럼에도 제게는 어쩐지 자격이 모자라는 것같이만 여겨졌어요. 이곳을 걷기 위해서는 조금 더 아름답게 단장을 해야 하지 않을까, 조금 더 젊어야 하지 않을까, 아니 새로 생긴 이곳 길이라기보다 당신 앞에 나타나기 위해 저는 무척이나 모자란 듯이 느껴지는 것이었어요. 당신에게 애정을 구하면서도 이런 부수적인 것들이 자리하는 것을 쓸쓸히 느꼈습니다.

커피숍은 사람들로 몹시 붐볐고, 당신은 그곳 이 인용 조그만 테이블에 앉아 있었습니다. 며칠 전에 무슨 일 때문에 이곳에 왔는데 이른 시간이어서인지 전부 비어 있고, 한적하고 그렇게 좋았다고 당신은 말했습니다. 당신의 그 말에 내 속에서 품었던 의문이 비로소 살아나며 저는 기어이 웃음을 터뜨렸습니다. 바로 이런 곳으로 오기 위해 운전사까지 택시에서 두 번 내린 것이라 생각하니 웃음이 났던 것입니다.

당신을 만나기 위해 온 첫 장소가 어디 아늑하고 조용한 곳이 아니라, 바로 이렇게 도떼기시장 같은 곳, 당신은 사람들에게 떠밀리듯 겨우 가장자리 이 인용 조그만 테이블에 자리잡고 앉아 있어야 했으니까요.

당신을 몽상가라고 다시 생각했습니다.

예전에 살던 집을 세월이 흐른 뒤 찾아보는 그 행위도 보통 사람으로선 있기 힘든 일이지요. 한바탕 웃고 나서 당신과 저 사이는 한결 부드러워지고 급격히 간격이 좁혀진 것 같았습니다. 예부터 서로 잘 알고 있는 사람인 듯 생각되어지기도 했어요. 하긴 우리는 그 옛날 한 번 스친 일이 있지요. 당신은 기억 못하시지만 저는 당신을 기억합니다.

그날 우리는 플라타너스 가로수 밑을 걸었습니다. 누군가가 우리를 보았다면 저녁 후 산책 나온 부부로 보았을 것이 틀림없습니다. 여름내 자란 플라타너스의 밑가지는 우리의 키보다 낮게 잎을 드리워 나무 밑을 지날 때마다 허리를 굽히는 행동을 하지 않으면 안 되었습니다. 천천히 느릿느릿 걸으며 나뭇가지가 우리의 키보다 밑으로 내려올 때마다 허리를 굽히는 그 리듬은 일정하게 반복되었고, 우리는 그저 간간이 몸을 서로 스치기도 하며 걸었습니다.

당신과 저의 만남은 그렇게 시작된 것입니다.

그것이 첫 시작이었습니다. 그렇게 시작되어 어느새 삼 년이 지났습니다. 횟수로 따지면 불과 서른 번을 넘기지 못한 것 같습니다. 만나는 일을 두 달이고 석 달을 건너뛸 때도 있었으니까요. 그러나 그런 일은 별로 문제가 되지 않았습니다. 누군가가 있다는 것과 없다는 것은 크나큰 차이지요. 오로지 그것이 중요하지요.

만나지 않아도 누군가가 저기 어디 있다는 것만으로도 저의 생활은 달라지며 매일매일 노력하게 됩니다. 손지갑을 챙겨들고 저녁 시장에 나갈 때의 행동 하나만 보더라도 예전과 다릅니다. 감자를 벗기는 일, 빨래를 너는 일 하나에도.

그렇습니다. 당신이 말하는 나이들어가는 여자의 떨림, 바로 그 떨림이 배어 있는 그런 표정과 행동이었다고 생각합니다. 무언가 조심스럽고, 남자를 그리워하는 몸짓이란 그렇지 않은 행동과 전혀 다를 것입니다.

5

쓰기를 멈추고 팔을 뻗고 담배를 찾습니다.

어느새인가 제게는 담배 피우는 습관이 생겼습니다.

책상에서 잠시 내려와 방바닥에 앉아서 담배 연기를 후욱 내뱉습니다. 지금 이 순간 옛날 할머니들이 담배를 피우던 기분 그대로가 제 숨 속에 되살아나는 듯합니다. 밖은 괴괴하고 간혹 창문이 덜컹거리는 소리가 들립니다. 어머니 방에서 나는 밭은기침 소리도 들립니다. 늦가을의 바람은 예상외로 차고 매서워서 아까 저녁 무렵 빨래를 걷으러 베란다에 섰을 때 헝겊에 엷은 얼음이 낀 듯 빨래들이 굳어져 있었습니다. 바람이 계속 일어 소화 작업에 큰 지장을 주고 있다는 아나운서의 멘트가 생각나서 불안스러이 바람 소리에 귀를 기울입니다.

불은 아직도 타고 있을까요.

시커먼 밤 속으로 타들어가는 거대한 불더미를 떠올리며 저는 두 개비째의 담배에 불을 붙입니다. 실은 술을 마시고 싶습니다 만, 지금 입에 술을 댄다면 정신을 잃을 정도로 마셔버릴 것이고, 그러면 이 글을 더이상 쓸 수 없을 것 같기에 참습니다. 지금 펜을 놓아버리면 다시는 잡기 힘들 것이기 때문입니다.

불이 타고 있는 동안만 바로 그 기운에 힘입어 저는 무엇인가 제 안에 있던 것, 제 안에서 나오고 싶어하던 것을 끌어낼 수 있을 것 같기 때문입니다.

어마어마어마어마.

허둥거리며 음식을 싸가지고 갔던 무명 보자기와 벗어놓았던 코트로 불길을 향해 내려치면서 그 순간이 요원하게 생각되었습니다. 설명하기 힘듭니다만 여기가 이 세상이라 하는 것인지, 이 세상이 있는 것인지 없는 것인지, 내가 있는 것인지 없는 것인지, 아무것도 분간할 수 없으면서도 정신은 말짱하였습니다.

처음 여유를 가지고 삽으로 불길을 내리찍던 집안 아저씨도 갑자기 우리를 에워싸고 바람 부는 쪽으로 반원을 그리며 퍼져나가는 불길을 향해 정신없이 부삽으로 흙을 퍼대었습니다.

이렇게 해서 산불을 낸다, 그 무서운 산불이 우리에게 닥쳤다, 꿈이 아니다, 정말 어이없이 우리 앞에 벌어진 일이다. 아저씨도 저도 허둥거리며 점점 빠른 속도로 움직여지는 팔놀림에는 이런 절박함이 담겨 있었을 것입니다. 바로 그 느낌은 또한 당신과 만나게 되었을 당시의 느낌과도 흡사합니다. 이것이 바로 내게 다가온 일이다 꿈과 같이, 라고 저는 중얼거렸지요.

어머니와 현관 안에서의 생활로 인생은 지나가버리는가보다, 이것으로 내 인생은 이제 마감을 하는가보다 생각하고 있을 때 당신이 나타났던 바로 그 느낌과 흡사합니다.

저는 조금 높은 지대, 마을과 논이 내려다보이는 곳으로 가서 소리쳤습니다. 여보세요오, 불이 났어요오, 얼른 와주세요오, 불났어요 불이요오— 나무들 사이로 제 목소리는 퍼져나갔습니다만 올려 미는 바람 때문에 곧 내게로 되돌아오는 듯했습니다.

무덤들 사이로 불길이 퍼져나가는 소리, 군불 지필 때와 비슷한 냄새, 아저씨가 삽으로 내려치는 소리 속에 서 있으면서 잠시 순간이 영원으로 멎는 것 같았습니다.

마치 당신을 처음 만나던, 당신의 부름에 고개를 돌리는 순간 길에 있던 모든 것이 멀리로 물러나고 오직 당신과 저 둘만이 있는 듯 느껴지던 그 순간과 흡사합니다.

평화로운 산과 논밭, 들판, 어디선가 개 짖는 소리, 닭 울음소리 그리고 아이들 소리, 한낮의 햇빛과 바람 속에서 긴박감을 알리는 제 소리가 전혀 현실감이 없었습니다.

이것은 이 세상이라도 좋고 아니라도 좋다. 이 세상이 아닌 것 같다. 아마 이 세상이 아닌가보다. 도깨비방망이를 흔들어 어딘가 이 세상과 다른 세상이 잠시 열린 것 같은, 갈피를 잡을 수 없는 심정이 되었습니다.

저는 그쯤 소리쳐놓고 다시 돌아와 아저씨와 떨어져서 다시 외투로 내려치기 시작했습니다. 다행히 논두렁에서 무엇인가를 하고 있던 마을 사람 몇이 달려왔습니다.

그들은 굵은 소나무 가지를 꺾어들고 익숙하게 불길을 다잡았습니다. 불길은 잡히는 것 같다가 다시 더욱 밀려나고 다시 마을 사람들 손에 잡히기를 계속했습니다. 산에서 나는 연기를 보고 마을 사람들이 더 달려왔고, 결국 불은 십여 분 만에 꺼졌습니다. 시계를 보니 그 정도의 시간이었지만 참으로 오랫동안 불끄기 작업을 했던 것으로 생각됩니다.

타버린 할머니의 묘 주위 여기저기 앉아서 마을 사람들은 아저씨가 권하는 담배를 땀을 닦으며 피웠습니다. 불길이 그만해서 잡히길 다행이라고 입을 모아 말했습니다. 가을부터는 산에서 담뱃불 하나도 붙이지 말아야 하는 것이라고 말했습니다. 산에 있는 마른잎, 마른가지, 마른 덤불, 모든 것이 불감인 것이라고요. 아저씨와 저는 처음으로 알아듣고 고개를 끄덕였지요. 그런 것도 모르고 묘에서 키만큼 자란 억새풀들과 마른 잔디 봉분 가장자리로 제멋

대로 뻗어간 밧줄 같은 덩굴들을 낫으로 잘라내어 한쪽에 놓고 성냥을 그어댔던 아저씨가 차라리 천진스러워 보였지요.

우리는 마을 사람들에게 사과의 뜻으로 수없이 머리를 숙이고 막걸리나 받아 마시라고 아저씨가 가지고 있던 돈과 저의 것을 합해서 오만원을 그분들에게 드렸습니다.

타버린 흙더미 속에서 간혹 피식피식 흰 연기가 오르는 것을 보며 아저씨와 저는 안심이 안 되어 한 시간여를 더 앉아 있었습니다. 다 꺼진 불이라고 별로 걱정도 안 하며 내려가는 마을 사람들에게서 자연에 익숙한 솜씨를 보았습니다.

저는 주섬주섬 김밥을 싸왔던 찬합과 김치를 담아온 스테인리스 통을 챙겼습니다. 그것들은 꺼멓게 그을리고 숯검댕을 묻혀가지고 있었습니다. 여기저기 구멍 뚫린 무명 보자기에 그릇들을 챙기고 나서 그제야 아까워하며 코트를 살피니 코트는 소매 하나가 떨어져나가고 검댕이범벅이 되었습니다. 오래된 것이지만 애착을 느껴 왠지 해가 갈수록 아껴 입던 것입니다. 특히 고전적인 칼라의 선을 마음에 들어했습니다만, 언젠가 당신도 잘 어울린다고 한번 얘기해주신 적이 있지요.

흰 연기가 솟고 있는 흙더미를 밟아주며 돌아다녔습니다. 흙더미는 따뜻한 기운으로 녹직녹직하고 한결 부드러워져 있으며 소나무에서 송진이 흘러내려 짙은 송진의 냄새가 났습니다.

아직도 무언가 안정이 되지 않아 다리가 후들후들 떨렸습니다.

담배를 피우는 아저씨에게 한 개비 얻어 같이 피우고 싶은 마음이 간절했으나 그냥 꾹 참아 눌렀습니다.

문득 고개를 드니 커다란 산줄기와 산의 능선을 따라 파랗게 일어나고 있는 하늘이 신선하게 눈에 들어왔습니다. 산줄기와 능선의 아름다움은 할머니 묘를 찾을 때마다 돌아올 제 보게 됩니다. 묘를 향해 올라갈 때면 산봉우리를 뒤에 두기 때문에 돌아서서 잠시 멈추어 설 때 외에는 보이지 않습니다. 하나 내려올 때는 죽 산봉우리가 푸르른 하늘과 맞닿아 만들어내는 능선을 바라보며 내려오게 됩니다. 산줄기는 거대한 산맥을 이루어 아마 삼팔선을 지나 이북까지 그대로 뻗어나갔을 것입니다만 이곳에서는 높다란 여러 개의 봉우리를 볼 수 있을 뿐입니다. 이것이 태백의 줄기일까, 이런 생각을 하다가 이북오도청에 등록되어 있는 단천군민묘지, 그런 고유명사를 머리에 떠올렸습니다. 이곳이 단천군민묘지라는 것을 몰랐을 리 없건만 처음 그것을 깨달은 것이지요. 더구나 이곳에 누워 있는 망자들이 전부 실향민이라는 사실도.

왜 이제까지 거기에 생각이 미치지 못했는지 의아함마저 들며 불시에 어떤 감정이 솟아올랐습니다.

실향민, 그렇습니다. 어휘 자체에서부터 느껴지는 그 짙은 이북 지방의 색채, 그중에서도 함경도.

저는 우선 친척 중의 한 분인 순젱이를 떠올리고, 그리고 그 비슷한 내음을 풍기는 많은 사람을 떠올렸습니다. 함경도 사투리를

318

쓰는 사람을 어쩌다가 시장 포목점에서라도 만나게 되면 무언지 모르게 우선 반갑다는 생각이 듭니다. 함경도 분이시죠?라고 물으면 그쪽에서도 갑자기 얼굴을 펴며 어떻게 알았지요?라고 묻지요.

저의 어머니가 함경도세요.

함경도 어디?

남도 단천요.

어이구 저어 위구마. 어쨌든 반갑소이, 애기 엄마.

이런 말을 쉽게 건네고는 값을 조금 깎아주기도 하지요.

서울에서 지낸 지 오래되어 이제는 거의 서울말을 쓰고 있어도 그 억양이나 어투 어디에는 꼭 특이한 꼬리를 달게 마련이지요. 저는 함경도를 가본 적도 물론 없고 얘기도 별로 듣지 못했으며 친척이 많은 것도 아니고 또한 가까이 지내지도 않았기 때문에, 할머니나 어머니 고향에 대해서 거의 모르고 어떤 느낌도 가지고 있다고 생각지 않다가도 함경도 사투리를 들으면 우선 반가운 마음이 듦을 어쩔 수 없습니다.

고향이란 정말 특이한 어떤 것인가봅니다. 왜인지 그 훈훈한 냄새, 저절로 손을 잡고 싶어지는 마음, 그곳이 이남에 있지 않고 삼팔선 저쪽에 있기 때문에 그들이 자아내는 그 실향민의 분위기와 어우러져 더욱 절실해지는 건지 모릅니다.

"함경도 사람들 실루 측살하고 인색하지비."

제가 어린 시절 할머니와 어머니는 함경도 사투리로 얘기하곤 하셨지요. 어머니는 밖에 나가서나 우리에게는 표준말을 쓰다가도 할머니하고는 함경도 말로 얘기하셨습니다. 할머니 먼 친척 되는 어떤 아저씨가 월남한 후 할머니 소식을 듣고 찾아왔는데 곶감을 한 꼬치 사오셨습니다.

"그래, 그 곶감 한 꼬치가 뭐이요. 그만하면 살 만한데, 에구우 실루 측살하지비."

어머니가 이렇게 얘기하시던 것이 생각납니다.

실루라든가 측살이라는 말을 이해하시겠는지요. 첨관이라는 말을 알아들으실 수 있으세요? 새쓰개는 어떻고요?

그런 말들은 그 해석이 불가능한 것은 아니지만 그 말 자체로 그냥 이해되는 것 외에 별도리가 없는 듯이 여겨집니다. 그것을 번안하는 즉시 거기에 끼인 독특한 특질이 없어지고 마니까요.

함경도 사람이라고 하면 먼저 떠오르는 것이 순쟁이입니다.

그녀야말로 제가 잘 알 수 있는 실향민입니다. 생김새부터가 몽골리안을 여실히 나타내주고 있지요. 높은 광대뼈와 반듯한 얼굴, 그 이마에 띠를 두르고 새털이라도 하나 꽂으면 영락없이 인디언 추장의 모습이 될 그런 용모입니다. 피부는 햇빛에 그을어 반들반들하고 눈에서는 정기가 납니다. 거무스름한 잿빛 두루마기를 입고 서 있으면 그 몸 전체가 무슨 산악이 되는 것 같습니다. 맑고 강인하고 용맹스럽습니다.

이름은 순정, 성은 무엇인지 모릅니다. 할머니 사촌언니의 딸이라고 하지만 할머니와 성은 다를 것이겠지요. 함경도 사투리로 그를 순젱이라고 부르는데 할머니의 손녀인 우리가 그녀를 어떻게 불러야 되는지 모르는 채 어른들을 따라 순젱이, 순젱이 하고 불렀습니다.

순젱이는 어머니를 아지미라고 불렀지요. 어머니는 그녀에게 아줌마가 되는가봅니다.

그녀는 아들 흥을 한참 보고 돌아갑니다. 윗목에 앉아서 물 한 잔 청해 마시지도 않고 할머니나 어머니가 무어라도 좀 대접하려고 하면, 지금 금방 밥을 먹고 와서 배가 너무 불러 아무것도 못 먹는다고 말립니다. 아지미, 여기 가마아이 앉아 있소, 라고 절대로 못 일어나게 합니다. 그 힘이 어찌나 강한지 절대로 일어나지를 못하지요. 그런 모습을 바로 첨관이라고 말합니다. 그렇게 말리는 그 사양의 마음에는, 상대가 일어나서 무엇인가 먹을 것을 가져오는 그 일이 너무 미안한 것이지요. 절대로 폐를 끼치고 싶지 않은 최고의 겸손한 마음입니다. 적절한 예의, 사교 등이 세련된 요즈음의 인간관계에서는 이해하기 힘든 구시대의 마음인지도 모릅니다.

순젱이 아들을 흥보는 대범한 마음은 할머니와 어머니가 함경도 사람을 흥보는 그런 마음과 일맥상통한 데가 있습니다. 무엇인가에 대한 자랑은 간지러운 북방 여자들 특유의 강한 개성이 거기에 숨어 있습니다.

아들을 흥보는 내용은 대개 이런 것입니다.

아들이 양복을 해달라고 하도 졸라서 겨우 양복을 한 벌 해주었더니 이번에는 구두를 해내라고 해서 구두는 신던 것을 그냥 신어라, 엄마가 무슨 돈이 있어 한꺼번에 그렇게 새 양복에 새 구두까지 하느냐고 하니 새로 맞춘 양복을 면도칼로 찢더라는 얘기입니다.

"면도칼로 쪽쪽 찢소"라고 기가 막힌 얘기를 아무렇지도 않게 합니다. 말리는 순젱이를 냅다 밀쳐 저만큼 나가떨어지게 하고 세간을 부수고 해서 파출소에 신고하여 순경이 와서 잡아갔습니다. 유치장에 들어가서 좀 반성하라고 순경한테 잡아가게 했지만, 또 너무 얻어맞지는 않는지 걱정이 돼서 그길로 담배 두 보루를 사가지고 뒤쫓아갔더니 그 밤으로 풀려났더라는 얘기입니다. 너무 때리지 말아달라는 부탁이었는데 그 밤으로 풀려나왔다고요. 아시겠어요. 이 얘기의 골자를.

이북에서 살다가 피난을 나와 갑자기 산 설고 물 설고 사람 선, 모든 것이 어설픈 상황에서 빚어진 그 당시 실향민의 진면목이 들어 있는 얘기입니다.

저의 외삼촌, 바로 할머니의 외아들도 그런 타입이었습니다. 할머니를 곧잘 마당에다 메어꽂곤 했다는 얘기를 들어서 알고 있습니다. 그러던 삼촌이 육이오가 터지니까 월북했고 그후 소식을 모릅니다(해방되기 몇 해 전 어머니네 식구들은 월남해 있었습니다). 삼촌이 왜 월북했는지, 삼촌에게 뚜렷한 사상이 있었는지 아니면 해방되고 남북으로 갈리는 그 시기에 편승하여 그냥 북으로

넘어갔는지 알 수 없으나 제가 간간이 얻어들은 얘기로 보면 삼촌
역시 실향민이 낳은 실패자입니다. 아니, 저는 오늘 낮에 묘에 다
녀온 바로 이전까지 그 실향민에 대해 별로 연관지어 생각해본 적
이 없습니다.

사람들은 각자 자기가 타고난 환경, 능력, 개성, 성격 들로 인해
자신의 운명을 사는 것이라고 생각하고 있었지요. 결코 사회나 어
떤 제도에 연계를 갖고 생각해보지 않았습니다.

그러나 오늘 묘에 다녀온 후 우리의 실수로 못자리가 타버린 지
금, 비로소 실향민이라는 무리에 대해 눈이 떠진 것이라고 할 수
있겠습니다. 지금 떠오르는 것이 있습니다. 어린 시절 우리가 살던
동네 산 위에 새까맣게 들어앉은 판잣집, 이제 생각하니 그것이 바
로 실향민촌이었습니다.

그들은 모두 이북 사투리를 썼습니다. 아이들은 억세고 야생의
냄새가 느껴졌습니다. 좀체로 산밑 동네 아이들과 잘 어울리지 않
았지요. 아니, 동네 아이들이 산동네 아이들과 어울리지 않았을 거
예요. 어른들은 이른새벽 집을 나가 밤늦게야 집에 돌아오므로 산
동네에는 맨 아이들뿐이었습니다. 간혹 산동네를 기웃거리노라면
집집마다의 아늑함에 놀라곤 했습니다. 저는 열린 방문 안쪽을 들
여다보기를 좋아했지요. 그 속에 있는 농이랑 거울, 개켜 올려진
이불, 벽에 걸린 옷가지, 문 쪽에 놓인 방비와 쓰레받기, 요강 같은
것을 볼 수 있었습니다. 방 한쪽이 부엌인 집도 있고 툇마루를 조

금 붙여놓은 집도 있고 부엌을 따로 만들어 붙인 집도 있습니다.

모든 것이 방 하나에서 이루어지고 있는 생활이, 소꿉장난하듯 재미있게 느껴졌습니다. 또한 어른들이 없는 산동네는 뭔가 특별한 나라같이도 여겨졌지요. 산은 어린 시절 우리의 놀이터였는데 전후 어느새 판자촌이 되어버렸지요. 그 판자촌은 밤중에 몰래 짓고, 날이 새면 순경이 철근이니 몽둥이로 때려부수고, 식구들이 울음바다가 되기를 거듭거듭하여 생긴 동네입니다. 그런 장면들을 참으로 많이 보았지요.

그곳에는 이북서 넘어온 의사와 간호사도 있었는데 의사는 판잣집에 사는 사람 같지 않게 언제나 검은 양복에 흰 와이셔츠를 단정히 입고 의사 가방을 들고 산을 오르내렸습니다. 검은 치마에 흰 저고리, 뾰족구두를 신은 곱살하게 생긴 간호원은 점점 배가 불러와 동네 사람들이 수군거렸지요. 그러나 그들은 곧 결혼을 한다고 했습니다.

산동네의 어느 결혼식도 보았습니다.

알록달록한 색종이를 단 택시에서 신부가 내려 산동네로 올랐습니다. 신부는 흰 레이스 장갑에 꽃을 들고 부축받으며 힘겹게 산동네로 올랐는데 동네 조무래기들이 길게 신부 뒤를 따랐지요. 신랑집에서는 음식을 장만하고 술상을 벌였습니다. 새색시는 큰절을 한 뒤 방 한구석에 고개를 숙이고 얌전히 앉아 있고, 신랑의 어머니는 부엌에 앉아 큰 다라이 안에 놓인 음식들에 달라붙은 쉬파

리를 쫓으며 자꾸만 웃었습니다. 판잣집 단칸방에서 아들을 장가
보내며 잠시 시름을 잊고 자꾸 웃던 것입니다. 그때 판자촌의 그
아이들도 지금은 나와 같이 중년이 되어 있을 것입니다. 그리고 이
른새벽 나가서 깜깜한 밤에야 들어오던 어른들, 신랑의 어머니도
저의 어머니처럼 고령이거나 이미 세상을 떠났을 것입니다. 그들
의 지난 세월은 타향에서 발을 붙여보려고 무척 힘겨웠을 것입니
다. 포목 시장이나 어디서 고향 사람을 만나면 서로 반가워하는 이
유가 거기에 있을 것입니다.

바로 그 무리, 그중 한 사람이 할머니나 삼촌, 어머니 그리고 우
리라는 것을 비로소 깨달았습니다. 아직 한 번도 고향을 잃었다고
생각해본 적이 없는데 오늘 비로소 그런 생각이 들었어요. 고향을
떠난 후 무엇인가를 잃었으며 끝없이 잃어가는 데 대한 두려움을
느끼는 사람들.

삼촌은 평소에는 얌전하다가도 술을 마시면 독째로 퍼마시며
사람이 돌변하여 걷잡을 수 없이 되었습니다. 세간을 부수고 있는
삼촌을 할머니가 말리려 하다가 냅다 마당에 내팽개쳐졌습니다.
할머니가 봉숭아 꽃밭 위에 나가떨어졌던 장면을 제가 실제로 본
듯합니다만 실지 보았던 것인지 아니면 얘기로 듣고 상상한 것인
지 분간할 수 없습니다.

또한 삼촌의 혼인날 이발소에 간다고 나가서 돌아오지 않았던
일도. 웅성거리며 당황하는 어른들 속에서 빠져나와 뒷동산에 오

르니 삼촌이 거기 푸른 하늘을 보며 소나무 밑에 팔베개를 하고 누워 있었습니다. 술을 마시면 제 손에 난 물사마귀를 면도칼로 밀어버리자고 위협을 하여 저는 그때마다 겁에 질려 울음을 터뜨렸습니다만 그날 삼촌은 전혀 무섭지 않았습니다.

"삼촌, 여기서 뭐하고 있어?"

"음, 가혜로구나."

"할머니랑 엄마랑 사람들이 막 찾아."

삼촌은 아무 일도 없는 듯 그냥 팔베개를 하고 드러누워 있었습니다. 그러나 그 장면 역시 저의 상상인지 실제인지 분간할 길 없습니다. 지금 이 글을 쓰고 있노라니 아득하게 외삼촌의 모습이 잡혀옵니다. 머리는 반곱슬로 숱이 많고 멜빵을 단 바지에 와이셔츠를 입고 손에는 대두 한 되들이 푸른 병을 들었습니다. 삼촌은 저와 동생을 데리고 논두렁길을 걸어 논으로 벼메뚜기를 잡으러 가는 것입니다. 벼메뚜기를 잡아서 푸른 병 속에 가득 집어넣습니다.

논두렁길, 누런 벼 그리고 벼메뚜기의 빛깔, 이런 것이 정말로 아득하게 넘어가는 저편 하늘처럼 떠오릅니다. 이런 비현실적인 실체감을 어떻게 표현하면 좋을까요. 이것이야말로 존재의 본질일까요. 제가 삼촌을 생각할 때 떠오르는 이 무엇. 형상도 실체도 거의 잡히지 않게 아스름하지만 그럼에도 더욱 뚜렷이 뭉쳐져오는 이 실체감. 제가 삼촌을 생각할 때 느끼는 아련한 실체감과 당신을 떠올릴 때 느끼는 실체감은 거의 비슷합니다. 아무것도 잡히지 않으며 그러나 없는 것이 아닌, 거기에 뚜렷이 있는 바로 이것이 우리 모두의 존재일까요.

다시 순쟁의 얘기로 돌아가, 순쟁은 남대문시장 입구에서 달러 장사를 했습니다. 그 골목을 지나노라면 달러 있어요, 달러 있어요? 하고 묻는 아주머니들 사이에서 순쟁의 모습이 갑자기 우뚝 솟아납니다.

쥐색 두루마기를 입고 머리를 반듯이 쪽찐 그 모습에는 생명력이 넘쳐 있습니다. 분이 뜨고 머리를 함부로 볶아 푸시시한 모습의 동료 달러 장수들에 비해 순쟁의 그 모습은 언제나 힘이 넘쳐 보였습니다. 그래서 망나니 아들 하나를 너끈히 이기고 거리에 나와서 의연히 서 있는 바로 산악과 같았지요. 그러다가 아들이 이민을 갔고, 뒤따라갔다가 혼자 돌아왔습니다. 순쟁에게는 딸도 셋이나 있다고 합니다만, 그 부분을 잘 모르겠습니다. 오직 아들만을 기리는 옛 여자들의 마음을.

돌아온 후 갑자기 생기를 잃은 처진 모습으로 저희 집에 몇 번 오셨습니다. 이미 할머니는 돌아가시고, 어머니도 관절로 바깥출입을 거의 못하실 때, 그녀는 다리가 아파 이제 더이상 못 올 것 같다면서 전화번호 하나를 적어두고 돌아갔습니다. 그렇게 생명력이 강해 보이던 모습이 어떻게 저렇게 빛을 잃을까, 돌아가는 모습을 뒤에서 바라보며 생각했습니다. 그리고 얼마 후, 함께 살던 같은 방 사람이 순쟁이 죽었노라고 전화를 주었습니다.

순젱의 묘는 어디에 있는 것일까.

묘를 쓰기나 한 것일까, 그냥 화장을 하고 말았을까.

이런 생각을 하며 산을 내려왔습니다.

밤낚시를 하려는 사람인지 낚시 장비를 갖춘 남자가 우리 옆을
스쳐지나갔습니다. 묘에 올 때마다 낚시하러 가는 사람을 만나는
것을 보면 이 등성이 너머 어디 저수지가 있는가보다 생각하며 국
도에 내려섰을 때, 산으로 난 오솔길 입구에 어둔리라고 쓴 팻말이
눈에 들어왔습니다. 동네 이름이 무엇인가 하고 묻는 아저씨에게
어둔리요, 외우기도 쉽지요, 어둡다고 어둔리라고요, 말하던 마을
사람 얘기가 떠올라서 저는 그 팻말을 한참 들여다보았습니다. 왠
지 오늘은 실향민의 묘지도 그렇고, 어둔리라는 그 마을 이름도 그
렇고, 무엇이든 처음인 듯 새롭게 제게 들어왔습니다.

할머니가 묻힌 곳이 어둔리라는 마을인 것은 전혀 우연이 아닌
것처럼 여겨지며 할머니야말로 바로 이곳, 이북으로 뻗어나간 저
렇게 높은 산봉우리를 바라보며 누워 있을 자격이 있는 듯 생각되
어졌습니다. 그 무덤은 마루끝에 나와 앉아 있는 할머니의 모습으
로 화하는 듯도 했습니다.

할머니가 마루끝에 나와 앉아 있는 모습이 지금 환히 제게 되살
아납니다. 이 세상 아무데도 없으며 그를 기억하는 사람조차 이 세
상에 한두 명 정도일, 그리고 기억하는 사람마저 없어져버리면 머

잖아 할머니는 이 세상에 살다 간 다른 많은 사람처럼 흔적조차 없어질 그런 존재입니다만, 바로 살아 숨쉬던 그 생생한 존재로 지금 제 옆에 다가와 있습니다. 제가 보았던 할머니, 제가 느끼고 만졌던 할머니로 말이지요.

왜인지 늘 할머니 부분을 생각하기 싫고 어떤 죄책감을 느끼며 그러고도 무심히 강한 한줄기 빛처럼 떠오르면 어쩔 수 없이 음, 하는 신음소리가 저절로 나오는, 그 부분을 두렵지만 더듬어가지 않을 수 없습니다. 할머니를 떠올리면 사람이 얼마나 외로운 존재인가, 얼마만큼 시련을 겪어야 하는 존재인가, 기쁨의 순간이 과연 있었을까 하는 것들을 생각하게 됩니다. 마치 흑인 노예로 태어난 사람들에게서 느끼듯 말이지요.

역사는 구르고 사람들은 그 역사라는 것을 피를 흘리면서도 개선해나가지 않으면 안 되는 이유가 바로 거기에 있는 것인지 모릅니다.

할머니라는 어떤 한 생명이 구한말에 태어나 일제의 압박을 겪고 해방을 맞은 후 다시 육이오를 겪으면서 살아나온 그 과정이 우리나라 역사와 꼭 맞물려 있으며 할머니를 통해 짓밟혀진 사람들의 생활을 구체적으로 볼 수 있기 때문입니다. 이렇게 말한다면 제가 무엇인가 대단히 아는 듯 들릴지 모릅니다만, 저는 이미 할머니가 된 여자인 할머니를 그것도 저의 유년에 보았을 뿐으로 할머니의 시절들을 모르는 것이지만 역사책에서 배우는 역사가 아닌 그저 막연하게, 복사꽃 피어 있는 어느 마당에서 할머니는 유년의 짧은 한 때 즐거움을 누렸을까, 그런 생각을 해보게 되지요. 우리 할머니뿐 아니라 그 시대를 살았던 여자들의 삶은 대동소이할 거예요.

제가 오늘 여기에서 숨쉬고 있는 것은 할머니와 그보다 더 위의 선조들로부터 무동을 타듯 이어내려온, 오로지 그 덕분이지요. 그 것이 확실합니다. 당신과 플라타너스 밑을, 밑으로 처진 나뭇가지 때문에 간혹 허리를 굽혀 걷던 때 저는 문득 그 생각이 들었습니다. 제 몸속에 흐르고 있는 선조들의 피, 할머니와 할머니의 어머니, 까 마득한 그 너머 어머니들의 숨결을 느꼈지요. 그녀들이 무동을 태 워 저를 여기 이 아름다운 플라타너스 거리에 결국은 세워놓은 것 이라고요. 이렇게 아름다운 순간을 맛보라고 말이지요. 훗날 어느 때엔가는 그들의 마음속에 품었던 한을 꽃피우라고 말이지요.

그렇게 생각해본다면 운명조차 바로 그런 것이 아닐까요. 그 누 군가의 간절한 염원, 혹은 한들이 뭉쳐서 이루어지는 것이 아닐까 요. 그러니까 당신이 저를 저녁 어둠 속에서 부른 것도 그 누군가 가 시켜서 그 누군가의 염원에 곁들여서 된 일이 아닐까요.

6

할머니의 존재가 제 머릿속에 뚜렷이 남은 것은 피난을 떠나던 날 아침입니다. 할머니는 자루 밑에 조금 남아 있던 아끼던 쌀을 꺼내어 보리밥을 지어서 주먹밥을 싸주셨습니다. 할머니는 돌아 앉아서 양손으로 밥을 뭉치셨어요. 주먹밥 속에는 소금을 조금 집 어넣었습니다.

육이오 때 미처 피난을 떠나지 못했던 우리는 아버지의 친구분 이던 군인의 도움으로 뒤늦게 피난을 떠날 수 있었습니다. 할머니 는 집에 그대로 남겠다고 하셨습니다. 공산당들이더라도 늙은이 혼자 남아 있는 것을 해치지는 않을 것이라고 말하셨지요. 할머니 는 대문 앞에서 옷고름으로 눈물을 닦으며 우리를 태운 지프차가 모퉁이를 돌아설 때까지 서 계셨습니다. 우리를 실은 차가 안 보이 게 되자 울음을 터뜨리셨을 것입니다.

온 동네가 다 피난을 떠나고, 육이오 때 피난을 못 떠났던 사람 들도 공산당 밑에서는 살지 못하겠노라고 몸서리를 치며 너도나 도 다 떠나버리고 난 후의 텅 빈 마을 속에 할머니 홀로 남아 계셨 던 것입니다. 사람의 그림자라고는 얼씬도 않는 곳에서, 아니 사 람의 그림자가 얼씬 않는 것이 차라리 덜 무섭지, 사람의 그림자 가 보이면 더 무서워 해가 진 뒤에도 등잔불을 켜지 못하고 지내셨 습니다. 간혹 빈 마을을 털러 다니는 도둑이 그제까지 남아 있었던 것입니다.

동생과 저는 처음 타보는 지프차와, 어디론가 떠난다는 일에 들 떠 있었습니다. 지프차를 타고 당도한 육군본부가 우리의 피난처

인 줄 알고, 이렇게 가깝다면 할머니에게 자주 가볼 수 있지 않을
까, 왜 할머니는 눈물지으며 주먹밥을 쌌을까 의아하게 생각했습
니다.

그러나 정작 피난행은 그때부터 시작되었지요.

군인 가족을 위한 트럭 한 대가 육군본부 앞에 서 있었습니다.
벌써 사람들이 트럭 위에 가득 올라앉아서 산봉우리를 이루고 있
었습니다. 저는 지금 구차하게 그 피난행을 쓰려는 것은 아닙니
다. 단지 그때 내리던 눈, 그리고 할머니가 만들어주셨던 주먹밥
얘기를 하고 싶습니다. 그것이 할머니에 대한 뚜렷한 저의 첫 기억
이니까요. 그 쌀과 보리는 깊이 감춰두었던 아주 귀한 것이었을 것
입니다. 할머니는 자신의 배고픔을 참고 새로 밥을 해서 찬물에 손
을 적셔가며 뜨거운 밥을 뭉칠 때, 그 주먹밥이 참 먹고 싶으셨을
것입니다. 그럼에도 밥알 하나 남기지 않고 전부 주먹밥으로 뭉치
셨습니다.

트럭 위에서 어머니가 주먹밥을 내밀었을 때 김이 무럭무럭 나
던 주먹밥은 어느새 꽁꽁 얼어 있었습니다. 저와 동생은 배가 고
프면서도 안 먹겠다고 고개를 저었습니다. 트럭이 멈출 때면 마을
에 들어가서 몇 번 사먹은 따뜻한 국밥에 어느새 맛 들려 있었습니
다. 어머니 혼자 언 주먹밥을 트럭 위에서 먹었습니다.

우리는 피난민들의 짐이 산봉우리를 이룬 그 맨 꼭대기에 타고
있었으므로 아주 위태로웠습니다. 그래서 어머니는 동생 영혜가

굴러떨어질까봐 두루마기 옷고름에다 잡아매고 제 손은 붙들고 있었습니다. 며칠이고 계속해서 우리는 트럭에 실려 달렸습니다. 차가운 눈보라가 치기 시작하고 눈은 계속해서 내렸습니다. 밤과 낮에 끊임없이 내렸습니다. 트럭은 눈 때문에 하루종일 굼벵이처럼 기다가 날이 어두워지면 마을에 멈추어 서는 일을 거듭하였습니다. 그러고는 이른새벽에 다시 떠났습니다. 트럭이 멈추면 사람들은 잘 곳과 허기를 면하기 위해 마을을 찾았습니다. 트럭에서 내린 사람들이 다 같이 행동하면 좋으련만 언제고 뿔뿔이 흩어지고 말았습니다. 저는 그것이 안타까웠지요.

왜 함께 가지 않는 것일까.

눈이 내 넓적다리 있는 데까지 쌓였습니다. 발을 옮겨 디딜 수 없도록 늪 속에 빠지듯 한없이 빠져들었습니다. 어머니는 동생을 업고 제 손을 꼭 붙들었습니다. 어디를 둘러보아도 마을은 보이지 않고, 눈 속에서 솟아나온 나무들만 드문드문 서 있었습니다. 하늘 쪽으로 고개를 들지 않았기 때문에 나무가 얼마나 큰지, 나뭇가지의 형상은 어떤지 볼 수 없었습니다. 단지 나무는 눈 속에 허리를 박은 채 나무둥치의 가운데 부분만이 여기저기 유령처럼 서 있던 것입니다.

저는 지금 생각해봅니다.

눈 속에 박혀 있는 유령 같은 나무들의 영상. 그것은 무엇일까요. 막막하며 적막하고 깊은 고요한 그 풍경은, 전쟁도 폿소리도 추위도 배고픔도 어머니도 동생도 주먹밥도 그리고 나마저도 모든 것이 멀리 물러가고 오로지 눈雪과 대면하던 그 눈眼이 보았던 것은……

그것은 이 세상이었을까요. 이 세상은 있는 것일까요, 혹은 없는 것일까요. 당신이 저를 어둠 속에서 불렀을 때, 갑자기 거리의 많은 사람, 모든 것이 다 물러가고 당신과 나, 아니 내가 아닌 내 눈만이 거기에 있던 것과도 흡사합니다. 그것은 인생에 있어서 어떤 것, 인생이라고 하는 것 속에서 우리가 뽑아낼 수 있는 가장 최선의 것을 순간적으로 맛보게 해준 것이었을까요. 순간이 영원으로 변하는 그 가능성, 아니 무엇인가를 만들어나갈 수 있는, 열리고 더욱 열리며 아름다운 자유의 개념 같은 것, 인간이 근본적으로 갖고자 하는 조건 같은 것, 그런 것의 형상화가 아니었을까요.

혼돈이며 땅으로 떨어지는 쪽이 아닌 최선의 것, 아마 그것이었을 것입니다. 그것은 전쟁과는 정반대 쪽에 서 있었습니다.

피난지에서 돌아온 날 밤을 상기할 수 있습니다.

칠흑 밤 속에서 우리가 두드리는 대문 소리에 할머니는 한참 만에 마루끝에 나와 서서 게 누구 왔소? 게 누구 왔소? 하고 소리치셨습니다.

할머니, 할머니.

우리가 부르는 소리에 할머니는 허겁지겁 대문을 열러 나오셨습니다.

이게 누구냐, 이것들이 살아 있었구나, 결국 살아서 보게 되는 구나, 이렇게 수없이 중얼거리시면서.

그 밤 이후 우리는 할머니와 다시 함께 살게 되었습니다.

할머니는 몇 날이고 계속해서 그 기간 동안 지낸 일을 어머니에게 얘기하셨습니다. 지금 생각하면 할머니는 묘사력이 뛰어나신 것 같습니다. 눈에 본 듯이 환하게 장면 장면을 그리셨습니다. 어머니는 에구우, 에구우 실루 고생두 측살하게 했구마, 하고 눈물지으며 할머니의 얘기를 들으셨습니다. 우리가 그 얘기를 들을 수 있는 시간은 밖에 나가서 놀다가 잠깐 집에 들렀을 때, 그리고 밤에 자기 위해 누웠을 때뿐입니다.

내가 얼핏얼핏 들은 얘기는, 할머니는 인민군들이 어디선가 가져온 쌀로 그들에게 밥을 지어주며 지냈다고 합니다. 여자 빨치산들도 있었는데 그들은 할머니에게 어마이라고 부르며 딸처럼 따르다가 동상이 걸린 발을 절룩이며 며칠 만에 떠났다고요. 인민군들이 후퇴하고 나자(그것이 일사 후퇴였지요) 다시 텅 빈 마을에 할머니 혼자 몹시 무서웠습니다. 우리가 피난지에서 오기까지(그때는 피난민들이 돌아오기에 아직 조금 이른 시기로 마을은 텅 비어 있었습니다. 어머니는 할머니 때문에 일찍 돌아왔던 것이지요) 할머니는 텃밭에 배추와 무를 심어서 김치를 담가 시장에 나가 파는 일을 하셨습니다. 그런데 김치를 무겁게 이고 가다가 미군 지프

차에 치어 다리를 다치셨습니다. 그후 다리를 절게 되셨지요. 그래서 무거운 것은 이지 못하고 미군 부대에서 나오는 담배를 받아다가 파는 일을 하셨지요.

할머니는 안방이나 혹은 마루에서 방문을 열어놓은 채 허공을 향해 얘기하시고 어머니는 건넌방에 앉아서 듣습니다. 그들의 앉음새는 비슷합니다. 한쪽 무릎을 올리고 눈은 허공을 향한 채……

그리고 그 앉음새는, 몇 년 뒤의 어느 봄날로 이어집니다.

피난지에서 돌아와 몇 날이고 계속해서 끊임없이 얘기하시고, 어머니는 눈물지으며 듣던 그 자세대로, 이번에는 할머니와 어머니가 싸우고 계십니다. 어머니가 할머니에게 이모집에 가서 좀 지내라고 하신 것입니다. 이모네는 살기도 넉넉할 뿐 아니라, 어머니의 몸이 아파 혼자 조용히 있고 싶다고요. 할머니는 싫다고 하셨습니다. 사돈이랑 있는 집에 남부끄러워 이제 어떻게 가 있는가 하셨습니다. 그때 할머니는 기력이 쇠하셔서서 간혹 내려가 계시던 시골집을 정리하고 죽 저희와 함께 사셨지요.

"내가 아픈 동안만 좀 가 있소게나."

어머니는 마구 역정을 내고 할머니는 노여움에 눈물지으셨습니다.

왜 만날 나한테만 있는가, 남편이 없으니 내가 그렇게 만만한가, 하고 어머니는 말하셨지요. 할머니는 네게 짐 지워주고 싶지 않아 피난도 가지 않지 않았는가라고 하셨고, 어머니는 피난을 안

간 것이 어디 나 때문인가, 외삼촌이 이북에서 내려올까봐 아들을 기다린 것이 아닌가 하고 말했습니다.

밖에서 놀다가 들어와보면 안방과 건넌방 문이 열린 채로 두 분이 싸우고 계십니다. 효녀라는 말을 들으시던 어머니가 어째서 할머니를 괴롭히는지 알 수 없었습니다.

드디어 어머니는 결단을 내리신 듯 학교에서 돌아와 마루에 앉아 있는 내게 심부름을 시켰습니다. 이모한테 가서 할머니를 모셔가라고 전하라고. 꽤 먼 이모집까지 걸어서 갔습니다. 이모는 경대 앞에서 머리를 빗고 옷을 갈아입은 후 나와 함께 집으로 왔습니다. 할머니는 피할 수 없는 운명을 만난 듯 울면서 조그만 보퉁이를 하나 싸셨습니다. 그러곤 이모와 함께 집을 나섰습니다. 할머니는 진실로 가고 싶지 않으셨던 것입니다. 늘 있던 곳, 더구나 사위가 없는 그 집이 자신의 집 같고, 있을 곳 같았던 것입니다. 아니, 아들이 있다면 아들의 집이 바로 자신의 집이었을 것이지만.

할머니가 울면서 대문 밖으로 사라지자 어머니는 저더러 따라가보라고 했습니다. 화창한 봄날이었습니다. 할머니의 흰옷이 햇빛에 눈처럼 반사하던 것을 기억합니다. 할머니는 울면서 아픈 다리를 어기적어기적 떼어놓았습니다.

그렇게 해서 떠난 할머니의 뒷모습에 이어 이번에는 마루끝이 아니라 이모집 문지방이 높은 방안에 오두마니 앉아 계신 할머니의 모습을 떠올릴 수 있습니다.

우리집에서는 끊임없이 일을 하시던 할머니가 이모집에서는 머리를 단정히 빗고 몸뻬 차림으로 방안에 가만히 앉아 계십니다. 이모집에는 방의 수가 많지만 아이들도 많고 또한 친척 대학생이 그 집에서 학교에 다니고 있으므로 할머니는 일하는 아줌마와 함께 방을 쓰고 계셨습니다. 할머니는 그 집에 가서는 아마 할일이 없으셨을 것입니다. 아니, 일이 하고 싶어도 자신이 할 일이 무엇인지 잘 잡혀오지 않고, 성수 또한 나지 않으셨을 것입니다. 그리고 무엇보다 사돈이나 집안사람들 눈에 안 띄게 그저 조용히 숨고 싶은 심정으로 방안에 앉아 계셨던 것입니다.

그곳에서의 생활은 일을 해야만 살 수 있는 할머니의 생명을 갉아먹는 셈이었을지 모릅니다.

저희 집에서는 끊임없이 아픈 다리를 끌고 고추를 널고 고추씨를 빼서 털고 방앗간에 가서 빻아 오고 메주를 쑤고 간장을 담그고 장독을 건사하느라고 붉은 고추와 숯검댕이를 장에다 담가놓으면 독 안에서 익어가던 그 풍성함, 집 근처 공터에 무와 배추를 심고 거름을 날라다주시고 그러고도 끝없는 그 많은 일, 우리가 밖에서 놀다가 집에 잠깐씩 들를 때마다 할머니는 무엇인가 일을 하시기 위해 돌아서는 모습을 보이셨지요. 우리가 우리의 소원은 통일을 노래 부를 때(그 시절 그 노래는 각 골목 속에서마다 고무줄놀이 때문에 울려퍼졌지요) 할머니는 일을 하시기 위해 언제나 돌아서는 모습을 보이셨습니다.

"할머니 젊었을 때 이뻤어? 이뻤겠네."

바느질하시는 할머니 옆에 앉아 우리 형제가 물으면,

"얽은 게 이쁘긴 뭐가 이뻤게이냐"라고 말하셨습니다.

"어마, 할머니 곰보였어?"

우리의 놀란 물음에 할머니는 그냥 웃고 계셨지요. 할머니로서 손주들에게 웃는 그런 웃음이 아니라, 그저 조금 미안한 듯, 어쩐지 자기라는 것을 아직 간직한, 아니면 다 버린 그런 웃음이었던 것 같습니다. 그러니까 어른으로서의 웃음이 아니라 순젱이, 아지미, 여기 가마아이 앉아 있소, 라고 첨관을 떠는 바로 그런 웃음, 최고의 겸손함을 간직한 그런 웃음이었던 것 같습니다. 할머니가 곰보라는 그 사실이 미안해서라기보다 할머니는 아마 언제나 그런 자세였던 것 같습니다. 그것은 어린 시절, 더구나 여자아이가 마마를 앓고 곰보가 되어 자라난 데서부터 연유한 성격 형성일지도 모릅니다. 아마 그렇겠지요. 그리하여 할머니는 순젱이보다 더 첨관을 떠는 사람이 아니었는가 지금 생각해보게 됩니다.

할아버지는 타관에서 첩을 얻어 사시고 할머니는 일찌감치 체념하며 살아오신 것일 거예요. 아무것도 가진 것이 없는 여자가 딸 셋에 외아들을 데리고 그 어려운 시대를 살아온 고난의 세월을 짐작하고도 남습니다.

이모집에 가 계신 다음부터 할머니를 잘 만나지 못하였습니다.

어머니 심부름으로 외삼촌이 살아 계시다는 소식을 전하러 갔던 날을 기억할 수 있습니다. 그때도 할머니는 단정한 몸뻬 차림으로 문지방 높은 방안에 오두마니 앉아 계셨습니다. 어머니가 어디선가 전해 들은, 삼촌이 이북에 아직 살아 있다는 소식을 전했을 때 할머니는 주저하는 듯 살았대?라고 한 번 반문하셨지요. 그것이 아마 할머니와의 마지막 만남이었을 것입니다.

그후 얼마 안 되어 할머니는 이를 닦으시다가 갑자기 쓰러지셨고 며칠 동안 의식 없이 누워 계시다가 돌아가셨습니다.

7

그때 할머니가 울면서 조그만 보따리 하나를 꾸리던 모습을 보았으므로 저는 이즈음 어머니에게 곧잘 그 일을 들추며 달려듭니다.

어머니와 저의 싸움이 봄철에서 여름철, 가을철로 접어들었다가 다시 겨울, 봄에 이르기를 몇 해인가 거듭했지요. 싸우고 또 싸우는 동안 어머니는 드디어 쓰러지셨습니다. 그날의 일은 생각도 하기 싫습니다. 밥을 드시다가 갑자기 펑 하고 쓰러진 것인데, 곧 의식은 회복되었으나 입이 비뚤어지고 반신에 마비가 왔습니다. 오늘 같이 묘에 간 집안 아저씨에게 연락을 하고 이모님과 집안 내 사람 몇이 모여들었습니다.

한의원이 와서 침을 놓고 한약을 달인다, 손님상을 차린다, 한바탕 법석을 떨고 난 후 조용해진 저녁 시간, 다른 친척들은 다 돌아가고 환자 시중 등 궂은일을 도맡아 해주었던 시집 안 간 사촌이 목욕물을 받아 목욕을 하고선 마루에 나와 앉았습니다.

초여름의 시원한 저녁이었습니다.

사촌의 긴 머리칼이 바람에 흔들리며 마르던 것을 기억합니다. 말없이 산을 내다보던 사촌이 우뚝 솟은 먼 산봉우리 하나를 가리키며 아마 저기일 거야, 그래 저기가 맞아, 백운의 줄기였으니까, 거기다가 부적을 묻었어, 내가 부적을 묻었던 데가 바로 저기야, 라고 말했습니다.

제가 결혼할 때 속치마와 버선을 많이 해주었던 바로 그 사촌입니다.

아, 하고 짧은 비명이 나올 정도로 충격을 느끼며, 결혼도 하지 않아 자식도 남편도 없는 여자가, 더구나 평소 자신의 감정을 잘 안 나타내며 절에 많이 다니는 보살처럼 겉으로는 무덤덤해 있는 그녀가 도대체 무엇을 위해 부적을 파묻은 것인가, 그녀의 원은 무엇인가 하는 궁금증이 일었습니다.

"어떻게 거기다 부적을?"

"나 절에 다니던 스님하고 같이 가서 묻었지. 그 스님은 중 옷을 벗고 점괘를 보고 있었지. 올라갈 때는 괜찮았는데 내려올 때 날이 어둑어둑해지기 시작하니까 좀 이상하더라. 눈이 많이 온 뒤라 끵

장히 미끄러웠는데 스님이 먼저 내려가서 여기 잡으시오 해. 그때 공연히 쭈뼛쭈뼛하면 안 되겠더라. 그래서 자, 하고 스님보다 더 씩씩하게 손을 내밀고, 또 자, 자, 여기, 하고 더 크게 소리치면서 손을 내밀었지. 부츠를 신었기 때문에 산에 익숙지 않아 많이 뒹굴었어."

'무슨 부적?' 하고 물으려다가 그만두었습니다.

그때에도 저는 베토벤의 심포니 9번에서 느끼던 사람의 감정의 폭이란 것을 다시 한번 생각했지요.

어머니는 비교적 쉽게 입이 제자리로 돌아오고, 마비도 풀렸습니다만 워낙 아프던 관절 때문에 다리에 더욱 힘을 잃고 침대에 드러눕게 되셨습니다. 화장실 출입만 겨우겨우 하셨지요.

어머니가 비뚤어진 입으로 저를 보고 웃으시던 그 처참한 몰골을 잊을 수 없습니다. 어머니와 싸울 때는 서로를 미워하고 있는지라 어머니도 저를 미워하다가 잠시 백기를 드는 기분으로 웃으신 것입니다만, 저는 무엇인지 아직도 응어리가 풀리지 않아 화가 난 듯 뚱하게 가만히 있었습니다.

어머니, 나를 좀 가만 놔두시지요.

어머니 젊었을 때를 좀 기억해보세요. 좀 뒤돌아보세요. 어머니는 정말 자유로웠지요. 할머니가 어머니에게 무엇 하나 간섭을 했어요? 오직 말없이 어머니를 도와주기만 했지 않아요. 그런데도 할머니를 쫓아내셨지요. 어머니는 제 생활을 전부 박탈해가요.

제가 사는 일에 가지는 열정의 부분을, 가장 힘 기울이는 부분을, 바로 그 부분을 어머니는 타락이라고 생각하시는 거지요. 저보고 만날 미치광이라고, 새쓰개라고.

어머니와 저의 싸움의 내용은 이것입니다. 싸움이 한창 고조될 때면 어머니는, 니가 결국 나를 죽이고 말겠다, 나는 다 알 수 있다, 자식이 아니고 원수다, 나가라, 라고 하십니다.

항상 그 나가라는 말에 저는 주춤합니다. 그것은 결혼에 실패해 돌아온 여자의 약점을 가장 찌르는 말이기 때문입니다. 실지 나가보려고 이 근처 방을 얻으러 다니기도 여러 번 하였습니다만 방값이 예상외로 비싸고, 제가 생각하던 방이 아닌, 남의 집 가정 한가운데 들어가서 앉게 되는 그런 방들뿐이었습니다. 화장실이나 부엌 또한 을씨년스럽기 그지없었습니다.

제가 없으면 몸이 불편한 어머니를 돌보아드릴 사람도 없으면서 저는 그런 것을 사고할 여유도 없이 복덕방을 여기저기 헤매고 돌아다녔습니다. 그러다가 문득 당신과 처음 시작의 무렵 악마에게 한 약속이 떠올랐습니다. 저에게 있어 중요한 것을 내어놓고 당신과 연戀을 가능하게……라고 저는 분명 중얼거렸지요.

그렇다면 이것은 악마의 짓인가, 악마가 우리 모녀를 이렇게 싸움으로 이끌어가는가, 그렇다면 그 끝은 도대체 어디인가, 당신과의 끝도 모르겠고, 어머니와의 끝도 모르겠는, 정말 아무것도 모르는 기분이 되어, 울어서 부은 눈을 손등으로 가리고 슬픔을 잔주르기에 고심하였습니다.

당신을 얻게 되어 말할 수 없이 기쁘면서도 도대체 언제를 위해 지금을 살고 있는 것인가. 어린 시절부터 꿈꾸던 꿈의 시간은 바로 언제인 것인가. 사랑하는 사람을 얻은 지금인가. 그렇다면 나는 지금 꿈의 한가운데 들어와 있는 것이련만 아직도 어디로 가기 위해 준비하고 있는 것 같은 기분은? 어린 시절 눈을 보면서 웬지 반가운 일이 이제 앞날에 올 것 같던, 그 앞날이 아직도 온 것 같지 않으며, 아직도 이제 앞날에 올 것이라고 생각하게 되는 것은 어쩐 일일까?

이런 의문을 당신에게 한번 실토한 적이 있습니다. 우리가 언제를 위해서 사는 것일까 하고요. 그때 당신은, 어차피 사는 일은 하나의 준비 과정에 지나지 않는 것이라고 명대답을 해주셨습니다.

사는 일은 하나의 준비 과정, 정말 그런가봅니다. 어딘가로 향해서 끝없이 나아가는 과정일 뿐입니다.

이제는 어머니와의 싸움을 화해로 이끌어가고 싶은 기분이 조금씩 들기도 합니다. 이 화해를 하고 싶은 기분이란 당신과의 결별이라는 또다른 의미를 내포하고 있는 것은 아닐까요. 당신에게로 가졌던 저의 열정이 고조됐을 때 어머니와의 싸움 또한 극에 달했지요. 저는 매일매일 머리를 싸매고 어머니에게 울며 달려들었습니다. 무엇인지 도저히 참을 수 없는 감정이 되곤 하였습니다. 그런 일을 의식처럼 되풀이하였지요.

이제 보니 그것은 악마의 내기였을 가능성이 큽니다. 분명 악마의 짓이지요. 당신을 사랑하는 한 내게 있어서 어떤 중요한 것을 내어놓아야 했던 것이지요. 그런 행복감을 쉽사리 어떤 희생도 치르지 않고 맛볼 수는 없는 것이겠지요. 저는 그 두 가지를 저울에 달아 어느 것이 더 무거웠다고 그 형량을 달지는 않겠습니다. 그 시간 그렇게밖에 되지 않는, 않을 수 없는 운명과도 같은 것이었다고 봅니다. 저는 있는 힘껏 당신에게 달려갔고 당신 또한 저를 기꺼이 받아주셨지요.

　어두운 거리를 걷고 있을 때 당신은 저만큼 먼저 걸어가고, 가로등 불빛에 그림자가 길게 드려워진 뒤를 멀리서 따라 밟아갈 때 그 형용할 수 없는 당신과 나의 고독감을 봅니다.

　호텔을 찾아들기 위해서지요. 저는 언제나 술을 많이 청해 마셨고 어떤 격정 속으로 숨을 몰아쉬며 떨어져가기까지 술을 마셨지요. 부끄러움, 혹은 두려움 같은 것을 이겨내고자 한 짓이었을까요. 그것은 아닙니다. 저는 당신과 함께 있는 한 그런 두려움은 없었습니다. 제가 있을 자리에 와 있다는 확신감을 느낄 수 있었습니다. 당신을 따라서 어디까지 가도 두렵지 않다고 생각했습니다.

　그럼에도 저는 꼭 술을 마셨으며 한바탕 서로의 존재를 확인하고 난 후 호텔 문을 나서서 걸을 때―할머니와 어머니의 긴긴 봄날 한쪽 무릎을 세우고 눈을 허공을 향한 채 앉아 계시던 바로 그처럼 당신과 저는 긴긴 날들을 앞서고 뒤를 밟으며 걸었던 것이에요. 길디길게 줄을 이으며 마치 밤의 순례자와도 같았습니다—그때 저만큼 멀어져가는 당신의 그림자를 보며 저는 죽으리만큼 외로워하지요.

무엇 때문일까요. 당신은 얘기하셨지요. 참말만 하기에도 시간이 모자라는데 언제 거짓으로 살 시간이 있느냐고요. 당신의 그 말을 좋아하고 그런 말을 할 수 있는 당신을 좋아하면서도 그럼에도 전해져오는 허기, 어린 시절부터의 갈증이 고스란히 내 몸을 둘러쳐 헉헉거려지는 것이에요. 무엇으로인지 일그러진 저의 얼굴을 살피며 당신은 꼭 버릇처럼 어디 가서 뜨거운 차를 마시는 게 어떻겠느냐고 제의합니다.

이렇게 안개 끼고 습지며 축축한 밤, 어딘가 밤 카페에 들어가 차를 마시며 마주보고 얘기할 수 있는 그런 시간을 정수로 느끼고 싶으면서도 왜인지 그 부분을 사양한 채 돌아서지요.

함경도 사람들의 첨관, 그것일까요. 할머니에게서 물려받은 내력과 같은 것일까요. 아니 그보다 더 직접적인 원인은 아버지가 없어서일까요. 내가 나의 몫이 없다는 것, 바로 이 부분을 양보한다는 것은 아버지가 없는 데서 얻어진 상황 탓이 아닐까, 영혜와 내가 크면서 어머니에게 무엇을 사달라고 조른 적이 없는 것이 그것을 증명해주는 것이 아닐까, 무엇을 사달라는 말을 하면서 컸다면 나는 지금 그와 함께 카페로 들어가지 않을까, 이런 생각을 하며 저는 택시를 붙잡아 탑니다.

택시를 타고 차창으로 그 넓은 어두운 거리에 서 있는 당신을 보면 당신의 주위에 얇은 종잇장 같은 것이 찢어져 날리고 있습니다. 당신은 그냥 서 있을 뿐인데 당신 주위에 어둠을 밀치고 흰 종잇장들이 날리고 있는 영상을 봅니다. 그 모습은 몹시 애수 어려 보이며 무엇인가 잃어가고 있는 듯 제 눈에 비칩니다.

무엇을 잃고 있는 것일까요.

당신은 무엇을 찾기 위해 옛집으로 오신 것인가요.

언젠가 옛날에 먹던 동치미에 대해 얘기하신 적이 있지요. 어느 한식집에 가서 저녁을 먹던 때로 기억돼요. 당신은 무심코 동치미에 수저를 넣어 한입 뜨다가 내려놓고 얘기하셨지요. 옛날의 동치미맛을 이제 어디 가서도 찾을 수 없다고요. 그 동치미를 먹기 위해서도 지금의 아파트에서 단독주택으로 꼭 옮기고 싶다고요.

"고모님이 한 분 남아 계시거든. 그 고모님을 모셔다가 동치미를 꼭 좀 담가달라고 부탁해야겠어요. 땅속에 묻어두고 겨우내 먹었으면 싶어"라고요.

당신은 그 일을 꼭 그렇게 하실 양으로 얘기하셨어요. 그 말에 저는 속으로 얼마나 공감하였는지요. 아, 이이는 무언지 나와 아주 같은 것 같다. 심지어 어린 시절을 함께 공유한 듯도 느껴지고, 이렇게 생각했지요.

그런데 왜 좀더 사랑할 수 없는 것일까.

왜 이 정도에서 그치고 마는가, 정말로 사랑한다는 것은 어떤 형태의 것일까, 그것 역시 준비 과정일 뿐일까, 정말로 사랑하기 위한 준비 과정밖에 사람들은 살아가면서 할 수 없는 것일까. 아니, 그라는 대상보다 나라는 존재의 문제가 우선이고 나는 거기서 헤어나지 못하고 있는 것이다, 저는 이렇게 중얼거릴 수밖에 없었지요.

밀려드는 나른한 피곤감과 함께 또 한번의 만남을 치러냈다는 생각을 하며 저는 택시와 함께 당신을 뒤로하고 미끄러져갑니다.

언제 언제까지일까? 저는 이렇게 중얼거립니다.

이것 또한 악마의 짓일까요. 모래시계 속에 인간을 가두어버리는 악마의 짓일 거예요.

당신은 저의 이런 의중을 잘 간파한 듯 가혜씨가 오십이 될 때까지는 이런 식으로 만나겠다고 얘기하셨지요. 그리고 육십, 칠십이 될 때까지 가끔 카페에서 만나 얘기하는 좋은 여자친구로 지내고 싶다고요. 그 말은 저의 마음을 살펴주는 뜻에서 한 것이었음에도 불구하고 저의 자존심은 상처를 입었습니다. 오십이 될 때까지 연애를 하고 있는 여자를 상상할 수 없으면서도 솔직히 제 마음속으로는 오십이라는 나이의 한정을 두지는 않았던 것입니다. 아아 오십, 하고 구체적인 실체감이 들이닥치며 삼팔선이 가로막히는 기분이었지요, 언제 언제까지?

이렇게 스스로 반문하는 의미 속에서 일 년? 이 년? 아니 혹은 삼 년까지는? 하는 기대감 같은 것이 있었지요. 그리고 이제 우리는 삼 년을 지난 것입니다.

당신은 저의 이런 심리를 잘 파악하고 있었으므로 제게 나이들 어가는 여자의 떨림을 한번 써보라 하신 것인지요.

갑자기 전화벨이 울려 저는 깜짝 놀라 수화기를 부둥켜안습니 다. 집안 아저씨의 목소리가 수화기 속에서 흘러나옵니다. 새벽같 이 경찰서에 다녀오는 길이라고요. 불은 할머니 무덤 반대편 등성 이에서 붙기 시작했으므로 우리가 낸 것이 아니라고요. 아베크족 의 담뱃불이 원인임이 판명 났다고요. 아저씨는 밤새 스스로 시달 렸는지 목소리가 쉬어 있었습니다.

전화를 끊으려 하다가 지금 첫눈이 오고 있다고 얘기하셨어요.

"눈이요?"

반문하는 동안 전화는 끊겼습니다.

제가 눈이요?라고 묻는 순간 저는 어린 시절의 눈의 느낌, 그간 의 세월을 거치지 않고 막바로 그때의 그 순백의 느낌이 되살아났 습니다.

어제저녁 빨래에 끼었던 엷은 살얼음으로 보아 바깥 날씨가 성 큼 차진 것 같습니다. 저는 전화를 끊고 한동안 가만히 앉아 있었 습니다. 이제 불은 꺼지고 다 타버린 잿더미 속으로 흰 연기만 푸 슬푸슬 날리고 있는 영상이 제게 잡혀왔습니다. 불이 붙고 있는 동 안만 무엇인가 그 기운에 힘입어 내 속에서 빠져나오고 싶어하는 것들을 끌어내었는지, 과연 제 속에 재만 남도록 스스로를 연소하여 태웠는지 의문을 느끼며 저는 허탈감으로 담배에 불을 붙여 물고 앉아 있었습니다.

그리고 보니 북쪽으로 난 조그만 들창도 어느새 환해져 있고, 특히 눈이 온 날의 그 환한 느낌이 들창으로 전해져오고 있었습니다. 저의 가족들, 제 주변의 사람들이 이유 없이 한 사람 한 사람 떠올랐습니다. 그들과는 어떤 관계인지, 어떤 끈을 서로 연결하고 있는 것인지, 같은 시대 같은 공간 안에 함께 혹은 엇갈려서 태어난 그 운명의 끈을 찾아보려 하였습니다. 그들은 도대체 어떤 관계인 것인가.

제가 사랑하는 동생 영혜는 왜 멀리 떨어져 있어야만 하는 것일까. 가장 가까우면서도 자랄 때 이외에는 모르는 사람보다도 더 멀리, 일생 떨어져 살아야 한다는 일이 이상하게 느껴졌습니다. 이제까지는 남편이 외국인이니까 어쩔 수 없는 일이며 그리고 서로 편지를 쓰고 하니까 함께 있는 것이나 다름없다고 생각했건만 이 새벽, 그것은 정말 크나큰 이별로 다가옵니다.

저는 그런 식으로 한 사람 한 사람 짚어가기 시작합니다.

어머니와 이제 화해를 한다고 해도 함께 산다는 것은 속박일 뿐이라는 생각을 합니다. 그러나 바로 그런 삶을 제가 사는 것이겠지요. 소멸해가는 어머니를 담당하는 것이 저의 운명이라고 생각합니다. 그 옛날 어머니가 몸이 아파 조용히 있고 싶다고 할머니를 이모댁에 가시게 한 것도 바로 그런 연유가 아니었을까 지금 생각해봅니다. 점점 소멸해가는 할머니를 감당하기 벅찼던 것이 아닐까 하고요. 거기에는 제가 몰랐던 어머니의 고통이 있었는지 모르겠다고 지금 비로소 생각이 듭니다.

또 기억 속에 아무런 영상도 없이 오직 무無인 아버지를 생각해봅니다. 그러나 아버지 역시 없는 것과는 다른 뚜렷한 존재이지요. 아버지가 계시다면 저의 성격, 저의 운명들은 훨씬 달라졌을 것입니다. 저는 좀더 삶을 신뢰하고 당신에게도 무엇인가를 요구하고 있지 않을까요.

그런데 지금 제게 갑자기 잡혀오는 영상이 있습니다.

할머니가 군불을 지피며 밥상을 차리는 장면입니다. 소박한 나무 상, 칠이 번쩍이지 않는 다갈색의 네모진 조그만 소반 위에 할머니는 아들의 수저를 놓고 콩자반, 무말랭이, 호박오래기 등의 밑반찬을 놓으십니다. 국이 끓고 있고 밥도 뜸이 들고 있습니다.

장면이 바뀌어 삼촌이 돌아오고 있습니다. 삼촌은 옛 모습 그대로 멜빵바지에 푸른 와이셔츠, 숱이 많은 반곱슬 머리를 하고 있습니다. 전쟁 당시, 모두가 피난을 떠난 후의 아무도 없는 빈 동네, 빈집에서 할머니는 삼촌을 만나보았던 것일까요? 어머니 말대로라면 할머니는 삼촌을 기다리느라고 피난을 가지 않으셨지요. 어머니에게 짐 지우고 싶지 않은 마음과 혹시 아들을 만날 수 있지 않을까 하는 그 두 마음이 함께 있으셨을 거예요. 그리고 그 밤 다시 떠나는 삼촌을 문 앞에 서서 배웅하고 계신 할머니 모습입니다. 할머니는 문 앞에 붙박인 듯 서 있습니다.

이 두 개의 영상이 참으로 조용히 다가와 제 안으로 들어옵니다. 저는 무엇인가의 열쇠를 끌어쥐듯 그 영상을 소중히 끌어안습니다. 제가 제 안에서 끌어내고 싶었던 것은 바로 이것이었을까요. 바로 이 두 개의 영상, '밥상을 차리는'과 '싸리문 여잡고 기다리는⋯⋯' 이 두 개의 영상을 이끌어내기 위해, 지난 밤새 진통을 하며 이 많은 말을 쏟은 것 같습니다. 저는 삶의 열쇠를 찾은 기분입니다.

나이들어가는 사람의 떨림이 아니라 나이들어가는 여자의 떨림으로, 저의 성을 찾아 여기에 서는 일은 이리도 힘든 일입니다.

할머니가 제 손에 쥐여주셨습니다. 어린 시절부터 품어온, 먹게끔 차려진 따뜻한 밥상에 대한 갈증과 이제 앞날에 다가올 기다림에 대한 소망의 마음이 그 두 개의 영상이었음을 깨달았습니다.

사랑하는 사람들 그리고 사랑하는 당신.

당신이 잃어가는 것은 무엇인가요.

당신은 왜 옛집에 찾아오셨나요(저는 지금 이 순간 당신을 비롯한 모든 사람이 실향민이라고 느껴집니다).

혹시 당신도 저와 같이 그런 소망을 품고 지내온 것이라면 당신은 그런 사람을 이제 찾은 것이라고 생각하셔도 좋습니다.

우리의 이런 만남이 오십까지라고요? 그것은 너무도 당연한, 아니 삼 년까지는, 하고 시간을 정해놓고 있는 제게 오히려 과분한 시간일 터이지만 저는 그렇게 생각하고 싶지 않아요. 이 글을 시작할 때까지만 해도 더한 조바심 속에 있었습니다만 그런 모래시계 속에 저를 가두고 싶지 않아요. 저는 이제 그런 힘을 얻었습니다.

누구인가 제게 따듯한 밥상을 차려주고 끝까지 기다려주었으면 하는 저의 소망의 마음을 이제 제 편에서 누군가에게 해주는 사람으로 자리잡았기 때문입니다.

저는 굳건하게 여기에 섭니다. 그것은 여자로서 서는 것일 뿐 아니라 또한 할머니나 순쟁이, 그 이전의 선조들이 전해준 마지막 인간의 조건으로서이기도 하지요. 피난 가던 때 본 눈 속에 서 있는 나무와 같이 순간이 영원으로 변하는 그 가능성.

당신이 만약 원하신다면 원하실 때 언제든 돌아올 곳이 있어요.

참, 그리고 마지막으로 당신이 찾는 집이 그곳인 줄 어떻게 그렇게 잘 알았느냐고 물으셨지요.

그 옛날 제가 어렸을 때—저희가 살던 집 자리도 지금은 아파트가 세워져 우리도 그중 한 호에 살고 있지요. 그리고 그 옛날 산 위의 실향민촌도 지금은 불도저로 밀려 아파트나 연립주택이 세워져 있지요—당신은 야구공을 던졌고, 길을 지나던 제 이마에 땅하고 맞은 적이 있었습니다. 저는 국민학생으로 밤이면 동생과 동치미를 뜨러 다니던 시절이었을 거예요. 그때 중학생이던 당신이 뛰어와서 야구공을 주워가며 미안하다고 말했어요. 금방 혹이 부풀어오르는 이마를 싸쥐고 돌아서다가 뒤돌아보니 당신은 유유히 그 집으로 들어가고 있었어요.

그때 아팠던 야구공의 기억 때문에 당신을 기억하고 있는지 모릅니다.

그러고서 몇십 년이 지났을까요.

어둠 속에서 처음 당신을 보았을 때 저는 당신의 얼굴을 알아볼 수 있었고 자신 있게 그 집을 가리킬 수 있었던 것이에요.

이제 한 자도 더 쓸 수 없도록 피곤이 한꺼번에 밀려옵니다.

저는 조금 눈을 붙여 한숨 자고 일어나서 아침을 지어야겠습니다.

그때 일어나서 들창을 열고 눈의 세계를 아주 새로운 눈으로 보고 싶습니다.

(1989)

자정 가까이

추억을 얘기하자는 게 아니다. 그럼에도 먼먼 옛날이 떠오른다. 희고 반반한 마당, 마당은 꼭 방처럼 말끔하다. 그곳에 쪽찐 흰머리에, 흰옷을 입은 한 노파가 앉아서 티눈을 줍는다. 손에 침을 발라 마당에서 티눈을 줍는 그 동작은 마치 방안에 앉아서 걸레질하며 실밥 떨어진 것 따위를 줍는 것처럼 보인다.

마당 어딘가에 복사꽃이 피어 있어서 노파가 앉아 있는 그 마당의 정경은 더없이 환하다. 너무도 환한 나머지 노파는 빛에 튕겨져 나갈 것만 같다.

마당 저편 너머로 남빛 바다가 넘실대고 있다. 바다는 동네 지붕들 위로 골목 사이사이로 복사꽃과는 다른 강도의 빛을 내뿜는다. 만경창파, 한이 없고 끝이 없는 푸른 바다, 눈을 주는 끝까지 푸르른……

통통선의 뱃고동이 울리고 있다. 물결은 거울처럼 빛난다. 때문에 이 세상의 온갖 잡사를 바다는 무심히 반사해내고 있는 것 같다.

바다에서 살랑이 불어온 미풍이 뜰 안의 복사꽃잎을 떨어뜨리고 있다. 무수한 꽃잎은 바람에 팔랑이며 날다가 뜰에 내려앉는다.

바다 쪽으로 급류에 휩쓸리듯 날아간 꽃잎도 있다. 바다 앞에서 꽃잎은 얼마나 무모한가. 아무리 바람이 불어도 바다 건너까지 꽃잎을 데려갈 수는 없을 것이다.

그러고 보니 노파는 티눈 대신 꽃잎을 줍고 있는가보다. 손에 침을 묻혀 고개를 숙이고 무엇인가를 열심히 줍고 있는 것은 꽃잎인 모양이다. 노파는 조금 노망기가 들어 누군가가 손녀딸들을 물으면 "요런 거 요런 거 요런 거"라고 주먹과 손바닥과 팔뚝을 내보였다. 손녀딸들이 그만큼 작다는 뜻인지 고만고만한 아이들이라는 뜻인지……

노파의 노망기는 마당에서 티눈을 줍는 정도의 깨끗함으로 나타나, 매일매일 쓸고 닦고 마당에 나앉아서 티눈을 주웠다.

마당에서 티눈을 줍고 있는 노파, 그 노파가 영오의 증조할머니이다. 할머니의 할머니, 그러니까 영오 어머니의 어머니의 어머니이다. 증증조할머니가 증조할머니를 낳고 증조할머니가 할머니를 낳고 할머니가 어머니를 낳고 어머니가 영오를 낳았다.

그 여인네들은 오늘의 영오가 있게 하기 위해 잠시 살다가 사라져버린 사람들인 것 같다. 어떻게 그럴 수가 있을까. 어떻게 한 사람의 삶이 잠시잠시 살다가 스러지는 영겁 속에서의 순간이라고만 할 수 있는가.

여인네들은 자신들 인생의 순간순간을 영겁과 맞먹는다고 느꼈을 것이다. 아니, 사람의 한평생이 칠십이라는, 그 시간의 질량을 감 잡았을 것이지만. 그래도 자신이 있고서야 세상이 있다는 원리를 자연스레 터득하고 있었을 것이다. 살아가노라면 세상이 있고 자기도 있다고 느끼는 순간이 더 많기도 하지만. 아니 유년이 지난 후의 세상은 세상이 있고서야 자기가 있다는 생각으로 거의 굳혀지지만. 그만큼 세상 앞에서 개인이란 희미해지지만.

그 당시 노파가 앉아 있던 마당 너머로 넘실대던 바다는 무한의 시간이라는 것을, 바다는 거기에 언제나 있는 무시간성이라는 것을 여인네들은 누가 가르쳐주지 않아도 체감하고 있었을 것이다. 바다는 늘 거기에 있으나 그때의 그 물은 이미 흘러가버렸으리라는 것도. 어린 시절이 지나고 나면 시간과 세월의 흐름을 누구라도 알아가게 되는 것이다.

영오의 증증조할머니라고 하지만 시간의 길이로 따지면 고작 백삼십 년 안팎이었을 텐데 그때의 사람들, 더욱이 여인네들은 일부를 제외하곤 자기실현은 고사하고 자신의 삶조차 살 수 없었을 것이다. 자유의 측면에서 보면 거의 노예 수준이지 않았을까.

그러나 한 노파가 바닷가 마을 마당에 앉아 티눈을 줍고 있는 정경은 무한히 자유로워 보인다. 역사나 사회의 고리에서 벗어나고 자기 자신에게도 벗어난 자유의 표상처럼 보인다. 노인의 그림이 그렇게 자유로워 보이는 것은 약간의 노망기 때문일까.

그때부터 백몇십 년이 흘러 오늘이 되었다. 그러나 오늘 또한 순식간에 지나쳐 머지않아 그 많은 날 속에 묻혀버릴 것이다.

거기에 있는 바다가 다음 순간 그 물이 아니듯 늘 거기에 있는 누군가가 바로 그 사람은 아닌 것이다.

그런데 무엇이 사람들을 어디로 인도해가는 것일까. 바닷물처럼 무의미하게 흐르기만 하는 것일까, 아니면 사람들은 어디로든 인도되어야만 하는 것일까.

어찌되었든 여인들은 핏줄을 이어 오늘의 영오를 만들어놓았다.

영오는 지금 공원 벤치에 앉아 있다.

대학 입시를 치르기 위해 기다리는 긴박한 시간, 아침에 천둥번개와 비가 세차게 쏟아졌으나 이제는 개고 해가 높이 솟아올랐다. 나뭇가지 끝에 달린 잎사귀들은 비가 오는 사이 더 부풀려진 듯 창공에 오로라 같은 아련한 띠를 두르고 말라붙었던 작은 연못에는 빗물이 고여들었다.

매미와 쓰르라미 소리가 떠나갈 듯하지만 잠시도 멈추지 않은 탓인지 그 소리는 들리지 않는 것과 같았다. 영오는 가방을 열고 지갑에서 동전을 찾아 바라다보이는 공중전화 부스에 들어갔다.

1, 2, 3, 4, 5, 6, 7, 8, 9, 0, *, 재발신, 재다이얼, 동전 넣는 구

멍, 재미있는 장난감 통과 같은 거기에 동전을 넣자 신호가 떨어졌다.

빨간 우체통과 전화박스는 보기에 언제라도 좋았다. 단지 그냥 그 모양새가 좋은 것인지 아니면 전화를 걸고 편지를 넣는다는 그 기능도 한몫하는 것인지 그런 것을 살필 여지도 없이, 보는 순간 언제나 반가움을 주는 그런 물건들이다.

영오의 어머니는 펄쩍 뛰며 반가워했다. 십팔 세의 성인이 다 된 아이에게 어머니는 초등학교 아이에게 하듯 말했다.

"어디니, 영오야. 잘 찾아갔니? 늦지 않았어?"

"여기 공원. 학교 앞에 있는 공원이야. 너무 일찍 왔나봐."

"그래 시험 시간 배정받았니? 시험 시간이 언제래?"

"나 여기 공원에서 좀 또 대사 연습 할려구. 그런데 아휴, 너무 더워. 나 이제 동전 다 됐어. 끊어야 해. 나중에 또 걸게."

영오는 수화기를 놓고 공중전화 부스에서 나왔다. 영오는 오늘따라 왠지 별 의욕이 솟지 않았다. 지난밤을 새워 몸이 지친 탓도 있을 것이다. 모든 것이 무의미해 보였다. 여기저기 햇빛 속에서 반짝이는 수많은 것, 비에 젖어 푸릇푸릇 살아나는 작은 연못의 이끼, 나무 위에 앉은 새와 벤치 옆에서 모이를 줍는 비둘기들, 외등 그리고 공원의 담, 담 밖의 길과 학교와 빌딩들, 집들, 자동차들, 지하로 뚫린 지하도와 수많은 노선의 지하철, 가로수와 거리를 걷는 사람들, 먼길, 끝이 없이 어디론가 뚫린 아스팔트길…… 이런 모든 것이 지금 영오에게 무의미해 보였다.

아침에 영오가 집을 나서는 그 시각에 하필 하늘이 새까매지며
비가 무섭게 퍼부었다. 비는 하늘을 검은 덮개로 씌우며 일제히 아
우성치는 소리를 냈다. 어머니는 택시를 타고 가라고 돈을 주며 귀
찮게 했다. 이런 날은 기운을 아껴야 한다고 했다. 어머니는 영오
에게 비옷 대신 웃옷을 걸치고 가라고 사정했다. 비 오는 날은 겨
울날처럼 추울 수도 있으며 비를 맞으면 시험관 앞에 섰을 때 초라
할 거라고 말했다.

영오는 어머니의 권유를 거절하기에만도 힘이 모자랐다. 힘겹
게 현관문 속에 덧옷을 도로 들이밀고 들이치는 비바람 때문에 현
관문을 밀어 닫았다. 영오는 있는 힘껏 저항하여 버스와 전철을 몇
번씩 갈아타고 시험장으로 왔다. 어머니의 권유를 다 뿌리치고 빗
속에 우산을 쓰고 걸을 때 왜인지 기분이 상쾌했다. 비가 더 퍼부
어준다면 빗속에서 새로 태어날 것 같았다.

그런데 이제 영오는 뜨거운 햇빛 아래 그저 앉아 있을 뿐이었다.

영오는 여윈 팔꿈치를 들어 기지개를 켜고 마음을 추스려 대사
연습을 시작했다. 그러나 한마디 입을 떼다가 말았다. 햇빛이 너무
뜨겁고 사방이 너무 조용했다. 자신의 목소리도 생소하게 조금 울
리다가 수그러들었다.

아침에 쏟아진 그 많던 비가 어디로 갔는지 햇빛은 땅 위의 모
든 물기를 말리며 기세 좋게 타오르고 있었다. 해는 땅의 기운을

뿌리째 뽑아올려 여기저기 불기둥을 만들었다. 영오가 중학생 때 자신과 친하게 지내던 소아마비에 걸린 친구 흉내를 낸 일이 있다. 영오의 어머니, 아버지는 식탁에 앉아 과일을 먹다가 참 흉내를 잘 낸다고 말했다. 그것이 고등학교 삼학년이 된 지금 연기를 선택한 동기가 되었다. 올해부터 여름방학 중에 특차로 시험 보는 학교가 생겨서 영오도 원서를 냈다.

연기를 지망하게 된 후 영오는 여의도에 있는 연기 학원에 다녔다. 언젠가 지하철에서 텔레비전으로 눈에 익은 연예인을 만났는데 운좋게 그가 바로 영오 옆자리에 와서 앉았다. 그가 영오에게 말을 걸었다. 그는 방송 프로를 진행하기 위해 방송국에 가고 있었고 영오는 방송국 근처에 있는 연기 학원에 가고 있었다. 그는 영오가 연기 공부를 한다는 얘기를 듣고 몇 가지 조언을 해주었다. 학원에 다닐 필요 없이 혼자 연습하는 것이 좋으며 발음을 확실히 하기 위해 혀 밑에 바둑알을 끼우고 아침부터 밤까지 아, 에, 이, 오, 우 발음 연습을 해보라고 했다.

연예인과 영오는 같은 역에서 내려 서로 헤어졌다. 영오는 학원 교실에서 워크맨을 귀에 꽂고 있었는데 갑자기 라디오에서 영오의 이름이 튀어나왔다. 방금 지하철에서 만난 이영오라는 학생이 좋은 연기자가 되길 바란다는 말이 전파를 타고 꿈결같이 흘러나왔다. 이 세상이 갑자기 환해지는 순간이었다. 눈부시도록 빛나는 빛을 보았는데 그것이 어디에서 와서 어디에 떠 있는 것인지, 라디오 방송국인지 학원 교실인지 자신의 마음속인지 분간할 수 없었다.

자유…… 영오는 막연히 생각해보았다.

영오는 초등학교 일학년 때부터 아무도 학교에 못 오게 하였다. 소풍 때도 발버둥쳐 어머니를 못 오게 하고 혼자여서 담임 선생님을 귀찮게 하였다. 부모가 오지 않은 아이들은 담임 선생님이 따로 돌봐야 하기 때문이다. 그것이 다 자유를 얻기 위한 투쟁임을 영오 스스로는 잘 몰랐다. 유치원 다닐 때 그리고 그보다 더 어릴 때는 불가항력이어서 타인에게 마음대로 휘둘려 유희도 하고 노래도 하고 밖에 나가기도 집에 들어오기도 했으나, 점점 크면서 이 세상 모든 것과 싸우기에 지치는 기분이었다.

영오는 나무 그늘을 찾아 벤치를 옮겼다. 벤치를 옮겨도 덥기는 마찬가지였다. 이마와 등에 땀이 흘렀다. 영오의 몸은 마를 대로 말라 턱뼈가 불거져나와 있었다. 어제 밤새 소아마비 걸린 친구의 몸짓과 표정을 연습하느라 턱이 돌아가버렸다. 이제 소아마비 걸린 친구의 흉내는 영오의 주특기가 되어버렸다. 자신은 왜 하필 불구의 흉내를 잘 내는 것일까.

뜨거운 물로 찜질하라는 어머니 말대로 이른아침 내내 찜질을 하자 겨우 턱이 다시 돌아왔다.

영오는 가방을 메고 갑자기 일어섰다. 오후 시험 시간인 두시가 거의 되었기 때문이다.

멀리 녹색으로 칠한 교문이 보였다. 교문 앞에 아직도 사람들이 몰려 서 있었다. 아까 공원으로 오기 전에도 교문 앞에 사람들이 많이 몰려 서 있었다. 오후 시험 시간인 두시 이전에는 시험장에 들여보내지 않는 것이라고 영오는 생각했다.

영오는 공원을 빠져나와 교문 앞으로 다가갔다. 크고 둥근 얼굴들, 희멀건한 얼굴들, 조심스러운 얼굴들…… 자세히 살펴보니 거기에 있는 사람들은 수험생이 아니라 수험생을 따라온 사람들인 것 같았다.

그들을 믿고 함께 서서 대문이 열리기를 기다리면 안 될 것 같았다.

영오는 수위실로 가서 수위에게 물었다. 수험 번호 있니, 라고 수위가 물었다. 영오는 어깨에 멘 가방을 내려 수험표를 꺼내 보여주었다.

"늦었다. 얼른 들어가봐라."

수위가 말했다. 영오는 큰일났구나 생각하며 커다란 녹색 문 옆 쪽문으로 달려들어갔다. 달려가는 영오의 뒤에서 수위가 시험 잘 봐라, 라고 소리쳤다.

*

흰 구름덩이가 장난치듯 얼굴을 쑥 들이미는 움직임을 바라보며 화자는 전화를 받았다. 그 구름 속에 아파트 옥상에서부터 밧줄에 매여 드리운 사람들이 아파트 외벽에 페인트칠을 한다고 왔다 갔다하고 있었다. 그들은 아파트 밖으로 빨랫대에 빨래를 넣어놓 은 집, 텔레비전 안테나를 떼지 않은 집, 고추장 단지를 덮지 않은 집에 대고 소리질렀다. 사람이 허공에 매달려 있으니 사람의 크기 가 무슨 장난감처럼 보였다. 사람이 사람 같지가 않았다. 비행기만 타도 머릿속에 꽉 박힌 의식이 허물어지는데 발을 땅에 댄 사람들 만 보아오던 눈으로 허공에 매달린 사람을 보니 모든 사물이 뒤죽 박죽되는 느낌이었다. 화자는 페인트공들이 구름 속에서 왔다갔 다하는 모습을 바라보며 전화를 받았다.

영오는 학교 근처 공원 벤치에 앉아 있다고 했다. 그곳에 앉아 대사 연습을 해보겠다고 했다.

"너 너무 일찍 갔나보다 그렇지? 비는 활짝 갰다. 저 구름 좀 봐 라."

화자는 대학 시험을 보는 성인이 다 된 아이에게 초등학교 저학 년 때 아이가 바깥에서 전화를 걸어오면 받던 것과 똑같은 어투로 말했다.

"아이, 그런데 너무 더워."

영오는 동전이 다 되었다며 전화를 끊었다.

왠지 그 순간 영오가 자신의 삶 전체를 가방 하나에 꾸려가지고 벤치에 앉아 있는 듯 화자에게 전해졌다. 영오야, 하고 불렀지만 전화는 끊겼다.

공원, 공원이라는 말의 여운이 그녀에게 매우 독특한 음향으로 남았다. 지금의 상황을 그 한 단어가 해방시켜주는 듯했다. 그녀는 수화기를 내려놓은 상태 그대로 앉아 있었다. 아이, 그런데 너무 더워, 라고 말하던 그 억양, 자신이 부모에게 귀염받는 것을 굳게 믿고 있는, 그러면서도 어딘지 고독한, 자기대로 무엇인가 해내고 있다는 그런 자랑스러움 비슷한 감정까지 곁들인 억양을 화자는 알아들었고 또한 음미하였다.

화자는 아이가 전화해준 것이 고마웠다. 어딘가 전화하고 싶을 때 그것이 바로 그녀일 것에 대한 자신감이 화자에게는 없었다. 이 세상 그 누구에게서라도 자신이 그런 대상일 거라는 생각이 들지 않았다. 그런데 아이가 긴박한 시간 자신에게 전화를 걸어준 것이었다.

학교 앞에 공원이 있다는 것을 아이의 전화로 화자는 처음 알았다. 그리고 아이가 공원에 들어가서 대사를 연습해보려 한다는 것, 그런 의욕을 보인다는 것이 어쩐지 믿기지 않았다. 바로 그런 생각을 한 것에 대한 자랑스러움이 아이 목소리에 묻어 있듯이 화자도 무언가 해내고 있다는—아이의 전화를 받고 왠지 영오로 인해 자신도 삶의 반열에 올라 있다는—자부심 같은 것이 마음속에서 생기는 것을 느끼고 있었다.

영오의 몸은 너무 말라 있었다. 새벽녘 겨우 잠이 든 아이의 얼굴을 들여다보니 턱뼈가 불거져나와 있었다. 어떻게 이토록 무섭게 말라 있는가, 화자는 정신이 다 없었다. 아이가 이렇게 되도록 자신은 무엇을 했는가 자책하였다. 그러나 어쩔 수 없었다. 그녀의 힘으로 더이상 안 되었다. 시험 전날은 충분히 잠을 자 컨디션을 유지해야 하는데 영오는 밤을 거의 새웠고 아침에는 턱이 돌아가 버렸다. 아이는 하룻밤 새에 이제까지 놀아버린 것을 봉창하려는 생각인 모양이었다. 화자 역시 아무리 기적 같은 힘을 끌어낸다 해도 하룻밤 만에 아이 몸에 살을 조금이라도 붙이고 아이의 컨디션을 정상으로 돌려놓기란 불가능함을 느끼고 있었다.

화자는 피곤해 보이는 아이 어깨의 무게를 덜어주고 싶었다. 숨한 번 쉬는 것조차 자신이 맡아 쉬어주고 싶었다. 그러나 그런 바람이 강할수록 오히려 실제 아무 도움도 주지 못했다. 도움을 주기보다 택시를 타고 가라느니 웃옷을 걸치고 가라느니 해서 아이의 힘을 더욱 소모시켰다.

아이는 이제 시험장을 향해 걸어갈 것이다. 잔디밭을 지나고 연못을 돌아 자갈이 깔린 공원 길을 걸어갈 것이다. 그러고는 이윽고 공원의 내음이 사라지고 검은 아스팔트가 녹은 뜨거운 길을 걸을 것이다.

화자는 영오의 발걸음을 느꼈다. 한 걸음 또 한 걸음. 화자는 골똘히 아이의 발걸음을 좇았다. 그 발걸음은 어느덧 화자의 어린 시절 기억 속의 발자국으로 이어지고 있었다.

눈이 쌓여 있는 벌판길이다. 화자의 유년의 집 앞에 넓은 텃밭이 있었으며 그 텃밭 위에 눈이 쌓이면 온 세상이 다 황량해 보였다.

쌓인 눈이 바람에 옆으로 날릴 때 부드러운 천이 나는 것 같았다. 쌓인 눈이 바람에 조금씩 날리다가 앉고 날리다가 다시 앉는 그 이어져 반복되는 리듬은 눈앞에 보이는 정경이 아니라 귀로 들리는 음향과도 같았다. 센 바람에 날린 눈은 부드러운 천으로 떠돌다가 사라졌다. 눈은 텃밭 위에 물결무늬를 만들어놓기도 했다. 눈이 온 아침 새벽, 혹은 늦은 밤 달빛 밑에서 눈 위에 발자국이 난 것을 보고 있노라면 어린 화자의 마음은 정처 없어졌다.

누구일까. 누가 발자국을 남기고 간 것일까. 왜 발자국이 아무도 모르게 어디로 나 있는 것일까. 어린 날 보았던 그 정경은 이 세상의 정처 없음에 대한 씨앗처럼 화자에게 남아 있다. 눈 위의 발자국. 어디론가 이어져간 발자국.

그것은 또한 어린 날 무엇인지는 몰랐어도 막연한 자유에 대한 그리움처럼 남아 있기도 했다. 그 발자국은 분명 좋은 곳으로 가기 위한 발자국으로 생각되었다. 우리가 어딘가로 향한다면 그 향함 자체는 분명 좋은 곳으로이지 않겠는가. 자유와 기쁨이 있는 곳.

옛날얘기 속에는 이런 얘기가 있다.

소금장수가 산속에서 길을 잃고 헤맨다. 날은 점점 어두워지는데 고개를 넘고 들판을 건너고 숲을 헤쳐 이제 기진맥진하여 더이상 한 걸음도 걸을 수 없다고 느낄 때, 그때 저멀리 등불이 하나 반짝이고 있는 것이 보인다.

"저기다 저기. 저기까지만 가면⋯⋯"

소금장수는 마지막 기운을 다시 끌어내어 그 불빛을 찾아간다. 산속에 오두막이 한 채 있고 그 창에서 빛은 뿜어져나오고 있다. 소금장수는 마침내 그곳에 당도하여 문을 두드린다. 그러고는 어떤 일이 일어날까. 천신만고 끝에 찾은 그 불빛 비치는 곳으로 들어가서 어찌될까.

소금장수는 주인이 차려온 밥상을 받아 고픈 배를 허겁지겁 채운다. 밥을 먹고 나자 졸음이 밀려들어 그대로 쓰러져 깊은 잠에 빠진다. 그러나 한밤중에 심한 갈증을 느껴서 눈을 뜬다. 여기가 어디인가 알아차리는 한순간이 지난 후 소금장수는 어제 길을 잃고 헤매다가 간신히 불빛을 발견한 것을 생각해낸다. 물을 마시려고 밖으로 나가려 하자 문이 안 열린다. 문이 밖에서 잠겨 있다. 불길한 생각에 창호지 문틈으로 내다보니 어제 그리도 인자하게 웃으며 밥상을 차려주던 주인이 무서운 얼굴로 아궁이 앞에 앉아서 숫돌에 칼을 갈고 있다. 아궁이에서 나오는 시뻘건 불빛이 주인의 얼굴을 일렁일렁 일그러뜨려 더욱 무서운 얼굴을 만들고 있다. 큰 가마솥에서는 쉭쉭 물 끓는 소리가 나고⋯⋯

어릴 때 듣던 옛날얘기의 내용은 이러하였다. 아이들은 매일 밤 싫증도 안 내고 이런 얘기들을 되풀이해 들었다. 얘기뿐 아니라 수수께끼 놀이, 그림자놀이, 끝말잇기 놀이, 이런 놀이들을 하고 또 했다.

끝말잇기 놀이는 노래로도 불렸다. 그런 노래는 부를수록 재미 있었다. 리리리 자로 끝나는 말은 개나리 보따리 저고리 유리 항아 리…… 머리 풀고 하늘로 올라가는 게 뭐게? 뒷짐 지고 하늘에 절 을 하는 게 뭐게? ……하는 게 뭐게?…… 뭐하는 게 뭐게?

또 이런 노래도 있다.

원숭이 똥구멍은 빨개, 빨가면 사과, 사과는 맛있어, 맛있으면 바나나, 바나나는 길어, 길으면 기차, 기차는 빨라, 빠르면 비행기, 비행기는 높아, 높으면 백두산, 백두산 뻗어내려 반도 삼천리, 무 궁화 이 강산에 역사 반만년, 대대로 이어내린 우리 삼천만, 빛나 도다 그의 이름 대한이라네……

이런 놀이와 노래들은 끝도 없이 긴긴 밤을 이어갔다.

그 놀이 속에는 아직 다 알지 못하는, 그러니까 리리리 자로 끝 나는 말은 개나리 보따리 유리 항아리 외에도 더 어떤 단어들이 있 을까, 무엇인가가 더 있을 듯한 새 냄새, 미지의 냄새, 밖으로 밀어 내면 얼마든지 확확 밀리며 넓어져서 더욱 희한한 세계가 나타날 듯한 그런 기운이 스며 있었다. 또한 유리 피리 보리 항아리 보따 리 하는 그 언어를 써내려온 조상의 줄기를 아이들은 그저 막연히 감지하였다. 혼이 있으며 그 혼에 깃들인 정신이란 언어의 감각과 도 통한다는……

긴긴 밤을 이어가며 아이들은 놀이를 했고 그러는 동안 어른이 되었다. 그때의 그 놀이와 얘기들, 그저 무의미하게 반복되는 듯한 그 얘기들을 어째서 매일 밤 싫증도 내지 않고 하고 또 했을까.

아이들은 무의식 속에서 막연히 인생이라 하는 것을 감지하고 있었던가. 저기야 저기. 저기까지만 가면, 하고 살길을 만난 듯 죽을힘을 끌어내어 불빛이 보이는 곳으로 가보면 숫돌에 칼을 가는 주인을 만나게 되리라는……

사람들은 불빛이 비치는 곳을 향해 죽을힘을 다해 걸어간다.

아! 누구일까. 누가 아무도 모르게 이런 발자국을 남기고 간 것일까? 어린 날 화자가 보았던 눈벌판에 난 발자국은 그곳으로 가고 있는 발자국이었을까. 아마 그럴 것이다. 눈벌판에 난 발자국을 보며 어린 화자가 복받치는 감정을 가졌던 것은 바로 그 때문일 것이다. 누군가가 가버린 데서 오는—자신이 혼자라는 느낌과 동시에 저 너머 불빛 비치는 곳에 대한 동경.

영오는 지금 걸어갈 것이다. 한 걸음 한 걸음…… 야윈 뺨에 커다란 운동화를 신고서 공원을 벗어나 햇빛에 눅은 아스팔트길을 걷고 있을 것이다. 공원의 내음은 사라지고 푸른 잎들이 태양을 향해 힘껏 저항하고 있는 가로수길을 지나 시험장을 향해 걸어갈 것이다. 아이가 걸어갈수록 화자는 자신의 몸에서 줄이 풀려나가는 것을 느꼈다. 줄은 길게 길게 아이가 움직임에 따라 연줄 풀리듯 한없이 풀려나갔다.

*

　큰 교실에 학생이 많이 모여 있었다. 머리를 길게 늘인 조교가 수험생들에게 프린트물을 나누어주고 있었다. 내용은 네 가지로 나누어진다고 했다. 수험생은 그 네 가지 내용 중 한 가지 프린트물을 받게 되는 것이다. 영오는 늦게 교실에 들어온 탓으로 더욱 마음이 안정되지 않았다. 영오는 가방을 벗어서 걸상에 걸었다.

　가방은 어린 시절부터 영오의 비밀 창고였다. 그곳에 딱지, 장난감, 구슬, 쇠못, 돌, 만화책 같은 것을 넣어가지고 다녔다. 방보다 가방을 제일 안전한 곳으로 여겼다. 방은 자신이 빠져나오면 빈방이 되어 방에다 무엇을 놓아두는 것은 허전했으나 가방은 언제나 몸의 일부처럼 자신을 따라다니기 때문이었다.

　영오의 가방은 혼돈과 무질서의 덩어리였다. 영오의 방문은 베니어 한 귀퉁이가 찌그러져 거의 떨어져나가게 되어 있으며 옷장에 붙은 전신 거울은 아랫부분이 깨져 있었다. 영오는 깨진 부분에 농구 포스터를 기술적으로 붙여놓았다. 화가 날 때마다 방에 돌아와 발길질을 했던 탓이다. 영오는 언제나 어머니에게 한껏 저항했다. 서부극처럼 밤을 새워가며 어머니와 팽팽히 대치한 적도 있다. 방문이 떨어져나가게 되어 닫은 것 같지 않게 된 후 가방은 더욱 영오의 비밀 장소가 되었다. 가방을 끼고 있어야 아늑함을 느낄 수 있었다.

영오는 자기만의 방의 혼돈과 무질서를 즐기고 있었다. 언제나 치워야 한다는 마음이 한편으로 없는 것은 아니지만 그렇게 어지러운 방이라야 자신이 들어가 있을 구멍처럼 느낄 수 있었다. 그 방에 질서가 생길 때 자신은 재미없는 사람이 되어 있을 것 같았다.

언젠가 영오의 아버지는 식탁에서 카레라이스를 먹으며 말했다.

"아빠가 어렸을 때부터 카레라이스를 참 좋아해서 말이야. 카레라이스를 하는 날이면 두 그릇, 세 그릇씩 먹고 밤새 괴로워서 씩씩거렸지."

영오는 지금의 아버지보다 배가 불러도 두 그릇 세 그릇 무조건 먹고 보는 아이가 재미있게 보였다. 그러나 어머니는 질서만을 고집했다. 무질서로 보여도 그 속에 자기만의 질서가 있어야 한다고 말했다. 그러나 영오의 방은 그저 돼지우리일 뿐이라고 했다. 어떤 때 기분이 좋을 때 어머니는 방문을 열고 어디 있나, 하고 영오를 찾았다. 뒤죽박죽된 물건들 속에 틀어박혀 침대에 누워 있는 것도 책상 앞에 앉아 있는 것도 안 보인다고 말했다. 왜 질서여야 하는가라는 영오의 물음에 질서여야지만 살아갈 방법이 보이지 않는가 하고 말했다. 그리고 어머니는 살아갈 방법이 보일 때가 제일 기쁘다고 했다.

수험생들은 전부 벽 쪽으로 돌아앉아 외우기 시작했다. 넓은 직사각형의 창으로 녹음이 밀려들고 매미와 쓰르라미 소리가 일제히 영오의 귀에 자욱하다가 사라졌다.

모두들 작은 소리로 중얼거렸다. 그러다가 한 여학생이 용감하게 소리치며 연습하기 시작하자 여기저기서 큰 소리가 터져나왔다. 영오도 소리를 내었다. 교실 안은 대사를 외우는 소리로 금방 마술의 도가니처럼 되었다. 소리들은 튀어나오고 잦아들고 계속해서 잦아들다가 다시 어떤 소리가 툭 튀어나왔다. 소리가 갑자기 튀어나올 때마다 영오의 의식이 확 당겨지는 듯했다. 마치 버스에서 졸고 있다가 차체 요동에 따라 몸이 출렁일 때 의식이 화악 화악 사방으로 넓혀지는 듯한 그런 순간과 비슷했다.

영오는 고요 속에서 고립감을 느꼈으며 어딘가에 기대고 싶었다. 그러나 그런 기분을 지우려는 듯 다시 소리내어 열심히 대사를 외우기 시작했다.

이윽고 시험이 시작되었다. 시험장에 들어가면 흰 선으로 발을 그려놓은 곳이 있는데 그곳에 서서 인사하고 수험 번호를 말하라고 했다. 이름은 말하지 말고 수험 번호만을 크고 똑똑하게 말하라고 프린트물을 나눠준 조교가 주의를 주었다. 응시생이 많아 시험은 며칠간 계속되는데 영오는 첫날 열한번째였다.

순식간에 영오의 차례가 왔다. 영오는 정신없이 수험장에 들어가 흰 선으로 발을 그려놓은 곳에 섰다. 그러곤 크고 똑똑하게 수험 번호를 말했다. 집에서 혼자 연습할 때는 이름까지 말했기 때문에 이름을 빼자 그 리듬이 어딘지 허전했다.

여러 명의 심사위원이 책상을 떨어뜨려 서로 멀찍이 앉아 있었다. 창으로 녹음이 밀려들어오고 있었는데 연습하던 교실 창의 연속인 듯 보였다. 밖에서 창을 통해 들어오는 빛은 사방으로 굴절하고 있었다.

지금 이 순간 세계 속 어느 곳 어느 장소에서는 무슨 일이 일어나고 있을까. 영오는 갑자기 그런 생각을 했다. 무슨 일이 계속해서 일어나고 있을 것이다. 일들은 끊이지 않고 매일매일 일어나고 있으니까. 수많은 일, 사건, 말……

영오가 조금 전 교실에서 받은 프린트물은 회사원이 애인에게 그만 헤어지자고 말하는 내용이었다. 이유는 부모님이 반대한다는 것이었다. 영오는 그 이유가 마음에 들지 않았다. 얘기 전체를 읽어보면 그렇게 말하는 회사원의 심리가 스며 있는 것인지 모르겠지만……

영오는 대사를 외우기 시작했다. 영오가 입을 연 지 네 마디째에 한 심사위원이 그만하라고 말했다. 영오는 귀를 기울였다. 그만, 이라고 했는지 됐어, 라고 했는지 어쨌든 그만 나가도 좋다는 뜻인 듯했다. 영오는 공손히 절을 하고 나왔다. 어제 밤새도록 연습한 자신의 특기인 소아마비 걸린 친구의 흉내는 내보지도 못했다. 일차 시험에 그런 자유 연기를 하라는 항은 없는가보았다. 그러나 영오는 밤새워 그것을 연습하노라 턱까지 돌아가버렸다.

영오는 복도에서 아는 친구를 만났다. 연기 학원에 다닐 때 만난 친구였다. 그 친구는 영오에게 시험장에 들어가서의 일을 물었다.

"야, 심사위원이 몇 명이디?"

"자세히는 몰라, 한 다섯 명? 저쪽에 죽 앉아 있어."

"나눠준 대사만 하고 나오는 거냐?"

"그런가봐, 중간에서 그만하라고 하지."

"야, 나 끝날 때까지 너……"

"공원 벤치에서 기다릴게. 끝나고 그리로 와라."

"알았어."

"야, 너는 몇 번이냐?"

"칠십육번."

파이팅 하듯 그들은 서로 한쪽 손을 들어 손뼉을 마주치고 헤어졌다. 영오는 교실 건물을 빠져나와 정문까지 느릿느릿 걸었다. 정문 앞에 아직 그대로 사람들이 몰려 서 있었다. 걱정하는 얼굴, 무표정한 얼굴, 기다리는 얼굴들. 수위는 잠시 자리를 비웠는가, 보이지 않았다. 영오는 어쩐지 심심한 듯한 아니면 무언가 자신도 해냈다는 뿌듯한 기운이 엇갈리는 것을 느꼈다.

영오는 학교 앞 구멍가게에서 디스 한 갑을 샀다. 캔 콜라를 따서선 채 들이켠 후 쓰레기통에 빈 깡통을 슈팅 자세로 던져 넣었다.

가게에 켜놓은 라디오에서 뉴스가 흘러나오고 있었다. 세계 어디선가 산불이 한 달째 타고 있으며 어느 곳에서는 홍수가 나서 사람이 많이 죽고 어느 곳에서는 학교 내에 총기 사건이 또 발생하여 대통령이 자가용 비행기로 그곳으로 가고 있는 중이며 어디에선가는 인질극이 벌어지고 어디에선가는 집단 식중독이 일어났다는 늘 듣던 뉴스였다.

영오가 던진 빈 캔은 쓰레기통에 정확히 골인되었고 영오는 바지 주머니에 손을 넣어 담뱃갑을 만지며 공원을 향해 걸어갔다.

*

새시 창밖 밧줄을 타고 있는 사람은 부지런히 팔을 움직이고 있었다. 밧줄을 타고 아래층으로 내려가서 페인트칠을 하고 있는 사람과 간혹 서로 말을 주고받기도 했다. 어이 어이, 하고 그들은 서로를 부르고 불렀다. 새시 창에 수직으로 드리운 빈 밧줄에 사람의 무게가 실려 움직이고 있는 것이 감지되었다.

수직으로 지나가는 밧줄과 밧줄에 매달린 사람으로 인해 집안의 물건들은 약간씩 각도를 달리하고 있었다. 식탁 위의 주전자는 어쩐지 기우뚱 그 주둥이에서 물이 쏟아질 것 같고 찬장 속의 그릇들은 떨어져 깨질 듯했다. 페인트 냄새 때문에 베란다 새시 창으로 면한 마루문과 방문을 화자는 전부 닫아두었다. 꽁꽁 닫은 문으로 하여 집안은 몹시 더웠다.

그녀는 아늑한 곳을 찾아 벽 쪽에 붙어앉아 있거나 마루방을 서성였다. 창밖에 사람이 있다는 것이 그렇게 만들었다. 더욱이 창밖에 수직으로 드리운 밧줄은 화자에게 이상한 반응을 불러일으키고 있었다.

　매일 밤 머리맡 스탠드를 끄고 베개에 머리를 누일 때 화자는 하나의 줄을 보았다. 하루의 시간은 없어져버리고 어제도 그제도 그끄제도 오직 스탠드의 불을 끄고 베개에 머리를 누이는 그 일만이 길게 연결되어 있었다. 방금 불을 끄고 누웠는가 하면 또다시 불을 끄고 눕고 있었다. 하루 동안의 잡사는 온데간데없고 오직 불을 끄고 눕는 자신만이 있었다.

　그 줄, 그제에서 어제로, 어제에서 오늘로 넘겨져온 줄이 지금 밧줄로 밖에 걸려 있다고 화자는 느꼈다. 그 밤마다의 줄이 지금 밖에 걸려 있었다. 새시 창밖 가없는 공간 속에……

　또한 그 줄은 화자 몸속으로 연장되고 있기도 했다. 바로 오늘 같은 날 화자가 영오에게 뽑아내고 있는 줄, 그리고 또 평소에도 의식하든 하지 못하든 언제나 줄은 그녀 안에 있었다. 화자는 영오의 발걸음을 좇을 때마다 몸속에서 줄이 뽑아져나가는 것을 느꼈다. 아이가 어릴 때 화자는 늘 아이의 손을 붙들고 걸을 수 있었다. 그러나 아이가 큰 후 상상 속에서라도 아이의 손을 잡고 걷지 못한다. 오직 눈에 보이지 않는 줄이 아이의 손을 잡고 있을 뿐이다.

　영오가 아주 어렸을 때 화자는 깨끗이 씻겨 분을 바르고 옷을 입힌 후 눕혀놓고 춤을 추게 했다. 화자가 노래를 부르고, 화자의 손으로 아이의 다리를 리듬에 맞추어 마구 움직였다. 화자가 노래를 부르며 아이의 다리를 움직일 때마다 아이는 방싯방싯 웃었다.

그런데 어느 순간 아이가 돌아누워서 눈물을 훔치는 것을 보았다. 그것은 화자에게 정말 의외였고 놀라움을 주었다. 이제 겨우 두 돌을 지났을 뿐인데 돌아누워 눈물을 훔치는 그런 감정이 자라고 있었나? 자기를 가지고 함부로 노는 것에 대한 저항이었을까. 엄마가 의도한 바대로 방싯방싯 웃어준 뒤에 찾아든 허전함이었을까. 그 일은 다른 일들에 묻혀 그냥 흘러갔지만 화자는 아직 잊지 않고 있다.

화자 몸속에 있는 줄, 그리고 화자가 밤마다 머리맡 스탠드의 불을 끄며 느끼는 줄이 지금 창밖에 형상화되어 걸려 있었다.

화자는 마루방에 서서 그 줄을 바라보았다. 바라볼수록 마음속이 횅하게 비는 야릇함을 느꼈다. 그녀는 보통 주부들처럼 인습적인 여자는 아니었다. 그녀는 섬세한 아름다움을 보아낼 줄 알았으며 누군가를 섬세하게 파악했고 최소의 것에서 최대의 것을 끌어내려는 바람이 늘 있었다. 좀더 나아가 그녀의 내면 속에는 무엇인가를 창조해보고자 하는 스스로는 아직 의식하지 못한 욕구가 있었다. 그녀는 결혼 전 잠시 직장생활을 했으며 결혼 후에도 몇 번 일자리를 얻긴 했으나 단순히 가사에 보탬이 되기 위한 일이었을 뿐 자기 성취와는 관계없는 것이었다.

그녀는 대학 입시 원서를 써내는 날 지각을 했다. 그녀가 학교로 달려가던 중 벌써 아침 조례를 마치고 돌아오는 반 친구에게서 담임 선생님이 상위권 성적의 학생이 갈 수 있는 학과 중에서 가장 무난한 가사과를 원서에 적어넣었다는 소식을 전해 들었다.

그때 화자는 서 있던 땅이 무너져내리는 것 같았는데 그러나 별달리 뚜렷이 선택하고 싶은 과가 있는 것도 아닌 것을 비로소 자각하였다.

그날 지각만 안 해서 다른 과를 택할 수 있었다면 자신의 인생이 달라지지 않았을까. 혹 약학과를 택하였다면 지금쯤 약방 조제실에서 흰 가운을 입고 이런저런 약들을 소꿉장난하듯이 조제하고 있지 않을까. 의상학과를 택하였다면 양장점을 차려서 예쁜 옷들을 만들어내고 있지 않을까. 사십 중반인 그녀는 세월 속에서 스스로 무능을 느끼고 있었다.

창녀보다 못하다는 것이 그녀가 내린 숨은 결론이었다. 그녀는 살아갈수록 창녀들을 평가하게 되었다. 돈을 받고서라도 남을 품어 안아줄 수 있으면 좋을 것이다. 그러나 그녀는 그렇지 못하였다. 남을 안아주는 대신 그녀는 밤마다 색다른 기대를 가졌다.

스탠드의 불을 끄고 베개에 머리를 누일 때 그녀는 꿈속에서 하루를 다시 한번 살아보고자 했다. 그것은 그녀에게 있어 삶의 희망과도 같은 부분이었다. 꿈을 꾼다는 것은 현실과 마찬가지로 꿈속에서 실제 살아보는 것이라고 여겼다.

어느 때부턴가 아침에 눈을 뜨면 지난밤 꾼 꿈을 더듬어보는 습관이 그녀에게 생겼다. 그녀는 늘 여러 가지 꿈을 꾸었다. 생각나지 않는 꿈도 있으나 집중하여 골똘히 더듬어보면 꿈속에서의 일들이 더듬어졌다. 그리고 꿈속에 꼭 아쉬운 부분이 있다는 것을 알게 되었다. 꿈속에서마저 의식을 확 놓지 않고 있음을 알았다. 그야말로 꿈인데 한바탕 재미있게 살아볼 수는 없는 걸까. 그러나 그녀는 움츠리고 있었다. 목을 결코 내놓지 않았다.

가령 어느 낯선 거리에서 호랑이 한 마리가 자신을 물려고 하고 있다. 이제 물리나 저제 물리나 하는 아슬아슬한 순간 오토바이가 한 대 달려온다. 아, 아, 하고 그녀는 염원을 보낸다. 제발 제발 호랑이가 오토바이를 따라가주었으면. 그녀가 염원한 대로 호랑이는 슬며시 그녀에 대한 흥미를 잃고 오토바이 쪽을 향해 달려간다. 그녀는 숨을 내쉬며 살았다고 생각한다.

그러나 꿈에서 깨고 났을 때 꿈을 더듬어보며 그녀는 아쉽다못해 상실감을 느꼈다. 어째서 호랑이가 물도록 내버려두지 못하는가, 왜 있는 힘을 다해 자기에게서 멀어지도록 염원을 보냈는가.

밤에 음식 쓰레기를 버리기 위해 비닐봉투를 들고 엘리베이터에서 불빛 비치는 아파트 마당으로 내려설 때 그녀는 갑자기 자신이 누구인지 모르는 때가 있다. 누구인지 모른다기보다 누구인지 알고 싶지도 않다. 일상에서의 익숙한 자기와 다른, 자신이 육체인지 혼인지조차 모르겠는 그런 기분에 젖었다. 아주 먼 옛날부터 살아온 것 같기도, 아니면 아홉 살이나 열 살쯤 된 아이 같기도 했다. 자신의 현주소를 알 수 없었으며 자신의 근원지도 알 수 없었다. 아파트 마당에 켜진 외등이나 소슬바람에 잎을 떠는 잎새와 다를 바 없다는 생각이었다.

자신에 비해 타인의 윤곽은 비교적 쉽게 잡혔다. 자주 만나는 주변 사람들보다 오랜만에 보는 사람일수록 강하게 왔다. 그녀는 이즈음 소꿉친구 두 명에게서 전화를 받았다. 그 두 명 다 서로서로는 기억을 못하고 있었는데 화자를 통해서 그런 소꿉동무가 있었다는 것만은 기억했다. 사십여 년 동안 서로 연락 없이 지내다가 같은 시기에 전화가 온 것은 얼마 전 화자가 초등학교 동창회에 나갔던 것이 빌미가 된 것 같으나 화자는 어떻게 자신의 전화번호를 알았느냐고 두 친구에게 묻지 않았다. 그저 묻지 않았을 뿐이다.

한 친구는 이름을 말하는 순간 목소리와 모습이 한꺼번에 생생히 떠올랐다. 중학교 수학 선생을 이십 년째 하고 있다고 했다. 일주일에 두 번 수영하러 다니고 매일 새벽 방송을 통해 독어 공부를 하고 있다고 했다. 그녀가 수학 선생이라고 말할 때 화자에게 1, 2, 3, 4, 5, 6, 7, 8, 9, 0의 숫자가 다가왔다. 숫자에 의미가 있을 것 같았으며 0이라는 없는 것과 1, 2, 3, 4라는 있는 것의 차이가 숫자로 드러나는 것이라고 생각되었다. 기하와 대수의 어려운 문제들이 수수께끼 놀이처럼 생각되었다. 이 세상의 어려운 문제들을 풀기 위해 기하와 대수가 생겨난 것 같았다. 그녀가 새벽마다 공부한다는 독어라는 독일 사람들의 언어에는 다른 나라 사람들이 결코 알 수 없는 그 나라 조상들의 얼이 있을 거라는 생각도 했다. 리리리 자로 끝나는 말은…… 이런 노래가 아마 그 나라에도 있을 것이다. 그것은 우리의 언어와는 아주 다른 세계일 것이다.

이렇게 구체적으로 생각되었다기보다 그녀의 전화를 받으며 막연히 스쳐간 느낌을 다시 살펴보면 이런 것이었을 것이다.

또 한 친구는 장애인과 결혼을 하였는데 친구의 뒷바라지로 남편은 뒤늦게 박사학위를 받았다고 했다. 그런데 그 친구는 모습이나 목소리, 이름도 기억에 떠오르지 않았다. 막연히 그런 이름의 아이가 있었다는 느낌만이 있었다.

"아까 점심때 마당에 상추를 뜯으러 나갔더니 고추잠자리가 벌써 어떻게 많이 나와 있는지, 뒤뜰에 고추, 가지, 호박 이런 걸 심었거든, 한 오십 마리는 되는 것 같더라, 고추잠자리가. 그런데 참 이상하게 옛날 화자 너네 집 마당에 고추잠자리가 생각나더라."

전화선 저편에서 두 친구가 강한 힘으로 자기 존재를 설명하고 있었다.

골목길, 계단, 라일락 향기, 텃밭, 축대, 축대 밑을 걸어가던 아이들, 고추잠자리, 여러 가지 놀이와 이야기를 듣던 밤, 전화선을 통해서 들려오는 소꿉친구의 목소리에서 화자는 이런 것들을 보았다.

"한번 만나지 않을래, 셋이? 너희가 우리집에 와두 좋구. 상추 뜯어서 점심 해줄게. 아니면 시내 어디 적당한 곳에서 약속 장소를 정해서 만나자. 한번 서로 얼굴을 좀 보자, 얘."

"그래 내가 은영이하고 정해서 연락할게. 반갑다아……"

내게 무슨 걱정이 있더라, 하고 잠시 깜박 잊고 있은 듯 깜박 깨어나는 듯, 친구의 목소리 사이에서 화자는 자신을 돌이켜보았다. 그러나 그들에 비추어 자신이 설명되어지지는 않았다. 화자는 늘 미해결된 문제를 안고 있는 듯했으며 자신이 외로움의 덩어리 같았으며 그 덩어리가 어떻게 하면 풀려나갈지 알 수 없었다.

새시 창에 매달린 사람은 페인트칠을 하느라 부지런히 팔을 움직이고 있었다. 붓을 든 손이 규칙적으로 움직였다. 이제 구름은 없어졌고 푸른 하늘을 배경으로 한 그 페인트공은 의자에 앉은 듯 다리를 허공에 떨어뜨리고 있었다.

누군가가 딩동 하고 벨을 눌렀다. 화자는 현관으로 나가서 문을 열었다. 젊은 페인트공 두 사람이 찌그러진 물통을 들고 서서 물을 청하고 있었다. 한 집에서만 물을 얻을 수 없으므로 집집마다 돌아다니며 청하는 거라고 했다. 그들은 페인트가 여기저기 묻은 옷을 입고 서서 미안해했다.

"물이요?" 하고 화자는 물었다.

기능공들이 대개 그렇듯 그들의 모습은 좋았다. 그들은 일하는 모습 자체로 충분히 아름다웠다. 그러나 그들이 작업복을 벗고 세수를 하고 머리를 빗고 평상복으로 갈아입고 나면 일할 때의 보기 좋던 모습이 다 없어져버리던 것을 서운한 마음으로 보았던 기억이 있다.

아파트 페인트칠 때문인데 왜 그들이 미안해하는가 생각하며 그녀는 빠르게 욕실로 가서 받아놓은 물을 퍼다주었다. 물 푸면서 그녀는 먼바다를 느꼈다. 먼바다의 물이 자신의 손에서 퍼올려지는 것을 느꼈다.

현관문에 서 있던 두 사람은 물통을 받아들며 고맙다고 말했다.

현관문이 열려 있는 동안 집은 하나의 통로처럼 되었다. 새시 창밖에 사람이 매달려 있고 현관문에도 사람이 서 있자 이곳은 집이 아니었다. 무엇인가 관통당한 듯한, 엑스레이로 투시당한 듯한 기분이 화자에게 들었다.

저 밖에서 이 안을 본다면 아파트 각 칸마다 딱딱한 껍데기 같은 캡슐 속에 모두가 틀어박혀 있는 것으로 보이지 않을까. 안쪽에서 공중에 매달린 사람을 보기에도 이렇게 혼란이 오는데 줄에 매달려 안을 본다면 모든 게 와르르 소리를 내며 쏟아져내리지 않을까. 사람의 모습도 달라 보이지 않을까. 아는 얼굴도 모르는 사람으로 보이지 않을까. 저 밖에서 이 안을 보면……

화자는 땀을 흘리며 마루방 한가운데 가서 섰다. 집안은 온통 페인트 냄새와 더위로 터져나가기 직전의 포화 상태였다. 이 포화 상태 안으로 줄에 매달린 페인트공은 타잔처럼 몸을 날려 그 반동으로 집안 깊숙이 들어올 수도 있을 것이었다. 새시 창을 깨부수며 멋지게 원반을 그어 마루방 깊숙이 떨어질 수도 있을 것이었다. 혹은 물통을 든 두 젊은이가 그대로 구둣발로 저벅저벅 들어올 수도 있을 것이었다. 현관과 새시 창 양쪽에서 동시에 침입해들어올 수도 있을 것이었다. 그렇다면 무엇이 어떻게 되겠는가.

화자의 남편이 집을 떠난 지 거의 칠 개월이 되었다.

남편은 자동차가 싫어서 걸어다니고, 경쟁이 싫어 진급이 늦다가 IMF로 인한 정리해고가 되는 쪽에 들었다. 남편은 말하곤 했다.

"이런 세상에서 어떻게 사는가, 이것이 어디 사람 사는 세상인가, 다시 태어나라면 태어나지 않겠다"라고.

남편이 그런 얘기를 할 때 화자는 묘하게 찔렸다. 그 말 속에는 아내인 자신에 대한 부분도 분명 포함되어 있을 것이었다. 남편이 부지런히 새 일자리를 찾아다니던 어느 아침, 평소와 달리 배낭을 메고 운동화 차림으로 집을 나섰다. 동해안 쪽으로 발길 가는 대로 두루 다녀보고 오겠다고 했다. 영오에게 한 번, 그녀에게 한 번 짧은 엽서가 왔다. 앞으로 무엇을 할지 새로운 구상을 해보려 한다고 적혀 있었다. 그리고 언제고 돌아갈 테니 자신을 기다리지 말라고 부탁하고 있었다.

남편이 '이런 세상'이라고 말할 때 그 이런 세상 속에 포함된 아내인 자신을 그녀는 수긍하였다. 창녀보다 못한 자신이었다. 남을 안아줄 능력이 자기에게 없었다. 남을 어떻게 안아줄 수 있는가, 이것은 그녀 생활에서 풀어야 할 수수께끼였다.

화자가 공중목욕탕에 갔을 때 서로 등을 밀어주던 여자에게서, 해가 질 무렵이면 언제나 눈물이 나려고 한다, 밤이면 가랑이가 찢어질 것 같아 두렵다는 말을 들었다. 화자는 남의 말만 듣고 자신은 입을 다물고 있었으나 그 여자가 그런 말을 해주는 것이 위안이 되었다.

화자가 시장을 보러 나갔다가 영화까지 보고 늦게 들어온 날 현관문을 열자 집안은 난장판이 되어 있었다. 누군가가 집안을 휘젓고 다니며 기세 좋게 뒤집어놓은 것이었다. 책과 CD가 전부 팽개쳐져 있고 천장까지 높은 찬장이 엎어져 있었다. 옷걸이에 걸렸던 옷들도 전부 바닥에 흩어져 있었다. 욕실에도 개켜놓은 타월, 치약, 비누, 칫솔 들이 마구 바닥에 흩어져 있었다. 그녀는 뒤죽박죽 혼란스러운 집안을 보며 누가 이렇게 장난쳤을까 하고 차라리 동화를 느꼈다. 남편이 그렇게 해놓았다는 것을 믿을 수 없었다. 남편은 뛰쳐나가 여관에서 자고 다음날 돌아왔다.

그때도 화자는 남편의 행동을 수긍하였다. 후련감마저 일었다. 남편은 선량하며 정도를 걷는 사람이었다. '이런 세상'을 만들고 있는 자신을 그녀는 자책하였다. 그러나 한편으로 늘 그녀에게 끊이지 않는 의문이 있었다. 그녀도 참고 있는 것이었다. 구체적으로 꼭 무엇을 참고 있다고 말할 수 없이 무엇인가 참고 참고 또 참아야 했다. 그녀 역시 참는다는 이 일로 보상이 될 수는 없을까.

화자는 어딘가 횅하게 뚫려버린 실내를 왔다갔다하다가 불투명 유리창으로 되어 밖에서 결코 들여다볼 수 없는 안방에 가서 쭈그리고 앉았다. 딱딱한 껍데기 같은 캡슐이라는 단어가 생경하게 따로 떨어져나와 집안 곳곳을 떠돌았다. 페인트공들이 고추장 단지를 덮으라고 외치며 일을 시작하던 때의 밝음은(바로 그때 아이가 전화를 했었다) 사라지고 화자는 쫓기는 마음이 되어 있었다. 그녀는 흐르는 땀을 손으로 닦고 티셔츠 자락을 끌어올려 닦으며 그러나 그녀 내면에서 아까부터 들리고 있는 어떤 리듬을 듣고 있었다. 침범할 수 없는 고요 속에서 계속되는 리듬, 한 걸음, 또 한 걸음…… 영오가 걷고 있는 발자국의 리듬이었다. 혹은 남편이 걷고 있는 발자국의 리듬이기도 했다. 아니 그보다 더 멀리 먼 눈 위의 발자국. 아무도 모르게 어디로인가 나 있는……

그 발자국의 움직임에 따라 화자는 자기 속에서 줄을 풀어내고 있었다. 그녀 몸속에 도대체 얼마만큼의 긴 줄이 간수되어 있는지 스스로도 알 수 없었다.

*

검푸른 어스름이 공원 안을 둘러치기 시작했다. 공원 밖은 가로등이 켜지고 집집마다 빌딩마다 불이 켜져 있었다. 차량은 헤드라이트를 켜고 끝없는 길을 달려가고 있었다. 끝없는 길 위에 사람과 차들, 검은 가로수들…… 영오는 어릴 때 장난감 차를 수도 없이 만들었다. 얼마 전에도 오랜만에 검은색 경찰차를 밤새워 만들어 군대에 가는 동네 형에게 선물로 주었다. 영오는 빨간색 티뷰론을 좋아하고 지프차를 좋아했다. 레토나와 코란도, 그러나 무엇보다도 꿈의 차는 포르쉐이다. 영오의 아버지가 몇 년간 해외에서 근무했을 때 방학에 잠깐 간 적이 있는데 그때 아버지가 맞은편에서 오는 차를 보고 어! 포르쉐다!라고 해서 처음 보았다. 어릴 때였는데 그때 본 그 순간의 그 차가 아직 영오의 뇌리에 생생하다. 그때부터 드림 카는 포르쉐라는 생각으로, 이제껏 한 번도 바뀐 적이 없다.

차에 대한 얘기는 언제나 영오에게 흥미진진했다. 단 한 번도 싫증나게 하지 않았다. 차에 대한 얘기는 언제나 새 기운을 끌어내주었다. 새로운 모형 차들은 계속해서 나왔다. 재규어 S타입, 재규어 XJ8, 다임러 V8, 링컨 타운카, 사브 9-3 컨버터블……

얼마 전 야밤중에 영오는 친구와 함께 친구 형의 헌 프레스토를 몰래 끌고 나와 한밤을 달렸다. 드럼 연주를 크게 틀어놓고 스피드를 내면 세상은 바로 그들의 것이었다. 드럼 소리는 바로 그들의 심장박동 소리와 같았다. 밤은 얼마든지 펴져나가고 파도를 타듯 새벽을 향해 미끄러질 때의 그 통쾌함은 온몸을 녹아내리게 했다.

그 밤 파도 타듯 미끄럼 치던 차가 가드레일을 들이받았다. 갑자기 택시가 어디선가 튀어나와 차선을 바꾸었기 때문이다. 택시는 그냥 달려가버리고 친구와 영오는 잠시 의식을 잃은 듯하다가 정신을 차렸다. 아주 낯선 어떤 곳에 멈추어 서 있었다. 가로수가 머리 위에서 검은 공단처럼 윤기를 내고, 상점 문들이 어둠 속에서 입을 다문 채 이쪽을 노려보고 있었다. 사선으로 뻗은 긴 길과 꺼지지 않은 네온만이 현실과는 무관하게 거기에 있었다.

친구는 무릎 관절에 부상을 당했고 영오는 입에서 피가 흐르고 있었다. 그들은 자신의 몸이야 어찌되었건 그곳을 빠져나갈 생각밖에 없었다. 그들이 살아 있다는 자각은 그다음에 왔다. 그러나 시동이 걸리지 않았다. 사람들이 하나둘 모여들었다. 생각해볼수록 그때 그 상황에서 어떻게 벗어났는지 신기하고도 신기했다. 전혀 앞이 보이지 않았는데 결국 그 일을 치러냈고 지금에 와 있는 것이다.

이튿날 차 앞부분이 뭉텅 찌그러져나간 차를 폐차시키기까지의 그 수고와 고통은 이루 다 말할 수 없다. 폐차하기 직전 그들은 달려가서 일회용 사진기를 사와 차 앞에서 사진을 찍었다. 운명을 같이할 뻔했던 그 차와 영원한 이별이었다. 그들은 사진을 찍은 후 차의 부속품을 하나씩 떼어서 각자 집으로 가지고 갔다. 그 부속품은 그 밤에 그들이 만들어낸 하나의 작품이었고, 죽을 때까지 간직하고 싶었다. 지금도 영오 방 한구석에 그 부속품은 세워져 있다.

그 밤은 죽음과 맞바꿀 뻔했던 멋진 밤으로 영오에게 각인되어 있다. 돌이켜 생각해볼수록 온몸에 진땀이 흐르며 아찔하지만 그러나 그 당시 만약 죽었더라면 아무 고통 없이 절정에서 죽을 수 있어서 좋았을 것도 같다.

영오는 벤치에 앉아 담배를 피우며 차바퀴들이 먼길을 굴러가는 소리를 듣고 있었다. 밤을 뛰어넘어 한없이 달려가면 길 끝에 무엇이 있는가. 길 끝에는 새벽이 진을 치고 있을 뿐임을 영오는 번번이 경험했다. 정신없이 음악을 크게 틀어놓고 차의 목숨이 다할 때까지 달려보고 싶었다. 차의 둥근 바퀴는 언제나 너무 자유로워 보였다. 인간의 정신 속에는 본질적으로 자유가 포함되어 있는 모양이었다. 그러나 삶 속에 들어 있는 무엇인가가 그 자유를 통제하고 있는 모양이었다. 그 자유를 막는 모든 것이 비수가 되어 영오의 몸 이곳저곳을 늘 아프게 찔러댔다.

영오는 몸을 조금 일으켜 공원 입구 쪽을 바라보았다. 친구는 공원에 오지 않고 그냥 돌아간 것인가. 학교 정문은 어둠에 가리고 정문 앞에 켜진 외등의 불빛만 멀리 보이고 있었다. 학교에 사람의 기척이라곤 없이 괴괴하였다.

영오는 다시 벤치에 앉아 가방을 무릎 위에 얹고 몸을 작게 구부렸다. 누가 말해주지 않아도 자신이 일차 시험에 떨어졌음을 영오는 느끼고 있었다. 그렇게 느껴졌다. 자신은 심사위원이 망설일 것 없이 손쉽게 떨어뜨릴 수 있는 가장 좋은 사람일 것 같았다. 조금 전까지 혹시 하고 요행을 바라던 마음이 무슨 연유에서인지 힘없이 사그라들었다. 영오는 다시 담배를 피워 물고 이 생각 저 생각 떠오르는 대로 내버려두었다.

영오가 어린 시절 비디오를 빌리러 달려가노라면 이웃 부인이 물었다.

"영오야, 이렇게 밤늦게 어딜 가니?"

그러면 영오는

"비디오 빌리러요."

라고 말하며 달리기를 멈추지 않았다.

이웃 부인은 화자에게 말했다.

"키가 좀 크다면 말 않겠어요. 꼭 땅강아지처럼 굴러가면서 비디오 빌리러요, 라고 소리치잖아요. 밤 열한시가 넘었는데 그때 빌려다가 언제 본다는 건지" 하고 웃었다. 화자는 이웃 부인에게서 들은 그 얘기를 영오가 큰 후에 해주었다. 엄마는 네가 어릴 때 그렇게 비디오를 많이 본 것 하나도 기억이 안 나는데, 라고 말했다.

또 이런 얘기도 기억한다. 영오가 중학생이 되자 어릴 때 치기 싫던 피아노를 떠밀려 다시 시작하게 되었다. 반 친구가 다니는 동네 개인 레슨소로 친구와 함께 갔다.

예쁜 누나가 영오를 보고 웃었다. 너를 동네에서 몇 번 봤다, 라고 말했다. 한참 다녀서 친밀해진 후에 예쁜 누나인 피아노 선생님은 영오를 처음 보았던 때를 얘기해주었다. 어떤 조그만 애가 버스에서 친구에게 정신없이 욕을 하고 있더라고 했다.

"너 뭐라고 했는지 아니? 야 이 씹새끼야!"

예쁜 누나가 말해주었다.

또 이런 기억도 있다. 초등학교 일학년 때인가 비가 오던 날 학교 버스를 타지 않고 우산을 어디다 잃어버렸는지 학교 끝나고 비를 맞으며 혼자서 돌아다니다가 집으로 돌아오는데 아파트 마당 웅덩이진 곳에 물이 고여 있었다. 그때 왜 그랬을까. 물웅덩이를 한참 들여다보다가 웅덩이 속으로 폴짝하고 뛰어들던 것이 지금 생생히 떠올랐다. 그 외에도 기억들은 새록새록 떠오르고 있었다.

비디오 빌리러 밤길을 달리던 아이, 버스에서 쌍욕을 해대던 아이, 물웅덩이 속으로 폴짝 뛰어들던 아이가 자신임을 영오는 느끼고 있었다.

영오는 바지 주머니에서 담배를 꺼내서 또다시 불을 붙였다 이제 담뱃갑 속에 담배가 몇 개비 남아 있지 않았다. 담배가 빨갛게 타들어가자 연기를 훅 내뿜었다. 영오가 내뿜은 연기가 외등을 뿌옇게 가리다가 사라졌다. 영오는 가슴이 답답했다. 그만 됐어, 라고 하던 심사위원의 말의 여운이 살아났다. 몇 마디 서두를 뗐을 뿐이다. 이제부터 외운 대사를 펼쳐 보일 생각이었다. 남자였는지 여자였는지도 생각나지 않지만 맨 가에 앉은 심사위원이 대표로 그렇게 말했다. 그 말이 이제 새삼스레 팔꿈치로 영오의 가슴팍을 밀어내는 것 같다. 영오는 가슴팍이 떠밀려 굴러떨어지는 것 같다. 아침에 내리던 굵은 빗줄기라도 확 쏟아졌으면. 이 세상이 비와 빗소리로 꽉 찼으면 하고 바랐다. 맞으면 아픈, 그렇게 굵은 비가 내리면 더이상 아무것도 생각하지 않고 빗속에 갇혀 아늑함을 느낄 수 있을 것 같았다. 그렇게 비가 내리면 아까 담뱃가게에서 뉴스로 들은 어디에선가 한 달째 타고 있다는 산불도 끌 수 있을 것이었다. 그리고 그 비의 꼭대기에서 자신이 다시 태어날 수도 있을 것이었다. 영오는 다시 일어나서 저 건너 교문 쪽을 바라보고 공원 입구를 바라보았다.

영오는 이제 이 공원의 일부가 된 듯 다시 앉았다. 낮 동안 햇빛의 빛을 발하며 반짝이던 것들은 모두 어둠에 잠겼다. 작은 연못의 이끼, 나뭇잎, 나무 위에 앉은 새와 벤치 옆에서 모이를 줍던 비둘기들, 공원의 담, 담 밖의 길, 어디론가 멀리로 이어진 길. 외등 밑에 전화박스가 있건만 집에 전화를 걸 생각조차 잊었다. 영오는 오직 가만히 앉아 있었다. 공원 밖에는 멀리로 이어지는 길이 있었다.

*

아파트 페인트칠은 이제 마지막 마무리를 하고 있었다.

걷어올리는 줄이 아파트 외벽과 새시 창문을 때리고 페인트공들의 어이 어이 이거 받어 여기, 하는 소리들이 잦아지고 있었다. 그리고 잠시 화자가 안 보는 사이 곧 정적이 왔다. 웬일인가 싶게 실내는 안정되고 고요했다. 밖에서 확성기에 야채나 과일을 사라고 외치는 소리, 개 짖는 소리, 수돗물 흐르는 소리, 아이들이 놀면서 떠드는 소리, 볼을 차올리는 소리 속에서 화자는 정적만을 느꼈다. 하루 동안의 소란이 없어지고 창문에서 침입해들어올 듯한 사람도 없어지고 전대로의 일상이 온 것이었다.

낮에서 밤으로 넘어가는 빛, 아침에 온 비로 깨끗이 씻긴 대기는 무대 장치를 위해 만들어진 듯한 짙은 하늘빛으로 변하고 있었다. 화자는 더위와 페인트 냄새에 지쳐 있었다. 평소대로라면 소란 뒤의 이런 정적 속에서 기다렸다는 듯 라디오를 틀 것이다. 아마 〈저녁 스케치 939〉가 진행되고 있을 것이다. 그녀는 쌀을 씻으며 그 음률에 몸을 싣거나 때로 일손을 멈추고 그대로 가만히 귀를 기울이기도 할 것이다. 반젤리스 〈폴로네이즈〉나 그녀가 모르는 먼 나라의 음악을 기다려볼 것이다.

그녀는 다용도실 바구니에 담긴 햇고구마를 꺼내 씻어서 껍질째 냄비에 앉히고 냉장고 야채 칸에 넣어두었던 포도를 씻어서 접시에 담으며 더이상 참을 수 없는 어떤 욕구를 느꼈다. 그녀는 샤워를 한 후, 삶아진 고구마를 식탁용 소쿠리에 담아 덮개를 씌워놓고 집을 나섰다.

아파트를 벗어나자 페인트 냄새가 섞이지 않은 공기로 하여 숨이 내뿜어졌다. 그녀는 아파트 앞 정류소에서 버스를 타고 언제나처럼 차창 밖을 내다보며 앉아 있었다. 손수레에 참외를 놓고 파는 사람, 산더미같이 쌓인 수박을 실은 소형 트럭, 길가에 엿기름, 콩, 수수, 조가 담긴 봉지의 아가리를 벌려놓고 팔고 있는 아주머니, 지물포, 고깃간, 슈퍼마켓, 세탁소, 문방구, 문방구 앞 빨간 우체통, 우체부가 허리를 구부리고 열린 우체통 속에서 우편 가방을 꺼내어 편지를 집어내고 있었다. 우체부는 꺼낸 편지를 자루에 담았다. 우체통에 편지를 넣을 때마다 화자는 귀를 기울여 봉투 떨어지는 소리를 듣곤 했다. 우체부가 혹시 편지 한 통이라도 소홀히 남기지 않을까 염려했다. 그랬는데 의외로 그 속에 우편 가방이 들어 있는 것을 그녀는 지금 처음 보았다. 그러니까 빨간 우체통 속에 커다란 우편 가방이 들어 있고 편지는 그 가방 속으로 떨어지는 것이었다. 길 한가운데서 아주 오래된 아득한 골짜기 어디의 광경을 보는 것 같았다. 삶의 외적인 것 뒤에 감추어진 비밀을 보는 기분이었다.

버스는 잠깐 사이 아파트 앞을 지나쳐 달려갔다. 지붕 위에 화분을 올려놓은, 개천 위에 세워진 아주 작은 집을 지나 철물점, 한의원, 신문 보급소, 병원, 교회, 은행, 헬스클럽, 다방, 약방, 부동산 소개소, 양품점, 미용원 등을 지나 달려갔다. 트럭에 거대한 냉동 알루미늄 상자가 조금 열려 있고 그 틈으로 내장과 뼈를 빼어낸 거꾸로 달린 돼지와 소의 거대한 고깃덩이가 보였다. 트럭 운전사이기도 한 주인이 고기를 등에 지고 푸줏간을 향해 걸어간 모양이었다. 문을 잘 닫지 않은 채. 아니면 곧 다시 와서 고기 한 덩이를 더 지고 날라야 하기 때문에 그저 조금 열어놓은 것인지. 방에 곧 다시 들어갈 일이 있을 때 문을 잘 닫지 않듯이……

늘 만지는 고기이면서도 화자는 고개를 돌렸으나 순식간에 보아버렸다. 삶의 외적인 것 뒤에 감추어진 비밀을 다시 본 느낌이었다. 눈앞에 있는 한 움큼의 시간이 넓고 깊은 시간 속으로 퍼져나가는 기분이었다.

"하나님 믿으세요, 기사님?"

화자 건너편 앞좌석에 앉은 여인이 운전석을 향해 말했다.

"아니, 아직 아닙니다."

운전기사가 마음 좋게 말했다.

"하나님이 운전기사님을 참 사랑하시는가봐요."

"아, 왜요?"

"제가 이렇게 운전기사님에게 전도하고 있는 것을 보면요."

운전기사가 아무 대꾸가 없자 그 여자가 다시 말했다.

"이 버스 종점에 성결교회 있지요? 기사님 거기 나가세요. 꼭 나가서서 하나님 은혜 받으세요. 낙원에 가셔야지요."

그 여인은 내적인 충만으로 노래라도 부르듯 이렇게 안 하고는 못 배기겠다는 듯 말했다. 흔히 쓰는 천국이라는 단어 대신 낙원이라는 단어가 특이하게 들렸다.

운전기사가 한참 만에 말했다.

"네. 어디 나만 사랑하시겠습니까. 모두를 사랑하시겠지요."

여자는 똑같은 말을 다시 반복했고 운전기사가 더이상 대꾸를 않자 내릴 정류장이 되었는지 내렸다.

화자 뒷좌석에 선 젊은이가 휴대폰으로 통화하고 있었다.

"여기? 가게."

"버스 소리가 난다구? 가게 앞으로 지나가는 버스 소리지."

"아니 아니야, 그래."

어디선가 또 휴대폰 벨소리가 울리고 또 말소리가 시작되었다.

공교롭게도 그 말소리 역시 지금의 상황과 다르게 말하고 있었다.

"아니, 아직 여기 강남이야."

여학생 두 명이 서서 끝말잇기 놀이를 하고 있었다.

운동장-장미-미장원-원수-수정…… 버스에 켜놓은 라디오에서 광고로 삼행시가 진행되고 있었다.

청-정-원.

화자가 어린 시절 하던 놀이들이 어떤 형태로든 이제까지 이어지고 있었다. 이어져왔다기보다 이즈음 갑자기 매스컴에서 튀어나온 것이라고 하는 편이 맞을 것 같다. TV 연속극에서도, 광고에서도, 쇼 프로에서도 자주 눈에 띄었다.

화자 옆좌석에 앉은 사람이 내릴 때 화자도 내렸다.

젊은이들이 가득한 종로 거리였다. 남녀가 같이, 아니면 혼자, 아니면 여럿이 그룹 지어 거리 가득 떠돌고 있었다. 거리에는 네온이 켜져 있으나 아직 짙은 어둠이 오지 않았기에 네온의 빛은 희미하였다. 도시엔 밤이 오지 않아 네온은 언제나 희미한지도 몰랐다.

손수레에 별처럼 가득 쏟아놓고 파는 장식품들. 머리를 묶는 리본이나 헤어밴드, 카세트를 가득 실은 손수레에서 이즈음 유행하는 TV 연속극 주제가가 거리 전체를 메우고 있었다. 국화빵을 구워내는 손수레, 호떡과 떡볶이, 오뎅을 파는 손수레, 손수레가 놓이지 않은 길 다른 쪽 면은 전부 상점이었다. 금은방, 종합 화장품 센터(길 바깥까지 산더미처럼 쌓인 매니큐어와 샴푸와 머리 물들이는 약), 거대한 약방(가게 몇 개를 합쳐 하나로 만든 듯한 거대한 약방에는 흰 가운을 입은 여러 명의 약사가 진열 상품처럼 앉아 있었다), 빵집, 카페, 전화방, PC방, 노래방, 오락실. 머리에 물을 들인 젊은이들이 기계 앞에 붙어앉아 오락을 하고 있었다. 푸뿅 뿅 뿅 뿅, 푸뿅 뿅 뿅 뿅, 오락실 특유의 기계음이 거리 바깥까지 들렸다. 화면을 보며 화면의 지시대로 발을 밟아 춤을 추는 디디알 위에 올라서 있는 젊은이들의 끊임없이 움직이는 다리가 유리벽 너머로 보이고 있었다.

길 맞은편에서 가방을 메고 걸어오고 있는 한 아이를 보며 화자는 걸음을 멈추었다. 그 아이가 엄마, 라고 부르며 화자에게 다가올 것 같았으나 그냥 지나쳐갔다. 순간적으로 영오인 줄 알았으나 아니었다.

휴대폰을 귀에 대고 걷고 있는 사람, 찢어진 청바지를 입고 한쪽 귀에 이어링을 한 청소년들, 머리에 빨강, 파랑, 노랑 물을 들인 젊은이들……

공중에 매달린 페인트공이 아파트 속 사람들을 보고 느꼈을 바로 그런 눈으로 화자는 그들을 보고 있었다. 딱딱한 캡슐 속에 갇힌 사람들이 거리에 쏟아져나와 비벼대며 걷고 있었다. 그러나 화자는 그 속에서 어떤 해방감을 느끼고 있었다. 아무 조건 없이, 돈을 내거나 어떤 수고도 치르지 않고 이렇게 걸을 수 있다는 것이 의외였고 해방감을 주었다.

버스를 타면 돈을 내야 했고 백화점에 가면 물건을 사야 했고 음식을 먹으려 해도 돈을 내고 무엇을 먹을까 선택을 해야 했다. 학교에 가면 공부를 해야 했고 동사무소에 가면 무엇인가 서류를 떼어야 했고 성인이 된 후 취직을 해야 했고 결혼을 해야 했으며 아이를 낳아야 했고 살림을 살아야 했으며 날짜가 지나기 전에 우유를 먹어치워야 했고 야채가 시들기 전에 먹어야 했고 매일매일 음식 찌꺼기가 썩기 전에 내다버려야 했다. 언제 어디서나 무엇인가를 해야만 하는 사는 일에서 벗어나 그냥 무료로 아무 생각 없이 걷기만 해도 된다는 일이 지금 화자에게 큰 해방감을 주었다.

그녀는 이 거리에서 자신이 삼켜지기를 바라는지 아닌지 알 수 없는 채 아무런 의식 없이 걷고 있었다. 아이가 시험을 치르고 돌아올 시간이며 밖에서 전화를 걸지도 모른다는 생각은 하지 않았다. 혹 남편에게서 소식이 오거나 돌아오는 날일지 모른다는 생각도 하지 않았다. 화자는 남편이 집을 떠나 사오 일이 되던 날부터 남편이 돌아오는 날일지 모른다는 생각을 했다. 남편을 기다리는 심정에서가 아니라 그저 언제나 돌아오는 날이 오늘인가를 생각해보는 것이었다.

남편이 해주던 어린 시절 얘기 중에 이런 것이 있다.

남편의 고향은 서울 근교의 한 가난한 농가였는데 남편의 맏형이 집에서 키우던 어린양을 잡아와서 작두에 목을 들이밀고 남편에게 자르라고 말했다. 남편은 초등학교 사학년으로 열한 살 소년이었고 아무리 힘을 주어 내리눌러도 단칼에 양의 목이 잘리지 않았다.

"열한 살 아이가 힘이 있으면 얼마나 있겠어. 그때 괴롭던 것 생각하면…… 저녁상에 양고기가 올랐는데 아무리 배가 고파두 못 먹겠더라구. 어린양이 죽지 않아서 눈알이 노랗게 뒤집어지던 얼굴이 생각나서."

"형님이 잡으면 되지 어린애한테 왜요?"

화자의 말에

"형님은 양을 붙잡고 있어야 했으니까."

걷고 있는 화자에게 이 얘기가 생각났다.

그녀는 걸었다. 한 걸음 또 한 걸음 걷고 있었다. 길은 끝이 없었다. 그렇게 걷고 있는 동안 자신의 내면에서 움직이는 리듬에 따라 이렇게 걷고 있는 것임을 스스로 알 수 있었다. 그녀가 집을 나선 것은 페인트의 냄새나 더위 때문이 아니라 그녀 내면의 리듬 때문임을 알 수 있었다. 그녀는 한 걸음 한 걸음 걸어갔다.

*

공원의 수은등은 강한 빛을 던지고 밤이 이슥하자 더운 바람 속에 가을 냄새가 스며들었다. 바람은 외등을 스쳐 나뭇잎을 흔들며 지나갔다. 무더운 여름밤. 근처에 사는 사람이라도 바람 쐬러 나올 법하건만 그리 크지 않은 공원은 텅 비어 있었다.

영오는 아직 그곳 벤치에 앉아 있었다. 영오는 언젠가 동네 형이 해준 얘기를 떠올리고 있었다. 군에 입대할 때 영오가 밤새워 조립식 차를 만들어 선물했던 형이다.

"개는 짖어댈 때 잘 짖는가 못 짖는가를 전혀 염려하지 않고 짖고 싶을 때 그냥 짖을 뿐이다."

아하, 참 참, 하고 영오는 생각했다. 잘 짖는가 못 짖는가를 생각하지 않고 오직 짖고 싶을 때 짖는다고? 그렇다면, 그렇게 생각할 수 있다면 아무것도 두렵지 않을 것이었다. 이 세상에 두려울 게 없을 것이었다. 그 형은 초등학생 때 영오를 때렸다. 그런데 어느 날 고등학생이 된 형은 갑자기 훌쩍 큰 키에 청바지를 찢어질 듯이 팽팽하게 입고 영오에게 때리는 애가 있으면 말하라고 했다. 영오를 때리는 놈이 있으면 내가 가만 안 둘 거야, 라고 말했다. 그 형이 늘 든든했는데 고등학교만 졸업하고 군에 갔다.

논산훈련소에 입대할 때 영오도 따라갔다. 형은 역시 청바지를 찢어질 듯이 입고 붉게 물들인 머리에 뒤도 안 돌아보고 훈련소 안으로 걸어들어갔다. 눈물을 안 보이려고 그런다는 것을 알 수 있었다. 형이 걸어들어가는 것을 보자 이쪽에 서 있던 형의 친구들과 영오도 눈물을 흘렸다. 이상하게 눈물이 펑펑 쏟아졌다.

"이 세상에 전쟁은 없을 수도 있는데…… 아무도 총을 안 들면 되는 거야. 상관이 아무리 명령해도 단 한 명도 일어나서 총을 들고 싸우러 나가지 않기만 하면 되는데 말이야."

형이 군대 가면서 한 말이었다.

전쟁이라는 그 어마어마한 일도 단지 한 사람이 총을 들고 싸우러 나가지 않으면 된다는 그 이치가 무슨 어려운 수수께끼를 풀어낸 듯 영오는 신기하고 통쾌했다. 그 어떤 것도 잘하는가 못하는가 따지지 말고 짖고 싶을 때 그냥 짖으면 된다는 얘기도. 이 세상은 어렵고 두렵고 무거운 게 아니라 어쩌면 아주 가볍고 쉬울 수 있을 거라는 생각이었다.

그러나 한편으로 의문이 들기도 했는데 형이 어릴 때 영오를 많이 때린 점이었다. 사람들 누구나의 마음속에는 이렇게 폭력이 들어 있고 그런 마음이 있는 한 전쟁은 일어나는 것이 아닐까, 하는 생각이었다.

그 형이 지금 옆에 있다면, 하고 영오는 생각했다. 그러나 그보다는 혼자가 좋다고 생각했다. 약속한 친구가 오지 않은 것이 오히려 다행스러웠다. 영오는 철저히 혼자이고 싶었다. 이제껏 이토록 혼자 되었던 적은 없었다고 생각했다. 가출을 했을 때일지라도.

영오가 세번째 집을 나간 것은 불과 한 달쯤 전이었다.

그때까지 영오는 앞으로의 진로나 입시 방향을 정하지 못하고 있었다. 연기 학원에 다니기는 했지만 그러나 어떤 확신을 가진 것은 아니었다. 어머니 아버지가 흉내를 잘 낸다는 그 말 한마디에 그쪽으로 방향이 잡혀버린 것이다.

어머니와 정면 대치했을 때 영오는 집을 떠나 일 년 정도 스키장에 가서 지내겠다고 말했다. 스키장에서 잔심부름을 하며 스키 강사 자격증을 따겠다고 말했다. 영오는 스키라면 자신이 있었다. 스키 타는 꿈을 많이 꾸었다. 흰 눈과 푸른 하늘 그 사이를 쏜살같이 달리고 있는 사람은 영오 자신이었다. 그러니까 영오가 좋아하는 것은 스키와 자동차, 전부 속도에 관계 있는 것들이었다. 그것은 영오를 어디로 데려가는 것들이기도 했다.

그러나 결국 스키장으로 떠나지 못하고 전번 가출했을 때처럼 친구들 집에 하루씩 얹혀 지내다가 돌아왔다. 작은 슈퍼마켓을 하면서 슈퍼마켓에 딸린 방 하나에 할머니까지 함께인 친구 집에 얹혀 새우잠을 자기도 했다.

두번째 가출 때 영오는 친구와 함께 천 년이 되었다는 은행나무를 보았다. 친구의 아버지가 심부름을 시켰는데 심부름 간 집 가까운 절 근처에 은행나무가 서 있었다.

천 년 전 마의태자가 은행나무 가지를 꺾어 꽂아놓은 것이 그렇게 커진 것이라고 했다. 하늘을 뚫을 듯 치솟은 아주 잘생긴 늠름한 나무였다. 나무는 이미 산신령님이 되어 있었다.

나무 꼭대기를 쳐다보고 있던 중 천 년이라는 그 어마어마한 시간의 흐름이 일시에 현재라는 순간 속에 일직선으로 녹아드는 것을 영오는 느꼈다. 천 년이 지금 이 순간 속에 녹아 있다고 느꼈는데 그것은 아주 독특하고 특이한 체험이었다. 은행나무가 지금 눈앞에 있는 것과 같이 보이지 않는 사람들, 마의태자나 그 시대 사람들, 영오 할머니와 할머니의 할머니들까지 전부 지금 현재에 있다는 그 비슷한 생각이었다. 단지 지금 눈앞에 보이지 않을 뿐이지 은행나무가 있듯 함께 이 순간 속에 있다, 라는 느낌이었다. 이 순간 속에 모두가 함께 있다, 라는 느낌은 그때 영오에게 크나큰 위안을 주었다. 영오는 할머니의 할머니는 모르지만 할머니는 기억하고 있는데 그 할머니가 어디 다른 시간과 공간 속으로 가버린 것이 아니라 바로 이곳에 있다는 그런 푸근한 느낌이었다.

세번째 가출 때 영오는 나가도 마땅히 있을 데가 없다고 자존심을 꺾고 어머니에게 말했다. 어머니는 계속해서 나가라고 소리질렀다. 그래서 영오는 언제나처럼 가방에 몇 가지 소지품을 챙겨가지고 집을 나왔다. 두 번은 자신이 집을 나왔고 한 번은 어머니가 쫓아낸 것이다.

영오의 어머니는 달려들어 머리통을 아무렇게나 쥐어박고 가슴팍을 주먹으로 펑펑 때리고 뺨따귀를 올려붙이기도 했다. 눈에 눈물이 가득 괴어 광란을 일으키기 직전이었다. 영오의 어머니는 영오가 대꾸하는 말에 꽉 가슴이 막힌다고 했다. 어째서 하는 말들이 전부 그렇게 동문서답인가 하고 말했다. 그리고 어른인 엄마를 대하는 태도가 그게 무엇인가 하고 말했다.

"엄마라도 아이인 네게 그렇게는 안 대한다."

어머니는 늘 이 말을 되풀이했다. 실지로 숨이 막히는 듯 숨을 몰아쉬었다.

영오가 이즈음에야 터득한 일은 아무 대꾸도 안 하는 것이 최상책이라는 것이었다. 그런데 죽어라 꾹 참고 가만히 있으면 어머니는 더 펄펄 뛰었다.

그러기를 한없이 되풀이해온 나날이었다. 그러나 그런 날들이 어쩐지 이제 아득히 물러간 듯이 여겨졌다. 영오는 고독하였지만 이 감정이 고독이라 불리는 것인지 모르고 있었다. 영오가 그렇게 앉아 있을 때 공원 입구 쪽에서 인기척이 났다. 잎사귀들의 검은 그림자 사이에서 미끄러지듯 두 그림자가 빠져나왔다. 그 그림자는 어둡고 으슥하며 축축하고 자극적이었다. 죽음의 골짜기 같은 것을 연상시켰다. 두 그림자가 영오 앞에 아주 가까이 다가올 때까지 영오는 눈치채지 못했다. 영오는 오직 공원의 일부인 듯 앉아 있었다.

*

종로에서 낙원동 쪽으로 가는 어귀에 커다란 할인 옷 매장이 있었다. 외국 유명 브랜드 상표들이 붙어 있고 오천원 균일가라는 플래카드도 붙어 있었다. 화자는 지나치다가 다시 와서 낙원 할인매장 간판이 붙은 문으로 들어갔다. 밖에서 보기와 달리 거대한 홀이었는데 그곳에 옷이 산더미처럼 쌓여 있거나 걸려 있었다. 화자는 정말 낙원에라도 온 듯 황홀했다. 그녀는 낙원떡집에 떡을 사러, 악기 상점에 기타를 사러 영오와 함께 왔던 적이 있지만 오늘처럼 낙원이라는 단어의 의미가 그녀에게 전달된 적은 없었다. 종로나 광화문처럼 별 의미를 느끼지 못하며 그냥 소리로 접했을 뿐이다. 그런데 매장에 들어서는 그 순간 화자는 낙원이라는 단어의 의미를 느끼고 있었다. 매장 안이 낙원이라기보다 낙원동이라고 무심히 지나치던 소리가 바로 낙원의 의미를 가진 그 낙원이었구나 하는.

화자는 영오의 티셔츠를 몇 개 골랐다. 손에 잡히는 것마다 세련되고 멋있었다. 이런 횡재를 만나다니, 하고 그녀의 마음은 들떴다. 그 안을 헤엄치듯 정신없이 돌아다녔다. 그녀는 무엇이든 이렇게 뒤져서 나올 것이 분명한 곳에 가면 정신이 없어졌다. 풍선이 부푸는 듯했다. 광맥을 찾는 사람들의 심리가 이렇지 않을까 생각되었다.

영오는 생일이라든가 그런 중요한 날 화자가 보기에 꼭 이상하게 평소보다 못한 차림으로 나갔다. 거울 앞에 붙어서 머리에 무스를 바르고 마음에 안 들어 다시 머리를 감고 드라이기로 말리고 다시 무스를 바르거나 고데기로 곱슬머리를 펴고 옷을 입었다가 벗고 다른 옷으로 이 바지에 저 셔츠, 저 바지에 저 스웨터를 입어보기에 여념이 없었다.

"만화에 나오는 주인공이 전부 곱슬머리이지 않니? 너는 곱슬머리에 얼굴도 작고 만화에 나오는 아이 같은 이미지가 어울린다. 그래야 너 같애."

화자가 평소에 이렇게 강조해두건만 아이는 나갈 때마다 번번이 곱슬머리를 펴기에 고심하였다. 지난번 영오 생일에는 결국 다 마음에 안 들었는지 나가기 직전 친구 집으로 달려가서 옷을 빌려 왔다. 다리통도 소매통도, 칼같이 좁은 쥐색 나는 양복이었다. 옷 감에서는 광택이 났다. 다리통은 좁지만 밑으로 내려갈수록 조금 씩 넓어져 나팔 모양을 이루고 있었다.

영오는 머리에 무스를 바르고 그 양복을 입고 그러고는 시간이 늦었다며 나갔다. 몇 번씩 옷을 갈아입고 머리를 감고 하기만도 지 쳤을 것 같기에, 더욱이 나가기 직전 쏜살같이 달려나가 친구의 옷 을 빌려다가 새로 갈아입었기에 이미 지칠 대로 지쳐 보이는 아이 를 보고 화자는 아무 말도 못했다.

"엄마는 그냥 청바지에 티셔츠, 아니면 감색 학생 바지에 흰 와 이셔츠 이런 차림이 제일 보기 좋던데……"

이미 입고 나가는 것을 말릴 수 없었기에 그러나 가망 없이 기 어이 한마디했다. 다른 때 같으면 막 뜯어말리기라도 했을 것이 다. 그러나 그날은 아이의 생일이었고 여학생들까지 함께 모이는 자리라는데, 그렇게도 열심히 차려입은 모습이 쥐새끼처럼 더욱 작아 보이고 너무 안 좋았기에 아무 말도 못했다.

아이는 화자 앞에서 마음껏(마음속으로는 조마조마했겠으나) 멋을 부려본 일이 어쩐지 미안하고 겸연쩍어, 또한 처음 입어보는 양복에 공연히 고개도 못 들고 괜찮아, 괜찮아 상관없어, 나는 이 게 좋아, 라고 말하며 현관문을 빠져나갔다.

화자는 옷을 고르노라니 그런 영오의 모습이 생각나서 신사복 같은 재킷이 있으면 그런 것도 사려고 마음먹었다. 역시 움직이니까 생활의 동맥경화가 풀리는구나, 이렇게 나와보기를 참 잘했구나, 생각하였다. 몸무게는 조금 불어나 있는 그녀이지만 자신도 젊은 애들이 입을 듯한 하늘하늘한 블라우스 같은 것을 간혹 입어보기도 했다. 그녀는 위에 걸치고 나온 겉 블라우스를 과감히 벗고 끈 달린 옷만을 입은 위에 걸쳐보기에 여념이 없었다.

그런데 그녀가 돌아서서 거울을 보고 난 아주 잠깐 사이 백도, 벗어놓은 블라우스도, 이제까지 골라놓았던 영오의 티셔츠도 온데간데없어졌다. 그 산더미 같은 옷 속에 묻혀버린 것인지 백을 도난당한 것인지 알 수 없었다. 화자는 자신이 백을 놓아두었음직한 자리를 기억해내느라 골몰했다. 여기저기 옷더미 사이를 마구 헤집었다.

도대체 어디에 놓은 것일까. 이 판매대인지, 저 판매대인지, 그다음인지, 방향감각마저 상실되어 점점 더 알 수 없었다.

이제까지 겉 블라우스를 과감히 벗어젖히고 옷을 입어보았건만 겉옷이 없자 전부 벗었다는 수치스러움을 느꼈다. 그녀는 공중목욕탕에 들어가면서 타월이 없어 맨몸으로 서 있는 그런 느낌을 받았다. 부끄럽게 몸을 감추듯 어찌할 바 모르는 모습으로 여기저기 옷더미를 마구 헤집는 화자를 사람들은 흘긋흘긋 쳐다보았다.

매장에는 주부, 직장 여성, 청소년 등이 있었고, 어머니와 딸이 함께 온 경우는 이게 어때? 너무 많이 파이지 않았니?라며 서로 의논하는 모습도 보였다. 백을 그렇게 함부로 던져두고 옷을 입어 보다니 이런 곳에 바로 그런 경우를 노리고 있는 쓰리꾼이 없을 리 없었다. 매장에 처음 들어올 때 느낀 풍선이 부푸는 듯한 황홀감은 사라지고 갑자기 터진 풍선처럼 빛을 잃은 쓸쓸함만이 화자를 둘러쳤다.

화자는 육체의 거추장스러움을 느꼈다. 이제껏 이토록 육체가 자신으로부터 따로 떨어져나온 적은 없었다. 몸이 많이 아파 견디기 힘들 때 본능적으로 의식을 몸속에서 빼내어 육체와 분리시켜보려 했던 적은 있지만 육체 스스로가 정신과 분리되어 이렇게 스스로 고통스러워한 경험은 없는 것 같았다. 이 육체 자체가 하나의 껍데기이며 옷이며 가면이라고 화자는 느꼈다. 육체 속에 들어 있는 알맹이가 이렇게 저렇게 살아가노라 쓰고 있는 가면, 그녀가 참고 참으며 마음속에 죄의식을 느끼던 것이 이것인가 생각했다. 육체와 정신이 일치되지 못한 것, 겉과 속이 같아 온전한 그런 것이 아닌 것, 자기가 자기로서 살지 않는 것.

그녀의 온몸은 땀에 절었다. 욕망과도 같은 그리움이 내면에서부터 폭발하듯 터져나와 그녀는 저절로 신음하였다. 그녀는 신음 속에서 자신을 놓아버리고 서 있었다. 달리 어떤 방법도 없는 듯했다. 이제 옷을 찾아도 못 찾아도 무엇이 어찌되어도 좋다고 생각했다.

매장에 있는 블라우스를 아무거나 걸치고 입구에 있는 카운터로 가서 지금 처한 입장을 말하고 주소와 주민등록번호와 전화번호를 적어놓고 돈을 부쳐주기로 하고 은행 온라인 번호를 적어 받고…… 이런 생각들이 빠르게 의식 속으로 지나갔다.

그녀가 그렇게 서 있을 때 갑자기 아주 낯익은 블라우스가 누군가의 손에 의해 옷더미 속에서 나타났다. 백도 함께 딸려 나왔다. 화자는 재빨리 그곳으로 가서 낯익은 옷을 잡아내어 땀이 흐르는 등에 자신의 블라우스를 걸쳤다. 순식간에 모든 것이 다시 정상으로 돌아와 있었다. 그녀는 아까의 모습 그대로를 하고 있었다. 그러나 육체는 그녀에게서 따로 떨어져나온 그대로인 듯했다. 옷을 잃어버렸던 아주 짧은 한순간 화자는 그녀 자신으로 서 있었던 듯했다. 고통스러우나 육체와 정신이 일치되었던 듯했다. 겉과 속이 온전한 자기였던 것 같다. 그것은 화자에게 특이한 체험이었다.

그녀는 블라우스 자락을 끌어올려 얼굴과 목에 흐르는 땀을 닦았다. 면 소재가 아니어서 땀은 잘 닦이지 않고 깔깔한 감촉만 남겼다. 영오의 티셔츠 몇 장을 다시 골라내어 그녀는 매장을 빠져나왔다.

그녀는 몇 걸음 걷다가 멈추어 섰다.

머리에 물을 들인 사람들이 보라색 붉은색 초록색 노란색 불을 켜고 거리에 둥둥 떠다니고 있었다. 한쪽 손을 귀에 대고 휴대폰으로 얘기하며 걷는 사람, 이어폰을 귀에 꽂고 음악인지 영어 테이프인지를 들으며 걷는 사람, 옆 사람과 얘기하며 걷는 사람, 혼자서 묵묵히 걷는 사람, 큰 가방을 든 사람, 손가방을 어깨에 멘 사람, 가방을 배낭처럼 등에 멘 젊은이들…… 네온이 흐르고 있었다.

꺼졌다 켜졌다 하는 네온, 빙그르 돌아가는 네온, 붉은색이었다가 초록색이었다가 하얀색으로 바뀌는 네온, 박자를 맞추어 리듬감으로 펼쳐지는 네온.

저기다 저기, 저기까지만 가면! 깜깜한 밤, 저멀리 보이던 오두막의 불빛은 지금 거리에 명멸하고 있었다. 긴긴 밤을 지칠 줄 모르고 듣던 소금장수 얘기. 숲에서 길을 잃고 헤매는 소금장수는 네온의 숲에서 길을 잃고 서 있는, 이제 보니 화자 자신이었다. 화자뿐 아니라 거리를 걷고 있는 사람 모두가 네온의 숲에서 길을 잃고 헤매는 모습으로 보였다. 사람들은 모두 길을 잃은 채 네온의 숲속을 걸어가고 있었다. 유리벽 안쪽에서 테크노 음악이 들려오고 전자오락실 화면 속에서 무엇인가가 쏟아져내리고 있었다.

그녀는 거리를 한없이 걸었는데 걷다가 보니 그녀가 옷을 사러 들어갔던 할인매장 앞에 다시 돌아와 있었다. 그대로 걸으면 한참 후 또다시 그 자리로 돌아올 것 같아 길을 건넜다. 길 바깥에 설치해놓은 화면 속으로 지하 노래방에서 노래하는 사람들이 흐르고 있었다.

저멀리 낙원상가의 불빛이 낙, 원, 낙, 원, 이라고 밤하늘에 쓰고 있었다. 네온은 한 자씩 켜지다가 한꺼번에 전부 켜지다가 다시 한 자씩 켜지다가 했다. 붉은색과 흰색 형광이 서로 엇갈리다가 나란히 되었다가 했다.

이 모든 발걸음은, 하고 그녀는 생각하였다. 바로 저곳으로 향하고자 하는 발걸음이다. 아주 먼 옛날, 사람들은 낙원에서 쫓겨났다고 했다. 그래서인가 사람들은 언제 어디서나 낙원의 환영을 좇는다. 두 개의 낙원, 떠나온 낙원과 가야 할 낙원, 사람들이 이렇듯 부유하는 듯 보이는 것은 그 두 낙원 사이에 끼어 있기 때문일까. 양쪽 낙원에서 내비치는 그림자만으로도 이 세상은 견디기 힘든 곳인가.

모두가 동맹을 맺듯 사람들이 만들어놓은, 사람들이 사는 이 세상. 그러나 그곳은 그 누구에게도 맞지 않는 곳인지 몰랐다. 그녀가 잘못 선택해 공부한 가사과처럼 이 세상의 삶 자체도 바로 그렇게 되어진 것인지 몰랐다. 사람들이 입고 있는 이 옷, 이 형상, 이 껍데기, 이 가면을 뚫고 그 너머에로 발을 내디뎌보고 싶다고 그녀는 생각했다. 소금장수가 길을 잃고 헤매는 것은 바로 그 너머에로 가보기 위한 발걸음이었다는 것을 이제 그녀는 새로이 안 듯했다.

새시로 틀을 한 유리 공중전화 부스가 돌연히 그녀 앞에 나타났다. 화자는 그리로 가까이 다가갔다. 명멸하는 네온의 빛으로 전화 박스의 유리는 물처럼 흐르고 있었다. 유리, 라고 그녀는 발음해보았다. 언젠가 이 언어가 처음 태어나던 때처럼 화자 귀에 신선하게 들렸다. 울타리, 개나리, 보따리, 이런 단어들도 뒤따랐다. 그녀는 무엇에 이끌리듯 그 안으로 들어가서 다이얼을 돌렸다.

아이도 남편도 오지 않아 빈집에 전화벨 소리만 계속되었다. 벨소리에 페인트 냄새가 묻어났다. 하루종일 소란스러웠던 칠이 끝난 빈 아파트가 화자 눈앞에 전개되었다. 화자는 눈앞에 전개되는 빈 아파트를 보며 한없이 계속되는 벨소리를 듣고 있었다.

벨소리가 계속될수록 시간은 뒤로 물러나고 있었다. 뒤로 물러나 어린 시절로 돌아가고 있었다. 옛얘기를 듣던 어린 시절의 한 깊은 밤, 아이들이 몰려 앉아 소금장수 얘기를 듣고 있었다. 졸음이 와 반쯤 감긴 눈으로 듣고 있는 아이도 있었다. 새벽마다 독어를 공부한다는 친구도 고추잠자리를 보았다는 친구도 그 속에 있었다. 아이들이 아무리 자정을 넘기려 해도 넘길 수 없었다. 아이들은 여기저기 쓰러져서 곤히 잠들었다. 아이들은 곤한 잠 속에서 시계가 열두시 치는 소리, 아직도 계속되는 옛날얘기를 멀리 들었다.

……저기야 저기, 저기까지만 가면, 하고 소금장수는 마지막 힘을 끌어내 다시 걷기 시작했지……

아이들은 먼 훗날 그 얘기가 자신의 체험으로 다가오리라는 것을 모르고 있었다. 혹은 어렴풋이 느끼고 있었지만 그러나 아직 인생에서 아무 일도 일어나지 않고 있는 어린 날이었다. 화자는 벨소리를 통해 그 밤 가까이, 아주 가까이 가서 닿고 있었다.

벨소리는 길고 길게 계속되었다.

벨소리를 통해 화자는 남편의 발걸음을 느꼈으며 영오의 발걸음을 느꼈다. 남편은 동해안 어느 바다를 낀 길을 걷고 있을 것이다. 한 걸음, 한 걸음. 어린 날 어린양의 목을 작두로 썰던 아이.

영오는 시험을 끝내고 친구들을 만나고 있을 것이다. 시험이 끝 났다는 해방감. 아니 영오 자신도 남들처럼 심사위원 앞에 나가 시 험을 치렀다는 그 자체만으로도 스스로 대견해하고 있을 것이다. 그 아이는 언제나 자기도 남들처럼 무엇을 했다는 그 사실만으로 도 감격하는 아이니까.

영오를 생각하고 있는 중 갑자기 화자에게 심한 통증이 왔다. 화자는 원인 모를 다급함에 한 손을 가슴에 댔다. 그녀의 손 위로 그녀의 어머니, 할머니 그 너머의 할머니까지 손을 얹어주는 느낌 을 받았다. 그녀는 가슴에 손을 얹고 계속해서 울리는 벨소리를 듣 고 있었다. 남편과 아이를 다 쫓아낸 빈집에서 울리는 벨소리를 듣 고 있었다.

자정이 가까운 이 시간 그녀의 집은 비어 있었다. 그러나 그녀 는 그 빈집에 대한 죄의식을 처음으로 거의 느끼지 않고 있었다. 오직 가슴에 손을 모으고 급자기 일어난 통증을 가라앉히느라 정 신을 집중할 뿐이었다.

*

인기척을 느껴 고개를 돌리면서 영오는 아, 친구가 이제 온 것 인가라고 생각했다. 어두운 나뭇잎 그림자를 배경으로 영오 또래의 두 명이 버티고 서 있었다. 그들은 영오가 돌아보자 한 걸음 더 앞으로 다가왔다.

영오는 이런 일을 잘 알고 있었다. 용산 상가에 워크맨을 사러 갔을 때도, 대학로 밤거리에서도, 또 얼마 전에는 밤중에 비디오를 빌리러 학교 앞까지 자전거를 타고 가는데 깡패 녀석들이 달려들었다. 자전거를 뺏을 모양이었으나 새로 생긴 터널로 영오는 죽을 힘을 다해 달렸다. 그들이 아무리 날쌔게 따라붙어도 자전거보다는 느렸다. 그들의 손이 자전거 뒷바퀴에 와닿을락 말락 했을 땐 정말 무서웠다.

그럴 때는 가진 것을 다 내주라고 어머니 아버지는 몇 번씩 당부했다. 그리고 으슥한 곳에 절대로 혼자 있지 말라고 당부했다. 부모의 말 때문이 아니라 영오는 이런 경우 모든 게 귀찮다는 생각이 앞섰다. 그래서 지갑을 순순히 내어놓곤 했다. 지갑은 영오의 또하나의 비밀 창고였다. 그 속에 친구 전화번호와 사진, 좋아하는 배우와 운동선수 사진, 그리고 깨알같이 쓴 일기까지 있었다. 지갑을 내어주기가 자신을 내어놓는 것만큼 허전하면서도 영오는 언제나 순순히 내놓았다. 그러면 돈만 빼가고 도로 주는 녀석도 있었다.

영오가 몸을 일으키려 하자 갑자기 머리가 핑 돌며 심한 현기증이 났다. 현기증과 동시에 심한 구역질이 났다. 아침을 조금 먹은 것, 코카콜라를 사서 마신 것 외에 하루종일 긴장 속에서 담배만 피웠기 때문일 것이다. 그들은 영오가 작고 허약하며 비틀거리는 것을 보고 손쉬운 먹잇감을 노리듯 장난치며 주머니에서 칼을 꺼내어 날을 세웠다. 탁, 하는 소리를 내며 칼날이 솟아올랐는데 어느 영화에서 본 장면 그대로였다. 칼날이 번쩍, 하고 외등에 빛을 발할 때 영오는 아아 드디어 이런 순간이, 라고 스스로 먹잇감인 듯 느꼈다.

스스로 먹잇감임을 느끼는 동시에 심한 분노도 느꼈다. 영오는 자신의 몸이 칼처럼 서는 것을 느꼈다.

영오는 갑자기 몸을 비틀며 소아마비 걸린 친구의 흉내를 내기 시작했다. 어제 밤을 새워 턱이 돌아가도록 연습한 바로 그 동작을 하기 시작했다. 아니 연기를 하는 것이 아니라 진실로 자신이 불구라고 느꼈다. 자신은 불구였다. 의외의 상황에 그들이 잠시 주춤하고 있을 때 영오는 획 몸을 날려 서너 걸음 앞에 있는 공원 담을 뛰어넘었다.

그것은 정말 신기하고도 신기한 일이었다. 어떻게 그 높은 담을 뛰어넘을 수가 있는지 영오 자신도 알 수 없었다. 몸이 아주 가볍게 붕 떴다. 어떤 줄이 자신의 몸을 묶어 들어올린 듯했다.

언젠가 지하철에서 만난 탤런트에 의해 라디오 전파 속에서 영오의 이름이 불리던 때 어디선가 밀려오던 아주 환한 빛, 일시에 모든 것에서 벗어나게 해주는 그 빛은 은행나무 꼭대기에서도 보였다. 은행나무 저 꼭대기, 하늘과 아주 가까운 그곳에 몰려 있던 밝고 환한 빛, 한순간에 과거와 현재와 미래가 일직선으로 죽 서고 은행나무가 있듯이 할머니도 그 너머의 사람들도 함께 있다고 느끼며 위안을 받던 때의……

담 밖은 주택가의 구불구불한 길이 어딘가로 이어져 있었다. 집집마다 불이 밝혀져 있고 뉴스 소리가 들렸다. 어딘가에서의 산불과 어딘가에서의 집단 식중독과 어딘가에서의 종교 싸움과 어딘가에서의 전쟁과 어딘가에서의 총기 난사 사건과 어딘가에서의 칼부림과……

영오는 달렸다. 영오는 숨이 턱에 걸리도록 내달렸다.

*

화자가 가슴에 손을 얹고 전화통을 붙잡고 있을 때 화자 뒤에 한 남자가 초조한 듯 서 있었다. 그 남자는 유리 부스 새시 틀을 발로 탁탁 치기도, 침을 뱉기도 했다. 바지 주머니 속에 손을 넣었다 뺐다, 고개를 좌우로 돌렸다 바로 했다, 했다. 그 남자는 성급해 보였으며 급히 전화를 할 일이 있는 듯했다.

단지 공중전화를 너무 오래 붙잡고 있다는 이유만으로 여자를 살해한 남자가 며칠 전 뉴스에서 보도되었다. 그 남자는 전화 차례를 기다리다가 너무 오래 끄는 그 통화에 우발적으로 살인을 저질렀다고 말했다. 객관적으로 본다면 지금 역시 그 비슷한 경우인가.

남자는 혹시 IMF로 실직을 한 후 아침부터 밤까지 직장을 구하러 거리를 헤매고 있는 것일까. 하루종일 걷기에 지쳐 있으며 어디서 일자리가 있다고 오라고 한들 이제 쉬고 싶은 마음밖에 남아 있지 않은 걸까. 때문에 그 남자는 더이상 기다릴 여유가 없이 초조함이 가속화되고 있는가. 그 남자는 몹시 초췌했으며 몸에서는 후덥지근한 땀냄새가 풍기고 있었다.

천만다행하게도 그 남자의 화를 더이상 돋우지 않고 화자는 전화박스에서 돌아섰다. 한 손에 백과 티셔츠가 든 봉투를 들고 한 손을 가슴에 얹은 상태 그대로였다.

그녀가 돌아설 때 유리 부스 앞에 바싹 붙어 있던 남자와 흘깃 눈이 마주쳤다. 그렇게 급한 듯 굴던 남자는 공중전화 부스로 들어가지 않고 그대로 되돌아 걷기 시작했다. 그 남자의 머리통이 크고 검게 화자 앞에서 걷고 있었다. 그 남자 머리통 너머로 낙원이라고 쓴 네온의 불빛이 밤하늘에 수를 놓고 있었다.

낙원, 낙원상가, 낙원카페, 낙원주점, 낙원떡집, 낙원노래방, 낙원모텔, 낙원모텔, 낙원모텔……

네온의 불빛이 밤거리를 씻어내고 있었다. 네온의 불빛은 무엇인가를 정화시키고 있었다. 무엇인가를 정화시켜 그녀를 인도하고 있었다. 그녀는 지금 그렇게 느끼고 있었다.

꿈에서도 목을 내어놓은 적이 없던 그녀는 지금 한 걸음 또 한 걸음 발걸음을 옮겼다. 불 밝힌 옛이야기 속 오두막을 향해. 앞서 걷던 남자의 머리통은 네온의 빛이 찬란할수록 더욱더 어두워졌다.

밝은 빛 속에서 음영은 더 짙게 마련이었다.

(2001)

바다의 거울

.

편지

하늘 저편으로 무지개가 떠 있었다.

어마 무지개가 떴구나, 라고 나는 생각했다. 그러나 바라보고 있는 사이 그것이 하늘 저편에 실제로 뜬 무지개가 아니고 비행기 유리에 어린 무지개 빛깔임을 알 수 있었다. 누군가가 비행기 유리에 엷게 무지개 빛깔을 입혀놓았구나, 라고 나는 생각했다. 굿 아이디어, 라고 생각했다.

그러나 그것이 비행기 유리에 엷게 입힌 무지개 빛깔이 아니고 두꺼운 비행기 유리창이 햇빛과 어우러져 만들어내는 조화임을 조금 후 다시 알아차릴 수 있었다. 두꺼운 돋보기를 물위에 들이댈 때 오색 무지개 빛깔을 내던 어린 시절의 놀이가 상기되었다.

처음에는 무지개가 떴는가 하였으나 곧 다시 비행기 유리 위에 살짝 입혀놓은 무지개 빛깔인 줄로 알았고, 그러나 또다시 그것이 햇빛과 두꺼운 유리가 어우러져 일구어내는 빛깔의 조화임을 알 수 있었다.

어찌되었든 푸르른 창공 나지막한 산야 저편 위로 무지개는 떠 있었다. '무지개가 떴구나'에서 '무지개가 떴어도 좋았다'라고 나는 바꾸어 생각했다. 정말로 무지개가 뜰 만한 여행이었기 때문이다. 무지개가 활짝 떠서 우리를 환송해줄 만했기 때문이다. 그러나 어떤 조화로든 여행에 앞서 무지개를 보았다는 것에 나는 고마움을 느꼈다. 기내에는 〈새야 새야 파랑새야〉 노래가 흐르고 있었다. 스튜어디스가 조간신문을 원하는 승객에게 나눠주며 다녔다.

비행기가 이윽고 서서히 움직이기 시작했다. 비행기 유리창 너머로 오른쪽 날개가 보였다. 비행기가 뜰 때면 여러 조각으로 이어진 비행기 날개가 접히기도, 사이가 벌어지기도 하던 일을 상기하였다. 한 덩이인 듯하지만 실은 여러 조각의 알루미늄판이 이어져 날개를 만들고 있는 것이다.

베이징을 거치지 않고 오십 분 후면 평양에 닿게 된다. 직접 KAL 전세기로 삼백여 명의 기독교 단체인 한민족복지재단 사람들을 태우고 평양에 간다. 실향민인 우리의 많은 부모가 눈감기 전에 고향땅을 밟아볼 수 있을까 하던 그 일이 지금 벌어지고 있다. 꿈과 같이…… 감히 내가, 할머니도 어머니도 아닌 내가 지금 이북으로 가고 있다. 이북 땅을 밟아보고 이북의 공기를 마셔볼 수 있다. 통로 쪽에 앉은 나는 비행기 유리창을 통해 보이는 무지개와 비행기 날개를 바라보며 이런 생각들을 하고 있었다. 서서히 움직여가던 비행기가 이제 뜨는가 했을 때 기체는 몸통을 돌려 방향을 바꾼 후 그제야 활주로 앞에 가서 섰다. 비행기는 저멀리 아득한 활주로 끝을 바라보며 온몸을 정돈하였다. 비행기는 매시간 각 나라 각 도시를 향해 뜨고 있어도 언제나 뜨기 전에 이렇게 활주로 앞에 서서 온몸을 정돈하고 집중하는 시간을 갖는다는 것을 나는 비로소 상기하였다. 그러곤 슬픔을 느꼈다. 비행기를 타기 위해 이동 버스로 비행기 가까이 갈 때면 비행기 밑에 들어가서 점검하고 있는 정비복 입은 사람들을 볼 수 있었다. 그때마다 나는 조금 멈칫 어떤 감동을 받았다. 승객들이 부치는 무거운 짐 가방 그리고 승객, 그것들을 싣고 공중으로 뜨기 위해 비행기는 고투하는 것이다. 결코 쉬운 일이 아닐 것이다. 매번 목숨을 거는 일일 것이다. 서커스 단원들이 매번 목숨을 거는 것처럼 비행기 역시 그럴 것이다.

비행기는 활주로 앞에 서서 시간을 끌었다. 집중하여 긴장된 하나의 힘으로 뭉쳤을 때 활주로를 향해 달려가기 시작했다. 그러고는 이윽고 몸통을 땅에서 떼어내었다. 비행기 바퀴가 접혀 비행기 몸속으로 들어갔을 것이다. 날개는 바람의 부딪힘을 최소화하느라고 부지런히 각 조각들을 접기도 벌리기도 했다.

기내 커다란 벽 화면으로 비상시 낙하산 펴는 법이 방영되고 있었다. 제복의 상냥한 스튜어디스들이 음료 차를 끌고 웃음 띤 얼굴로 지나가며 원하는 사람에게 음료를 주었다. 한민족복지재단측 사람이 나와서 기내 방송을 했다.

이 여행은 가봐야 가는 거라고 생각했다. 바로 어젯밤까지 북측과의 협의가 있었고, 점점 불투명해지다가 극적으로 다시 성사되었다. '이 비행기에는 쉰두 분의 목사와 백여 분의 장로가 타고 있다. 어렵게 떠난 여행이니만큼 현지 사정에 따라 스케줄이 변경될 수 있을 것이다. 자세한 것은 그때그때 상황에 따라 또다시 보고하겠다. 만수대 김일성 동상을 거쳐갈 것으로 예상되나 그냥 참관하는 것이지 참배는 아니니 절하지 않아도 문제는 없을 것이다. 그리고 원거리 비디오와 휴대전화를 들고 들어갈 수 없으니 휴대전화는 의자 앞주머니에 들어 있는 생리대에 싸서 자신의 이름을 쓴 후 KAL측에 보관하라. 집으로 돌아갈 때 공항에서 다시 찾을 수 있도록 하겠다'는 요지의 얘기를 했다.

음료 차가 지나간 후 곧 기내식이 그 수많은 승객 한 사람 한 사람에게 기분좋게 전달되었다. 짧은 시간의 탑승이라 간단한 샌드위치로 준비했다고 스튜어디스가 말했다. 승객들은 모두 식사를 부지런히 했다. 문명의 이기, 쾌적, 대접받는 느낌, 이런 단어들이 내 머릿속으로 지나갔다. 뭔가 몹시 대접받는 느낌이었고, 인류가 이루어놓은 문명이라 하는 것들을 새삼 느낄 수 있었다.

인류가 그냥 날개만을 발명해낸 것이 아닌, 그 안에서 돌아가고 있는 이 쾌적함, 누군가는 유리창에 무지갯빛을 뿌려놓는가 하면 (그것이 아님을 다시 알 수 있었으나) 누군가는 벽 화면을 붙여놓았고 스튜어디스들은 모든 것은 우리가 다 맡아서 서비스할 테니 승객들은 앉아서 편히 대접만 받으시라 하는 것 같았다.

공중에 날개를 타고 앉아서 이렇게 맛있는 식사를 대접받다니…… 인간이 참 특별하다는 생각을 나는 새삼스레 했다. 이 아침 인천공항을 향해 가까운 동료 일행과 함께 바다 위로 난 먼먼 길을 달려올 때도 그런 생각을 했다. 이렇게도 긴 길을 바다 위에 만들어놓은 인간이 참 신기하게 여겨졌다. 길 양쪽으로 펼쳐져 있는 바다는 차라리 바다 같지도 않았다.

누가 왜 이런 수고를 하였는가. 사람들이 사람들을 위하여 한 수고임을 알 수 있었다. 사람들은 참 수고하며 살고 있었다. 그런데 무엇 때문에 이런 수고를 하는가. 사람들은 왜 이런 삶의 형태로 살아가고 있는가 하는 의문 같은 것이 가슴 밑바닥에 막연히 깔렸다. 사람들은 끊임없이 무엇인가를 발명해내고 발견해내고 그것들을 실제로 만들어가고 있었다. 신이 만들어가고 있는 게 아니라 인간들이 만들어가고 있었다. 신은 바다와 대지, 하늘, 나무, 짐승, 인간을 만들어냈고 인간은 도시와 문명과 문화를 만들어내고 있었다.

공항에서 여권을 검사받는 최종 검문까지 통과한 후 우리가 탈 비행기로 가는 게이트로 들어가서 비행기가 서 있는 광장을 바라보며 유리벽 통로를 걸을 때 내게 뜻하지 않은 해방감이 밀려들었다. 그것은 바다로 난 끝없는 길을 달릴 때도 느끼지 못했던 정말 뜻하지 않은 해방감이었다. 나는 약간 넋이 빠진 듯했다. 머릿속을 텅 비우고 희게 바랜 채 그저 몸이 걸어가는 대로 나를 맡기고자 했다. 그렇다, 나는 눈을 주는 것마다에서 이상한 감동을 받으며 모든 것을 새롭고 낯설어하며 비행기의 한 좌석에 지금 앉아 있는 것이다.

떠나기 며칠 전 우리는 통일원에서 교육을 받았다. 수유리 사일구탑을 지나 아카데미하우스로 올라가는 길 왼쪽에 교육원이 있었다. 깊숙한 넓은 정원에 유월의 녹음이 우거지고 굳건한 콘트리트 건물로 연결된 아치 모양의 다리 위 난간에 기대어 서 있는 사람들은 소풍이라도 나온 것처럼 한가로워 보였다. 의외의 환경에 나는 좀 놀랐다. 답답하고 어두운 강의실을 연상하고 있었기 때문이다.

건물 이층 강당에서 강의가 시작되었는데 에어컨이 하필 오늘따라 안 나온다고 주최측에서 양해를 구했다. 그러나 곧 비상으로 작동되기 시작했다.

아직 유월이고 찌는 무더위도 아닌데…… 하고 나는 생각했다. 사람들이 참 사람으로서의 권리를 찾으며 살고 있구나, 하고 생각했다. 몇 사람의 연사가 나와서 강의를 했다.

우리나라는 지역상 완충지대로 남아 있기를 바라는 초강대국 틈에 끼어 너무 시름겹다. 중국, 일본, 러시아, 미국은 우리에게 엄청난 아픔을 남겨준 나라들이다. 진정으로 우리의 통일을 바라는 나라는 이 지구 위에 없다. 이북은 군사력이 통일의 주체인 반면 경제적인 파탄을 맞았고 이남은 경제력 위주이나 IMF라는 시련을 겪었다. 이제 우리는 남북 공동체 개발 사업을 벌여 민간 차원에서 서로 도와야 한다. 그동안 한민족복지재단도 꾸준히 숨은 노력을 해왔다. 그 결과 그들이 육일오 남북공동성명 이 주년 기념을 기해 평양에 있는 봉수교회와 칠골교회에 와서 연합 예배를 봐도 좋다고 허락하였다. 이것은 정말 뜻밖의 수확이다. 매스컴에 전혀 알리지 않고 입에서 입으로 퍼져나가 불과 며칠 만에 삼백여 명의 신청을 받게 되었다. 노래방 마이크의 팔십오 퍼센트를 북한에서 만든다. 이북의 전염병은 우리의 백신이 가서 치료하고 있다. 북한 주민 팔십 퍼센트는 남한이 정말로 도와주고 있다는 느낌을 이제 갖는다. 정상회담 이후 북한이 단 한 척의 고기잡이배도 잡아가지 않았다. 북한이 태도의 변화를 보이고 있는 거다. 점점 공감대가 형성되고 있다는 증거다. 북한에도 남한에도 〈아리랑〉〈황성옛터〉〈홍도야 우지 마라〉 등의 공동 노래가 있다. 공장도 좋지만 같이 부르는 노래가 상당한 공감대를 형성할 것이다. 북한도 이제 신사고 중심으로 서서히 바뀌고 있다. 1990년대 들어서는 자기 몫을 어느 정도 당에 바치고 나머지는 개인 몫이 되고 있다. 북한에

암시장이 많이 늘어간다, 김정일이 통제했으나, 통제가 안 되는 암시장은 이제 우리의 시골 장터처럼 되었다, 그런데 문제는 단지 사람이 바뀌지 않았다, 북한 사람은 눈치가 대단히 빠른데 눈치가 어두우면 자기가 죽기 때문이다, 그들은 전혀 진심을 얘기하지 않는다, 그리고 참 잘 운다, 한쪽으론 공포에 시달리면서 한쪽으로 잘 운다, 그리고 우리처럼 겸손하면 인정을 안 한다, 우리는 겸손을 미덕으로 알지만 그들에게는 힘을 보여줘야 한다, 사회주의 오십 년 하면서 정서가 바뀐 거다, 눈매가 무섭고 어깨가 벌어진 사람은 요원이라 보면 틀림없다, 그 사람들에게 특히 주의하라, 혹시 정부나 DJ에 대해 얘기를 꺼내면 그는 우리나라 상징이다, 하고 말을 자르라, 북한에 옥수수 개량종을 들고 들어갔으나 세번째 네번째 만에 겨우 농작물 전문가를 붙여주었다, 북한은 지구에서 가장 좋은 모래를 가지고 있으면서도 벽돌을 만들 줄 모른다, 한전이 요구하는 벽돌을 그들은 맞추지 못한다, 역사는 피 중심으로 되어왔다, 인민군이 남한에 대고 왜 총을 쏘나 느낄 때 심리적 통일이 되는 거다, 이번 우리 방문을 통해 남한을 보는 수많은 눈이 있음을 명심하기 바란다, 그들은 자존심이 무엇보다 강하여 자존심이 상할 행동이나 말을 일체 조심하기 바란다, 선물은 복지재단에서 준비했으니 개별로는 가지고 가지 않는 게 좋겠다.

대개 이런 내용을 말하고, 그러고는 한민족복지재단에서 세운 빵 공장과 병원 등을 영상으로 보여주었다. 한민족복지재단에서

는 작년 한 해 동안에만도 십삼억의 돈을 빵 공장에 쏟아부었다고
했다. 그들의 굶주림은 사뭇 심각하여 이대로 가다가는 세계에서
가장 왜소한 체격의 국민이 될 것이라고 했다.

　서해 백령도에서 육십 킬로미터 떨어진 지점을 비행기가 지나
고 있다는 기내 방송이 있었다. 곧 군사분계선을 지난다고 했다.
그리고 오후 두시에 평양 순안공항에 도착할 것이라고 했다.
　승객들이 비행기 창으로 저 아래 서해를 내려다보았다. 잔잔한
파도의 일렁임 속에 수천 수만 수억 개의 거울이 떠 있었다. 거울
한 조각 한 조각이 지나간 삶의 파편들을 비추어내고 있었다. 순간
삶은 그 아무것도 아닌 오직 파편처럼 떠 있는 거울 조각으로 이루
어진 듯 내게 비쳤다. 휴전 후 KAL기 납북 사건이 있었다. 그 비행
기에 우리가 아저씨라고 부르던 공군 대령이 타고 있었다. 대구 피
난 시절, 우리를 도와주었다는 인상으로 남아 있는 그 공군 아저씨
와 달성공원에서 함께 찍은 사진도 있다. 피난 시절 당시는 중령이
었는데 푸른 공군 제복에 어린 눈에도 전신에 멋이 흘러넘치는 미
남이었다. 그 아저씨가 납북된 비행기에 타고 있었고 그리고 얼마
간 억류되었다가 풀려 돌아와서 방송을 했다.
　"나는…… 그때 의자에서 일어섰습니다." 마치 연극 대사처럼
느릿느릿 힘주어 방송하던 그 한 구절을 아직 기억한다. 그리고 또
어머니의 고향 사람도 그 비행기에 타고 있었다. 고향 사람은 그

일로 하여 어머니를 찾아왔었다. 온 식구가 이불을 펴고 자려고 누워 있을 때 고향 사람이 찾아왔기에 그는 이불을 편 윗목에 앉아서 그때 겪은 일들을 상세하게 얘기했다. 처음에는 이제 죽는가 체념하였다고 했다. 그들이 부르는 대로 진술서를 수도 없이 썼으나 얼어맞지는 않았다고 했다.

밥을 이렇게 먹는 사람이 있는가 하면 저렇게 먹는 사람도 있지 않아요?

고향 사람은 사투리 억양으로 말했는데 그것이 어린 우리 형제에게 상당한 유머로 다가와 그후 우리는 그 말을 흉내내어 웃음을 터뜨리곤 했다.

밥을 이렇게 먹는 사람이 있는가 하면 저렇게 먹는 사람도 있다. 그 말이 뭐가 그렇게 재미있고 우스웠을까. 그냥 촌사람으로 살아오던 실향민인 소박한 한 사람이 갑자기 뉴스 속의 사람이 되어 정보부다, 신문사다 불려다니며 어리둥절하고 있는 모습 때문이었을까.

그러나 다른 무엇보다 지금 나의 머리에는 어린 시절의 춥던 방, 윗목에 떠놓은 물이 꽁꽁 얼고 이불 밖으로 내놓은 코가 발갛게 얼던 그 방에서 라디오로 온 식구가 공군 아저씨의 목소리를 듣던 그 이상함, 우리의 머리로는 알 수 없는 사건, 그러면서도 전쟁을 겪은 후여서 나름대로 이해하던 것, 또한 어머니의 고향 사람이 손님으로 와 있음에도 우리는 그대로 이부자리 속에서 잠을 청하며 손님의 얘기를 자장가 삼아 듣던 것…… 이런 것들이 아련히 떠올랐다.

이북에는 아직 이모와 외삼촌이 살아 있을지 몰랐다. 또한 나의 아버지도…… 그러나 아버지는 이제 백 세를 넘겼을 터이니 생존은 거의 불가능한 일이리라.

육이오 때 아버지는 납치된 다른 많은 사람과 초등학교 교실에 감금되었고 하루에 주먹밥 한 개씩으로 연명하다가 도보로 산을 넘어 이북으로 끌려갔다. 그때 아버지는 겨우 해방된 조국에서 다시 동족끼리의 전쟁인 슬픔과 회환을 안고서였다.

어머니의 바로 밑 동생인 이모는 공산당 간부와 결혼하여 이북에서 살았으며 외삼촌은 육이오 때 월북했다. 막내 이모와 어머니와 할머니만 이남에서 살았다. 우리 집안은 그야말로 산지사방에 흩어진 이산의 가족이다. 그러면서도 나는 언제나 이산가족 상봉 장면이나 나뉘어진 가족을 찾기 위해 애쓰는 장면들을 남의 일인 듯 구경만 하고 있었다. 매일매일 살기만도 벅차서 하루의 궤도에서 벗어난 일, 무엇인가 찾아보고 알아보고 생활을 확대시켜나가는 일은 내 인생 속에서 제외되어 있었다.

아버지를 그리워는 하였어도 그 구체성에 대해서 언제나 막연했다. 아버지를 만난다 한들 무엇을 할 수 있을 것인가. 이남에 남았던 사람들 가운데 이제 할머니도 어머니도 돌아가고 팔십이 넘은 막내 이모는 건강치 못하다. 바로 가까운 거리에 있는 이모도 찾지 못하면서 먼 곳 어딘가에 있을 이산가족을 찾는 일은 내게 너무 버거운 일이다.

그러나 정말 우연한 기회가 주어져 기독교 단체를 따라서 평양행 비행기를 탈 수 있게 되었을 때 나는 마치 살길을 만난 듯 호흡이 트이는 듯했다. 일정에 나와 있는 원산, 백두산, 개성, 판문점 코스를 보았을 때 부모의 고향인 함경도 땅을 밟아보고 숨쉬어본다는 것만으로도 제2의 인생이 열리는 듯했다. 무엇 때문이었을까. 오직 부모의 고향땅을 밟아보고 공기를 들이마신다는 의미 이외에 그 어떤 의미도 갖지 못하면서……

아니 그렇기 때문에 나는 뜻하지 않은 해방감을 맞고 있는 건지 몰랐다. 그 어떤 것도 나를 내리누르지 않게 오직 머리를 희게 바랜 채 움직이는 육체에 나를 맡기고자 한 거기에 오히려 의미가 담기는지 몰랐다.

나의 할머니, 어머니, 아버지는 떠올리기에 너무 무거웠다. 유년으로 돌아가 그 어느 한 자락만 살짝 잡아도, 일테면 바다에 떠 있는 저 수많은 거울의 파편 어느 한 조각만 들여다보아도 그것은 곧 우리의 역사 속 장면으로 이어지고 있다는 것을 나는 새삼 인지하고 있었다.

대신 나는 조금 객관성을 띤 편지로 생각을 돌렸다. 이제 팔십이 세인 나의 은사의 편지 부탁을 받고 있는 터였다. 팔십삼 세가 된 누님에게 소식을 전할 수 있으면 하는 간절한 부탁이었다. 그것은 내게 여행에 유일한 어떤 의무감마저 띠워주었다. 비행기는 어느새 군사분계선을 넘어 잠시 후 평양 순안공항에 도착한다는 기내 방송과 함께 월드컵 축구를 재방영하던 벽 화면이 꺼졌다. 다시 한민족복지재단측 대표가 나와서 몇 가지 주의를 주었다.

그들이 우리를 주시할 테니 믿는 사람들이 과연 다르구나, 느낄 수 있도록 표정 관리부터 하라는 당부였다. 공감의 웃음이 나오며 나는 평화로운 표정을 나름대로 지어보았다. 내 얼굴은 어쩐지 수심에 찬 표정으로 굳어져버린 듯 스스로 느꼈기 때문이다.

새야 새야 파랑새야/ 녹두밭에 앉지 마라/ 녹두꽃이 떨어지면/ 청포 장수 울고 간다.

좌석에서 일어서서 짐을 챙기는 동안 기내에서 다시 노래가 흘러나왔다. 나는 가방을 메고 통로에 나와 줄 섰다. 소프라노의 목소리가 "새야 새야"라고 간절히 부르고 있었다. 무엇 때문인가 귀기 울이니 녹두밭에 앉지 말라는 부탁이었다. 녹두꽃이 떨어지면 안 되기 때문이라고 했다. 청포 장수가 울고 가기 때문이라고 했다.

평양이었다.

기온도 날씨도 떠나온 서울과 별다르지 않았다. 단지 피부에 와 닿는 햇빛과 공기의 투명함만이 조금 달랐다. 공항은 남한의 지방 공항과 비슷했다. 국방색 제복을 입은 공항원들은 옛 인민군 모습 그대로였다. 삼백여 명의 일행은 공항 좁은 공간에 얼마간 밀집해 서 있었다. 무엇인가 문제가 있는 것 같았다.

그러나 곧 공항 밖에 대기중인 아홉 대의 버스에 나누어 탈 수 있었다. 공항을 둘러싼 플라타너스 잎은 기름지고 검푸르렀다.

어린 시절 할머니가 사는 시골에 기차를 타고 가던 그때로 되돌 아간 느낌을 주었다. 참 이상하게도 푸른 나뭇잎, 그리고 주변 공 기에 옛 고향이 그대로 배어 있었다. 시골집에 갈 때는 기뻐서 갔 으나 개울에도 들에도 강에도 가고 하여도 아직도 하루가 길게 남 아 있었고, 저녁 무렵이 되어 어둠이 밀려오면 서울 집으로 돌아가 고 싶어 울먹였다. 그러면 할머니는 둥근 호박, 옥수수, 감자를 쪄 주고 참외, 수박을 밭에 가서 따오고 하며 오늘밤은 여기서 자고 내일 아침 일찍 서울로 올라가라고 우리를 달래주었다. 다음날 아 침 할머니는 겨우 하루를 보내고 돌아가는 손주들을 기차역으로 바래다주며 기차가 움직이는 대로 아픈 다리를 끌고 어느만큼 기 차를 따라오다가 손을 흔들었다.

그때 시골 역사에 서 있던 나무와 공기를 지금 여기 와서 만나 는 느낌이었다. 일행들도 그렇게 느끼는지 옛 고향 같다고 말하는 소리가 여기저기서 들렸다. 숙소인 고려호텔을 향해 버스는 달렸 다. 넓은 아스팔트길, 콘크리트로 된 높다란 아파트 건물, 김일성 동상, 학생 학습지 건물, 김일성대학, 프랑스인이 설계했다는 몇 개의 보기 좋은 현대식 건물, 그리고 길을 가는 사람들, 간혹 손을 흔들어주는 아이들…… 모든 것이 남한 TV를 통해 본 그림 그대로였다. 새로이 보이는 것은 아무것도 없었다. 단지 TV를 통해 보았던 것을 이제 눈앞의 현실로 보고 있는 것뿐이었다.

서울에서 볼 때는 저것이 지금의 북한이려니 하고 보지 않았다. 북한은 어딘가 따로 있고 언젠가 찍어두었던 것을 지금 보여주는 것이라고 생각했다. 그런데 보여주었던 그대로가 눈앞에 펼쳐지는 것에 나는 좀 머쓱해졌다. 정부를 믿지 않아서라기보다 그것은 나의 습성에서 나온 것이기도 할 것이다. 나는 언제나 무엇인가는 따로 있는 게 아닐까 하며 살아온 것이다. 예를 들어 휴대전화를 새로 들여올 때, 그 수익성을 놓고 찬반의 논란이 연일 뉴스에 보도될 때 휴대전화란 내가 모르는 세계의 중요한 어떤 기구인 줄 알았다. 그런데 휴대전화가 문자 그대로 움직이면서 할 수 있는 전화라는 것을 알았을 때 조금 어이가 없을 정도였다. 바로 그처럼 소개되는 평양 거리도 다른 어떤 것이 따로 있는 것이 아니라 눈앞에 펼쳐지는 그대로인 것에 무어라 말할 수 없는 갑갑증이 일고 있었다.

좌석 가까이 앉은 한 당원이 자기를 기자라고 소개했다. 그는 『태백산맥』과 김소진의 책을 읽었다고 말했다. 김소진의 이름이 잘 떠오르지 않아 단편의 내용을 얘기했는데 나도 읽은 적이 있는 단편인 것을 알 수 있었다. 감색 바지, 흰 노타이 차림의 그 기자는 사람이 좋아 보였다. 가는 허리에 혁대를 매고 있었다. 검게 그은 팔은 가늘었다. 그는 일행의 물음에 아파트 건물이다, 학생 궁전이다, 라고 일일이 친절히 설명해주었다.

　뉴스에서 많이 보던 고려호텔에 이십여 분 만에 도착하였고 우리는 호텔 로비에 한동안 밀집해 서 있어야 했다. 무엇인가 문제가 있는 것 같았다. 사진을 두 장씩 내라고 했다. 비자 발급을 위한 것이라고 했다. 나는 서울을 떠날 때 연락받은 대로 다행히 사진을 준비했으나 준비 못한 사람들이 그 즉석에서 사진을 촬영하는 동안 사람들은 여기저기 흩어져 앉아 있었다. 한 시간여 만에 방을 배정받았다. 엘리베이터 앞에 서 있던 호텔 종업원이 룸메이트에게 몇 살이냐고 물었다.

　"아리랑 축전 보십니까?"

　"그건 일정에 없던데요. 김주석 생가랑 다른 일정이 많아요. 개성두 가구 백두산두 가구요."

　"아리랑 축전을 보셔야지요. 여기 오면 그걸 보아야지요. 그걸 안 보고 무얼 봅네까?"

　호텔 종업원이 엘리베이터가 내려오는 동안 말했다. 나는 편지에 대해 묻고 싶었다. 이북에서는 편지를 어떤 방식으로 부치는가. 우표를 사서 붙여 우체통에 넣으면 되는가. 그러나 묻지 못했다.

　십육층 우리 방은 넓고 깨끗하고 전망도 좋았다. 우리에게 나누어준 일정표에는

　8·15 전세기 편으로 12시 10분 인천공항 출발

　1시 30분: 평양공항 도착, 입국 수속

3시 30분: 고려호텔 수속, 시내 관광

저녁: 공연 관람(만경대학생소년궁전), 환영 만찬

이라고 쓰여 있었다.

나와 룸메이트는 짐을 풀고 저녁식사 시간이 될 때까지 잠시 쉬었다. 저녁에 식당으로 내려가니 TV에서 이미 눈에 익은 커다란 홀―특히 이산가족 상봉 장면에서 눈물의 바다를 이루었던―밝은 불빛 아래 뷔페식 음식이 가득 차려져 있었다. 일행 모두 맛있게 먹었고, 대동강 물로 만들었다는 맥주도 마셨다. 그러나 일정표에 나와 있는 학생소년궁전에서의 공연 관람은 하지 못했다. 식사 후 호텔 내에서 각자 자유로운 시간을 가졌다. 나와 룸메이트는 방에 돌아와 샤워를 하든가 창밖을 내다보기도 하면서 지냈다.

십육층 창으로 보이는 높은 콘크리트 건물은 아파트였다. 그러나 사람의 훈기가 전혀 느껴지지 않았다. 길에도 사람이 별로 없고 고려호텔 건너편에 죽 서 있는 음식점에도 사람은 단 한 사람도 없는 것 같았다. 호텔 주변에 포장마차가 여러 대 펼쳐져 있었는데 김일성 생일인 아리랑 축전 기간 동안에만 열리는 것이라고 했다. 그러나 그곳에도 사람은 없었다.

비행기로 오십 분 거리였음에도 어딘가 멀리 떠나왔다는 느낌이었다. 멀긴 하여도 정서와 언어는 같은 곳, 아니 어딘가 어긋나 있어도 그 시원은 같은 곳……

서울에 두고 온 가족, 이웃들을 생각하고 나로부터 연결된 끈

들을 잠시 생각하다가 그만두었다. 오랫동안 살고 있는 산밑 아파트—주변에 고층 아파트들이 마구 들어서서 이제는 산을 가려버린, 더욱이 이즈음 바로 아파트 앞 목욕탕 건물을 허물고 그 좁은 공간에 고층 아파트가 들어선다고 밤낮으로 시끄러운—도 떠올리다가 그만두었다. 비행기에서 내려다보았던 북한 땅 산에 나무가 없고 누런 황토가 그대로 드러나 있던 황폐한 땅. 또 공항 화장실에 손 씻을 물조차 없던 것 등도 떠올리다 그만두었다.

나는 그 어떤 생각도 들이지 않은 채 오직 희게 바랜 머릿속 상태만을 막연히 고집하고 있었다. 내게 와서 저절로 닿는 것만을 닿게 하자고 생각하였다.

평양에서의 첫 하루가 지나가고 있었다.

6월 15일 일정은

오전: 시내 관광(단군릉, 만경대, 주체탑, 개선문)

오후: 시내 관광(쑥섬, 련광정, 대동문, 모란봉)

*별도 일정: 조선컴퓨터센터, 김일성종합대학

이렇게 되어 있었다. 별도 일정은 관련된 소수인만의 특별 방문인 듯했다. 푸짐한 뷔페식 아침식사를 하고 나자 무엇인가 문제가 있는 것 같았다. 우리 대표단과 북측 대표단이 회의를 하고 있다고 했다. 우리는 호텔 로비에서 다음 일정을 오랫동안 기다리다가 각자 방으로 올라갔다.

룸메이트와 나는 방에서 쉬었다. 룸메이트가 무슨 책인가 읽고 있어서 물으니 『세계 명언집』이라고 했다. 지금 읽는 것 중 아무거나 하나만 소개해보라고 하니 "이 세상을 사는 참된 기쁨은 자기라는 감옥에서 빠져나오는 일이다"라는 구절을 읽어주었다.

점심식사를 하기 위해 식당으로 내려갔다. 뷔페식으로 다시 점심식사를 했다. 더덕, 팥죽, 감자국 같은 것이 특히 맛이 있었다. 이북의 음식은 어린 시절 우리가 집에서 먹던 맛 그대로였다. 조미료가 함부로 첨가되거나 농약에 찌든 땅에서 자란 식물로 만든 그런 음식이 아니었다. 사람들은 모두 맛있게 먹었고 과식했다. 무심히 먹다가 접시의 것을 남기기도 했는데 뒤늦게 죄책감이 들었다. 식당 종업원들이 우리가 음식을 먹는 동안 그 음식이 먹고 싶을까 하는 궁금증이 들었다. 아마 먹고 싶을지도 몰랐다. 그들에게 남겨주지 않고 싹싹 긁어먹는 남쪽 사람들이 원망스러울지 몰랐다.

식사가 끝난 후 복도에서 만난 우리 측 대표단 한 사람에게 주소를 알고 있는 곳에 편지를 보내도 좋은가 물었다. 안 보내는 게 좋을 것이라는 대답이었다. 어떤 방법으로든 편지를 전해주었던, 앞서 다녀간 사람들의 혈족이 하나같이 불이익을 당한다는 얘기였다. 어떻게 너의 주소가 알려졌는가, 하고 문책을 당한다고 했다.

우리는 식사 후 호텔 내 커피숍에서 커피를 마셨다. 가까운 일행 몇 사람과 젊은 목사가 우연히 합석하게 되었다. 나는 편지 얘기를 꺼냈다. 안 된다고 하면 안 전할 생각이다, 그냥 알아보려는 것뿐이다, 허용되는가 아닌가 북측 안내원에게 한번 속시원히 물

438

어보고 싶다, 그런 것을 물어봐도 좋은지 우리 측에 먼저 물어보는 것이라고 말했다.

젊은 목사는 자기가 대표단에게 물어보겠다고, 편지가 있으면 달라고 했다. 나는 아직 쓰지 못했노라고, 부쳐도 된다면 그때 아주 간단히 소식만 적으려 한다고 말했다. 그러면 편지를 써서 가지고 있으라고, 그래야 손쉽게 전할 수 있지 않겠느냐고 젊은 목사가 말했다.

은사는 직접 편지를 쓰고자 했었다. 그러다가 나더러 대신 간단한 소식만 적어 전해달라고 했다.

갑자기 실내에 피아노 소리가 울려퍼지자 모두 어리둥절했다. 우리 테이블에서 얼마 떨어지지 않은 곳에 있는 피아노를 누군가가 치고 있었다.

죄짐 맡은 우리 구주 어찌 좋은 친군지……

얇은 핑크색 정장을 하고 있는 여자의 등이 보였다. 그 여자는 폭발할 것 같은 심정을 지금 피아노로 두드리고 있는 듯했다. 호텔 측에 허락을 받았는지 아닌지는 알 수 없었는데 마음 한편이 조마조마하면서도 후련하였다. 무엇보다 우선 음악 소리가 듣기 좋았다. 커피숍 안 사람들 모두가 후련해하는 듯했다.

피아노는 계속되었다. 나는 그 핑크색 투피스 차림의 여인이 피아노를 그냥 순수하게 치는 거라면 좋겠다고 생각했다. 혹시라도 내가 친다, 의 '나'가 들어가 있지 않기를 바랐다. 혹은 예수가 들어가 있지 않기를 바랐다. 찬송가가 아닌 다른 노래였으면 더 좋았겠다고 생각했다. 우리는 억류되었다. 호텔 밖으로 한 발자국도 내디딜 수 없었다. 무언가 문제가 있는 것이었다. 아리랑 축전 때문이라고 했다. 북측 초청자인 중국 베이징 소재 범태평양 조선민족경제개발촉진협회(범태)와 한민족재단측이 협의한 방북 합의문을 둘러싸고 양측 대표단의 이견이 생겼다. 북측 당국은 범태가 공화국의 공식 단체가 아니므로 합의 내용을 인정할 수 없다고 했다. 그들은 어디까지나 아리랑 축전 참가를 위해 초청장을 발급한 것이어서 이를 수용하지 않으면 비자를 내어줄 수 없으니 돌아가라고 했다. 한민족재단측은 연합 예배가 목적일 뿐 김일성 생일 축하 공연 관람은 할 수 없다는 공식 입장이었다. 떠나기 전 우리 정부와 그런 무언의 합의가 이루어진 것이라고 했다.

우리 일행은 커피를 마시며 이런저런 얘기를 했다. 이남은 휴대전화와 카드로 국민 전부가 그물망 안에 들어 있는 반면 이북은 다섯 가구당 한 집씩 당의 조직으로 짜여져 서로 감시 대상자가 된다, 이남에서 누군가를 추적하려면 그 사람의 휴대전화 내용과 카드 사용 내역을 알면 된다고 누군가가 말했다. 휴대전화가 단순히 움직이는 전화이기만 한 줄 알았더니 그물망 역할을 하는구나, 하고 나는 생각했다. 아하 과연, 하고 나는 고개를 끄덕이는 기분이 되었다.

그물망, 구태여 범죄 추적을 들먹이지 않아도 자신이 그물망의 한 눈이 되어 있음을 생활 곳곳에서 느낀다. 백화점에 가면 자신이 영락없이 그물망의 한 눈이 되어 있음을 가장 피부로 느낄 수 있다. 아파트 평수와 월수입을 적어넣는 카드 신청서 내용에 왜인지 속에서 불끈했었다. 그리고 그후 백화점에서 날아드는 각종 상품 소개서나 서비스 전략은 어디엔가 덜미가 잡힌 듯 느끼게 만든다. 불빛이 밝고 쾌적한 곳에서는 끊임없이 손님을 불러댄다. 각종 상품들이 손짓하고, 마음에 드는 물건을 가질 때 기쁨을 느끼고 만족한다.

이것이 인간의 마음인가, 하고 나는 생각한다. 인간의 마음이 이러하기에 이런 형태의 삶이 전개되는가 생각한다. 사람들은 이렇게 살 수밖에 없는가, 무엇엔가 꺼들림당하고 그물망의 한 눈이 될 수밖에 없는가 생각한다.

조금 방향을 달리하면 이것은 신에게로 향한 나의 마음이기도 하다. 아니 의문이기도 하다. 우리 좌석에 나를 포함한 비신자 두 사람이 있었으므로 화제는 어느덧 기독교인이 되는 것에 대한 얘기로 흘러가고 있었다.

좌중의 한 사람은 인생은 허무하다, 기독교인이 되어야지만 그 허무가 극복되고 인생을 해피엔드로 마칠 수 있다고 설명했다. 해피엔드라는 말이 듣기 좋았다.

젊은 목사는 우주의 진화와 엔트로피 현상에 대해 얘기했다. 통나무는 엔트로피 현상에 의해 부패되어가는 것이지만 그러나 그것이 탁자나 의자로 새롭게 창조되기도 한다, 이것을 진화라고 한다, 기독교는 바로 이 진화와 같은 것이다, 사람이 부패되지 않고 새롭게 창조되어가는 길이다, 라고 설명했다.

그들은 나와 비신자 한 사람에게 성경 공부 모임과 교회에 나가라고 당부했다. 나는 아주 어린 날 예배당에 다니는 할머니를 따라서 어른 예배에 가 앉아 있다 오곤 했다. 그후 유년 주일학교에 경이감을 가지고 다녔고 중고등학교와 대학까지 미션 계통이어서 성경과 채플은 내게 자연스럽다.

신자와 비신자는 무엇으로 구분 짓는 걸까. 어느 신부님의 글 속에서 시끄러운 시장 바닥에서 일생을 보내도 하느님과 함께 숨을 쉬고 살고 있음을 감지하며 사는 사람이라면 그는 끊임없이 기도하는 사람이 될 것이다, 라는 구절을 읽었을 때 내가 자신과 타인을 보는 눈도 이러하다고 비로소 깨달을 수 있기도 했다. 그러나 끊임없이 기도하는 사람이란 어떤 사람이며 기도의 그 내용은 무엇이 되어야 될지…… 한 마리의 양도 놓치지 않으려는 기독교 역시 하나의 거대한 그물망이라고 새삼 느끼며 룸메이트와 나는 방으로 돌아왔다.

나는 침대에 엎드려서 편지를 썼다.

정현식 선생님 누님께.

선생님의 제자 되는 사람입니다. 남북 연합 예배를 드리기 위해 평양에 왔다가 간단한 글월 드립니다.

선생님께서 늘 누님 얘기를 하시지요. 추석이나 설 같은 명절날은 뒤뜰에 있는 큰 아름드리나무 밑에 서서 달을 보며 누나 생각을 하시구요. 어떻게 이렇게도 그리워하시나 그 간절함이 옆에서 보는 사람에게도 느껴집니다.

이산가족 만남에 매번 신청하시지만 이제껏 추첨되지 못했습니다. 다음번 오차나 육차쯤에는 되지 않을까, 그때까지 꼭 건강히 계셔달라는 부탁이십니다. 혹시 만나게 해주겠다는 중간 소개자가 있어도 믿지 마시고 꼭 기다려주십사 하고요. 선생님께서 몇 번이나 연길까지 갔다가 허탕 치고 오셨기 때문이지요.

그럼 이만 줄이옵니다. 내내 부디 건강하십시오.

○○ 드림

저녁식사 시간에 식당으로 내려가자 투표지를 나눠주며 ○, × 표를 하라고 했다. 아리랑 축전에 참석할 사람은 ○, 참석지 않을 사람은 ×를. 희망자에 한해서 축전 관람을 허용하기로 양측에서 합의를 보았다고 했다. 연합 예배를 할 수 있다는 조건하에서였다. 가까운 동료 일행은 일괄적으로 ×를 쳐서 냈다. 결과는 ○가 예순세 표, 나머지는 전부 ×표였다. 그리하여 희망자는 식사를 빨리 끝내고 아리랑 축전을 보기 위해 떠났다.

하루종일 회의를 해서 얻어낸 합의 사항이었다.

16일 일요일 일정은

오전: 주일 예배(봉수교회, 칠골교회)

오후: 관광(평양 지하철도)

저녁: 평양 교예 공연 관람

이렇게 되어 있었다.

아침에 식당으로 내려가는 엘리베이터에서 만난 사람이 우리 축구가 십육강에 들었다고 전했다. 여기저기서 기쁨의 탄성이 들렸다. 식당에서는 이미 예배가 시작되었다. 모두가 정장 차림이었으며 여러 곳에서 비디오 카메라가 돌아가고 있었다. 강대상 대신 테이블 위에 마이크가 놓였다.

'우리는 주일을 생명같이 여기나 저들이 주일을 몰수하려고 한다. 이것은 모독하는 정도가 아니라 도저히 용납할 수 없는 처사다. 많은 목사님이 돈과 시간을 들이고 주일을 뒤로 미룬 채 이곳으로 온 목적이 무엇인가. 저들의 일방적인 결정에 맞서 생명을 걸 가치가 있다고 본다. 이제부터 이곳 고려호텔 식당에서 금식 예배를 보겠다. 돋보기로라도 초점을 맞추면 불이 붙는데 우리의 마음도 이 자리에서 지금 불붙고 있다. 하느님의 역사는 인간의 역사와 다르다.'

중간중간에 찬송이 있었다.

내 영혼이 은총 입어……

내 주는 강한 성이니……

삼천리 반도 금수강산……

찬송을 피아노 반주에 맞춰 계속해서 불렀다. 목사와 장로, 여전도사 들이 차례로 강단에 서서 순서를 이끌었다. '대부흥운동이 일어난 곳이 평양이다. 그 힘이 삼일운동의 원동력이 되었다. 회개운동이 우리 역사를 바꾼다. 고려호텔에서 새로운 역사가 시작될지 모른다.'

함께 간 모테트 성가단의 특별 찬송이 있었다. '평양은 예루살렘이었다. 주일날 아침 종이 우렁차게 울렸고 우리는 흰옷을—그때는 모두 흰옷을 즐겨 입었다—입고 교회로 가서 예배드리고 성경 공부를 하였다. 우리의 선생님들은 대부분 순교하였다. 오늘날 우리의 한국 교회는 나를 포함하여 탐욕과 탐익에 차 있다. 십자가 지는 것이 있어야 될 줄 안다. 옛 순교의 심정으로 살자. 지금 여기 이 자리에서부터 부흥회가 일어나야 한다.'

다시 찬송과 기도, 「열왕기상」 봉독. 다시 찬송과 기도가 있었다.

여기저기서 주여, 주여 했고 바닥에 무릎을 꿇기도 양팔을 쳐들어 할렐루야를 외치기도 했다. 눈물을 흘리고 통곡을 하는 사람들도 있었다. 강론과 기도와 찬송, 「에베소서」 봉독과 강론이 이어졌다.

'평양은 의미 있는 곳이다. 토마스 선교사가 해금강을 거슬러올라와 한국 최초의 선교가 시작된 곳도 여기고 주기선 목사가 순교한 곳도 이곳이다.'

다시 합창단의 특별 찬송, 「로마서」 봉독, 강론, 「에베소서」 봉독.

'원수 된 것을 십자가로 소멸해야 한다. 하느님과 화해하지 않으면 인간답게 살 수 없다. 한 사람이 온 인류의 죄를 대속한다는 것은 예수가 아니고는 그 무게의 형평을 잡을 수 없다.' 「요한복음서」 봉독, 강론. '십자가 사건을 받아들이기만 하면 구원받는다. 이웃과의 화해란 하느님과의 화해의 증거다.' 「갈라디아서」 봉독, 강론. '화해하지 않으면 자멸한다. 형제 다툼이란 이웃에게 손가락질받고 멸시받는다. 우리의 분단이 그렇다.' 「에베소서」 봉독, 강론. '어디에서나 평화 만들기를 해야 한다. 우리가 평양 고려호텔에서 금식을 하며 이렇게 마음껏 예배드리게 될 줄 몰랐다. 이것이야말로 하느님의 역사하심이다. 봉수교회, 칠골교회에 가서 한 시간 정해진 대로 예배드리는 것보다 얼마나 뜨겁게 하느님을 찬송할 수 있는지 모르겠다. 북한 정권 수립 이후 처음으로 평양 심장부에 기도와 찬송이 울려퍼진 역사적인 날이다. 한반도에서 미국이 물러가야 한다. 1980년대까지만 해도 한국 교회가 통일에 대해 관심을 갖지 않았다. 그러나 '미군 철수' 그 문구 하나 가지고 통일에 관해 공부하게 되었다. 보수 교회가 통일의 중요함을 알았다. 그리하여 통일의 정서를 만들었다.'

남녀 접대원들은 벽 쪽으로 둘러선 채 죽 예배를 지켜보았다. 그 옛날 할머니를 따라 예배당에 갔을 때가 생각났다. 예배당에 따라나선 것은 할머니의 깨끗이 빨아 손질한 한복과 깨끗이 빤 고무신, 성경과 찬송가를 담아 들고 다니는 가죽 주머니, 멀리서 들리고 있는 종소리 같은 것 때문이었다. 그러나 예배가 시작되면 참을 수 없이 지루했다. 목사님의 설교는 끊일 줄 모르고 길게 이어졌으며 간혹 기도하며 주여, 라든가 아버지, 하고 작은 신음소리를 내던 사람들……

예배가 이루어지고 있는 동안 차차 나는 어린 날의 그 예배와 조금도 다르지 않게 지루함을 느꼈다. 왜 이리도 길게 예배를 보는가 하는 의문을 가졌다. 혹시 강론을 부탁지 않으면 예우에 어그러질 중요한 목사님들이 계시기에 그분들을 다 모셔야 되어서인 걸까. 어제 커피숍에서 피아노 치는 여인을 보며 혹시 '나'가 들어가 있거나 '예수'가 들어가 있지 않기를 바라던 그 마음과 흡사한 마음이었다.

마침내 예배가 끝났다. 다섯 시간 사십 분 동안 드린 예배였다.

우리 측이 양보하여 희망자에 한해 아리랑 축전에 참가하였음에도 북측이 오늘 예배를 취소하고 시내 관광을 요구해서 일어난 일임을 뒤늦게 알게 되었다. 그러나 예배 후 북측이 태도를 바꾸었다.

점심식사 후 삼백여 명은 공항에서 들어오던 때처럼 버스 아홉 대에 조대로 나누어 타고 쑥섬으로 향했다. 아스팔트길은 광장만큼 넓게 시원시원히 뚫려 있었다.

그 넓은 거리, 고층 콘크리트 건물 밑의 사람들은 더욱 마르고 작아 보였다. 그나마 사람들은 다 어디로 간 것인지 별로 보이지 않았다. 학생들은 공부하러, 인민들은 일을 하러 갔다고 여자 안내원이 말했다. 아이들은 간혹 우리가 탄 버스를 향해 손을 흔들어주었다. 유모차를 끌고 가는 여인의 모습이 특별하게 보였다. 유모차도 있구나, 저 여자는 아주 혜택을 입으며 사는 여자인 게다, 유모차 근처가 별세계처럼 보였다. 인민군 복장을 한 어깨가 기역자로 각이 지고 얼굴도 각이 진 사람도 보였다. 몸뻬 차림으로 검게 그은 얼굴에 어딘가로 한없이 걸어가는 여인의 모습이 보였다. 혹시 저 여자가 내가 아닐까 하는 생각이 스쳤다. 자동차가 한 대 두 대 지나갔고 버스는 뜸하게 한 대씩 지나다녔다.

건물 군데군데 간판처럼 표어가 나붙어 있었다.

'모든 것은 우리 식대로'

'당이 결심하면 우리는 한다'

'김일성 동지가 사수하는 혁명의 정부를 목숨으로 사수하자'

거리를 내다보고 있는 사이 마치 무용극을 본다는 느낌이 들었다. 무대는 어둠이었다가 반조명이 켜지면 차츰 아침이 깨어난다. 행인들이 하나둘 무대를 가로질러가고 자전거를 탄 사람, 호루라기를 불고 있는 순경, 어린이, 빗자루를 든 청소부, 그러다가 무대가 아주 활짝 밝아지고 음악이 흐르며 무용극이 시작되는 그런 무대를 보는 느낌이었다.

그들이 우리를 향해 힘껏 무대를 꾸미는 것처럼 느껴졌다. 한껏 꾸미고 있음에도 보여지는 것마다 마음을 아프게 한다는 느낌이었다. 마치 어린이 병정놀이에서 이긴 힘센 어린이 하나가 떼를 써서 만들어놓은 나라와도 같은……

수양버들 우거진 저편으로 풀밭이 있고 물이 흐르고 있었다. 강한 자락이 흘러든 듯했다. 공원 같은 분위기를 풍기기도 하였는데 풀밭에 드문드문 사람들이 나와 앉아서 담소하거나 도시락을 먹는 것 같기도 했다. 가족이나 연인, 친구끼리 산책 나와서 즐기고 있는 것이라고 여자 안내원이 자랑스레 말했다. 그러고 보니 여자 안내원이 처음 함께 버스에 타고 있었다. 평양에 온 후 첫 외출인 셈이었다. 그동안 안내원이 함께할 일이 없었던 것이다.

버스는 넓은 공터 한군데서 멈추었다. 우리 일행은 버스 아홉 대에서 쏟아져내렸다. 쑥섬, 일정표에 있는 쑥섬이었다.

1948년 남북 공동 대표 칠백여 명이 한군데 모여 회의를 한 장소. 남한 단독 정부 수립을 반대했던 김구, 김규식 선생도 참석하였으나 결국 결렬되고 남북 분열이 일어났다. 역사에서 가정이란 있을 수 없으나 만약 그때 회의에서 결렬되지 않았다면 분단은 일어나지 않았을 것이라고 누군가가 말했다. 멀리 강한 햇빛이 아물아물 수많은 미립자를 내보내 아지랑이가 피어오르는 것처럼 보였다. 짙푸른 신록과 풀밭, 물위에도 아지랑이 같은 것이 피어오르고 있었다.

풀밭 위에 나비 한 마리가 날고 있었다. 아버지가 이 길을 지나 갔을까, 라고 나는 불현듯 생각했다. 폭탄으로 폐허가 된 도시의 이 길을 그 옛날 아버지는 틀림없이 지나갔을 것이다. 그러나 지나가는 그 발걸음 위에 역사, 시간, 사상, 체제 이런 것들은 무관했을 것이다. 아버지는 오직 주먹밥 한 개로 하루를 연명하며 이 길을 지나갔을 것이다. 나는 버스에서 잠시 내렸다가 다시 탔다. 사람들도 하나둘 버스에 올랐다. 전원이 다 올라탄 듯한데도 버스는 움직일 줄 몰랐다. 무엇인가 문제가 있는 것 같았다. 우리 측 대표단이 땡볕에 서서 회의를 하고 있는 것이 버스 차창으로 내다보였다. 긴 시간을 끌었다. 이윽고 대표단이 버스에 올랐고 버스는 출발했다.

버스는 봉수교회로 향했다. 낯익은 옛 교회 분위기. 동네 어디에고 구석구석 들어선 이즈음의 이남 교회 같지 않은 그리운 모습의 교회 하나가 들판에 서 있었다.

우리 일행은 그곳에서 예배를 보고, 북한 교민들이 성경 공부하는 데 도움이 되도록 이십오 인치 TV와 테이프를 교회에 선물했다. 교인은 삼백여 명이라고 했다. 나는 화장실에 가고 싶어 우리 조 안내원에게 물었다. 안내원이 교회 마당에 있는 화장실까지 친절하게 안내해주었다.

일행은 교회 마당 여기저기서 기념 촬영을 한 후 다시 버스를 타고 칠골교회로 향했다. 칠골교회는 김일성 어머니가 다니던 것을 기념하기 위해 1992년 세운 교회이며 교인은 백여 명 정도라고 했다. 두 교회 외에 북한 전역에 오백이십여 개의 가정 예배 처소가 있으며 십여 명씩 모여서 예배를 본다고 했다. 칠골교회에서는 예배를 보지 않고 기도와 찬송 그리고 가지고 간 TV와 테이프를 선물했다. 이렇게 시내에서 떨어진 들판에 세워진 교회에 교인

들은 어떻게 올까. 교회 역시 무용극의 하나가 아닌가 하는 의구
가 뒤늦게 들었다. 다시 버스를 탔을 때 나는 뒷자리, 화장실을 가
리켜주었던 안내원 옆에 앉게 되었다. 안내원이 몇 살이냐고 내게
물었다. 북쪽에서는 보는 사람마다 나이를 꼭 묻는구나, 하고 생각
했다. 나는 어쩐지 의기소침해졌다. 이것은 그동안 살아오면서 어
느 결에 내 몸에 배어버린 습성과도 비슷한 것인가, 그리고 이것
은 전혀 개인적인 것인가. 이를테면 룸메이트가 읽어준 "세상을
사는 참된 기쁨은 자기라는 감옥에서 빠져나오는 일이다"의 바로
그 자기라는 감옥에서 빠져나오지 못한 탓으로 인한 것인가, 아니
면……사회적인 성격도 합세된 것인가……

  의기소침할 때는 남에게 아무리 친절하려 애써도 친절해지지 않
는다. 자신을 추스르기에만도 힘이 모자라는 때문인가보았다. 나는
안내원에게 편지에 관해 물어보려 마음먹고 있었다. 그럼에도 이렇
게 친절하지조차 못하니 다 틀렸다, 라고 스스로 자책했다.

  돌아오는 길에 들른 옥류관 발코니에서 흐르는 강이 그림처럼
내다보이고 있었다. 일행은 발코니에서 사진을 찍기도, 한없이 주
변 경관을 바라보기도 했다. 건너편에 보이는 건물은 인민대학습
당인데 옛날에는 그곳에 큰 교회 건물이 서 있었다고 했다. 강은
너무 아름다웠다. 너무 아름다워 차라리 아름다운지조차 모르게
멍해졌다. 보고 있는 사이 강이 어딘가로 사라져버릴 것만 같았
다. 그 유명한 옥류관의 평양냉면을 먹고 후식으로 나온 아이스크

림을 먹은 일행은 한복을 입은 접대원의 환송을 받으며 떠났다.

주체탑, 개선문을 들렀다. 주체탑이 세워진 곳에 봄바람에 날려 갈 듯한 연분홍 한복을 입은 안내원이 확성기를 들고서 안내했다. 우리는 조대로 나뉘어 각기 안내원을 따라다니며 설명을 들었다. 앞으로 강이 흐르고 우리가 방금 냉면을 먹고 온 옥류관이 저만큼 보였다. 옥류관 발코니에서 보던 강이 여기에도 흐르고 있는 것이다.

대동강! 나는 갑자기 여기가 바로 대동강인가, 하는 생각에서 옆 사람에게 물어보았다. 여기가 바로 대동강이라고 했다. 아, 대동강! 하고 나는 뒤늦게 뜻없이 발음했다.

모든 것은 그저 옛날 같기만 했다.

지금, 현실이라는 실감이 도무지 들지 않았다. 또한 나이면서도 나 같지 않았다. 나는 길에서 본 그을린 얼굴에 몸뻬 차림으로 넋을 놓은 듯 어딘가로 한없이 걸어가는 그 여인일지도 몰랐다. 아니면 저기서 확성기를 들고 안내를 하고 있는 저 안내원일 수도 있었다.

역사, 시간, 흐름, 체제, 사상…… 모든 것은 저멀리 있었다. 모든 것은 요원하였다. 내게 두 장면이 떠올랐다.

돌아온 날

어느 봄날.

집안은 깨끗이 소제되어 있었으며 마당 전체에 물기가 차올라 있었다. 찔레순 개나리 싹들이 돋아오르고, 장독 옆 축축한 땅에서 옥잠화가 연하고 우아한 순을 올려 밀고 있었다. 낙엽을 들추고 연한 연록색의 순이 수줍게 솟아날 때면 다른 어느 곳보다 그곳만이 보호되어야 할 듯 여겨지게 하는 그런 힘이 옥잠화 순에는 있었다.

아아, 어마나! 하는 감탄이 절로 일었다. 그것은 그대로 봄이 올려 밀고 있는 정경이었다. 샘가에 노란 장미가 잎을 피워내고 있었다. 그런가 하면 라일락도, 수국도 그리고 꽃밭의 난초, 백일홍, 달리아, 접시꽃, 봉숭아, 분꽃의 순들이 쑥쑥 돋아나고 있었다. 새들이 울고 나비가 날고, 봄날은 넓게넓게 퍼져나가고 있었다.

그때 그 봄날의 정경은 일생 내게 평화에 대한 체험으로 떠오른다. 승평 세월이 길게 한없이 이어지는 것을 나는 그날 감지했던 것 같다. 아니 인생이라 하는 것의 시간성을 태어나서 처음 감지하는 순간이었던 것도 같다.

기나긴 평화로운 시간과 나라는 것을, 그러니까 나라는 존재가 이 세상에 있다 하는 것을 처음 느끼는 순간이었던 것도 같다. 봄날은 흐르고 내가 거기에 있었던 것이다. 아주 막연히 이 세상은 영원에서 영원으로 이어져나갈 평화로운 곳인가보다 하고 느끼고 있었던 것 같다.

밖에 나가서 놀고 있었다.

그런데 저 언덕 아래에서부터 아버지가 아버지의 친구분과 함께 올라오고 있었다. 아버지와 아버지의 친구 두 분 다 신사복 위에 검은 망토를 입고 있던 것으로 기억된다. 아니면 검은 두루마기였던가. 나는 곧 올라오고 있는 사람이 아버지라는 것을 알아차렸다. 그리고 오랫동안 아버지를 못 보고 있었다고 지금 기억되는 것은, 어쩐지 서먹한 감정을 억누르며 아버지에게 달려갔기 때문이다. 아빠!라고 부르며……

아버지는 멈추어 서서 달려오는 아이를 받아 안을 태세를 취했다. 그러고는 나를 안아 들어올렸다. 나는 발버둥질쳐 아버지의 품에서 빠져나와 이번에는 집을 향해 언덕 위로 달려올라갔다. 열린 대문으로 뛰어들며 아빠가 온다고 알렸다.

어머니는 머리에 썼던 수건을 벗어들고 부엌 쪽에서 나와 봉당으로 내려섰다. 언니는 옥잠화가 있는 쪽 바위 위에 서서 고개를 숙이고 있었다. 몹시 부끄러워할 때 짓는 표정을 하고서…… 언니는 나처럼 아빠에게로 달려오지 않았다.

"아란아……!"

아버지가 불렀을 때도 그대로 조금 웃으며 고개를 숙이고 서 있었다. 큰 후 이 장면을 생각할 때면 어떤 부드러움과 안온감이 극에 달함을 느낀다. 그때 아버지와 어린 딸 사이에 흐르던 감정을 나 역시 맛보고 싶어진다. 그것은 내 인생을 통틀어 한번 맛보고 싶은 감정이다. 한 점의 불순물도 섞여 있지 않은 금강석과도 같은 시간…… 그때 어렸던 내게도—나 역시 그냥 어딘지 숨고 싶었던 마음을 박차고 달려가던 것을 스스로 느끼고 있었다. 달려가던

454

내게 아버지에 대한 반가움과 원인 모를 슬픔 같은 것이 동시에 번지던 것을 기억한다. 달려가는 시간이 아주 길던 것도 기억한다.

그리고 그날이 바로 아버지가 팔일오 해방 후 반민특위법에 연루되어 다섯 달간 옥살이를 하고 돌아오던 날이었던 것을 알게 되었다. 큰 후 누가 가르쳐주지 않았음에도 미루어 자연스러이 알게 되었다. 그리고 또한 큰 후 기록에서 내 기억 속의 봄날이 봄이 아니라 가을이었던 것도 알게 되었다.

귀 치료 바구니

그 바구니 속에는 여러 가지 물약 병이 담겨 있었다. 자주색 옥도정기 병, 노란 물약 병, 흰 옥시풀 병 들이 장난감처럼 담겨 있었다. 유리병 뚜껑은 사각이나 육각으로 된 두꺼운 유리였던 것으로 기억된다. 바구니 속에 가느다란 철사로 만든 귀 속에 집어넣는 치료 기구와 약솜 같은 것도 있었다. 바구니는 탱자색으로 부드럽게 처리된 대나무로 짜여 있었으며 바구니 위에 이중으로 된 보자기가 씌워져 있었다. 커튼 천과도 비슷이 조금 두껍고 올올이 오돌도돌 무늬대로 돋아나 있는 그런 천이었다.

그 바구니는 귀를 치료할 때만 꺼내고, 늘 다락 속 어두운 곳에 보자기를 씌워놓았다. 그 바구니가 어린 시절 속에서 무엇인가에 대한 상징물처럼 떠오른다.

그 바구니가 언제부터 다락 한구석에 놓여 있었는가 추리해보면 언니가 볼거리를 앓은 해방 전후가 아닌가 생각된다. 그때 우리는 경기도 덕소라는 시골에 살고 있었는데 병원에 갈 돈이 없어서 미루다 볼거리가 중이염으로 번져 언니의 생명이 위독하게 되었다. 언니를 둘러업고 서울대학병원을 찾았을 때 의사가 어머니에게 호통을 쳤다고 했다. 어떻게 아이가 이 지경이 되도록 내버려두었는가, 하고.

　추운 겨울날이었는데 등뒤로 보를 덮어씌운 속에서 아이의 옷이 전부 벗겨져 있더라고 했다. 기차를 타고 청량리역에서 내려 다시 전차를 타고 서울대학병원에 가서 보니 보를 씌운 밑에서 아이의 옷이 전부 벗겨져 있었다고. 얼마나 아파 몸부림쳤으면 옷이 다 벗겨졌겠는가, 어머니가 그 일을 회상하며 말한 적이 있다.

　아이는 치료를 받기 시작했고 간신히 목숨을 구했으나 귀를 앓게 되었고 목과 뺨에 커다란 흉터 자국을 남겼다. 여자아이가 목과 뺨에 흉터를 갖고 있다는 것은 그러지 않아도 힘든 세상에 더욱 힘든 삶이었을 것이다. 그리고 그것이 내가 아니었다는 것은, 그러나 그것이 별 차이가 없는 일임을 깨달아간다. 인생은 바로 그런 것을 깨달아가는 과정이라 해도 좋을 것이다. 그러니까 언니가 귀를 앓는 아이였고 내가 귀를 앓는 아이가 아니었다는 것은 내가 귀를 앓는 아이였고 목과 뺨에 흉터 자국을 남겼다는 말과도 다르지 않을 것이다. 나 대신 그녀가 아팠다고도 할 수 있을 것이다. 실지 나 역시 볼거리를 앓았으나 나의 경우 그 즉시 병원으로 달려갈 수 있었던 것이다.

그렇다면 이 감정이 좀더 발전한다면 그녀와 나의 경계는 허물어질 수도 있을 것이다. 그럴 수 있을까, 그럴 수 있을지 모르겠다.

이런 느낌이 강하게 와닿은 것은 〈소화〉라는 스무 시간짜리 유태인 학살 다큐멘터리 영화를 보았을 때이다. 이리저리 쫓기며 가스실에서 죽어가던 사람들, 가스실로 들어가기 직전에 평화라는 착각이 잠시 들게끔 시키는 대로 이발을 하던 사람들, 그 사람들을 보며 내가 저기에 있었을 수도 있다는 느낌이 불현듯 들었다. 앞뒤를 따져 논리적으로 생각해볼 겨를도 없이 그저 그런 느낌으로 다가왔다. 그 사람들의 표정에서 나의 편린을 보았던가. 아니면 이 수많은 지구 위의 사람, 시간 속으로 스러져갈 사람들이 길지 않은 백년을 살면서 무엇이 이리도 고통스럽고 지옥스러운가. 잠시 카메라가 인간 이외의 것 나무, 길, 집, 들판, 땅, 하늘을 비출 때면 그 고통이 사라지던—물론 인간 이외의 것들에게까지 인간의 고통이 무겁게 실리는 풍경이었으나—그것을 보며 절실히 느껴졌던 모든 사람들의 하나 같은 이 고통과 잔혹스러움, 무엇이 어떻다고 나눌 수 없이 인간 모두가 다 고통스럽구나, 하는 처절한 느낌, 그러므로 모두는 서로 다르지 않으며 그저 하나구나, 역사 속으로 스러져간 사람이든 현재 살아 있는 사람이든 모두가 하나라는 이상한 논법이 감정적으로 성립되던 것이다. 그렇다고는 하지만 아직 나 이외의 모든 것이 타인이라는 구분, 경계 역시 확실한 것 또한 사실이다. 아직은 멀었으며 아직은 모든 것이 내게 요원하다.

귀 치료 바구니에 대한 기억은 여기저기 편린으로 남아 있다. 그 바구니를 가지고 소꿉놀이를 하고 싶던 것. 그러나 왜인지 다른 모든 것은 소꿉놀이의 재료로 삼으면서 그 바구니만은 소꿉놀이에 끌어들이지 않았다. 베개라든가 빈 크림 통, 단추 통, 바느질 광주리는 가지고 놀면서 정작 그렇게도 아기자기한 육각의 유리 뚜껑이 달린 그 작은 유리병들은 가지고 놀지 않았다. 어린 마음에도 어딘지 근접해서는 안 될 물건으로 느끼고 있었던 것이다. 귀를 치료해야 하는 소중한 물건이었으니까.

그 바구니에 연관되어 떠오르는 정경이 있다. 그것은 전시의 어느 날이다. 내 기억 속에 매우 쓸쓸한 가을날로 기억된다. 기억 속의 숫자는 육이오가 있고 구이팔 수복이 있으며 일사 후퇴가 있다. 전시에 명명된 날들이다. 우리가 자라는 동안 어른들은 구이팔 수복 때라던가 일사 후퇴 때라는 말을 대화 속에 많이 끼어넣었다. 폭탄을 실은 저공비행기의 괴상한 괴음, 폭탄 떨어지는 소리, 콩 볶아대는 따발총 소리, 핏빛 노을, 이런 것들은 육이오의 기억이다.

전쟁이 나고 인민군이 서울에 들어오자 아버지는 정치보위부에 납치되었다. 아버지가 납치되고 난 후의 어느 저녁녘, 어머니는 언니와 나를 데리고 산 위에 있는 방공호를 찾았다. 거적을 들치고 방공호 속에 들어가니 동네 사람들이 이미 가득 교실 속 생도처럼 차곡차곡 앉아 있었다. 호 밖은 핏빛 저녁노을이었고 노을진 하늘 저편에서 콩을 볶아대는 따발총 소리가 한순간도 멈추지 않고 들렸다. 어쩌다가 잠시 멈추는 순간이 오면 오히려 불안하며 그제야 역으로 귀가 먹먹해졌다.

나는 가마니 위에 누워 깜박 잠이 들었던 모양이다. 깨어보니 어머니와 언니가 없었다. 그래서 울음을 터뜨렸다. 무서워서 점점 더 큰 소리로 울었다. 그때 할머니가 거적을 들치고 들어와서 나를 업고 내려갔다.

할머니가 낙산 바로 밑 우리집 대문으로 들어선 조금 후에 산으로 올라가는 구둣발 소리가 들렸다. 그리고 곧 방공호에 대고 따발총을 난사하는 소리가 들렸고, 동네 사람들은 피를 철철 흘리며 두 손을 들고 호 속에서 줄줄이 나와 우리집 앞을 지나쳐 언덕 아래로 내려갔다. 어머니는 다락에 숨어서 다락에 난 작은 창으로 그 정경을 그대로 환히 내다보았다.

어머니가 언니와 나를 데리고 방공호에 오른 잠시 뒤 인민군들이 마을 사람을 앞세워 어머니를 찾으러 왔더라고 했다. 식량을 구하러 시골에 갔다고 할머니가 말하니 그들은 대문을 나서다가 산 위 방공호 쪽을 수상쩍은 듯 올려다보았다. 방공호로 올라갈 듯하다가 그냥 언덕 아래로 내려갔는데 그때 할머니 가슴이 철렁 숨이 멎는 듯했다. 아무래도 다시 올라와볼 것 같으니 내려가는 게 좋겠다고, 할머니가 숨가쁘게 방공호로 달려올라왔던 것이다.

어머니는 자는 나를 호 안에 놓아두고 언니만 업고 내려갔는데 아마도 두 아이를 한꺼번에 업을 수 없어서였을 것이다. 할머니는 무릎을 앓고 있었으므로. 그런데 내 울음소리가 산밑 우리집까지 들리자 할머니가 올라와 나를 간신히 업고 내려간 것이다. 그리고 내려가자마자 인민군들이 방공호를 습격한 것이다. 그러니까 어머니가 방공호로 우리를 데리고 올라간 시각이나 내가 할머니 등에 업혀 내려온 시각은 너무 절묘하다. 이 일은 생각할수록 여간 아슬아슬하지 않다. 무슨 운명의 사슬을 기묘하게 피한, 행운의 여신이 미소 지은 시간인 듯 여겨진다.

내가 그때 바로 그 시각에 깨어나 울지 않았으면 인민군들이 방공호 속으로 총을 무차별 난사할 때 맞지 않았을까. 그러면 나는 이 세상에 지금 없는 게 아닐까. 또한 인민군들이 무슨 바쁜 일로 우리집에서 일단 언덕 아래로 내려갔다가 다시 방공호를 습격하여 어머니가 집에 내려올 틈을 준 것. 그래서 간발의 차이로 화를 면한 것. 그때 인민군들이 언덕 아래로 내려가지 않고 그대로 방공호에 올라왔더라면 양손을 머리에 얹고 총에 맞아 피를 흘리며 줄줄이 내려오게 된 그 사람들 속에 우리도 섞여 있지 않았을까. 피를 흘리며 내려오던 그 동네 사람들이 우리가 아니라고 말할 수 있을까. 그들은 바로 어머니와 우리 형제이기도 한 것이리라.

다시 바구니에 대한 얘기를 계속해야겠다.

전시의 어느 날 어머니는 언니를 업고 산을 넘어 이모네 집으로 갔다. 어머니는 포대기에 언니를 싸 업고 뒤로 두 팔을 돌려 뒷짐에 귀 치료 바구니를 들었다. 짐이라고는 바로 그 바구니 한 개뿐이었다.

그때 어머니는 잠시 몸을 피하는 것이 좋을 것 같다는 판단 아래 성북동에 살고 있는 막내 이모네 집으로 피신했다. 그럴 때 보통 작은아이를 데리고 가는 것이 상례이지만 어머니는 언니를 업고 갔다. 언니가 앓고 있었기 때문이다. 고름이 나오고 있는 귀를 매일 닦아주고 약을 발라주지 않으면 안 되기 때문이다.

어머니는 다락에서 귀 치료 바구니를 꺼낸 후 언니를 툇마루나 안방 어디에 앉혀놓고 매일 귀를 치료하였다. 어머니는 전시중에도 이 일을 하루도 거르지 않았다. 귀에 고름이 차서 잘못 뇌에 들어가면 생명이 위험하며 바보가 될지도 모른다고 의사가 말했기 때문이다.

나는 할머니와 집에 남아 굴뚝을 받친 진흙으로 만든 대 위에 올라가서 담 너머로 어머니가 언니를 업고 산모퉁이로 사라지는 것을 바라보았다. 가을로 기억하는데 왜냐하면 마당의 낙엽이 바람에 쓸려가는 소리가 내 가슴속에 그대로 휘몰아쳐왔기 때문이다.

그것이 내가 이 세상에서 최초로 맛본 깊은 상실감이 아니었나 생각된다. 굴뚝 대 위에 서서 산모퉁이로 사라져가던 언니를 업은 엄마의 모습을 바라보던 때 이제까지 경험했던 세계와 아주 다른

세계, 내가 감당할 수 있는 세계가 아닌, 표현할 길 없는 무엇인가
가 텅 빈 채 텅 뚫린 채 거기에 있던 것이다.

아버지도 없고 어머니도 언니도 없는, 가을도 없고 봄도 없는,
벼랑 끝으로 몰리는 듯한 상실감.

다시 편지

일정이 하루 앞당겨져 평양에서의 마지막 하루가 남아 있었다.
일정표에는

A팀: 개성시 관광(고려박물관, 왕건릉, 선죽교, 표충비, 공민왕
릉, 판문점)

B팀: 백두산 관광(추가 경비 자부담, 130명)

으로 되어 있었다.

아침식사 후 호텔 이층 로비에 잠시 혼자 앉아 있는데 감색 투
피스 차림의 당원 배지를 단 사람이 내 옆에 와서 앉았다. 그녀는
내게 어디서 왔는가 물었다. 서울에서 왔다는 대답에 서울 어딘가
물었다. 강북이라고 하자 강북 어디인가 또 물었다.

"서울을 잘 아세요?"

"그럼 잘 알지요. 강북 어디야요?"

묻는 자세가 심문하는 어조였다. 버스에 함께 탄 각 조의 안내
원들과는 그 어조가 사뭇 달랐다. 그녀는 내게 몇 살인가 묻고 평

양에 대한 인상도 물었다.

"그런데 왜 이 식당 문은 꼭꼭 걸어 닫고 그 안에서 모두들 몇 시간씩 뭘 한 거이야요?"

식당에서 본 금식 예배 이유가 당원에게 전혀 전달되지 않은 모양이었다.

"아니 평양에 왔으면 아리랑 축전도 보고 학생 교예 공연도 보고 시내 관광도 하고 볼 것이 얼마나 많은데 그렇게 문 꼭꼭 걸어 닫고 호텔 안에만 있는 거이요."

내가 금식 예배 이유를 아는 대로 간단히 설명하자 "그런데 왜 이 여기 혼자 앉아 있어요. 얼른 내려가보시라우요" 했다. 학생 교예 공연은 어제 쑥섬 다녀오는 길에 보았다고. 참 잘하더라고 말하고 나는 쫓기듯 아래층 로비로 내려와서 일행과 함께했다.

삼백여 명의 일행은 조대로 버스에 나누어 타고 평양 시내로 향했다. 만경대와 대동강변에 세워진 제너럴셔먼호, 푸에블로호를 보았다. 선교사 토머스 목사가 탄 제너럴셔먼호를 격침시킨 대포와 격침비가 강을 뒤로하고 서 있었다. 토머스 선교사는 1866년 중국을 거쳐 한반도에 선교하러 왔으나 잘못 알고 대동강으로 깊숙이 들어갔다가 평양 전사들의 대포에 격침되어 침몰하였다. 토머스 목사는 물에 젖지 않게 성경을 들고 있다가 배가 침몰하기 직전에 언덕에 던졌는데 그것이 기독교가 처음 평양에 들어와 젖줄이 된 역사라고 했다.

푸에블로호 나포는 내가 대학생 때로 기억되는 사건이었다. 연일 긴장 상태로 자칫 전쟁으로까지 번질 뻔했던 그 정보 군함에 대한 기억이 내게 조금 별다르게 남아 있는 것은 당시 그 배에 타고 있던 S대에 다니는 수재 청년을 조금 알고 있었기 때문이다. 부모가 없는 그 청년을 데리고 있던 청년의 고모를 통해서 간혹 얘기를 들었기 때문이다.

청년은 그 고모를 동네 방송국이라고 늘 놀렸다고 했다. 그래서인지 데모 학생으로 정학을 맞아 일찍 군대에 갔지만 군 소속을 일절 말하지 않았었는데 배 나포 후 신문에서 비로소 조카의 이름을 보았다고, 정보 배에 타고 있을 줄은 까맣게 몰랐다고, 눈이 퉁퉁 붓게 운 모습으로 그 고모가 말하던 것이다. 나도 상큼하게 생긴 그 청년을 밤길에서 잠깐 한 번 보고 인사를 나눈 적도 있다. 바로 그때의 그 정보 군함을 평양에 와서 보는 감회가 있었다.

김일성 생가인 만경대로 가는 길은 풀밭과 나무들뿐이어서 소풍 가는 기분이었다. 간혹 색색의 한복을 입은 처녀들이 풀밭 나무 사이로 보이기도 했는데 무슨 단오절과도 같은 분위기를 띠었다. 아리랑 축전 기간이기 때문인가 만경대에 다다르니 금방 그네라도 타고 차오를 듯한 한복의 처녀들이 가득 참배하러 와 있었다. 검은 치마에 흰 저고리를 예복으로 갖추어 입은 그곳 안내원들은 김일성이 만주에서 독립운동을 하던 젊은 날의 일을 들려주며 장군님을 길러주신 할머니 할아버지를 만나기 위해 몇 년 만에 잠시 이곳 생가에 들렀을 때 장군님은 여기 사립문을 밀고 들어서셨습니다, 라고 말했다. 소 먹이는 여물통, 낫, 곡괭이, 돗자리, 장롱 같은 이제는 골동품이 된 옛 생활용품이 있었고 그때의 원두막도 전시되어 있었다. 수령님이 마시며 자랐다는 우물에서 물을 마셨다.

점심식사를 위해 평양에서 유명한 단고깃집으로 가는 버스에서 나는 앞좌석에 앉은 청년에게 편지를 전해도 좋은가 안내원에게 물어봐달라고 부탁했다. 그 청년 옆에 내게 화장실을 가리켜주었던 안내원과 또다른 여자 안내원이 앉아 있었기 때문이다. 그녀는 김일성대학 국문과를 나왔다고 했다. 청년이 얘기중 안내원에게 자연스러이 묻는 것 같았다. 그리고 안내원이 잠시 자리를 비웠을 때 안 전하는 게 좋겠다고 내게 말했다. 쉽게 대답하지만 이 사람들 믿을 수가 없어요, 라고 말했다. 통일원에서 교육받을 때도 들었던 말이다.

단고깃집에서의 점심식사. 단고기가 부위별로 가슴, 다리, 껍질, 수프 등으로 차례차례 요리되어 나왔는데 이남에서 얼큰하게 끓여 갖은 양념과 야채를 곁들여 둘러앉아 먹던 것과는 차이가 있었다. 모든 메뉴가 다 단고기로 한 것이어서 고급스레 접시에 조금씩 담겨 나왔는데도 모두들 끝까지 먹지 못했다.

식사가 끝나고 밖으로 나와 버스를 타고 앉아서 밖을 보며 일행을 기다렸다. 꽃다운 단고깃집 접대원들과 일행들이 기념 촬영을 하고 있었다. 색색깔의 한복을 입은 접대원들은 너무 예뻤다. 고려

호텔 접대원, 옥류관 접대원, 안내원, 또 학생 교예 공연단 모두가 정말 예뻤다. 어떻게 사람이 이렇게 예쁜가, 중동 여자들이 세계에서 제일 아름다운가, 하고 있었는데 중동 여자보다 더 예쁘고 하늘하늘 매력 있다고 생각되었다. 나뿐 아니라 모두가 하나같이 그렇게 감탄했다. 스물 전후 바로 그런 소수의 처녀만 뽑아서 모아놓은 것이겠지만……

그런데 갑자기 버스에 앉아 밖을 바라보던 내 가슴이 허물어지듯 메어졌다. 지금 한복을 봄바람에 나부끼며 기념 촬영을 하고 있는 처녀들을 보는 이 감상은 그저 이쁘다는 감탄과 조금 다른 것인 듯했다. 애간장이 녹는다는 표현은 이런 때 쓰는 것인가, 전혀 가 닿을 수 없는 피안과 같이 여겨지는 그런 것이었다.

가령 새야 새야 파랑새야, 하고 노래 부를 때의 그 간절함 속에 무엇이 있는가 살펴보면 녹두밭에 앉지 말라는 부탁이라는 것을 알았을 때의 그 벅차오름. 무슨 이데올로기나 권력 체제가 아닌 그리고 종교도 아닌, 너무도 순순한 그 부탁을 그렇게 간절히 하고 있는 것, 하늘에 걸린 무지개를 바라보며 비행기에 고마움을 느끼는 것과도 같은 그런 것. 모든 것 이전에 삶이 저절로 추구하는 세계가 있다는 것, 바로 저렇게 봄바람에 날리고 있는 치마폭과도 같은 본원의 어떤 것에 대한 깊은 동경과 향수 그런 것이었을까.

그저 있는 그대로가 선이고 미이고 진이 되는 세계—그런 세계……

호텔로 돌아오는 버스에서 내게 화장실을 가르쳐준 우리 조 안내원이 아동작가인 것을 룸메이트가 내게 전했다. 남편이 불문학 교수란다. 인텔리 부부인가봐, 저 여자 이쁘고 좋아 보이지 않니, 아이가 둘이래, 라고 말했다. 그 안내원과 옆자리에 앉아서 점심식사를 했는데 친구분은 왜 저렇게 고독한가라고 나에 대해 물었다고 했다.

　내 마음은 갑자기 밝아졌다. 전날 버스에서 편지 얘기를 꺼내보려다가 어쩐지 의기소침해져서 단념했는데 안내원이 내게 관심을 가져준 것, 그리고 아동작가라는 말에 힘이 솟았다. 작가, 더구나 아동작가라면 안내원이기 이전에 신뢰할 수 있는 따뜻한 마음을 가졌을 것이다.

　버스에서 내려 호텔에 들어섰을 때 나는 그녀에게 다가가 벼르던 편지 얘기를 꺼냈다. 나의 은사인 팔십이 세가 되신 분이다. 그 누님이 함경도에 사시는데 전할 수만 있다면 간단한 소식을 좀 전하고 싶다. 내용은 보셔도 좋다라고 말했다. 안내원은 밝게 웃으며 쾌히 승낙했다.

　"그럼요, 됩니다."

　내 마음은 날아갈 듯 가벼워졌다. 다음날 아침 떠나면서 편지를 전하기로 약속했다. 우리는 저녁식사 후 커피숍에 모여 우리 조의 안내원들과 담소했다. 가까운 일행 몇 사람이 돈을 조금씩 모아 선물을 샀다. 좌석에서 각자 제각기 서로 얘기를 나누었다.

그들은 남쪽 사회가 향락에 물들고 타락되어 있으며 청소년들은 무방비 상태로 범죄에 노출되어 있다고 말했다. 남쪽에서 오신 분들 자꾸 약이고 뭐고 가짜가 아니냐고 묻는데 우리는 그런 게 일절 없습니다, 다 국가에서 하는 일이니까요, 라고 말했다.

안내원들은 친절하였다. 그러나 나는 마음을 놓지 못하고 무언가 탐색하는 눈초리가 되어 있었다. 편지를 과연 건네주어도 될까. 안내원이 밝은 얼굴로 편지를 달라고 했음에도 이렇게 믿지 못하는 자신이 서글펐다. 그리고 결국 편지를 전하지 않는 편이 안전할 것 같다는 쪽으로 생각을 굳혔다. 우리 측 사람들이 하나같이 안 전하는 쪽이 좋을 거라고 말하는 이유가 있을 것이었다. 밝은 웃음 뒤에 어딘가 이쪽을 거부하는 듯한 벽을 나 또한 느끼고 있었다. 그들은 또 그들대로 이쪽에 대해 이질감과 벽을 느끼고 있을 것이다.

잠시 로비에 나왔다가 평소 알고 지내던 의사 한 분을 만났다. 그는 우리 일행과 합류하자고 말했다. 그리하여 나는 커피숍에서 안내원들과 담소를 막 끝낸 우리 일행과 함께 호텔 내의 맥주홀로 갔다. 그곳에서 다른 일행과 합석하였고 거기서 여러 가지 뒷얘기를 들을 수 있었다.

이번 일은 역사의 흐름에서 하나의 사건이다, 그리고 아무도 희생을 안 당했다, 우리는 예배를 보며 영적으로 투쟁했다, 일생 이렇게 많은 눈물을 흘려본 적이 없다, 현장은 참 성숙했다, 북쪽은 물리적인 힘을 전혀 사용하지 않고 참 많이 참아주었다, 사실상 북한 실정법을 위반한 행동이었다. 북측 태도가 획일적인 이론에서 이루어진 것인지 계획된 큰 시나리오에서 이루어진 것인지 알 수 없다. 북쪽끼리의 갈등이라면 앞으로 상당 기간 북한이 어렵지 않을까, 그렇다면 규명해야 할 문제다. 언론에 보도되는 희망 섞인 관측은 아직 무리라고 느낀다. 이들은 아직 폐쇄적이다. 우리의 보편적인 가치를 떠나기 힘들지만 어떤 체제가 위험할 때 나타나는 현상인 듯하다. 이번 사건이 내부적인 에피소드로 끝나느냐 이것으로 민족의 불씨를 붙여야 하는가 하는 문제가 앞으로 우리에게 남아 있다. 이번 일은 학습효과가 있었던 것 같다. 정부가 분발하고 우리 민간이 잘하면 앞으로 잘될 것 같다.

대체로 이런 얘기들을 하였다. 그들은 눈물을 심어놓고 간다, 라는 표현을 썼다. 북측의 요구에 맞서 그들의 요구가 철회되지 않으면 즉시 서울로 돌아가겠다는 통보 후 우리 정부에 전세기를 보내달라는 전문을 보냈었다고 했다.

내게 지루했던 다섯 시간 사십 분의 예배를 이렇게 말하는 것에 나는 좀 당황스러웠다. 기독교 단체의 힘을 느꼈다. 최초로 민간인 전세기를 이용해 직항로로 군사분계선을 넘어 평양에 왔으며 빵 공장을 세우는 등 실질적으로 행동을 하고 있는 것이다. 이번 일이 내부적인 에피소드로 끝나는가 민족의 불씨를 붙이는가, 말하는 대목에서는 진정 치솟는 어떤 힘이 느껴지기도 했다.

맥주를 마신 후 호텔 지하에 있는 노래방으로 갔다. 〈반갑습니다〉 등의 북한 노래가 주류를 이루고 〈아리랑〉 〈노들강변〉 같은 우리 민요도 그리고 〈사랑의 미로〉도 기계에 입력되어 있었다. 내가 좋아하는 〈캔트 헬프 폴링 인 러브 위드 유〉와 같은 팝송과 일본 노래가 의외에도 많이 입력되어 있었다.

우리는 거의 새벽이 올 때까지 그곳에 머물렀다. 평양의 마지막 밤이었다.

화요일 일정은

A팀: 황해도 관광(신천박물관, 사리원 정방산)

B팀: 평안도 관광(서해갑문, 토머스 목사 순교지), 환송 만찬 이었다.

그러나 우리는 아침식사 후 짐을 싸서 호텔 로비로 내려갔다. 호텔 상점에서 선물로 인삼비누, 인삼, 인단 석이버섯, 술을 샀기에 올 때보다 짐이 불어나 있었다. 가져온 선물이 있으면 로비 한곳에 모으라는 전갈에 가져온 것들을 내놓았다.

그러고 나서 우리는 각 조대로 버스에 올랐다. 버스에 앉아 있을 때 안내원이 올라와서 작별 인사를 했다. 그중 남자 안내원 두 사람은 공항까지 전송 나가고 여자 안내원 두 사람은 인사만 하고 내렸다. 그런데 이상하였다. 어젯밤까지 친절하던 안내원의 얼굴이 바뀌어 있었다. 찬바람이 돌았다. 나는 응당 그 안내원이 편지에 대해 얘기해오지 않을까 긴장하고 있었다. 그러나 내 옆을 쌩 그냥 지나쳐 앞으로 가더니 의례적인 인사만 하고 앞문으로 내렸다. 나는 마음이 허전했다. 편지를 남기지 않기로 했다는 얘기를 해야만 할 것 같았다. 응당 어제 약속하였으니 편지에 대한 언급이 있어야 했다. 편지를 전하든 전하지 않든 그래야 서로에게 신뢰가 싹트지 않을까. 이제 다시 만나지 못할 텐데, 안내원도 내 마음속 갈등과 똑같이 이쪽을 믿지 못하는 마음으로 하룻밤 사이 표정이 싹 바뀌어버린 것인가.

나는 뒤늦게 허겁지겁 버스에서 내렸다. 그러나 방향감각이 무딘 나는 반대편 길 건너에 호텔이 있는 줄 알고 버스들이 줄 서 있는 맨 앞쪽으로 부리나케 갔다.

감색 바지에 흰 노타이 셔츠를 입은 마르고 작은 체구의 배지를 단 당원 몇 명이 서서 길 건너를 바라보고 서 있는 나를 쳐다보았다. 그들은 나를 떠나기 전 무슨 접선할 사람과 약속되어 있는 것쯤으로 보고 있는지도 몰랐다.

내가 길 건너를 망연히 바라보며 우리 조 안내원을 찾는 그런 눈빛으로 그들은 나를 바라보고 있었다. 즉 나를 감시하는 눈빛 한편에 이제 떠나가는 일행의 저 너머를 바라보는 그런 망연한 눈빛이었다. 그들은 혹시 내 너머에서 허공중 무지개를 그려보고 있는지도 몰랐다. 길을 건너기에는 시간도 촉박하고 너무 멀어 보였다. 나는 단념하고 버스로 돌아왔다. 버스 뒷문으로 올라타는데 어젯밤 커피숍에서 웃음 짓던 남자 안내원의 뒤틀린 모습을 순간적으로 보았다. 무슨 일인지 뒷문으로 황급히 내리는 안내원의 눈썹이 한 번 꿈틀하며 만화에 나오는 사람처럼 치켜올라갔다. 쌩 하고 내 옆을 지나던 여자 안내원의 태도와 흡사했다.

버스가 이윽고 움직이기 시작했다. 버스 좌석 여기저기서 이제 돌아가면 다시 눈이 돌아가도록 바쁘고 피곤한 생활이 시작된다는 소리가 들렸다. 하루 일찍 가게 되어 월드컵 팔강전을 볼 수 있게 되었다는 얘기도 들렸다. 나는 조금 전 내가 서 있던 저쪽을 창밖으로 바라보았다. 그리고 거기에서 뜻밖에도 아직 두리번거리며 길 건너편을 바라보고 서 있는 나를 보았다.

그 여자는 그렇게도 나이를 물어대는 이곳 사람들에게 속시원한 답변이 될지 모르나 분명히 초로의 모습이었다. 분단 후 오십여 년의 세월이 흘러간 것이었다. 그리고 그 오십여 년의 세월이란 한 사람에게 있어 거의 평생인 시간이었다.

길 저편을 바라보고 서 있는 그녀는 신에게 묻고 있는 듯했다. 파도가 한 번만 출렁여도 사라지고 마는 그런 인생의 파편들을 붙들고 살아가는 사람들, 신과 인간의 합작품인 이 세계, 신이 바다를 만들어놓았으면 그 위에 떠다니는 작은 파편들을 만들어놓은 인간…… 그녀의 모습은 상실감 속에서 일생 무엇인가 찾아 헤맨 모습이었다. 어린 날 아버지가 아란아, 하고 불렀을 때 어린 딸이 수줍게 고개 숙이고 서 있던 금강석 같았던 그 시간―어린 딸을 향해 부르던 아버지의 그 음성……

또한 피신을 떠나면서 단 하나 귀 치료 바구니를 들고 나서던

어머니의 모습. 모든 것이 다 빠져나가고 허물어지는 듯하던 상실
감 속에서도 산길로 사라지던 어머니의 뒷모습에, 살아오면서 그
녀가 얼마나 믿음을 쌓았던가.

그녀가 일생 찾아 헤맨 것은 금강석 같았던 그 순간과 상처를
치유해주는 그 바구니가 아니었을까. 치유의 바구니!

버스가 방향을 틀자 이제 그 자리도 그녀도 보이지 않았다.

나는 그녀가 남은 이유를 알 것 같았다. 그녀는 남아서 그 편지
를 전할 생각이었다. 주소를 알고 있고 발이 있는 한 가닿을 수 있
을 것이다. 그리하여 은사의 누님에게 꼭 건강히 이산가족 만남의
날까지 기다려달라는 사연을 그 집 대문 틈으로 혹은 들창 너머로
밀어넣을 수 있을 것이다. 힘없이 초로에 접어드는 그녀는 그 임무
만이라도 이제 해내고 싶었을 것이다.

버스는 공항을 향해 오던 길 그대로를 달려가고 있었다.

(2004)

서산 너머에는

뉴욕에 있는 사촌에게 의상 학교를 알아봐달라고 전화했다. 그녀는 그러마 하고 쉽게 대답했다. 의상 공부를 하러 떠나겠다는 가까운 후배의 부탁을 받고서였다. 전에도 나는 뉴욕에 살고 있는 사촌에게 몇 번 부탁한 일이 있는데 그때마다 사촌은 쉽게 대답했고 그러나 잘 안 되었던 기억이 있다. 자세히 더듬어보면 부탁한 일들이 잘된 쪽이 더 많으나 어쩐지 안 되었다는 인상으로 남아 있는 것은, 그녀가 언제나 거의 백 퍼센트 협조할 마음을 갖고 있는 것을 알기 때문일 것이다. 그 협조할 마음이 있음에도 안 되었다는 사실 때문에 부탁해도 안 되었구나, 라는 인상이 남겨진 것이었을 것이다. 그래 내가 알아볼게, 라는 흔쾌한 대답 뒤에 그녀가 그 일을 알아보기 위해 몹시 애써야 한다는 느낌이 언제나 내게 전달되어왔다. 그렇기 때문에 나 또한 무엇 하나 물어보고 싶은 것이 있을지라도 결코 쉽지 않았다.

이번에도 역시 그랬다. 그녀는 의상 학교 알아보는 일을 거의 한 달이나 끌었으며 결국은 잘 몰랐다. 그녀는 그녀의 아들에게도 부탁했으며 그런 것을 잘 알고 있는 바닷가에 사는 첼로를 하는 친구에게도 물어보았고—친구는 자기도 알아볼 수 있으면 알아보겠다고 말했다고 했다—또 한 친구, 사회 활동을 활발히 하여 늘 바쁜 친구에게 물어보았더니 몇 애비뉴와 애비뉴 사이에 뉴욕에서 제일 좋은 의상 학교가 있을 것이라고 말했다고 했다. 그 몇 애비뉴와 애비뉴 사이에 있다는 학교를 어림치고 사촌이 직접 한번 찾아가볼 생각이라고 했다.

"그것 하나 아는 게 뭐가 그리도 어렵니? 우리나라라고 생각해보면 서울에 어떤 대학이나 전문학교가 있고 그 학교의 성격이 어떠며 무얼 공부하려면 어디에 가는 게 좋겠다, 이런 것을 알려면 알 수 있는 게 아니겠니. 뉴욕에 그렇게 오래 살았으면서 애들이 컴퓨터만 두드려봐도 어떠어떠한 의상 학교가 있으며 학교마다 학교에 대한 소개서가 있지 않을까. 너 우리 어릴 때 승준이 오빠 생각나지. 그때는 육이오 직후고 정말 정보 얻기가 힘든 시절인데도 승준이 오빠가 주소를 어떻게 알아서, 아마 미국 대사관 같은 데서 알았을 게지, 미국 각 대학에 편지를 보내니 학교에 대한 안내서하고 원서 같은 것이 속속 우편으로 오지 않디?"

"그래"라고 그녀도 수긍했다.

미국에서 오던 그 독특한 종이 냄새, 영어로 된 인쇄물, 물건은 아니었지만 그것이 미국이라는 나라에서 왔다는 것이 선물처럼 풍성하며 신기했다. 오리건, 캘리포니아, 플로리다 그런 곳에는 오렌지가 많이 나고 뉴욕에는 지하철과 세계에서 가장 높은 엠파이어스테이트 빌딩과 자유의 여신상이 있다고 했다. 입학 원서가 오고갈 때 승준이 오빠에게서 들은 얘기다.

"그래, 내가 다시 잘 알아볼게. 창이한테 다시 인터넷 속으로 좀 더 들어가보라고 할게."

그런 전화가 있은 지 얼마 후에 다시 전화가 왔다. 사촌은 매우 미안하다며 내가 내 발로 걸어다니고 내가 찾아보고 하는 일은 해낼 수 있지만 남에게 묻든가 남을 시켜서 움직여야 하는 일은 그것이 자신의 아이들이라 할지라도 힘들다고 말했다. 그러면서 자신이 시간만 끈 것을 미안하다고 거듭 말했다.

"창이가 두 학교를 뽑아왔는데 NYU하고 또 어디 하나구, 어떻게 그것 두 개뿐인지 내가 생각해도 이상해. 내가 창이한테 뭐라 했어. 그것 때문에 점심시간에 그 아이 회사 근처에서 만나기도 했다."

"참 이상하다. 컴퓨터를 할 줄 알면 좍 명단이 나오는 게 아닐까. 서로 자기 학교에 학생을 끌어들이지 못해서 야단이라는 소릴 들었는데 그 학교를 알아보는 일이 왜 이리 힘든 걸까."

"뉴욕에 산다고 뭘 다 아는 게 아니야. 정말 아무것도 모른다.

애들도 그래. 여기서 초등학교부터 대학까지 나왔지만 언제나 입학 날짜 개학 날짜를 잘 몰라서 힘들어했어. 이상해. 모르겠는 거야. 아이들도 모르고, 학교에 전화해봐도 결코 알 수 없어."

학교 개학일도 모르겠다는 그 말에서 나는 한꺼번에 모든 것을 이해하는 기분이 되었다. 그런 일은 제 나라에 사는 생활 속에서도 곧잘 있는 일이었다. 나 역시 아이의 중학교 졸업식 때 고등학교 졸업식장으로 갔었다. 고등학교 졸업생 뒷모습만 보며 강당 뒤편에 한참 서 있다가 뒤늦게 알고 중학교 졸업식장인 소강당으로 찾아갔더니 식은 끝나 있었다. 그런 일들은 심심치 않게 있다. 무슨 설문 조사서, 상품 설명서, 저축 안내서 등등 읽어봐도 무슨 말인지 모르겠는 것이 생활 속에 수두룩이 있지 않은가. 세상이 어떻게 돌아가는지, 정말 뭘 어째야 하는지. 아마도 대부분의 사람들 역시 모르지 않을까.

아무것도······

그리고 우리가 누구인지도, 우리가 사는 곳이 어떤 곳인지도······

사촌이 뒤이어 말했다. 소크라테스가 말한 '너 자신을 알라' 이것만이 진리인 것 같다고. 그녀가 그 말을 하며 조금 웃었으므로 나도 따라서 조금 웃었다. 그것으로 그녀를 통해 의상 학교를 알아보는 일은 더이상 않기로 했다.

몇 애비뉴와 애비뉴 사이라고 한 지명이 뒤늦게 내게 현실감 있게 다가왔다. 또한 이 일 때문에 따로 독립해서 사는 창이와 점심 시간에 회사 근처에서 약속하여 만나기도 했다는 그 말도 현실감 있게 다가왔다. 회사에 다니고 있는 사촌의 아들, 즉 내 조카인 창이가 감색 정장에 머리를 길러 뒤로 묶은 모습으로 길가 커피숍이나 맥도날드 같은 곳으로 주소 적힌 종이를 가지고 나왔을 모습을 그려보았다. 높은 빌딩들이 서 있고 햇빛이 비치고 간혹 널찍한 보도블록에 환풍구가 있어 지하철에서 올려 미는 바람이 지나가는 행인들의 스커트나 바바리 자락을 획 날리게 하는 그런 거리였을 것이다.

그렇다면 그 외의 것들은 현실감이 없는가. 그런 것 같다. 전화번호를 돌리면 여보세요? 혹은 헬로?라고 말하는 사촌의 목소리가 어김없이 나오지만 그럴 때 나는 어쩐지 태엽을 감고 나서 상자를 열면 언제나 똑같은 노래가 어김없이 나오는 뮤직박스를 연상한다. 〈성모의 보석〉이나 〈그대 음성 귓가에 들리고〉와 같은 노래가 나오는 작은 상자.

그녀가 정말 그 먼 곳에 있기는 있는 것일까 하는 기묘한 느낌이 세월이 흐를수록 든다. 허드슨강이 길게 흐르는 도심 어느 벤치에 앉아 내 편지를 읽었다는 사촌의 편지를 받은 것도 이미 먼 옛일이다. 그때는 서로 편지를 많이 주고받았다. 전화로는 급한 용무외에 할 얘기가 없는 줄 알았다. 국제전화로 용무 외에 무슨 말을할 수 있을까.

그러나 이제 편지 대신 사촌과 나는 기나긴 전화를 한다. 말의 속도도 시내 전화보다 느리다. 그건 참 아이러니가 아닐 수 없다. 나는 느려터진, 더구나 끝마디의 음절이 처진 언어를 구사한다. 요금이 오르는 그 시간 동안에. 아마도 비싼 요금이어서 이상한 긴장감이 무의식으로 그런 역작용을 일으키는지 모르겠다. 그러나 이즈음은 예전보다 요금이 많이 내렸고 생활 방식도 바뀌었으려니와 또한 통신 회사들이 경쟁적으로 할인 시간대를 만들고 있어 편지 대용품으로 사용하는 습관이 생겨버렸다.

그녀는 나와는 달리 용무만 말하고 끊던 예전과 같은 조금 빠른 속도로 말했다. 우리는 서로 메모를 했다가 말하거나 혹은 그때그때 떠오르는 생각들을 여과 없이 두서없이 얘기하는데, 그것은 되도록 일 초도 유용하게 사용하고 싶기 때문일 것이다. 비록 말의 속도는 느릿느릿할지라도.

남들은 고국에 자주 다녀가건만 그녀는 떠난 뒤 아직 한 번도 찾아오지 않았다. 남들은 외국에 자주 가건만 나 역시 한 번도 집을 떠나보지 못했다.

간간이 소포가 왔다. 선물을 끌러볼 때의 느낌은 미국에서 승준 오빠에게 보낸 입학 안내서에서 나던 냄새와 비슷했다. 신선함, 풍족함, 젊음, 유능함, 굳건함, 신사적인, 신식인…… 신세계…… 언제나 이런 느낌 속에서 소포를 풀었다. 이제 우리는 많은 외제 물건의 범람 속에서 생활하면서도 소포에서는 언제나 첫 입학 안내서에서 받던 인상 그대로를 받았다.

내 쪽에서도 무엇인가를 보내곤 했는데 고국의 물건이 사촌에게 어떻게 비쳤는지 어떤 냄새와 빛깔로 다가갔는지 모르겠다. 한국에서 온 물건들은 이상하게 아기자기하고 더 예쁘다. 여기에는 이런 것들이 없다. 대체로 이런 인상을 그녀는 말해온 것 같다.

그녀에게 이불 보따리를 보낸 적이 있다. 왜 그렇게 부피도 큰 이불을, 그곳에도 얼마든지 있을 것을 보냈는지 모르겠다. 미도파에서 이불을 사가지고 나오니 유신 반대 데모가 한창이었다. 데모 행렬은 명동성당에서 집결하여 거리로 나온 듯했다. 최루탄 가스에 밀려 지하도로 대피했다가 눈물을 흘리며 겨우 중앙우체국까지 가닿았다. 우체국 직원이 우표를 붙이고 서류에 도장을 쾅쾅 내리찍을 때 막히지 않고 수월한 그 통과가 강물이 거침없이 흘러가는 듯 후련했던 기억이 있다.

"그래, 달리 알아볼 방법이 있을 거야. 오히려 여기서 컴퓨터 잘하는 사람을 찾아 직접 물어보라고 해야겠어. 그 후배에게. 인터넷 방으로 들어가보라고. 인터넷은 그야말로 세계를 한 그물로 엮는다니까."

"그래, 그렇게 하는 게 더 쉬울 거야. 근데 준이가 아직 안 들어왔어. 이게 참 뭔가 싶어. 끝없이 참 이상해, 살아나가는 일이. 넌 안 그러니? 아이가 안 들어오니 걱정도 하는 이 모든 일이……"

뉴욕의 아스팔트 거리를 달려 지나가는 차 소리가 전화선을 통해 들려오는 듯했다. 주황빛 가로등과 속력을 내고 있는 차량들. 드문 인적…… 조금 있으면 새벽이 밤을 찢으며 다가설 것이다. 나는 저 먼 곳의 깊숙한 어둠을 느끼고 있었다. 먼 곳에서 더 먼 곳으로 전화선 끝에 매달려 떨어져나가는 사촌을 느꼈다.

사촌이 어린 두 아이와 남편과 이민 길에 오를 때 나도 비행장에 나갔다. 사촌의 남편은 어떻게든 세계의 심장부인 뉴욕에 가서 꿈을 이루겠다고 떠났으나 중도에서 좌절한 케이스였다. 뒷받침이 전혀 없는 환경 속에서 사촌의 남편은 일과 공부에 허덕이다가 과로로 쓰러져 숨졌다.

사촌은 남편과 사별 후 야채 가게에서부터 의류 가게, 햄버거 가게 들을 두루 섭렵했으며 일손을 놓은 지 이제 이 년 정도 되었다. 그녀는 총을 들고 들어온 흑인 강도를 두 번 만났으며 그때마다 용케 살아남았다. 내게는 아이들이 있으니 다 가져가도 좋으니까 죽이지 말아달라고 간청했다고 했다. 두 번 다 강도에게 그것이 받아들여졌다.

언젠가 어느 에세이에서 그만하면 견딜 만한 아픔임에도 고통, 고통 하고 있는 사람들에 대해서 얘기한 글을 읽은 적이 있다. 나역시 그런 생각이었음에도 그렇게 정리된 생각으로까지 발전하지 못했는데 참 그렇구나 하고 새삼 생각했다. 그리고 그때 나는 사촌을 자연스레 떠올렸다. 그녀는 자신에게도 만일 아픔이 있다면 그것은 세상에 명함도 못 내밀 정도의 것이라는 태도를 늘 갖고 있었다. 그것은 그녀의 삶에 대한 겸손이기도 할 것이다. 일손을 놓은 후부터 그녀는 간혹 그림을 그린다고 했다. 실제로 소포 속에 컷 종류의 스케치를 한두 장 보내오기도 했다. 나는 감수성이 강한 그녀가 작가나 화가가 꼭 되리라는 생각을 해왔다. 그녀가 미국으로 떠날 때 그녀의 마음속에 그런 희망을 품고 있었다고 느껴왔다. 그녀가 이제 간혹 그림을 그린다는 말에서 나는 내 느낌이 틀리지 않았음을 알 수 있었다.

그녀는 집에서 멀지 않은 컬럼비아대학에서 작가들의 초청 강연이 있을 때 가서 들어야겠다는 말도 했다. 존 업다이크가 강연한 적도 있는데 놓쳤다고 했다.

"너 샌드라 디 생각나니?"

전화선 저쪽에서 사촌의 목소리가 다시 들렸다.

"옛날에 〈피서지에서 생긴 일〉에 나왔던 배우지? 우리 대학생 때 같이 가서 보았던가?"

"지금 방금 여기 텔레비전에 나왔는데 자기 자서전을 다큐멘터리로 찍어서 소개해. 방영되는 동안 누군가가 간혹 나와서 설명을 해서 누군가 했더니 그 여자가 바로 샌드라 디더라. 의붓아버지하고 어머니하고 자기가 함께 살았대. 의붓아버지가 나는 두 여자와 결혼했습니다, 라고 말하는 대목이 있는데 그게 바로 그 의미였나 봐. 샌드라 디 같은 배우가 먹혀들어가던 시기는 아주 잠깐이었댄다. 〈우리에게 내일은 없다〉 거기 나왔던 그 여자 배우 누구더라.

페이 더너웨이지? 그런 식의 좀더 자연스러운 배우를 필요로 했다
나봐. 우리는 그냥 안 나오니까 안 나오나보다 했지 먹혀들지 않아
서라는 그런 것은 몰랐지."

"아, 그렇구나."

"그거 보는 동안 사람의 능력이란 한계가 있고 빤한데 그 자초
지종, 속사정 같은 게 보이는 것보다 자기를 자기가 책임지고 서
있는 쪽이 좋다고 다시 생각했다. 그러니까 자기 생활에 대한 그런
노출이란 이제 무슨 소용이 있나 싶었어. 그냥 보이는 그 자체만이
진실이다 싶더라."

아이가 아직 돌아오지 않아 기다리는 사촌의 밤을 생각하며 나
는 내 방 간유리창으로 비치는 해를 바라보았다. 간유리창이기 때
문에 해의 덩어리를 무리 없이 바라볼 수 있었다.

저 해는 지난밤 어디에 갔다가 다시 나타나는 것일까. 아니 사
촌이 있는 그곳은 왜 지금 어둠일까. 해는 어디로 갔을까. 지금 여
기로 와서 떠 있기 때문에 그곳은 밤이 된 것일까.

사촌이 초등학교에 입학할 무렵 지었던 동시가 떠올랐다.

서산 너머 넘어가는 저녁해는요
나는 간다 나는 간다 손짓합니다.

이 동시를 내가 아직까지 잊지 않고 어떻게 외우고 있는지 신기

하게 여겨졌다. 이 동시뿐 아니라 그녀가 외우던 다른 동시도 생각
났다.

버들가지 실바람에 머리 빗는다.
누나 생각난다.

이것은 사촌이 지은 동시는 아니고 어디선가 읽은 것을 그녀가
외워서 내게 들려주었던 것이다. 그녀는 초등학생임에도 중고등
학생이 보는 『학원』이라는 잡지를 보고 있었는데 아마 거기에 실
린 글이 아니었는지 모르겠다.

사촌이 외워주는 이 동시를 들으며 어린 그때, 누군가가 하염없
이 긴 머리를 빗으로 내려 빗고 있는 모습을 그려보았다. 참나무인
가, 오동나무인가, 아니면 소나무인가, 아주 단단한 나무로 만든,
나무색 그대로에다 니스칠을 한 그런 빗. 흑단 같은 긴 머리채, 허
리를 약간 구부리고 고개를 옆으로 숙이고 길게 길게 빗어내린다.
너울너울 되풀이되는 그 리듬, 싱싱한 머릿결에서 나던 내음, 나는
이런 것들을 되떠올려보았다.

실바람, 버드나무, 누나…… 버드나무가 미국에도 있을까. 누
나가 미국에도 있을까. 서산은 아마도 우리나라에만 있지 않을까.

그러나 한 템포 늦게 〈에덴의 동쪽〉이라는 영화에서 주인공인
제임스 딘이 아버지에게 야단맞고 뛰쳐나가 버드나무 밑에서 우

는 장면이 생각났다. 또한 중학교 영어 교과서에서 'sister'라는 단어를 배우던 생각이 났다. 선생님은 정확한 발음을 위해 시스터, 시스터, 라고 우리에게 몇 번씩 따라 하게 했다. 그러니까 미국에도 다 있는 것이다.

그러나 그곳에 있는 버드나무와 우리나라에 있는 버드나무는 다를 것이다. 그곳에 사는 시스터는 우리나라의 누나와는 다를 것이다. 더욱이 서산은…… 웨스트 마운틴, 단순히 서쪽에 있는 산이란 의미와 서산은 다를 것이다.

서산, 서산으로 넘어가던 붉은 해, 그 해가 넘어갈 때마다 아련히 저녁노을을 퍼뜨리며, 그리하여 어둠이 밀려들 때까지 노을은 점점 더 짙어지며 붉게 타올랐다. 서편 온 하늘에 번지던 노을. 노을의 그 빛이 없어지면 어둠이다. 그리하여 태양은 그렇게도 안타까이 마지막 빛을 남겨보려고 노을을 퍼뜨리며 안간힘 쏟던 것이다.

어둠이 삼킨 후의 캄캄한 밤. 해는 간 곳이 없고 아득한 서산 너머…… 그러나 다시 아침의 둥그런 해가 깨끗하고 밝은 빛을 좍 내뿜으며 웃음 지으며 동쪽 산 위로 떠오르던 것이다.

둥그렇고 커다란 해가 떠오를 때 온 누리가 기쁨으로 가득차던 그 세상, 해는 그 자체가 기쁨인 듯 행복인 듯 마음 뿌듯한 꿈을 세상에 선물하였지.

"너는 월계수 옆 샘물 위로 바로 앞산에서부터 둥그런 해가 떠오르며 밝고 깨끗한 빛을 좍 내리비추는 게 좋으니? 아니면 눈이 온 밤에 누군가가 대문을 두드리고, 나가보니 먼 데서 반가운 손님이 찾아와 창백한 달빛을 밟고 서 있는 게 좋으니? 아니면 가을바람이 불고 마당의 낙엽이 쓸려 어디인지도 모를 곳으로 영영 떠나가는 게 좋으니?"

사촌과 나는 이런 식의 묻기 놀이를 잘했다. 우리는 그 장면들을 환히 떠올려보며 다 좋은 풍경 중에서 그래도 좀더 자기 정서에 맞는 것을 고르기에 골몰하였다. 그런 정경을 고르는 것 자체가 그러니까 골라내기만 하면 그것이 바로 선물로 우리에게 되돌아오기나 한다는 듯이……

사촌과 나는 어린 시절 한집에서 자랐고 이런 놀이를 하며 지내던 긴 밤을 공유하고 있다. 사촌은 육이오 때 폭격으로 어머니와 형제들을 잃었으며 나 또한 아버지를 잃었으니 서로 비슷한 환경이었고 정서도 닮아 있었다. 우리가 서로에게 소포를 보내는 것은 아마 이런 놀이의 연장이 아니었을까 이제 생각되기도 한다. 그러니까, 하고 나는 전화통을 붙잡은 채 생각하였다.

해가 서산에서 져서 이튿날 아침 다시 떠오를 때까지. 해는 저 먼 나라에 가서 비추다가 돌아오는 것이다. 나는 새로운 진리를 깨달은 듯 이제야 그 사실을 알아차렸다. 해는 잠시도 쉴 틈이 없이 밤이 와서 우리가 잠들고 있는 동안에도 서양을 비추러 가는 것이다. 나는 간다, 나는 간다 손짓하며 떠나가는 곳이 다른 어디가 아니라 지금 사촌이 있는 그곳이었다.

해가 여기서 뜨면 그곳은 지고, 그곳에 뜨면 여기는 지고. 이 움직임이 느껴지며 아주 광대하고 아름다운 퍼포먼스로 무슨 음악처럼 내게 다가왔다. 그 음악은 참으로 드넓은 밤하늘처럼 퍼져나갔다.

둥그런 지구의 모양도 떠올랐다. 갈릴레이는 지구가 둥글다는 코페르니쿠스설을 지지하여 재판을 받았다고 했다. 그 당시 사람들은 지구는 네모라고 알고 있었기 때문이다. 재판을 받고 나오면서 갈릴레이는 그래도 지구는 둥근데……라고 고독하게 중얼거렸다고 했다.

"누군가가 한쪽을 왼쪽이라고 말할지도 모르지. 이 세상 모든 것은 언제나 어떤 전제가 있지. 그리고 과학이나 종교나 철학이나 무엇으로라도 왼쪽이라고 전제해놓은 것을 다시 오른쪽이라고 번복하지. 왜 있잖아, 지구는 네모다, 라고 전제해놓았을지라도 지구는 둥글고 자전과 공전을 하고 있다는 것을 밝혀내는 사람이 있지. 이렇게 모든 것은 끝도 없이 가변적이다. 다만 가변적이라는 것, 아무것도 정의할 수 없이……"

우연의 일치인지 내가 머릿속으로 해의 거대한 퍼포먼스를 상상해보는 동안 사촌이 바로 거기에 해당되는 내용을 얘기했다.

"그러니까 그게 무슨 얘기인가?"

"왜 언제나 무엇에든 전제가 있지 않니? 그래놓고는 거기에 대해 해설하는 소리와 반박하는 소리들로 세상은 가득차는 것 같아. 왜 그렇잖아요, 라고 사람들이 말할 때 그렇게 말해놓고 해설하려고 들 때 그렇잖아요, 라는 그 전제부터 안 맞는 것을 가지고 얘기를 시작하는 사람들로 세상은 가득찬 것 같다는 소리지."

나는 웃었다. 내가 알고 있는 어떤 사람은 "우리가 모두 죽지 않니? 우리는 모두 죽거든" 하고 말하며 예수 믿기를 권유했다. 우리가 모두 죽는다는 것을 모르는 사람이 어디 있을까. 나는 그 사람의 얘기를 들을 때마다 뭔가 답답함을 느꼈는데 그것이 바로 지금 사촌이 말하는 전제부터 틀려 있다는 얘기라고 생각했다.

"죽음을 충고자로 삼으라는 얘기가 있다. 그러면 모든 게 좀더 명료해지는 것 같지."

이상하게도 사촌은 내가 속으로 생각하는 것마다 끌어내어 얘기하고 있었다.

전화선 저쪽 아직 사촌의 작은아들이 들어오지 않고 있는 아파트, 샌드라 디가 무슨 프로에 나왔던 텔레비전이 있는, 그녀가 지금 앉아 있는 방이 내 눈앞에 잠시 보이다가 사라졌다. 그리고 그녀가 앉아 있는 방에서 저멀리 어둠 속에 한 손을 높이 치켜들고 서 있는 자유의 여신상이 내게 잡혀오다가 사라졌다. 미국이란 어떤 나라인가, 승준이 오빠가 수없이 입학 원서를 써서 보내던 나라, 오렌지가 무르익고 엠파이어스테이트빌딩이 있는 나라, 세계의 심장이라고 하는 도시 뉴욕에는 허드슨강이 있고 자유의 여신상이 서 있으며 몇 애비뉴라고 구분 짓는 거리가 있고 사촌이 살고 있는 아파트가 있고 사촌이 있다. 우리가 정확한 발음을 위해 선생님을 따라서 시스터, 시스터를 외우던 그때부터 크면 미국에 가리라는 꿈을 거의 모든 아이들은 갖고 있었다. 그리고 큰 후에 그때의 그 아이들은 아마 꿈대로 미국으로 취업, 혹은 시집을 가기도 했을 것이다. 사촌의 남편처럼 공부하기 위해 이민 길에 오른 사람도 많을 것이다.

대통령이나 일반 시민이나 똑같이 햄버거를 먹는 나라, 일한 만큼 대가를 받는 나라, 형제애라는 정신을 갖고 있는 나라. '미국을 위대하게 만든 것은 모두가 자기 생존을 위해 투쟁한 데 있지 않고 만인의 생존에 대한 개인의 책임을 모두가 받아들인 데 있다'라는 대학 시절 강의도 내 뇌리에 남아 있다. 이것이 대체로 미국에 대한 내 인상이었던 듯하다. 그러나 지금은 아니다. 번성한 미국은 철근으로 벽을 두른 듯한 인상으로 이제 떠오른다. 미국은 사람을 사람이게 하는 나라라고 사촌은 말했다. 우리나라가 왜곡된 가치들로 사람이 함부로 다뤄지는 것에 비해 미국은 비교적 정당하다고. 그녀가 그렇게 말하고 있음에도 전화선 저쪽 아스팔트길 위 차량의 소리가 황막하게 들려왔다. 전홧줄에 매달린 사촌은 멀리 더 멀리 떨어져나가는 듯 느껴졌다. 그러나 사촌은 대체로 미국을 잘 호흡하고 있는 듯했다.

맨해튼과 그리니치빌리지 그리고 플러싱의 초대받은 교포 가정에서 아이들과 함께 찍은 사진들을 보면 다소 몽환적인 옛 그대로의 분위기를 간직하고 있었다. 전혀 세파에 시달린 사람처럼 보이지 않았다.

바닷가에 몇 가족이 모여 조개를 구워먹으며 찍은 사진. 풀밭에서의 피크닉—이즈음엔 그렇지도 않으나 그녀가 이민 갔던 초 무렵에는 일주일 내내 고단하게 일을 한 사람들이 주말이면 그곳의 관습대로 모여서 조촐한 파티를 벌이곤 했다. 사람들은 정보도 교환하고 새로운 일자리를 알아보기도 했으나 별 애정도 없이 남녀가 서로 눈을 맞춘다든가 혹은 남 앞에서 노골적으로 부부싸움을 하기도 했다. 어떤 부부는 서로 머리를 때리기도 했는데 그런 흉한 모습을 보이고도 다음 주말이면 다시 모였다. 그 외에 달리 어떤 살아갈 방법이 없었기 때문에 사람들은 바닷가에서, 풀밭에서, 남의 집 거실에서 주말을 보내곤 했다.

서른다섯에 혼자가 되기까지 사촌도 그런 생활을 보냈을 것이다. 그리고 이제 그녀는 예순이 되어간다. 그녀에게 로맨스가 없었던 것은 아니리라. 실제 사촌이 내게 전한 사람도 있었으며 한 남자의 얘기는 매우 판타스틱하기까지 했다. 그 남자는 부인이 교통사고로 세상을 떠나고 혼자 살았는데 바닷가 별장에 자신을 초대한 적도 있고 어느 레스토랑에 예약을 해놓은 적도 있다고 했다. 그러나 사촌은 한 번도 가지 않았으며 그 남자 역시 사촌에게 모습을 드러내지 않고 있다고 했다. 그래도 사촌은 그 남자의 모습을 몇 번인가 볼 수 있었다. 한번은 자신의 생일이어서 아이들과 함께 영화를 보고 음식점에서 저녁을 먹고 나오는데 그 남자가 검은 차 앞에서 자기 일행이 지나가는 것을 뚫어지게 바라보았다고 했다.

그후 미술관 에스컬레이터에서 서로 마주보며 지나치기도, 슈 퍼마켓 계산대 앞에서 스치기도 했다고 말했다. 그리고 언젠가는 그 남자도 자신도 서로 모습을 드러낼 것이며 그날을 두렵지만 기 다린다고도 했다.

"두려움이 있다면 왜 두려운가 하고 그것을 끝까지 잘 들여다보 고 녹여내야만 해. 두려움은 어떻게 해서든 자신이 녹여내야지. 벌 써 날이 터온다. 준이도 이제 들어올 거야. 출근해야 하니까. 나는 그때까지 차나 한잔 끓여 마시며 앉아 있을란다."

"그래, 또 걸게."

한없이 전화통을 붙잡고 있을 수도 없어서 우리는 갑자기 너무 오래 통화했다는 생각에 황급히 끊었다.

나는 후배 직장에 전화를 걸어 사촌이 지금 열심히 알아보고 있 는 중이라고, 학교 명단과 어느 학교에 어떤 특성이 있으며 장학금 제도는 어떤지, 그리고 어쩌면 입학 원서도 첨부해서 보내올 것이 라고 말했다. 몇 애비뉴와 몇 애비뉴 사이에 있다는 제일 좋은 의 상 학교에는 그녀가 직접 가보기까지 할 것이라고, 나는 입에서 나 오는 대로 말했다.

그러고 나서 이삼 주일이 지났다. 다시 말해 뉴욕에 테러 참사가 일어나기까지 그로부터 이삼 주가 남았을 뿐이다. 바로 몇 주일 후에 그런 엄청난 사건이 일어나 우리가 어린 시절 겪은 전쟁이 또 시작되리라고 사촌도 나도 그리고 그 누구도 예상치 못했을 것이다.

그사이 내가 뚜렷하게 한 일이라고는 군대에 간 아들에게 면회를 갔던 일뿐인 듯하다. 아이의 부대는 삼팔선 근처였고, 나는 버스를 여러 번 갈아타고 아이가 일러준 대로 면회소에 가서 면회를 신청했다. 아이는 일요일인데 작업장에 나가 있었다. 자기 이름을 부르는 소리에 귀가 번쩍 뜨이며 혹시? 했더니 엄마였다고 희색을 띠고 달려나왔다. 아이와 이웃 읍까지 버스를 타고 가서 하룻밤 여관에서 묵고 이튿날 정오쯤 헤어져서 집으로 돌아왔다.

군부대와 면해 있는 이웃 읍은 오직 휴가 받은 군인들로 가득했다. 어디에 가나 군인들뿐이었다. 노래방, PC방, 음식점, 빵집, 목욕탕, 어디에나…… 그 작은 읍은 이 세상과 절연된 오직 휴가 나온 군인들을 위해 만들어진 동떨어진 세상 같았다. 사람 사는 곳에 있어야 할 모든 것이 다 있었음에도 그런 생각이 들게 했다. 그리하여 그곳에선 사용하는 언어도 다른 게 아닐까 하는 의구심마저 들었다.

길거리에 서 있는 공중전화는 이 읍 밖의 세상으로 연결된 유일한 통로 같았다. 아이와 함께 PC방에 들어갔을 때 세상으로 나갈 수 있는 통로가 여기도 있다는 데에 나는 내심 놀라기까지 했다.

PC방이라는 곳을 처음 들어가본 탓도 있을 것이다.

군대에서 이제 막 성년식을 치른 내 아이는 컴퓨터 앞에 앉아 인터넷 창을 열고 자기 이름을 찾아보았다. 그러나 거기에 그 아이가 기대하던 것은 아무것도 없었다.

그 아이의 이름 옆에 무엇이 있어야 했을까. 우리가 우리의 존재 옆에 있기를 바라는 것은 무엇일까. 우리는 무엇을 바라며 살고 있는가. 또한 이런 생각도 들었다. 아이가 자신의 이름을 열었을 때 그것은 그 아이의 이름이지 그 아이는 아니지 않은가. 우리의 존재는 어디에 있는가. 그것은 그 무엇과도 함께 있지 않는, 즉 그 장소, 그 이름에도 속해 있지 않은 다른 무엇일 뿐이라는 생각이 들었다. 컴퓨터의 불 켜진 화면 앞에 앉아 있는 아이는 그 아이라고 할 만한 아무것도 없이 거기에 앉아 있었다.

무언가 해독할 수 없는, 거의 공포에 가까운 인간 고독의 모습을 그 아이를 통해서 보았던 것 같다. 내 마음은 천길 낭떠러지로 떨어지는 것 같았다. 아, 어떻게 하나. 어떻게 하면 좋은가, 라고 나는 중얼거렸다. 생활하면서 늘상 떠오르는 이 구절.

일테면 졸업식장에 잘못 찾아들어 허겁지겁 중학교 식장으로 찾아가던 때, 관공서에서 날아오는 무슨 공문서, 설문 조사서, 해독할 수 없는 문서들. 생활 속에 숨어 있는 수많은 일—가령 세탁기가 고장난 것인지 끝없이 버튼을 눌러도 끝없이 다른 작동만을 하고 있어 빨래가 되지 않을 때. 나는 아, 어쩌면 좋은가, 하고 일단 생각한다. 그러다가 곧 이것은 별문제가 아니고 내가 수고만 하면 되는 나의 영역 안의 일이라고 깨닫는다. 수돗물을 대야에 떠서 날라 세탁기에 붓는다든가 손빨래를 한다든가 밤을 새워서라도 내가 해놓으면 되는 무슨 방법이 있는 그런 일이다. 내가 할 일이니까 내가 맡으면 되는 것일 뿐이다. 단지 내가 하려고 아무리 애써도 내가 할 수 없는 일, 내 영역 밖의 일, 사촌이 말한 '내가 할 수 있는 일은 얼마든지 하겠으나 남에게 부탁하여, 혹은 남을 움직여 하는 일은 그것이 자신의 아이일지라도 어렵다'고 한, 바로 그 말과 부합되는 그런 일들……

불 켜진 컴퓨터 화면 앞에 앉아 있는 아이의 모습은 아무리 다가가 어떻게 해주려고 해도 되지 않을, 될 수 없는 내 영역 밖의 일이었다.

사는 것은 꿈이 아닐까. 아니 이곳 바로 여기가 죽으면 간다는 저세상이 아닐까. 이곳은 이승이 아니라 저승이 아닐까. 어쩌면 저세상도 이 세상과 똑같지 않을까. 그러므로 결국 이 세상의 일이 영원히 이어지는 게 아닐까.

그러다가 나는 깜박 생각난 듯 아, 저세상에서도 똑같이 면회를 가서 희색이 되어 달려나오는 아이를 만날 때 꿈인 듯 반갑겠구나, 저세상에서도 만나다니 그때 얼마나 감격의 눈물을 흘릴까, 이런 생각도 하였다.

무엇인지가 계속 흐르고 있는 것이다. 무엇이라 설명할 수 없는 것이 흐르고 사람들은 그 흐름을 막아낼 길 없고 뚫어낼 길 없어 몸을 맡긴 채 어찌할 수도 없이 살고 있는 것이다.

뉴욕에서 테러 사건이 났다는 후배의 전화를 받은 것은 그런 어느 날이다. 후배는 어서 텔레비전을 켜보라고 말하고 전화를 끊었다. 텔레비전을 켰을 때 빌딩의 숲에서도 더욱 높이 솟은 두 개의 빌딩, 세계무역센터 속으로 비행기가 들어가고 있었다. 곧 빌딩 속에서 불길이 솟고 검은 연기가 일었다. 그것은 무슨 애니메이션 영화 같았다. 높은 빌딩에서 사람들이 무게 없이 떨어져내렸다. 빌딩 자체도 세트 모형이나 만화 같았으므로. 더욱이 점처럼 보이는 사람들은 대통령이 지나갈 때 빌딩 위에서 뿌리는 오색 종이 가루처럼 보였다.

그러나 그 장면이 펼쳐지고 있는 바로 그 시각, 그러니까 여기가 밤인 그 시각이 바로 저쪽 나라는 아침인, 해가 지면 뜨고, 뜨면 지는 이치에 의해 저쪽이 해가 떠 있는 출근 시간대인 아침이라는 것을 깨닫고, 그러니까 저쪽과 이쪽이 지금 동일한 시각임을 인지하고 나는 전화통 앞으로 달려갔다.

뉴스에서 보도하고 있는 바대로 전화는 불통이었다. 나는 후배를 통해 사촌의 집주소가 그 테러가 난 무역센터 빌딩과 얼마만큼 떨어져 있는가를 겨우 알 수 있을 뿐이었다. 그러나 조카들이 출근하는 회사가 바로 폭파 건물인 그 무역센터 건물인지 아닌지 몰라 애를 태웠다.

사방에서 전화가 왔다. 회사 사람들과 회식을 하고 있던 남편과 도서관에서 취직 시험 준비를 하고 있는 딸아이에게서도 전화가 왔다. 아들을 유학 보낸 친구는 어떻게 겨우 통화가 되었다며 자기 아들을 통해 내 조카에게 연락을 해보게 하겠다고 염려해주었다.

갑자기 미국과 연관이 있는 주변 사람들과 힘이 결속되는 듯했다. 나는 사촌이 힘있게 양쪽 팔로 두 아이를 보호하고 있다고 믿었다. 사촌의 그 어떤 기운이 나쁜 기운을 막아내고 있다는 믿음이 들었다. 그녀가 두 번씩이나 총을 든 강도에게서 살아남은 것과도 같은 기운.

또 나는 아주 이상한 기분에 젖었는데 이 거리라는 것이 과연 무엇일까 하는 것이었다. 이 거리가 무엇이어서 그쪽에서는 아수라장임에도 여기에는 아무런 소리, 아무런 기별도 없는 것일까. 이 세상은 대체 얼마나 큰 것일까. 이 세상은 그다지도 큰 것일까. 또한 태양마저도 조그만 공처럼 보이게 하는 이 우주의 거리라는 것은 도대체 무엇일까. 수많은 별, 지구도 그 수많은 별 중의 하나며 가스와 먼지가 뭉쳐 어느 날 별이 된다는 그런 얘기들. 물론 우리가 알고 있는 개념의 가스와 먼지는 아니라 할지라도 그런 것은 모르고 싶다. 그냥 태양도 지구도 영원히 밝게 빛나기만 했으면, 그리하여 아침이면 두둥실 떠올라 온 누리를 비추고 저녁이면 손짓하며 서산으로 넘어갔으면 싶다.

전화통을 붙잡고 몇 시간 고투한 끝에 겨우 사촌과 통화되었을 때 준이의 직장이 바로 무역센터 옆 건물이어서 출근하던 조카가 비행기가 빌딩 속으로 들어가 박히는 것, 사람들이 추풍낙엽처럼 떨어져내리는 것, 이윽고 빌딩이 굉음을 일으키며 무너져내리는 것까지 다 보았다고—그런 얘기를 들을 수 있었다. 길에서 휴대폰으로 사촌에게 전화를 건 준이의 목소리가 제 목소리가 아니었다고, 준이의 친한 친구가 무역센터 건물에서 일을 한다고 사촌은 덧붙였다.

사촌과 사촌의 가족들은 무사했다. 그리고 주변에 미국과 연관되어 있는 다른 사람들도 무사하다는 소식을 여기저기서 전화로 차차 듣게 되었다.

세계의 심장인 뉴욕—바로 그 심장 부분에 가서 자신을 성취해보고 싶다고 젊은 날 사촌의 남편은 떠났었다—그 심장이 타격을 받자 세계가 휘청거리는 듯했고 전쟁은 시작되었다. 우리가 어린 날 겪었으며 그로 인해 사촌도 나도 다른 수많은 사람도 결손가정이 된 그 전쟁이 또다시 시작되고 있었다.

매일 저녁 뉴스로 전쟁 장면을 보았다. 폭탄이 공중에서부터 무수히 떨어져내려도 이곳까지 들리지도, 흔들리지조차 않는 그 거리라는 것이 점차 참으로 신비스럽게 느껴졌다.

모든 것의 극점은 사람을 죽이는 일이었다. 전쟁이란 다른 무엇이 아니고 사람을 죽이는 일이었다. 첨단 무기들은 사람을 죽이기 위해 생겨난 물건이었다. 테러의 한 수단인 생화학무기, 천연두 균도 그것이 무엇인가 살펴보면 결국 사람을 죽이기 위해 만들어진 것이었다. 온 도시가 공포, 라 할 때 왜 공포인가 살펴보면 죽음 때문이었다.

나는 역으로 사람이 그렇게 귀중한가, 하고 생각했다. 그렇게 많은 돈을 들이고 그렇게 많은 연구를 거쳐 많은 사람이 수고해서 첨단 과학으로 만들어낸 물건이 다른 물건이 아니라 기껏 사람을 죽이기 위한 것이었다.

그리고 또 뉴스에 비치는 각 나라 사람들, 아프가니스탄, 파키스탄, 북부 동맹, 러시아, 이라크, 미국, 유럽, 일본, 중국, 한국 사람들을 보며 삶이 개인의 몫이 아님을 느낄 수 있었다. 삶은 개인의 몫이 아니었다. 자기 인생의 주인은 자기라는, 내가 믿던 그 말이 허수아비처럼 무너져내리고 있었다.

테러 이후 우리의 통화는 좀더 잦아졌다. 마지막 통화에서 그녀를 보다 가까이 안 듯하다. 아니 오히려 모르게 됐다고 하는 편이, 그러나 이제까지보다 무엇인지 밀착되어진 느낌이 확실히 든다. 일생 그렇게 많은 말이 오고갔으면서도 정작 우리는, 사람들은 서로를 잘 안다고 하기에 분명 망설여지는 데가 있다. 마지막 통화라고 하니 기분이 이상해진다. 우리의 통화는 조만간 곧 다시 이어질지도 모르는데……

그녀가 전화를 받지 않은 지 한 달이 되어간다. 잠시 여행을 떠난 것일까. 그렇다면 조카가 받을 수도 있을 텐데 전화를 걸면 뮤직박스에서처럼 헬로라든가 여보세요, 라고 말하던 목소리는 더이상 들리지 않았다. 그냥 벨소리만 길게 길게 끝없이 울렸다.

무역센터 건물이 무너질 때 조카가 다니는 회사 건물도 손상을 입었고—옆 건물들도 붕괴 위험이 있다는 보도가 있으며 실제 무너졌다—회사 문을 닫은 것일까. 그래서 그 짬을 이용하여 사촌과 조카는 벼르던 여행을 떠난 것일까. 그럴 수도 있을 것이다. 그러나 그러기에는 시기가 좋지 않고 게다가 이렇게 긴 여행이라면 내게 말하지 않고 떠났을 리가 없다. 혹 그렇게 떠났다 하더라도 여행지에서 그림엽서나 스케치라도 보내올 것이다.

시간이 흐를수록 나는 초조해졌으나 빈집에서 울리는 전화벨소리를 듣고 있는 것 외에 달리 어떻게 해볼 도리가 없었다. 독립해서 살고 있는 창이의 전화번호를 알아놓지 못한 것이 후회되었다. 나는 사촌이 하던 말들을 떠올려보았다. 마지막 무렵 통화 내용을 더듬어보았다.

"요새 이상하게 생리가 다시 시작되는 것도 같아."

"어머 그럴 리가, 병원에 가서 검사해보는 게 어떻겠니?"

"여기 나랑 비교적 가깝게 지내는 부인이 자궁이 아픈데 이건 정말 입 밖에 내기도 싫지만 언젠가부터 내가 대신 앓아준다는 생각이 드는 거야. 내게 그런 생각이 정말로 드니 누가 들으면 이상하겠지. 그러더니 실지 내 몸에서 이런 증세가 나타난 거야."

"아니, 뭐하러 남을 대신 아파주니?"

"나도 할 수 없는 거지. 어쩔 수 없지. 꼭 내가 그러구 싶어서 그러는 것도 아니야. 누가 허리가 아프다는 얘기를 듣고 내가 대신한동안 아픈 적도 있다. 이건 나만 알 수 있는 건데…… 너한테도 말 못했고, 그때 허리도 저절로 나았으니까 이번에도 이러다가 때가 되면 저절로 나을 거야. 그때 허리 아프던 사람은 내가 아프자 나았다고 하는 소릴 들었어. 이번에도 아픈 사람에게 전화해서 혹시 자궁이 아프던 것 낫지 않았느냐고 물어보고 싶은데…… 그냥 있다."

"왜 그러니? 왜 그러는 걸까?"

"빛의 통로가 되어야 한댄다. 통로는 빛으로 만들어야 한대. 빛이 조금이라도 있다면 어둠은 물러간댄다."

'빛의 통로'라는 말이 선연히 내게 남아 있다. 군부대에 면회를 가서 아이와 이웃 읍에서 하룻밤 보내던 날 공중전화와 PC방이 세상으로 나가는 유일한 통로로 보였던 바로 그 통로.

그날 PC방에서 나와 우리는 묵을 곳을 찾아다녔다. 모텔은 전부 만원이었다. 방마다 휴가 나온 군인들로 꽉꽉 차 있었다. 아이는 길에서 같은 부대나 소대 군인들을 만나 알은체하거나 경례를 붙였다. 한 무리의 군인이 아이에게 자기들이 정해놓은 모텔 이름을 가르쳐주며 방을 구하지 못하면 그리로 오라고 말했다.

아이와 나는 자정 넘어서까지 방을 구하러 다녔다. 읍은 작은 듯하여도 골목골목 헤매고, 왔던 곳을 되돌아가보기도 하니 그렇게 시간이 걸렸다. 정말 이렇게도 구할 수 없는 것인가. 오늘밤 결국 방을 구하여 잠자게 되기는 할까, 꿈결 같았다.

아이는 엄마만 아니면 자신은 PC방에 가서 새워도 좋다고 했다. PC방에 가서 새우다가 정 졸리면 거기 엎드려서 자면 된다고 했다. 나야말로 하룻밤 지새워도 되지만 아이는 다음날 들어가서 훈련을 받아야 하니까 잠을 자두어야만 했다.

다시 힘을 내서 걸어가보리라 생각했다. 이웃 읍이 완전히 동떨어진 어떤 곳이 아니라 이웃 읍으로 이어져 있지 않겠는가. 그냥 이 길을 따라서 죽 걸어가면 막다른 골목이 나오는 것이 아니라 어딘가로 이어진 곳, 이웃 읍. 거기에도 여관이 없으면 그러면 이웃 읍은 또다른 이웃 읍으로 이어져 있겠지. 그곳에서 찾아보리라. 걸음을 떼어놓는 한 결국 어딘가에 가서 닿겠지, 이렇게 생각했다. 그날 걸음을 옮기며 이웃 읍이 또다른 이웃 읍으로 이어질 것이라고 믿었던 그것이 바로 통로가 되는 셈이리라.

그녀의 자궁이 내게 느껴져오기도 했다. 그녀의 자궁은 유난히 저 깊숙이 있다는 인상을 평소에도 느끼곤 했다. 그녀에게 생리인지 무엇인지가 다시 시작되었다는 말이 예사롭게 들리지 않았다. 더욱이 남의 자궁을 대신 앓아주고 있는 것 같다는 그 느낌은 내게 이상한 감으로 다가왔다. 내가 알고 있는 그녀에서 사촌은 저만큼 한 발 더 나아가 있는 게 아닌가 하는 생각이 들었다.

마지막 전화 내용은 더욱 생생하게 떠오른다. 사촌은 자신을 사랑해야 한다고 말했다. 그런 얘기는 서점에 가서 조금 책을 들춰보거나 라디오 다이얼만 돌려도 쏟아져나오는 얘기이지만 그녀의 말은 내 귀에 새롭게 들렸다.

자기 내부를 정말로 들여다보고 자기에게 와서 걸리는 것들을 자세히 상찰하며 내가 지금 이 얘기를 두려워서 하는 건가 그냥 하는 얘기인가를 살펴보면 좀더 정직해질 수 있다고 했다. 하다못해 아들의 친구가 왔을 때 피곤하니까 누울래? 하고 말할 때 그 말이 그 아이가 정말 피곤할까봐 나온 말인지 자기의 두려움—그 아이에게 잘 보이고 싶고 친절하고 싶은—때문에 나온 말인지를 살펴보면 알 수 있다고 했다. 그리하여 자기의 두려움에서 나온 '자기'라는 것에 매달리는 일은 되도록 안 하려 한다고 했다. 그리고 또 무엇이든 자기의 수치스러움, 후회, 못남 이런 것들을 자기 내부에서 붙잡고 그것이 녹을 때까지 들여다봐야 한다고도 했다.

"어떻게든 녹여내야지. 그리고 아주 가볍고 자유로워질 수 있었으면 좋겠어. 요새는 가만히 앉아서 몸의 소리를 듣는다. 몸속에 흐르는 소리가 있는 것을 알겠어. 피가 흐르는 소리, 심장박동 소리, 또다른 소리들도 들려와."

그러곤 전화를 끊으려다가 갑자기 생각난 듯 목소리 톤이 바뀌며 이 세상에서 제일 오래된 나무 얘기를 했다.

"텔레비전에서 그 나무를 비춰주었는데 캘리포니아 어디에 있는 그 나무가 이 지구가 생긴 이래 가장 오래된 나무라고 해. 과학자가 나와서 설명하는데 그냥 그 말 자체가 시더라. 어떻게 공룡 시대, 빙하 시대, 홍수 시대, 화산의 용암에도 다 견뎌내고 아직 살아 있는지 불가사의하다고 했어. 카메라가 비추는데 나이테도 없어. 그냥 장작 패놓은 것같이 속이 그렇게 겉으로 다 드러나 있어. 그리고 칙칙하고 시커먼 초록 잎들이 나무 한쪽에만 조금 달려 있고. 왜 펑크족들이 머리 한쪽은 다 밀고 한쪽만 남겨놓은 것처럼 노을 속에 그런 모습으로 서 있더라. 그리고 나중에 캘리포니아라는 지역은 일부러 그냥 틀리게 붙인 거라고 진행자가 말하더라. 그 장소를 말하면 사람들이 그 나무를 가만히 안 놓아둘 테니까……"

사촌이 웃었으므로 나도 따라 웃었다.

"그 나무가 지구에 뿌리를 박고 살아간다기보다 오히려 나무 자체가 지구를 품어 안고 있는 것 같았어."

사촌의 말들이 하나하나 되살아나기 시작했다. 그녀가 했던 말들이 얼마든지 되떠올라왔다. 나는 그녀의 얘기 속에서 무엇인가 실마리를 찾고자 하였다.

예전에 듣고 지나쳤던 미국에서 건너온 풍문도 뒤늦게 생각났다. 잊고 싶어서인가 듣는 즉시 잊고 사촌에게 확인조차 하지 않았던 얘기.

그것은 총을 들고 들어온 흑인 강도에게 사촌이 두 번 다 강간을 당했다는 얘기였다. 강간을 한 후에 목숨을 살려주었다는 얘기였다. 나는 그 얘기가 어쩌면 사실일지 모른다는 생각이 들었다. 그렇게도 자궁이 깊어 보이는—나는 그녀의 모든 말들이 그녀의 자궁 속에서부터 울려나온 말들이었다고 새롭게 느꼈다. 전홧줄에 매달려 어딘가 멀리 더 멀리로 떨어져나가는 듯 들려오던 그 이유를 알 것 같았다.

그녀의 얘기 속에 일관되게 흐르던 것, 그녀가 그렇게도 절절히 말하던 것이 무엇인지 나는 알 것 같았다. 그것은 또한 군대에 간 아이가 PC방에 가서 컴퓨터 화면 속에서 찾던 그것과도 같은 것이라고 생각되었다. 아이 자신은 무엇인지 모르면서도 바로 그것을 찾았을 것이 분명한…… 그것이 이루어질 수 있는 세계, 신세계……

승준이 오빠에게 미국에서 오던 우편물 속에서 분명 그런 어떤 냄새를 맡았던 어린 날의 그 첫 느낌. 이 세계를 지배하는 힘은 대체 무엇일까. 무엇이 우리를 이렇게 만드는가. 전쟁, 테러, 어둠, 굴절된 빛. 역사는 무엇에 의해서 이루어지는 걸까. 사람들, 우리의 의식 속에 숨어 있는 것은 도대체 무엇일까. 이 비틀린 세계의 밑그림의 정체는 무엇일까.

이런 게 더 좋으니? 이런 게 더 좋으니? 아니면 이런 게? 하고 묻기 놀이를 하던 어린 날, 그중에 하나를 택하기만 하면 그것이 선물로 다가오기라도 한다는 듯 믿었던 세계—그러나 그 밑그림조차 이제 보니 어딘가 쓸쓸한 구석을 이미 갖고 있지 않은가.

사촌은 내게 소포를 하나 보냈다고 말했다. 그러고 보니 그것이 그녀와의 정작 마지막 짧은 통화였다. 사촌은 우체국에서 들어오는 길이라고 했다. 탄저균이 판을 치는데 소포를 보내다니 우체국에서 돌아서는 즉시 후회했다고 했다. 우편물이 가면 비닐장갑을 끼고 끌러보라고 주의를 주었다. 아니 탄저균 소동이 가라앉을 때까지 일단 비닐에 싸두었다가 한참 후에 풀어보라고 했다. 소포가 왔을 때 나는 사촌의 말대로 비닐에 싸서 다용도실에 두었다.

나는 다용도실에 가서 소포를 꺼내왔다. *끄*르는 동안 해의 움직임이 느껴졌다. 이쪽에서 뜨면 저쪽에서 지고, 저쪽에서 지면 이쪽에 와서 떠 있는 왔다갔다하는 해의 퍼포먼스가 장관을 이루며 아득히 하늘에 음악을 흩뿌렸다. 음악은 드넓게 밤하늘처럼 울려퍼졌다.

나는 몹시 감상적이 되었다. 어린 날 서산으로 넘어가는 저녁해를 보고 동시를 지은 그때.

나는 간다 나는 간다 손짓합니다.

사촌은 벌써 먼 훗날의 일을 알고 있기라도 했을까. 먼 훗날의 참담한 표류를 벌써 예감했던 것일까.

살아가면서 학교를 알아보는 일 하나도 그렇게 힘들어하고, 한

밤중에 홀로 아이를 기다리고, TV를 보며 사람에게 있어서 현재의 모습만이 중요하지 자초지종은 불필요하다고 느끼고, 강도에게 목숨을 살려줄 것을 간청하며, 테러의 위험 속에서 두 아이를 양팔로 안고, 누군가를 대신해서 아파해주고……

떠오르는 사촌의 모습들은 본질에서부터 너무 멀리 튕겨져나간 이 세계를 향한 기구와 같이 내게 느껴졌다. 그녀는 어디로 간 것일까.

나는 무엇인가를 붙들고 싶었고 그래서 갑자기 섬광처럼 지나가는 생명의 나무를 기도하듯 붙들었다.

저녁노을 속에 해괴한 모습으로 세월의 갖은 고통을 다 이겨내고 서 있다는 지구가 생긴 이래 가장 오래된 생명의 나무, 지구에 뿌리를 박고 있다기보다 지구를 감싸안고 있는 듯 보인다는 그 나무, 그 나무가 거기에 있음을 구원으로 여겼다.

나는 사촌을 찾아보기 위해서라도 이제야말로 해가 지는 서쪽 나라로 가봐야겠다고 생각했다. 나는 마음이 바빠 소포를 끄르다 말고 여행사에 뉴욕행 수속을 문의하기 위해 수화기를 들었다.

(2002)

쪽배의 노래

그 배는 그 밤을 건넜을까.

밤은 그리도 깊어 결코 건널 수 없을 듯 아득하기만 했는데 깊이를 측량할 수 없는 어둠, 사나운 바람, 바람이 마당에 대문에 우물에 나무 위에 지붕 위에 담벼락에 사정없이 부딪치며 광포하게 공중을 갈가리 찢어놓는다. 빈 장독 하나가 넘어져 깨지는 소리, 항아리에 덮어놓았던 양재기가 벗겨져 땍때굴 굴러다니는 소리, 낙엽이 쏴아쏴아 이리저리로 쓸려다니는 소리……

지붕이 날아가버리지 않을까, 담이 폭삭 무너져버리지 않을까, 집은 안간힘 쓰며 버틸 수 있는 마지막 힘을 다해 버티고 있다.

살아남으려면 차라리 바람에 몸을 맡기는 쪽이 낫지 않을까.

어느 순간 집은 자신을 놓아버린다. 자신을 놓고 바람에 몸을 맡겨버린다.

그러자 집은 흐르기 시작한다. 집은 쪽배가 되어 밤 속으로 흐른다. 집은 홀로 노를 저어 밤 속으로 흐른다. 집은 너무 춥고 외롭고 무섭고 두려워 혼비백산해 있다. 그러나 그 안에 잠들어 있는 한 가족을 보호하기 위해 마지막 사력을 다하고 있다.

아이는 잠들면서 집이 너무 힘들 것이라고 생각한다. 너무 추울 것이라고 생각한다. 그러나 곧 집은 담이 보호해주니까 집보다 담이 더 춥고 힘들 것이라고 생각한다. 아이는 대문을 열고 밖으로 나가 양팔로 담을 감싸는 상상을 한다. 바람이 담벼락에 와 부딪는 것을 막고자 한다. 집은 담이, 담은 아이가 보호해준다. 아이는 잠들면서 실제로 양팔을 확 벌린다. 방안은 웃풍으로 잠든 가족의 얼굴이 발갛게 얼어 있지만 아랫목 이불 밑은 요가 탈 정도로 따뜻하다.

왜 이렇게 바람이 부는 것일까.

왜 이렇게 밤은 어둡고 깊은 것일까.

밤은 너무 깊어 결코 건널 수 없을 듯하다. 노를 젓고 또 저어 건너고 또 건너도 결코 여명에 가닿을 수 없을 듯하다. 내일 아침은 오지 않을 듯하다. 집은 영원히 표류하며 밤바다 위를 떠돌 듯하다. 바람은 갈수록 격노하여 이 외딴집을 삼켜버리고자 한다. 집은 광포한 바람에 몸을 맡긴다. 자칫 정신을 조금만 놓아도 그 순간 산산조각 날 것이다. 창은 창대로 문은 문대로 마루와 봉당, 벽, 지붕, 담, 모든 것이 제각각 떨어져나갈 것이다. 혼비백산한 집은 넋을 놓지 않으려 안간힘 쓰며 쪽배가 되어 밤 속으로 흘러간다.

어둠 속으로 어둠 속으로 흘러간다.

그렇게 떠나간 배는 지금 어디에 있을까.

아직 밤을 건너고 있을까. 아침의 빛은 그 어디에도 보이지 않는 것일까. 사납게 불던 바람이 모든 것을 망각시켜버렸을까. 배는 그 안에 태운 한 가족을 망각해버렸을까. 그런 광포한 바람이라면 그 무엇이라도 망각 속으로 빠져들게 할 것이다.

집은 모든 것을 잊은 게 분명하다. 잊지 않았다면 오지 않을 리 없다. 목숨이 다할지언정 결코 넋을 놓지 않으려고 심연 속으로 몸을 던지던 집이 그 안에 품었던 한 가족을 잊을 리 없다.

그동안 무수한 세월이 흘렀다.

여자는 창변에 앉아서 기다린다. 이 창변은 그 옛날 밤 속으로 떠나가던 쪽배가 아이의 미래를 향해 점지해놓은 밑그림인 것 같다. 여자는 창변에 앉아 있는 이 그림이 몹시 낯익다. 이 그림은 배가 떠나가던 그 밤 이후 여자 안에서 은밀히 자라온 듯하다. 여자는 결국 이 창변에 앉아 있기 위해 지난날을 거쳐왔다는 느낌마저 든다.

유년에 떠나간 그 쪽배가 물결을 가르며 오는 광경을 여자는 눈앞에 그려본다. 그 배가 기어이 밤의 심연을 건너 이 창변으로 온다면, 정말 그런 순간이 온다면.

여자는 자신을 믿고 자신의 인생을 믿으리라.

봄의 집

그 집을 생각하면 우선 꽃의 사태를 만난 듯한 봄날부터 떠오른다.

봄날의 그 가없이 긴 한낮 속으로 번져나가던 꽃향기, 건너편 백대령 집에서 기르는 칠면조가 특이한 울음소리로 울면 꽃향기에 잠기듯 몽롱해지던 한낮이 다시 한번 깨어나 넓디넓게 퍼져나가던 봄날이 떠오른다.

축대 밑으로 울타리를 이루며 내려드리운 노란 개나리꽃, 그것은 꼭 노란 폭포수 같다. 그 폭포수는 한옥 마루 유리문에 거울처럼 그대로 반사되어 양쪽에서 이중으로 노란 폭포수가 쏟아져내리는 듯하다. 그 집에 처음 들어서는 손님은 그 정경을 눈부셔하며 어지럽다고 말한다. 실제로 어지러워 이마를 짚고 발걸음을 멈추기도 한다.

가을에 떨어진 낙엽을 들추고 연한 눈을 쏘옥쏘옥 올려 밀며 돋아나와 어느 결에 희고 순결한 꽃을 피우는 장독대 옆 옥잠화 꽃무더기. 옥잠화 순을 낙엽더미 속에서 발견할 때면, 그러니까 매 봄마다 봄을 알리는 신호탄처럼 낙엽 속에서 순을 올려 밀고 있는 옥잠화를 발견하는 첫 순간이면 무엇이 이리도 귀한 것이 이 세상에 있는가 저절로 감탄하게 된다.

우물가에 월계수, 찔레, 대문 옆에 라일락, 장미, 철쭉, 뒷담 밑에 앵두들이 봉오리를 맺어 꽃 피기 시작하고 앞마당 꽃밭에 씨를 심거나 모종한 해바라기, 접시꽃, 코스모스, 봉선화, 금전화, 채송화, 백일홍, 분꽃 그리고 나팔꽃과 수세미 넝쿨…… 또한 화단 한쪽에 있는 난초 더미는 새로이 모종을 해주지 않아도 봄이 되면 저절로 순이 돋아 난초밭을 이룬다. 산에는 아지랑이가 어지러이 감돌고 뻐꾸기가 울고 마당에는 참새떼, 전쟁 전에는 꿩이 내려오기도 했다. 안주인이 샘물가에서 쌀을 씻은 후 일부러 조금씩 흘려놓아둔 모이를 먹기 위해 내려오는 것이다. 꿩이 잡힐 듯 가까이에서 날개를 좍악 펴는 황홀한 순간을 상상해보라. 풀밭에 내려온 천사를 본다면 아마 그렇게 황홀해지지 않을까. 식구들은 방문을 살그머니 조금 열고 꿩이 그 화려한 날개를 좍악 펴는 정경을 숨죽여보곤 한다.

축대 위 개나리 울타리 뒤로 도토리나무, 산버찌나무, 아까시나무와 넝쿨 들이 무서운 힘으로 뒤엉켜 자라고 바위투성이 마당에 딸기 줄기가 강한 번식력을 가지고 뻗어나간다. 가만히 잎사귀를 들치면 어느새 딸기가 함초롬히 매달려 불그스레 익어가고 있다.

사시사철 샘에서 흐르는 물이 바위투성이인 경사진 앞마당을 적시기 때문에 마당에는 이끼가 끼고 습한 곳이 많으며 지난가을의 낙엽들이 한여름에도 마당 구석진 곳 어딘가에 켜켜이 쌓여 있다. 켜켜이 쌓인 축축한 낙엽이 거름이 되어 식물들은 그리도 왕성한 생명력으로 자라고 있는가. 마치 마술사가 마당에 서서 양 손바

닥을 서서히 들어올리고 있는 듯하다. 마술사의 동작에 따라 땅 밑
수액과 양분이 일제히 빨아올려져 나무 꼭대기에서 꽃봉오리에서
분수처럼 뿜어지고 있는 듯 보인다. 그 분출되는 생명력은 집 전체
를 하나의 특이한 소용돌이 속으로 몰아가는 듯 보인다.

  그런 봄날 저녁 어스름한 방안의 한 정경.
  창호지 문을 등뒤로 하고 서서 전쟁 귀향자인 오빠가 영화 줄거
리를 얘기하고 있다. 어머니와 아이들은 방바닥에 드러누워 그 얘
기를 듣는다. 오빠는 방금 외출에서 돌아왔거나 아니면 식구들과
함께 저녁을 먹고 난 후일 것이다. 오빠는 저녁을 먹은 후 아래채
인 그의 방으로 내려가려다가 잠시 영화 얘기를 한 것일까. 그렇다
면 저녁을 먹은 밥상이 아직 치워지지 않은 채 방구석에 신문지나
조각보를 덮고 놓여 있을 것이다. 혹은 종종걸음으로 어머니나 아
이들이 찬실에 내어다놓고 왔을 것이다.
  방안은 어스름에 잠겨 있고, 식구들은 방바닥에 누워 이야기를
듣는다. 어머니와 아이들의 몸은 부피감 없이 방바닥에 납작하게
붙어 있다.
  늘 그런 구도였다. 오빠가 서 있었던 것은 잠시만 얘기한다는
몸짓이었을까. 그러나 이제 생각해보니 방안에 의자가 없어서였
을 것 같다. 의자가 있었다면 편하게 걸터앉아서 얘기했을 것 같
다. 혹은 서서 말해야만 온몸으로 표현할 수 있기 때문일 수도 있

다. 또한 식구들이 드러누워 있는 것은 웃풍이 센 집이어서 자연스레 형성된 생활 습관이었던 것 같다.

밖은 이미 봄이었음에도 식구들은 습관적으로 누워 있었다.

"셰인, 돌아오라고 말이야."

오빠는 얘기하다가 빙긋이 웃었는데 그 당시 보지 못했던 표정 하나가 반세기도 넘은 지금 여자에게 손에 잡힐 듯이 다가온다.

얼마 전 TV 프로그램 〈흘러간 명화〉에서 여자는 이 영화를 보았다.

영화를 보면서 아, 인생이 이게 뭔가 하고 머리가 어지러웠다. 어린 날 얘기로 듣던 영화를 먼 훗날 보고 있는 현재의 모습이 여자에게 의식되었다.

어두워지는 모래산 기슭 저편으로 말을 타고 터덜터덜 한없이 가고 있는 남자 주인공 셰인. 그 뒤를 쫓던 마을 아이가 멈추어 서자 여자는 아, 여기 어디서 저 아이가 소리치겠구나 그런 감을 잡았다. 여자가 그렇게 감을 잡는 순간 화면 속 마을 아이는 정말로 흙담 옆에 멈추어 서서 그 남자를 향해 외쳤다.

"셰에인― 컴―백―"

유명한 〈셰인〉의 주제음악이 흐르며 셰인은 모래산 기슭 저편으로 멀어져가고 영화는 끝났다. 주제가와 함께 어우러지는 옛 영화에의 감흥과 앨런 래드라는 옛 배우에 대한 향수도 덧붙여졌겠으나 그보다 다른 어떤 것에 여자의 마음은 곤두박질치고 있었다. 셰인 컴─백!이라고 외치는 영화 속 아이의 소리와 함께 들려오는 또하나의 목소리. 여자는 〈흘러간 명화〉가 끝나고 난 후에도 영화 보던 자세 그대로 TV 앞에 오랫동안 앉아 있었다.

"셰인─ 컴─백─ 셰인 돌아오라고 말이야."

식구들은 방바닥에 누워 오빠를 바라본다기보다 자연스레 천장을 바라보고 있었다. 그리고 방안은 어스름이어서 창호지 문을 등진 오빠의 표정이 보였을 리 없다. 그런데 그때 얘기하다가 빙그레 웃음 짓던 오빠의 표정이 지금 여자에게 보인다. 뺨이 조금 파이면서 짓던 그 웃음이……

"셰인─ 컴─백─ 셰인 돌아오라고 말이야."

말하던 오빠의 목소리, 창호지 문에 어리던 어스름과 빙긋이 짓던 미소.

말할 수 없는 부드러움이 방안을 감싸고 있었다. 아직 전깃불이 켜지기 전의 긴 저녁나절, 한 가족이 몰입해서 영화 얘기를 듣는 그 안온하던 방. 얘기하는 동안 방안은 점점 더 어두워지나 아무도 일어나서 전깃불을 켜지 않는다. 얘기의 맥이 끊어질까봐서이기도 하지만 점점 짙게 밀려드는 어둠이 친숙해서이기도 할 것이다.

살아온 시간 중 어느 부분이 사라지고 어느 부분이 떠오르는가. 그것들은 어딘가에 숨어 있다가 어느 순간 떠올라 퍼즐 맞추기를 하는가. 한 장면에 대한 기억, 흘려들었던 한마디가 아귀를 맞추며 눈앞에 어떤 그림들을 그려놓는다.

영화 속에서 셰인을 외치는 마을 아이의 소리와 오빠의 목소리가 함께 들리게 만들던 그 방. 그 방에서의 한때. 그때가 바로 오빠의 청춘 시기였다는 것을 새삼스레 여자는 알아차린다. 그 시기가 아이가 지켜보는 눈앞에서 눈 깜짝할 사이에 지나간 한 젊은이의 청춘이었다는 것을 알아차린다. 뿐더러 영화 얘기를 하며 빙그레 미소 짓던 그 청년이 전쟁터에서 갓 돌아온 사람이라는 것은 놀랍기까지 하다. 그 청년이 실제로 총을 들고 싸웠고 적을 향해 대포를 쏘았다. 귀를 울리던 전쟁의 폿소리가 문득 사라져버리고 어스름 속에서 어머니와 동생들에게 영화 얘기를 해주고 있는 자신의 목소리만 들릴 때, 그 순간을 음미하느라 오빠의 얘기는 그렇게 느릿느릿 부드러웠던가. 그때 그 방안은 너무 부드러워 이 세상이 아닌 다른 곳인 듯했다.

그러나 무슨 얘기인가.

그렇게 부드러운 어스름에 싸여서 영화 얘기를 느릿느릿 하던 그 청년이 전쟁의 포화 속에서 죽을 고비를 넘기고 살아 돌아왔으며 더욱이 십팔 세의 나이에 학도병으로 징집된 것, 그러니까 삼년 동안 전쟁을 치른 후 그때 영화 얘기를 하던 때가 이십일 세의 어린 청년이었다는 것. 아이들 눈에는 전쟁 후에 나타난 오빠가 집에 온 손님처럼 그냥 어른으로 비쳤고, 그 인상이 그후 지금껏 죽 이어져온 것이므로 처음부터 어른인 사람이었으니.

스물한 살! 얼마나 어린 청년이었는가.

이런 것들을 TV 〈흘러간 명화〉를 보고 난 후 새삼 놀라듯 여자는 깨닫고 그 감상에 곤두박질치는 기분이 되었던 것이다. 매 순간 자신을 살아왔을 뿐 바로 옆의 형제에게마저 한순간도 함께이지 못했다는 것에, 자신 외에는 누구도 타인이었다는 것에 여자는 뒤늦게 가슴 아파한다. 너무 가슴이 아파 절절맨다. 전쟁터에서 살아남아 세상을 바라보고 있는 그때 그 스물한 살의 눈동자가 이제야 여자에게 생생히 체험되어온다.

그 청년은 고등학교 이학년 때 전쟁에 징집되었다.

포병으로 배치되어 최전선에서 적을 향해 대포를 쏘았다. 폿소리가 너무 커서 고막이 물속에 잠긴 듯 늘 멍했다. 낙동강 전투에서 트럭으로 이동하던 밤 폭격을 맞아 열한 명이 타고 가던 트럭바퀴 밑에서 혼자 살아남았다.

그 청년은 어머니가 그리워 전선으로 이동중 어머니 집 동네 근처를 지날 때 군용 트럭에서 뛰어내려 집으로 달려왔다. 귀란아 하고 부르며 대문을 들어섰을 때 어머니와 할머니는 비 떨어지는 마당을 바라보며 문지방에 걸터앉아 눈물을 짓고 있었다. 우리 승조는 어찌되었는가……라고 되뇌면서.

오빠는 어릴 때부터 대구에 있는 친척집에 맡겨져 있었고 어느새 고등학교 이학년이 되었으나 전쟁이 났던 것이다. 폿소리가 멀리서 또 가까이서 들려오고 있었다. 총소리, 전투기 소리, 폭탄 떨어지는 소리 들이 배음으로 깔리고 있었다.

여자에게 그때의 장면이 눈앞의 일인 듯 펼쳐진다.

"귀란아."

부르며 대문을 들어서던 오빠의 모습. 군복 위에 국방색 군복 우비를 입고 머리에 썼던 우비 모자를 벗으며 들어섰다. 할머니와 어머니가 맨발로 달려나가 오빠를 껴안고 울었다. 오빠는 마당에 섰던 그대로 한숨 돌릴 사이도 없이 곧 대문을 나섰다. 오빠가 언덕 아래로 사라질 때까지 할머니와 어머니는 빗속에서 대문 기둥을 잡고 울었다.

그러나 오빠의 소식, 살았는지 어찌되었는지…… 하던 오빠가 직접 눈앞에 나타난 그 사실을 실지 접할 수 있었기에 한편으로 안도하며 반가움에 또다시 울었다.

살아 있었던 것이다. 살아 있다가 군인이 되어 나타난 것이다. 그러나 또다시 싸우기 위해 어깨에 총을 메고 비 오는 전쟁터로 달려나갔던 것이다.

아이에게 비 오는 날의 그 정경은 인상 깊게 각인되어 퍼즐의 한 조각이 된다.

오빠는 호에서 앉은잠을 자거나 새우잠을 잘 때일지라도 어머니를 생각하며 양다리를 쭉 펴고 자려고 노력했다. 그래야지만 어머니가 전시에 무사할 것 같아서였다. 어머니는 오빠를 생각하며 양다리를 꼬거나 구부리지 않고 잠을 잤다. 그래야 아들이 무사할 것 같아서였는데 어떻게 어머니와 아들의 방법이 약속도 없이 일치했을까…… 전쟁 후에 들은 얘기다.

휴전이 된 후 오빠는 몇 번인가 휴가를 나왔고, 부대에 돌아갈 때면 마루에 걸터앉아 군화 끈을 오래도록 매었다. 군화 끈을 오랫동안 꼭 조여 맨 후 꼭 조여진 군화 끈에 힘입어 기분을 바꾸듯 가뿐히 일어서서 마당 어디에서 놀고 있는 아이들에게 귀란아, 미란아, 오빠 간다라고 말하며 대문을 나섰다. 어머니는 일터에 나가고 없었으므로 오빠는 아이들에게만 인사를 하고 떠났다. 오빠는 그렇게 휴가를 나오다가 제대를 했고 그후 대구에 있는 친척집으로 가지 않고 식구들과 함께 살았다.

전장에서 오빠가 돌아온 대신 인민군에게 붙잡혀간 아버지는 돌아오지 않았다. 오빠가 영화 얘기를 하던 그 방이 그렇게 조용하고 부드러웠던 것은 아버지의 빈자리 탓도 컸던 것을 여자는 이제 깨닫는다.

모든 것을 배제하고 오로지 봄의 집만을 쓸 수 없을까.

그러나 그 집 식구들이 자연히 끼어듦을 어쩔 수 없다. 그 집과 식구들은 따로 떼어지지 않는 한덩어리임을 간파한다. 어느 것이 집의 부분이고 어느 것이 식구들의 부분인지 분간되지 않는다.

오빠는 왜 그렇게 어머니와 어린 동생들에게 영화 얘기를 해주었을까. 얘기를 해주고 싶어하는 다감한 성격인가, 친절한 마음씨 때문인가. 어릴 때부터 어머니와 떨어져 타지에서 지내다가 가족에게 돌아왔다는 안도감과 기쁨 때문인가. 자신의 얘기에 심취해서일까. 살아 있다는, 전쟁이 끝난 꿈같은 봄날이라는 새삼스러운 자각 때문인가.

오빠는 얘기를 하고 또 했다. 점점 제스처까지 덧붙였다. 제임스 딘과 몽고메리 클리프트의 얘기를 많이 했다. 어머니는 오빠에게 너는 몽고메리 클리프트를 많이 닮았다고 말했다. 동네 아이들은 너희 오빠 배우니? 하고 물었다. 새로 칠을 입힌 미제 중고품 가죽 점퍼에 통 넓은 바지를 입은 축구 선수로 다듬어진 오빠의 모습.

전후의 매우 모호하던 시기였다. 집집마다 모두 어리둥절해하고 있던 시기였다. 무언지 모를 새바람이 들이밀리던 시기이기도 했다. 매일매일 피난 갔던 사람들이 돌아왔고 전쟁에 나갔던 군인들이 돌아왔다. 피난 갔던 사람들이 제집을 찾아들기도 했지만 전혀 낯선 사람들이 동네에 들어와 살기도 했다. 동네 아이들이 놀고 있는 중에 전쟁에 나갔던 군인이 동네 어귀에 들어서는 모습을 보는 것은 간간이 있는 일이었다.

전쟁에 나갔던 군인들이 집으로 돌아오는 모습이 어떻게 그렇게 심심할 수 있는 것인지 몰랐으나, 아이는 그후 크면서 여러 영화 속에서 그런 장면을 볼 수 있었다. 〈우리 생애 최고의 해〉라든가 또다른 많은 영화에서…… 오빠도 어느 날 제대를 하고 그렇게 동네에 들어섰을 것이다.

  오빠가 영화 얘기를 하던 시기는 그 짧은 청춘의 시기 중에서도 아주 짧았다. 어머니와 아이들이 누워 있고 오빠가 창호지 문을 등진 채 얘기하던 그런 구도의 장면이 그리 오래 계속되지 않았다. 어느 날 오빠는 동대문시장에서 미제 제니스 라디오를 사들고 왔고 식구들은 라디오 앞에 모여들었다. 송민도의 노래 〈나 하나의 사랑〉, 양훈·양석천의 코미디쇼, 〈청실홍실〉 주제가가 나오는 연속극, '꽃과 같이 고웁게 나비같이 춤추며……' 시그널 음악이 흐르는 〈어린이 시간〉, 임택근 아나운서의 스포츠 중계와 뉴스, 후라이 보이 곽규석이 진행하는 〈전국 노래자랑〉. 뚱뚱이와 홀쭉이인 양훈·양석천이 '여러분 안녕히 여러분 안녕히 오늘의 이 시간 유쾌히 보내시고 요다음 시간 다시 만날 시간 즐거운 이 시간에 만납시다……' 듀엣으로 화음을 넣어 노래 부르면 어서 내일 이 시간이 오기를 식구들은 기다렸다. 라디오를 듣는 사람들과 라디오 속에 나오는 사람들이 모두 함께 손을 잡는 듯했다.
  라디오는 작은 손가방 모양으로 모서리가 둥글게 다듬어진 디자인이었다. 베이지색 밀짚 무늬와 벽돌색이 매우 멋지게 콤비를 이루고 있었다. 대부분 직사각형 모양의 검은색이거나 고동색인 라디오의 통념을 깬 디자인과 색상에 어머니와 동생들은 흡족해

했다. 오빠 자신도 이 라디오를 고른 것을 흡족해하는 것 같았다.

그러나 라디오 때문에 오빠의 영화 얘기가 중단된 것은 아니었을 것이다. 라디오에서 전하는 뉴스 때문도 아니었을 것이다. 어느 때부터 무언지 모를 불안의 요소들이 끼어들기 시작했고 알 수 없는 두려움과 적의 같은 것이 창호지 문 밖에서 진을 쳤다.

이제 여자는 돌이켜 헤아릴 수 있다.

그 당시 한없이 고요하고 부드러운 방의 정경은 오빠가 전장에서 살아 돌아온 직후이기 때문이라는, 오직 그것에 감사해서 그리도 고요할 수 있었다는, 아직은 아무런 무엇도 침범할 수 없었을 때라는, 그러나 세상이 또하나의 전쟁터이며 세상 속에 잠복해 있는 전쟁의 요소들 속에 오빠도 아이들도, 이 세상 사람 그 누구도 피해 갈 수 없이 내던져져야 하리라는 것을⋯⋯

어머니의 화장

여름의 집으로 들어가기 전 봄날에 어머니가 화장하던 모습을 그려보자.

환한 창호지 문을 향해 경대를 내어놓고 어머니는 그 앞에 앉는다. 앉은키 높이의 경대다. 타원형의 거울이 있고 작은 서랍 네 개와 화장품을 올려놓는 대가 있다. 서랍에 빗, 눈썹연필, 루주, 가제 수건 같은 것들이 들어 있고 대 위에 코티 분, 로션, 콜드크림 같은 것이 놓여 있다. 타원형의 거울은 밀고 당김에 따라 대상을 비출수 있도록 되어 있으므로 어머니는 창호지 문을 향해 경대를 옮겨놓은 후 화장하기에 좋은 상태로 먼저 거울을 움직여놓는다.

긴 파마머리를 풀어서 빗는 것으로 어머니의 화장은 시작된다. 머리가 헝클어진 곳에서 빗이 내려가지 않으면 머리채를 한 손으로 잡고 그곳을 집중적으로 빗질한다. 어떤 때 빗에 머리가 뭉텅 빠지기도 한다. 빗을 싸두는 장판지가 방바닥에 펼쳐져 있고 빠진 머리카락은 그 위로 떨어진다. 어머니는 풍성한 머리채를 어깨 한쪽으로 쏠리게 해 고개를 약간 기울이고 오래오래 빗는다. 이윽고 빗이 수월하게 내려가면 머리 빗기를 그치고 양손으로 머리를 틀어올린다. 머리가 너무 길기에 성글게 땋듯이 해서 올린다. 올린 머리를 큰 핀으로 꽂아 고정시킨다. 머리핀에 당겨진 머리로 하여 양 눈이 조금 치켜올라가는데, 어머니는 머리카락 속에 손가락을 넣어 딸려올라간 머리를 느슨하게 조금 빼어놓는다. 그리고 딸려올라간 귀밑머리도 빼놓는다. 가운데 가르마를 낸 양 정수리 쪽 머리를 위로 당겨놓는다. 그러면 풍성하게 자연스러운 머리가 만들어진다. 어머니는 장판지 위에 떨어진 머리카락을 한데 모아 쓰레기통에 버리고 장판지에 빗, 가르마 타개, 참빗 등을 싸서 다시 경대 서랍에 넣어놓는다.

이제 화장을 할 차례다.

얼굴은 이미 콜드크림이 발려 반들거린다. 콜드크림만 바른 어머니의 얼굴은 근심에 찬 듯 어두워 보인다. 그러나 가제 수건에 화장수를 묻혀서 콜드크림을 닦아내면 막 세수하고 난 듯한 얼굴이 된다. 어머니는 그 위에 쮸쮸 영양크림을 바르고 그 위에 다시 코티 분을 바른다. 막 분을 바르고 난 얼굴은 이상하게 낯설다. 눈속에 분가루가 들어갔는지 눈알이 토끼 눈처럼 발갛다. 그러나 로션을 묻혀 손바닥으로 얼굴 전체를 문지르면 떴던 분가루가 가라앉으며 뽀얗고 자연스러운 얼굴이 된다. 발갛던 눈알도 정상으로 돌아온다.

이번에는 눈썹 그리는 연필로 눈썹을 동그랗게 다듬듯 그리고 새빨간 루주도 바른다. 솔에 묻혀 바를 때도 있고 직접 바를 때도 있다. 입술에 바른 루주를 새끼손가락으로 문질러 뺨에 조금 펴 바르는 것으로 화장은 마무리된다.

어머니의 화장하는 모습은 언제 보아도 아이들에게 재미있다.

이제 그 정경은 예전에 살다가 간 한 여자의 화장하는 모습으로 남아 있을 뿐이다.

여름의 집

노란 개나리꽃이 지고 나면 어느새 검푸른 녹음으로 변한 개나리 폭포수가 축대 밑으로 쏟아져내린다. 검푸른 폭포수는 한옥 마루 유리문에 그대로 반사되어 양쪽에서 검푸른 폭포수가 쏟아져내리는 듯 보인다. 이 집으로 처음 들어서는 사람은 양쪽에서 쏟아지는 검푸른 폭포수 때문에 어지럽다고 말한다. 정말 어지러운 듯 이마를 짚고 서서 선뜻 대문으로 들어서지 못한다.

그 검푸른 폭포수 사이에 오빠가 서서 아코디언을 켜며 노래를 부른다. 어떤 때 그 폭포수 위로 무지개가 선다. 정말로 빨강 주황 노랑 초록 파랑 남색 보라색을 띤 무지개가 양쪽 폭포수 위에 걸려 커다란 호를 그리며 둥근 아치를 만든다.

검푸른 폭포수와 무지개와 노래 부르는 청년과 상앗빛 아코디언……

어디선가 오, 청춘! 청춘!이라고 환호하는 환청이 얼핏 들리는 것 같다.

밖에서 놀다가 저녁 먹으라고 부르는 소리에 언덕을 뛰어올라오던 아이들이 문득 초저녁 별 하나를 발견하는 것도 여름날, 모든 색채가 짙어지며 어디에선가 남빛 물감을 짙게 풀고 있는 듯한 풍경을 자아내는 것도 여름날이다.

그러나 그 화려한 여름 속에 가장 무서운 복병이 숨어 있는 것을 아이들은 해마다 당하면서도 해마다 모르고 맞이한다.

폭우와 폭풍. 갑자기 굵은 빗방울이 듣기 시작하면 여우비인지 소나기인지 감을 못 잡은 아이들이 마당 빨랫줄에 걸린 빨래들을 걷어들이는 것으로 처음 비는 장난처럼 시작된다. 비가 오다가 금방 날이 활짝 개고 씻은 듯 얼굴을 내미는 해를 종종 보아온 터라 아이들은 잠시 처마밑에 비를 피해 서 있는다.

　그러나 비는 그치지 않고 계속해서 내린다. 온 마당이 비로 꽉 찬다. 대낮임에도 점점 밤처럼 깜깜해진다. 비를 피해 처마밑에 서 있던 아이들은 집안으로 후퇴한다. 그러곤 깜깜한 낮에서 그대로 깜깜한 밤을 맞이한다.

　온 천지에 오직 비와 칠흑의 어둠뿐. 산을 향해 홀로 돌아앉아 있는 이 외딴집에 번개가 치기 시작하고 천둥도 운다. 번개가 치자마자 천둥이 울면 거대한 폭음이 바로 세상의 정수리를 내려쳐 이 세상이 두 쪽 나는 것 같다. 번개가 치고도 한참 동안 천둥이 울리지 않아 안 울리는가보다 마음 졸이고 있으면, 먼 데서 위엄 있게 땅과 하늘을 뒤흔드는 소리가 울려온다. 정말로 온 하늘 온 땅이 뒤흔들린다. 그 소리는 바로 하느님의 위엄찬 꾸짖음 같다.

　마당의 나무들은 비에 시달려 신음하듯 머리를 풀어헤치고 서로 굳게 손을 잡는다. 뿌리는 땅 밑에서 서로 단단히 엉겨붙는다. 나무들은 비에 떠내려가지 말자고 이미 서로서로 묵약되어 있다.

　그러나 집은 속수무책이다. 전쟁이 훑고 지나간 집은 폭탄에 기울어 있고 담도 기울었다. 집 한쪽 면에 세워진 블록담은 더이상 기울지 못하도록 막대기 두 개로 받쳐놓고 있다. 그러니까 집 벽과 담 사이에 막대기 두 개를 철봉처럼 받쳐놓았는데 식구들은 어쩐지 늘 위태로운 마음으로 그 밑을 지나다닌다. 여염집보다 추녀가 길어 절간 같은 지붕은 기와 사이의 진흙이 밖으로 나와 풀이 무성히 자라 있다. 비를 빨아들인 지붕이 몹시 무거워 보인다. 그 무거운 지붕을 떠받치기만도 힘겨운 집이 비바람에 살아남으려 온 힘을 집중시켜 버틴다. 천둥과 비바람 속에서 집과 함께 떠내려가는 느낌을 받으며 아이들은 잠 속으로 빠져든다. 또한 비바람 속에서 식구들이 모여 있는 방안이 몹시 아늑하다고 느끼며 이 상반된 두 감정 속에서 가물가물 잠이 든다.

새벽의 수런거림 속에서 아이들은 눈을 뜬다.

동네 사람들이 모여 대문 앞에서 모래 가마니를 쌓고 있다. 산에서부터 무서운 기세로 쏟아져내리는 물줄기를 잡기 위해서다. 물줄기는 큰 폭으로 쏜살같이 달려내려왔는데 무슨 무서운 기세의 큰 짐승 같기도, 무당들의 칼춤 같기도 했다. 쏟아져내리는 그 물살을 한참 보고 있으면 정신이 멍해져 그리로 휩쓸려내려갈 듯 강하게 끌어당긴다. 어른들 틈에 끼어 서서 아이들은 무섭게 흐르는 물살을 바라보다가 그 흡인력에 깜짝 놀라 현실로 돌아와 한 걸음 뒤로 물러나고, 다시 바라보다가 깜짝 놀라 현실로 돌아와 다시 한 걸음 물러났다. 산 바로 밑 이 집이 떠내려가면 다음 집이 쓸려가고 그러다 결국 온 동네가 떠내려가게 된다고 동네 사람들은 말했다. 전쟁을 겪는 동안 산에 나무가 많이 없어진 탓이다. 그리고 피난민들이 하나둘 몰래 산 위에 판잣집을 짓거나 천막을 치기 시작했기 때문이다. 물줄기가 집안으로 쏟아져들어오지 않은 것은

굳게 언약한 나무 울타리가 서로서로 손잡고 뿌리들이 엉겨붙어
있어서일 것이다.

동네 사람들은 모래 가마니로 둑을 높이 쌓아놓고 돌아갔다. 동
네 사람들이 모여 있을 때 아이들은 무척 든든하지만 동네 사람들
이 하나둘 돌아가고 나면 말할 수 없이 허전했다. 홀로 산을 향해
돌아앉은 집처럼 동네 사람들이 돌아가고 난 후의 식구들은 너무
헛헛한 외톨이였다.

폭우와 장마에 집은 간신히 버팅겨 살아남았으나 집 앞 언덕길
이 떠내려가버렸다. 떠내려가버린 길에 낭떠러지가 생겼고 그 낭
떠러지 옆으로 집의 지반이 아슬아슬하게 파먹혀 속살을 드러내
었다. 저 방 속의 이부자리를 끌어내와 밖에서 보는 듯, 무언가 못
볼 속살이 함부로 드러나 있는 것 같은 형국이었다. 길이 다시 복
구될 때까지 아이들은 낭떠러지 밑으로 곡예하듯 오르내리며 학
교에 다녔다. 낭떠러지 아래는 아이들의 재미있는 놀이 장소가 되
기도 했다. 아이들은 그곳이 노천극장인 양 하늘을 우러러 노래와
연극을 했다.

그 시기, 손님이 이 집을 찾은 적이 있다. 길이 떠내려간 줄 모르
고 온 손님은 낭떠러지 아래 갇혀서, 도저히 올라올 수 없어 아이들
의 이름을 불렀다. 무심히 방에서 놀고 있던 아이들은 자신들의 이
름을 부르는 소리를 듣고 램프를 들고 밖으로 마중나갔다. 손님은
땀을 비 오듯 흘리며 떠내려간 길 아래서 구원을 청하고 있었다.

그때 그 칠흑 같던 밤과 램프의 불빛은 무언가 소중한 것을 던져준 것 같다. 칠흑 같던 어둠이었으나 램프의 밝은 빛이 어둠을 물리치던…… 그래서 손님을 구할 수 있었던, 그런 것이었을까. 아니 세상은 어둠이나 간혹 그렇게도 밝힐 수 있다는 것. 그때 램프는 정말로 타오르지 않던가. 자란 후 여자가 타지에서 브람스의 바이올린 협주곡을 들었을 때 램프를 들고 그 칠흑 같은 어둠 속으로 손님을 맞으러 나갔던 밤을 떠올렸다. 그 음률이 바로 어둠 속으로 흐르던 램프의 불빛 같았다. 그러고 보면 세상의 모든 것은 언제 어디서 다른 형태로 다시 만나게 되는 것인지.

폭풍과 폭우에 살아남은 집은 여러 빛깔의 꽃들을 필사적으로 피워대고 어디로 피난 갔다가 왔는지 모를 새들이 나무 가득 앉아 있다. 검푸른 녹음은 더욱 검푸르러져 이글이글 불타오르는 색채의 천국이 되었다. 반면 죽은 나뭇가지들이 많아져 명암의 대비가 더욱 뚜렷해졌다.

어느 여름날 오빠는 아코디언을 사가지고 왔다. 검은 케이스에 담긴 아코디언은 어딘지 모르게 상이군인 같은 인상이었다. 직사각형 케이스가 아니고 무슨 상형문자처럼 여기저기 깎여 있었는데 바이올린 케이스가 바이올린 모양을 그대로 하고 있듯 아코디언을 담기 위해 그 모양 그대로 만들어서일 것이다. 검은색 케이스에 달린 몇 개인가의 버튼을 눌러 뚜껑을 열자 검은빛 케이스와 대

조되는 상앗빛 아코디언이 빛나고 있었다. 건반 역시 상앗빛이었
는데 감색 벨벳이 감싸고 있었다.

오빠는 조심스럽게 아코디언을 꺼내어 양어깨에 메었다. 한쪽
에는 건반이, 한쪽에는 부채같이 접었다 폈다 하는 바람을 넣는 주
름상자가 달려 있었다. 한 면 가득 달려 있는 단추는 반주를 넣을
때 사용하는 것이었다. 오빠는 왼손으로 바람을 넣으며 오른손으
로 건반을 눌렀는데 누르는 대로 소리가 났다. 아이들이 재미있어
하자 한 손으로 바람을 넣어주며 눌러보라고 했다. 아이들이 손가
락을 가져다대자 도레미파솔라시도 누르는 대로 소리가 났다.

오빠는 아코디언을 사온 그날로 아코디언에 딸려온 교습책을
보며 노래를 켤 수 있게 되었다. 아이들이 잠들 때까지 아래채 오
빠 방에서 아코디언 소리가 들려왔다. 밤이어서 소리를 죽여 뿜파
뿜파 하는 반주까지 벌써 넣고 있었다. 오빠는 아코디언을 산 일이
너무 기뻐서 밤새도록 켰다. 잠을 자지 않았다.

오빠가 처음 아코디언을 사달라고 했을 때 어머니는 안 된다고
했다. 그냥 안 된다고 한 것이 아니라 오빠의 앞날을 염려하여 머
리를 싸매고 누웠다.

오빠는 아코디언을 사서 친구들과 함께 밴드를 만들겠다고 했
다. 한 친구는 기타, 한 친구는 드럼, 한 친구는 색소폰 그리고 오
빠가 아코디언이었다. 어머니는 네가 왜 제일 비싼 아코디언을 맡
느냐, 그리고 대학에 들어가야 할 텐데 공부를 해야 하지 않겠느냐

고 했다. 지금 우리 형편에 어떻게 아코디언을 사달라고 하느냐 나무라며 눈물지었다. 오빠는 아코디언을 너무 갖고 싶어했고 포기하지 않았다. 그런 긴장의 날들이 한없이 계속되었다.

그런데 어느 날 갑자기 오빠가 아코디언을 사지 않겠다고 어머니에게 말했다. 아코디언을 사지 않고 시험공부를 하겠다고 했다. 오빠가 정작 단념하자 어머니는 측은해져서 아코디언을 사주었다. 그날 아침 큰아이가 학교에 가면서 오빠 방에 몰래 쪽지를 밀어넣고 갔던 것이다. 엄마가 고생하는데 오빠가 아코디언을 사지 않았으면 좋겠다고.

오빠는 매일매일 노래를 불렀다.

마당에 나와 검푸른 폭포수 사이에 서서 부르는 오빠의 노랫소리가 온 동네에 울려퍼졌다. 처음 아코디언 소리는 브와앙 하고 조그맣게 어딘지 움츠리며 시작된다. 그 소리 속에는 아, 또 시작인가라고 식구들이나 동네 사람들이 생각할 것 같은 송구함이 배어 있다. 조심스럽게 건반이 눌린다. 그러다가 한 곡 두 곡 부르는 사이 점점 긴장의 빗장이 풀리며 마음껏 부르기 시작한다.

"울었소 소리쳤소 이 가슴이 터지도록……" 이 구절을 부를 때 오빠의 마음이 그대로 전달되어 듣는 사람도 후련해진다. 오빠는 정말로 이 가슴이 터지도록 부르고 있었다.

"당신이 주신 선물 가슴에 안고서 달도 없고 별도 없는 어둠을

걸어가오. 저멀리 니코라이 종소리 처량한데 부엉새 우지 마라 가
슴 아프다."

오빠가 부르는 노래는 아이들도 곧 따라 부를 수 있게 되었다.
오빠가 부르는 노래는 한두 번만 들어도 따라 부를 수 있었다. 그
어느 것이든 아이들에게 쉽고도 새롭게 전달되었다. 가령 "불어
라 봄바람 솔솔 불어라" 같은 아이들이 이미 알고 있는 노래도 오
빠가 부를 때 새삼 불어오는 봄바람을 느낄 수 있었다. 살랑거리는
봄바람에게 나무 그늘 밑에 아기가 잠자고 있으니 깨우지 말라고
당부하는…… 그 노래 속에서 아이들은 그들이 마시는 바람의 맛
과 감촉, 냄새 이외에도 봄 속으로 불어오는 바람, 인생 속으로 불
어오는 봄바람을 막연히 느꼈던 것이다. 아, 이렇게 봄바람이 불어
오고 있구나 하고.

그 느낌은 훗날 아이가 큰 후에 〈바람은 몰라〉라는 영화를 보았
을 때 강하게 되살아났다. 동양을 배경으로 한 전쟁 영화였는데 군
부대 잔디밭에 '들어가지 마시오'라고 하얀 팻말이 세워진다. 그
리고 연이어 "그러나 바람은 글자를 모르니 어이하리"라는 자막
이 나온다.

그 자막을 보는 순간 정말 바람은 글자를 모르는구나, 라는 낭
만적 풀이에 대한 감탄 외에 어릴 때 오빠의 노래에서 느끼던 봄바
람, 인생의 바람 같은 것이 새삼 밀려들던 것이다.

오빠는 팝송을 많이 불렀다. 아코디언을 꺼내 어깨에 멘 후 부

르기 시작하는 노래 순번은 그때그때 기분에 따라서 다르지만 대개 〈잠볼라〉로 시작되었다. "이카르디오 미카르디오 디오 미오 마이……" 하고 시작되는 빠른 템포의 노래였다.

아이가 기억하는 대로 적어보면

"웬 에버리 키세스……"라는 〈물랭 루주〉의 주제가. "프레이 더 기타 프레이 어게인 마이 자니……" 〈자니 기타〉의 주제가. "모나리자 모나리자 유 컴 투 미……" 냇 킹 콜의 노래. "앤서 미 오 마이 러브……" "잇츠 올머스트 투모로……" "스리 코인스 인 더 파운틴……" 〈애천〉의 주제가. "두 낫 포세이크 미 오 마이 달링……" 〈하이 눈〉 주제가. "세븐 론리 데이 유 톨 미 위 워 스루……" "바야 컨디어스 마이 달링……" 〈인디언 러브 콜〉 〈오 마이 파파〉 〈체인징 파트너〉 〈테네시 월츠〉 〈시크릿 러브〉. "와일 아이 기브 투 유 앤 유 기브 투 미 트루 러브 트루 러브……" 그레이스 켈리가 부르는 〈상류사회〉 주제가. "데어 이즈 어 리버 컬 더 리버……" 마릴린 먼로가 부르는 〈돌아오지 않는 강〉의 주제가. "세트 미 더 필로우 댓츠 드리머……" "인 더 미스터 문라이트……" "리턴 투 미……" 딘 마틴의 노래. "아이 레프트 마이 홈 인 샌프란시스코" 프랭크 시나트라의 노래. "아이 웬 투 유어 웨딩……" "바야 컨디어스 마이 달링……" "베싸메 베싸메 무쵸 고요한 그날 밤 리라꽃 피는 밤에……" "웬 아이 워즈 저스트 리틀 걸 아이 애스크 마이 마더……" 〈셰인〉의 주제가. 〈자이언트〉의 주제가. 〈에덴의 동쪽〉의 주제가. "유 아 마이 선샤인 마이 온리 선샤인 유 메이크 미 해피……" 이 노래는 한국어로 발음을 써놓은 종이를 아이들에게 주며 따라 부르게 했다. 그리고 오빠가 화음을 넣었다.

"아라비아 공주는 나박사 공주 오늘밤도 외로운 밤……" "울려고 내가 왔던가 웃으려고 왔던가……" "어머니의 손을 놓고 돌아설 때엔 부엉새도 울었다오 나도 울었소……" "저고리 고름 말아쥐고서 누구를 기다리나 낭랑 십팔 세……" "홍도야 우지 마라 오빠가 있다……" "봄비를 맞으면서 충무로 걸어갈 때……" "별들이 소근대는 홍콩의 밤거리……" "사랑해선 안 될 사람을 사랑하는 죄이라서……" "먼산에 아지랑이 품안에 잠들고……" "벼슬도 싫다마는 명예도 싫어……" "남쪽 나라 십자성은 어머님 얼굴……" "천둥산 박달재를 울고 넘는 우리 넘아……" "님께서 가신 길은 영광의 길이옵기에……" "정열의 달밤 하와이 밤이여……" "이슬비 오는 밤에 떠나가신 그대여……" "파란 색종이 접어 종이배 만들어 오지 않는 님에게 이 마음 전해볼까……" 위키 리의 노래. "보슬비가 소리도 없이 이별 슬픈 부산 정거장……" "전우의 시체를 넘고 넘어 앞으로 앞으로……" "오늘도 정답게 짝을 지어서 북으로 떠나는 전투기들아……" "동이 트는 새벽꿈에 고향을 본 후……" "창공에 빛난 별 물위에 어리어……" "서편에 달이 호숫가에 질 때에……" "구름 너머 멀리 있는 곳 어느 때나 그리운 내 고향……" "아름다운 꿈 깨어나서 하늘의 별빛을 바라보라……" "먼산에 진달래 울긋불긋 피었고 보리밭 종달새 우지우지 노래하는……" "아침 바다 갈매기는 금빛을 싣고……" "즐거운 곳에서는 날 오라 하여도……" "깊은 산 속 옹달샘 누가 와서 먹나요……" "기찻길 옆 오막살이 아기 아기 잘도 잔다……" "푸른 하늘 은하수 하얀 쪽배에……" "서산 너머 햇님이 숨바꼭질할 때에……" "가만히 귀 대고 들어보면 얼음장 밑으로 흐르는 물……"

이 많은 노래를 오빠는 일단 아코디언을 들면 하나도 빠짐없이 전부 불렀다.

영어 노래는 가사의 뜻을 모른다 해도 모든 노래에서 풍기는 애수를 아이들은 느낄 수 있었다. 무언지 절절하였다. 우리말을 안다 하여도 "저멀리 니코라이 종소리 처량한데……"라든가 "아라비아 공주는 나박사 공주……" 같은 무언지 모를 발음에 대해 아이들은 더욱 애수를 느꼈다. 아침부터 저녁 어스름까지, 어떤 때는 밤까지 오빠의 노래는 계속되었다. 아이들이 밖에서 놀고 있을 때 언덕 아래 혹은 산중턱까지 노랫소리가 바람결에 들려오는 것을 들을 수 있었다.

오빠가 아코디언을 연주하며 노래를 부르는 동안 아이는 영화를 보러 다니기 시작했다.

아이는 세상에 이렇게 재미있는 일이 있는가 하며 영화관 스크린 속으로 빨려들어갔다. 영화에 살고 영화에 죽었다. 아이 인생을 통틀어 아마도 그러한 열정은 다시없었던 듯한데 그런 의미에서 열두 살 무렵의 그 시기가 아이에게 청춘의 시기가 아니었는가 한다. 그러니까 오빠의 눈부신 청춘과 아이의 청춘의 시기는 함께 맞물려 있던 것이다.

아이는 극장가를 돌아다녔다. 오빠가 노래를 부르면 부를수록 아이는 극장가를 돌고 돌았다. 마치 북과 장구가 서로 흥을 돋우어 장단을 맞추는 듯했다.

아이는 삼류 극장이 있는 뒷골목에 서서 어쩐지 타락의 냄새, 싸구려 냄새, 시궁창 냄새, 범죄의 냄새를 맡았다. 껌이 들러붙어 있는 대낮의 뒷골목에서 밤의 축축함을 느꼈다. 깊이를 알 수 없는 웅덩이, 커튼 사이로 흘깃 보이는 비밀, 유혹, 공허한 욕망 따위를 막연히 느꼈다.

그러나 또한 아이는 화면 속에 나오는 유모차를 밀고 가는 주부, 제라늄이 놓인 부엌 창가, 장미가 피어 있는 잔디밭, 바람에 나부끼는 흰 레이스 커튼 뒤로 흐르는 음악, 이런 것들에 꿈을 걸었다. 선물을 사가지고 먼 나라에서 돌아오는 아버지에게 하늘색 원피스를 입고 흰 레이스 양말에 구두를 신은 아이들이 달려나가 안기는 모습은 행복의 원형 같았다. 그런 장면은 아무리 보아도 또 보고 싶었다.

그런가 하면 〈산장의 밤〉이라는 영화에 나오는 시몬 시뇨레의 얼굴에서 인생을 느꼈다. 〈현금에 손대지 마라〉에 나오는 장 가뱅의 뒷모습에서 고독을 느꼈다.

무어라 표현할 길 없는 여자들의 매력, 〈연애 시대〉에 나오는 마리나 블라디, 〈과거를 가진 애정〉에 나오는 프랑수아즈 아르눌, 〈조국아 나는 통곡한다〉에 나오는 등이 굽은 혁명아 청년의 이름 모를 연인, 다른 어느 무엇에도 들어 있지 않은 그 여자만이 갖는 매력에 아이는 원인 모를 통증을 느꼈다.

초등학교를 이제 막 졸업한 아이는 나름대로 인생의 여러 면을 느끼고 공감했다. 아이는 잘 모르겠는 것들을 전부 인생이라는 단어에 결부시켰다. 인생 속에는 모든 것이 다 들어가 있다, 이런 정의를 끌어내었다. 물론 아이가 인생이라는 단어의 의미조차 잘 모르고 있다고는 해도 그 단어는 영화 속에서 그렇게도 많이 되풀이되어서 나오고 있던 것이다.

특히 아이에게 각인된 인상들이 있다.

그 인상들은 아이 몸에 씨앗처럼 심겨 그후 아이가 실제로 겪어온 세월들은 그것의 변형에 지나지 않았다고 할 수도 있으리라.

〈흑수선〉의 한 장면. 수녀복을 벗은 수녀가 자신의 비밀을 알고 있는 수녀를 죽이려고 절벽 밑으로 떨어뜨린다. 수녀는 절벽 위에 세워진 종루에서 종을 치고 있다가 절벽 밑으로 떨어지지 않으려고 종 줄을 붙잡고 매달려 사투를 벌인다. 그때 절벽 밑에서 올라오던 센 바람과 함부로 울려퍼지던 종소리, 떨어지지 않으려고 밧줄을 잡고 저렇게 죽을힘을 다해 매달려야 하는 것이 인생인가 아이는 생각했다. 또 〈파도〉라는 영화도 있다. 멀리 섬으로 떠나는 남자 주인공이 떠나기에 앞서 두 자매를 알게 된다. 소개받을 때 자매 이름을 들으며 아 헷갈리는데…… 하고 그 남자가 지나가는 말처럼 한다. 그런데 그것이 바로 운명의 장난처럼 되어버린다. 그 남자는 곧 섬으로 떠났고 마음속에 둔 동생에게 편지를 쓴다. 그런데 이름이 바뀌어버려 언니가 섬으로 온다. 조용한 성격의 동생은 마음에 상처를 입고 수녀가 된다. 배에서 내리는 언니를 보고 놀라 실망하는 주인공 남자에게 친구가 옆에서 어서 손을 흔들라고 부추긴다. 섬까지의 고된 여정을 위로하려는 의도도 있겠으나, 주인공의 친구가 정열적인 성격의 언니를 은근히 연모했던 숨은 이유도 있다. 아이는 그 영화를 보며 저렇게 한순간의 실수로 뒤바뀌어버리는 것이 운명임을 은연중 마음에 새겼다.

또 제목이 무엇이었는지…… 한 청년이—아마 홀스트 부흐홀츠였던 것 같다—배에서 내려 해변에 있는 어느 집으로 간다. 바다로 향하는 언덕 위 마을 중 계단이 길게 나 있는 집이다. 청년은 불안하게 사방을 살피며 계단을 올라 그 집 문을 두드린다. 현관에 남자의 애인인 여자가 나타나 몹시 반긴다. 그 남자는 그곳에서 며칠 묵고 경찰을 피해 떠난다. 아이가 느끼기에, 이 세상에서 가장 안전하고 아늑한 곳이 지금 그곳이겠으나 남자는 대낮에 조용히 뒷문으로 나서서 해변 저쪽 길로 사라진다. 설명이 필요 없이 이미 화면에서 보이고 있는 그 여자의 품, 쉴 수 있는 곳. 아이는 그 안식처에 이미 눈을 뜨고 있었다. 모든 사람들이 갈망하는 것이 그 안식처인 것, 그러나 그 안식처란 그저 되는 것이 아니며 안식처를 만들 능력이 있어야 한다는 것, 아니 그 당시 아직 거기까지 구체적으로 생각하지 못했다 하더라도 그 인상이 깊이 남아 있던 것이다. 그러나 또한 안식처에 대한 능력과는 상관없이 남자들이 떠나던 것, 비록 경찰에 쫓기는 몸이어서이긴 하지만 떠나는 것이 남자의 생리인 것도 아이는 영화를 통해서 어느 시간대에 터득하기 시작했다.

또한 〈인생유전〉이라는 영화에서 얻은 명구는 일생 동안 아이를 지배했다고 할 수 있다. 주인공 여자가 옛사랑의 남자에게 절규하듯 외치는 소리. 나는 당신 때문에 타락할 수 없고 결코 늙을 수 없다! 여주인공의 그 소리는 그대로 아이 가슴에 와서 박혔다. 아이는 이다음 누군가 사랑하는 남자를 만나게 될 것이며 일생 그 남자를 마음에 품고 있느라 타락하지 못하고 늙을 수도 없을 것이라고 생각했다.

아이는 크면서 실제로 이 인생들을 체감하였다. 떨어져나가지 않으려고 죽을힘을 다해 매달리던 밧줄. 사소한 것으로 어긋나 크게 바뀌던 운명. 그리고 안식처의 참의미…… 그러나 당신 때문에 늙을 수 없고 타락할 수 없다던 절규는 도대체 어떻게 된 것일까.

여름날의 점심

가을의 집으로 넘어가기 전 여름날의 점심 밥상을 그려보자.

'굴비 대가리 하나로 밥 한 그릇을 다 비운다'고 어머니는 얘기한다. 굴비 대가리에는 살이 별로 없을뿐더러 먹을 만한 것도 없는 듯하지만, 사실 그 속에 먹을 만한 맛있는 것들이 붙어 있어 그것만으로도 밥 한 그릇을 다 비울 수 있다는 뜻의 얘기다.

어머니는 마루에 상을 가져다놓는다. 상 위에는 오이지, 마늘장아찌, 무말랭이, 김치 같은 반찬이 놓여 있다. 산 위에서 시원한 바람이 불어오고 밥상 둘레에까지 찾아와 살랑인다. 어머니는 굴비를 싸둔 신문지를 상 밑에서 푼다. 그 안에는 얼핏 보기에 이제 더먹을 것이 없어 보이는 굴비 한 마리가 있다. 껍질과 뼈에 조금 붙어 있는 살과 대가리만 남아 있다. 쫀득쫀득하게 말린 굴비. 주황색 알이 가득 들어차 있고 고소한 눈알도 있으나 그것은 벌써 굴비를 먹기 시작한 첫날 오빠와 아이들 입으로 들어갔다. 그러나 신문지에 싸둔 남은 것만으로도, 특히 굴비 대가리는 어머니의 손에서 한끼의 반찬이 된다. 어머니는 굴비 대가리 사이사이에서 살을 용케 발라내어 아이들 밥 위에 놓아준다.

어머니의 저고리 소매와 굴비 대가리를 바르던 손놀림, 어머니의 치마폭과 옷고름 그리고 밥상 위를 떠돌던 식구들의 숨결, 코끝에 송골송골 맺히던 땀방울. 밥이 반쯤 남았을 때 물을 부어 물에만 밥을 먹기도 한다. 물에 만 밥은 다시 한번 입맛을 돋우며 산 위에서 불어오는 시원한 바람과 합세하여 송송 솟은 식구들의 땀방울을 씻어준다.

식구들은 시원한 바람을 맞으며 수저를 놀린다. 칠보로 꽃무늬가 놓인 어린이 은수저, 무늬만 있는 어른의 은수저, 사기 밥그릇과 사기 반찬 그릇, 광택 없는 거무스름한 나무 소반…… 어느덧 밥 한 그릇이 다 비워지고 점심상을 치울 때 이제는 더이상 발라낼 것이 없어 보이는 굴비를 어머니는 다시 신문지에 싸서 보관한다.

전날 점심때도 더이상 발라낼 것이 없는 듯 보였던 굴비인데 훌륭한 밥 한 그릇의 반찬이 되어주었으니까 다시 싸두는 것은 당연한 일인지 모른다고 아이들은 생각한다.

가을의 집

여름의 폭풍과 폭우를 견디고 나서일까.

가을의 집은 맑고 투명하고 부드럽다. 그 속에 사는 사람들의 모든 동선도 부드러워진다. 시골에서 감, 오디, 살구 등을 이고 올라온 할머니가 이불 홑청을 빨아 다듬이질하는 일—먼저 빨랫줄에서 걷어온 잘 마른 이불 홑청에 풀을 먹인다. 풀 먹인 홑청을 다시 빨랫줄에 걸어 말린 후 물을 뿜어 촉촉이 적신다. 양재기에 떠온 물을 입 하나 가득 물고 푸우…… 뿜어낸다. 그러면 물이 분무기에서처럼 뿜어져나간다. 홑청을 이리저리 돌려가며 물을 고루 뿌리고는 네 귀퉁이를 쫙 펴서 반으로 접고 다시 반으로 접고 또다시, 반으로 접는다. 접으면서 홑청을 탄력 있게 당기는데 그렇게 접어놓는 것만으로도 이미 반듯하게 정리가 된다. 다리미질이라도 한 듯하다. 그것을 이번에는 흰 무명 헝겊으로 싸서 발로 밟는다. 발로 밟는 일정한 리듬의 동작은 자장가를 부르는 것처럼 조용히 반복된다. 한동안 밟은 홑청을 할머니는 다듬잇돌 위에 올려놓는다. 그러고는 조금 물러앉으며 한 손에 방망이를 들고 몇 번 잔잔하게 두드린다. 그러다가 양손으로 방망이질을 시작하는데 그럴 때면 입에서 싯싯싯싯 하는 소리가 난다. 그 소리는 할머니의 정수리에서 뽑아져나오는 듯하다. 할머니의 쪽찐 머리가 세게 두드리는 방망이질 속으로 뽑아져들어가는 듯하다. 싯싯싯싯 하는 소리와 다듬이질 소리의 그 조화된 리듬감.

아이들이 대문을 자주 들락거리고 먼 데서 손님이 올 듯한 예감을 갖는 것도 가을이다. 낙엽이 쌓이고 바람에 이리저리 쏠려다니는 소리, 도토리나무 밤나무에서 도토리, 밤이 떨어져 마당 위에 부딪쳐 구르는 소리, 다람쥐들이 밤이나 도토리를 까먹으려고 이리저리 쪼르르 달려가고 달려오고, 버찌나무에 아직 남아 있던 버찌도 떨어진다. 버찌는 개버찌나무여서 딱딱하고 작은 열매를 주워서 입에 넣으면 시고 떫은 맛이 난다. 아이들은 할머니가 시골에서 자루에 담아 이고 온 감, 밤, 쪄 먹는 둥근 호박을 먹으며 지낸다.

가을꽃들이 피고 진다. 거대한 해바라기 더미, 맨드라미 더미, 하늘거리는 코스모스, 과꽃 들은 투명한 가을하늘에 선명한 빛깔을 던져놓는다. 여름 내내 피었던 봉선화, 채송화, 분꽃 들이 씨를 맺었기에 아이들은 씨를 받는다. 씨를 받으려고 할 때 느껴지는 그 작고 정교한 씨방의 세계. 그 문을 똑똑똑 두드리면 씨방이 문을 열고 씨를 토해낸다. 딱딱하고 까만 분꽃 씨를 입에 물고 깨물면 그 안에서 하얀 분가루가 나온다. 얼굴에 바르는 그 분가루일까. 실제 그 분가루를 분꽃 씨로 만드는 걸까. 아이들은 손가락에 묻혀 뺨에 문질러본다.

기러기가 떼 지어 어디론가 날아가고 가을밤의 달은 너무 맑고 밝아 면경 같다. 언덕을 올라오는 누군가의 발소리가 아주 크게 들린다. 이 집으로 오는 소리일까. 그 소리가 너무 커서 구둣발 그대로 방안으로 들어설 것 같다. 들어서서 아이들의 가슴을 밟을 것만 같다. 아이들은 손님이 오기를 고대한다. 언덕을 올라오는 발소리에 기대감을 갖는다. 발소리가 산 위로 올라가는 것인가 집 앞에서 멈추는가 귀를 기울인다.

누군가의 방문을 받는 일, 혹은 누군가의 집을 방문하는 일을 아이들은 꿈꾼다. 마당에 있는 꽃을 꺾어 작은 꽃다발을 만들고 정성껏 마련한 선물을 보자기에 싸들고 누군가의 집을 방문하고 싶어한다. 마당에는 낙엽비가 내린다.

우수수 몰아가는 가을바람 처량하다.
어미에서 떨어지는 가랑잎은 구슬프다.
아아 아아 어디로 가나.
영원할 나의 벗, 나 홀로 두고서.

아이들은 노래 부르며 그 노래 속에 담긴 영원할 나의 벗에 대
해 생각한다. 그 영원할 나의 벗이 홀로 두고 떠나는 것에 목메어
한다.

가을 나뭇잎은 그것을 아이들에게 몸소 보여주는 것 같다. 낙엽
은 어미인 나무에서 떨어져내려 바람에 휩쓸려 어디론가 사라져
간다. 마당의 습기를 흡수한 낙엽은 그대로 마당에 두껍게 쌓이기
도 하지만 마른 낙엽은 열린 대문으로, 혹은 담을 넘어 바깥으로
쏠려나가 바람 따라 어디론가 사라진다. 서 있는 나무들을 외로이
두고서……

어느 날 화구를 메고 그곳을 지나던 화가가 공터에 화구를 펼치
고 그 집을 그리기 시작했다. 동네 아이들이 빙 둘러서서 그리는
것을 구경했다. 그 집 아이도 동네 아이들 틈에 서서 구경했다. 아
이는 새삼스러운 눈으로 화폭에 옮겨지는 그 집을 보고 있었다.

희미한 옛사랑의 그림자…… 영화 제목과도 같고, 노랫말과도
같은 이런 문구가 저절로 아이 입에서 맴돌았다. 집은 화폭에 옮겨

질수록 희미하게 사라지고 있었다. 집은 아이 눈앞에서 그림자처럼 사라지고만 있었다. 그 현상이 매우 신기했다. 그릴수록 집은 왜 희미해지고 사라지려 하는 걸까.

아이는 집으로 달려가서 어머니에게 누군가가 우리집을 그리고 있다고 말했다. 어머니는 다 그린 후 좀 보여달라고 하라고 아이에게 일렀다. 아이는 다시 뛰어와서 그림이 끝나기를 기다렸다가 드디어 화가가 기름걸레에 붓을 닦으며 화구를 간추릴 때 어머니의 말을 전했다. 그 화가는 작은 캔버스를 들고 그 집을 향해 걸어갔다. 화가가 대문을 들어서기 전 아이는 달음질쳐 먼저 집에 와서 기다리고 있었다. 그래서 화가가 머뭇거리며 대문을 들어서는 모습을 지켜볼 수 있었다.

화가는 아직 덜 된 것이라고 쑥스러워하며 어머니가 볼 수 있도록 들고 있던 캔버스를 돌려놓았다. 어머니 또한 왠지 수줍어하며 캔버스 속 그 집을 바라보았다. 아이 역시 어쩐지 부끄러웠다. 그것은 어머니도 아이도 마찬가지 감정이었을 텐데 그려진 그 집이 자신과 같다고 느껴졌기 때문일 것이다. 누군가가 자신을 그렸다면 바라보기가 어쩐지 부끄럽지 않겠는가.

아이는 모든 것이 부끄러웠다. 집으로 달려왔을 때 집이 더 환하고 번듯했으면 좋겠다고 생각했다. 어머니의 얼굴도 더 환하기를 바랐다. 어머니는 아주 환할 때만 빼고 어쩐지 늘 화를 내려 하고 있었기에 아이는 어머니의 눈치를 살폈다.

아이의 마음은 여러 갈래로 복잡했다. 낯선 사람이 있음으로 해서 어머니의 기분이 밝아졌으면 좋겠다는 열망과―아마도 어머니에게 뛰어와서 알린 것도 그 탓이리라―또한 낯선 사람에게 어머니가 밝고 부드럽고 아름답게 보였으면 좋겠다는 열망. 그러나 아이가 달려와서 한눈에 훑어본 집은 어딘지 어둡고 우중충하고 녹슬어 있었다. 한복을 입은 어머니는 머리를 금방 감고 났는지 파마한 머리를 늘 하듯이 틀어올리지 않고 풀어헤치고 있었는데, 콜드크림만을 바른 화장기 없는 얼굴과 풀어헤친 머리가 새순 뒤에 감추어진 죽은 나뭇가지와 같은 인상을 주었다. 그 화가가 밖에서 그림만 그리고 갔으면 좋았을 거라는 낭패감이 아이에게 밀려들었다. 저 집에는 누가 사는 것일까, 라고 화가는 그림을 그리며 생각했을 것이다. 그런데 아이의 공연한 수고로 이제는 누가 사는지 다 보아버린 것이다.

그러나 또한 아이 마음속에 어떤 긍지가 생기기도 했는데 이렇게 많은 집 중에서 그 집이 그려졌다는 것, 화가에게 선택되었다는 것, 아이 자신도 처음으로 객관적으로 그 집을 바라보며 희미한 옛사랑의 그림자를 느꼈다는 것, 희미한 옛사랑의 그림자가 무엇을 뜻하는지 확실히 알 수 없다 해도 영화 제목처럼 절체절명의 운명 같은 것을 그 어휘에서 느낀 것, 그 집은 아이가 보고 있는 중에도 그림자처럼 사라지고 있던 것이다.

봄 여름 가을, 가을이 되어서도 아이는 부지런히 영화를 보러 다녔다. 중학교에 떨어진 아이에게 시간은 언제나 많았다.

영화를 보기 위해 먼길을 걸어온 아이는 일단 극장이 보이는 길 건너편에 멈추어 선다. 멈추어 서서 동정을 살핀다. 우선 간판을 올려다보고 간판 그림을 음미하며 재미있겠다고 생각한다. 제목을 알고 온 영화도 있지만 동시 상영 극장을 찾아온 경우가 많다.

제목을 보고 간판 그림을 보고 그러고는 들어가기로 결정을 한 후 표 파는 창구와 극장 입구를 살핀다. 아이는 대개 머플러를 쓰고 있는데 미성년자처럼 보이지 않기 위해서이다. 아무리 어른스러워 보이려 해도 몸집이 작은 열두 살짜리 아이가 미성년자가 아닌 듯 보일 리 없으나 아이는 제 꾀에 제가 빠진 듯 분장하기에 골몰한다.

길 건너편에 서서 극장을 바라볼 때의 느낌을 아이는 훗날 스페인에서 투우를 볼 때 다시 경험한다. 어떻게든 싸워야 할 대상이 투우사 앞에 소로 놓이던 것, 전혀 엉뚱한 비교일 수도 있겠으나 극장의 검은 구멍 속으로 들어갈 때까지의 일이 투우처럼 느껴지던 것이다.

아이는 멈춰 서 있다가 드디어 결심하고 어느 순간 극장을 향해 돌진한다. 표를 산 후 차라리 보호자를 따라온 아이인 듯 꾸미기로 작전을 바꾸고 키를 좀더 낮추고 서서 헤매고 다닌 표정으로 극장 입구에서 표를 받는 사람에게 묻는다. 조금 전 여기로 이런 옷을

입은 어른이 들어갔느냐고, 보호자를 잃어 몹시 당황하고 있는 듯
묻는다. 극장 주인은 무관심하게 다른 곳을 보며 고개만 끄덕여준
다. 아이는 표를 내밀고 그곳을 통과한다.

설레고 조바심 나는 마음으로 극장 문을 열면 검은 휘장 아래
사람들 몸이 꽉 막아서고 있다. 아니 어떻게 이렇게 많은 사람이
극장이 미어져라 대낮부터 영화를 보고 있단 말인가 하고 아이는
놀란다. 매번 극장 문을 열 때마다 놀란다. 푯값을 마련하는 일부
터 시작하여 멀리까지 걸어서 왔으며 극장 입구를 무사히 통과했
고, 이제 오직 영화를 볼 일만 남아 있는 기쁨을 만끽하느라 아이
는 더욱 놀라고 싶다.

숨이 막히도록 많은 사람 사이를 뚫고 들어가 화면이 보이는
자리에 드디어 섰을 때의 그 가슴 벅참, 잠시 숨을 돌리는 기분으
로 사방을 살피고 있노라면 처음 영화관 문을 열었을 때 미어지듯
겹겹이 서 있는 사람들의 컴컴한 뒷모습과 달리 스크린에서 나오
는 빛을 받으며 서 있거나 앉아 있는 가득한 얼굴들. 영화에 몰두
해 모두들 같이 웃든가 울든가 무표정한 얼굴들. 영화 속 세계에
비해—비록 그 어떤 비참한 장면이 화면 속에 펼쳐지고 있다 해
도—현실 속의 너무 초라하고 생뚱같은 모습들…… 그리고 많은
사람이 몰려 있을 때 나는 사람 냄새, 먼지 냄새. 아이는 머플러가
벗겨지고 웃옷도 반쯤 벗겨진 채 어떤 때는 신발도 한 짝 벗겨진
채 그러나 무엇이 어찌되든 오직 자신의 두 눈이 영화를 볼 수만

있으면 좋다고 생각한다. 자기 자신이라고 하는 것은 몸뚱이마저
다 없어져버리고 오직 두 눈으로 그곳에 서서 화면을 볼 수 있으면
좋다고 생각한다.

큰아이와 작은아이가 함께 서서 보는 경우 그들은 서로 옆구리
를 찔러대기에 바빴다. 너무 좋은 장면, 너무 재미있거나 우스운
장면, 감동적인 장면에서 그들은 공감의 표시로 서로를 찔러댔다.
어떤 때는 찔러대는 빈도가 너무 잦아 아예 서로의 옆구리에 손을
대고 있기도 했는데 좋아하는 장면이 일치되는 정감의 도취 속에
서 저절로 우러나온 행동이었다. 그러나 큰아이는 학교에 다녀야
했기에 작은아이 혼자인 경우가 대부분이었다.

영화가 끝나고 복도로 나오면 영화 포스터가 가득 붙어 있는 유
리문 밖은 어느새 밤. 화장실 냄새가 번지고 있는 어두운 복도에
서서 아이는 밖을 내다보며 낮을 도둑이라도 맞은 듯 두렵고도 묘
한 기분에 휩싸인다. 그 와중에서도 복도에 붙어 있는 포스터들을
훑어보며 다음에 볼 영화를 정해둔다. 〈몽파르나스의 연인〉이라는
포스터 앞에 멈추어 선 아이는 가스등이 켜진 축축한 거리에 매료
된다. 꼭 보러 와야겠다고 마음 정한다.

조조할인 때에 들어가서 동시 상영인 영화를 대부분 두 번씩 보
기에 아이의 눈은 쏘옥 들어가고 다리는 비틀거렸으며 배가 고파
걸을 힘도 없다. 영화가 끝날 때마다 관객들을 위해 잠시 활짝 열
어놓은 옆문으로 아이는 사람들을 따라 튕겨지듯 밖으로 나와 선

다. 거리의 불빛은 밤 속으로 비정하게 흐르고 새까만 곳에 한동안 함께 갇혀 있던 사람들은 뿔뿔이 밤거리 속으로 흩어져간다.

방향을 몰라 잠시 머뭇거리다가 아이는 이윽고 집을 향해 걷기 시작한다. 현실에서 이어져가야 할 아이 나름대로의 생활이 갑자기 무겁게 내리누르지만 그런 것들을 다 떨쳐버리듯 방금 본 영화만을 생각하며 걷기 시작한다. 아이는 이 영화로 또 얼마나 가슴 아파야 할 나날이 늘어서 있는지 느끼면서 걷는다.

아이는 한 영화만을 오랫동안 음미한다. 그런데 마음에 품은 영화를 음미할 사이도 없이 또 새 영화를 보게 되고 그 영화 역시 마음에 드는 영화이면 어느 것을 음미해야 할지 몰라 고심한다.

아이는 〈바람과 함께 사라지다〉를 매일 밤 생각했다. 그러다가 〈애수〉를 본 날 혼란스러웠다. 언제까지나 〈바람과 함께 사라지다〉를 생각하고 싶은데 〈애수〉가 물밀듯 밀려들어온 탓이다. 아이는 어쩔 수 없이 〈바람과 함께 사라지다〉를 잠시 유보하기로 했다. 우선 〈애수〉부터 생각한 뒤 다시 〈바람과 함께 사라지다〉를 생각하기로 했다.

나이 지긋한 육군 장교가 워털루 브리지를 지나다가 차에서 내려 마스코트를 꺼내들고 회상에 잠기는 우수 어린 모습, 영화는 그렇게 시작된다. 전시 중 워털루 브리지 바로 그 다리에서 발레리나인 비비언 리와 로버트 테일러가 만나 사랑이 싹튼다. 그들은 결혼을 약속하지만 젊은 군인인 로버트 테일러는 전장에 나간다. 공연이 없는 전시여서 비비언 리는 생활에 어려움을 겪는다. 로버트 테일러의 어머니와 비비언 리가 만나기로 약속한 레스토랑에서 그녀는 잠시 의식을 잃는데 신문에 난 전사자 명단에서 연인의 이름을 보았기 때문이다. 아들의 부탁으로 아들의 연인을 만나러 먼 곳에서 일부러 온 어머니는 의식을 잃었다가 깨어난 비비언 리의 이해할 수 없는 태도만을 보고 실망해서 돌아간다. 비비언 리는 그 어머니에게 아들이 전사했다는 소식을 차마 전할 수 없었기 때문이다.

마지막 식량까지 동이 난 그녀는 자포자기의 마음으로 발레리나 친구가 하고 있는 몸 파는 일에 동참한다. 종전이 되고 전선에서 돌아오는 병사들을 유혹하기 위해 짙은 화장을 하고 역에 나간 비비언 리는 뜻밖에 전장에서 돌아오는 로버트 테일러를 만난다. 놀라움과 기쁨으로 역 근처 카페에 들어가서 마주앉은 연인. 로버트 테일러는 비비언 리에게 자기가 이 기차로 올 줄 어떻게 알고 마중나왔느냐고 묻는다. 짙은 루주를 몰래 지운 그녀가 말을 안 하자 알고 싶은데라고 로버트 테일러가 다시 묻는다.

"알고 싶은데……?"

머리를 약간 갸웃하며 알고 싶다고 말하는 로버트 테일러가 너무 매력 있어 아이의 심장을 긁어놓는다. 아이는 그 장면을 스톱시켜놓고 오래오래 음미하며 반복해서 생각한다. 이제 두 사람에게 행복할 일만 남아 있던 어느 날 비비언 리가 사라져버린다. 그녀를 찾아 헤매던 그는 몸을 팔던 비비언 리의 친구와 함께 그녀를 찾으러 다니는 과정에서, 찾는 곳이 음습한 장소임을 보고 그사이 그녀의 생활과 상황을 알아차린다. 비비언 리는 결국 워털루 브리지에서 군용 트럭 대열에 뛰어들어 자살한다. 그녀의 핸드백이 열리며 그 속에 있던 마스코트가 나뒹군다. 그 마스코트는 처음 둘 사이를 이어주었던 사연이 있는 물건이다. 그것이 회상 장면의 끝이다. 바로 그 마스코트를 들고 다리 위에 서 있는 은발의 장교, 그가 긴 회상에서 헤어나 다시 생활의 질서 속으로 돌아가기 위해 다리를 뜰 때 아이의 심장은 터질 것 같다. 사랑했던 여인 없이 한 인생을 살아버린 육군 장교의 크나큰 상실감이 아이를 짓누른다. 배경음악으로 흐르는 음률이 누워 있는 아이의 온몸을 적신다. 아이는 그 음률에 몸을 맡긴다. 자란 후 아이는 라디오에서 그 음률을 듣게 되고 귀에서 늘 맴돌던 그 음률이 브루흐의 〈스코틀랜드 환상곡〉임을 알게 된다.

그런데…… 아무리 그 장면을 되풀이해서 생각해보아도 맴돌기만 할 뿐 더이상 안으로 들어갈 수가 없다. 마치 마법의 문이라도 되는 것처럼 아이가 열고 들어가면 거기에는 정작 아무것도 없다.

이 세상의 마술이란 바로 이렇게 해서 시작되는 것일까. 아무것도 없는 것, 생각하고 또 생각하고 맴돌고 또 맴돌아도 그 안에는 정작 아무것도 없는 것. 아 그래, 그렇게, "알고 싶은데……?"라고, 고개를 약간 갸웃하며 말했지…… 군복을 입고 약간 미소 지으려 하며 알고 싶은데……라고. 알고 싶은데……

그러고는 더 무엇이 없었다.

다시 또 생각하고 싶어 되풀이해서 그 장면을 상세히 떠올려보아도 역시 고개를 약간 기웃하며 이렇게…… 알고 싶은데……라고.

그러고는 더이상 없었다. 아무것도……

여름의 검푸른 녹음 속에서도, 떨어지는 낙엽 비 속에서도 오빠는 노래를 불렀다.

녹음이 방음벽 역할을 해주었던가, 나뭇잎이 떨어져나간 빈 나뭇가지 사이로 노래는 더 크게 울려퍼졌다. 가을바람은 오빠의 노래를 온 동네 온 산으로 실어날랐다.

노래만 하고 있는 오빠를 어머니는 근심 어린 눈으로 바라보았다. 때로 격정에 못 이겨 매를 들었다. 어머니는 자주 눈물을 흘렸다.

오빠는 미국의 대학에 편지를 띄웠다. 보스턴, 캘리포니아, 시카고…… 미국에서 입학 원서와 학교 안내서가 속속 배달되었다. 깨끗한 종이 위에 영어로 인쇄된 학교 안내서와 캠퍼스 사진들. 귀해 보이는 인쇄물에서 좋은 냄새가 났다.

오빠는 사전을 찾아가며 며칠 밤과 낮 입학 원서를 써서 다시 미국에 보냈다. 오빠는 이제 미국에 가느냐고 아이들이 물으면 입학 허가서가 와야 갈 수 있다고 말했다. 그런 날들이 한동안 계속되었다. 오빠는 미국에 목을 매었다. 기다리고 또 기다렸다. 시카고에는 자동차가 많으며 캘리포니아에는 오렌지가 많다고 했다. 보스턴에는 보수적인 부유층이 많이 살고 있다고 했다. 오빠는 그런 얘기를 어머니와 동생들에게 해주었다. 영화 속에서 본 미국과 오빠에게서 듣는 미국은 아이들에게 또 다르게 다가왔다. 그렇게 먼 세계가 화면 속에만 있는 것이 아니라 실제로 갈 수도 있는 곳이라는……

그러나 오빠는 왜인지 떠나지 못했다. 대신 수험 공부를 시작했다. 노래는 간혹 불렀는데 이미 어딘지 빛이 바래 있었다. 아코디언 상자를 여는 자세부터 어딘지 힘이 빠져 있었다.

한 계절 또 한 계절……

같이 밴드를 만든다던 오빠의 친구들은 일류 대학에 붙었다. 오빠 역시 일류 대학에 응시했으나 떨어져서 이차 대학인 D대학 경제과에 들어갔다. 어머니가 상과가 어떨까 말했고 그래서 원서를 낼 때 경제과를 썼다.

오빠는 참고서를 산다고 자주 어머니에게서 돈을 가져갔다. 어느 날 어머니는 새로 산 참고서를 가져와보라고 오빠에게 말했다. 오빠는 아래채에 있는 오빠 방으로 가서 참고서 몇 권을 가지고 왔다. 어머니는 이것은 저번에 산 것 아니냐, 왜 거짓말까지 하느냐고 불같이 화를 냈다. 옆에 있던 아이가 오빠의 참고서 한 권을 집

어들고 "엄마, 이 책은 아주 새건데……?"라고 말했다. 오빠 편을
들어주고 싶은 마음에서였으나 오빠는 아이가 집어든 책을 뺏으
며 까불지 마, 라고 거칠게 말했다.

"난희가 너더러 바보라고 하더랜다."
어느 날 어머니가 오빠에게 말했다.
그때 잠깐 시간이 멎는 듯 아이에게 느껴졌으나 곧 다시 아무렇
지 않게 흐르기 시작했다.
오빠는 그 말을 어떻게 받아들였을까.
난희는 가끔씩 집에 오는 일가친척 처녀였는데 그 처녀가 집에
가서 오빠를 바보라고 말했다. 그 말이 돌고 돌아 어머니 귀에 들
어온 것이다. 어머니는 오빠가 세상을 헤쳐나가기를 바라고 있었
다. 세월이 퍼뜩퍼뜩 가는데 정신을 차리지 못하고 만날 그렇게 노
래나 부르고 있으면 어떻게 하느냐고 했다. 오빠가 밤늦게 들어와
마당에 서서 아직 불이 켜져 있는 안방을 향해 이제 돌아왔노라고
인사하면 어머니는 오빠를 잠깐 들어오라고 불렀다. 오빠가 방문
을 열고 들어와 윗목에 서고 어머니는 방바닥에 아이들과 함께 누
운 채 세월이 빨리 간다는 것, 그러니 정신 차리고 삶에 뛰어들어
야 한다는 것을 호소하듯 말했다. 어머니의 눈에서 눈물이 흘러 숱
이 많은 머리카락 속으로 흘러내렸다. 어머니는 간혹 손바닥으로
눈물을 닦았다. 오빠는 술을 마신 탓에 몸을 기웃이 창호지 문에

기대서 있었다.

바보!

이 말은 오빠에게 몹시 폭력적으로 들렸을까.

그러나 오빠는 저항 없이 받아들이고 있었다. 그 말이 스펀지에 물 스며들듯 오빠에게 스며들고 있었다.

어머니는 눈물이 많아졌고 화를 잘 내었다. 어머니의 눈물이 흘러들어간 숱 많은 머리카락이 철사같이 뻗치고, 동정 속에서 빠져나온 목의 힘줄이 팽팽히 튕겨지고, 옷고름 속에 감추어진 심장이 아프게 파닥거릴 때 어머니는 무당처럼 일어서서 폭격으로 기울어진 집 기둥과 풀이 무성한 무거운 지붕을 떠받쳤다. 장성하여 돌아온 아들과 두 아이와 무너져가는 집을 떠받치기에 어머니의 눈물과 화는 불가피한 것인지 몰랐다.

한 해, 또 한 해……

오빠는 대학 졸업 후 공무원이 되었다. 문교부에 취직하였는데 다행스럽게도 영화 검열하는 일을 맡게 되었다. 오빠가 좋아하는 영화와 관계되는 일이었다.

오빠는 간혹 극장표와 영화 스틸 사진 그리고 『영화세계』라는 일본 잡지를 가지고 와서 동생들에게 주었다. 우리나라에는 아직 영화 잡지가 발행되지 않았다.

윤택 나는 두꺼운 종이로 된 표지. 남자 배우나 여자 배우들의 사진이 매달 표지가 되곤 했다. 금발이나 갈색, 혹은 검은 머리 빛깔. 푸르거나 갈색인 눈동자……

영화 잡지는 아이들이 새로운 세계에 눈뜨게 해주었다. 그것은
영화와는 또다른 세계였다. 어떤 이야기인지도 모르는 채 영화 속
에센스만을 뽑아낸 한 컷 한 컷, 가령 〈그리고 신은 여자를 창조했
다〉의 한 컷—짙은 청록색 바다, 이글거리는 태양 아래 펼쳐진 모
래사장에 브리지트 바르도가 누워 몸을 꿈틀대고 있다. 흰 바지를
입고 와이셔츠 가슴 단추를 풀어헤친 마르첼로 마스트로야니가
모래사장을 달려와 그녀 앞에 멈춰 선다. 음악이 함께 흐르다가 멈
춘 듯한 긴박감, 영화보다 더 영화적인……

오빠는 또 영화 검열실에 동생들을 불러 영화를 보게 해준 적도
여러 번 있다. 〈애정의 쌀〉〈애정이 꽃피는 나무〉〈포도의 계절〉〈춤
추는 대 뉴욕〉 같은 영화들……

새벽 기차

겨울의 집으로 들어가기 전 가을날의 새벽 기차 소리를 들어보
자.

새벽 기차의 구슬픈 기적 소리를 아이는 잠결에 듣는다. 마음은
천길 낭떠러지로 떨어져내리는 듯 그 허전함을 무엇으로도 메울
길 없다. 아아…… 또 놓쳐버렸구나 하는 상실감, 낭패감. 어머니
는 새벽 기차를 타고 떠났다. 이번만은 꼭 새벽에 일어나 떠나는

엄마를 배웅해야지 하고 아이들은 벼르며 잠이 든다. 아예 안 자고 버텨볼까 하는 생각도 하나 밤이 깊으면 졸음을 이겨내지 못하고 잠 속에 빠져든다. 새벽이 되면 기척에 꼭 일어나리라 스스로 다짐하면서.

할머니가 밥과 국을 끓여 윗목에 상을 차리는 소리를 어렴풋이 잠결에 듣는다. 아이들이 깰까봐 신문지로 전등갓을 싸놓은 방은 어항 속처럼 아늑하고 어머니의 수저 뜨는 소리가 귓가에 자장가처럼 들린다. 할머니와 어머니가 소리 죽여 도란도란 말하는 소리도 자장가처럼 들린다.

"엄마 가아?"

잠깐 잠에서 깬 아이가 묻는다. 뜨거운 밥과 국에서 피어오르는 김이 서린 방안.

"어서 자라. 자라."

어머니의 소리를 흘리듯 들으며 아이들은 잠 속으로 빠져든다. 일어나려 애쓰면 애쓸수록 잠은 더욱더 달콤하다. 신문지로 가린 은은한 불빛 밑에서의 두런거리는 말소리, 수저 소리는 영원히 귓가에서 계속될 것만 같다.

그러나 웬일인가. 깜짝 놀라듯 눈을 뜬 아이는 귓가에 들리던 수저 소리, 말소리들이 이미 간데없고 밥상도 없으며 어머니도 없는 것을 발견한다. 할머니는 부엌에 있는 것일까. 아니면 새벽 채마밭에?

어머니가 없는 며칠간…… 그때 기차의 기적 소리가 멀리서 들려온다. 어머니를 태운 기차의 기적 소리는 어머니를 멀리멀리 데려가느라 더욱 멀다.

아이는 다시 잠 속에 빠지며 무엇인가를 영원히 놓쳐버렸다는 생각을 한다.

겨울의 집

쓸쓸함을 넘어선 괴괴함, 황량함.

그 집이 가장 그 집다운 본질을 드러내는 때는 겨울이다. 꽝꽝 얼어붙어 더이상 가려줄 아무것도 없는 겨울이다. 앙상한 나뭇가지 사이로 보이는 헐벗은 집, 전시 동안 집 앞 공터에 떨어진 폭탄에 울려 기울어진 집은 눈과 비바람에 지쳐 어딘지 긴박한 모습을 띤다. 그러나 여유 있게 휘어진 추녀와 추녀끝에 달린 풍경, 집 전체에 감도는 분위기와 운치만은 여전하여 보따리장수들은 그 집을 절간인 줄 알고 아예 발걸음을 멀리하기도 한다.

대신 도둑이 끊이지 않았다. 마당에 널어놓은 빨래를 걷어가는가 하면 은수저와 쌀, 옷가지 같은 것을 가져갔다. 할 수 없이 어머니는 밤이면 커다란 대못을 마루문에 박았다. 그리고 아침이면 못을 뺐다. 기울어진 문이 서로 아귀가 맞지 않아 잠글 수 없기 때문이다. 검게 윤기나는 마루 문턱에 못을 박을 때면 나무쪽이 쩍쩍 갈라져나가기도 했는데 마루 문턱이 매일 빼고 다시 박는 저렇게 큰 못을 언제까지 견뎌낼 수 있을까 아이들은 염려되었다.

밤이면 장도리로 컹컹 못을 박는 소리, 아침이면 장도리로 못을 빼는 소리. 못 때문에 마루문을 열지 못하더라도 얇은 나무와 유리로 된 그 문을 도둑이 부수기는 너무 쉬웠을 텐데 어머니는 매일 밤 열심히 못을 박았다. 그러고 보면 그때의 도둑 또한 간이 콩알만한 좀도둑들로 그런 허술한 방비가 통하던 시절이었던가보다.

도둑들이 순경에 쫓겨 산 위로 도망치기도 했다. 한밤중에 산으로 달려올라가는 거친 발소리를 간혹 들었다. 도둑들은 일단 산꼭대기까지 숨이 턱에 차게 달려오르기만 하면 죽기 살기로 성터 아래 낭떠러지로 뛰어내렸다. 쫓던 순경들은 낭떠러지 끝에 서서 발을 굴렀다. 도둑들이 낭떠러지 아래로 뛰어내리다가 다리가 부러졌는지 머리가 깨졌는지 알 수 없었다. 아이들이 알고 있는 것은 거기까지다.

무엇보다 그 집의 진수를 보여주는 것은 겨울 집의 그 거대한 얼음이다. 그 얼음을 얘기하자면 먼저 샘물부터 얘기해야 한다.

샘물은 그 집의 눈동자처럼 느껴진다. 그 눈동자가 그 집 위에 혼처럼 어려 있다. 이 세상에 샘이 있다는 것은 타는 목마름이 있기 때문이며 목마름이 있다는 것은 어딘가에서 샘이 솟아난다는 의미라고 그 샘물이 말해주는 것 같다.

바위를 웅덩이처럼 파놓은 곳으로 샘은 사시사철 한순간도 멈추지 않고 흘러내린다. 맑디맑은 물이 퐁퐁 솟아나듯 흘러내려 고이면 샘 속에 검은 뱀 한 마리가 똬리를 틀고 앉아 있는 듯 보인다. 그토록 물은 맑은 정기로 소용돌이쳤다. 사람들은 그 물을 약수라고 했다. 어머니는 아침마다 샘물을 청소하였다. 아침마다 쌀을 씻어 밥을 안치듯 샘물 청소는 아침마다의 행사였다.

우선 한 바가지씩 물을 끼얹어 샘 속 바위를 씻는다. 그런 후 샘물을 전부 퍼낸다. 물을 퍼내어버리는 소리는 일정한 박자로 한동안 계속된다. 그러다가 물이 조금 남으면 바가지가 바위에 닿는 소리를 낸다.

박, 박, 박, 박. 바가지 긁히는 소리. 그 소리 뒤에 한동안 잠잠하다. 다시 물이 고이기를 기다리는 시간이다. 어머니는 샘에 물이 고이는 것을 바라보며 앉아 있다. 어머니에게 그 시간은 모처럼 한유롭다. 저절로 마음에 고요가 깃든다. 물이 고이면 다시 바가지가 박박 소리를 낼 때까지 퍼서 버리고 그런 후 다시 물이 고이면 그때야 비로소 쌀을 씻기 시작한다.

아이들이 아직 잠이 덜 깨어 이불 속에 있을 때일지라도 어머니의 샘 청소하는 정경을 그대로 환히 본다. 샘을 치는 동작과 흘러내려 고이는 물과 그것을 바라보는 어머니의 눈길까지 환히 보인다. 그리고 쌀을 씻고 조리질하는 소리까지, 씻은 쌀바가지와 물 한 양동이를 퍼 들고 부엌으로 향하는 발소리까지……

샘은 비를 맞지 않게 돌로 쌓아올려 시멘트를 바르고 나무로 만든 뚜껑을 덮었지만 바위들이 터지고 시멘트도 떨어져나가 샘의 일부가 비탈진 마당 쪽으로 흘렀다. 샘물 역시 전쟁을 겪은 탓이다.

마당 쪽으로 흐르는 그 물이 겨울이 되면 얼음이 되었다. 쉬지 않고 흐르는 물로 하여 겨울이 깊어질수록 마당의 얼음층도 두꺼워진다. 마당은 점점 두꺼운 얼음층으로 꽝꽝 얼고, 하얀색 얼음이 결국 온 집안을 뒤덮어 얼음 궁전이 된다.

가을에 떨어진 낙엽들은 두꺼운 얼음층 저 속으로 들어가버려 보이지 않는다. 낙엽 위로 얼음이 두껍게 얼기 전, 흰 얼음 속에서 그대로 보이는 낙엽의 모양. 낙엽은 얼음 속에서 물기 머금은 갈색의 빛을 띠고 있다. 가을 단풍 그대로의 붉고 노란 빛을 띠고 있기도 하다. 얼음 속에서 비치는 그 투명한 빛은 오래오래 들여다보고 싶도록 만든다. 무슨 보석처럼 아름답다. 그러나 그 위로 얼음이 다시 한 겹 한 겹 쌓여 두꺼운 얼음층이 켜켜이 쌓이면 결국 아무것도 보이지 않는 흰 얼음 궁전이 되어버리는 것이다.

집은 거대한 얼음덩어리 위에 떠 있는 형국이 된다. 대문을 열고 들어서던 손님은 얼음에 뒤덮인 집을 보고 깜짝 놀란다. 마당에 들어서지 못하고 몇 발짝 물러선 채 서 있다.

어떻게 이럴 수가 있는가, 어떻게 이런 정경이 빚어질 수가 있는가, 어지럽다고 말한다. 얼음더미가 집 기둥을 밀어뜨리지 않을까 염려해준다. 봄이 되어 얼음이 녹으면 홍수가 져 집이 떠내려가지 않을까 염려해준다. 그러나 그런 모든 것을 넘어서서 참 아름답다고 감탄감탄한다.

온통 얼음 천지인 집에 대문에서 봉당까지만 연탄재를 뿌려놓는데 그곳으로 사람들은 살금살금 걸어다닌다. 대문에서 봉당까지 그리고 부엌과 불을 땐 건넌방, 아래채의 오빠 방, 이렇게만 식구들의 온기가 있고, 안방은 불을 때지 않기 때문에 겨울에는 사용하지 않는다. 때문에 안방을 비롯한 집의 다른 곳들은 시커멓고 먼지가 쌓이고 피가 안 통하는 곳이 되어버린다.

그러나 눈이 오면 온 천지가 정말로 새하얗게 된다. 싸락싸락 내리는 싸락눈, 흰 솜덩이와 같은 포근포근한 함박눈. 눈은 소리없이 내려 온 천지를 순백의 고요로 감싼다.

아무도 모르게 눈이 내려 온 천지가 하얀 눈으로 뒤덮여 있을 때 아 반가운 손님이 왔구나, 하고 아이들은 생각한다. 아이들이 늘 그리워하는 것은 이 외진 곳까지 찾아와주는 손님의 발걸음 소리였기에 소리없이 찾아준 눈을 더없이 반가운 손님으로 여긴다. 그러나 눈 그 자체 속에 반가움이라는 감정이 이미 숨어 있는 것 같다. 눈이 온 달밤은 대낮보다 더 환하다. 아이들은 그 밝음 속에서 서로의 얼굴을 바라보며 웃음 짓는다.

눈이 오면 먼 곳도 가깝게 다가온다. 아무것도 멀지 않다. 모든 것이 자기 안에 있는 것 같다. 눈이 쌓인 겨울나무 가지들은 얼마나 생생한가. 장독대 위에 앉은 눈의 그 내음, 눈 덮인 지붕, 얼음 위, 오솔길, 온 마을, 온 산……

눈은 세상을 신세계로 만든다. 이제까지 보이던 세상은 온데간 데없다. 신천지가 눈앞에 펼쳐져 있다. 하느님이 처음 만든 세상을 보여준다.

흰 얼음 위에 발을 묻고 서서 무수한 선을 긋고 있는 해괴한 나뭇가지들, 그 위로 펼쳐지는 저녁노을 또한 하늘 저편에서 얼어붙고 그리고 밤이 오면 쏟아지는 달빛, 하늘 가득한 별 떨기, 긴 호를 그으며 떨어지는 유성……

집은 하늘의 별빛까지 그의 영역으로 만든다. 심하게 부는 바람 또한 이 집에 속한다. 밤이 되면 찾아드는 칠흑의 어둠도 이 집의 한 부분이다. 이 집을 거점으로 세상 전체가 속해버린다. 이 집이 세상이다.

"그 집에서 너를 패기가 없다고 하더랜다."

어머니가 어느 날 오빠에게 말했다.

패기! 이 말이 오빠에게 어떻게 받아들여지는가 알 수 없었다. 역시 오빠는 서 있고 동생들은 어머니와 함께 누워 있는 그런 구도 속에서였다. 그 말은 오빠에게 저항 없이 받아들여지고 있었다. 그 말이 스펀지에 물 스며들듯 오빠에게 스며드는 것을 아이들은 느낄 수 있었다.

오빠는 누군가의 소개로 화연이라는 여자와 사귀고 있었는데 피부가 희고 눈매가 서늘한 여자였다. 흰색 오버코트에 검은색 실크 머플러를 카투사 스타일로 쓰고 다방에 들어서는 모습을 아이들도 보았다. 다방 문을 밀치고 들어서는 모습, 머플러를 벗자 드러난 머리 모양도 우아했다. 대학생이라고 했다. 대학 사학년생이 어떻게 그렇게 벌써 여인의 향기를 풍기고 있는지 아이들은 어린 마음에도 의아했다.

화연은 "웬 에브리 키세스……" 하고 시작되는 〈물랭 루주〉의 노래를 즐겨 부르고 아직도 다방에 데리고 나와 자신을 검사할 동생들이 남아 있느냐고 오빠에게 물었으며 결국 헤어지게 되었을 때 오빠를 옆에 와서 앉으라고 하더니 눈물을 흘렸다. 우는 모습을 보여주기 싫어서 오빠에게 자리를 옮기게 한 것이다.

화연은 패기가 없다고 진단을 내린 그 집안의 반대로 오빠와 헤어진 후 집안에서 소개한 다른 남자와 약혼을 하고 미국으로 떠났다.

어느 저녁 어머니는 부엌으로 내려가다가 발을 헛디뎌 쓰러졌다. 공교롭게도 부엌 댓돌 모서리에 머리를 찧었다. 의식을 잠깐 잃었다가 정신이 돌아왔을 때 사물들이 두 개 세 개로 보였다. 어머니는 간신히 기어서 방안에 들어와 누웠다. 며칠이 지나도 차도가 없자 결국 병원에 갔다. 여러 가지 검사 끝에 수술을 받아야 한다는 진단이 나왔다. 수술 날짜가 잡혔다. 그러나 어머니는 수술을 받지 않고 병원에서 도망쳐 나와 한방과 민간요법으로 스스로 치료해나갔다. 어머니는 쏟아지는 골을 허리끈으로 꽉 동여매고 뜸을 뜨고 한약을 달여 먹었다.

어머니는 매일 밤 뇌에 좋다는 소의 골도 먹었다. 어머니는 쓰러져 머리를 다쳤던 그 부엌으로 조심조심 기어들어가 연탄불을 덮고 있는 부뚜막 위 솥을 내린 후 프라이팬에 소의 골을 지졌다. 생골이 더 약효가 있으나 생으로는 차마 먹을 수 없어 프라이팬에 지졌고 그러고는 프라이팬째 방으로 가지고 들어와 아이들이 자고 있는 이부자리 한 귀퉁이를 들치고 앉아 오랫동안 먹었다. 숱이 많은 긴 머리를 풀어헤치고 허리끈으로 이마를 꽉 동여맨 채 니글거리는 소의 골을 먹기가 힘겨워 어머니의 얼굴은 심하게 일그러졌다. 아이들이 자다가 눈을 뜨면 전등불 아래서 일그러진 얼굴로 소의 골을 먹고 있는 어머니의 모습을 볼 수 있었다. 아이는 꿈인 듯 다시 눈을 감고 잠 속으로 빠져들었다.

밖은 심한 바람,

밤이 깊어질수록 바람은 점점 세어지고 더욱 광포해져 공중을 갈가리 찢어놓는다. 장독이 넘어져 깨지는 소리, 항아리에 덮어놓았던 양재기가 벗겨져 땍때굴 구르는 소리, 죽은 나뭇가지들이 부러지는 소리…… 지붕이 날아가버릴 듯 담이 폭삭 무너져내릴 듯 바람은 불고 또 분다.

왜 이렇게 바람이 부는 것일까. 왜 밤은 이렇게 어둡고 깊은 것일까.

집은 혼비백산해 있다. 집은 식구들을 보호하느라 사력을 다해 버틴다.

그러나 어느 순간 집은 자신을 놓아버리고 바람 앞에 목을 내밀어 밤 속으로 흐르기 시작한다. 더 버텼다가는 지붕은 지붕대로 기둥은 기둥대로 대문, 들창, 봉당, 모든 것이 제각각 떨어져나갈 것이기 때문이다. 얼음이 녹은 후 봄의 홍수, 여름의 장마, 가을의 낙엽과 별빛들을 다 이겨낸 집이 겨울의 광포한 바람 앞에 무릎 꿇는다. 집은 의식을 놓지 않으려 애쓰며 떠내려간다. 집은 쪽배가 되어 밤 속으로 떠내려간다.

어둠 속으로 어둠 속으로…… 밤 속으로 밤 속으로……

이것이 이름하여 추억이라는 것인가.

그 집에 대해 추억할 것은 여자에게 아직 얼마든지 있다.

떠올릴수록 더욱더 끝없이 그렇게도 생생히 눈의 숨결, 비의 숨결, 바람의 숨결, 꽃의 숨결…… 모든 것의 숨결과 여자의 숨결이 맞닿고 있다.

저녁 들창으로 날아가는 기러기떼만도 얼마나 세세히 그려볼 수 있는가. 그때 피어오르던 저녁 연기, 우물가에 여울처럼 번져나가던 저녁의 어둠. 샘에서부터 멀리 원을 그리며 어둠이 밀려오곤 했다. 어둠은 조금씩 조금씩 두께를 더해 그 입자가 더욱 촘촘해지고, 그 시간을 서서히 길게 끌어가다가 마침내 낮의 빛은 마지막 빛까지 밤의 어둠에 내어주고 마는…… 그러나 그런 것은 서서히 두고두고 떠올려도 되리라. 어쩌면 여자에게는 이제 옛일을 추억할 시간들만 남아 있는지도 모른다.

그러나 지금, 늘 같은 자리, 자신의 그림자 속에 묻히듯 앉아 있는 여자에게 하고 싶은 얘기가 따로 있는 것 같다. 지금 이 시간 현시점에서 발화점을 찾아 불붙는 두 개의 단어.

바보! 패기!

어린 날 방바닥에 누워 들었던 그 두 마디가 여자의 머리를 어지럽힌다. 가슴을 짓누르듯 압박한다.

오빠는 그 말을 어떻게 받아들였을까. 그 당시 아이의 느낌으로 스펀지에 물이 스며들듯 그 말은 아무런 저항 없이 오빠에게 흡수되고 있었다. 그랬기에 그 시간은 무리 없이 통과되어 다시 흘렀던 듯하다.

그러나 지금 아이가 아닌 여자의 눈으로 다시 뒤돌아볼 때 시간은 잠시 거기에서 멈추었고, 잘못된 레코드판처럼 자꾸 되돌아간다.

"나보고 자기 옆에 와서 앉으라고. 자기가 우는 것을 보이고 싶지 않으니까."

오빠가 웃으며 동생들에게 얘기했었다.

동생들이 검열하듯 보고 합격시킨 여자를 오빠가 만나지 않고 있는 것에 대한 설명이었으리라. 그러나 그런 설명은 하지 않았어도 되었다. 아이들이 물은 것도 아니니까. 아이들은 눈치로 이미 다 알고 있었으니까…… 바보! 패기! 무자비하게 동생들이 있는 데서 토해낸 어머니의 수습 불가능한 그 말은 역시 오빠의 저 깊은 곳에 상처를 내었음이 분명하다. 오빠는 동생들에게, <u>스스로에게</u>, 조금이라도 자존심을 회복하고 싶었을 것이다. 패기가 없기에 그 집안의 반대로 헤어지게 되었다고는 해도 자신과 헤어지는 일이 슬퍼 그 여자가 울었다는 것, 그것을 말하고 있는 것이다. 웃으면서……

아이는 이 두 단어를 거의 무의식적으로 가슴에 품고 자라왔던 듯하다. 이 두 단어를 가슴속 이정표로 세워두었던 듯하다.

오빠는 점점 술을 많이 마셨고, 어느 날 반 양동이의 코피를 무섭게 쏟고 입원했다. 회복된 후 어느 만큼의 터울을 두고 다시 한번, 그리고 마지막으로 또다시 반 양동이의 코피를 쏟은 후 저세상으로 떠났다. 그때 아이는 불쑥 내가 오빠를 대신해서 살아주겠다고 생각했다. 휴전과 함께 나타난 아버지가 다른 오빠와 얘기다운 얘기 한마디도 해본 일 없이 그저 어머니와 함께 방바닥에 누워 오빠가 해주는 영화 얘기를 들었으며 어머니에게 야단맞는, 때로 매도 맞는 정경을 보았을 뿐이다. 망막에 비친 풍경처럼 오빠가 풍경으로 비쳤을 뿐이다.

아이는 자란 후 집을 떠나 뉴욕 거리를 걸었다. 걸으며 뉴욕을 이기는 길은 세계를 이기는 길이라고 중얼거렸는데 이것은 바로 가슴속에 있던 그 두 단어에서 표출된 갈망이 아니었을까. 그러나 '이기다니 무엇으로?'에는 왜 생각이 못 미쳤을까.

또한 여자가 파리 지하철을 처음 탔을 때 지하철 차창으로 내어다본 불 밝힌 몽파르나스라는 지명. 불어를 모르는 여자는 모ㅇ파……르……나스, 하고 간신히 읽었다. 그러고는 '어마, 여기가 바로 그 몽파르나스?' 몹시도 기이했다. 어린 날 〈몽파르나스의 연인〉이라는 영화 포스터에서 보았던 가스등이 켜진 축축한 그 거리, 보려고 했으나 왜인지 놓쳤던, 불 밝힌 몽파르나스라는 그 지명에서 지하철이 멀어져 흘러갈 때 가슴이 뻥 뚫린 듯하던 그 설명 불가한 감정의 흐느낌. 파리까지 갔으면서 지명조차 제대로 읽지 못하고 있던 무실력자.

여자는 바보! 패기! 이 두 단어가 바로 자신에게 와서 꽂히는 것을 추억의 끝자락에서 지금 깨닫고 있는 것이다.

어머니가 방바닥에 누워 오빠에게 늘 얘기하던, 세월이 퍼뜩퍼뜩 간다는 것, 정신을 차리고 삶에 뛰어들어야 한다는 것이 이제 고스란히 자기 몫으로 와 있음을 여자는 온몸으로 느끼고 있는 것이다. 오빠를 대신 살아주기는커녕 자신의 삶조차 살아내지 못했다는 것을 느끼고 있는 것이다.

또한 여자가 품고 자란 또다른 말, 영화 〈인생유전〉 속에 나왔던 "당신 때문에 타락할 수 없고 당신 때문에 결코 늙을 수 없다"는 이 말은 어떻게 되는 것인가. 지금의 자신에게 가당키나 한 말인가.

자신의 그림자 속에 함몰된 듯이 앉아 창밖 저 너머를 바라보는 여자의 심장이 발화점을 찾아 불붙는다. 여자의 몸이 저절로 일으켜세워진다. 여자는 자기 자신에게 도전하고 세계에 도전하고 싶다. 오빠를 살아주고 할머니 어머니를 살아주고 식구들을 살아주고 다른 많은 사람도 대신 살아주고 싶다. 그러나 다음 순간 어찌할 수도 없이 웅크린 모습으로 다시 앉는다. 어린 날 떠나가던 집이 점지해놓은 듯한 바로 자신의 구멍 속에, 바보, 패기, 타락, 늙음…… 그것들은 지금 여자에게 뼈아픈 진실일 뿐이다.

차라리 망각이 좋지 않을까. 그 집과 함께 모든 것을 영원히 망각해버리는 쪽이 좋지 않을까. 일부러 힘들이지 않아도 모든 것은 이제 곧 스러져버리게 될 것이다. 이리도 무력하게 사라져버리는 것들…… 다른 것으로는 절대로 대체할 수 없고 환원 불가능한 유일한 각각의 존재들…… 한 식구가 살았었다는 것, 모여 있었으며 움직였으며 살았었다는 것, 그것들은 어느 것 하나 따로 분리되지 않고 오직 하나로 여자에게 떠오른다.

그 집의 사계는 그 얼마나 계절마다 절정이었으며 도취였던가. 하늘의 별까지도, 기러기떼, 저녁 연기, 담 밖으로 쓸려나가 사라져버리던 낙엽까지 세상 전체가 속했던 집. 그런 집에 사노라면 누구라도 그렇게 죽도록 노래 부르거나 자기를 다 바쳐 영화를 보러 다니게 되지 않을까. 오빠는 왜 그토록 노래를 부르고 또 불렀을까. 그 많은 노래는 어떻게 다 안 것일까. 또한 무엇 때문에 아직 다 자라지도 않은 아이는 그 시기를 청춘으로 여기는 걸까. 그 열정, 사계와 함께 소용돌이치던 그 열정은 자연 자체가 만들어낸 환각이었을까.

언제나 없던 것, 정지시켜놓고 음미해보려 하면 없던 화면 속의 로버트 테일러처럼, 그려들어가면 갈수록 화폭 속에서 사라지던 그 집처럼 없던 것, 아무것도 없던 것, 헤매고 다닐수록 인생 전체가 아무것도 없이 뻥 뚫어져버리던 것.

여자는 지금 그녀 인생에서 오직 고독 하나만을 확보한 채 앉아서 창밖 저쪽을 내다보고 있다. 발화점을 찾아 잠시 불붙던 그녀의 심장이 이제 다시 무기력한 침묵 속에 빠져들려 한다. 아무것도 극복하지 못한 채 아무것에도 도달할 수 없으리라는 고립된 하나의 초상으로.

그런데 그녀가 앉아 있는 이 자리가 그 옛날 떠나간 집이 점지해놓은 자리라는 그녀의 믿음은 어디에서 근거한 것일까. 이미 지도에서 사라졌을 것이 분명하나 그녀 안에서 점점 더 뚜렷이 확고하게 길을 내고 있는 그 집은 어떤 연유로 아이의 먼 미래를 운명처럼 미리 점지해놓은 것일까.

그것은 한 가족을 위해 자신을 놓아버리고 바람 속에 목을 내밀던 집이 가질 수 있는 최소한의 권리 같은 것일까. 서로 맺은 무언의 언약일까. 아니 그것은 사랑, 그래 그것이 사랑이라 하는 걸까.

그녀는 자신의 그림자 안에 앉아서 그 시절의 연무를 이끌어내듯 중얼거린다.

밤을 건너 그 쪽배가 온다면…… 혼비백산하여 떠나갔던 유년의 그 배가 깊은 밤을 건너와준다면…… 뒤엉킨 바람과 어둠의 심연을 뚫고 기어이 기어이 와준다면…… 쪽배를 타고 쪽배와 함께 어느 여명의 기슭에 닿아 그때 꽃피우리라……

나무 그늘 밑에 잠자는 아기 깨우지 않을 한 가닥 부드러운 바람으로 영탄곡을 부르리라……

아직 남아 있는 어느 봄날에……

(2014)

유년을 향해, 분단에 의해, 여성에 대해

—김채원의 중단편

신형철(문학평론가)

김채원은 이십대 후반에 일본에서 미술 교사로 체류하는 동안
「먼 바다」 「밤인사」로 추천 완료되어 등단했다.[1] 비슷한 시기에
등단한 언니 김지원과 함께 '자매 소설집'이라는 타이틀로 『먼 집
먼 바다』(1977)를 출간하면서 초기작을 묶어냈다. 미국과 프랑스
를 거쳐 귀국하여 쓴 첫 소설 「밀월」(1978)부터 「애천」(1984)까지
의 작품 이십여 편 중에서 열두 편을 추려 출간한 『초록빛 모자』
(1984)가 첫 단독 작품집이다. 80년대 중후반의 중편들을 『봄의
환』(1990)으로 묶었고, 90년대에는 『형자와 그 옆 사람』(1993),

1) 추천 제도라는 것이 있던 시절의 일이다. 저자가 작성한 연보에는 『현대문학』
을 통해 두 작품이 차례로 추천된 시기가 1974년과 1975년으로 기록돼 있는데,
두 작품이 게재된 것은 (확인해본 결과) 『현대문학』 1976년 5월호와 12월호다.
'추천'과 '게재' 사이엔 일정한 시간 간격이 있었던 것으로 추정된다.

『달의 강』(1997)과 같은 장편을 냈으며, 「그 여자는 거기에 없다」(1996)와 「미친 사랑의 노래─여름의 환」(1998)은 중편이지만 단행본으로 출간했다.[2] 「가을의 환」(2003)을 쓰면서 네 편의 '환' 연작을 완결하여 이를 『가을의 환』(2003)으로 정리했다. 90년대 중반 이후의 중단편들을 모은 정규 작품집으로는 『지붕 밑의 바이올린』(2004)과 『쪽배의 노래』(2015)가 있다. 현대문학상을 받은 「베를린 필」(2015)이나 '흐름 속으로'라는 제목으로 쓰인 몇 편의 소설 등이 묶일 다음 작품집은 아직 출간되지 않았다.

분단이라는 주제를 생각하면 한참 선배인 박완서와, 여성 내면에 대한 천착과 중단편 위주라는 점에서는 동년배 오정희와, 미술학도 출신이라는 점을 생각하게 한다는 점에서는 후배 작가 강석경과 함께 이야기해볼 수 있을 것이지만, 이는 김채원의 고유함을 더 또렷하게 만들기 위한 좌표 설정 정도의 의미를 가질 뿐이다. 사십 년이 넘는 기간 동안, 비록 다작이라고 할 수는 없지만 꾸준히 작품활동을 지속해온 이 작가의 독자적인 미학과 그 문학사적 위치는 지금보다 더 깊이 있게 논의되어야 마땅하다고 생각한다. 그러나 「겨울의 환」이 수상작으로 수록된 1989년 제13회 이상문학상 수상작품집, 그리고 『미친 사랑의 노래─여름의 환』(1998)

---

2) 「그 여자는 거기에 없다」는 언니 김지원의 중편 「집」과 함께 『집, 그 여자는 거기에 없다』로 묶이면서 또 한 권의 '자매 소설집'이 되었고, 「미친 사랑의 노래」는 출판사의 중편소설 시리즈 중 한 권으로 출간됐다.

과 『쪽배의 노래』 정도를 제외하면 대다수의 책이 이제는 시중 서점에서 유통되고 있지 않아 오늘날의 독자가 김채원의 문학세계를 온전히 파악하기는 어려운 형편이다. 김채원 문학에 대한 새로운 논의가 시작되기를 바라는 마음으로, 사십 년 동안 쓰인 중단편 중에서 열 편 남짓을 추린 선집을 펴낸다. 이 작품들을 '유년'과 '분단'과 '여성'이라는 세 범주로 나누고, 개별 작품의 구조와 전언을 충실히 해설하는 것이 이 글에 주어진 소임이다.

1. 유년을 향해

'작가는 평생 두세 가지 이야기를 반복한다.' 누가 했어도 이상할 것 없는 말이지만 이 말을 스콧 피츠제럴드도 했다. 피츠제럴드가 들려주는 일화에 따르면, 배를 그리는 화가가 어떤 고객으로부터 자기 조상들의 초상화를 그려달라는 뜻밖의 부탁을 받았는데, 거래에 응하면서 경고하기를, 당신의 모든 조상들이 배처럼 보일 수 있을 것이라 했다는 것이다. 이 일화를 전하면서 피츠제럴드는 그 화가를 놀리고 있지 않다. 무엇을 그리건 결국 배를 그릴 수밖에 없는 화가, 그야말로 개별성(개성)이라고 하는 것을 분명히 갖고 있는 예술가라는 것이 그의 취지다. 그처럼 작가도 자신이 잘 이해하고 있는 하나의 감정에서부터 시작하지 않으면 안 된다는 것이다. 어떤 작가든 이 점을 명심하지 않으면, 친구가 와서 '작가인 너에게 필요할 것'이라며 들려주는 이야기로부터 덥석 소설을 시작했다가 그게 결국 내 이야기가 아님을 깨닫고 후회하는 일이 벌어질 것이라는 경고도 덧붙였다. 그래서 글의 제목이 '일백 번의 그릇된 출발'이다.[3] 피츠제럴드가 옳다면 우리는 김채원이야말로 언제나 잘못 출발하는 실수를 범하지 않는 작가라고 해야 할 것이다. 그가 여러 번 반복해서 출발하는 하나의 장소가 있는데 그것은 바로 유년 시절의 집이다.

등단작이 아니지만 「얼음집」(1977)을 이 해설의 맨 앞자리에 놓는 것은 그 때문이다. 겨울이 되면 우물물이 새어나와 마당에 투명한 얼음층을 만들기 때문에 '얼음집'이다. 50년대 중후반에 그 집에서 남편 없이 두 딸을 기르며 사는 한 여자가 있다. 전쟁통에 시인 남편이 죽자 문필가가 되어 생계를 꾸려나가는 인텔리 여성인데 고단한 삶이 그녀를 자주 날카롭게 만들 수밖에 없었다. 느닷없이 통곡을 하거나 손목을 긋고는 하는 엄마 앞에서 아이들은 불안과 연민에 시달린다. 머리를 다쳐 소의 골을 먹으며 치료하다 결국 여자는 죽고 먼 친척 할머니가 아이를 돌보다 세상을 뜨는 것으로 이야기는 마무리된다. 작중 어머니는 작가의 모친인 소설가 최정희(1906~1990)를 닮은 데가 있지만, 실제와는 달리 소설 속

---

3) Scott Fitzgerald, "One Hundred False Starts", *The Saturday Evening Post*, 1933. 4. 4. 새터데이 이브닝 포스트 온라인 웹사이트에서 당시 발행된 지면 그대로 읽을 수 있다.

의 그녀를 젊은 나이에 죽게 했다. 비극성을 높임으로써 오히려 더 큰 기림을 담으려 한 것으로 수긍된다. 비바람에 맞서 자식을 길러내다 끝내 난파한 선장처럼 말이다. 연약한 배처럼 떠내려가는 집(가족)이라는 이 이미지는 (이후 「쪽배의 노래」에서도 '쪽배'로 변주되는) 김채원 소설의 근원 이미지 중 하나다.

아내는 불안한 눈을 뜨고 귀기울였다. 전깃불을 켜지 않은 방안은 어두운데, 높이 달린 들창으로 때마침 따뜻한 곳으로 미처 길을 떠나지 못했던 기러기떼가 줄지어 날아가는 게 보였다. 녹슨 차양의 한 귀퉁이가 바람에 떨어져나가는 소리, 장독대의 그릇이 깨지는 소리가 들려왔다. 아내는 바람의 세계 속에 두 아이를 태우고 열심히 보트의 노를 젓노라 생각했다. 열심히 열심히 저어서 어딘가로 한없이 가노라 생각했다.(51~52쪽)

이 위태로운 항해를 독특한 서술자가 지켜본다. 여자를 '아내'라 부르고 있으니 서술자가 남편인가 싶지만, 남편 또한 '남편은' 하고 가리켜지니 꼭 그런 것도 아니다. 흔한 삼인칭 서술자라고 하기에는 아련한 연루의 낌새 같은 것이 있으니, 아마도 소설 속 아이가 성인이 되어 자신이 떠나온 시간 속의 풍경을 회고하는 어조라 하면 그럴듯할 것이다. 돌아보니 아득하였는지 마치 남의 이야기를 하듯 '남편' '아내' '아이' 등으로 거리를 두었고 덕분에 이 작품에는 신화적이고 원형적인 기운이 배어들었다. "이 세상이 한 개의 거대한 얼음집이더라도 어린 시절의 그 얼음집을 간직해다오. 얼음 속을 잘 들여다보면 맑은 물이 흐르고 있는 듯하며 그 안에 파란 풀잎이 자라던 것을……"(54쪽) 작품이 끝날 무렵 전면으로 나오는 서술자가 과거의 아이들에게 이렇게 권유하고 있으니 이는 작가의 자기 다짐이라고 볼 수도 있으리라. 따뜻한 초월적 시점이라고 할까, 과거를 '돌보는' 이 서술자가 소설의 묘미를 돋운다.

「얼음집」이 어머니에게 바쳐졌다면 「애천」(1984)의 초점은 아이들을 향한다. 어머니도 「얼음집」에서와는 다른 각도의 조명을 새로 받기는 한다. "어머니는 피난지에서 돌아온 후 양어깨에 무거운 짐을 질러 메고 우지끈 힘을 쓰며 일어섰던 것이다."(175쪽) 이 구절이 단적으로 보여주듯, 이 작품에서는 어머니의 정신적 불안정보다는 가장으로서의 성실함이 미묘하게 강조돼 있다. 그러나 전설 같은 아련함으로 서술되는 「얼음집」과는 달리 「애천」은 당돌한 소녀 '소자'를 앞세워 고전적인 성장 서사의 면모를 갖추는 데 주력한 경우다. 「얼음집」에도 나오지만 실제로 작가의 모친은 자녀들을 데리고 영화관에 가기를 즐겼고 소녀 김채원은 혼자서도 자주 영화를 보러 다녔다. 이 소설이 알려주고 있는 것은 소녀에게 영화 보기란 세상의 온갖 인물들에 대한 내사內射와 투사投射의 향연이었고 그를 통한 고독한 성장이었다는 사실이다. 그 시절의 영화 제목 하나를 그대로 소설 제목으로 가져온 것도 그런 맥락에서였으리라.[4] 그래서 이 소설 곳곳에는 정신적·육체적(성적) 성숙의 모멘트들이 흩뿌려져 있다.

창문마다 하나둘씩 불빛이 보였다. 어느 순간 갑자기 톡, 소리를 내며 거리의 등불이 일제히 꺼졌다. 정전은 익숙한 것이었다. 극장의 네온만 어두운 하늘 아래 선명했다. 현실은 짓밟고 지나가야 할 무엇으로 소자에게 비쳤다. 지금 눈앞에 보이는 알 수 없는 어두운 거리와 같았다. 그 거리는 끝없는 미로로 통하고 있었다. 소자는 이상한 힘에 이끌리듯 이다음 유명한 사람이 되리라는 결심을 했다.(191~192쪽)

그러나 「애천」의 내밀한 초점은 소자보다는 동복형제 '승일'에게 더 맞춰져 있다고 해야 한다. 어머니가 전남편과 낳은 아들, 친척집에서 자라느라 모정에 굶주려 있었던, 그러다가 열일곱에 학도병으로 참전했다 살아 돌아와서는 뒤늦게 어머니 및 동복 여동생들과 함께 지내게 된, 가죽 점퍼를 입고 아코디언을 연주하는, 가족 몰래 "고독병"(195쪽)을 앓고 있던, 그러다가 요절해버린 그

---

4) 진 네굴레스코(Jean Negulesco) 감독의 영화 〈Three Coins in the Fountain〉(1954)의 한국 개봉명이 '애천(愛泉)'이었다.

런 오빠. 그를 애틋한 마음으로 돌아보는 소자의 눈길 속에 이 소설의 진정한 본질이 있다. 문득 현재 시점으로 도약하는 소설의 끝부분에서 이제 성인이 된 소자가 승일이 홍얼거리던 〈애천〉의 주제가를 들은 것만 같은 기분으로 잠에서 깰 때, 그 프루스트적인 순간 속에서 그녀는 "근원을 떠올릴 때면 일어나는 느낌, 향기 같은 것"(193쪽)을 감지한다. 소자가 이제 승일을 '오빠'가 아니라 "그 아이"(같은 쪽)라고 부르며 그에 대한 모성적 그리움마저 느끼는 장면은 이채롭다. 작가 자신이 결혼(1979)과 출산(1980)을 경험하면서 유년기의 동복 오빠를 예전과는 달리 '외로웠을 아이'로 회상하게 되는 일은 자연스럽고도 애틋한 일이라고 해야 할 것이다.

「얼음집」이 「애천」으로 다시 쓰였고, 그로부터 삼십 년 만에 또 「쪽배의 노래」(2014)가 쓰였다. 일종의 총결산이기 때문에 중편의 분량이 되었고, 전체를 아우르는 거시적인 소실점이라고 할까, 혹은 뼈대 역할을 할 비유의 틀이라 할까, 그런 것도 필요했을 것이다. 그래서 이번에는 '집 자체가 주인공이다'라는 설정이 만들어졌고, 집이 들려주는 이야기라는 듯이 '쪽배의 노래'라는 제목이 얹혔다. 계절별로 챕터가 나누어져 집의 정경이 그려지고, 전작들에서는 간략했던 유년의 기억들이 풍부한 디테일을 거느리며 펼쳐진다. 꽃이 폭포수처럼 쏟아지며 피어나는, 생명력이 분출했던 봄날의 집. 폭풍우 속에서 위태로웠던, 그래서 더 가족의 안온한

품을 실감하게 했던 여름날의 집. 맑고 투명했던, 그리하여 어디선 가 손님이 올 것만 같았던 가을날의 집. 우물에서 흘러나온 샘물로 마당이 얼어버리는, 지금도 그 집의 본질적인 모습으로 기억되고 있는 겨울날의 집. 이 사계 사이로, 오빠는 아코디언을 연주하고 노래하며 제대로 이해받지 못한 제 슬픈 청춘을 통과하고, 열두 살 의 '나'는 영화를 보며 인간과 세상을 배운다.

　살아온 시간 중 어느 부분이 사라지고 어느 부분이 떠오르는가. 그것들은 어딘가에 숨어 있다가 어느 순간 떠올라 퍼즐 맞추기를 하는가. 한 장면에 대한 기억, 흘려들었던 한마디가 아귀를 맞추며 눈앞에 어떤 그림들을 그려놓는다.(514~515쪽)

「쪽배의 노래」에 이르러 완성된 듯 보이는 김채원의 유년 소설 들이 갖는 일반적 특징 하나를 이쯤에서 말해보기 위해서는 위 인 용문을 들여다볼 필요가 있다. 우리는 「애천」이나 「쪽배의 노래」 를 읽다보면 가끔 길을 잃는다. "그 집에 대해 추억할 것은 여자에 게 아직 얼마든지 있다."(566쪽) 한없이 더 미세하고 섬세하게 쓸 수 있다고 말하는 것만 같은 묘사의 흐름을 따라가다보면, 기분좋 게 일렁이는 물결 위에 떠 있다가 깜빡 잠이 들 때와 같은 일이 벌 어진다. 작가의 세부 탐닉이 어지간해서 독자가 문장의 흐름을 놓 치게 된다는 뜻이다. 이 작가에게는 마땅히 떠올려져야 할 큰 사건

사고가 따로 있지 않다. 떠올려보자고 작정할 때 떠오르는 것도 아니다. 시공간에 대한 미세한 감각적 경험도 한 인생의 훗날을 주름처럼 품고 있는 큰 경험으로 떠올려지고, 오랫동안 잊힌 그 감각적 사건이 먼 훗날에 노래 한 소절이나 영화의 한 장면만으로도 문득 떠올려진다. 회상되는 대상의 특질과 회상하는 과정의 특질, 김채원의 소설에서 이 두 층위의 특질은 우리가 흔히 '프루스트적인 의식'이라고 부르는 것의 산물로 공인된 것이기도 하다.

　　외부적으로 중대한 인생의 전환점 또는 큰 재난 같은 것은 마치 별로 중요치 않은 사건들인 것처럼, 인물들에 대하여 아무런 결정적인 정보를 제공할 자격이 없는 사실들인 것처럼 취급된 반면, 아무렇게나 골라잡은 어떤 단편적 시간은 인간의 전 인생을 포용하고 있으며 그 내용을 펼쳐 보여줄 능력을 가진 것으로, 즉 신용할 만한 정보의 출처처럼 취급되고 있다.[5]

아우어바흐의 고전적인 설명에 따르면 프루스트에 이르러 현대 소설에서는 이와 같은 "신용의 이동"(718쪽) 현상이 나타난다. 이것은 바로 김채원의 소설에 나타나는 집요한 확신이기도 한데, 그

---

　　5) 에리히 아우어바흐, 『미메시스』, 김우창·유종호 옮김, 민음사, 2012, 718~719쪽.

것을 다음과 같이 요약해볼 수 있다. '나의 전 인생을 포용하고 있을지도 모를 과거의 어떤 단편적 시간이 있으니, 그것을 고고학적으로 탐사하는 것, 즉 기억해내는 것이 작가의 일이다.' 이처럼 "과거의 현실들을 모두 살아나게 하는 힘을 가진 의식"(710~711쪽)이 프루스트적인 의식인데, 그러나 여기서 '과거의 현실'이 정태적이지 않다는 점에도 주의할 필요가 있다. 과거의 현실에 접근해가는 현재의 의식이 매번 달라서 과거는 발굴되면서 거의 창조된다고 말할 수도 있기 때문이다.[6] 그 현재의 의식을 작동시키는 프루스트적 '마들렌'이 김채원에게는 영화이거나 음악이다. TV에서 옛 영화 〈셰인〉(1953)의 마지막 장면을 보다가 수십 년 전 오빠의 "당시 보지 못했던 표정 하나"(513쪽)가 떠오르거나, 이국에서 브람스의 바이올린 협주곡을 듣다가 유년의 여름날 캄캄한 골짜기에 갇힌 손님을 위해 램프를 비추던 일(528쪽)이 떠오르는 식으로 말이다. 김채원은 '잃어버린 시간을 찾아서' 거슬러올라가고, '되찾은 시간'의 생생한 감각성을 조용한 환희 속에서 펼쳐낸다.

---

6) 프루스트를 대상으로 한 이런 설명은 김채원에게도 거의 들어맞는다. "그가 생생하게 짚어 보이는 것은 어떠어떠한 날 아침에 그가 느낀 인상들이 아니라 옛날의 그 아침들에 대하여 지금 그가 느끼는 인상들이다."(미셸 레몽, 『프랑스 현대 소설사』, 김화영 옮김, 현대문학, 2007, 315쪽)

2. 분단에 의해

  김채원의 부친인 시인 김동환은 전쟁중 납북되었고 모친인 최
정희는 함경북도 출신의 실향민이다. 작가 또래의 한국인이라면
사정이 비슷하겠지만 김채원의 가계 역시 전쟁과 분단에 의해 큰
상처를 입었다. 작가 자신도 이 사실에 대해 날이 갈수록 자각적이
되었던 것으로 보인다. 유년기 아버지의 부재와 관련해서는 앞서
살펴본 유년 소재 소설들에서 일부 다뤄졌고, 청장년기 그의 분단
인식은 이제 살펴볼 세 편의 소설에서 확인할 수 있다.[7] 이 소설들
역시 작가의 개인사와 밀접하게 연관돼 있다. 그는 1968년에 이화
여자대학교 미술대학을 졸업하고 1972년에 일본으로 가서 동경한
국학교 미술 교사로 근무했다. 이 무렵을 기록하고 있는 자필 약력
에는 "북조선에 적을 둔 이하자와 애틋한 우정을 나누다"라고 적
혀 있기도 하다.[8] 1975년에는 언니 김지원이 살고 있던 미국으로
가서 '아트 스튜던트 리그 오브 뉴욕'에 적을 두고 미술 공부를 하
였고, 1976년에는 파리로 건너가 당시 그곳에 거주중이던 화가 이
응노와 사제의 연을 맺었다. "그 시절 이응노 선생님을 만난 것이

---

7) 김채원을 '분단문학'이라는 관점에서 접근한 연구는 드문데, 김옥선, 「김채원
소설 연구」(단국대학교 문예창작학과 석사학위논문, 2015)가 예외적인 사례다.
8) 김채원, 『달의 몰락』, 청아출판사, 1995, 작가연보 참조.

시간이 갈수록 소중하게 생각된다."[9] 이처럼 국외에서 분단 조국의 현실을 자각한 경험이 「자전거를 타고」(1977)와 「아이네 크라이네」(1981)에 반영돼 있다.

「자전거를 타고」에서 김채원 자신은 '성혜'로, 이하자는 동명의 인물 '하자'로 나온다. 성혜는 일본에서 유학중인 남한 유학생이고 하자는 북한 국적을 갖고 있는 교포 2세대. 재일 북한인이 접근해오면 영사관이나 대사관에 알리라는 소양교육을 받고 온 성혜로서는 하자를 경계할 만하고 이는 하자 쪽에서도 마찬가지였을 것이다. 그러나 성혜의 아버지가 북에 있다는 것이 하자에게는 관심의 대상이 되고, 또 성혜는 하자가 다른 북한 국적 학생들과는 달리 "신념의 미소"(12쪽)를 짓고 있는 것이 아니라 "자유를 갈구하는 마음"(19쪽)을 품고 있다고 느껴, 둘은 그들 내면에 그어진 분단의 선을 가볍게 넘는다. "미지를 향해서 함께 흐르는 같은 또래의 같은 여자라는 강한 동류의식"(16쪽)을 기반으로 교류가 시작되었으니 이제 상대방이 나를 바꾸도록 허락하는 단계가 올 것이다. 성혜는 분단이니 남북이니 하는 게 모두 "숙명"(21쪽)이라 여기고 말았던 자신을 객관적으로 바라볼 수 있게 되고, 하자는 성혜의 영향을 받아서 개인보다 전체를 우선하는 세계를 떠나 남한이나 파리로 가볼 생각도 해보게 된다.

---

9) 같은 쪽.

위의 내용은 그간의 경과이고 소설의 현재 시점은 성혜가 삼 년 동안의 일본 유학을 끝내고 파리행을 앞두고 있는 때다. 성혜가 제 나이를 속인 것 때문에 사소한 다툼이 벌어지는 설정이 있는 것은 (실제로 그런 일이 있었기 때문이었을 수도 있지만) 이 소설이 결말에 이르기 전에 둘 사이의 작은 갈등이 발생했다 해소되는 소설적 단계가 한 번쯤은 필요했기 때문일 수도 있겠다. 그때 갈등의 해소를 가능하게 하는 매개는 언어가 아니라 몸이어야 더 좋을 것이다. 그래서 둘 앞에 자전거가 있다. 둘이 자전거 한 대를 같이 타고 심야의 바람 속을 달리는 장면은 아름답다. 작가의 의도와 유관하게든 무관하게든 이것이 퀴어 소설로 읽힐 수도 있다면 이 장면에서 발생하는 어떤 아늑한 긴장감 때문이기도 할 것이다. 그 아름다움 속에서 상대방에게 어떤 비밀을 고백하고 싶은 심정이 될 때, 두 사람 사이를 갈라놓고 있는 차이들은 이제 아무것도 아닌 것이 된다. 영화 〈쌍둥 롯데〉[10]에 나오는 쌍둥이처럼, 이라고 작가가 쓰고 있듯이, 이제 그들은 원래 하나였는데 인위적인 이유로 둘이 되어버린 존재들 같다. 남과 북처럼, 이라고 덧붙여도 과도하지 않을

---

10) 에리히 캐스트너(Erich Kästner, 1899~1974)의 동화 *Das doppelte Lottchen*(1949)가 원작인 영화다. 국역본으로는 『로테와 루이제』(김서정 옮김, 시공사, 초판 1995), 『쌍둥이 로테의 대모험』(이은주 옮김, 유진, 초판 1994) 등이 있다. 이 작품은 '페어런트 트랩(The Parent Trap)'(1961)이라는 제목으로 영화화됐고 같은 제목으로 1998년에 리메이크됐다. 성혜가 언급한 것은 물론 1961년판 영화일 것이다.

것이다. 시간이 흘러 작별의 순간이 왔을 때에도 성혜는 자전거를
타던 그 밤을 생각한다.

　　나는 하자와 함께 아직도 자전거를 타고 달리는 것 같은 느낌
　　을 받았다. 달을 이고 거침없이 달리는 스물여덟의 두 처녀는 이
　　제 우리와 상관없이, 그냥 언제까지고 계속 달리고 있을 것 같았
　　다.(33~34쪽)

　　이런 대목과 더불어 「자전거를 타고」는 청춘소설로서도 아름답
다. 더 나아가 청춘의 투명한 애정으로 뛰어넘을 수 없는 것은 없
으며 분단이라고 예외는 아닐 것이라고 설득한다는 점에서 분단
소설이라고 말하지 않을 이유도 없다. 분단문학이란 단지 '분단을
소재로 한 문학'이 아니라 '분단 극복에의 의지를 고취하는 문학'
이라고 보다 더 엄격하게 정의한다고 해도 역시 그렇다.
　　「자전거를 타고」에서 하자와 헤어진 성혜의 뒷이야기를 「아이
네 크라이네」에서 '명여'의 이야기로 확인할 수 있다고 하면 그럴
듯해진다.[11] 하자를 통해 분단에 대한 의식 각성의 계기를 얻은 명
여가 스승 운무와의 토론을 통해 이를 심화해나가는 서사가 「아이

---

11) 김채원은 「자전거를 타고」와 「아이네 크라이네」를 뼈대 삼아 장편 『달의 강』
(해냄, 1997)을 쓰기도 했다.

네 크라이네」라고 할 수 있기 때문이다. 화가 운무는 앞서 말한 대로 파리에서 김채원의 스승이었던 이응노를 모델로 한 것이다. 이응노는 (윤이상 등과 함께) 1967년 '동백림 사건'[12]으로 한국에서 옥고를 치렀는데, 십여 년 후에 또 한번 스캔들에 휘말린다. 1977년 그의 두번째 아내 박인경이 윤정희·백건우 부부 납북 미수 사건에 개입했다는 의혹에 휩싸이면서다. 한국 언론에 이 사실이 보도된 것은 1977년 8월 3일이었다.[13] 소설 속에서 명여는 운무와 마지막 대화를 나눈 무렵을 이렇게 기억해내고 있다. "그날이 운무 선생과 마지막이다. 며칠 후 명여는 운무 선생 부부가 북쪽 공작원이었다는 것을 신문에서 보았다."(109쪽) 그러므로 실제로 김채원이 이응노와 지냈던 기간은 1976년 이후부터 1977년 8월 3일 이전까지인 셈이다.[14]

---

12) 1967년 7월 8일에 중앙정보부장 김형욱에 의해 '동백림(동베를린)을 거점으로 한 북괴 대남 적화 공작단'으로 발표됐다. 203명의 관련자를 조사하여 23명에게 간첩죄나 간첩미수죄를 적용했으나 최종심에서 간첩죄가 인정된 사람은 단 한 사람도 없었다. 재판은 1969년 3월에 완료되었고 이응노는 3월 7일에 형집행정지로 풀려났다.

13) 네이버 뉴스 라이브러리를 통해 1977년 8월 3일자 동아일보와 경향신문에 크게 보도된 것을 확인할 수 있다. 이응노의 부인 박인경의 역할이 수상하다는 분석이 공통적이다.

14) 『달의 강』의 해당 부분을 보면 8월 3일 당일에 성혜(「아이네 크라이네」에서는 '명여'였던 이름이 이 소설에서는 「자전거를 타고」와 같은 '성혜'로 바뀌어 있다)와 운무는 화실에 함께 있었고, 한국 신문의 8월 3일자 보도가 프랑스에도 알

이 파리 시절을 회상하는 소설 속 현재 시점은 "한 나라 원수의 죽음을 알리는 조기"(82쪽)가 보이는 때이니 1979년 10·26 직후로 짐작된다. 어쩌면 김채원은 박정희 정권이 무너지자 그 정권의 희생자였던 이응노와의 몇 년 전 기억을 이제야 떳떳한 마음으로 떠올리게 된 것일지도 모를 일이다. 1979년 이후 어느 시점의 한국에서 명여는 불안을 부추기고 증오를 선동하는 말들을 들으며 자신이 분단체제를 살아가고 있음을 절감한다. 그리고 그때 운무 선생이 자신에게 했던 말이 떠오른다. "자네의 꿈은 무언가, (……) 자네들이 이룩하고 싶은 사회란 어떤 건가."(84쪽) 이 질문과 함께 명여의 시간은 몇 년 전 파리로 이동한다. 그곳에서 명여는 적대중인 당사자의 시각이 아니라 국제적 맥락에서 분단 현실을 바라볼 수 있는 시야를 얻었고, 십 년 전 운무가 겪어야 했던 동백림 사건의 내막에 대해 묻기도 했다. 운무의 장남이 한국전쟁 때 납북되었다는 것, 운무는 그 아들을 만날 수 있으리라는 희망으로 동독까지 가보았다는 것, 그러나 결국 만나지 못했을 뿐 간첩 활동을 한 것이 아니라는 것.

모든 것이 한 장의 그림과 같아요. 그것이 모든 걸로 통해요. 내

───────────

려지자 성혜를 포함해 유학생들이 모여 보도의 진실성과 운무의 연루 여부를 궁금해하는 장면도 나온다.

가 정치를 아나. 그냥 그림을 그리는 마음이나 정치를 하는 마음이
나 다 똑같은 거지. 백성의 소리에 진정한 귀를 기울여 아, 내가 잘
못했는가 하고 다시 고칠 수 있는 대통령이나 왕이 되어야 해요. 자
네 앞으로 내가 죽은 뒤라도 내가 한 말들이 맞다고 생각할 때가 올
걸세. 나는 공산주의자가 아니야. 세상만사는 다 자연이야. 모든 것
이 결국 자연의 흐름대로 될 거야.(108~109쪽)

이 말과 함께 운무는 소설에서 퇴장한다. 이는 명여에게 바로
이런 운무가 마지막 운무이며 이것만이 진실한 운무라는 것을 의
미할 것이다. 박정희 정권이 무너진 이후 김채원은 자신이 아는
한 이응노는 간첩이라는 혐의를 뒤집어쓸 존재가 아니라 남북 가
릴 것 없이 조국을 사랑하였고 그보다 먼저 그저 자식을 사랑한 예
술가일 뿐이었다는 점을 조용히 항변하고 있다고 여겨진다. 명여
는 옛 연인 수희가 "정보선을 타고 있다가 인천 앞바다에서 납북
된"(98쪽) 사건 때문에 큰 상처를 받은 경험이 있는 터라 운무의
상처 또한 이해할 수도 있겠다고 느끼는데, 이 역시 김채원 자신의
마음 그대로였을 것이다.[15] 이 소설을 통해 1981년 당시의 독자들

---

15) 명여의 연인 수희의 사건으로 언급되고 있는 것은 '푸에블로호 납북 사건'을
가리킨다. 이 사건은 "1968년 1월 23일 북한 원산항 앞 공해상에서 미국의 정보
수집함 푸에블로(Pueblo)호가 북한의 해군 초계정에 의해 납치된 사건"(두산백
과)인데, 1968년 12월 23일에 판문점을 통해 승무원 82명과 유해 1구가 송환되

은 동백림 사건에 연루된 간첩으로 기억되고 있었던 이응노라는 화가의 진심은 실상 이러했을 뿐이라는 나지막한 호소를 전해듣게 되었으리라. 좀더 과감히 말한다면 이것은 김채원이 쓴 '이응노를 위한 변론'일지도 모른다. 동백림 사건(1967)과 푸에블로호 납북 사건(1968) 같은 것은 배경으로 물려두고 예술가의 내면에서 가장 진실한 답을 찾으려 한, 김채원다운 내향적 접근의 한 사례라고 할 것이다.[16]

그로부터 삼십 년 가까이 지난 시점에 쓰인 「바다의 거울」(2004)은 분단 현실과 그를 극복할 필요성에 대해 한층 더 치열한 자각을 드러낸다. 6·15 남북공동성명 2주년 기념으로 2002년에 한민족복지재단이 남북 공동 예배를 허락받아 삼백 명 규모의 방북단을 꾸렸을 때 작가가 동반 참석한 경험을 "다큐멘터리 영화처

_____

었다. 이에 대해서는 뒤에 다룰 「바다의 거울」에도 (아마도 보다 더 사실에 가깝게) 언급되고 있어 참고할 만하다. "푸에블로호 나포는 내가 대학생 때로 기억되는 사건이었다. 연일 긴장 상태로 자칫 전쟁으로까지 번질 뻔했던 그 정보 군함에 대한 기억이 내게 조금 별다르게 남아 있는 것은 그 당시 그 배에 타고 있던 S대에 다니는 수재 청년을 조금 알고 있었기 때문이다."(464쪽)

16) 「자전거를 타고」와 「아이네 크라이네」는 우회적이고 내향적이라고 할 수 있을지 모르나, 이 두 편을 통합한 『달의 강』(1997) 출간 시점에는 분단 의식을 더 또렷하게 드러내는 서문을 달기도 했다. "분단은 우리 시대 모든 사람들에게 걸려 있는 문제이며 갈증이며 직접 가족과 연관된 다른 많은 사람들처럼 내게도 생래적인 통증임을 뒤늦게 깨닫는다."(『달의 강』, 서문) 물론 이는 1970년대 후반과 1997년 사이의 남북 관계 및 정치 현실의 차이를 반영하는 것이겠다.

럼"[17] 사실 그대로 기록한 작품이다. 가계의 내력에도 불구하고 분단의 상처에 대해서는 얼마간 심리적 거리를 두어왔는데 뜻밖에 북에 갈 기회를 얻게 되자 "마치 살길을 만난 듯"(431쪽)했고 "제2의 인생이 열리는"(같은 쪽) 듯했다고 하니 이채롭다. 그러나 비행기에서 서해를 내려다보며 그 바다가 "수천 수만 수억 개의 거울"(428쪽)처럼 보인다고, 그 한 조각 한 조각이 "지나간 삶의 파편들"(같은 쪽)을 비추어내고 있다고 느끼는 화자는 다시금 시간의 무게 앞에서 몸을 움츠리면서 이 방북 이야기의 중심을 다른 서사에 일부 내어준다. 82세 은사가 부탁해오기를 북에 있는 누님에게 소식을 전해달라 했다는 것이다. 그러므로 플롯이라고 할 게 없어 보이는 작품이지만 여기에는 적어도 두 개의 서사적 과제가 있다.

첫째, '나'의 이야기. 북한 체류 일정을 따라가는 이 소설의 주된 재미는 여정 사이사이 '나'의 파편적 단상—예를 들어 감시 사회라는 측면에서는 북한만이 아니라 남한도 마찬가지이며, "한 마리의 양도 놓치지 않으려는"(442쪽) 기독교 역시 그런 면이 있다는 등—을 음미하는 데에 있지만, 화자가 자신의 과거와 어떻게 상봉하게 되는지를 살펴보는 데에도 있다. 그는 1948년 남북 공동 대표 칠백여 명이 모여 회의를 한 장소인 쑥섬에서 납북된 아버지를 생각하고, 아버지가 사상이나 체제와는 무관한 곳에서 구름처

---

17) 「'지붕 밑의 바이올린'… 납북 아버지의 향기」, 동아일보, 2004. 6. 25.

럼 흘러갔으리라 생각한다. 그리고 대동강에서 화자는 과거와 현재가 하나로 포개지는 듯한 느낌과 함께 두 개의 장면을 떠올리는데, 이것이 이 작품에서 '소설 속 소설'로 놓여 있다. 하나는 부친이 반민특위법으로 다섯 달 동안 옥살이를 하고 나오던 날의 기억으로, 그때 부녀의 상봉은 일생을 두고 회상되는 "금강석과도 같은 시간"(454쪽)이었다는 것. 다른 하나는 '귀 치료 바구니'라는 제목이 붙어 있는 언니의 귀앓이 에피소드인데, 이때를 회상하는 현재의 '나'는 '고통받을 수 있는 가능성'을 갖고 있다는 측면에서는 너와 나의(더 나아가 남과 북의) 구별이 무의미하다는 깨달음에 이른다.

둘째, 은사의 이야기. 편지를 과연 부칠 수 있을까 하는 과제가 해결되어가는 과정은 이 소설에 일말의 긴장감을 부여한다. '나'는 북한 안내원으로부터 긍정적인 답변을 받고 마지막날 아침에 편지를 전하기로 했지만, 여전히 주저되는데다 상대 쪽의 분위기도 어쩐지 냉랭해져 있어 편지를 포기한다. 결국 상호 불신의 벽을 뛰어넘지 못한 채 '나'는 버스에 오르고, '나'의 마음의 균열은 다음과 같은 환상적인 서술을 낳는다. "나는 조금 전 내가 서 있던 저쪽을 창밖으로 바라보았다. 그리고 거기에서 뜻밖에도 아직 두리번거리며 길 건너편을 바라보고 서 있는 나를 보았다."(472쪽) 지금 이 불신과 주저의 순간에 무엇이 필요한가. 앞서 언급한 '아버지와의 금강석과도 같은 시간'과 '어머니의 귀 치료 바구니'로 상징되는 상봉과 치유의 시간, 그 속에 존재하는, 인간의 인간에 대한 가장 근원적인 믿음의 힘, 바로 그것이 지금 여기 버스 정류장에, 즉 오늘의 남북 관계에 필요한 것이다. 여기서 이 소설의 두 서사적 과제는 포개진다. 그렇다면 북에 남겨두고 온 '또다른 나'로서의 '그녀'는 바로 '나'의(더 나아가 우리의) 과제 혹은 다짐의 상징으로 읽어야 하리라.

그녀가 일생 찾아 헤맨 것은 금강석 같았던 그 순간과 상처를 치유해주는 그 바구니가 아니었을까. (……)
나는 그녀가 남은 이유를 알 것 같았다. 그녀는 남아서 그 편지를 전할 생각이었다. 주소를 알고 있고 발이 있는 한 가닿을 수 있을 것이다. 그리하여 은사의 누님에게 꼭 건강히 이산가족 만남의 날까지 기다려달라는 사연을 그 집 대문 틈으로 혹은 들창 너머로 밀어넣을 수 있을 것이다. 힘없이 초로에 접어드는 그녀는 그 임무만이라도 이제 해내고 싶었을 것이다.(473쪽)

3. 여성에 대해

여성 작가의 소설이 언제나 여성의 삶을 다룬다고 볼 수는 없다. 그런 관점은 여성이 언제나 여성으로서만 살아가는 것은 아님에도 그 삶을 성별이라는 테두리 안에 가둬놓는 일이 될 것이다.

반대로 여성 작가의 소설을 여성 고유의 경험이 아니라 인간 일반의 그것으로 보편화하는 읽기가 문제가 될 때도 있다. 어떤 정체성을 흡수하면서 동시에 삭제하는 결과를 낳을 수 있기 때문이다. 어느 쪽도 언제나 옳지는 않다. 한쪽은 부당하게 제한하는 결과를, 다른 한쪽은 교묘하게 억압하는 결과를 낳을 수 있다. 이를 딜레마라고 볼 일은 아니다. 둘 중 어떤 방식으로 읽어주기를 요청하는지에 대한 작가의 의도가 또렷할 때는 우선 그것을 존중하며 읽는 태도가 필요할 것이고, 더 나아가서는 담론(권력)의 지형을 판단하면서 더 가치 발견적이고 더 해방적인 방식으로 해석의 정치를 작동시켜야 한다. 이제 다룰 세 편의 소설은 특별히 더 여성의 서사로 읽히기를 스스로 요청하는 텍스트라고 볼 수 있을 만한 것들이다. 이 작품들에서 작가는 '여성적인 것'의 본질을 어떻게 파악하고 있는가. 그리고 그것은 동시대의 담론 지형 안에서 어떤 의미를 가질 수 있는가.

「초록빛 모자」(1979)는 첫 단독 작품집의 표제작이 된, 초기 대표작이다. "인정人情이 몹시 그리워지는 어느 날 나는 남장男裝을 하고 거리에 나섰다."(55쪽) 이 첫 문장에는 캐릭터 형성의 두 요소인 '결핍'(인정)과 그것에 대한 '대응'(남장)이 잘 요약돼 있다. 30세의 여성 김기정은 언젠가부터 친구들에게 의식적으로 무례한 행동을 하기 시작했다. 말을 끊거나, 아무렇게나 자리를 떠나버린다거나, 환영받지 못할 곳에 일부러 간다거나 하는 행위들. 그리고 어느 순간부터 그 일을 멈출 수 없게 됐다. "나는 이제 아무리 의식儀式이 갖는 미덕의 세계로 들어가려 해도 들어가지지 않는다."(58쪽) 김호金號라는 남성적 필명으로 시를 투고하고 결과를 기다리던 기정은 내친김에 남장을 한 채 잡지사를 방문한다. 원고 채택 여부를 물으러 간 것이었는데, 결과를 듣지 못했을 뿐만 아니라 돌아나오는 순간 자신을 조롱하는 직원의 말까지 엿듣고 만다. 그러나 기정은 항의를 하기는커녕 오히려 미친 사람으로 비하될 법한 말을 내뱉어서 상대방의 경멸감을 (아마도) 더 가중시키는 쪽을 택한다.

이쯤 되면 기정은 마치 상대방을 질리게 하는 것이 삶의 목적인 사람처럼 보인다. 친구들에게는 자신이 무례를 행하는 입장이라면, 낯선 이들로부터는 모욕을 자초하는 입장에 가깝다는 차이가 있을 뿐이다. 세계문학사에서 이런 유형의 인물은 포, 도스토옙스키, 위스망스 등에게서 전형적인 형상을 얻은 바 있는데, 이들을 '도착증적 인물'이라고 부를 수 있다. 개인적 성생활에서가 아니라 사회적 관계 속에서 가학적·피학적 행위를 반복한다는 의미에서 그렇다. 정작 자신은 원하지 않는데도 이런 행위들이 반복되고 있다는 것은 스스로 그런 행위에 의지하고 있다는 것이고, 이는 달리 말해 그 행위가 그만의 내적 곤경에 대한 방어기제일 가능성이 높다는 뜻이 된다. 간단히 말하자면 자존감의 위기라는 내적 곤경을 극복하기 위한 행위라는 것이다. 자신이 타인에게 인정과 사랑을 받지 못한다는 사태를 견딜 수 없어서, 차라리 모든 것이 자신이 자초한 사태인 양 가짜 원인을 창조하는 방식이다. 비참한 인간이 되기보다는 무례하거나 한심한 인간이 되는 게 더 견딜 만하기 때문이다. 그러나 이것만은 아닌 것 같다.

> 나는 어쩌다가 이렇게까지 자기를 몰고 와버렸을까. 나는 치유가 될 수 없는 병에 걸려버린 걸까. 모든 것을 의식한다고 해서 거기서 벗어나올 수 있다는 것은 정말 잘못된 생각인 게다. 나는 도대체 누구를 연기하고 있는 걸까.(66쪽)

기정은 자신이 하필이면 제 언니에게 구애하던 지긋지긋한 남자를 흉내냈다는 것을 깨닫는다. 이는 기정의 병리성의 근원에 언니가 있다는 점을 암시한다. "내 성격을 형성하는 데에 많은 영향을 끼친 언니에 대해 잠시 얘기할 필요를 느낀다."(67쪽) 어렸을 때 자매는 나란히 예뻤는데 성장하면서 달라지기 시작했다. 언니는 아름답게 성장해나갔지만 나는 뻐드렁니가 생겼고 눈이 나빠졌으며 야구공에 맞아 코도 주저앉았다. 다만 언니는 사고로 손가락 하나를 잃었는데, 잘린 손가락을 가리며 살아가느라 엄청난 노력을 기울였고, 그러다 견디지 못하고 세 번의 자살 시도 끝에 결국 성공해버리고 만다. 이 죽음에 기정이 느끼는 감정은 "분노"(72쪽)다. 자신은 큰 결함을 견디며 살아가는데 언니는 그토록 아름다운 용모를 갖추고도 기껏 손가락 하나 때문에 생을 포기하다니 너무나 호사스러운 절망이 아닌가 말이다. 이 사건이 "아름다운 여자들만이 갖는 성벽"(70쪽)의 결과라고 생각한 기정은 아름다움을 혐오하기 시작한다. 물론 그 혐오의 강도는 언니에 대한 동경의 강도와 비례할 것이지만 말이다.

그렇다면 기정의 도착적 행위는 두 가지 층위를 갖는다. 아름답지 않은 자신을 견뎌내기 위해서는 자기가 아름다움을 모욕하기 위해 의식적으로 흉해지기를 택한 인물이라 믿을 필요가 있기 때문이기도 하고, 언니에게 분노한 자신에게 무의식적 죄의식을 느끼기 때문에 이를 자책하느라 자학적 행위를 시도하고 있는 것이기도 한 것이다. 그러므로 기정이 경찰서에서 린치를 당하는 장면이 소설의 후반부에 놓이는 것은 구조적으로 납득할 만하다. 그것은 더는 흉해질 수 없을 만큼 흉해지는 일이고, 더는 죄책감을 느낄 필요 없이 처벌을 당하는 일이다. 이 일을 겪음으로써 기정은 해방될 수 있다. 덕분에 그는 언니가 손가락을 잘렸던 당시 병원에서 언니가 초록색 모자를 잃어버렸고 그것을 어떤 남자가 주워갔던 일화를 떠올려도 그 사건을 옛날과는 달리 해석할 수 있게 된다. 그 사건이 "언니와 내 인생의 어떤 암시"(78쪽)이며 이후 자매의 삶이 "운명이 조종하는 줄대로"(79쪽) 진행된 것이라는 해석. 이는 기정이 자매의 비극을 둘 사이의 문제로서가 아니라 제삼자의 위치에서 바라볼 수 있는 심리적 거리를 얻게 되었다는 뜻이다. 이제 기정은 방향을 자신이 아닌 외부로 돌려 외칠 수 있게 된다. "끊어라, 저 줄을 끊어라."(80쪽)

이 '운명'에 대한 사유는 「겨울의 환」(1989)으로 이어진다. 작가에게 이상문학상을 안긴 이 소설은 그동안 김채원의 대표작으로 평가받아왔는데 과연 그럴 만한 작품이다. 김채원의 여느 소설보다도 유기적인 구조를 갖고 있고 서간체의 품격도 인상적이며 삶의 의미에 대한 성찰의 밀도도 높다. (당시 작가의 실제 나이와 같은) 43세의 여성화자 '나'는 연인으로부터 "나이들어가는 여자의 떨림"(276쪽)을 써보라는 권유를 받고, 그것이 마치 수행문적 효력을 발생시키기라도 한 것처럼 자신이 '여자'임을 처음인 듯 실감하면서, 홀린 듯 글쓰기를 시작한다. 그런데 그 글쓰기는 독자가 예상하게 되는바 욕망의 주체로서의 자기발견을 수행하는 방향으로 나아가기보다는 모계에 대한 탐구로 나아가고, 역사적 존재로서의 한국 여성의 삶에 대한 통시적 성찰에까지 이른다. '할머니-어머니-나'의 계보를 탐구하는 이 수직축과 '나-당신'의 현재 관계를 성찰하는 수평축이 교차되는 데서 이 소설의 정교한 구조가 탄생한다. 작가의 작품 목록에서 보자면 앞서 범주화한 '유년'과 '분단'이라는 주제가 '여성'이라는 범주 속으로 통합돼 있는 작품이라는 점에서도 김채원 소설의 한 정점이라고 할 수 있을 것이다.

'나'는 26세에 결혼했다가 32세에 이혼하고 홀어머니와 함께 지내는 중이다. 그래서 '나'의 성찰이 먼저 어머니를 대상으로 시작되는 것은 자연스럽다. 어머니는 스스로 자부하는 바와는 달리 "따뜻한 밥상"(282쪽)을 차려내는 사람이 아니었다는 것이 딸의 평가다. 가족구성원을 돌보는 것이 최우선인 여성은 아니었다는 것인데, 물론 그 이면엔 그 시대를 남편 없이 홀로 살아낸 여자의 고통이 있지만, 그런 맥락이 유년기의 '나'에게 결핍 하나가 생기는 것을 막지는 못했다. 그런데 남편과 이혼하고 돌아와보니, 내가 그런 어머니를 닮아버렸나 싶고, "밥상을 깨부수는 힘"(289쪽)을 가진 여자로서의 운명을 타고났나 싶어진다는 것이다. 보다시피 이 화자가, 결혼한 여자의 삶을 제약하는 성역할 관념과 그것의 제도화에 대해 다음 세대 여성들처럼 자각적으로 저항하려 한 것은 아니었다. 그럼에도 결과적으로 그렇게 됐다는 점이 주목할 만하다. 그로서는 인간으로서의 존엄이 훼손되는 경험 속에 자신을 방치할 수 없었을 뿐이었는데, 결혼이라는 제도는 그 정도의 항변조차 수용하지 못하는 옹졸한 것임이 자연스럽게 폭로된 것이었다. 그러나 적어도 80년대의 이혼 여성이 친정에 돌아와서 느낀 것은 홀가분함만은 아니었으므로 '나'는 패배감 속에서 모계 혈통을 생각하지 않을 수 없는 것이다.

　그래서 이제 '나'는 거슬러올라가 외할머니에 대해서도 생각한다. 그 역시 남편에게 버려지고 자식들을 홀로 키워야 했던 여성이다. 전쟁통에 모두가 피난을 떠날 때에도, 딸에게 짐이 될까 혹은 북에서 아들이 돌아올까, 집 떠나기를 거부하고 그 공포와 고난을 홀로 겪어낸 여성이다. 말년에는 모진 딸('나'의 모친)의 성화에 못 이겨 집에서 쫓겨나 눈물을 흘리며 다른 딸네로 거처를 옮겼고 거기서는 기를 펴지 못하다가 결국 쓰러져 눈감은 여성이다. 그리고 그렇게 할머니를 쫓아낸 어머니는 이제 쓰러져 누워 있다. '나'는 유년기에 목격한 할머니의 비참을 잊을 수 없으며, 그래서 그토록 모질었던 어머니를 맹렬하게 비난한다. 왜 당신은 당신의 어머니에게 그리 가혹했으면서 이제 나에게는 이토록 부담을 주는가. 2대가 1대에게 했던 행동을, 3대가 2대에게 하고 있다. 남편 없이 혼자 살게 된 여성 삼대의 운명, 무엇이 사랑이 결핍된 이 존재론적 실향민들의 운명을 만들었는가. 예전에는 운명이란 그저 타고난 것이라고만 여겼으나 이제 '나'는 이 운명의 다른 이름이 곧 역사임을 안다. 그렇다면 모계 여성들은 서로가 서로에게 가해자인 것이 아니라 차라리 각자가 모두 삶의 피해자들인 것이다.

이 수직적 운명의 본질을 파악하기보다는 그저 부정하고 싶기만 했던 마음이 '당신'과의 연애라는 수평적 이탈을 꿈꾸게 한 것이었음을 화자는 비로소 깨닫는다. 그리고 언제나 그렇듯 욕망은 그 정체를 깨닫는 순간 그로부터 거리를 둘 수 있는 힘을 얻게 되는 것이다. 이제 '나'에게 '어머니와의 화해'는 '당신과의 결별'이라는 의미를 갖기 시작한다. 게다가 '당신'과의 관계는 그 자체만으로도 '나'에게 나름의 결핍을 남기고 있었다. '나'는 삼 년 동안의 관계가 지속되는 동안 자신이 지금 사랑이라는 것을 하고 있다고 생각해왔는데, 다른 한편으로는 "정말로 사랑하기 위한 준비 과정"(348쪽)만을 반복하는 듯한 허기와 피로를 느껴왔다는 자각에 이른다. 그러므로 어머니와의 화해는 내재적으로 불완전한 에로스적 사랑에 대안이 될 어떤 가치를 향해 나를 돌려세우는 일이기도 하다. 이때 할머니의 삶의 어떤 장면들이 '나'에게 새로운 의미를 갖기 시작한다. 전쟁통에도 피난지에 홀로 남아 언제 올지 모를 아들의 밥상을 차리는, 그리고 집에 들렀다가 밥을 먹고 다시 떠나는 삼촌을 배웅하는 할머니의 모습. 이를 두고 화자는 "제 안에서 끌어내고 싶었던 것은 바로 이것"(352쪽)이라고, 이 풍경이야말로 자신에게 주어진 "삶의 열쇠"(같은 쪽)라고 말하기까지 한다.

이 글을 시작할 때까지만 해도 더한 조바심 속에 있었습니다만 그런 모래시계 속에 저를 가두고 싶지 않아요. 저는 이제 그런 힘을 얻었습니다.

누구인가 제게 따듯한 밥상을 차려주고 끝까지 기다려주었으면 하는 저의 소망의 마음을 이제 제 편에서 누군가에게 해주는 사람으로 자리잡았기 때문입니다.

저는 굳건하게 여기에 섭니다. 그것은 여자로서 서는 것일 뿐 아니라 또한 할머니나 순젱이, 그 이전의 선조들이 전해준 마지막 인간의 조건으로서이기도 하지요. 피난 가던 때 본 눈 속에 서 있는

나무와 같이 순간이 영원으로 변하는 그 가능성.(353쪽)

그러므로 "나이들어가는 여자의 떨림"이라는 주제에 대한 탐구
는 중년 여성의 섹슈얼리티에 대한 발견이 아니라 뜻밖에도 '밥상
을 차리는 여자'의 재탄생으로 귀결된다. 밥상이라니, 이렇게 되
면 결국 탈성화脫性化된 존재인 '어머니로서의 여성'만이 남는 게
아닌가. 그리고 이는 결국 전통적인 성역할로의 투항이 아닌가?[18]
이 물음에 대해서는 그렇게 읽힐 여지가 없지 않지만 달리 읽을 여
지가 없지도 않다는 대답을 하기로 하자. 분명한 것은 지금 화자에
게는 남편도 아들도 없다는 것이다. 화자는 가부장제 사회의 기둥

---

18) 이 질문에 대해 어떤 대답을 하는가에 따라 이 소설에 대한 평가는 전혀 달
라질 수 있다. 이 토론의 상세한 지형도를 제공하기에 적당한 지면은 아닌 것 같
아서 참조할 만한 글의 목록을 적어두는 것으로 대신한다. 김미현, 「여성소설에
나타난 환상성 연구」(2004)[「현실적 환상, 환상적 현실―여성 소설의 환상성」,
『젠더 프리즘』, 민음사, 2008], 조회경, 「김채원의 「겨울의 환」에 나타난 구원의
여정」(2007), 정미숙, 「'밥상'의 지형과 젠더 구성」(2019), 이상진, 「김채원 소설
에 나타난 실존적 탐색과 장소성」(2020), 오유진, 「김채원 소설에 나타난 초현
실주의적 상상력 연구」(2020). 특히 오유진의 논문은 가장 적극적인 해석의 사
례로 꼽힐 만한데, 그는 할머니가 전쟁 기간 중 빨치산과 나누었던 '밥상' 경험이
소설 속에서 갖는 의미를 중요하게 간주하면서, 그런 할머니에게서 '삶의 열쇠'를
찾는 화자의 선언은 "전통적 여성이라는 고정된 정체성이 되겠다는 의미라기보
다, 규범적 보편성을 거스르고 새로운 관계를 맺어나가는 '행위'를 모방하겠다는
의미"이자 "자신의 생산물을 생성하고 나눔으로써 가족 질서 체계 밖의 사람들과
연결되어 새로운 질서의 역사를 만들겠다는 의지의 표명"이라 보고 있다.

들을 돌보는 '집안의 천사'로서 자신을 정체화하고 있지 않다. 홀로 남아 병든 어머니의 곁을 지키겠다는 것이고, 더 나아가 여성 선조들의 노동 속에 담긴 숭고함을 제 가치대로 평가하겠다는 것이며, 여성의 결핍을 남성(당신)에게 의지함으로써 해결하려는 방식과 단절하겠다는 것이다. 지금 화자가 감당하려 하는 것은, "모든 사람이 실향민"(352쪽)이라는 전제하에 그 누군가에게 고향이 되고 싶다는 마음이다. 이 돌봄의 윤리는 흔히 여성적인 것이라고 말해지지만, 이는 그것이 여자만의 몫이라는 뜻은 아니다. 이것이 여자만의 몫이 되어야 한다면 차라리 그 누구의 몫도 아닌 게 낫다. 모두의, 모두에 대한, 모두를 위한 몫인 한에서, 이 '밥상'의 윤리는 퇴행적인 것이 아니라 급진적인 것이 될 수 있을 것이다.[19]

이 소설의 이와 같은 논리 구조는 이미지의 층위에서도 재확인된다. 주요 이미지가 '밥상'이지만 그 밥상 위에 놓이는 요리들이 물과 불로 만들어지듯이, 이 소설 전반에는 불(산불)과 물(눈)의

---

19) 그러므로 캐럴 길리건 이래의 돌봄 윤리는 여성이 '돌봄 제공자'이기만 한 것이 아니라 그 자신도 '돌봄 의존자'라는 점을 분명히 할 때만 정당화될 수 있는 것이다. 그럴 때 돌봄은 "일방적이고 이타적인 '상실'이 아니라 관계적이고 자기 보존적인 '선택'"이 될 수 있고, "스스로를 유기하거나 착취하는 부정적 윤리가 아니라 자기 자신을 책임지기 위해 스스로 선택하는 긍정적 윤리"가 될 수 있다. 인용문은 이와 같은 관점으로 2010년대 이후 여성 작가들의 소설을 분석하고 있는 다음 글에서 가져온 것이다. 김미현, 「정의에서 돌봄으로, 돌봄에서 자기 돌봄으로」, 『그림자의 빛』, 민음사, 2020.

이미지가 섬세하게 교직돼 있다. 불이 열정passion을 의미하는 것이며 그것이 양가성을 갖는다는 것은 무엇보다도 화자 자신이 인식하고 있는 터다. 그러나 이 소설에서 불은 화자가 기나긴 고백을 하는 하룻밤 동안만 타오르고 꺼진다. 그 일시적인 불과는 달리 화자의 인생 전체에 지속적인 영향을 미치는, 그래서 이 소설의 중심 이미지라고 할 만한 것은 물(눈)이다. 유년기의 눈, 피난지에서 본 눈, 홀시아버지를 떠나보낼 때의 눈, 그리고 불이 꺼졌다는 소식과 함께 도착한 첫눈에 이르기까지 말이다. 중요한 것은 이 소설에서 불과 물이 대립적 구조를 이룬다고 해석하고 싶은 유혹에 지지 않는 일이다. 이 소설의 눈은, 불과 관련해서만 의미를 갖는 '상대적인 물'이 아니라 '절대적인 물'이다. 이 눈에 바쳐진 표현들이 많지만 "인생이라고 하는 것 속에서 우리가 뽑아낼 수 있는 가장 최선의 것을 순간적으로 맛보게 해준"(334쪽)이라는 표현만으로도 족하지 않을까. 이 소설의 화자는 자신의 밥상이 바로 그런 것이 되기를 바란다. 그것은 인간이 추구해야 할 절대적인 가치에 속하는 그 무엇이다.

「서산 너머에는」(2002)은 '나'와 사촌의 관계를 다루지만 물론 이는 「초록빛 모자」에서도 다루어진 자매 관계의 (더 실제에 가까운) 변주이고, 또 이 소설은 「겨울의 환」이 제안한 여성적 윤리의 다른 판본을 제시하고 있기도 하므로 '여성'이라는 주제를 다루는 이 챕터의 마지막 소설로 적당해 보인다. 소설 속 사촌과 마찬가지로 김지원은 1973년에 이민을 떠났으며 1975년에 등단한 이래 미국에서 작품활동을 했다. 그러나 사촌이 미국에서 겪은 것으로 돼 있는 일, 예컨대 남편과의 사별, 두 아이의 존재, 강도 사건, 특히 소설 후반부에 알려지고 강조되는 불행한 사건 등등이 고스란히 실존 인물 김지원의 실제와 완전히 부합한다고 추정하는 것은 망자에게나 작가에게나 결례가 될 수 있을 것이다. 작가가 '언니' 가 아니라 '사촌'을 등장시킨 것도 실제의 재료들 속에 허구가 끼어들 틈을 확보하기 위한 조치였을 것이다. 이 소설은 김지원의 삶의 한 시기를 있는 그대로 재현하겠다는 의도로 쓰였다기보다는 그의 생에 대한 태도의 어떤 가치 있는 부분을 세상에 알리고 싶다는 뜻을 담은 것으로 보는 편이 적절할 것이다. 덧붙여 김지원이 2013년에 먼저 세상을 뜨면서 이 소설이 작가 자신에게는 더욱 각별한 작품이 되었으리라.

이 소설은 뉴욕에 사는 사촌과의 소소한 통화 내용을 소개하는 느슨한 구조로 돼 있는데, 이 통화는 2001년 9·11 테러 이후 다른 국면에 놓이게 된다. "삶이 개인의 몫이 아님"(498쪽)을, 그러니까 외부의 힘에 의해 한순간 파괴되어버릴 수 있는 개개인의 삶의 불확실성을 뼈저리게 자각하게 된 상황에서 사촌의 말들은 그 이전보다 더 의미심장하게 들리기 시작한다. 알고 보니 사촌은 타인을 대신해 아파주는 일이 있더라는 것, 타인의 통증이 내게로 건너오면 당사자는 더이상 아프지 않게 되더라는 것. 사촌의 비유대로라면 그것은 일종의 "빛의 통로"(500쪽) 같은 것이어서 그 통로를 통해 어둠이 물러간다는 것이다. 이것은 영매에 가까운 자기희생이 아닌가 싶은데, 그때 사촌의 또다른 말이 소개된다. 자신을 사랑해야 한다는 것, 내부의 감정을 그것이 녹아내릴 때까지 직시해서 그로부터 자유로워져야 한다는 것. 요컨대 타인을 아파하고 자신을 사랑하는 두 방향의 일이 병행되어야 한다는 것이다. 이런 태도가 세상을 구원할 수 있을까? 화자는 그렇게 믿는다고 말하리라. 소설 말미에 소개되는, 세상에서 제일 오래된 나무, 지구에 뿌리를 박고 있다기보다는 오히려 그 자신이 지구를 품어 안고 있는 것 같다는 그 나무를 사촌에 빗대고 있으니 말이다.

소설의 후반부에서 사촌이 겪은 두 번의 강도 사건이 모두 강간 사건이기도 했다는 정보를 알려주는 것은 위에서 소개한 사촌의 말에 아득한 깊이가 부여되도록 한다. 본래 사촌은 "자신에게도 만일 아픔이 있다면 그것은 세상에 명함도 못 내밀 정도의 것이라는 태도"(481쪽)를 가진 사람이었다고 돼 있는데, 독자가 저 사건의 정보를 알고 난 이후에도 사촌의 그와 같은 겸손함이 타당한 것이라고 생각하기는 어려울 것이기 때문이다. 그토록 큰 고통을 겪은 사람이 오히려 세상을 염려하면서 인류의 구원을 위해 기도하며 살았다는 사실은 사촌이 '상처 입은 치유자wounded healer'에 가까운 존재임을 알려준다. 화자가 "그녀의 모든 말들이 그녀의 자궁 속에서부터 울려나온 말들"(504쪽)이라는 생각을 하게 된 것 역시 같은 이유에서였을 것이다. 「겨울의 환」에 이어 이 소설의 전언 역시 넓게 보아 돌봄의 윤리학에 속하는 것이라 할 수 있으리라. 물론 우리는 타인을 아파하고 자신을 사랑하라는 이 단순한 만트라가 테러와 혐오가 창궐하는 오늘의 세계에서 과연 힘을 가질 수 있는 말들일지 반문해볼 수 있다. 그러나 반드시 함께 물어야 하는 것은, 그런 반문이 실은 아무 일도 하지 않기 위해서만 던져지는 것이 아닌가 하는 점이다.

에필로그

서론에서 떠맡은 소임을 충실히 수행했는지 의문이지만 여하튼 적지 않은 지면을 사용해버렸다. 그런데 실은 아무것도 쓰지 않았다는 생각이 드는 것은 왜일까. 김채원이 '유년'과 '분단'과 '여성'이라는 주제로 무엇을 말했는지 정리하는 것으로는 김채원의 고유함이 온전히 설명되지 않는다는 것을 끝에 와서야 알겠다. 무엇을 그리건 결국 배를 그리게 되는 화가 이야기를 앞에서 했지만, 사실 화가의 개성으로 말할 것 같으면 그가 무엇을 그리느냐보다는 어떻게 그리느냐가 더 중요한 것이다. 김채원이 지난 사십육 년 동안 언제나 배를 그린 것은 아니지만, 그가 언제나 그만의 붓질을 해왔다는 사실은 좀더 강조되어도 좋겠다고 생각한다. 그러나 감정과 상황을 명명하는 데 요긴한 관념어의 사용을 자제하고 오로지 일상어만으로 마음의 무늬를 고스란히 찍어내는 이 고요한 마법의 세계를 어떻게 설명하면 좋단 말인가. 미술사가와는 달리 문학사가들은 스타일을 기준으로 역사를 구획하는 데 소극적이지만, 언젠가 문체의 문학사라는 것이 쓰이게 된다면, 그때는 이 에필로그의 내용으로 본론이 채워져야 하리라. 무엇을 그리건 그만의 그림으로 만드는 우리의 작가를 위해서 말이다.

김채원

1946년 경기도 덕소에서 태어나 이화여대 회화과를 졸업했다. 1975년 『현대문학』에 단편소설 「밤 인사」가 추천되어 작품활동을 시작했다. 소설집 『초록빛 모자』『가득찬 조용함』『봄의 환』『달의 몰락』『가을의 환』『지붕 밑의 바이올린』『쪽배의 노래』, 중편소설 『미친 사랑의 노래』, 장편소설 『형자와 그 옆 사람』『달의 강』, 장편동화 『장이와 가위손』『자장가』, 자매 소설집 『먼 집 먼 바다』『집, 그 여자는 거기에 없다』가 있다. 이상문학상 현대문학상 형평문학상을 수상했다.

문학동네 한국문학전집 029

초록빛 모자

ⓒ김채원 2021

초판 인쇄 2021년 7월 28일
초판 발행 2021년 8월 20일

지은이 김채원

펴낸곳 (주)문학동네
펴낸이 염현숙
출판등록 1993년 10월 22일 제406-2003-000045호
주소 10881 경기도 파주시 회동길 210
전자우편 editor@munhak.com | 대표전화 031) 955-8888 | 팩스 031) 955-8855
문의전화 031) 955-3578(마케팅) 031) 955-8864(편집)
문학동네카페 http://cafe.naver.com/mhdn | 트위터 @munhakdongne
북클럽문학동네 http://bookclubmunhak.com

ISBN 978-89-546-8148-3 04810
      978-89-546-2322-3 (세트)

www.munhak.com